LARA MORGAN

Sarantium 2

Die Verräter

Das Buch

Azoth, der grausame Herr der Drachen, versammelt seine Armeen, um das Reich Sarantium zu unterwerfen. Die junge Shaan reist mit ihrem Zwillingsbruder Tallis in die Wüste und hofft, dort Verbündete gegen die Drachenarmee zu finden. Doch die Clans begegnen ihnen nur mit Misstrauen und Verachtung. Da erscheinen Shaan in einer Vision die alten Götter der Wüste und offenbaren ihr, wie sie ihre Heimat retten kann. Sie muss den Schöpferstein, Azoths Quell der Macht, zerstören. Doch sie muss auch verhindern, dass der Herr der Drachen getötet wird, sonst wird die Welt im Chaos versinken. Und während Shaan das Leben ihres schlimmsten Feindes beschützen muss, zweifeln ihre Freunde an ihrer Loyalität, und die Mächtigen von Sarantium halten sie für eine Verräterin. Einzig Tallis vertraut seiner Zwillingsschwester weiterhin – und bereitet sich darauf vor, sein Leben zu geben, damit sie ihre Vorhaben erfüllen kann.

Die Autorin

Lara Morgan ist in Westaustralien aufgewachsen und hat große Teile Europas ebenso bereist wie die Dschungel Borneos. Sie hat mehrere künstlerische Projekte geleitet und arbeitet als Redakteurin und Schriftstellerin.

Lara Morgan bei Blanvalet:

Sarantium – Die Zwillinge
Sarantium – Die Verräter
Sarantium – Die Götter

Für meine Mutter,
die mir Tolkien vorlas
und mir die Türen
zu neuen Welten aufstieß.

Wenn die Alten erwachen,
müssen die zwei sich trennen.
Aus ihrem Schmerz wird das Licht hervorgehen
und so in die Dunkelheit führen.
Wer wird sie heimsingen?

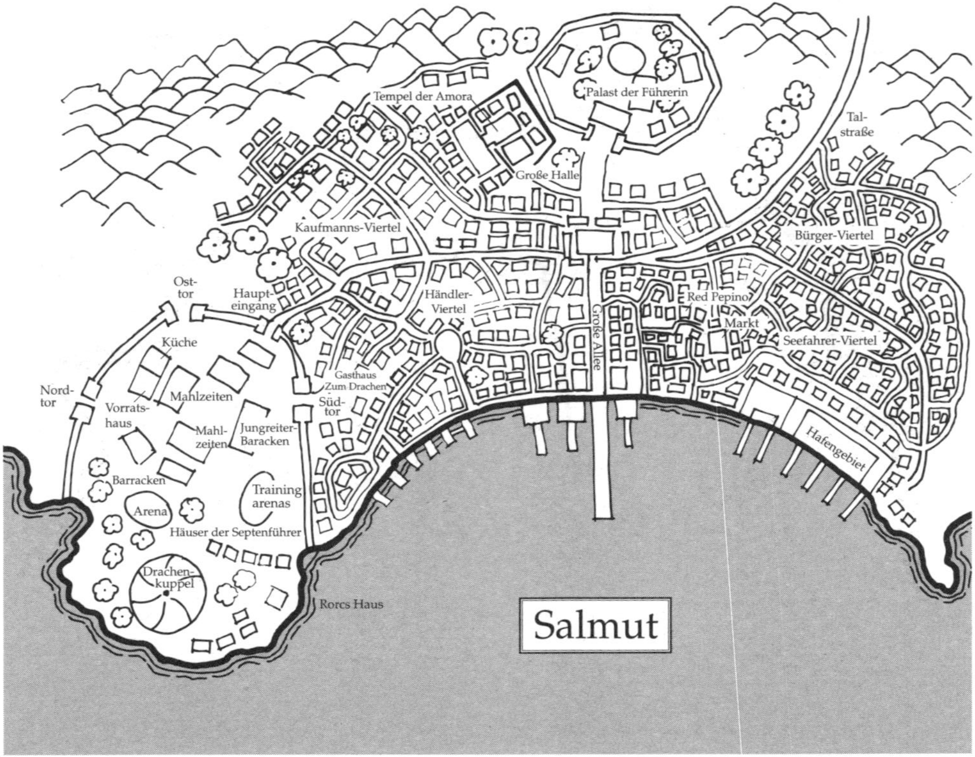
Salmut
Tempel der Amora
Palast der Führerin
Tal-
straße
Große Halle
Kaufmanns-Viertel
Bürger-Viertel
Ost-
tor
Haupt-
eingang
Händler-
Viertel
Red Pepino
Große Allee
Markt
Seefahrer-Viertel
Küche
Gasthaus
Zum Drachen
Nord-
tor
Mahlzeiten
Vorrats-
haus
Süd-
tor
Mahl-
zeiten
Jungreiter-
Baracken
Hafengebiet
Barracken
Training
arenas
Arena
Häuser der Septenführer
Drachen-
kuppel
Rorcs Haus

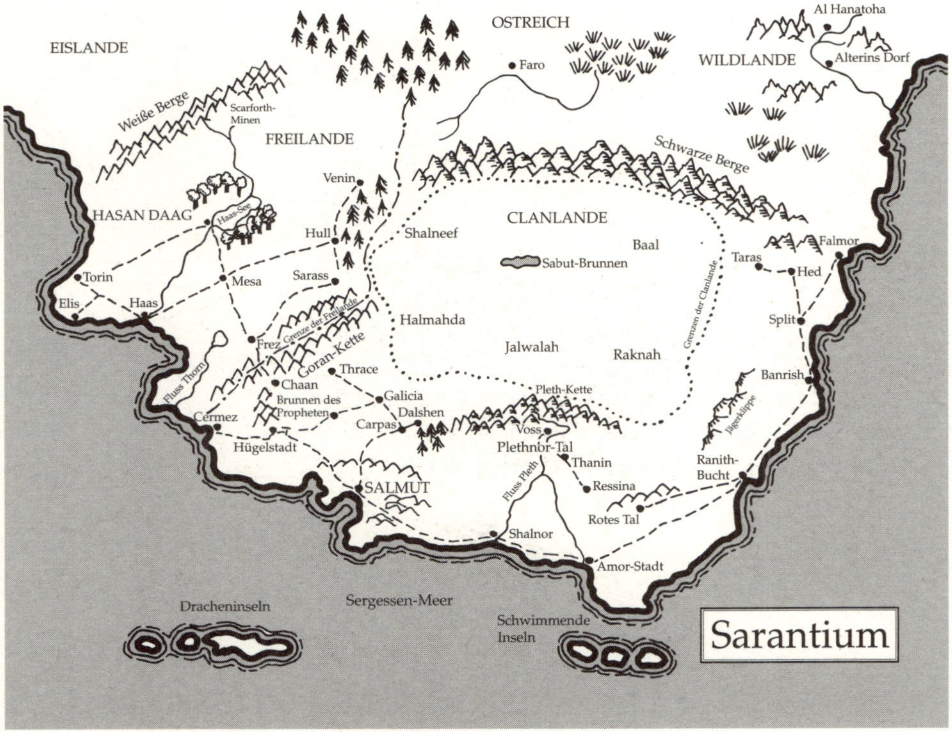
Sarantium
EISLANDE
OSTREICH
WILDLANDE
Al Hanatoha
Alterins Dorf
Faro
Weiße Berge
Scarforth-Minen
FREILANDE
Schwarze Berge
Venin
HASAN DAAG
Haas-See
Hull
Shalneef
CLANLANDE
Baal
Sabut-Brunnen
Falmor
Taras
Hed
Torin
Mesa
Sarass
Elis
Haas
Halmahda
Grenze der Freilande
Grenzen der Clanlande
Split
Frez
Jalwalah
Raknah
Goran-Kette
Thrace
Banrish
Fluss Thorn
Chaan
Galicia
Pleth-Kette
Brunnen des Propheten
Dalshen
Jägerklippe
Cermez
Carpas
Voss
Hügelstadt
Plethnor-Tal
Thanin
Ranith-Bucht
SALMUT
Fluss Pleth
Ressina
Rotes Tal
Shalnor
Amor-Stadt
Dracheninseln
Sergessen-Meer
Schwimmende Inseln

Inhaltsverzeichnis

Prolog

Die Nacht hatte sich über die uralte Stadt gesenkt, und mit ihr war der Regen gekommen, der wie Nebel über die Mauern wallte. Der Mond war hinter Wolken verborgen; die Flammen der Straßenlaternen flackerten und waberten in der Nässe und warfen ein schwaches, orangefarbenes Licht.

Azoth schritt durch die regennassen Straßen. Ein Alhanti folgte ihm auf den Fersen.

»Sorg dafür, dass einige Sklaven morgen daran zu arbeiten beginnen.« Er wies auf die Ruine eines ausgedehnten Gebäudes zu seiner Linken. Es hatte kein Dach mehr, und die meisten Mauern waren nur hüfthoch; der Rest der Steine lag in Haufen auf dem gesprungenen Pflaster.

Der Alhanti grunzte eine kehlige, zustimmende Antwort.

Arak, die Azim haben das Tor vollendet. Nuathins Stimme drang in Azoths Geist, und er sah im gleichen Moment den alten Drachen von der Stadtmauer her auf sich zugleiten.

Gut. Wähle einen von ihnen dazu aus, belohnt zu werden, antwortete er und spürte, wie Hoffnung in der alten Echse aufkeimte. Nuathin wollte auserkoren werden, mit dem Sterblichen verschmolzen zu werden. Azoth lächelte.

Noch nicht, Getreuer. Ich benötige deine Flügel noch.

Die Enttäuschung in Nuathins Geist war mit Händen zu greifen, aber Azoth ignorierte sie; erst galt es an andere zu denken.

Er warf einen Blick zurück auf die Seherin, die von dem Alhanti geführt wurde. Alterin, so nannten sie sie. Sie begegnete seinem Blick mit einer furchtlosen Nachdenklichkeit, die ihn erheiterte. Seherinnen! Sie hielten sich alle für unantastbar. Sogar

Fortuse – die ursprüngliche Seherin, ihre Schöpferin – hatte ihn unterschätzt und würde ihren Widerstand noch bereuen!

Sie gingen zwischen den Ruinen hindurch und kamen auf den Tempelplatz hinaus. Die Gebäude hier waren schon fast wieder heil. Der Tempel hatte neue Türen, und seine schwarzen Steinwände summten vom Klang des Schöpfersteins, der nun unter dem Kuppeldach in Sicherheit war.

»Warum sind wir hier?«, fragte Alterin.

»Weil es für den Verlauf der kommenden Ereignisse erforderlich ist.« Er blieb stehen und streckte die Hand aus, um ihr dunkles Haar zu streicheln. Eine Erinnerung drängte an die Oberfläche, eine, die so alt war, dass sie ihm nur zudriftete, wie ein Traum.

Ihr Gesicht. Es blitzte in seinem Verstand auf. Ein Flüstern, dann war es verschwunden. Seine Hand zitterte leicht, als er sich vom Blick der Seherin abwandte.

Sie war vom selben Volk wie diese Seherin gewesen. *Schwäche*, tadelte er sich selbst. Er hatte jenen alten Schmerz schon vor Jahrhunderten hinter sich gelassen: Die Vergrößerung seines Reichs hatte ihn gelindert, und das Wachsen seines neuen Reichs würde ihn auslöschen, wie Azoth auch jene Göttergeschwister auslöschen würde, die den Schmerz verursacht hatten. Er lächelte. Er würde Shaan so viel mitzuteilen haben, wenn er wieder einmal in ihre Träume kroch.

»Komm.« Er bedeutete dem Alhanti, die Seherin in den Tempel zu führen. »Ich habe dir etwas zu zeigen.«

Alterins Herz klopfte schnell, als sie die innere Kammer des Tempels betrat. Die Hand des Geschöpfs hatte sich eng um ihren Oberarm geschlossen und drohte, ihr die Schulter auszurenken, wenn sie sich wegbewegte. Sie konnte es nicht ertragen, es anzusehen, die dicke, echsenhafte Haut, die seinen Hals vom neu geformten Kamm bis zu den breiten Schultern bedeckte. Sie wollte nicht in das Gesicht aufsehen und den jungen Mann wiedererkennen, den sie einst gekannt hatte. Er hatte in ihrem Dorf gelebt, als Kind mit ihr gespielt; jetzt war nichts mehr von ihm übrig als die Hülle seines Körpers, der jetzt so viel größer und völlig verändert war.

Wieder fragte sie sich, warum die Geister sie auserwählt hatten, Zeugin zu werden. Sie hatten sie mit dem Namen »Uriel« belegt: Zeugin unaussprechlicher Dinge. Nein, sie war sich keineswegs sicher, ob sie stark genug war, das zu überleben.

»Du siehst« – Azoth drehte sich um und breitete die Arme weit aus, um den ganzen Raum zu umfassen – »den Beginn einer neuen Welt.«

Alterin sagte nichts. Im Zentrum der höhlenartigen Ausdehnung schwebte, getragen von ungesehenen Kräften, der Schöpferstein. Um ihn herum befanden sich drei Kokons; jeder war durch ein Bündel Lichtstrahlen mit ihm verbunden. Dunkle Schatten lagen in der Mitte jeder der Hüllen, warteten darauf, zu schlüpfen. In der Nähe schwebte ein weiteres Lichtbündel; Fühler streckten sich nach seinem nächsten Opfer aus.

»Hast du nichts zu sagen?« Er musterte sie.

»Nichts, was ich sage, kann deinen Willen ändern.«

»Du wirst dich vielleicht wundern.« Ein Blick hinter sie. »Komm.« Er sprach in der Drachenzunge, einem leisen Zischen, das ihr die Nackenhaare zu Berge stehen ließ.

Ein Geräusch wie Messer, die über Stein kratzten, ertönte, und eine schwarzhäutige Echse schob sich durch den Torbogen. Ihre Krallen klackten auf dem polierten Boden; das Wesen erzitterte und stieß einen heißen Atemzug aus; seine gelben Augen betrachteten sie, als es an ihr vorbeikam. Alterin kämpfte gegen das Bedürfnis an, so weit zurückzuweichen, wie sie konnte. Es war einer der älteren Drachen, so uralt, dass sie spürte, wie er seinen Wahnsinn hinter sich herzog wie eine Kielwelle im Wasser. Es war einer der sechs, die als Erste begonnen hatten, die Bewohner der Toten Lande anzugreifen, bevor Azoth zurückgekehrt war. Sie fragte sich, ob dies die schwarze Bestie war, die sie in Tallis' Geist gesehen hatte.

Azoths Blick heftete sich auf sie, seine Augen dunkellilafarben.

»Du weißt, dass ich den Namen nicht gerne höre«, sagte er. »Sogar unausgesprochen.«

»Warum?«, sagte Alterin. »Weil er dich besiegt hat? Weil er Shaan mitgenommen hat?«

Azoth schnippte sich Regenwasser vom Hemd. »Ich habe zugelassen, dass er sie mitgenommen hat, ein Fehler, den ich berichtigen werde – zu seinem Schaden. Aber du solltest dir jetzt um jemand anderen Gedanken machen. – Hol ihn«, befahl Azoth einem anderen Alhanti, der in den Schatten wartete, und schenkte der Seherin ein wissendes Lächeln. Alterin verspürte einen Moment lang Furcht. *Wen* holen?

»Sag mir«, sagte Azoth, »was würdest du tun, um das Leben deines Geliebten zu retten?«

»Alterin, *du*?«

Die Stimme ließ sie beinahe in Ohnmacht fallen, als der Alhanti Jared durch die Eingangstür schleifte.

Sie schrie auf, und der Alhanti an ihrer Seite schlug sie, streckte sie zu Boden. Sie schmeckte Blut, als ihr Kopf auf den kalten Stein prallte.

»Alterin!« Jared mühte sich ab, zu ihr zu gelangen.

Azoth schritt auf sie zu und riss sie vom Fußboden hoch, so dass sie Jareds Gesicht sehen konnte, das panisch vor Angst und Zorn war, während er vergeblich gegen den Griff seines Wärters ankämpfte.

»Lass sie gehen!« Jared starrte Azoth finster an, aber der Gefallene lächelte nur und sah Alterin an.

»Du hast die Wahl, Seherin. Wenn du auf den Geistpfaden wandelst und meine Geschwister aufspürst, überlebt er. Wenn du mir trotzt, stirbt er. Ich könnte die Drachen augenblicklich mit seinem Blut füttern.« Er grub einen Fingernagel in ihr Fleisch. »Oder soll ich euch beide töten?«

Alterin hätte vor Wut schreien mögen. Die Geister hatten sie hiervor nicht gewarnt, sie hatten ihr nicht geholfen. Dies hier war keine Wahl. Sie hatte Jared nicht mehr gesehen, seit Azoth sie beide vor Wochen in den Palast hatte bringen lassen. Sie hatte gehofft, er sei vielleicht entkommen, nach Süden geflüchtet. Einigen Leuten aus ihrem Dorf war das gelungen; sie waren in den

Dschungel geflohen, als Azoth das erste Mal erschienen war, bevor er sie hatte aufhalten können. Aber Jared war geblieben – ihretwegen.

Sein Gesicht war zerkratzt und mit Prellungen übersät, sein Hemd blutig und in Fetzen gerissen, da man ihn ausgepeitscht hatte. Sie konnte den Ausdruck von Liebe und Trotz in seinen Augen nicht ertragen.

»Tu's nicht«, sagte er. »Er kann dich nicht zwingen, ihm zu helfen.«

Aber das konnte er. Jared hatte keine Angst, zu sterben, aber sie konnte ihn nicht aufgeben. Das Gewicht ihrer Antwort lastete wie ein Stein um ihren Hals.

»Alterin, nein!« Jared hielt ihren Blick fest. »Einer für die vielen, meine Liebe. Sei stark.«

Azoth wusste bereits, wie ihre Antwort lauten würde. »Sag es«, befahl er, den Mund nahe an ihrem Ohr.

Als ihre Stimme etwas hervorbrachte, war es ein Flüstern. »Lass ihn am Leben.«

»So sei es. Bring ihn zum Stein.«

»Was?«, schrie Alterin. Begreifen stand in Jareds Augen, und er begann, ihren Namen zu schreien, während der Alhanti ihn auf die ausgreifenden Lichtranken zuzerrte.

»Nein!« Sie wandte sich zu Azoth um. »Du hast gesagt, er würde am Leben bleiben!«

»Das wird er auch, als Alhanti.« Azoths Gesicht war ausdruckslos.

»Nein!« Sie bäumte sich in seinem Griff auf. »Ich werde es nicht tun! Ich werde sie nicht suchen, wenn du das tust!«

»Doch, das wirst du.« Sein Ton war ruhig und nüchtern, während zugleich der erste Ausläufer des Lichts Jareds Haut berührte und er zu schreien begann.

Zeugin, flüsterten die Geister, und Verzweiflung überkam Alterin.

Paretim und Fortuse waren schon fünf Tage lang durch die Berge gereist, als sie ein abgeschiedenes Dorf erreichten. Die Siedlung war klein: kaum mehr als hundert Einwohner. Die Wälder, von denen sie umgeben war, waren hoch und uralt, und die Straße, die hindurchführte, war wenig begangen. Die Dorfleute hatten sich daran gewöhnt, einfach zu leben, und stellten wenige Fragen über das, was jenseits der Laternen vorging, die die Grenze ihres Städtchens markierten.

Der magere Jugendliche, der die Theke im Dorfkrug wischte, war der Erste, der sie sah, als sie durch die Tür kamen. Er hatte schon früher Fremde gesehen, aber meistens im Wald, flüchtige Schatten, die er aus dem Augenwinkel wahrgenommen hatte. Diese beiden waren anders. Das sah er an der Art, wie der Mann sich ohne zu blinzeln in dem kleinen Raum umschaute. Er roch es an der völligen Abwesenheit von Schweiß, den man an Reisenden hätte erwarten sollen, aber vor allem spürte er es an dem schwachen Prickeln, das ihm die Wirbelsäule hinauflief. Er hatte einen anderen wie ihn zehn Tage zuvor in den Wäldern gesehen, als er draußen gewesen war, um die Ziegen heimzutreiben: einen Mann, hochgewachsen und leichtfüßig, mit kurzem, weißem Haar. Er hatte einen Blick darauf erhascht, wie er flink wie ein Hirsch zwischen den Bäumen hindurchgerannt war. Der Junge erinnerte sich, dass er damals denselben Gedanken gehabt hatte, der ihm jetzt kam: unnatürlich.

Er beobachtete, wie der Wirt auf sie zutrat. An der Art, wie Kreegan sich die Vorderseite des Hemds immer wieder abwischte, als hätte er etwas darauf verschüttet, erkannte er, wie nervös er war.

Der Mann sagte etwas, das der Junge nicht hören konnte, und wenn er redete, sah er an Kreegan vorbei, als ob er mehr mit sich selbst als mit einer anderen Person sprach. So, als sei Kreegan ein Pfosten oder ein Hund.

Die Frau, die neben ihm stand, war die schönste Frau, die der Junge je gesehen hatte. Sie war beinahe so groß wie der Mann und hatte langes, lockiges rotes Haar, Lippen, die voll wie wilde Beeren waren, und Brüste, die sich blass und gerundet aus dem eckigen Ausschnitt ihres Kleids hervorwölbten. Aber irgendetwas an ihr ließ seine Eier den Wunsch verspüren, sich möglichst weit nach oben in seinen Körper hinein zu verkriechen. Er wischte weiter die Theke ab und hoffte, dass sie nicht mit ihm sprechen wollen würden, spürte aber dann, dass der Mann vor ihm stand.

Er sah auf und hielt inne; das in einer Faust zusammengeknüllte Tuch sog den plötzlichen Schweiß seiner Handfläche auf.

Der Fremde lächelte und musterte ihn aus funkelnden, blauen Augen. »Du hast schon einen anderen herkommen sehen.«

Es war keine Frage, und der Junge wusste, dass dieser Mann es wissen würde, wenn er ihn belog. Er leckte sich die Lippen ab und wünschte, jemand anders wäre an jenem Tag die Ziegen holen gegangen, etwa der dicke Dewy, der Sohn des Schmieds, oder dieser Knirps Geffin.

Der Fremde musterte ihn, ohne zu blinzeln, und hinter ihm starrte die Frau das Stroh auf dem Boden und die rauchgeschwärzten Wände an, als hätte sie so etwas noch nie gesehen. Er schluckte.

»Ich hab im Wald einen Mann gesehen«, sagte er, räusperte sich und fügte dann hinzu: »Er ist gerannt.« Er wusste nicht, ob das wichtig war, aber er sagte es einfach.

Der hochgewachsene, dunkelhaarige Fremde nickte. »Ja. In welche Richtung?«

Der Junge zuckte die Schultern. »Nach Süden, schätze ich. Bergab.«

Der Mann stieß ein Lachen aus, kurz wie ein Husten, und sah sich nach der Frau um, als teile er einen Scherz mit ihr. Die Frau lächelte, und der Junge bemerkte mit einem Schlag, dass ihre Augen immer wieder die Farbe wechselten: Erst grau, dann grün, und als sie ihn direkt ansah, wurden sie blau, genau wie die des Mannes.

Er wich zurück, bis er das Regal hinter sich spüren konnte, und war froh über die Theke, die sie voneinander trennte. Er sah zu Kreegan hinüber, aber der Wirt starrte sie alle nur an, als würde er zusehen, wie sein Haus abbrannte.

Der Junge fragte sich, wer sie waren, warum sie hier waren. Der seltsame Mann hörte auf zu lachen und wandte sich ihm abrupt wieder zu, als hätte er seinen Gedanken gehört. Er sah ihn einen Moment lang an und sagte dann: »Wir sind gekommen, um euch zu retten.«

»Wovor?«, fragte der Junge und verdrehte den Wischlappen zwischen den Händen.

Der Mann lächelte, und erst später, als der Junge spürte, wie seine Seele befreit wurde und die kühlen Finger der Frau ihn geradezu besessen machten, verstand er: Sie waren nicht mehr gottlos.

1

Die Stadt Salmut, Sarantium

Shaan konnte ihren linken Arm nicht richtig durchs Wasser ziehen. Er trieb von ihrem Körper weg wie Seetang, als sie versuchte, einen Schwimmzug vorwärts zu machen. Sie ächzte, zwang ihren Arm über die Wasseroberfläche und ließ ihn dann spritzend wieder versinken; Schmerz breitete sich von ihrer Schulter bis in die Finger aus.

»Noch einmal«, sagte Tallis. Er stand neben ihr bis zur Taille im Wasser, eine Hand unter ihrem Bauch, um sie oben zu halten. »Mach es noch einmal und benutze diesmal deine Schultermuskeln. Hör auf, deinen Arm aus dem Rücken heraus vorschnellen zu lassen.«

»Das habe ich nicht getan«, sagte sie.

»Hast du doch, ich konnte es spüren. Diesmal werde ich loslassen. Jetzt – tritt zu.« Seine Hand verschwand, und Shaan ging unter. Salzwasser stieg ihr in Nase und Mund, als sie zu fluchen versuchte.

Sie sah den Meeresgrund unter sich, Sand, der von Tallis' Füßen aufgewirbelt wurde, als er zurücktrat. In ihrer Wut trat sie hart zu und zog sich mit dem gesunden rechten Arm nach vorn. Ihr linkes Bein konnte nicht mithalten, und sie trieb im Kreis zu ihrem Bruder zurück, so dass sie seine Hüfte rammte. Er zog sie an die Oberfläche.

»Dungschnäuziger Muthuhirte!« Sie packte ihn am Unterarm, zog sich hoch und spuckte Meerwasser.

»Verteile dein Gewicht auf beide Beine«, sagte Tallis.

»Das tue ich.«

Er hielt ihre Ellenbogen, um sie zu stützen, als sie sich das Haar aus dem Gesicht strich und sich das Wasser aus den Augen rieb. »Tust du nicht. Das merke ich«, sagte er.

»Na gut!« Shaan ließ zu, dass sich ihr Gewicht auf den linken Fuß verlagerte. Ein dumpfer Schmerz sagte ihr, dass die Muskeln die Last aufnahmen, unterstützt vom Auftrieb des Wassers. Einen Moment lang hielt sie sich am Arm ihres Bruders fest und sah auf ihre Füße unter Wasser hinab, während der Sand in der Strömung forttrieb und das Meer wieder klar wurde.

Hinter ihnen brandeten die Wellen an den Strand, und Shaan konnte gerade eben die gedämpften Rufe von Reitern bei ihren Waffenübungen von den Klippen oberhalb herabschallen hören. Sie kamen nun schon eine Woche lang jeden Tag kurz nach Sonnenaufgang hierher, um in der geschützten Bucht unterhalb der Drachenanlage zu schwimmen. Es tat weh – es war qualvoll –, aber sie musste zugeben, dass es wirkte. Sie konnte jetzt gehen, und ihr linker Arm gewann Kraft und Beweglichkeit zurück.

Sie sah Tallis an. »Ich bin fertig«, sagte sie, und er lächelte.

»In Ordnung, das ist für heute genug, denke ich, aber morgen schwimmen wir zu dem Felsen da hinaus.« Er wies auf einen einsamen roten Felsen, der mitten in der Bucht aus dem Wasser ragte.

»Ich hasse dich«, sagte sie.

»Ich weiß. Komm schon.« Er ließ ihren Arm los und stupste sie, zwang sie, allein zum Strand zurückzugehen.

Shaan seufzte und watete durchs Wasser; ihr Bein schmerzte, als sie sich vorwärtsschob. Eine kleine Welle bildete sich, und mit einem listigen Blick auf ihren Bruder ließ sie sich vornüberfallen und vom Wasser ans Ufer tragen.

»Du schummelst!«, rief Tallis.

»Dungschnauze!«, rief sie zurück. Ihr Bauch stieß auf den Strand, und sie lag in der Brandung und wartete darauf, dass er sie einholte. Sandiges Wasser spülte bis zu ihrer Taille hoch und strömte wieder fort, hinterließ Sandkörner, die sich in ihren kurzen Hosen festsetzten. Sie schloss die Augen und öffnete sie dann fast sofort wieder, da die Entspannung sie in den Schlaf zu ziehen drohte. Nein, Schlaf war keine gute Idee. Sie rollte sich auf den Rücken und starrte in den Himmel hinauf. Die Regenzeit machte ihn zu einer eintönigen Masse tiefhängender Wolken; die Luft war schwer vor Feuchtigkeit. Shaan blinzelte sich Wasser aus den Augen und versuchte, nicht an die Träume zu denken, die wieder begonnen hatten: die Dunkelheit, den Schmerz des Steins, der sie versengte, und Azoth, dessen Finger sich auf ihrer Haut so echt anfühlten … Zu echt. Sie rieb sich die Arme.

»Frierst du?« Tallis war aus dem Wasser gekommen und stand über sie gebeugt da; Wassertropfen besprenkelten ihr Gesicht.

»Nein.« Sie winkte ihm, Abstand zu halten. »Hör auf zu tropfen.«

»Du bist schon nass.« Er schüttelte den Kopf und verspritzte mehr Wasser, während die Silberröhrchen an den Enden seiner Zöpfe aneinanderklimperten. »Was ist los?«

»Nichts.«

Er runzelte die Stirn. »Lügnerin.«

»Ich bin nur müde.« Sie schloss die Augen, so dass sie seinem Blick nicht begegnen musste.

»Wieder Träume von Azoth?«, fragte er.

Sie hatte ihm nicht alles erzählt: wie wirklich sie geworden waren, dass es sich anfühlte, als ob Azoth neben ihr im Bett lag. Wie sollte man das dem eigenen Bruder anvertrauen? Sie seufzte. »Du musst dir keine Sorgen machen, es sind nur Albträume. Ich werde nicht ausreißen, um ihn zu suchen.«

»Das hatte ich auch nicht angenommen.«

Sein Tonfall war ruhig, aber Shaan spürte die Besorgnis dahinter.

Er streckte ihr eine Hand hin. »Komm schon, steh auf. Du bist bald ganz voller Sand.«

»Macht nichts.« Sie schloss die Augen.

»Fein, dann bleib da.« Er entfernte sich, und sie hörte, wie er in dem kleinen Bündel herumwühlte, das sie auf ein paar Felsen hatten stehen lassen. »Aua!«

Als Shaan die Augen öffnete und sich herumwälzte, sah sie Tallis auf einem Felsen hocken; er hielt sich den Daumen.

»Was ist geschehen?«

»Krebs im Bündel«, sagte er und verzog das Gesicht.

»Was?« Sie beobachtete ihn lächelnd. »Hast du etwa nicht nachgesehen, bevor du die Hand hineingesteckt hast?«

Er schenkte ihr einen Blick, der ihr sagte, wo sie sich ihren Kommentar hinstecken konnte.

Stöhnend stieß sie sich hoch, bis sie saß. »Wie tief ist die Wunde?«

Er kam zu ihr, kniete sich neben sie und zeigte ihr einen tiefen Schnitt quer über den Ballen seines rechten Daumens.

Shaan starrte das glänzende Blut an, und ihre Heiterkeit verflog, als sich ein Druck in ihrer Brust bildete und ein leichtes Kribbeln ihren linken Arm hinunterfloss.

»Was ist?«, fragte Tallis. »Ist es wieder dieses Gefühl?«

»Ja.« Sie war unfähig, von der Wunde wegzusehen. Irgendetwas, irgendeine Kraft in ihr, versuchte hervorzubrechen, drang auf sie ein. Sie wusste, was es wollte. Seit Azoth sie gezwungen hatte, den Schöpferstein von jenem dunklen Ort zu holen, seit der Stein sie berührt und beinahe getötet hatte, war sie in der Lage gewesen, einen Teil davon in sich zu spüren. Er hatte sie mit der Kraft seiner Wiedergeburt gelähmt, aber auch etwas zurückgelassen. Sie fühlte sich mit ihm verbunden, als sei ein Stück von ihm unter ihrer Haut zurückgeblieben.

Tallis legte ihr die Hand auf die Schulter. »Ich kann es in dir spüren. Es ist eine Helligkeit, aber ihr wohnt auch Dunkelheit inne, eine Anspannung.«

»Ich spüre es.« Shaan starrte die Wunde an seinem Daumen an und ballte die Hand zur Faust.

»Es kommt von dem Stein, nicht wahr?«, sagte er. Als sie nicht antwortete, beugte er sich näher heran.

»Du kannst das nicht einfach übergehen, Shaan. Wir müssen herausfinden, was es bedeutet.«

»Ich übergehe es nicht.«

»Dann versuch's«, sagte er. »Versuche es zu benutzen, jetzt, bei mir. Das ist der beste Weg. Wenn etwas schiefgeht …«

Sie wusste, worauf er hinauswollte. Er glaubte, über genug Macht zu verfügen, um was auch immer ihr innewohnte aufzuhalten, um jegliche Dunkelheit einzumauern, die vielleicht entkommen würde. Seine Augen waren so ruhig, furchtlos. Sie spürte die Kraft in ihm, die mit jedem Tag stärker wurde, als ob er dadurch, dass er sie gerettet und den Drachen Befehle erteilt hatte, den Käfig um seine Stärke aufgeschlossen hätte. Aber das Risiko …

»Es ist zu gefährlich. Ich will das nicht, Tallis.«

»Du hast keine Wahl. Was, wenn diese … Fähigkeit deiner Kontrolle entgleitet? Du kannst nicht warten, bis sie dich kontrolliert. Wenn ich in der Wüste schon gewusst hätte, wozu ich fähig war …« Er hielt inne; Schmerz huschte über sein Gesicht. »Du musst versuchen, herauszufinden, was du bewirken kannst, Shaan.«

Die Last in ihrer Brust drängte nach Befreiung wie ein gefangener Drache.

»In Ordnung«, sagte sie. »Aber …«

»Hör auf, wann immer du willst«, schloss er und hielt ihr die Hand hin. Glänzendes Blut bildete Tropfen auf seiner Haut.

Sie berührte seine Wunde langsam mit einer Fingerspitze ihrer linken Hand. Das Blut war warm, und als sie damit in Berührung kam, durchfuhr ein heftiges Aufblitzen von Wissen ihren Geist: wie das Blut aus seinem Herzen hervorpulsierte … Das verästelte Netzwerk aus Adern, die Muskeln, die Organe, die Haut und wie alles zusammenpasste, um das Ganze zu bilden. Sie blinzelte; sie konnte sehen, wie sie es heilen konnte. Sie hörte das Pochen des Herzens ihres Bruders laut in ihrem Kopf, den Atem in seiner Lunge, fühlte sich ihm näher als je zuvor. Es war überwältigend, und mit einem Keuchen zog sie sich zurück.

»Nein.« Sie faltete die Hände und zog sie an sich.

Tallis saß sehr still, und sie schwiegen beide, während sie Atem schöpfte.

»Du hast es gespürt, nicht wahr?«, sagte er nach einem Augenblick. »Du wusstest, wie der Schnitt geheilt werden kann.«

»Ja … Ich glaube schon. Ich weiß es nicht, aber es war zu viel, ich konnte …« Sie hielt inne, wollte es nicht aussprechen.

»Du wusstest, dass du auch mein Herz zum Stillstand bringen könntest, wenn du wolltest«, schloss Tallis für sie, und sie nickte.

»Ich glaube ja, vielleicht. Wahrscheinlich.« Der Druck war immer noch da, hatte sich aber verringert, als ob das bloße Berühren der Wunde ihn irgendwie gelindert hätte. Shaan stand auf und ging zur Wasserkante, sah hinaus auf die gedrängten Wolken am Horizont. Tallis folgte ihr und watete ins Wasser, um sich den Sand von den Beinen zu waschen.

»Früher bin ich einfach hierhergekommen, um Fische zu fangen«, sagte sie. »Das war alles, was ich getan habe – Fische fangen, im Gasthaus beim Servieren helfen, in der Drachenanlage arbeiten. Jetzt …« Sie holte tief Atem. »Früher wollte ich mehr als das. Ich wollte die Drachen reiten, anders sein. Der Wunsch ist mir erfüllt worden, nicht wahr?«

»Ich denke, wir waren beide schon damals anders«, sagte Tallis, »es war uns nur nicht bewusst.«

»Bis ich Azoth zurückgebracht habe.« Shaan starrte die Wellen an.

»Es war nicht deine Schuld.«

»Ich bin mit ihm gegangen. Ich habe den Stein zurückgeholt.«

»Du hattest keine Wahl. Er war stärker.«

»Das ist er immer noch – besonders jetzt.«

»Vielleicht«, sagte Tallis.

Shaan stieß den Sand mit dem Fuß an. »Ich weiß nicht, wie wir ihn bekämpfen sollen.«

»Vielleicht wird es Rorc gelingen, eine Armee zu bilden, die groß genug ist.«

»Um den Stein zu besiegen?« Shaan schüttelte den Kopf. »Seine Kraft ist … Er öffnete ein Loch in der Luft, Tallis, wie eine Tür ins Nichts.«

Seine Stirn legte sich in Falten. »Ich weiß, aber wir müssen es versuchen.«

Shaan dachte an das, was die Frau aus den Wildlanden, Alterin, ihr erzählt hatte. »Vielleicht werden die Vier Verlorenen Götter kommen«, sagte sie.

»Glaubst du, dass es sie wirklich gibt?«

»Ich weiß es nicht. Sie sind eine Legende, ein Mythos.« Sie zuckte die Schultern. »Aber das war auch Azoth.« Sie lächelte kurz. »Morfessa wurde ganz aufgeregt, als ich ihm erzählt habe, was Alterin gesagt hat – dass sie geträumt hätte, sie seien zurück. Doch ich spüre sie nicht. Du etwa…?« Sie sah ihn an, aber er schüttelte den Kopf.

Ihr Bein tat weh, und sie verlagerte ihr Gewicht. »Noch vier Götter; wäre das etwas Gutes, selbst wenn sie ihn aufhalten?«

»Ich weiß es nicht.«

Nein, das wusste keiner von ihnen. Aber zu viel an die Götter zu denken, rief ihr Azoth ins Gedächtnis, und so sagte Shaan: »Wie steht es um deine Ausbildung bei den Verführern?«

»Ach…« Tallis kam aus dem Wasser, hob einen kleinen Stein hoch und ließ ihn auf der Hand auf und ab tanzen. »Sie mögen mich nicht.«

»Weil du besser bist als sie?«

»Nur bei manchen Dingen«, sagte er und ließ den Stein übers Wasser hüpfen. »Und weil ich bin, wer ich bin.«

»Du machst sie nervös.«

»So scheint es.«

»Dennoch muss das besser sein, als nicht viel tun zu können.« Seit sie sich gut genug fühlte, um nicht mehr im Bett zu liegen, hatte Shaan einen Großteil ihrer Tage in den Tempelgärten verbracht, oder damit, den Schwestern zu helfen, die Myriaden von alten Geschichtsschriftrollen zu katalogisieren, die sie zu bewachen schienen. Es begann an ihren Nerven zu zerren, aber sie war noch zu schwach, um Arbeit außerhalb des Tempels zu finden. Tallis hatte vorgeschlagen, dass sie sich mit ihm die Drachenbox teilen sollte, die er in der Kuppel übernommen hatte, aber dann hätte sie sich bei allem auf ihn verlassen müssen, und sie verabscheute den Gedanken, so abhängig zu sein.

»Ich will Arbeit, die mir ein bisschen Geld einbringen könnte«, sagte sie. »Ich bin es leid, so nutzlos zu sein. Sogar ein paar der Schwestern behandeln mich, als ob …«

»… als ob sie darauf warten, dass du etwas tust?«, fragte Tallis.

Shaan nickte. »Ich vermisse mein Zimmer im Wirtshaus. Du hast wenigstens eine gewisse Aufgabe, wenn du bei den Verführern und Rorc arbeitest. Ich komme mir vor, als ob ich noch darauf warte, herauszufinden, was meine ist.«

»Ich glaube nicht, dass Rorc so recht weiß, was er mit mir anfangen soll«, sagte Tallis. »Ich glaube, ich übe nur mit den Verführern, damit sie versuchen können, herauszufinden, was ich bin. Komm!« Er kehrte dem Strand den Rücken. »Gehen wir. Ich bin hungrig und soll nachher weiterüben.«

Sie sammelten ihre Sachen ein und begannen den langsamen Fußmarsch die Klippen hinauf zur Drachenanlage.

2

Shaan trennte sich in der Drachenanlage von Tallis und ging zurück zu dem geschlossenen Wagen, der sie aus dem Tempel hergebracht hatte. Es war einer der vier, den die Schwestern unterhielten, und es schien ihnen nichts auszumachen, dass Shaan ihn jeden Morgen nahm – zumindest hatte sie bisher noch niemand aufgehalten.

Sie band die Vorhänge zurück, um mehr Luft hereinzulassen, während der Kutscher das Muthu durch die überfüllten Straßen des Kaufmannsviertels trieb. Die Läden wurden geöffnet, und dann und wann zog Shaan Aufmerksamkeit, einen geflüsterten Kommentar oder einen Seitenblick auf sich. Sie strich sich das nasse Haar zurück und ignorierte alles, froh, dass sie nicht im Seefahrerviertel war; auf den Märkten dort hatte sie ein grob skizziertes Bild von sich und Tallis im Kampf mit einer Gestalt, von der sie annahm, dass sie Azoth darstellen sollte, gesehen.

Nachdem Tallis sie gerettet hatte, hatten sich die Gerüchte um die Flucht der Drachen und die Rückkehr des Gefallenen nur noch vermehrt, und seltsame Geschichten waren seither über Tallis und Shaan im Umlauf, eher Märchen als Wahrheit, aber genug, um so manch einem Unbehagen einzuflößen und dafür zu sorgen, dass andere sie behandelten, als wäre sie … nun, sie war sich nicht sicher *was*. Eine Heldin? Sie bezweifelte, dass es solche Bilder gegeben hätte, wenn sie die Wahrheit gekannt hätten – wahrscheinlich wären eher Messer geworfen und Schlingen geknüpft worden. Sie hatte früher gedacht, ihr Leben sei hart, aber ihr war nicht bewusst gewesen, über wie viel Freiheit sie in Wirklichkeit verfügt hatte. Als sie einen Blick aus dem Wagen warf, sah sie einen ärmlich gekleideten Mann, der eine Hand aufs Herz legte und ihr eine getrocknete rote Blume zu Füßen warf, als sie vorüberkam.

»Rette uns!«, rief er.

Rette *mich*, dachte Shaan und zog die Vorhänge ruckartig herunter, so dass Staub in die Luft stob, als der Wagen um die Ecke auf den Tempel zu rumpelte.

Als sie ankam, ging sie direkt in ihr Zimmer, um sich umzuziehen, und brach dann in die Küche auf, um sich etwas zu essen zu holen. Das Ende des Schlafzimmertrakts ging auf einen großen Hof an der Rückseite des Gebäudekomplexes hinaus, und Shaan konnte durch die Flucht offener Fenster gegenüber sehen, dass viele der Schwestern bereits in der Tempelbibliothek an der Arbeit waren. Sie versuchte, den Schmerz in ihrem Bein zu ignorieren, während sie hinter einer Reihe von Bäumen in Kübeln entlangging, so dass niemand sie sehen und sie dazu zwingen konnte, noch mehr von diesen verdammten Schriftrollen zu katalogisieren. Im Speisesaal war niemand bis auf eine junge Dienerin. Shaan bat sie um eine Schale Haferbrei mit Früchten und hatte diesen schon halb aufgegessen, als Schwester Lyria hereinkam.

»Shaan.« Ihre Stimme hallte in dem Raum mit der hohen Decke wider, als sie ihn durchquerte, um zu Shaan zu gelangen. »Ich bin froh, dass ich dich gefunden habe, denn ich brauche heute Morgen Hilfe in den Heilräumen.« Sie blieb am Ende von Shaans Bank stehen und sah erwartungsvoll drein. »Wie geht es deinem Arm und deinem Bein? Dank des Schwimmens scheint es dir schon viel besser zu gehen.«

»Ja, viel besser.« Shaan musterte sie argwöhnisch.

»Gut, das ist gut.« Lyrias Blick war nicht ganz freundlich.

»Ich bin nicht sehr gut darin, kranken Leuten zu helfen, Schwester, und ich kann Euch ohnehin nicht unterstützen; ich bin zur Führerin gerufen worden«, sagte Shaan.

»Ja, ich weiß, aber das ist erst später am Vormittag, nicht wahr, und ich habe zu wenige Helfer. Es ist keine schwere Arbeit.« Die Schwester zog eine Augenbraue hoch. »Es sei denn, du würdest lieber Schriftrollen in der Bibliothek stapeln?«

Shaan legte ihren Löffel mit absichtlicher Langsamkeit hin. »Nein, das würde ich nicht lieber tun«, sagte sie. Sie konnte vieles ertragen, wenn es ihr dadurch erspart blieb, noch mehr von diesen staubigen Schriftrollen zu sortieren.

»Gut, dann komm mit.« Schwester Lyria schenkte ihr ein kühles Lächeln. »Ich werde sicherstellen, dass du nicht zu spät zur Führerin kommst.«

Shaan unterdrückte ein Seufzen und stand langsam auf. Die Heilräume lagen näher an der Vorderseite des Tempels, hinter den Unterkünften, und sie folgte Lyria durch die kühlen Gänge, vorbei an Zimmer um Zimmer voll schlafender Patienten. Das Gefühl begann sich wieder in ihrer Hand aufzubauen, als sie sich so inmitten all der Kranken wahrnahm. Sie begann sich zu fragen, ob es richtig gewesen war, herzukommen; vielleicht würde dieses Bedürfnis, zu heilen, hier schwer im Zaum zu halten sein.

Schwester Lyria schien ihren Widerwillen zu spüren. »Wir haben hier viele Patienten, die Hilfe brauchen.« Sie warf ihr einen missbilligenden Blick zu. »Es wird dich von deinen eigenen Verletzungen ablenken, wenn du dich um andere kümmerst.«

»Wenn Ihr das sagt«, sagte Shaan und fing sich einen finsteren Blick ein, während sie ein Zimmer mehrere Türen vom Eingang entfernt betraten.

Der junge Mann im Bett war ein Schutzsuchender, wie viele der anderen. Er war aus einem Dorf weit im Nordosten am Rand der Wildlande gekommen. Seine Familie war tot, ermordet, als das Dorf von Scanorianern angegriffen worden war; wie viele der anderen war er mit einer Krankheit geschlagen, die seine Gliedmaßen allmählich zerstörte und das Atmen erschwerte. Er hatte hohes Fieber, und Schwester Lyria flüsterte, dass man nicht sicher sein konnte, ob er den Tag überstehen würde.

»Hier.« Sie reichte Shaan ein feuchtes Tuch und eine Schale, die mit einem Kräuteraufguss versetztes Wasser enthielt. »Kühl ihm den Kopf; tu für ihn, was du kannst. Ich muss mich um andere kümmern, die wir vielleicht retten können.«

Sie ließ Shaan allein; das Rascheln ihres langen Rocks verklang, als sie eine andere Abteilung betrat. Shaan tunkte das Tuch ins Wasser und legte den Stoff über die Stirn des Mannes. Sie konnte durch den dicken Lappen die Hitze spüren, die seine Haut ausstrahlte, und sein Atem ging schwer und unregelmäßig. Er war nicht viel älter als sie, mit blasser Haut und rotbraunem Haar, so fein, dass seine Kopfhaut durch die kurzen Strähnen zu sehen war. Seine Wangen waren eingefallen, die Haut mit roten Flecken überzogen, und der dumpfe, hefeartige Geruch der Ungewaschenen und Kranken hing über ihm. Er lag im Sterben, daran konnte kein Zweifel bestehen. Shaan hob das nun heiße Tuch an und zog es noch einmal durchs kühle Wasser, während sie das bleiche, bewusstlose Gesicht des Patienten betrachtete.

Hatte Tallis recht? Würde es besser sein, es herauszufinden, statt abzuwarten? Sie konnte dem Mann nicht noch mehr Leid zufügen, als er ohnehin schon auszustehen hatte. Und als sie Tallis' Wunde berührt hatte, hatte sie keinen Drang verspürt, ihm Schaden zuzufügen, nur den, zu heilen. Konnte dies doch noch etwas Gutes sein?

Sie wischte sich das Wasser von den Händen und legte langsam ihre nackte, linke Hand auf die Stirn des jungen Mannes. Sofort baute sich ein anschwellendes Gefühl hinter ihrem Brustbein auf, sammelte sich und lief in einer feurigen Energielinie aus ihrem Brustkorb in ihren Arm. Der Kopf des Mannes hob sich zu ihrer Hand, als würde er davon angezogen, und schockiert riss sie die Finger weg. Sie hatte die Krankheit gesehen, gespürt, wie ihre Energie hindurchdrang. Einen Moment lang stand sie mit gefalteten Händen da und beobachtete ihn. Ging sein Atem weniger schwer?

Shaan dachte über die ruhelose Energie nach, die in ihrer Brust schwebte, als ob sie den Mann musterte, sich nach ihm ausstreckte. Die Schwestern hatten gesagt, dass er höchstwahrscheinlich sterben würde.

Sie ging zur Tür und sah nach, ob irgendjemand kam, und schloss sie dann. Ihr Herz schlug einen ängstlichen Trommelwirbel, und ihre Hände zitterten, als sie über den jungen Mann gebeugt stand, aber mit einem langen, tiefen Atemzug senkte sie langsam und vorsichtig die linke Hand wieder auf seine Stirn.

Ihre Finger begannen stark zu prickeln, bevor sie seine Haut erreichten; dann, bei der Berührung, wuchs der seltsame Druck in ihrem Brustkorb, füllte ihn bis an die Rippen aus, bis sie das Gefühl hatte, Feuer zu speien. Die Hitze stieg, und Shaan konzentrierte sich darauf, den jungen Mann anzusehen und daran zu denken, ihn zu heilen, das Leiden zu besiegen, das seinen Tod wollte. Sie drückte die Hand sanft hinunter, so dass ihre gesamte Handfläche sich an seine heiße Stirn legte, und schloss die Augen. Sofort sah sie Helligkeit; Wissen strömte in sie ein, wie es auch bei Tallis geschehen war. Sie sah schwarze Anhäufungen, die rotes Fleisch zerfetzten, sah Blut, das schwach durch Organe floss, die kaum vor Leben pulsierten, und ohne zu wissen, wie es geschah, ließ sie die Helligkeit der Energie hindurchfließen, schob das Schwarz fort, gab den Organen und Muskeln das Blut zurück. Das Herz des Mannes begann mit stetiger Kraft zu schlagen, und seine Lunge weitete sich, als er tief Luft holte.

Wie lange es dauerte, bis die Schwärze verschwand, wusste Shaan nicht zu sagen, doch als sie ihre Hand wegzog und die Augen öffnete, war die Blässe aus seinen Wangen einem schwachen Anflug von Rosigkeit gewichen. Er atmete gleichmäßig; seine Augen lagen nun ruhig unter den Lidern. Die Hitze des Fiebers war verschwunden.

Shaan sackte am Fußende des Betts zusammen. Sie hatte es geschafft; sie war sich sicher, dass er geheilt war. Allerdings wusste sie nicht, wie sie es den Schwestern erklären sollte, doch das war ihr gleichgültig. Sie hatte einen Schaden rückgängig gemacht, den Azoth angerichtet hatte. Vielleicht würde sie in der Lage sein, Leben zu retten, die sonst vielleicht verloren gewesen wären. Sie sah auf ihre Hände hinab, dann langsam, fragend, auf ihr eigenes, verletztes Bein und die schwächeren Muskeln ihres linken Arms. Vielleicht konnte sie sich selbst auch heilen.

Sie ignorierte den Schmerz in ihrem Körper und konzentrierte sich angestrengt auf ihr linkes Bein, starrte es an, richtete ihre

Aufmerksamkeit auf seine Schwäche, den Schmerz, der es ermüdete. Aber nichts kam. Ihre Finger blieben taub. Shaan sah noch einmal nach dem jungen Mann und verließ dann das Zimmer. Sie würde weggehen, kurz schlafen und es dann noch einmal versuchen. Vielleicht war das alles, was sie brauchte.

Fast hatte sie das Ende des Ganges erreicht, als Schwester Lyria zurückkehrte und ihr nacheilte.

»Shaan«, rief sie, »wohin gehst du?«

»Ich muss mich ausruhen«, sagte sie.

»Wie geht es dem jungen Mann?«

»Er schläft.« Shaan hoffte, dass die Schwester nicht nach ihm sehen würde, aber Lyria ging zurück zu dem Zimmer. Da sie sich nicht mit ihren Fragen abgeben wollte, eilte Shaan zum Ende des Ganges, aber noch bevor sie dort ankam, hatte Schwester Lyria den Mann gesehen und rief nach ihr.

»Shaan, warte!« Sie rannte ihr nach. »Es geht ihm viel besser. Ich dachte, er würde sterben; unsere Heilerinnen hatten keine Hoffnung für ihn. Wie ist das geschehen?«

»Vielleicht hat er einfach Glück.« Shaan trat um sie herum und ging auf die Tür zu.

»Amora hat den Stein ebenfalls berührt«, rief die Schwester; ihr Ton brachte Shaan zum Stehenbleiben. Lyrias Augen waren von inbrünstigem Glauben erfüllt. »Sie war diejenige, die diesen Tempel errichtete, diejenige, die das Heilen der vielen begann, die in der Revolution verwundet worden waren. Vielleicht behütet sie dich.«

Der Ausdruck ihrer Augen war verstörend, und Shaan wandte sich ab. »Ich muss gehen«, sagte sie und entfernte sich so rasch, wie ihr schmerzendes Bein es gestattete.

Die nächste Stunde lang versteckte sie sich hinter verschlossener Tür in ihrem Zimmer und versuchte sich auszuruhen, während sie sich Gedanken über das machte, was sie getan hatte, und was die Schwester wohl davon hielt. Lyria hatte eindeutig einen Verdacht, aber würde sie irgendjemandem davon erzählen? Höchstwahrscheinlich. Aber was konnte die Schwester schon tun? Shaan würde nichts eingestehen, und Lyria hatte keinen Beweis. Shaan war nicht bereit, sich zu einer Art heilendem Engel für die Schwestern machen zu lassen – und sie würden wollen, dass sie genau das wurde. Sie wusste nicht einmal, ob sie diese Kraft kontrollieren konnte. »Sie hat einen dunklen Beiklang.« Tallis hatte das gesagt; er hatte es gespürt, und sie auch. Wer sagte schon, dass sie nicht müde werden und jemanden töten würde, statt ihn zu heilen?

Sie lag auf ihrem Bett, starrte die Decke an und wünschte sich, sie könnte mit Tallis darüber reden, als es an der Tür klopfte.

»Der Wagen steht bereit, Fräulein.«

Sie schloss kurz die Augen, stand dann auf und öffnete die Tür.

»Tut mir leid, aber ich dachte, ich sollte kommen und Euch holen.« Es war der Kutscher. Er schenkte ihr ein kleines Lächeln und fuhr sich mit der Hand über den kahl werdenden Schädel. »Die Führerin mag's nicht, wenn man sie warten lässt.«

»Nein, das tut sie nicht«, sagte Shaan und sah auf ihr mittlerweile schmutzigweißes Schnürhemd und ihre alten Hosen hinab. Ihre grobe Kleidung war nicht gerade passend für den Palast, aber das einzige Kleid, das sie besaß, war zu schmutzig. »Wartet nur bitte einen Moment.« Sie zog sich rasch eine Bürste durchs Haar und strich sich das Hemd glatt; dann folgte sie ihm hinaus zu den Ställen.

Der Kutscher war ein kleiner Mann mit dunkler Haut, die in der Sonne faltig geworden war, und einem Gesicht, das sie an einen getrockneten Apfel erinnerte, aber er war freundlich, anders als so manch anderer Bediensteter des Tempels, und immer erpicht darauf, sie zum morgendlichen Schwimmen in die Drachenanlage zu fahren. Sie hatte den Verdacht, dass er mit den Arbeitern dort irgendein Spiel laufen hatte, und inzwischen waren Nilahs Bitten um Besuche so alltäglich geworden, dass er sich schon gut mit den Muthu-Stallknechten im Palast anzufreunden begonnen hatte.

»Diesmal ein langer Besuch?«, fragte er, als er ihr in den Wagen hinaufhalf.

»Wer weiß? Lange genug, zwei, drei Partien Domino zu spielen, nehme ich an.«

Er grinste. »Vielleicht sogar vier«, sagte er und klatschte mit den Zügeln auf die Kruppe des Muthu. »Hü!« Der Wagen holperte vorwärts. Shaan ließ die Vorhänge diesmal unten, als sie durch die Straßen fuhren, und schob sie erst auf, als sie die glatten Steine des Palasthofs überquerten.

Der Palast der Führerin war ein gewaltiger Komplex aus Kuppelbauten, Gärten und Säulengängen, der sich um einen großen Innenhof erstreckte und von einer hohen Steinmauer umgeben war. Die Ställe lagen weit vorn, links von der großen Kuppel des öffentlichen Eingangs. Shaan konnte die erhobenen Stimmen einer Gruppe von Kindern auf Besuch über die Mauer tönen hören, als sie die Stallhöfe überquerte, um zum Tor in den Innenhof zu gelangen.

Die Wachen warfen kaum einen Blick auf das von der Führerin eigenhändig unterzeichnete Schreiben, bevor sie Shaan ins geschäftige Zentrum des Palasts vorließen. Es war immer noch bewölkt, und die drückende Hitze sorgte dafür, dass viele Menschen auf der Umrandung der drei Springbrunnen saßen, während andere den relativ kühlen Schatten der Bäume suchten, die in einigem Abstand voneinander zwischen die glatten Pflastersteine gepflanzt waren. Ratgeber in Roben saßen auf Bänken und sprachen mit Verwaltungsbeamten und Ratsmitarbeitern, während die vielen Bediensteten, die für die Ernährung und Wasserversorgung im Palast verantwortlich waren, so unauffällig wie Motten umherhuschten. Am entgegengesetzten Ende des Hofs lagen die Kuppeln der Ratsgemächer und neben ihnen mit Flachdächern versehene Schreibzimmer, vor denen viele Personen an Tischen saßen, an denen unter aufgespannten Sonnensegeln Essen serviert wurde.

Shaan versuchte, keine Aufmerksamkeit auf sich zu ziehen, überquerte die große Freifläche und ging auf den freistehenden Säulengang zu, der sich drei Stufen oberhalb des gepflasterten Hofs erhob. Die Residenz und die Gärten der Führerin lagen hinter einer dicken Mauer jenseits der Kolonnade, und ein halbes Dutzend Gardisten war zwischen den Säulen auf Posten und hielt Wache. Sie musterten sie mit barschem Blick, als sie die flachen Marmorstufen emporstieg und rasch durch den kühlen Schatten zu dem schweren Tor ging, das zu Nilahs privaten Gemächern führte. Die drei Wachen dort prüften ihr Schreiben mit großer Aufmerksamkeit, durchsuchten sie nach Waffen und nahmen ihr den Rest eines Stücks Brotrinde ab, das sie in einer Hosentasche vergessen hatte, bevor sie sie durchließen. Es war jedes Mal dasselbe, obwohl es auch jedes Mal dieselben Wachen waren, die sie sicherlich wiedererkannten. Aber Nilahs Mutter, Arlindah, war schließlich vergiftet worden.

An dem Wachhaus jenseits des Tors vorbei ging Shaan den Pfad zwischen den Rasenflächen und Sträuchern hinunter, um an die Vordertür des großen, einstöckigen Gebäudes zu klopfen. Nach kurzer Zeit öffnete sich die Tür. Eine junge Dienerin ließ Shaan ein und führte sie in Nilahs Wohnzimmer, einen luftigen Raum, der auf den Garten hinausging. Nilah, die Führerin von Salmut, saß auf einem der niedrigen Sofas und starrte durch die Fenster nach draußen. Ein Stoß Pergamentrollen lag geöffnet und verstreut zu ihren Füßen auf einem scharlachroten Teppich.

»Da bin ich.« Shaan durchquerte das Zimmer, um sich in einen Sessel zu setzen; ihr linkes Bein pochte vor Protest über das Maß an Bewegung, das ihm zugemutet worden war.

Nilah wandte sich nicht um. »Ich hasse die Regenzeit«, sagte sie. »Schlamm auf den Straßen, grauer Himmel, und ich fühle mich immer klebrig.« Sie sah Shaan an. »Lass uns schwimmen gehen.«

Shaan sah die Pergamente auf dem Teppich an. »Hast du denn keine Arbeit zu erledigen?«

Nilah rollte mit den Augen. »Nicht auch noch du!« Sie ließ sich gegen die Sofalehne zurücksinken.

Leichter Regen begann zu fallen; als die Wolkendecke dichter wurde, kam die Dienerin herein, um Laternen zu entzünden.

»Hör auf.« Nilah starrte sie finster an. »Geh weg. Such dir etwas anderes zu tun.«

»Ja, Führerin.« Das junge Mädchen unterbrach seine Tätigkeit sofort und verließ unter kleinen Verneigungen den Raum.

»Schließ die Türen!«, rief Nilah und sah dann Shaan an, als die Türen zufielen. »Ich denke, ich werde ein neues Mädchen einstellen müssen«, sagte sie. »Sie macht mich ungehalten. All dieses Herumscharwenzeln! Das gefällt mir nicht.«

»Ich dachte, Führerinnen müssen Leute haben, die um sie herumscharwenzeln?«

Nilahs zarte, schmale Gesichtszüge erinnerten Shaan an eine Katze, als sie sie musterte. »Ich komme ohne das aus«, sagte sie. »Es scharwenzeln schon genug Leute um mich herum, wenn ich außerhalb dieser Gemächer bin. Ich weiß nicht, wie meine Mutter das ausgehalten hat!« Sie stand auf. »Wein?«

Sie ging zu einer langen, vergoldeten Anrichte an einer Wand und schenkte zwei Gläser ein, bevor Shaan antworten konnte. »Was ich will«, sagte sie, während sie Shaan ein Glas reichte, »ist, so zu sein, wie ich früher war. Überall hinzugehen, alles zu tun, was mir gefiel … Nun …« – sie verzog das Gesicht – »alles, zumindest bis Rorc es herausfand. Wir sollten in ein Wirtshaus gehen, wie das, in dem wir uns getroffen haben … Es war doch das Gasthaus Zum Drachen, nicht wahr?«

»Ja, das war es. Aber erinnerst du dich nicht daran, wie deine Besuche in Schenken immer enden? Ich musste dich vor einem Mann mit einem Messer retten.«

»Beim zweiten Mal, ja, aber als wir uns zum ersten Mal begegnet sind, war es da nicht Balkis, der *dich* retten musste?« Nilah sah sie von der Seite an. »Aber das sind alles langweilige Einzelheiten. Mir ist nichts passiert … und dir auch nicht.«

Shaan stellte ihr Weinglas ab. Es stimmte, dass sie bei ihrer ersten Begegnung zu viel Wein getrunken hatte und wohl vergewaltigt worden wäre, wenn Balkis nicht eingegriffen hätte. Es beschämte sie immer noch, an jene Nacht zurückzudenken. Sie war dumm gewesen, leichtsinnig.

»Mir war nicht klar, dass du davon weißt«, sagte sie.

Nilah wedelte mit der Hand und zuckte die Schultern. »Vergangene Fehler. Genau, wie du mich vor dem Cristverkäufer retten musstest … Wir haben es jedenfalls beide überlebt.« Sie lächelte kurz.

Shaan konnte nicht zurücklächeln. An dem Tag, an dem sie Nilah vor dem Drogenhändler in dem Gässchen gerettet hatte, hatte sie sie in Morfessas Haus gebracht, und von da an hatte sich alles geändert. Sie hatte herausgefunden, was die Träume bedeuteten, Azoth hatte sie gefunden … Nicht, dass irgendetwas davon Nilahs Schuld gewesen wäre.

»Komm schon, Shaan«, sagte Nilah, »schleichen wir uns davon!« Ein schelmisches Funkeln war in ihren Augen aufgekeimt, aber Shaan empfand keinerlei Bedürfnis, ihre Sorgen in Wein zu ertränken.

»Hast du hier nicht zu viel zu tun, um auch nur daran zu denken, zum Trinken auszugehen?«, fragte sie. »Was ist mit Azoths Erscheinen? Oder den Leuten, die im Tempel an Auszehrung sterben? Bedeuten sie dir nichts?«

Nilah starrte sie an, und einen Moment lang dachte Shaan, sie würde ihr befehlen, zu gehen, aber dann lachte sie und setzte sich wieder aufs Sofa.

»Weißt du … Niemand sonst würde es wagen, so etwas zu mir zu sagen«, sagte sie; ihre blauen Augen funkelten. »Nicht einmal Kommandant Rorc – obwohl ich sicher bin, dass er hinter meinem Rücken sehr viel sagt.«

»Ich kann gehen, wenn du willst.«

»Nein. Warum, glaubst du, bitte ich dich immer wieder, zurückzukommen? Du bist der einzige Mensch, der mich so behandelt wie jeden anderen auch.«

Shaan rieb sich die Augen und trank etwas Wein, der ihr auf beinahe nüchternen Magen rasch zu Kopf stieg. »Du *bist* wie jeder andere auch«, sagte sie, »abgesehen davon, dass du Führerin und Vorsteherin der Schwestern der Amora bist und dies alles hast.« Sie wies mit einer Handbewegung durch den Raum.

Nilah lächelte traurig. »Dies alles«, wiederholte sie und wies auf die Papiere zu ihren Füßen. »Weißt du, was ›dies alles‹ ist? Eingaben von Lorgon und dem Rest meines Rats der Neun, die mir mitteilen, wie wichtig es gerade jetzt ist, mich auf die Probleme mit den Handelsrouten in die Freilande zu konzentrieren, Aufzeichnungen über die steigende Zahl von Söldnern, die die Karawanen ausplündern.« Sie hob eine Handvoll Pergamente hoch. »Aktennotizen darüber, wie erzürnt die Freiländer sind, dass ich anscheinend nicht genug dagegen unternehme, und Auflistungen, wie viel Geld wir oder vielmehr die Händler verlieren – und damit meine ich die Ratsmitglieder! –, weil Handelspartner in den Freilanden all ihr Geld aus unseren Handelshäusern zurückziehen!«

Sie schüttelte den Kopf und versetzte dem Papierhaufen einen Tritt; dann trank sie einen tiefen Zug Wein. »Sie erwähnen nichts über das Verschwinden der Drachen oder die Dörfer, die vernichtet worden sind, oder sogar – mögen die Götter uns beistehen! – die Rückkehr des Gefallenen. Kein Wort! Es geht nur um ihr Geld. Was also sollte ich deiner Meinung nach tun?« Sie wandte sich Shaan zu, gab ihr aber keine Gelegenheit, zu antworten.

»Lorgon denkt, dass wir die Freilande angreifen sollten. Dass ihre Armee hinter den Söldnern steht – und, weißt du, angesichts dessen, was sie getan haben, wäre ich darüber noch nicht einmal erstaunt. Ich neige fast dazu, ihm zuzustimmen.« Sie holte tief Luft; ihr schien die Energie ausgegangen zu sein. »Ich weiß nicht… Es bereitet mir alles Kopfschmerzen.«

»Ich verstehe nicht viel von Politik, Nilah«, sagte Shaan, »aber dein größtes Problem sind nicht die Freilande. Es ist Azoth.«

»Das sagen auch Rorc und Morfessa.« Nilah klopfte mit einem Fingernagel gegen die Seite ihres Glases.

»Warum hörst du dann nicht auf sie?«

»Weil sie…« Ihr Gesicht zog sich vor Verdrossenheit zusammen. »Weil sie auf nichts hören, was ich sage. Sie glauben, ich sei ein Kind und verstünde mich nicht darauf, Führerin zu sein.«

»Was also?«, sagte Shaan. »Tust du demnach nichts?«

»Nein!« Nilah runzelte die Stirn. »Aber sie reden nur darüber, was meine Mutter getan hätte, und dass ich die Stadt darauf vorbereiten muss, gegen Azoth zu kämpfen. Und der ganze Rat, besonders Lorgon, redet darüber, dass die Freilande die eigentliche Gefahr darstellen, dass sie alles unsicher machen und es Azoth erleichtern werden, die Macht zu übernehmen, falls er kommt.«

»Du meinst, *wenn* er kommt«, sagte Shaan. Nilah sah sie an, und Shaan stützte die Unterarme auf die Knie. »Er kommt, Nilah. Ich weiß es.«

Die Augen der Führerin verengten sich. »Ja, du warst bei ihm, nicht wahr? Du bist seine Nachkommin. Erzähl mir … Wie ist er?«

Shaan zögerte. »Er ist jemand, vor dem man sich fürchten muss.«

»Natürlich, das sagen alle. Aber er hat sich als Morfessas Gehilfe, Prin, verkleidet, nicht wahr? Ich habe ihn dort gesehen. Er war ein gutaussehender Mann mit wundervollen Augen.« Sie beugte sich zu Shaan. »Ganz wie deine.«

Shaan zuckte zurück und hatte einen Moment lang das Bedürfnis, sie zu ohrfeigen. »Er ist kein Mann.«

»Das weiß ich.«

»Offenbar nicht.«

Etwas veränderte sich in Nilahs Gesicht. Sie lehnte sich zurück. »Du bist böse. Tut mir leid, ich habe vergessen, dass er dir etwas angetan hat.«

Shaan holte tief Atem. »Er hat vielen Leuten etwas angetan, und du sprichst von ihm, als wäre er jemand, mit dem du schlafen könntest!«

Nilah lächelte halb. »Man kann mit allen Männern schlafen. Und ich gestehe, dass ich versucht habe, ihn zu verführen, als er Prin war, nur das eine Mal.« Ihr Lächeln verblasste. »Aber er hat mich abgewiesen. Er war seltsam. Er hat mir ein wenig Angst gemacht.«

»Er sollte dir *viel* Angst machen. Weißt du, wie viele Dörfer seine Wilden Drachen und Scanorianer angegriffen haben? Es sterben Menschen, Nilah!«

»Ich weiß.« Das Lächeln war aus Nilahs Gesicht verschwunden, und sie sah bleich und müde und sehr jung aus. Shaan bemerkte mal wieder, wie oft sie vergaß, dass die neue Führerin erst siebzehn Jahre alt war und ihre Mutter vor wenigen Monaten ermordet worden war.

Nilah zuckte die Schultern. »Lass uns von etwas anderem sprechen! Wie wäre es mit Septenführern? Unter denen gibt es ein paar hübsche Kerle, über die man reden kann.« Sie lächelte und zog die Augenbrauen hoch. »Dieser Balkis Mondial hat eine ganz schöne Ausstrahlung, findest du nicht?«

Shaan verspürte bei der Erwähnung seines Namens eine kurze Aufwallung von Beklommenheit. »Nicht, dass ich wüsste«, sagte sie.

»Wirklich?« Nilah lachte leise, während Shaan aufstand, um ihr Weinglas aufzufüllen. »Ich habe gehört, dass er schrecklich viel Zeit im Tempel verbracht hat, nachdem dein Bruder dich nach Hause geholt hat, und von keiner der jungen Dienerinnen weggelockt werden konnte, die ihm schöne Augen gemacht haben.«

Beim Einschenken verschüttete Shaan beinahe den Wein. »Ich glaube, du musst dich deinen Schriftrollen widmen«, sagte sie.

»Mit dir ist es nicht lustig«, schmollte Nilah, während sie sich umdrehte; dann stieß sie ein tiefes Seufzen aus und hielt Shaan ihr Glas hin. »Na gut, füll meines auch wieder, dann verspreche ich, dass ich nichts mehr über hochgewachsene, blonde Männer sage, die schöne, schöne…«

»Nilah!«

Die junge Frau rollte mit den Augen und schloss sehr betont den Mund. Shaan nahm ihr Glas und rang darum, ein Lächeln zu verbergen. Trotz all ihrer Fehler brachte Nilah sie manchmal zum Lachen.

Als sie am späten Nachmittag den Palast verließ und auf dem Weg zu den Ställen war, sah Shaan Balkis mit einem der Stallknechte sprechen, als sie durchs Tor trat. Sie zögerte und blieb dann stehen; eine alberne Furcht schnürte ihr die Kehle zu. Sie hatte Balkis nicht gesehen, seit Tallis sie zurückgeholt hatte. Zuerst war sie zu krank gewesen, danach zu unsicher. Sie wusste nicht, was sie zu ihm sagen sollte, und es war leichter geworden, ihn zu meiden. Sie hatte den Impuls, den Weg zurückzueilen, den sie gekommen war, aber er würde sie jetzt jeden Moment sehen, und sie würde sich lächerlich machen. Sie erinnerte sich noch an sein Gesicht, als Azoth sie verschleppt hatte, den Ausdruck von Enttäuschung und Angst, als er zur Spitze der Kuppel gerannt war. Sie erinnerte sich auch immer noch daran, wie sie ihn in einer dunklen Gasse geküsst hatte.

Er sah noch genauso aus: hochgewachsen, muskulös, stattlich. Sein blondes Haar war staubbedeckt und aus dem Gesicht gestrichen; einzelne Strähnen lockten sich in der feuchten Hitze auf der sonnengebräunten Haut seines Halses. Er trug die ärmellose Lederweste der Reiter und dunkelgrüne Hosen; um seine Hüften war ein Schwert gegürtet. Er sah Shaan, und sie holte augenblicklich Atem und begann weiterzugehen, versuchte, so zu wirken, als hätte sie das die ganze Zeit schon getan. Er schritt auf sie zu; Erstaunen stand in seinem Gesicht.

Sie trafen neben einem leeren Karren aufeinander, der nahe bei den Stallungen stand.

»Shaan«, sagte er, die blauen, blauen Augen weit aufgerissen, »du bist nicht mehr im Tempel. Was tust du hier? Fühlst du dich besser?«

»Nilah hat verlangt, mich zu sehen.« Sie legte eine Hand auf den Karren und lehnte sich daran, um ihr Bein zu entlasten.

»Du gehst.« Sie fühlte sich schlampig, aus der Fassung gebracht, als er die groben Hosen und das alte Hemd musterte. »Dein Haar ist länger«, sagte er.

Sie widerstand dem Drang, daran herumzuzupfen. Es reichte jetzt gerade über ihre Schultern und schien immer ungebändigt zu sein. »Ich schneide es vielleicht wieder ab«, sagte sie, ohne zu wissen warum.

Er lächelte, und sie versuchte zu ignorieren, wie sie sich bei diesem Anblick fühlte, und dann beugte er sich zu ihr; seine Stimme war leiser, als er sagte: »Ich bin jeden Tag gekommen, um dich zu besuchen. Warum wolltest du mich nicht einlassen?«

Sie sah beiseite; ihre Brust fühlte sich eng an. »Es ging mir nicht gut.«

»Jetzt scheint es dir besser zu gehen.«

Sie versuchte, tiefer Atem zu holen; es gelang ihr nicht. »Es geht mir besser, aber ich bin nicht dieselbe.«

»Du bist am Leben.« Er schob ihr eine Haarsträhne hinters Ohr; seine Finger strichen leicht über ihre Wange.

»Kaum.« Sie wich zurück, als sie bemerkte, dass einige der Stallburschen hinter ihm zusahen, aber Balkis ignorierte sie und ließ seinen Blick mit einer Heftigkeit, die verstörend war, auf ihr ruhen.

»Erlaube, dass ich dich besuche«, sagte er.

»Nein.«

»Aber warum nicht?«

»Weil ...« Sie atmete aus und wusste nicht, was sie sagen sollte.

»Du hast keinen Grund, mich abzuweisen.«

»Ich habe den Schöpferstein berührt«, sagte sie. »Das hat mich verändert, es ...« Sie hob die linke Hand, und er musterte sie verwirrt.

»Was?«

Sie starrte ihre Handfläche an. Was konnte sie ihm schon sagen? Dass sie jemanden geheilt hatte, dass sie spüren konnte, wie sein Blut durch seine Adern floss, wenn sie es versuchte? Das würde er nicht verstehen.

»Ich nehme an, du kannst es jetzt nur deinem Bruder erzählen, nicht wahr? Deinem Zwilling.«

»Wir sind anders als vorher, Balkis, Tallis und ich.«

»Nur in gewisser Hinsicht«, sagte er. »In anderer bist du immer noch dieselbe.«

»Was soll denn *das* heißen?«

Er ließ die Hand auf dem Knauf seines Schwerts ruhen und sah einen Moment lang über ihren Kopf hinweg, bevor er den Blick senkte. »Du vertraust den Leuten nicht, Shaan.«

»Das tue ich doch, ich vertraue ...«

»Deinem Bruder?« Sein Tonfall war gereizt. »Und was ist mit mir? Vertraust du mir nicht?«

»Ich kenne dich kaum.«

Er lachte harsch auf. »Oh, ich glaube, du kennst mich durchaus ein wenig. Außerdem könnten wir daran ja etwas ändern.«

Wie waren sie so weit gekommen? Sie lehnte sich erschöpft gegen den Karren zurück. »Ich bin müde, Balkis«, sagte sie. »Es war ein langer Tag. Ich muss mich ausruhen.«

»Also geht es dir nicht so gut, wie du vorgibst.«

»Ich gebe gar nichts vor.«

Er lächelte. »Vertraust du mir dann, dir auf deinen Wagen zu helfen?«

»Ich glaube, das schaffe ich allein.«

»Nein, das glaube ich nicht«, sagte er. »Reich mir den Arm, oder wäre es dir lieber, getragen zu werden?«

Sie richtete sich so rasch auf, wie sie konnte, besorgt, dass er sie einfach hochheben könnte, und streckte die rechte Hand aus. »Also gut, wenn du kein ›Nein‹ als Antwort hinnimmst …«

Aber statt ihre Hand zu nehmen, legte er ihr den Arm um die Taille und zog sie an sich.

»Hab dich reingelegt«, sagte er leise, und wenn sie die Energie gehabt hätte, zu protestieren, wäre sie vielleicht zurückgewichen, aber sie war plötzlich froh über seine Hilfe, als er sie mehr oder weniger zum Wagen trug. Sie versuchte, sich selbst vorzumachen, dass sie nichts fühlte, als sie seinen leichten, würzigen Geruch wahrnahm oder die feste Wärme seines Körpers gegen ihre Seite gepresst spürte oder als er ihr in den Wagen hochhalf und seine Hand länger als notwendig in ihrer blieb. Sie versuchte, all das einfach auszublenden, und als er sie wieder fragte, ob er sie im Tempel besuchen könne, sagte sie nein, und wieder nein, aber er lächelte ein halbes Lächeln, als der Wagen anfuhr, und sie spürte, dass er ihr nachsah, bis der Wagen aus seinem Gesichtsfeld heraus auf die Straße rollte.

3

Tallis konzentrierte sich auf den Verführer, der ihm gegenüberstand.

Er hieß Farris und war gebaut, als sei er aus Stein gemeißelt; eine hässliche Narbe durchfurchte eine Seite seines Gesichts. Er hatte schon zwei Männer besiegt, und Tallis wollte nicht der dritte sein.

Der Nachmittag war schwül und warm. Der Regen des Morgens hatte den Boden der Arena in Schlamm verwandelt, deshalb trat Tallis vorsichtig auf; seine Schenkel spannten sich an, als er und der Verführer sich langsam umkreisten, die stumpfen Übungsschwerter erhoben. Tallis fand, dass es ganz anders war, Menschen zu lenken, als über Drachen zu gebieten. Der Verstand eines Menschen sang ihm nicht zu. Wieder und wieder war es ihm misslungen, seine Gegner zu kontrollieren, und zum Beweis dafür hatte er Prellungen.

Hochkonzentriert richtete er seine Aufmerksamkeit ganz auf Farris und versuchte, ihn durch Willenskraft zu zwingen, die Waffe zu senken. Der Verführer widerstand. Er hatte in seinem Geist eine Barriere gegen Tallis errichtet, und dieser konnte sie anscheinend nicht durchdringen. Er hielt dagegen, spürte, wie die Adern in seinem Hals vor Anstrengung schwollen, aber Farris grinste nur. Ein weißglühender Schmerz loderte hinter Tallis' Augen auf. *Ergib dich!* Der Befehl versengte Tallis' Verstand, und er fiel auf die Knie, rang nach Luft. Der Verführer stürzte sich heftig auf ihn; die stumpfe Schneide seines Schwerts traf Tallis quer über die Brust. Er fiel hintenüber in den Schlamm; seine Rippen schmerzten.

Der Verführer bedachte ihn mit einer spöttischen Verneigung.

»Ich habe wieder gewonnen, Clansmann. Vielleicht hättest du deinen Drachen um Hilfe bitten sollen.« Lachend schritt Farris zu den Bankreihen zurück.

Die anderen Männer machten abschätzige Bemerkungen über die Größe von Tallis' Männlichkeit, während er langsam auf die Beine kam. Sie waren in der kleineren Übungsarena der Drachenanlage, und die meisten Bänke waren mit Verführern und Jägern besetzt. Rorc und Cyri standen am Geländer und sahen zu; Tallis merkte ihrem Gesichtsausdruck an, welche Enttäuschung er ihnen bereitete.

Sie konnte der Verdrossenheit, die er selbst verspürte, allerdings nicht einmal nahekommen. Langsam ging er ans Geländer und schüttelte sich den Schlamm aus den Kleidern. Er hätte in der Lage sein sollen, diese Männer zu schlagen; obwohl sie seit ihrer Kindheit geübt hatten, wusste er, dass sein Geist stärker war. Jeden Tag spürte er, wie seine Befehlsgewalt über die Drachen wuchs und seine Kraft sich steigerte; er hätte in der Lage sein sollen, auch den Verstand eines Menschen zu beherrschen. Aber irgendetwas hielt ihn zurück. Er hatte keine Kontrolle über seine Macht, und das ärgerte ihn.

»Du machst nur langsam Fortschritte«, sagte Cyri, als er die beiden erreichte, »und gewinnst kaum Freunde.«

Tallis warf einen Blick auf Rorc, der stumm neben dem Konsul der Glaubenstreuen stand. »Sie sehen mich als Außenseiter«, erwiderte er.

»Vertrauen muss erworben werden, und Unwissenheit ist nur dann eine Barriere, wenn man sie zu einer werden lässt«, fuhr Cyri fort. »Mach dir weniger Gedanken um sie und mehr um das, was du lernen musst.«

»Ich lerne so schnell, wie es mir möglich ist.« Tallis rieb an etwas Matsch auf seinem Hemd herum.

Cyri erinnerte ihn manchmal an Karnit. Noch ein alter Mann, der versuchte, ihn zu kontrollieren … Wenn er glaubte, dass ihm das gelingen würde, irrte er sich.

Cyri sah amüsiert drein. »Kontrolle ist subjektiv«, sagte er.

»Haltet Euch aus meinem Kopf fern.« Tallis musterte den älteren Mann und stärkte die Abwehr, die er um seinen Verstand herum zu weben lernte.

Der Konsul lächelte. »Jetzt lernst du.« Er wandte sich den Bäumen zu. »Ich brauche nachher einen vollständigen Bericht«, sagte er zu Rorc.

»Selbstverständlich, Konsul«, antwortete Rorc, aber er sah Tallis an. »Er wird besser werden – er weiß, dass unser aller Leben davon abhängt.« Tallis begegnete seinem Blick, antwortete aber nicht.

Rorc wandte sich an einen Jungen, der hinter ihm wartete. »Hol ein paar Übungsschwerter und verteile sie. Fechtübungen!« Er hob die Stimme, damit die anderen Männer ihn hören konnten, und ging fort in die Mitte der Arena.

Tallis kämpfte seinen Ärger nieder und rieb sich den Schweiß von der Hand, so dass sein Schwert nicht abrutschen würde. Ihm war klar, dass Rorc recht hatte: Er musste es schaffen. Zu versagen bedeutete, Azoths Aussichten auf einen Sieg zu vergrößern.

Farris grinste, als er an ihm vorbeiging. »Noch einmal du und ich, Clansmann«, sagte er und klatschte mit der Schwertklinge auf seine Handfläche. Tallis konnte spüren, wie er gleich zusammengeschlagen werden würde, und wünschte sich, Salmut hätte heiße Quellen gehabt, in denen er seine Muskeln, von denen bald noch mehr schmerzen würden, hätte einweichen können.

»Angriff!«, rief Rorc, und Tallis stählte sich und parierte einen kräftigen Hieb, als der Verführer ihn attackierte.

Sie übten den Rest des Tages über mit Schwertern und mit dem Geist. Es gelang Tallis, gegen einige zu bestehen, aber er konnte immer noch nicht angreifen. Es war, als ob eine Barriere seine Kraft zurückhielt. Die anderen Männer hatten ihm kein Pardon gegeben, sondern waren unter Rorcs Befehl hart auf ihn eingedrungen, und zu dem Zeitpunkt, als die Sonne zu sinken begann, tat ihm alles weh, er war von Prellungen übersät und wütend, als er sich schon wieder auf den Knien wiederfand, sein Schwert im Schlamm. Fluchend stand er auf und ging zurück zu den Bänken, während zwei Jäger auf den Kampfplatz traten und in einem Wirbel von Übungsmessern vorschnellten, zutraten und herumwirbelten.

»He, Clansmann!«, rief Farris ihm von den Bänken weiter oben aus zu. »Wie wäre es mit noch einem Versuch, nur zum Spaß? Es sei denn natürlich, du bist zu beschäftigt mit dem Zöpfeflechten!«

Ein paar der anderen lachten, als Tallis sich umdrehte, um zu ihm hochzusehen. Farris hatte ihn den ganzen Tag über wegen seines längeren Haars und seiner Zöpfe verspottet.

»Komm schon.« Farris stand auf und griff sich lachend in den Schritt. »Komm und hol dir deine Strafe.«

»Es reicht, Farris«, meldete sich ein jüngerer Verführer von dem Sitz hinter Tallis. »Der Tag ist vorbei. Es ist Zeit zum Futtern, nicht für Fäuste!«

»Ich freunde mich nur mit ihm an«, sagte Farris. »Stimmt's, Clansmann? Oder sollte ich dich nicht so nennen? Wie ich gehört habe, wurdest du aus deinem Clan ausgestoßen. Hat mich überrascht. Ich dachte, diese Sandfresser würden jeden aufnehmen!«

Ein nervöses Zucken begann an Tallis' Kiefer. Einige der anderen Männer kicherten nervös, aber die meisten saßen stumm da und warteten ab, was er tun würde.

»Achte gar nicht auf ihn«, sagte der jüngere Verführer. »Farris benimmt sich bloß wie Farris. Soweit ich sehen kann, ist der Tag vorbei.«

Aber die Worte hatten zu tief getroffen. Tallis stand auf und ging zurück in die Arena, begleitet von den tosenden Beifallsrufen der Männer. Er ignorierte sie und zwang den Schmerz aus seinen ziehenden Muskeln; er war zu wütend, um zu sprechen. Er war vielleicht kein Clanmitglied mehr, aber eine Beleidigung gegen den Clan konnte nicht einfach stehen gelassen werden.

»Gut so, braver Hund!« Farris sprang über die Bänke hinweg herunter und folgte ihm in die Arena. »Komm und lass dich durchbläuen wie ein guter Junge!« Er schritt auf Tallis zu, schwang sein Schwert, durchschnitt die Luft damit. »Ein letztes Mal.« Er grinste, und irgendetwas zerbrach in Tallis. Ein schwacher, metallischer Geschmack nach Blut huschte über seine Zunge, und alles verschwamm vor seinen Augen, während die Welt sich aufrollte und Dunkelheit in ihm aufstieg. Ohne nachzudenken, rannte er auf Farris zu. Er konnte das Blut des Mannes heiß durch seine Adern fließen spüren, schnell durch Fett und Sehnen. Er nahm wahr, dass Farris plötzlich einknickte, aber nichts konnte die Aufwallung von Zorn aufhalten, die aus seinem Geist hervorbrach, als er sich auf ihn stürzte und die Faust kräftig an den Kiefer des Mannes schlug; die Dunkelheit floss dabei unkontrolliert aus seinem Verstand. Knöchel trafen auf Kiefer, und der Verführer stürzte in den Schlamm und lag still. Einen Moment lang herrschte Stille.

Tallis stand über ihm, vibrierte vor Energie; sein Atem ging keuchend und laut. Die Barriere, die er den ganzen Tag lang verspürt hatte, war verschwunden, und ihm war schwindlig, da die Welt durch sein Blut wirbelte und sein Atem der Atem des Landes war. Kraft toste durch seinen Schädel. *Arak-ferish.* Schwach hörte er Marathins Flüstern. Im Hinterkopf spürte er, wie Shaans Aufmerksamkeit sich schlagartig auf ihn richtete, spürte, was er getan hatte.

Er schaute auf, und die Männer, die sich genähert hatten, blieben stehen und wichen zurück; Tallis ahnte, dass seine Augen jetzt wahrscheinlich sehr dunkel waren und fast schwarz wirkten.

Nur Rorc ging weiter, bis er sie erreichte, und bückte sich dann, um den Puls des hingestreckten Mannes zu überprüfen.

»Er lebt noch«, sagte er und kam dann so schnell hoch, dass Tallis die Faust fast nicht kommen sah, bevor sie seinen Kiefer traf. Er stürzte; feuchte Erde traf auf seinen Hinterkopf. Schmerz pochte durch sein Gesicht und seinen Hals, und er sah den Himmel, an dem die Wolken dahinjagten, als die Welt wieder klar zu erkennen war. Dann blickte er in die grimmig blickenden Augen des Kommandanten.

»Bringt Farris zu den Heilern«, sagte Rorc zu den anderen Männern. »Wir sind für heute fertig. Kehrt in eure Baracken zurück.«

Als sie fort waren, sagte Rorc: »Hoch mit Euch.« Er trat zurück;

Tallis wälzte sich auf die Seite und stemmte sich hoch. »Sagt mir, dass es ein Unfall war«, sagte Rorc leise. »Sagt mir, dass Ihr nur die Beherrschung verloren habt und meinen Soldaten nicht fast töten wolltet.«

Tallis wusste nicht, was er ihm erzählen sollte. Er konnte immer noch die Reste von Kraft auf der Haut spüren, wie durch die Luft treibende Asche eines Feuers.

»Ich glaube nicht.« Seine Kehle war zugeschnürt, und er musste die Worte an seinen Zähnen vorbeizwingen.

Rorcs Blick war eisig. »Wascht Euch und kommt dann in mein Quartier.« Er wandte sich ab und schritt davon, und Tallis bemerkte, dass Balkis nahe am Geländer stand und ihn quer über die Arena hinweg ansah. Er fing seinen Blick auf und fragte sich, was der andere Mann dachte. War er immer noch so versessen darauf, seiner Schwester nachzustellen, nachdem er gesehen hatte, was ihr Bruder anrichten konnte?

Am Brunnen vor der Kuppel wusch er sich. Er hatte eine der alten Drachenboxen im unteren Stockwerk übernommen, nachdem nun alle Drachen bis auf Marathin und Haraka die Stadt verlassen hatten. Die Box war kühl und trocken und ähnelte den Höhlen seiner Heimat mehr, als die Baracken es taten. Aber manchmal, wie jetzt, erinnerte ihn der Aufenthalt dort zu sehr an das, was er verloren hatte.

Warum hatte er heute für einen Clan gekämpft, dem er noch nicht einmal mehr angehörte? Er hatte beinahe einen Mann getötet. Was wurde nur aus ihm?

Er trocknete sich mit einem groben Tuch ab und zog sich ein sauberes Hemd über; seine schlammbeschmierten Kleider hängte er über den Brunnenrand. Sich an zu Hause erinnert zu fühlen war ein Schmerz, den er jetzt nicht gebrauchen konnte. Er schwang den Eimer des Brunnens zurück über den Schacht und kurbelte ihn langsam wieder hinunter. Der Brunnen befand sich auf der von der Stadt abgewandten Seite der Drachenkuppel, und Tallis lehnte sich gegen die niedrige Mauer und sah zum Klippenrand, während die Sonne im Meer versank.

»Tallis«, erklang Shaans Stimme, aber er drehte sich nicht um. Er hatte schon vor einiger Zeit gespürt, dass sie gekommen war.

»Es geht mir gut«, sagte er. »Es war nur ein Übungskampf.«

»Es war mehr als das.« Sie lehnte sich neben ihm an die Brüstung des Brunnens. »Was ist geschehen?«

»Was ist mit dir geschehen?« Sobald sie in der Nähe gewesen war, hatte er gespürt, dass etwas an ihr anders war, sich geringfügig verschoben hatte. »Was hat sich geändert, seit ich dich heute Morgen gesehen habe?«

»Meine Kleider«, sagte sie. »Du erzählst mir erst, was du getan hast.«

Er atmete kurz aus. »Ich habe einen Mann angegriffen und dabei die Macht eingesetzt, die ich über die Drachen habe. Sie ist … einfach aus mir hervorgebrochen.«

»Du warst wütend.« Sie legte den Kopf schief und runzelte die Stirn; er spürte, wie sein Bewusstsein für sie heller aufloderte. »Du fühlst dich stärker«, sagte sie.

Er nickte. »Ich fühlte mich, als sei ich zu etwas durchgedrungen. Aber ich weiß nicht, ob ich schon stark genug bin, es zu beherrschen.«

Shaan verschränkte die Arme vor der Brust und starrte einen Moment lang aufs Meer hinaus.

»Du klingst, als ob es beginnt, dir zu gefallen.«

»Nein, aber ich habe das Gefühl, dass es beginnen wird, mich zu beherrschen, wenn ich es nicht an die Leine lege.«

Ein bitteres Lächeln huschte über ihr Gesicht. »Azoth hat uns schon wunderbare Begabungen vererbt, nicht wahr?«

»Vielleicht werden sie uns helfen, ihn zu besiegen«, sagte Tallis. »Aber du bist doch gekommen, um mir etwas zu erzählen?«

Sie schwieg eine Weile und sah zu, wie das sich ausbreitende orangefarbene Licht des Sonnenuntergangs den Horizont tränkte.

»Shaan?«

»Ich bin heute in den Heiltempel gegangen«, sagte sie, und er begriff schlagartig.

»Du hast jemanden geheilt.«

Sie nickte und hielt die linke Hand ein wenig von sich weg, als ob sie sie ihm zeigen wollte. Ihre Hand zitterte ein wenig. »Ich habe sein Leben gespürt, Tallis«, sagte sie. »Ich habe im Geiste gesehen, wie sein Körper arbeitete, habe es gespürt, wusste, wie ich ihn heil machen konnte. Es war …« Sie hielt inne und schüttelte den Kopf.

»Erschreckend?«, fragte er.

Sie ließ die Hand sinken. »Ich bin mir nicht sicher. Es war nicht dasselbe wie bei dir; er war normal.«

»Menschlicher«, sagte er.

Sie sah ihn rasch an. »Ja.« Ihr Gesichtsausdruck war trostlos, und er fing den Gedanken auf, der durch ihren Verstand huschte: *menschlicher als wir beide.*

Er legte ihr eine Hand auf die Schulter, aber keiner von ihnen fühlte sich sehr getröstet.

Laut sagte sie: »Ich habe es bei mir selbst versucht, konnte aber nichts bewirken. Ich kann meine eigenen Beschwerden nicht heilen.«

Er war traurig, aber nicht erstaunt darüber; schließlich war dies ein Geschenk Azoths, um nicht zu sagen des Schöpfersteins. »Aber du kannst andere heilen«, sagte er.

»So scheint es.« Aber ihre Stimme war dumpf, und er dachte, dass er überrascht gewesen wäre, wenn er das jemanden hätte sagen hören, als er noch ein Clanmitglied gewesen war, fast ungläubig, aber jetzt … Wurde er Azoth so ähnlich, dass keine Kraft ihn mehr erstaunen konnte?

Shaan regte sich. »Na ja, es könnte schlimmer sein«, sagte sie und versuchte zu lächeln, aber das Lächeln hielt nicht lange an.

»Du musst vorsichtig sein«, sagte Tallis. »Diese Macht hat einen dunklen Beiklang. Du könntest Schaden anrichten.«

»Ich weiß. Du auch.«

»Das habe ich schon getan.« Er dachte an Farris, an Haldane, den Mann, den er einst Vater genannt hatte und der nun tot war, und Jared, seinen Erdbruder, seinen Freund, den er Azoth überlassen hatte. Der Schmerz loderte wieder in seiner Brust auf. Wie viele Verluste würden noch kommen?

»Du musst gehen.« Shaan stieß ihn an. »Rorc wartet.«

»Ich weiß.« Er richtete sich auf.

»Mach dir keine Gedanken um mich. Ich habe die Straßen überlebt – und Azoths Versuch, mich zu töten. Ich kann auch das hier überleben.« Sie lächelte, aber das linderte seine Besorgnis nicht.

»Wir sehen uns morgen«, sagte er und ging den Pfad entlang von der Kuppel zu Rorcs Häuschen.

Er traf dort ein, als der letzte Farbschimmer am Himmel verblasste und den Sternen Platz machte. Das Quartier des Kommandanten war ein kleines Haus, das zwischen den Bäumen am Klippenrand der Drachenanlage errichtet und von einem dichten Gürtel aus Sträuchern umgeben war. Tallis klopfte an die Tür und stieß sie auf die gedämpfte Aufforderung hin einzutreten, auf.

»Hier drinnen«, sagte Rorc.

Tallis folgte dem Klang seiner Stimme durch eine Tür am Ende des Ganges und fand Rorc hinter einem Schreibtisch stehen; er war damit beschäftigt, einen Stoß Schriftrollen aufzuwickeln. Hinter ihm ließen zwei offene Fenster den Salzgeruch der See ein und warfen Schatten auf Rorcs Gesicht, während die Sonne in der dunklen Wasserfläche verschwand.

»Setzt Euch.« Rorc wies auf einen schlichten Holzstuhl, der vor dem Schreibtisch stand. Er band eine Schnur um die Schriftrollen und zündete die Lampen an, die an Haken von den Wänden hingen. Warmes, gelbes Licht erfüllte die kleine Kammer. Ein dicker, roter Läufer bedeckte einen Großteil des Bodens, und in die Steinwand war ein Regal eingebaut. Es war voller Schriftrollen, und Tallis bemerkte eine aus Knochen geschnitzte Eidechse.

»Ihr erkennt den Vach«, sagte Rorc.

Tallis nickte. Das kleine Reptil lebte überall in den Clanlanden. Die Darstellung war sehr gelungen: Die Halskrause wölbte sich wie eine Krone um den Kopf des Tiers. Tallis war überrascht, es im Haus des Kommandanten zu sehen.

Rorc hob es auf und fuhr mit einem Finger den Schwanz entlang. »Dazu habe ich eine Woche gebraucht.« Er stellte es ab und drehte sich dann mit einem Gesichtsausdruck, den Tallis nicht ganz zu deuten vermochte, wieder um.

»Farris ist noch immer bewusstlos; die Heiler sagen, dass er vielleicht noch mehrere Tage lang nicht aufwachen wird«, sagte er.

»Aber er lebt?«

»Ja. Cyri musste ihn allerdings untersuchen. Musste seinen Verstand aus dem Wahnsinn zurücklocken.«

Tallis starrte zu Boden. »Das war nicht meine Absicht.«

Rorc schritt langsam zu seinem Schreibtisch zurück und lehnte sich dagegen; er musterte Tallis genau. »Ich habe gehört, wie er die Clans beleidigt hat, aber Ihr habt Euch keinen Gefallen damit getan, dass Ihr ihn angegriffen habt.«

»Ich weiß«, sagte Tallis, »aber er wollte einfach nicht den Mund halten. Was hättet Ihr an meiner Stelle getan?«

»Ich hätte keinen Mann geschlagen, der mir vielleicht irgendwann einmal den Rücken decken muss«, sagte der Kommandant leise.

»Ihr versteht das nicht.«

»Ich verstehe es besser, als Ihr denkt.« Rorcs Augen funkelten vor unterdrücktem Zorn. »Ihr habt die Beherrschung verloren.«

»Ich hatte von Anfang an keine Beherrschung«, sagte Tallis. »Ich … habe eine Barriere durchbrochen. Früher am Tag war ich nicht in der Lage, das zu tun, aber der Zorn …«

»Hat es hervorgeholt?«, sagte Rorc. »Und was jetzt? Ist die Barriere wieder da?«

Tallis schüttelte den Kopf. »Ich glaube nicht.«

»Also solltet Ihr in der Lage sein, die Kontrolle zu behalten?«

»Ich weiß es nicht, vielleicht.«

»Wenn Ihr die Drachen beherrschen könnt, könnt Ihr auch dies beherrschen.«

»Woher wisst Ihr das?«

»Es wirkt logisch.«

Logik hatte nichts mit Tallis zu tun. Er stand vom Stuhl auf und begann, über den Teppich auf und ab zu tigern.

»Warum seid Ihr hier, Tallis?«, fragte Rorc. »Ihr übt mit den Glaubenstreuen, Ihr fliegt auf den Drachen, aber Ihr erweist beiden keine echte Ergebenheit.«

»Was meint Ihr damit?« Tallis blieb stehen. »Ich bemühe mich, so gut ich kann.«

»Das genügt nicht.«

Wie konnte es nicht genügen? »Ihr versteht das nicht! Ich bin kein Feuchtländer. Ich passe nicht hierher.«

»Ihr müsst. Euer Clan wird Euch niemals zurücknehmen. Ihr habt keine Wahl.«

»Woher wisst Ihr so viel über die Clans?«

Rorc lächelte, aber es lag keine Heiterkeit darin. »Ihr müsst Euch entscheiden, warum Ihr hier seid, Tallis. Ich habe keinen Platz für einen Mann, der keinen Entschluss fassen kann. Ihr werdet uns nur alle in Gefahr bringen, wenn Azoth kommt. Oder ist das vielleicht Euer Wunsch?«

Seine Worte waren so kalt wie sein Blick, und Tallis spürte, wie sich die Dunkelheit in ihm regte, als Zorn in ihm aufstieg. »Ich bin hier, weil ich es so will«, sagte er. »Ich weiß, dass ich nicht zurück zu meinem Clan kann, und ich weiß, was ich bin.«

»Und was ist das?«, sagte Rorc. »Erzählt mir, warum Ihr nicht zu Eurem Clan zurückkehren könnt, Tallis. Nennt mir den Grund dafür, dass man Euch zum Ausgestoßenen erklärt hat.«

Tallis stockte der Atem in der Kehle.

»Ich werde Euch nicht verurteilen«, sagte Rorc. »Ich kenne mich ein wenig mit den Clans aus, der Art, wie sich die Dinge dort entwickeln können. Nicht alle, die fortgeschickt werden, haben wirklich getan, was man ihnen vorwirft. Und wir müssen einander vertrauen. Der Krieg kommt bald, und wenn man seinem Waffenbruder nicht vertrauen kann…« Er sah ihn schief an, und Tallis schluckte.

»Ich habe Clanblut an den Händen«, sagte er, und Rorc nickte; sein Gesichtsausdruck war unverändert.

»Warum?«

»Der Anführer meines Clans, Karnit, wollte meinen Tod – weil ich bin, was ich bin. Er setzte Männer auf mich an. Es kam zu…« Er hielt inne und spürte wieder das heiße Blut des Mannes, den er getötet hatte, auf der Haut. »Ich hatte keine Wahl. Jared war ausgeschickt worden, um mir zu helfen.«

»Und das ist Euer Grund, gegen Azoth zu kämpfen?«

Tallis war zornig, obwohl er sich nicht sicher war, warum. »Ich habe meinen Erdbruder in den Tod geführt«, sagte er, »oder vielleicht in Schlimmeres, und obwohl ich Azoths Nachkomme bin, bin ich hier, um ihn davon abzuhalten, noch jemand anderem Schaden zuzufügen, nicht, um ihm zu helfen. Und ich muss mich nicht mit Euren Glaubenstreuen anfreunden oder mir hier ein behagliches Leben aufbauen, um das zu tun. Ich bin kein Feuchtländer.«

»So spricht ein Mann, der immer noch an seiner Ehre festhält«, sagte Rorc. »Und jetzt sehe ich die Kraft in Euch. Werdet Ihr sie gegen mich einsetzen?«

Tallis zögerte; ihm ging auf, dass er einen Moment lang daran gedacht hatte. Zuschlagen, ihn zum Schweigen bringen. Er holte tief Luft und spürte, wie die Dunkelheit zurückging.

»Nein.«

»Gut. Aber das ist es, was Ihr werdet tun müssen, wenn Azoth kommt. An Eurem Zorn festhalten, dabei aber sicherstellen, dass er auf diejenigen gerichtet ist, die ihn erregt haben. Nicht auf die von uns, die gegen sie kämpfen wollen.«

»Ich bin nicht ganz menschlich«, sagte Tallis leise. »Seid Ihr Euch sicher, dass Ihr an meiner Seite kämpfen wollt?«

»Ist es das, was Ihr glaubt, oder was andere versucht haben Euch glauben zu machen?«, fragte Rorc. »Ihr könnt Azoths Marionette sein, Tallis, oder die der Clans, oder Ihr könnt Euer Recht in Anspruch nehmen, einen eigenen Weg zu wählen.« Er sah den jüngeren Mann fest an und ging dann um den Schreibtisch herum, um sich dahinter zu setzen.

»Ihr solltet die Stadt verlassen und über das nachdenken, was ich gesagt habe. Ich habe einen Auftrag, der ausgeführt werden muss.« Er klopfte auf die Schriftrollen auf seinem Tisch. »Es gibt ein Dorf nördlich von hier, Hügelstadt, nahe der Mittelstraße, zu dem der Kontakt abgerissen ist. Nehmt bei Tagesanbruch Marathin und fliegt mit Attar hin, um nachzuforschen. Ich muss wissen, ob es jenes Dorf noch gibt, oder ob die Dinge schlimmer stehen, als wir dachten.«

»Bei Tagesanbruch?«, wiederholte Tallis.

»Passt Euch etwas daran nicht?«

»Nein.« Als er es sagte, ging ihm auf, dass ihm der Gedanke daran, die Stadt zu verlassen, willkommen war.

»Gut. Geht, esst etwas und ruht Euch aus. Attar wird Euch in der Morgendämmerung auf der Kuppel treffen.«

4

Rorc rollte die Landkarte auf seinem Schreibtisch aus, nachdem Tallis gegangen war, und starrte das Dorf an, zu dem er ihn geschickt hatte, ohne es wirklich zu sehen. Seine Gedanken waren weit von den Salzwasserlanden entfernt, sahen Bilder von Staub und Stein. Mit Tallis zu sprechen übte oft diese Wirkung auf ihn aus. Die alten Clangeister stiegen auf, versuchten, den Teil seiner Seele zurückzuerobern, den er längst weggesperrt hatte. Trotz der Kraft des jungen Mannes und seiner Verbindung zu Azoth lag immer noch so viel von den Clans in ihm, dass es Rorcs eigene Erinnerungen wund rieb und den Stich der Pfeile zurückbrachte, die ihn fortgetrieben hatten, das Gesicht der Frau, die ihm immer noch im Kopf herumspukte.

Wenige dieser Erinnerungen waren gut, aber den Hunger nach Sand trug man im Blut, und er wusste, wie schwer er auszulöschen war.

Ein Klopfen an der Vordertür ertönte, und er wickelte die Schriftrolle auf, als der Riegel klickte und Schritte den Flur entlangkamen.

»Du kommst zu früh«, sagte er, als Morfessa eintrat.

»Das Treffen war kürzer, als ich erwartet hatte.« Morfessa sackte auf einem Stuhl vor dem Schreibtisch zusammen. »Nilah war nicht sehr interessiert daran, zu reden.«

Rorc betrachtete seinen alten Freund. Der Gestank nach abgestandenem Wein hing um ihn, und er sah aus, als ob er eine Woche lang nicht gebadet hätte.

»Und das Ergebnis?«

Morfessa zuckte die Schultern. »Ratsherr Lorgon hat sie genau dort, wo er sie haben will – und auch den Rat der Neun.

Ich nehme an, sie glaubt, dass der Diplomat aus den Freilanden ihre Mutter ermordet hat. Lorgon bedient sich ihrer Trauer und ihrer Unerfahrenheit; er tut, als wäre er ganz der respektvolle, lenkende Ratgeber.«

Rorc rieb sich mit der Hand die Stirn. »Und sie fällt auf ihn herein.«

»Es spielt keine Rolle, was wir ihr sagen – und ich habe es durchaus versucht. Ich habe ihr erzählt, dass der Freiländer es nicht getan haben kann, dass er nichts zu gewinnen hatte, und habe sie gebeten, darüber nachzudenken, in welcher Weise Lorgon aus dem Tod ihrer Mutter einen Vorteil ziehen könnte, aber …«

»Sie kennt ihn einen Großteil ihres Lebens«, sagte Rorc, »und das nutzt er zu seinem Vorteil.«

»Lorgon verfügt über große Überredungskünste, und angesichts der Tatsache, dass das benutzte Gift vorteilhafterweise in den Gemächern des Freiländers gefunden worden ist, hat sie kaum eine Wahl, als ihm zu glauben. Dank seiner Gerüchte glaubt das Volk schon, dass der Diplomat es getan hat. Feindseligkeit und Zorn auf die Freilande bauen sich schon seit Wochen auf – besonders hinsichtlich der Söldnerangriffe, die immer wieder Händlerkarawanen treffen. Die Leute mögen es nicht, wenn sie den Wein, den sie bevorzugen, nicht bekommen können oder wenn ihre Gewinne schrumpfen. Sie neigen dazu, so etwas wie rachsüchtige Götter, die für den Augenblick verschwunden sind, zu vergessen.«

»Obwohl die Stadt voller Flüchtlinge ist.«

»O ja, aber daran geben sie auch den Freiländern die Schuld.« Morfessa fuhr sich mit der Hand durchs Haar, so dass es in schmutzigen, weißen Büscheln hochstand. »Wir haben nicht die Mittel, ihm auf dem Gebiet etwas entgegenzusetzen.«

Rorc trommelte mit den Fingern auf dem polierten Holz. »Ich weiß. Er hat das Ohr der Führerin und wird sie dazu treiben, den Freilanden den Krieg zu erklären.«

»Und hat schon begonnen, ihn zu planen.« Morfessa zog ein zerknittertes Pergamentviereck aus der Hosentasche und reichte es Rorc mit zitternden Händen. »Das hier hat sie heute im Rat unterzeichnet.«

Rorc öffnete es, strich es auf dem Schreibtisch glatt und starrte es an.

Es war ein von allen neun Ratsherren unterzeichnetes und von Nilah gebilligtes Dekret, das die Befehlsgewalt über die Landarmee auf den Rat und die Führerin übertrug. Rorc rang darum, den Zorn, der wie Galle in seinen Eingeweiden aufstieg, im Zaum zu halten. Sie hatten ihm das Recht genommen, irgendjemanden bis auf die Reiter und die Glaubenstreuen zu befehligen.

»Sie haben die Tatsache, dass die Drachen die Stadt verlassen haben, genutzt, deine Führung in Zweifel zu ziehen«, sagte Morfessa. »Lorgon hat versucht, es zu beschönigen, indem er sagte, es würde dir mehr Zeit verschaffen, die Reiter neu aufzubauen und in eine andere Art von Kampftruppe umzuformen.«

Rorc konnte angesichts der Wut, die ihm die Kehle zuschnürte, kaum sprechen. Er faltete das Dekret langsam wieder zusammen und hielt seine Hände durch schiere Willenskraft ruhig. »Lorgon ist ein Narr, wenn er glaubt, dass ich einfach dasitzen und zusehen werde, wie er diese Stadt in den Tod führt«, sagte er. »Ich sollte ihn töten. Es wäre leicht, wenn ich die Glaubenstreuen einsetzen würde – ein paar Verführer, einen Jäger.«

»Und doch weißt du, dass du es nicht tun kannst. Er hat uns ausgebootet. Er weiß, dass du kein Mann bist, der so etwas tut.«

»Vielleicht bin ich das jetzt.« Zorn brannte wie Säure in ihm, als er für einen kurzen Moment darüber nachdachte, mit welcher Leichtigkeit er sie alle hätte töten können. Die Glaubenstreuen folgten ihm, nicht dem Rat.

»Rorc.« Morfessa beugte sich vor. »Du weißt, was du jetzt zu tun hast. Wir wussten, dass dies geschehen würde, wir haben für den Fall geplant.«

»Die Clans«, sagte Rorc.

»Ja, wir müssen sie um Hilfe bitten. *Du* musst bitten.«

Rorc nahm einen langen, tiefen Atemzug ein. Morfessa hatte recht. Er wusste es. Er hatte jetzt keine Wahl mehr. »Ich werde nicht allein gehen. Ich habe schon daran gedacht, einen anderen zu bitten«, sagte er.

»Tallis?«

»Ja.« Rorc bemerkte das Interesse in den Augen des alten Mannes, die Befriedigung. »Ich werde ihn bitten, mit mir zu kommen. Es wäre hilfreich, noch jemanden aus den Clans dabeizuhaben, der vor kurzem noch bei ihnen gelebt hat.«

»Ja«, sagte Morfessa. »Obwohl ihr beide Ausgestoßene seid, gibt es eine Symmetrie in eurem Denken.« Er runzelte die Stirn und sah Rorc dann scharf an. »Weiß er, dass du aus den Clans stammst?«

»Ich bin mir nicht sicher. Er hat den Verdacht, dass ich mehr weiß, als ich sollte«, sagte Rorc. »Was meinst du mit Symmetrie?«

Morfessa schüttelte den Kopf. »Nur ein Gefühl, ein Traum.« Er lächelte. »Es muss nichts zu bedeuten haben.«

Morfessas Gefühle hatten selten nichts zu bedeuten, aber Rorc war klug genug, nicht darauf zu beharren.

»Ich kann nicht aufbrechen, bevor Veila zurück ist«, sagte er. »Ich weiß nicht, wie lange es dauern wird, und mache mir Sorgen darum, die Stadt unverteidigt zurückzulassen. Wenn auf den Inseln noch Drachen übrig sind, bieten sie vielleicht Hilfe an.«

»Und die Schriftrollen des Propheten«, sagte Morfessa. »Wir müssen wissen, ob in ihnen irgendetwas steht, das uns helfen kann, und wir dürfen auch die Vier nicht vergessen.«

»Wir wissen noch nicht einmal, ob sie existieren. Wir können kein Vertrauen in ihre Rückkehr setzen. Sie sind ein Mythos, Morfessa.«

»Vielleicht für jemanden, der bei den Clans geboren ist, aber für viele sind sie sehr real. Ich glaube, sie sind wieder erwacht. Ich bin mir sicher, dass ich …« Sein Blick wurde leer, als er an dem Kommandanten vorbei zu den dunklen Fenstern starrte. »Ich habe einfach dieses Gefühl, dass sie hier sind, dass sie uns wieder zu Hilfe kommen.«

»Nun, ich werde keine Hilfe, die wir irgend bekommen können, ablehnen«, sagte Rorc, »aber wir können uns nicht auf Hoffnungen und ein ›Vielleicht‹ verlassen.«

»Warum nicht?« Morfessa kehrte plötzlich aus seinem abwesenden Zustand zurück. »Deine Clanführer sind noch nie gesehen worden, und doch glaubst du an sie.«

»Nicht mehr.« Rorcs Blick war hart genug, um sogar Morfessa vorsichtig vorgehen zu lassen.

»Gleichgültig«, sagte er. »Das ist natürlich deine Entscheidung.«

Rorc lehnte sich in seinem Stuhl zurück. »Ich werde einen Vorwand brauchen, um für eine Weile zu verschwinden – und jemanden, dem ich vertrauen kann, meinen Posten einzunehmen, während ich fort bin.«

»Balkis?«

Rorc nickte. »Ein paar der älteren Septenführer werden vielleicht grollen, aber sie respektieren ihn. Und ich weiß, dass ich ihm vertrauen kann. Seine Familie ist seit langem mit der Lorgons verfeindet. Der Ratsherr würde es nicht wagen, Einfluss auf ihn zu nehmen.«

»Außerdem hasst er Azoth«, sagte Morfessa. »Er würde vor allem anderen dafür sorgen, ihn zu vernichten.« Seine Augen verschleierten sich und blickten ins Leere. »Er hat seine eigene Rolle zu spielen«, sagte er.

Rorc nahm die plötzliche Unbestimmtheit des alten Mannes mit Unbehagen zur Kenntnis. »Ja. Er war mehr als eifrig darauf bedacht, Azoth zu verfolgen, als er die Stadt mit Shaan verließ.«

»Hoffen wir nur, dass wir genug Zeit haben«, sagte Morfessa. »Lorgon schart schnell seine Anhänger um sich.«

»Und ganz gleich, wie sie mich behandelt hat«, antwortete Rorc, »ich mache mir Sorgen, was er Nilah antun könnte.«

»Er würde ihr keinen Schaden zufügen – er braucht sie.«

»Für den Augenblick, aber ich vertraue ihm nicht. Wir müssen ihn im Auge behalten. Ich werde ein paar Verführer in den Palast einschleusen und dafür sorgen, dass sie sich umsehen.«

»Shaan ist oft zu Gast bei ihr«, sagte Morfessa. »Warum bitten wir sie nicht, es dich wissen zu lassen, wenn sie irgendetwas bemerkt?«

»Wenn sie dazu bereit ist«, sagte Rorc. »Sie bringt mir wenig Zuneigung entgegen.«

»Du unterschätzt sie«, sagte Morfessa. »Das ist nur die natürliche Vorsicht von einer, die einmal Diebin gewesen ist. Vergiss nicht, woher sie kommt, Rorc; sie ist ein gutes Mädchen, trotz ihrer scharfen Zunge.«

»Vielleicht.« Rorc wusste, dass der alte Mann Shaan mochte, aber sie war schwer zu lesen und neigte dazu, ihm auszuweichen. Vielleicht konnte Balkis es übernehmen, an sie heranzutreten.

»Ich muss nach Hause.« Morfessa erhob sich von dem Stuhl. »Möchtest du zum Abendessen zu mir kommen? Ich habe ein bisschen cermezischen Wein.«

»Ein andermal.« Rorc folgte ihm zur Tür und dachte, dass mehr Wein das Letzte war, was Morfessa brauchte.

5

Die Siedlung der Hüterin, Dracheninseln

Tuon folgte der Hüterin der Schriftrollen den sandigen Pfad entlang. Es hatte den ganzen Tag lang geregnet, und der Geruch nach nassem Sand und vermoderndem Laub erfüllte die Luft; die Palmwedel ließen Wasser auf ihren Kopf tropfen, als sie unter ihnen hindurchkam. Jenseits der Bäume konnte sie hören, wie das Meer erbarmungslos an die Küste brandete. In der Hand trug sie einen eng zusammengerollten Pergamentfetzen – eine Botschaft an Rorc, die erste, die sie schicken durften, seit sie vor fast vier Wochen mit Torgs Leichnam auf den Dracheninseln angekommen waren. Es war auch das erste Mal, dass es ihr gestattet wurde, sich von dem kleinen Haus zu entfernen, in dem sie untergebracht waren. Die Begräbniszeremonien für ihren Freund waren, wie es schien, nur für die Inselbewohner gedacht.

Sie stolperte über eine niedrige Baumwurzel, und die hochgewachsene Hüterin warf kurz einen Blick zu ihr zurück, sagte aber nichts. Hinter Tuon schritten ihre beiden Diener einher, als wären sie mit einem unsichtbaren Faden verbunden.

Pasiphae, die Hüterin, war an diesem Nachmittag ins Haus gekommen. Es war das erste Mal, dass sie sie getroffen hatten, aber sobald sie zur Tür hereingekommen war, hatte Tuon in ihr eine Frau erkannt, die keine Auflehnung oder Täuschung hinnehmen würde. Torgs Mutter war hochgewachsen, dunkelhäutig und furchteinflößend. Sie hatte breite Hüften und Schultern, aber sie trug nur wenig Fett an sich. Mit über sechzig Jahren bestand sie immer noch ganz aus Muskeln und Kraft, und ihr bloßer rechter

Arm war von den dunklen Tintentätowierungen aus ihren Jahren als Schifferin bedeckt. Sie hatte im Zimmer gestanden und ihr Blick war von Veila, der Seherin von Salmut, zu Tuon gegangen.

»Die Riten sind vorüber«, hatte sie gesagt. Ihr Gesichtsausdruck war einschüchternd gewesen, ebenso die beiden schweigenden Diener, die hinter ihr gestanden hatten; die schwarze Haut ihrer bloßen Oberkörper mit den kräftigen Muskeln hatte vor Schweiß geglänzt, während sie starr geradeaus gesehen hatten.

Veila hatte sich erhoben. »Hüterin, wir danken Euch für Eure Gastfreundschaft während Eurer Trauer. Es kann nicht leicht für Euch gewesen sein, Fremde während dieser Zeit hier zu haben.«

Pasiphae hatte zunächst geschwiegen, und Tuon war schon davon überzeugt, die Seherin hätte sie gekränkt, aber dann hatte sie gesagt: »Eure Worte sind wohlgesetzt und, wie ich spüre, aufrichtig, aber Eure Stellung hier ist unverändert. Ich kann Euch nicht gestatten, frei herumzulaufen. Meine Leute mögen Euresgleichen nicht. Das wusstet Ihr, bevor Ihr hergekommen seid.«

Tuon hatte es nicht gewusst, aber die Seherin hatte keine Überraschung gezeigt.

»Die Zeiten haben sich geändert«, hatte sie gesagt. »Ich habe gehofft, dass alte Feindschaft beiseitegewischt werden könnte. Wir können einander helfen. Ihr müsst wissen, dass der Gefallene zurückgekehrt ist.«

»Natürlich. Ihr wurdet vor vielen Jahren davor gewarnt, doch Ihr habt Euch entschlossen, das nicht zu beherzigen.«

»Ich habe es immer beherzigt. Ich habe nie an den Behauptungen des Propheten gezweifelt.«

»Und sie doch auch nicht unterstützt – bis vor kurzem.«

»Ihr habt recht.« Veila hatte den Kopf geneigt. »Aber ich bin jetzt hier, suche seine Weisheit und biete unsere Hilfe an.«

»Eure Hilfe wurde nicht erbeten«, hatte Pasiphae gesagt, und ihr Blick war zu Tuon gewandert. »Frau aus Salmut, Ihr wart eine Freundin meines Sohnes. Ich danke Euch dafür, dass Ihr ihn mir zurückgebracht habt.«

Tuon hatte beinahe das Bedürfnis verspürt, die Knie zu beugen oder sich vor der Frau zu verneigen, und war versucht gewesen, nach der alten Feindschaft zu fragen, aufgrund derer Veila unwillkommen war, aber stattdessen war sie zum Tisch gegangen und hatte das Päckchen aufgehoben, das Rorc ihr gegeben hatte.

»Dies ist von den Glaubenstreuen«, hatte sie gesagt.

Pasiphae hatte auf die kleine Ledertasche hinabgeblickt. »Was ist darin?«

»Ich weiß es nicht.«

Ein Ausdruck des Missvergnügens war über Pasiphaes Züge gehuscht. »Ohne Zweifel ein großzügiges Geschenk. Die Glaubenstreuen begleichen ihre Schulden immer.« Ihr Blick hatte sich wieder auf Veila gerichtet. »Ich werde Eure Anwesenheit hier in der Siedlung dulden, aber nirgendwo sonst. Und es wird Euch nicht gestattet sein, die Schriftrollen in Augenschein zu nehmen. Ich werde Eurer Gefährtin Zugang dazu gewähren. Sie kann bei mir in meinem Haus wohnen und Euch alles erzählen, was sie möchte.«

Das war alles gewesen, was sie gesagt hatte. Tuon hatte keine Wahl gehabt, als mit ihr zu gehen.

Jetzt traten sie auf einen breiteren Pfad, der zurück zu dem Strand hinabführte, an dem sie an Land gegangen waren. Ein schwacher Brandgeruch lag in der Luft, und als sie zwischen den Bäumen hervorkamen, konnte Tuon deutlich die Verwüstung sehen, die über die Leute hier gekommen war.

Bei ihrer Ankunft war es dunkel gewesen, und sie hatte nur einzelne Blicke aufs Dorf erhascht. Es war, wie sie wusste, das kleinere auf der Insel. Die Hauptsiedlung, in der ein Großteil der Inselbewohner lebte und in der sich auch die Werften befanden, lag auf der anderen Seite der Bucht jenseits einer felsigen Landzunge. Diese kleine Siedlung war für die Hüterin der Schriftrollen und die, die ihr ergeben waren, bestimmt. Aber bis jetzt war Tuon nur in der Lage gewesen, Vermutungen anzustellen, worum es sich bei den dunklen Formen handeln mochte, als sie in der ersten Nacht daran vorbeigeführt worden waren. Jetzt konnte sie sehen, dass hier eine Schlacht geschlagen worden war.

Beiderseits, wo Wohnhäuser gestanden haben mussten, befanden sich aufgewühlte und zerschmetterte Bereiche voll Stein und Holz; manche waren von verkohlten Aschekreisen gezeichnet. Einigen der Bäume, die noch standen, waren die Äste auf einer Seite abgerissen, als ob etwas Vorbeifliegendes nach ihnen geschlagen hätte; andere waren einfach entwurzelt worden. Nur ein paar wenige Gebäude standen noch, aber Tuon sah kaum Hinweise darauf, dass irgendjemand noch darin lebte.

Der Pfad machte eine Biegung, und sie stiegen einen sanften Abhang zu einem hohen, als Pfahlbau errichteten Haus empor, das unbeschadet überdauert hatte. Die Diener ließen sie allein und verschwanden über einen Pfad links des Gebäudes. Pasiphae begann, eine Flucht hölzerner Stufen zu einer teilweise überdachten Veranda hinaufzusteigen.

»Was ist hier geschehen?«, fragte Tuon, als sie ihr folgte.

»Der Gefallene rief nach seinen Drachen, und die meisten von ihnen hörten auf ihn.«

War das auch in Salmut geschehen? Anspannung schnürte ihr die Eingeweide zusammen. Sie hatten nichts gehört, seit sie aufgebrochen waren. Ging es Shaan gut? War sie gefunden worden, oder hatte Azoth sie noch – oder noch schlimmer? Und was war mit Rorc?

»Sind Botschaften aus Salmut eingetroffen?«, fragte sie.

»Ja.«

»Darf ich …«

»Ich werde sie Euch gleich übergeben«, wurde sie von Pasiphae unterbrochen.

Tuon schluckte ihre Ungeduld hinunter und zwang sich, tief Luft zu holen. Erkenntnisse gewann man mit Ausdauer, nicht mit Druck. »Wie viele hier haben überlebt?«, fragte sie.

Pasiphae erreichte die oberste Stufe und drehte sich herum, um sie anzusehen. »Fünf in dieser Siedlung.« Keine Gefühlsregung zeichnete sich auf ihrem Gesicht ab, als sie das sagte. »Ein Schwarm Drachen, insgesamt zehn, blieb hier und kämpfte, um uns zu beschützen.« Sie wandte sich ab und ging zu einer der vier hölzernen, mit Luftschlitzen versehenen Türen, die ins Haus führten. Diese schob sie parallel zur Wand auf und sagte über ihre Schulter: »Der Rauch, den Ihr dort seht« – sie wies nach Norden – »stammt von den Trauerscheiterhaufen. Bei uns ist es Brauch, alles zu verbrennen, was die Toten hinterlassen.«

Tuon blickte über den Sichelbogen der Bucht bis zu einer felsigen Landspitze, hinter der schwarze Rauchfahnen in den wolkigen Himmel aufstiegen.

»Das ist die Hauptsiedlung«, sagte Pasiphae. »Zweitausend von den achttausend, die auf diesen Inseln gelebt haben, sind noch übrig. Viele unserer Schiffe wurden auf den Riffen zerschmettert, und heute beende ich die Trauer um meinen ältesten Sohn.« Sie wandte sich ab, um ins Haus zu gehen. »Der Prophet hat diese dunklen Tage vorausgesagt. Hoffen wir, dass alles, was er sonst noch gesehen hat, uns helfen kann, von ihnen erlöst zu werden.«

Pasiphaes Haus bestand aus einer langen Reihe getrennter Räume, die man nur durch die Schiebetüren mit den Luftschlitzen betreten konnte, die auf die der Bucht zugewandte vordere Veranda hinausgingen. Es gab keine Durchgänge im Haus von Raum zu Raum, oder wenn doch, so befanden sie sich in Zimmern, in die Tuon nicht hineingebeten worden war.

Pasiphae brachte sie in eine kleine Schlafkammer und zeigte ihr einen Schrank, in dem sie ihre Kleider unterbringen konnte; dann gingen sie in einen luftigen Raum in der Mitte des Gebäudes. Dort übergab sie Tuon zwei kleine Schriftrollen aus gewachstem Pergament und ließ sie ohne ein weiteres Wort allein. Ihre hohe Gestalt verschwand wieder die Treppe hinunter Richtung Strand.

Tuon setzte sich auf ein langes, niedriges Sofa und rollte vorsichtig die erste Botschaft ab. Sie war kurz, und ihr stockte der Atem, als sie sie las:

Drachen haben die Stadt verlassen. Zwei Reiter tot. Freiländer wegen Vergiftung der Führerin festgenommen. Beeilung! Rorc.

Sie fuhr mit dem Finger über die Buchstaben, als könnte sie auch ihn berühren, indem sie sie berührte. Die Drachen waren fort, genau wie hier. Aber Rorc war am Leben. Sie stieß einen langen Atemzug aus und öffnete dann sorgsam die zweite Botschaft. Sie war so kurz wie die erste, aber ihr Herz wurde leichter, als sie sie las, und Tränen der Erleichterung schossen ihr in die Augen:

Nehme an, Ihr seid angekommen. Sagt Tuon: Shaan am Leben und von Clansmann und Bruder, Tallis, in die Stadt zurückgebracht. Zwei Drachen bei ihnen. Azoth hat den Schöpferstein. Antwortet bald. Rorc.

Shaan war am Leben! Tuon stützte den Kopf für einen Augenblick in die Hände. Er hatte sich abmühen müssen, um all die Worte auf das Blatt zu zwängen, aber er hatte *sagt Tuon* geschrieben. Die Botschaften waren für Veila, aber dass er das für sie eingeschoben hatte, ausdrücklich für sie … *Warte mal!* Sie fasste sich und warf noch einen Blick auf die Botschaft, las sie erneut: … *von Clansmann und Bruder, Tallis, in die Stadt zurückgebracht.*

Shaan hatte einen Bruder?

Woher war er gekommen, und wann, wie? Und er war ein Clansmann? Das Pergament hing schlaff zwischen ihren Fingern. Es waren gute Neuigkeiten, wunderbare Neuigkeiten, aber auch seltsame. Sie rollte die Botschaften vorsichtig wieder auf. Sie musste sie der Seherin so bald wie möglich bringen.

Die Sonne war jetzt fast untergegangen, und das Wasser war eine dunkelblaue Masse. Tuon trat auf die Veranda hinaus und spähte über die Brüstung, konnte aber keine Spur von den Dienern sehen. Dann bewegte sich plötzlich ein Schatten unter den nahen Bäumen und Haut glänzte. Sie waren da, beobachteten sie. Würden sie sie aufhalten, wenn sie versuchte, zu Veila zurückzukehren?

Frustriert begann sie auf und ab zu gehen. Die Nacht senkte sich herab, und eine dünne Mondsichel stieg bleich und weiß am

Himmel auf. Tuon lehnte sich auf die Balustrade und starrte aufs Wasser hinaus.

Eine Reihe von Fackeln wand sich tief unter ihr am Rand der Bäume entlang; gelegentlich beleuchteten die Flammen diejenigen, die sie trugen. War die Hüterin unter ihnen?

Holz knarrte, und Tuon wirbelte herum, wandte dem Geländer den Rücken zu. Jemand stieg die Stufen herauf, aber es war nicht Pasiphae.

Ein barfüßiger Mann, der eine Laterne und ein abgedecktes Tablett trug, erschien. Er war kaum größer als sie, zierlich gebaut und hatte beinahe genauso schwarze Haut wie Pasiphae. Dunkles, glänzendes Haar lockte sich leicht in seinem Nacken, und er sah sie aus ruhigen, braunen Augen an.

»Ich bin Ivar, Pasiphaes Sohn«, sagte er. »Sie hat mich hergeschickt, um Euch etwas zu essen zu bringen.«

»Ihr seid Torgs Bruder?« Torg hatte nie einen Bruder erwähnt; außerdem sahen sie sich überhaupt nicht ähnlich. Torg war ein Koloss von einem Mann mit einem sehr ausdrucksstarken Gesicht gewesen. Dieser Mann hatte unauffällige Züge und kaum mehr Muskeln als Tuon.

»Wir haben verschiedene Väter, wie es auf den Inseln Sitte ist«, sagte Ivar. »Kommt, esst.« Er hängte die Laterne an einen Haken und ging ins Haus, um das Tablett auf dem Tisch abzustellen.

Tuon folgte ihm und sah zu, wie er zwei kleine Schalen, zwei Löffel und eine weitere, größere Schale aufstellte, die mit duftendem gekochtem Fleisch und Gemüse gefüllt war. Seine Bewegungen waren zielgerichtet und bedächtig, und als er fertig war, bedeutete er ihr, sich neben ihn auf das Sofa zu setzen; dann begann er, ihnen beiden etwas zu essen aufzufüllen.

Tuon zögerte. Sie wollte ihm hundert Fragen stellen, aber die Erfahrung hatte ihr Vorsicht zur Gewohnheit gemacht. Also setzte sie sich stattdessen hin, tat es ihm nach und nahm sich eine Schale.

Ivar sagte nichts, während sie aßen, aber das war nicht unangenehm für sie. Ihr wurde das Anbranden des Ozeans am Strand bewusst und jenseits davon der gedämpfte Klang einer zu einem

Sprechgesang erhobenen Stimme, die in der windstillen Nacht widerhallte. Die Worte waren unverständlich, vielleicht in einer fremden Sprache gesprochen, und dann sah sie die dunkle Masse eines Drachen über den Himmel segeln und lautlos am Mond vorbeigleiten.

»Asrith«, sagte Ivar leise. Er stellte seine Schüssel ab. »Die Krone des Schwarms, der hiergeblieben ist.«

»Krone?«

»Die Anführerin. Sie ist sehr alt.«

Tuon nickte, nicht recht sicher, was sie sagen sollte. Sie hatte so viele Fragen, aber bevor sie sprechen konnte, war Ivar schon aufgestanden.

»Ich muss jetzt gehen.«

»Wird Pasiphae bald zurück sein?«, fragte Tuon, aber er schenkte ihr nur ein Lächeln, das sie ihre vorherige Einschätzung seines Aussehens überdenken ließ.

»Ihr seid müde und solltet schlafen. Ich werde Euch morgen früh aufsuchen.« Er wandte sich zum Gehen.

»Wartet …« Tuon stand auf, und er musterte sie mit ruhigem Blick. »Würdet Ihr bitte Veila ein paar Botschaften von mir überbringen?«

Er betrachtete sie einen Moment lang, und sie fügte hinzu: »Sie sind aus Salmut; sie muss sie sehen. Es ist wichtig. Ich bin mir sicher, dass es Pasiphae nichts ausmachen würde.«

Ivar lächelte. »Ich bin mir sicher, dass es meiner Mutter durchaus etwas ausmachen würde«, sagte er, »aber sie ist die Hüterin der Schriftrollen, nicht die meines Willens. Ich werde es für Euch tun.« Es schien ihn zu amüsieren, dass sie ihn gebeten hatte, und Tuon zögerte fast, die Briefe zu holen, aber er streckte die Hand aus. »Ich würde Euer Vertrauen nicht missbrauchen«, sagte er.

Seine Offenheit war verstörend, aber sein Blick ehrlich, und so reichte sie ihm die kostbaren Pergamentrollen. »Danke.«

Noch einmal lächelte er sie warm an, als hätte sie etwas getan, was ihm ungeheuer gefiel, dann verließ er leisen Schritts das

Haus; seine Füße versetzten die Bodenbretter kaum in Schwingung.

Der Morgen dämmerte heiß und bewölkt herauf. Tuon kleidete sich so leicht, wie sie konnte, in ein schlichtes Hemdkleid, trat auf die Veranda hinaus und musterte die Überreste der Siedlung. Trotz der Verwüstung wohnte den Inseln immer noch eine selten wilde Schönheit inne. Palmen mit krausen Wipfeln und Pinien wiegten sich in der frühmorgendlichen Brise, die den Geruch nach Namoigewürz und dem Salz des Meeres mit sich trug. Das Wasser der Bucht zeigte Farbtöne von Türkis über Azur bis zu einem tieferen, dunkleren Blau dort, wo es gegen die Riffe strudelte.

»Dies ist ein Ort voller Schönheit, nicht wahr?«, ertönte Pasiphaes Stimme, und Tuon wandte sich um, um die Inselfrau auf einem Hocker an einem kleinen Tisch am entgegengesetzten Ende der Veranda sitzen zu sehen.

»Trotz der Zerstörung.«

»Kommt, setzt Euch zu mir.« Die Hüterin wies auf einen Hocker gegenüber von sich.

Auf dem Tisch standen frische Fruchtspalten und Tassen mit heißem Kaf, genauso wie süße Lupiteig-Brötchen, die in Palmblättern gedämpft waren. Tuon ließ sich nieder und griff nach einer Tasse. Pasiphae nippte an ihrer eigenen und sah mit einem Stirnrunzeln auf die Bucht hinaus.

»Gestern Abend habt Ihr meinen zweiten Sohn, Ivar, kennen gelernt. Er wird Euer Führer sein, was die Schriftrollen angeht. Ich muss mich um andere Angelegenheiten kümmern.«

»Darf ich Torgs Grabstätte sehen?«, fragte Tuon.

»Später. Erst wird Ivar Euch zu Asrith führen.«

Tuon sah sie überrascht an. »Mich?«

»Sie will Euch sehen.«

Vorsichtig setzte Tuon ihre Tasse ab. »Ich kann nicht mit den Drachen sprechen, Hüterin«, sagte sie.

»Habe ich gesagt, dass ich das von Euch erwarte oder es Euch gestatten würde?« Pasiphae wischte sich die Hände an einem Tuch ab. »Ivar wird mit ihnen in Verbindung treten.« Sie erhob sich. »Kommt, nehmt Euch ein Brötchen mit, er wartet am Strand.«

Tuon leerte ihre Tasse und folgte der älteren Frau hinab zur Bucht. Ivar saß auf einem umgestürzten Baum im Schatten einer Palme. Er wandte sich um und lächelte sie an, als sie näher kamen.

»Guten Morgen«, sagte er, aber seine Mutter erwiderte das Lächeln nicht.

»Ivar, bring Tuon zu Asrith; danach darf sie für kurze Zeit die Seherin treffen.«

»Wartet«, sagte Tuon. »Darf ich Veila erst besuchen? Ich …«

»Nein. Ihr werdet mit Ivar gehen.«

»Bitte«, sagte sie. »Ich mache mir nur Sorgen, dass ich nicht in der Lage sein werde, die Fragen der Drachin zu beantworten.«

»Was weiß die Seherin, was Ihr nicht wisst?«

»Viele Dinge. Sie …«

»Ich bin sicher, dass Ihr Asrith zufrieden stellen werdet«, unterbrach Pasiphae sie. »Es ist ohnehin unwahrscheinlich, dass sie eine Frage an Euch richten wird. Es gibt wenig, was Drachen von Menschen lernen können; sie leben viele Leben länger als wir. Sie sucht nach jemandem, der für Salmut sprechen kann, und dazu scheint Ihr in jeder Hinsicht geeignet zu sein. Rorc hätte Euch nicht hergeschickt, wenn er das nicht annehmen würde.«

Tuon wusste nicht, was sie dazu sagen sollte, und Ivar trat auf sie zu und streckte ihr ein dickes, grünes Blatt hin, das so groß wie ihre Hand war. »Hier, reibt Euch das auf die Arme. Es wird helfen, die Insekten fernzuhalten, die über dem Berg schwirren.«

»Wie weit gehen wir?« Tuon tat, was er ihr geraten hatte, und verzog das Gesicht bei dem durchdringenden Geruch.

»Asrith kommt nicht an den Strand«, sagte Pasiphae. »Ihr werdet zu ihr gehen müssen, dort oben hin.« Sie wies auf die Berge hinter der Siedlung. »Dort hält sie jetzt, da die anderen fort sind, Wache. Ivar wird Wasser und Essen für Euch mitnehmen. Wir sehen uns bei Sonnenuntergang.« Sie warf ihrem Sohn einen scharfen Blick zu und ging dann zu ihrem Haus zurück.

Ivar lächelte und warf einen Blick auf Tuons Kleid. »Ihr werdet andere Kleidung brauchen. Kommt.« Er wandte sich um, einem schmalen Pfad zu, der zwischen den umgestürzten Bäumen hindurchführte. »Ich werde Euch etwas Angemesseneres heraussuchen.«

Sie machten bei einem Haus halt, bei dem nur eine Dachecke zerstört war, und drinnen suchte Ivar ihr ein Paar grober Hosen, ein leichtes Hemd mit Ärmeln bis zu den Ellenbogen und ein quadratisches Wachstuch mit einem Loch in der Mitte heraus.

»Die Sachen gehören mir, also werden sie Euch etwas zu weit sein«, sagte er, »aber das Umschlagtuch wird helfen, wenn es regnet.«

Tuon zog sich rasch um, und dann brachen sie aus der Siedlung in die Berge auf. Es war eine anstrengende Wanderung über Stock und Stein. Der Pfad, den sie nahmen, schlängelte sich durch die zerstörte Vegetation des flachen Siedlungsplatzes und begann dann langsam durch dichten Dschungel emporzuführen. Die Luft war stickig und feucht, der Weg zwischen den verschlungenen Baumwurzeln kaum zu erkennen.

Schweiß sammelte sich in Perlen auf Tuons Stirn und durchtränkte ihr Hemd; sie musste darum kämpfen, mitzuhalten, als Ivar ein stetiges Tempo anschlug. Er schwang eine Machete vor sich her, während er kletterte, als täte er nichts, als die Bucht entlangzuspazieren. Nach zwei Stunden rief Tuon ihm zu, anzuhalten.

Lächelnd und kommentarlos blieb er stehen, lehnte seine Machete gegen einen Baum und zog einen Wasserschlauch aus der Tasche, die er auf dem Rücken trug. Als sie dankbar einen Schluck trank, hörte Tuon schwaches Donnergrollen. Sie sah hinauf ins dichte Laubdach und konnte kaum den dunklen Himmel dahinter erkennen.

»Es wird noch eine Stunde oder länger nicht regnen«, sagte Ivar.

»Und was dann?«

»Dann legen wir uns die Umschlagtücher um und werden nass.«

Die Vorstellung behagte ihr nicht. Der Pfad war dank der Baumwurzeln schon rutschig genug.

»Werden wir bis dahin den Gipfel erreicht haben?«, fragte sie. »Gibt es dort einen Unterschlupf?«

Er legte den Kopf schief. »Wenn wir schneller gehen, schaffen wir es vielleicht.« Und damit meinte er: Wenn Tuon schneller ging, dachte sie. »Aber der Felsvorsprung, auf dem Asrith wartet, ist ungeschützt«, fuhr er fort, »unter den Bäumen finden wir mehr Schutz als dort oben.« Er hob die Klinge auf. »Seid Ihr fertig?«

»Gleich.« Sie nahm noch einen Schluck Wasser. »Ivar, warum ist Veila, oder jede andere Seherin, hier nicht willkommen?«

Die Frage schien ihn nicht zu überraschen. Er schlug sich mit der flachen Seite der Machetenklinge gegen den Oberschenkel.

»Es ist ein alter Streit«, sagte er. »Eine alte Wunde.«

»Wie alt?« Tuon runzelte die Stirn und staunte dann über den Blick, den er ihr zuwarf. »Seid Ihr nicht der Meinung?«

Er zuckte die Schultern. »In mancher Hinsicht schon, in anderer nicht.« Er seufzte und hockte sich auf den Boden. »Der Grund ist, dass ein Seher aus Salmut den Tod der Kinder des Propheten verschuldet hat.«

Tuon hielt im Trinken inne. »Er hatte eine Familie?«

Ivar nickte. »Er war ein älterer Mann, als er herkam, aber ihm wurden mehrere Jahre, nachdem er sich hier niedergelassen hatte, drei Kinder geboren. Als sie erwachsen waren, sechzehn und siebzehn, schickte er zwei von ihnen mit einer Sammlung von Prophezeiungen nach Salmut. Er hatte die Absicht, die Stadt davor zu warnen, dass Azoth dereinst zurückkehren könnte.«

»Wie er es nun getan hat«, sagte Tuon.

»Wie er es getan hat«, wiederholte Ivar. »Aber statt mit den Glaubenstreuen zu sprechen, die damals gerade erst gebildet worden waren, gingen sie zum Seher der Stadt, da sie annahmen, dass sie, da ihr Vater eine Art Seher war, besser daran täten, mit seinesgleichen zu sprechen. Aber jener Seher war nicht wie der Prophet. Er glaubte, dass jegliche Erwähnung Azoths ihn zurückbringen könnte, und wollte die Kinder des Propheten nicht anhören. Er setzte sie gefangen und folterte sie. Beide starben von seiner Hand.«

»Und kein Seher aus Salmut ist seitdem hier willkommen«, sagte Tuon.

Ivar nickte. »Vor fünfhundert Jahren wäre Veila noch umgebracht worden, bevor sie auch nur einen Fuß auf den Sand gesetzt hätte.«

»Und es gibt immer noch Misstrauen«, fragte Tuon, »sogar nach so vielen Jahren?«

»Wir sind eine kleine Gemeinschaft, und für lange Zeit haben uns die Seher von Salmut für … geringer als sie selbst gehalten.«

»Veila glaubt das nicht«, sagte Tuon.

Ivar lächelte. »Vielleicht ändern sich die Verhältnisse. Aber es ist nicht nur jene alte Wunde für das Zerwürfnis verantwortlich; es liegt auch an den Drachen.«

»Was meint Ihr damit?«

Er atmete lang aus. »Wenn die Drachen fortgehen, um sich nach Salmut zu begeben, ist das, als würde man einen Freund verlieren. Sie sind wilde Geschöpfe, freie Tiere, und gehen in die Knechtschaft, auch wenn sie es willentlich tun.« Er zuckte die Schultern. »Manchmal frage ich mich, wie sehr sich das von den Zeiten unterscheidet, in denen Azoth noch ihr Gebieter war.«

»Es wäre Euch lieber, wenn es keine Reiter gäbe, keine Drachen in Salmut?«, fragte Tuon.

Ivar zuckte die Schultern, sah zu Boden, betrachtete die Klinge der Machete. »Kommt.« Er stand auf. »Wir haben noch eine ganze Strecke vor uns.«

Tuon reichte ihm den Wasserschlauch. »Dann geht voran.«

Er grinste und wandte sich ab, um eine Ranke zu zerhacken.

Sie brauchten weitere zwei Stunden, um den Felsvorsprung zu erreichen, den Ivar erwähnt hatte, und zu dem Zeitpunkt hatte der Regen schon in stetigem Strom zu fallen begonnen. Das Umschlagtuch half, aber es reichte Tuon nur bis zu den Hüften, so dass ihre Beine tropfnass und schlammbedeckt waren, als sie aus dem Schatten des Dschungels hinaustraten. Sie strich sich das nasse Haar aus dem Gesicht und folgte Ivar zu einer Lichtung aus unebenem schwarzen Fels, die in einen wuchtigen Felssporn überging, der aus dem Dschungel ragte wie eine Zunge aus einem Mund. Asrith hockte am Rand des Felsens über dem Abgrund und starrte in die Ferne, durch den Regen zur unsichtbaren Küste des Festlands hinüber.

»Wartet hier.« Ivar legte Tuon eine Hand aufs Handgelenk. Sie blieb stehen; das musste er ihr nicht zweimal sagen. Drachen hatten sie schon immer nervös gemacht. Sie wartete, während Ivar auf das gewaltige Tier zuging.

Dunst stieg in Nebelschwaden aus dem dichten, grünen Laubdach unter ihr auf und quoll aus den Nüstern der Drachin, als sie sich umwandte, um Ivar anzusehen. Es jagte Tuon einen Schauer über den Rücken, zu sehen, wie Asrith den Kopf fast ganz herumdrehte; ihr Hals schlängelte sich elegant, und das dunkle Grün ihrer Haut ließ das Regenwasser abperlen, so dass es in großen Tropfen in die Pfützen auf dem Felsen rings um sie lief.

Ivar stand einige Minuten lang neben ihr und starrte einfach zu ihr hinauf. Tuon hörte nichts, sagte nichts, aber irgendein Zwiegespräch musste zwischen den beiden stattgefunden haben, denn nach einer Weile winkte er sie heran.

Der Regen ließ ihm die dunklen Locken am Schädel kleben, und das Weiß seiner Zähne schien gegen das Dunkel seiner Haut und Augen aus dem trüben Licht des Nachmittags hervorzuleuchten. Beklommen stand Tuon neben ihm, und Asrith sah von der Seite her mit einem verblüffend grünen Auge auf sie herab. Trockene Hitze strahlte von ihrem Körper ab. Die Drachin überragte sie beide; ihre Köpfe reichten nur bis zu ihrem Schultergelenk, und ihr Körper beschirmte sie vor einem Teil des Regens.

Ivar lächelte und beugte sich zu Tuon. »Asrith ist erfreut, dass Ihr sie fürchtet; sie mag es nicht, wenn die *Azim*, wie sie uns nennt, überheblich werden.«

Tuon fragte sich, was Asrith wohl von Shaan gehalten hätte. »Warum wollte sie mich sehen?«, fragte sie.

»Sie sagt, sie hat gespürt, wie die anderen Schwärme Eure Stadt verlassen haben.« Er stand nahe bei ihr, sprach ihr leise ins Ohr, als ob alles andere die Drachin beleidigt hätte. »Sie sagt, sie hätte gehört, wie *Arak* – Azoth – nach ihnen rief. Sie will wissen, ob Eure Leute nun, da Eure Schwärme fort sind, gern ihre Hilfe hätten.«

Tuon spürte den Regen, der ihr ins Gesicht prasselte, und Ivars Atem an ihrem Ohr und fragte sich, was sie tun sollte. War es das, was Rorc wollen würde? Ein Hilfsangebot würde wertvoll sein, besonders jetzt, da die Drachen von Salmut sie verlassen hatten. Aber konnten sie darauf vertrauen, dass die Drachen ihnen helfen würden? Was, wenn sie sich gegen sie wandten? Was, wenn es eine List war? Ihr Herz pochte heftig, als sie spürte, wie Asrith sie musterte. Sie leckte sich die Lippen.

»Fragt sie, woher wir wissen sollen, dass sie auf unserer Seite steht, und nicht auf Azoths«, sagte sie.

Ivars Gesichtsausdruck veränderte sich nicht. »Seid Ihr Euch sicher?«, fragte er. »Das ist eine kühne Frage.«

Tuon schluckte. »Ja.« Was konnte sie sonst tun?

Ivar gab ihre Frage an die Drachin weiter; sein Blick ging ins Leere, als ob er einen Moment die Konzentration verlor. Dann legte er Tuon plötzlich eine Hand auf den Arm und riss sie heftig zurück.

»Weg!« Er zerrte sie ein paar Schritte mit und stieß sie nieder, als Asrith sich plötzlich erhob. Ihre Flügel entfalteten sich ruckartig, und ihre Krallen schrammten über den Felsen, als sie in die Luft sprang. Über dem Paar schwebend rammte sie ihren Kopf auf sie zu, und Tuon sah das rasiermesserscharfe Aufblitzen ihrer Zähne und verspürte einen Moment lang Panik, als diese direkt über ihr zuschnappten. Dann krümmte sich der Schwanz der Drachin hinter ihr, und sie stürzte sich hinab und war mit einem mächtigen Flügelschlag verschwunden, stieg durch den Regen hinweg auf.

Tuon starrte eine Felsspalte neben ihrem Gesicht an, bevor sie eine Hand auf ihrem Arm spürte. »Steht jetzt auf, es ist alles in Ordnung.« Ivar half ihr auf die Beine, und sie stand schwankend da, starrte ihn und dann den weiten, verregneten Himmel an.

»Sie ist fort«, sagte er, hob die Tasche auf, die ihm vom Rücken geglitten war, und schlang sie sich wieder über die Schulter. »Alles in Ordnung«, wiederholte er.

»Habe ich sie beleidigt?«

»Ja, aber nicht so sehr, dass sie uns getötet hätte.«

»Warum habt Ihr mich die Frage stellen lassen?«, schrie sie. »Sie hätte uns töten können.«

»Ja. Aber Asrith tötet nicht unüberlegt. Wenige Drachen tun das.«

»Warum also?«

»Weil es sie hat denken lassen, dass es vielleicht gut wäre, mit Euch verbündet zu sein.«

»Was?« Tuon starrte ihn verständnislos an.

»Drachen wissen Mut zu schätzen. Ihr jene Frage zu stellen war beleidigend, aber mutig. Und es hat gezeigt, dass Ihr nicht alles blind glaubt.« Ivar lächelte. »Ich glaube, Ihr habt sie beeindruckt. Sie wird zu ihrem Schwarm fliegen und mit den anderen Drachen sprechen.«

»Also kommen sie vielleicht mit uns?«

»Ja.«

»Aber wenn sie nach Salmut ziehen, werden die Inseln ungeschützt zurückbleiben.«

Ivar zuckte die Schultern. »Wenn Salmut nicht verteidigt wird, wird Azoth ohnehin hierherkommen, und wir haben keine Armee. Wenigstens gibt es in Eurer Stadt auch Männer, die kämpfen können.«

Sie nahm an, dass er recht hatte. »Kommt.« Er legte ihr eine Hand ins Kreuz. »Wir können jetzt hinuntersteigen. Sie wird antworten, wenn sie dazu bereit ist.«

Immer noch wie betäubt nickte Tuon und folgte ihm zurück zwischen die Bäume.

6

Tallis trat auf dem Kuppeldach ins Freie. Es hatte über Nacht geregnet, und die Luft war von dem Geruch nach feuchter Erde und Salz geschwängert. Wasser bildete Pfützen auf dem Stein und spritzte ihm die Hosenbeine hoch, als er auf Attar zuging, der gerade am entgegengesetzten Ende des Dachs Haraka sattelte.

Attar schaute auf, als Tallis sich näherte. »Clansmann, bereit für den Ritt?«

»Ich war bereit, sobald ich aufgewacht bin.«

»Wie geht es deiner Schwester?« Er zog an einem Riemen und zurrte den Sattel um die Flügelansätze des Drachen fest. Haraka beäugte ihn und schnaufte laut durch seine kesselgroßen Nüstern.

»Sieh mich nicht so an«, knurrte Attar den Drachen an. »Willst du etwa, dass ich runterfalle?« Haraka schnaubte abermals und sah beiseite; ein Ausdruck, der Zuneigung oder Gleichgültigkeit sein mochte, stand in seinen Augen.

Attar schüttelte den Kopf und sah Tallis an. »Dieser Dreckskerl wird mit jedem Tag kecker. Vielleicht braucht er ein gutes Weibchen, um ihn zusammenzustauchen. Auf den Inseln sind ja möglicherweise noch ein paar, die herüberkommen und ihm ein oder zwei Lektionen erteilen können.« Er versetzte der Haut des Drachen einen kräftigen Knuff.

»Mach nur so weiter, dann lässt er dich eines Tages noch fallen«, sagte Tallis, aber Attars Grinsen wurde nur noch breiter.

»Sagt er dir das?« Er versetzte dem Drachen einen Rippenstoß. »Er ist ein Lügner. Wir sind jetzt gute Freunde. Er neckt mich einfach nur gern.«

Arak-ferish, erklang Marathins zischendes Flüstern an Tallis gerichtet. Azoths Verderben. Er schaute auf und sah, dass sich die Drachin, die anderthalbmal so groß wie Haraka war, der Kuppel näherte. Wolken dräuten noch immer schwer am Himmel, und die Sonne hatte die Hügel jenseits der Stadt noch nicht überstiegen; das Licht war ein fahles Grau, das in Schatten überging.

Die Drachin schoss aufs Dach herab, schlug einmal mit den mächtigen Flügeln und ließ sich dann an der Kante nieder. Der Geruch nach Moschus, Staub und Asche driftete zu Tallis herüber, als sie ein Auge auf sie alle richtete.

»Also nach Hügelstadt?« Attar stemmte die Hände in die Hüften.

»Ja«, antwortete Tallis. »Weißt du, wo das liegt?«

»Abseits der Mittelstraße an einem Ausläufer der Gorankette.« Attar fuhr sich mit der Hand über sein kurzgeschorenes, ergrauendes Haar und spuckte aus. »Macht Rorc sich Sorgen, dass Scanorianer das Dorf angegriffen haben könnten? Es liegt nahe genug an den Bergen; sie könnten es gewesen sein.«

»Das hat er nicht gesagt.«

»Nun ja, wir haben schon eine Weile nichts mehr von dort gehört, also weiß ich nicht, was es sonst sein könnte. Diese Wichte strömen in Scharen dem Gefallenen zu; sie haben wahrscheinlich beschlossen, ein paar Geschenke mitzubringen, um sich bei ihrem neuen Gebieter beliebt zu machen.«

Tallis wusste nicht, ob er recht hatte – er hatte bisher noch nie einen Scanorianer gesehen –, aber wenn Drachen dort gewesen wären, hätte er sie gespürt, und er glaubte nicht, dass sie sich so weit nach Süden wagen würden, zumindest noch nicht. Die Wildlande lagen weit von Salmut entfernt.

Tallis legte Marathin eine Hand auf die Haut.

Fliegen? Marathin sah ihn an.

Fliegen, wiederholte er und nutzte ihr Vorderbein als Tritt, um auf ihren Rücken zu klettern und sich in der Lücke zwischen ihren Flügeln niederzulassen. Er benutzte nun schon seit Wochen keinen Sattel mehr.

»Fertig?«, rief Attar von Haraka.

»Los.« Tallis hielt sich mit den Schenkeln fest, als Marathin sich duckte und dann in die Luft erhob. Einen Moment lang fielen sie auf die Baumwipfel zu, so dass die Luft an seinem Gesicht vorbeirauschte und an seinem Haar zog; dann breitete die Drachin mit einem Geräusch, als würde man Leder ausrollen, die Flügel aus, und ihre Klauen streiften die Baumblätter, als sie aufwärts und über sie hinwegschoss, in einem großen Bogen wendete und sich von der Küste entfernte. Tallis blinzelte in den Wind, als sie langsam Abstand von der Stadt gewannen. Tief unter ihnen waren Salmuts ungeordnete Straßen mit Punkten von Lampenschein übersät, als sie über das Kaufmannsviertel und die bleichen Kuppeln des Palasts zu dem Ring von Hügeln flogen, der die Bucht umgab. Rote Felsen, die von den ersten Sonnenstrahlen gesäumt und mit Bäumen und Gebüsch gesprenkelt waren, fielen rasch hinter ihnen zurück, als sie nach Nordosten über die offenen Ebenen flogen und dem festgetretenen Staub der Mittelstraße folgten. In der Ferne beschatteten die gezackten Gipfel der Gorankette den Horizont.

Nach ein paar Stunden wurde die Landschaft rauer. Felshügel, die mit Sträuchern und Pinien bewachsen waren, zwangen die Straße, zu einem gewundenen Pass zu werden. Gegen Mittag waren sie nur noch ein paar Meilen vom Dorf entfernt. Die felsigen Gipfel der Bergkette ragten in den hellen, klaren Himmel auf. Die Hänge waren von Pinien und Büschen überzogen, und Tallis sah tief unten eine Ansammlung von Gebäuden zwischen einigen niedrigen Hügeln. Hügelstadt. Eine dünne Rauchfahne erhob sich darüber in den Himmel.

Eine böse Vorahnung ergriff ihn, und Marathin zischte plötzlich. Dann erreichte der Gestank sie: beißend und brennerig.

Attar rief irgendetwas und deutete, und Tallis hob den Arm um zu zeigen, dass er es gesehen hatte. Das hier konnte nichts Gutes bedeuten. Er drängte Marathin nach unten, und sie flogen in einer Spirale immer tiefer über die kleine Siedlung.

Es war wenig davon übrig. Was einst ein Städtchen gewesen

war, war nun eine geschwärzte, qualmende Hülle aus rußigem Stein. Tallis suchte die Umgebung mit Blicken ab, während Marathin tief über den Straßen dahinglitt; dann brachte ein plötzliches, heftiges Gefühl ihn dazu, zur Bergkette hinüberzublicken. In den Schatten der Gebirgsausläufer wurde eine weit auseinandergezogene Menschenkette auf die Baumlinie der Berge zugetrieben.

»Attar«, rief er, »Überlebende!«, und er lenkte Marathin auf die kleine Gruppe zu. Die Bergkette ragte hoch über ihnen auf, als sie über die zerklüftete Ebene glitten. Als sie näher kamen, sah Tallis die Leichen von Kindern im kurzen Gras liegen, und Galle stieg ihm in der Kehle auf. Er warf einen Blick auf Attar. Das Gesicht des Kriegers war grimmig, und er hatte seinen Bogen in der Hand.

Tallis trieb Marathin an, ergriff seinen Bogen und legte einen Pfeil an. Jetzt konnte er eine Gruppe von Männern und Frauen sehen, die aneinandergefesselt waren und auf die felsigen Hänge zugetrieben wurden. Neben ihnen rannten kleinwüchsige Geschöpfe her und stießen sie mit Speeren vorwärts. Schwache, kehlige Rufe drangen zu ihm. Das mussten Scanorianer sein. Ihr Haar war kurz und verfilzt, ihre Gliedmaßen drahtig, und er konnte nicht erkennen, ob sie männlich oder weiblich waren. Sie hatten Attar und ihn offensichtlich kommen sehen und schrien die Leute an, damit sie sich schneller bewegten. Tallis spannte seinen Bogen und schoss.

Die Menschen starrten mit bleichen Gesichtern nach oben und die Scanorianer duckten sich ins Gras.

»Da ist der Anführer!«, rief Attar und zeigte hin; Tallis machte sich zum Anfang der Reihe auf.

Zuerst dachte er, die Gestalt, auf die Attar gedeutet hatte, sei ein übergroßer Mann, riesenhaft und muskulös, aber es war kein normaler Mensch.

Marathin zischte und kreischte in seinem Verstand. *Kind des Vaters! Gebrochener!*

Tallis zuckte zusammen; ihr Zorn war schneidend wie eine Klinge. Also war dies ein Alhanti.

Blaue Drachenhaut erhob sich von der Mitte des Rückgrats der

Kreatur, um einen Kamm entlang ihrem mächtigen Hals zu bilden. Die glänzenden Schuppen breiteten sich auf der Oberseite der Schultern aus und verschmolzen mit der nackten Menschenhaut auf dem muskulösen Oberkörper. Gelbliche Augen starrten böse aus einem Gesicht hervor, das einst menschlich gewesen war. Mit einem Brüllen schleuderte der Alhanti einen Speer nach Tallis.

Arak-ferish! Das zischende Flüstern hämmerte in seinen Verstand und Tallis blockte es instinktiv ab, während Marathin herumwirbelte; der Speer schrammte unter ihrem linken Flügel vorbei.

Zurück!, befahl Tallis. Er war von rasendem Zorn erfüllt. Dieses Ding hatte Kinder ermordet! Marathin wendete, und sie griffen den Alhanti nun direkt an. Er stellte sich ihnen mit gezogenem Schwert zum Kampf. Tallis zielte mit dem Pfeil, tastete nach dem Puls des Alhanti, dem Pochen des Bluts auf dem Weg zu seinem Herzen. Die Dunkelheit stieg auf, und Geräusche und Sinne verengten sich, aber gerade, als er den Pfeil abschießen wollte, spürte er die menschliche Seele der Kreatur aufschreien. In diesem Monstrum gefangen befand sich immer noch der Mann, der geopfert worden war, um es zu schaffen. Tallis zuckte zusammen, und der Pfeil ging ins Leere. Der Mund des Alhanti verzog sich zur Karikatur eines Grinsens, als er sich unter Marathins zustoßenden Krallen hinwegduckte.

Tallis blickte hinter sich und sah, wie Attar die Scanorianer mit Pfeilen spickte; die Kreaturen rannten auf den Wald zu. Die Schreie der Gefangenen erhoben sich in die Luft, und der Alhanti rannte zurück, auf sie zu, und schlug die Pfeile, die Attar auf ihn abschoss, beiseite, als wären sie nichts.

Greif ihn an, sagte Tallis zu Marathin; sie legte die Flügel an, stürzte sich hinab und wollte den Alhanti rammen. Er drehte sich im letzten Moment um, so dass der Kamm ihres Kopfs ihn mitten an der Brust traf, aber die Kreatur fiel nicht um. Stattdessen schlang sie die Arme um den Kopf der Drachin, packte ihre Überaugenwülste und starrte Tallis über die lange Strecke ihres Halses hinweg wahnsinnig an. Tallis spürte das Entsetzen des umnachteten Verstands und hörte das Wimmern des Mannes, der darin gefangen war. Marathin streifte den Boden; ihre Krallen wühlten Fels und Gras auf. Dann machte sie eine rasche Kopfbewegung; der Alhanti wurde weggeschleudert und prallte heftig mit dem Gesicht nach unten auf dem Boden auf. Sie schwebten über ihm.

Er lebte noch. Tallis konnte spüren, dass der Alhanti ihn noch immer hasste. Er wälzte sich herum und kam auf die Beine; Tallis griff nach einem weiteren Pfeil. Diesmal würde er ihn nicht verfehlen. Einen Herzschlag lang beobachtete das Geschöpf ihn aus bösartig gerissenen, gelben Augen, dann wandte es sich ab und rannte in einem erschreckenden Tempo auf das lose Geröll der Bergausläufer zu. Tallis' Pfeil ging ins Leere, und er wollte gerade die Verfolgung aufnehmen, als Attar auf Haraka angesaust kam.

»Lass ihn fliehen!«, rief er. »Kümmere dich um die Gefangenen; die Scanorianer könnten zurückkommen.«

Tallis zögerte, wusste aber, dass Attar recht hatte. Enttäuscht wendete er die Drachin, aber nicht, bevor er gesehen hatte, wie der Alhanti über einen Felsvorsprung geklettert und im Schatten der Bäume verschwunden war.

Sie verbrachten den Rest des Nachmittags damit, die Toten zu begraben. Von den vierhundert Dorfbewohnern hatten nur achtzig überlebt, zumeist die jüngeren Männer und Frauen. Sie erzählten Tallis und Attar, wie die Scanorianer und der Alhanti gezielt die alten Leute und Kinder angegriffen und getötet hatten, als sie zu einer Höhle in der Bergkette gelaufen waren, wo sie hatten Schutz suchen wollen.

Sie sammelten die Leichen ein, während Attar andere anleitete, Gräber auf dem kleinen Friedhof des Orts auszuheben. Bis Sonnenuntergang waren fünf Massengräber mit Steinen markiert worden, und die Überlebenden versammelten sich in einem provisorischen Unterschlupf dort, wo einst das Haus des Ratsherrn des Ortes gestanden hatte. Niemand sprach. Einige der Frauen weinten leise, während die Männer mit bleichen Gesichtern dasaßen. Das Entsetzen darüber, die toten Gesichter zu bedecken, den Kindern die starr blickenden Augen zu schließen, hatte sie alle verstummen lassen. Tallis wusste, dass ihre Verzweiflung seiner eigenen gleichkam. Er hatte noch nie so viele tote Kinder gesehen. Selbst, als er noch jünger gewesen war und es häufig Krieg zwischen den Clans gegeben hatte, waren Kinder nur selten betroffen gewesen. Gewiss, Frauen und Kinder wurden gefangen genommen, aber man ließ sie nicht über die Klinge springen. War dies etwa, was Azoth im ganzen Land zu tun beabsichtigte?

Attar winkte Tallis, ihm ins Freie zu folgen. Sie gingen ein paar Schritte von dem offenen, hölzernen Pultdach weg und blieben am zerstörten Brunnen des Orts stehen. Die Miene des Reiters war grimmig, und Tallis erriet, was er dachte. Sie waren meilenweit von jeder Stadt entfernt. Wenn noch mehr Scanorianer und Alhanti dort draußen waren, würde es eine lange Nacht werden.

»Was glaubst du, Clansmann?«, fragte er. »Spürst du irgendetwas dort draußen?«

Tallis schüttelte den Kopf. »Nein. Aber sie sind nicht wie Drachen; ich habe den Alhanti nicht gespürt, als wir angekommen sind.«

»Schande!« Attar sah weg, in die Dunkelheit. »Weißt du, ich hätte nie gedacht, dass ich mal einen von ihnen sehen würde. Dachte, sie wären nur eine Sage. Und obwohl wir zwei Drachen hier haben, werde ich einfach das Gefühl nicht los, dass sie wiederkommen werden.«

Tallis wusste, was er meinte. »Ich habe ein Stück weit in den Verstand des Alhanti geblickt«, sagte er. »Ich glaube nicht, dass ›Rückzug‹ ein Wort ist, das er kennt.«

»Wir müssen uns verbarrikadieren, eine Verteidigungsstellung errichten«, sagte Attar. »Die Überreste der Häuser nutzen, eine Art Mauer bauen.« Er warf einen Blick zurück zu dem Unterschlupf. »Wir werden Wachen einteilen, und die Drachen können uns dabei beschützen. Aber wir haben nur einen begrenzten Vorrat an Waffen.«

»Müssten nicht die Dorfbewohner ein paar haben?«

»Könnte sein.« Attar winkte einen jungen Mann heran, der nahebei im Staub saß. Tallis nahm an, dass er wohl etwa in seinem Alter war; er war hochgewachsen und hatte die kräftigen Schultern eines Bauern. Der junge Mann stand auf und kam zu dem Drachenreiter herüber; er sah verloren aus. Seine Hände waren schmutzig vom Grabausheben, und Streifen getrockneten Bluts überkrusteten seine Kleider.

»Wie heißt du?«, fragte Attar.

»Orwin.«

»Orwin«, wiederholte Attar, »glaubst du, dass hier irgendwelche Waffen übrig sind? Messer, Bogen?«

»Vielleicht.« Der junge Mann zuckte mit teilnahmslosem Blick die Schultern. »Die meisten von uns hatten Bogen, ein paar auch Messer. Mein kleiner Bruder und ich, wir schießen Kaninchen, damit sie nicht die Feldfrüchte fressen, er …« Seine Stimme zitterte und er schaute einen Moment lang zu Boden, schöpfte Atem. »Kann sein, dass ein paar von den Bogen den Brand überstanden haben. Wir könnten nachsehen.«

»Gut.« Attar warf Tallis einen Blick zu und sah dann die Überreste des Dorfs an. Es würde ein Wunder sein, wenn sie überhaupt etwas fanden.

»Du teilst ein paar Frauen dazu ein, nach Waffen zu suchen«, sagte er zu Orwin. »Auch nach jeglichem Essen und Wasser, etwas Bettzeug, wenn möglich. Wir brauchen euch Männer alle, um ein paar Verteidigungsstellungen für heute Nacht zu errichten.«

Orwin sah den Reiter an. »Glaubst du, sie kommen zurück?«

»Wir müssen bereit sein«, sagte Attar, und der junge Mann presste die Lippen fest zusammen, als er nickte und in den Unterstand zurückkehrte.

»Wir sollten sie von hier wegbringen«, sagte Tallis.

»Dafür ist es nun zu spät; die Sonne ist untergegangen, und Scanorianer jagen gern im Dunkeln. Diese Leute wissen das, sie leben nahe genug bei ihnen. Aber ich bezweifle, dass sie bisher in großer Anzahl mit ihnen zu tun hatten. Wahrscheinlich nur ein Viehdiebstahl hier und da.« Er seufzte und schüttelte den Kopf.

»Wenn wir die Nacht überstehen, nehme ich Haraka und führe sie bei Sonnenaufgang nach Cermez. Dort liegen Soldaten in einer Garnison, gleich außerhalb der Stadt. Du kannst vorausfliegen und sie dazu bringen, hinauszureiten und uns entgegenzukommen. Dann kehrst du nach Salmut zurück und erstattest dem Kommandanten Bericht.«

Tallis gefiel der Gedanke nicht, Attar allein zu lassen. »Wäre es nicht besser, wenn wir sie gemeinsam eskortieren würden?«

»Dauert zu lange. Der Kommandant muss erfahren, was hier vorgefallen ist, und du hast den schnelleren Drachen. Marathin ist anderthalb mal so schnell wie Haraka.« Attar beugte sich vor. »Aber der Plan gilt nur, wenn alles gut geht. Wenn heute Nacht alles schiefgeht, wenn sie mit Verstärkung zurückkehren und es aussieht, als ob sie uns besiegen, will ich, dass du direkt zurück in die Stadt fliegst.«

»Was? Nein …«

»Hör zu.« Attar zog ihn nahe heran und sprach mit gesenkter Stimme. »Ein Krieg kommt, Clansmann, und wenn die Alhanti schon hier sind und Dörfer auslöschen, dann kommt er schneller, als wir dachten. Das muss der Kommandant wissen. Er wird es nicht erfahren, wenn wir beide sterben, also bringst du die Nachricht zu ihm, verstanden?«

Tallis starrte ihn einen Moment lang an, dann sagte er: »Verstanden. Aber das wird nicht geschehen. Marathin und ich können den Alhanti besiegen, wenn du dich mit Haraka um die Scanorianer kümmerst.«

Attar grinste. »Starrköpfig wie immer! In Ordnung.« Er klopfte ihm auf die Schulter. »Aber wenn nicht alles wie geplant verläuft, machst du dich davon.«

»Ich mache mich davon«, wiederholte Tallis, und sein Blick ging an dem Reiter vorbei zu den zusammengedrängten, verängstigten Leuten in dem Unterstand. Da es sich größtenteils um junge Männer und Frauen handelte, würden sie wenigstens in der Lage sein, bis zuletzt zu kämpfen, dachte er. Ein gedämpfter Schrei ertönte über ihnen, und er schaute zu der kreisenden Marathin auf.

Der Geschaffene wacht und wartet, zischte sie in seinem Geist, und er sah zu den Bergen hinüber.

»Der Alhanti wacht«, sagte er zu Attar.

»Daran habe ich nicht gezweifelt.« Der Reiter ging an ihm vorbei zu dem Unterschlupf, um nachzusehen, was Orwin trieb.

Tallis stand da, starrte einen Moment lang in die dunklen Schatten der Bergkette, rollte dann die Schultern und ging daran, den Männern zu helfen, eine Verteidigungsstellung zu errichten.

Die Nacht senkte sich still und dunkel herab, und Tallis stützte sich auf die grobe, hölzerne Barrikade, die sie um den Unterstand herum errichtet hatten. Er und Attar hatten an entgegengesetzten Enden Aufstellung genommen, den Bergen zugewandt. Die Barrikade war weniger als sechs Fuß hoch, aber das war alles, was sie mit dem, was sie hatten, erreichen konnten. Sie hatten fünf Bogen und achtunddreißig Pfeile in den Ruinen des Dorfes gefunden und die fünf besten Bogenschützen unter den Überlebenden ausgewählt, sie zu benutzen. Die Übrigen hielten geschärfte Holzstäbe, die wenigen Messer, die sie gefunden hatten, und ein paar Gartenhacken. Sie alle standen zwischen Tallis und Attar in einer Reihe an der Barrikade; die Furcht leuchtete scharf aus ihren Augen.

Die einzigen Geräusche stammten von Insekten, die im spärlichen Gras zirpten, und dem leisen Gemurmel einiger Frauen.

Tallis schickte seinen Geist empor zu Marathin, als sie über ihm vorbeiglitt; sie kreiste über dem Gebiet. Die Drachen wechselten sich damit ab, am Himmel Wache zu halten; Haraka war jetzt am Boden, hockte der dunklen Bergkette und ihren bewaldeten Hängen zugewandt da.

Wo ist er?, schickte Tallis zu ihnen aus; er bezog sich auf den Alhanti, der einen Großteil des Abends damit verbracht hatte, am Rand der Büsche im Vorgebirge hin und her zu streifen. Haraka hatte vor kaum einer Stunde entdeckt, dass die Scanorianer bei ihm waren, und Tallis fragte sich, ob sie jetzt bald zuschlagen würden.

Er ist stehen geblieben, sandte Marathin zurück. *Er beobachtet mich.* Tallis nahm ihren Abscheu vor der Kreatur wie einen bitteren Atemstoß wahr, als ihre Worte in seinen Verstand eindrangen. *Die Dunklen stehen hinter ihm. Es sind viele. Mehr als zuvor.*

Also hatten sie Verstärkung erhalten. Er wandte sich an den jungen Mann, der neben ihm stand, und schickte ihn die Reihe entlang, um Attar die Neuigkeiten mitzuteilen.

Als er ihm nachsah, konnte Tallis sich des Eindrucks nicht erwehren, dass er nur so tat, als sei er ein Krieger. Welche Erfahrung hatte er denn schon? Ein paar Kämpfe gegen seine eigenen Clanangehörigen, ein paar Waffenübungen. Es gefiel ihm nicht, wie die jungen Männer hier ihn ansahen – so, als könne er sie beschützen.

Arak-ferish, huschte Marathins Stimme durch seinen Geist. *Zum Kämpfen geboren, dazu, sein Verderben zu sein.*

Er schaute in den Himmel auf, sah den sich bewegenden Umriss der Drachin vor dem Schwarz, aber er hatte keine Zeit, zu antworten, denn sie sprach wieder, und diesmal war es eine Warnung. Furcht stieg in ihm hoch.

»Sie kommen!«, rief er. Sofort sprangen alle Dorfbewohner im Unterstand auf; die Bogen klapperten.

»Macht die Fackeln bereit!«, schrie Attar. Sie hatten ein paar Stöcke mit ölgetränkten Lumpen umwickelt, um sie anzuzünden und als Waffen zu verwenden, wenn die Scanorianer nahe genug herankamen, und die jungen Frauen, die die Aufgabe erhalten hatten, sie in Brand zu stecken, nahmen ihre Feuersteine zur Hand. Tallis hielt seinen Bogen fest, wartete.

Neben ihm stand ein zitternder junger Mann, der seinen Bogen starr umklammert hielt. Hinter ihnen warteten die Frauen; ihr rauer Atem erfüllte Tallis' Ohren, als er zwischen ihnen hindurchschritt und sich vergewisserte, dass sie ihre Waffen bei sich hatten. Als er Attar erreichte, sagte er: »Marathin kommt jetzt. Ich gehe.«

Der Reiter nickte. »Viel Glück, Clansmann. Beeil dich. Scanorianer rennen schnell.«

Tallis schwang sich über die hölzerne Wand; seine Beine fühlten sich seltsam leicht und wackelig an, als er auf die Drachin zurannte, die aus der Luft herabstürzte, um sich mit ihm zu treffen. Der Boden erzitterte, als sie landete, und sein Bogen fühlte sich in seiner Hand rau und stabil an, als er auf ihren Rücken hinaufsprang. Ihre mächtigen Beinmuskeln spannten sich an, dann stieß sie sich ab; Luft strömte an seinem Gesicht vorbei, als sie sich in den Himmel erhoben. Das Pochen des Bluts der Drachin summte in seinen Adern, als ihre Sinne sich verbanden und die uralten Befehle auf seiner Zunge aufstiegen. Unter ihnen hockte Haraka am Boden und sah dem anrückenden Feind entgegen.

Flieg, sagte Tallis zu dem jüngeren Drachen. *Jage.* Er selbst streckte sich flach auf Marathins Hals aus, als sie auf die näher kommenden Scanorianer zuschoss.

Er konnte sie zunächst kaum sehen: Klein und dunkel huschten sie über den unebenen Boden und verschmolzen mit den Schatten. Es waren so viele! Dann sah er den Alhanti, der in der Dunkelheit hinter den Scanorianern herrannte und sie weitertrieb. Er hielt ein langes Schwert mit der Faust umklammert.

Macht wallte in Tallis' Blut auf, bis sie wie kaltes Feuer unter seiner Haut aufloderte, und während er einen Pfeil anlegte, stürzte er in einem Rausch aus Wind und Wut vom Himmel hinab. Der Pfeil traf den Alhanti in die Brust, aber er wankte kaum.

Brüllend riss er sich eine Armbrust vom Rücken und ließ einen Bolzen fliegen. Er traf Marathin in den Hals, und sie kreischte, als das Eisen sich in ihre Haut bohrte. *Vergiftet*, flüsterte sie, und Tallis spürte an dem, was durch ihre Adern glitt, dass es wahr war. Nicht genug, um sie zu töten, aber genug, um sie nutzlos zu machen.

Setz mich ab, befahl er, und sie gehorchte mit keuchender Lunge; ihr großer Schwanz pflügte eine Furche in die Erde, als sie schlitternd zum Stillstand kam. Tallis sprang von ihrem Rücken und rollte sich auf die Beine, während er spürte, wie sie einschlief. Die Scanorianer hatten trotz Haraka die Barrikade erreicht, und das Sirren von Pfeilen erfüllte die Luft. Aber Tallis hatte keine Zeit, darüber nachzudenken; der Alhanti kam mit hoch erhobenem Schwert auf ihn zugerannt. Einen kurzen Moment lang war Tallis starr vor Furcht. Die Augen des Alhanti funkelten gelb. Fackelschein spielte an der Klinge seiner Waffe entlang. Er war beinahe sieben Fuß groß. Dann brüllte Tallis: »*Arak-ferish!*«

Und alle Furcht verließ ihn. Seine Kraft stieg auf. Uralte Worte stiegen ihm bitter und herb auf die Zunge, und er warf seinen Bogen hin und zog das lange Messer aus dem Gürtel.

»*Tharak!*«, schrie er – stirb! – und rannte los, dem Alhanti entgegen.

Das Schwert zielte auf seinen Kopf, und er duckte sich nieder, hörte die Klinge über sich die Luft zerteilen. Alles schien sich zu verlangsamen: sein Herzschlag, seine Atmung. Die Dunkelheit erfüllte ihn. Er richtete sich wieder auf und wirbelte herum, um dem Monster die Stirn zu bieten. Das Gesicht des Alhanti war vor Hass verzerrt, aber bevor er Zeit hatte, noch einmal zuzuschlagen, griff Tallis mit dem Verstand nach ihm, schlang die dunkle Energie um den Geist des anderen, hielt ihn mitten im Schwung auf und zog ihm die Klinge durch den Unterleib, zerteilte Muskeln und legte Knochen frei, bewegte sich schneller, als es ihm hätte möglich sein sollen; seine Macht verlieh ihm übermenschliche Kräfte.

Der Alhanti brüllte vor Entsetzen und fiel auf die Knie; seine Eingeweide quollen auf den Boden. Das Schwert entglitt seiner Hand, und Tallis trat hinter ihn, um sich über ihn zu beugen.

Er packte ihn beim Kamm und flüsterte ihm ins Ohr: »*Arak-ferish!*« Dann schnitt er ihm die Kehle durch. Blut ergoss sich schwarz über seine Hand, und als der Alhanti starb, wirbelten Tallis' Sinne fort. Er glaubte, Azoths böse dreinblickendes, zorniges Gesicht zu sehen, und flüsterte dem Gott, der den Alhanti erschaffen hatte, zu: »Ich komme.«

Eine gewaltige Energie erfüllte ihn, und er schleuderte den Leichnam zu Boden. Verängstigte Schreie ertönten, und er drehte sich um, um zu den angegriffenen Dorfbewohnern zurückzublicken. Seine Hände waren blutüberströmt, aber er bemerkte es nicht. Die Schreie der Menschen und der Scanorianer wurden leiser, als er über den unebenen Boden stampfte und doch kaum spürte, wie seine Füße die Erde berührten. Haraka stürzte sich herab und kreischte; seine Flügel, die im Fackellicht rot erschienen, holten nach den Scanorianern aus. Sie duckten sich, kämpften aber weiter; ihnen war nicht bewusst, dass ihr Anführer tot war. Tallis rannte schnell und fiel ihnen so still wie ein Schatten in den Rücken. Die ersten fünf waren schon niedergemäht, bevor irgendjemand bemerkte, dass er da war. Die nächsten sahen nur ein todesgleiches Gespenst auf sich zustürmen.

Mit blutigem Messer schnitt er sich eine Bahn durch die Scanorianer frei. Kraft strömte durch seine Adern wie Wasser in den heißen Quellen: heiß, schwefelhaltig und endlos. Die Scanorianer begannen sich zu zerstreuen; ihnen ging endlich auf, dass der Alhanti nicht mehr da war. Sie rannten davon, und Tallis schlug nach jedem, der ihm zu nahe kam. Dann war endlich alles still, und er hielt inne und starrte die Dörfler an, die zu viel Angst hatten, sich ihm zu nähern. Die Klinge zitterte in seiner Hand. Attar trat mit argwöhnischem Blick und bereitgehaltenem Schwert einen Schritt auf ihn zu.

»Clansmann, es ist vorbei«, sagte er.

Tallis wandte sich ihm zu und sah dann seine blutbedeckten Arme an.

Tallis? Shaans angstvolles Flüstern durchdrang den Nebel in seinem Verstand. Die Dunkelheit begann aus seinen Augen zu weichen.

Arak-ferish, schickte er zurück. *Ich bin wach*. Dann ließ er das Messer ins Gras fallen.

7

Al Hanatoha in den Wildlanden

Azoth sah gerade zu, wie Sklaven eine Mauer neu errichteten, als der Schauer sein Wesen durchlief. Eines seiner Kinder war erschlagen worden. In Raserei packte er den nächstbesten Sklaven, einen kleinen Jungen, und hielt ihn am Hals hoch über den Boden. Die anderen Sklaven schrien vor Furcht und ließen die Ziegel fallen, während sie von ihm wegeilten.

»Halte sie auf«, schnauzte er den Alhanti an, der ihr Aufseher war, und das Geräusch der Peitsche, die auf Stein traf, ertönte und ließ die Sklaven erstarren.

Azoth versuchte, seinen Zorn zu zügeln; er spürte den panischen Puls des Jungen in seinem Griff, als er das kleine, dunkle Gesicht nahe an sein eigenes heranzog.

»Er tötet die, die ich liebe«, flüsterte er. »Soll ich es ihm heimzahlen? Leben für Leben?«

Halb erstickt weinte der Junge stumm vor sich hin; Urin lief ihm das Bein hinab und tropfte auf den Boden. Der Alhanti lachte, und Azoth ließ den Jungen fallen. »Zu deinem Glück bin ich nicht so erbarmungslos wie mein Nachkomme«, sagte er.

Ein anderer Sklave versuchte, zu dem Jungen zu kriechen, und Azoth warf einen Blick auf die zusammengetriebenen Menschen. »Macht weiter damit, die Mauer zu reparieren, oder ich töte ihn«, sagte er und winkte dann den Alhanti heran. »Komm mit.«

Zu dem Zeitpunkt, als er den Tempel betrat, hatte der Zorn ihn fast verlassen. Alterin saß mit dem Rücken zur Wand und starrte den Stahl ihrer Ketten an. In der Nähe zitterte die Hülle, die den

Clansmann und den Drachen enthielt; ihre Haut dehnte sich und reflektierte das schwache Licht.

Azoth hockte sich vor Alterin hin. »Und wie geht es meiner Seherin?«, fragte er. »Ist sie dieser ständigen Wache müde?«

Alterin antwortete nicht, und Azoth ließ sich auf die Fersen sinken. »Vielleicht interessiert es dich, zu erfahren, dass dein Freund Tallis zum Mörder geworden ist.« Er musterte sie genau, sah aber keine Reaktion. »Das ist das unglückliche Ergebnis seines Erbes. Er hat seine Macht genutzt, um einen der Meinen zu töten. Ich frage mich …« Er wickelte sich eine Strähne ihres Haars um den Finger. »… ob er sie wohl nutzen wird, deinen Clansmann zu töten, wenn er erst wiedergeboren worden ist?«

Die Seherin zuckte zurück, und er sah hinter ihren Augen die Qual, die sie zu verbergen versuchte.

»Vielleicht wäre es eine angemessene Strafe für ihn, sich dem Schicksal stellen zu müssen, dem er seinen Freund überlassen hat«, sagte er.

Noch immer hielt die kleine Frau den Blick starr von ihm weggerichtet, beharrte auf ihrem Trotz. Das begann ihn zu ärgern.

»Hast du versucht, Hilfe von deinen Geistern zu erhalten, Kleine?« Er bewegte sich im Kreis, um ihrem Blick zu folgen. »Haben sie dir etwas von künftigen Pfaden erzählt?« Er beugte sich nahe heran, um ihr ins Ohr zu flüstern: »Trotze mir nur, wenn du möchtest, aber ich weiß, dass du schwächer wirst.«

»Du wirst mich nicht töten«, sagte sie. »Du brauchst mich.«

Er packte sie an der Schulter und grub die Finger in einen Schnitt, der ihr schon vor langer Zeit zugefügt worden war, so dass sie nach Luft schnappte. »Denk gut nach, Seherin. Wir haben einen Handel geschlossen. Ich habe deinen Clansmann nicht getötet – und dennoch hast du deinen Teil nicht erfüllt.« Er packte sie am Kinn und zwang sie, ihn anzusehen. »Reise auf den Geisterpfaden, suche nach meinen Geschwistern, dann wirst du überleben, um bei deinem Clansmann zu sein.«

»Er ist schon fort. Finde sie selbst.« Sie versuchte, sich seinem Griff zu entwinden, aber er hielt sie fest.

»Ich glaube nicht.« Er stand auf. »Bring sie auf den Platz und überzeug sie«, sagte er zu dem Alhanti. »Und stell sicher, dass reichlich Leute da sind, um ihre Bestrafung mit anzusehen.«

Der Alhanti grinste; ein wildes Funkeln stand in seinen schlangengleichen Augen, als er ihre Kette von der Wand loshakte und sie auf die Beine zerrte. »Beweg dich!« Er stieß sie vorwärts und führte sie aus dem Tempel.

Azoth sah ihr nach, bis sie verschwunden war. Er wusste, dass sie heute nicht nachgeben würde. Sie hielt aus irgendeinem Grunde durch, widerstand dem, dem sie sich, wie sie wusste, früher oder später würde beugen müssen. Versuchte sie, seinen Geschwistern mehr Zeit zu verschaffen, einander zu finden? Höchstwahrscheinlich. Sie glaubte womöglich, dass sie ihn gemeinsam wirklich besiegen könnten. Aber sie hatten den Schöpferstein nicht – und es gab heute keine Amora mehr.

Er schritt über den Tempelboden und starrte den Stein an, der leise vor sich hinsummte. Dies würden die letzten Alhanti sein, die der Stein für Azoth schuf. Er musste den Rest der Drachen für seine Armee übrig behalten. Vielleicht würde er danach den Stein in seinen Palast bringen, um ihn in Reichweite zu halten, für alle Fälle. Er hielt eine Hand darüber, spürte, wie die Wärme seiner Energie ihn erfüllte. Er hatte so lange ohne den Stein gelitten, hatte sich danach gesehnt – warum also fühlte er sich jetzt, da er ihn hatte, immer noch nicht vollständig?

Er zog die Hand weg und starrte ins schwarze Licht des Steins, lauschte ihm. Wieder hier zu sein, während draußen sanfter Regen fiel und der Pharonvogel rief, erinnerte ihn an lange vergangene Zeiten, Dinge, an die er, wie er wusste, nicht hätte denken sollen, zu denen seine Erinnerungen aber trotz seines Vorsatzes wieder zurückkehrten. Die Leere der Sehnsucht sang in ihm, und er flüsterte ihren Namen: Niobe.

Ein sterbliches Mädchen, dunkelhaarig, geschmeidig wie der Fluss. Sie war so jung gewesen – und doch war im Vergleich zu heute auch er jung gewesen. Er erinnerte sich an ihr Flüstern, als ihre Finger über seine Haut geglitten waren, daran, ihren Geruch einzuatmen, an den Schwung ihrer Taille. Aber sie war nicht mehr da, und die eine, die seinen Schmerz hätte lindern können, war nicht hier. Er hatte zugelassen, dass sie ihm entkam.

Shaan.

Niobe.

Er schloss die Augen und sah wieder einmal die hellen, cremefarbenen Balkons des Palasts am Fluss vor sich, die Sonne, die damals strahlender schien und auf den strudelnden, purzelnden Wellen funkelte, die das durchs Wasser gestakte Boot verursachte … Er roch den Blütenduft in der Luft und hörte Fortuse rufen. Ihr Haar glänzte rotgolden im Sonnenlicht, und damals lag Liebe in ihrer Stimme. Keine Enttäuschung, keine Verachtung.

Du darfst keine Sterbliche lieben, Bruder.

Seine Hände verkrampften sich zu Fäusten. Er erinnerte sich noch immer an den Klang von Niobes Schreien.

Paretim, Fortuse, Epherin, Vail: Dieb, Peinigerin, Verräter, Henker.

Sie hatten ihm beigebracht, was der Tod bedeutete. Azoth zwang die Augen auf und starrte den Stein an. Sie hatten es büßen müssen. Waren zur Buße gestorben und würden wieder sterben. Es war immer dasselbe.

Erschöpfung zerrte an ihm. Wie lange schon war er allein?

Er lauschte der Leere der Stadt ringsum. Es waren andere in der Nähe: Drachen, Alhanti und Sklaven kauerten vor dem Palast, aber keiner von ihnen konnte seinen Schmerz auch nur annähernd lindern. Zu lange hatte er dem Klang der Stille gelauscht. Wie fühlte es sich an, geliebt zu werden? Er konnte sich nicht daran erinnern.

Azoth holte tief Luft und befahl sich selbst, sich zu entspannen; er verlangsamte seinen Herzschlag, verfolgte seine Atmung und spürte das betörende Summen des Steins, als dieser nach seinem Innersten suchte. Die Nacht senkte sich herab; Shaan würde bald schlafen, und er würde im lautlosen Dunkel zu ihr reisen. Ihr einen Traum schicken, im Traum bei ihr sein. Er hatte ihr das letzte Mal Furcht geschickt, und sie hatte gegen ihn angekämpft; was würde geschehen, wenn er ihr jetzt Liebe sandte?

8

Shaan war zu Nilah bestellt worden, aber sie wollte nicht hingehen. Sie lag im Bett, ignorierte das Klopfen an ihrer Tür und lauschte dem Regen. In einer Vase auf ihrem Nachttisch erzitterte eine einzelne Orchidee, als eine Brise durchs offene Fenster hereinwehte. Die Blume war das zweite Geschenk von Balkis binnen zwei Tagen. Das erste war eine Phiole mit Namoi-Parfüm gewesen; das Glas war so fein geschliffen, dass es Prismen grünen Lichts ins ganze Zimmer reflektierte.

Doch waren es nicht Balkis' Geschenke, die Shaan verstörten. Irgendetwas war mit Tallis geschehen. Es hatte sie nach Mitternacht geweckt, ein so starker Energiefluss, dass er sie aus ihren Träumen gerissen hatte, und sie hatte gespürt, wie Tallis vor einer Kraft übergequollen war, die weit stärker war als die, über die er bisher verfügt hatte. Es hatte ihr große Angst eingeflößt. Was war ihm dort draußen in jenem abgeschiedenen Dorf zugestoßen?

Sie wälzte sich auf die Seite, starrte den Fußboden an und wünschte sich, Tuon wäre zurück. Sie machte sich nicht allein Sorgen um Tallis; der Traum, aus dem er sie gerissen hatte, hatte sich wieder einmal um Azoth gedreht, und sie sehnte sich nach einer Freundin, der sie sich hätte anvertrauen können.

Die Einzelheiten konnte sie nicht erfassen, wusste aber, dass der Traum lebhaft gewesen war. Sie erinnerte sich vage an einen sonnenbeschienenen Fluss, ein Gebäude aus hellem Stein, das Gefühl, dass Azoth ihr die Arme um die Taille schlang und die Lippen auf ihren Hals presste. Am verstörendsten war, dass sie keine Angst vor ihm gehabt hatte: Sie hatte seine Berührung willkommen geheißen. Mühsam drückte sie sich die Handballen vor die Augen, aber sein Bild verließ sie einfach nicht. Sie stand auf, ging zur Waschschüssel hinüber und spritzte sich wieder und wieder Wasser ins Gesicht.

Das Klopfen an ihrer Tür ertönte wieder, diesmal lauter. »Shaan!«, rief Schwester Lyria. »Du wirst zu spät kommen!«

»Geht weg!«, rief sie und trocknete sich das Gesicht ab. Götter, wie sie sich nach einer eigenen Wohnung sehnte …

»Du musst herauskommen.« Die Schwester öffnete die Tür und trat mit in die Hüften gestemmten Händen auf die Schwelle. »Die Führerin hat nach dir verlangt. Du kannst sie nich…«

»Ich habe nicht gesagt, dass Ihr hereinkommen dürft.« Shaan warf das Handtuch auf ihr Bett.

»Dies hier ist Amoras Haus. Alle, die hier leben, sind in all ihren Zimmern willkommen«, sagte Lyria.

»Wie praktisch.«

Der Gesichtsausdruck der Schwester verdüsterte sich. »Zieh dich an. Der Wagen wartet schon.« Sie ging hinaus und schlug die Tür hinter sich zu.

Shaan zog sich das kurze Nachthemd über den Kopf und warf es auf den Boden; dann streifte sie sich ein Paar Hosen und ein kurzärmliges Hemd über, das vorn mit einem weichen Lederband geschnürt wurde. Sollten die Schwestern sich doch über ihren Aufzug beschweren! Sie würde keines ihrer lächerlichen Kleider anziehen. Sie kämmte sich das Haar aus dem Gesicht, schlang es im Nacken zu einem Knoten und befestigte es mit einer Knochennadel. Dann gürtete sie sich ihr kleines Messer um und ging.

Die Fahrt in den Palast verging schnell. Es waren in dem heftigen Regen nur wenige Passanten unterwegs, daher konnte der Kutscher sich an die höheren Partien der Straßen halten und so dem Schlamm ausweichen, bis sie das Kopfsteinpflaster der Straßen des Kaufmannsviertels und schließlich den Palast erreichten.

Als Shaan in Nilahs Gemächer eingelassen wurde, fand sie die Führerin wieder auf dem Sofa umgeben von einem Berg von Papieren vor.

»Shaan, der Göttin sei Dank!« Nilah ließ die Papiere auf den

Boden fallen. »Umgeben von all diesen hirnlosen Trotteln bin ich schon ganz verrückt geworden.« Sie starrte die junge Frau böse an, die eine weitere Dienerin ersetzt hatte, bis das Mädchen unter gemurmelten Entschuldigungen rückwärts das Zimmer verließ.

»Du wirst niemanden lange behalten, wenn du alle so behandelst.« Shaan ging zu ihr hinüber, um sich das Durcheinander anzusehen.

»Das ist Sinn und Zweck der Übung.« Nilah stand auf und drückte ihr ein Glas gekühlten Wein in die Hand. »Ich kann es nicht ertragen, wenn sie mir die ganze Zeit um die Füße herumschnüffeln.«

»Sie sind angewiesen, um dich herumzuschnüffeln.« Shaan stellte das Glas auf dem Tisch ab.

»Ja, deshalb bist du so erfrischend. Komm schon, beschimpf mich. Ich kann es nicht ertragen, wenn du nett bist.« Nilah setzte sich wieder auf die weiche, gepolsterte Liege und beobachtete, wie Shaan sich gegenüber von ihr niederließ.

»Dein Bein sieht aus, als ob es sich erholt, du bewegst dich schneller, und dein Arm auch. Du hältst ihn nicht mehr wie ein gestopftes Huhn.«

»Danke«, sagte Shaan trocken und musterte die Papiere. »Was ist es diesmal? Mehr Anweisungen vom Rat?«

»Natürlich. Ich habe nachher noch ein Treffen mit Lorgon und dem Rest der Neun.« Sie runzelte die Stirn. »Es war viel die Rede davon, dass der Mörder meiner Mutter zur Rechenschaft gezogen werden soll.«

Shaan antwortete nicht. Überall in der Stadt hatten sich Gerüchte über den Diplomaten aus den Freilanden verbreitet, dem die Vergiftung der Führerin zur Last gelegt wurde. Waren aus den Freilanden wurden auf dem Marktplatz mittlerweile häufig übersehen, und sie hatte mehr als eine hitzige Diskussion darüber miterlebt. »Was wirst du tun?«, fragte sie.

Nilah nahm einen Schluck Wein. »Ich muss mich dazu äußern. Seine Hinrichtung öffentlich verkünden.« Sie stellte ihr Glas ab. »Der Rat will den Krieg erklären.«

Shaan starrte sie an. »Obwohl Azoth kommt, wollen sie einen Kampf mit den Freilanden vom Zaun brechen?«

»Du verstehst das nicht«, sagte Nilah. »Er muss bestraft werden. Und die Söldner aus den Freilanden richten in unserem Handel große Schäden an, aber ihr Senat unternimmt nichts dagegen.«

»Wenn du einen Krieg beginnst«, sagte Shaan, »wie sollen wir dann gegen Azoth kämpfen, wenn er kommt?«

»Azoth, Azoth, Azoth«, murmelte Nilah. »Ich habe es satt, von ihm zu hören.«

Shaan hätte sie am liebsten geohrfeigt! Was brauchte es, um sie endlich sehen zu lassen, dass der wiedergekehrte Gott eine größere Bedrohung als alles war, was die Freiländer auch nur ansatzweise heraufbeschwören konnten?

»Nilah«, sagte sie, »was hast du vor?«

Aber die Führerin ignorierte ihre Frage und sah Shaan stattdessen mit listiger Miene an.

»Was?«, sagte Shaan.

»Ich habe eine Idee.«

»Was für eine?«

Nilah stand auf und begann, vor dem Fenster auf und ab zu gehen; sie achtete nicht auf die Papiere, die unter ihren nackten Füßen raschelten. »Du lebst doch im Tempel, nicht wahr? Und während Tallis mit Rorc spielt, hast du nichts zu tun. Stimmt's?« Sie blieb stehen, um Shaan anzusehen.

»Du meinst, außer dich zu besuchen?«, sagte Shaan.

»Genau«, sagte Nilah triumphierend. »Verstehst du, was ich sage?«

»Nein.«

»Du sollst für mich arbeiten«, sagte Nilah.

»Für dich arbeiten?«, wiederholte Shaan.

»Ja. Ich habe dir doch gesagt, wie dumm diese Mädchen sind, die der Rat mir immer wieder zuweist. Sie sind Dummköpfe, sie wissen nichts, und ihre Speichelleckerei lässt es mir kalt über den Rücken laufen. Aber du behandelst mich wie deinesgleichen. Du stellst mich in Frage. Und du kannst mir nicht erzählen, dass du es nicht satt hast, bei den Schwestern zu leben.« Sie zog eine Augenbraue hoch. »Außerdem ist der Tempel zu weit vom Palast entfernt. Du brauchst zu lange, jedes Mal herzukommen.«

»Was sagst du da?«, fragte Shaan.

»Du sollst meine Gehilfin werden. Ich werde dich bezahlen, und du wirst Gemächer im Palast bekommen.«

»Deine Gehilfin wobei?«, fragte Shaan. »Ich kann ziemlich gut lesen, aber ich verstehe nichts von Politik oder vom Rat.«

»Genau«, sagte Nilah. »Und das ist der Grund dafür, dass du so gut darin sein wirst. Du merkst, wenn sie Unsinn reden.« Sie nickte. »Ja, das ist eine gute Idee. Ich werde sofort jemanden dazu abstellen, deine Sachen zu holen.«

»Ich habe noch nicht zugestimmt«, sagte Shaan.

Nilah hob das Weinglas hoch, das Shaan vorhin abgestellt hatte, und hielt es ihr hin. »Du kannst mir nichts abschlagen. Ich bin die Führerin.« Sie lächelte. »Außerdem weißt du, dass ich recht habe. Du hast mir einmal das Leben gerettet, Shaan. Erlaube mir, die Schuld zurückzuzahlen.«

Shaan war sich nicht sicher, ob sie der jungen Frau vertraute, aber wie konnte sie ablehnen? Nilah war, wie sie sagte, die Führerin. Und es war eine Gelegenheit, aus dem Tempel fortzukommen und etwas Geld in der Tasche zu haben.

Sie nahm das Glas. »In Ordnung, aber ich werde keine Dienerin. Mir muss es freistehen, zu kommen und zu gehen, wie ich es will.«

»Du wirst so frei wie jede Dame im Palast sein«, sagte Nilah und stieß mit Shaan an. In ihrem Blick lag ein Ausdruck, den Shaan nicht ganz einschätzen konnte, als sie an ihrem Wein nippte.

»Sieh nicht so besorgt drein«, sagte Nilah. »Es wird dir hier gefallen, du wirst schon sehen.«

Es war Mittag, als Shaan endlich entkommen konnte. Es hatte zu regnen aufgehört, aber die Straßen waren voller Schlamm, und weitere Wolken überzogen den Himmel. Also hielt sie die Vorhänge des Wagens geschlossen und lehnte sich in dem gepolsterten Sitz zurück, während der Kutscher sie zurück in den Tempel brachte.

Sie machte sich Gedanken um ihren Traum, um Tallis und ihre neue Stellung im Palast und war nicht darauf vorbereitet, Balkis am Brunnen nahe beim hinteren Tor stehen und mit einem der Männer sprechen zu sehen, die für die Ställe verantwortlich waren, als ihr Wagen einfuhr.

Sie sah ihn durch den Schlitz im Stoff an, während der Kutscher vom Bock stieg.

Der hintere Hof des Tempels war nicht groß. Abgesehen von den Ställen war das einzige Bauwerk der Brunnen, der kaum zwanzig Fuß von dort, wo sie saß, eingelassen war. Balkis' blondes Haar war zerzaust und feucht, und ein Schatten von Bartstoppeln überzog sein Kinn. Er lachte über irgendetwas, was der Mann sagte, und nickte; sein Lächeln erhellte sein Gesicht. Die meisten Leute wirkten bei nassem, regnerischen Wetter weniger anziehend, aber auf Balkis schien es die gegenteilige Wirkung zu haben, und Shaan lehnte sich in ihrem Sitz zurück; sie war plötzlich unruhig.

Er wusste nicht, dass sie im Wagen war; sie konnte nicht auf der anderen Seite hinausschlüpfen … Sie hielt inne, verärgert über ihre eigene Feigheit. Seit wann hatte sie denn Angst vor Männern? Sie hatte sich in der Vergangenheit oft genug an welche herangemacht … Nur, Balkis war nicht wie die anderen Männer, die sie kannte.

Sie ließ den Vorhang fallen, stieg aus und ging zur Tempeltür.

Er wandte sich um und sah sie. »Shaan«, rief er. »Ich habe auf dich gewartet.« Der Stallbursche entfernte sich eilig, als sie kurz vor dem Brunnen stehen blieb.

»Habe ich nicht gesagt, dass du mich hier nicht besuchen kannst?«, fragte sie. Es klang gröber, als sie es beabsichtigt hatte, aber sein Lächeln ließ nicht nach.

»Hast du das? Ich erinnere mich nicht daran. Hast du meine Geschenke erhalten?«

Die Reiterkluft war nicht mehr da. Er trug eine andere Uniform, eine, die sehr der der Glaubenstreuen ähnelte: schwarze Hosen und eine schwarze Lederweste. Ein Abzeichen – ein Drache, der sich um ein Schwert ringelte – war mit Goldfaden auf die linke Brustseite genäht. Seine gebräunten, muskulösen Arme waren nackt. Es stand ihm verdammt gut.

»Balkis«, sagte sie.

»Shaan.« Er stützte die Hände auf den Schwertgürtel.

»Hör auf damit.« Sie runzelte die Stirn.

»Hat dir das Parfüm gefallen? Grün ist doch eine deiner Lieblingsfarben, nicht wahr?«

»Ich benutze kein Parfüm.«

»Doch, natürlich tust du das.« Er trat einen Schritt näher heran. »Und hör auf, so zu tun, als ob es dich nicht freut, mich zu sehen.«

»Ich freue mich nicht.«

»Tust du doch, du kannst gar nicht anders. Ich bin hübsch und liebenswert.«

Sie seufzte. »Kriegst du so all deine Frauen herum? Laugst du sie mit dieser ermüdenden Hartnäckigkeit aus?«

»Natürlich.« Er zog die Augenbrauen in gespielter Verwirrung zusammen. »Dann fessele ich sie und werfe sie auf meinen Karren. Ich habe schon drei zu Hause; würdest du sie gern kennen lernen?«

Shaan konnte nicht anders, als über seine Dreistigkeit zu lächeln. »Nein.«

»Bist du dir sicher?« Seine Stimme war leiser geworden, und er trat noch näher an sie heran, streckte die Hand aus, um ihr Handgelenk leicht zu umfassen. Seine Berührung war warm und sanft, der Blick seiner Augen einladend. Ihr Puls klopfte ihr heftig am Hals, und ihr Magen fühlte sich plötzlich leicht an.

»Nicht jetzt.« Sie entzog ihm ihr Handgelenk und versuchte, zur Tür zu gehen.

Er bewegte sich schnell und verstellte ihr den Weg. »Warum nicht?«

»Ich bin beschäftigt, ich muss packen.« Sie wich nach rechts aus und versuchte, an ihm vorbeizukommen.

»Packen?« Er hielt sie auf. »Warum? Wohin gehst du?«

»In den Palast.«

»Warum?«

»Balkis.« Sie zwang sich, keine Gefühlsregung zu zeigen. »Lass mich vorbei.«

»Nicht, bevor du mir gesagt hast, was vorgeht.«

»Warum sollte ich?«

»Weil Liebende keine Geheimnisse voreinander haben sollten.« Er griff nach ihrer Hand, und Wärme erfüllte sie, als hätte sie zu viel Wein getrunken.

»Wir sind keine Liebenden«, sagte sie zu laut, und er lächelte und strich mit dem Daumen über ihre Handfläche.

»Noch nicht.«

Sie versuchte, ihm die Hand zu entziehen, aber er verstärkte seinen Griff. »Gib zu, dass dir das gefällt«, sagte er und streichelte wiederholt ihre Handfläche. Ihr stockte der Atem, und er lächelte, aber sein Blick war zu eindringlich, und um ihn abzulenken, sagte sie: »Warum trägst du diese Kleidung und das Abzeichen da?«

Er hörte auf, ihr die Hand zu streicheln, und warf einen Blick auf seine Weste. »Rorc hat mich befördert. Ich bin jetzt Marschall der Armeen, sein Stellvertreter.«

Shaan musterte den Goldfaden, den sich aufbäumenden Drachenkopf. »Für den nahenden Krieg?«

»Ja.«

Endlich nahm jemand die Bedrohung, die Azoth darstellte, ernst. Ihr Herz pochte vor plötzlicher Furcht, und das angenehme Kribbeln, das Balkis verursacht hatte, verflog, als sie die Last der kommenden Zerstörung auf sich einstürzen fühlte. Wenn sie nur nicht nach dem Schöpferstein gegriffen hätte! Eine Vorahnung schnappte nach ihren Fersen, und ein Bild aus ihrem Traum kehrte wieder – Azoths Hand, die ihr Fleisch streichelte, seine Augen, die so hell wie der Goldfaden des Drachens funkelten.

»Shaan?« Balkis' Ruf ließ sie zusammenzucken; es war ihr nicht bewusst gewesen, dass sie vor sich hin gestarrt hatte und nun seine Hand zu fest umklammerte.

Sie ließ ihn los und trat zurück. »Es geht mir gut.« Sie wich seinem Blick aus. »Ich muss hineingehen. Nilah wartet auf mich.«

»Die Führerin?«

»Sie hat mir eine Stelle als ihre Gehilfin angeboten.«

»Ihre Gehilfin?« Balkis zog eine Augenbraue hoch. »Das ist ungewöhnlich.«

»Ja?«

»Nun, ich habe noch nie davon gehört, dass jemand, der außerhalb des Kaufmannsviertels geboren ist, eine Stelle im Palast bekommen hätte.« Sein Blick war besorgt, wachsam. »Was erwartet sie von dir?«

»Dass ich ihr helfe«, sagte Shaan und verschränkte die Arme.

»Wobei? Im Rat? Seine Mitglieder sprechen am liebsten in Rätseln, du kannst dem, was sie sagen, nicht trauen.«

»Glaubst du, dass ich mit ihren Intrigen nicht zurechtkomme? Dass ich ihre Spielchen nicht durchschauen werde?«

Balkis lächelte. »Nein, wenn man danach geht, wie du mich zappeln lässt.«

Sie spürte, wie Röte ihr den Hals emporstieg. »Was meinst du dann?«

Sein Lächeln verblasste. »Gib einfach gut acht. Das meine ich. Denk an das, was der vorherigen Führerin zugestoßen ist.«

»Ich bin gerührt, dass du dir solche Sorgen um mich machst, aber ich kann auf mich selbst aufpassen.«

»Daran zweifle ich nicht, aber wenn du Hilfe oder sonst irgendetwas brauchst, schick einfach nach mir, dann komme ich.«

Sie wusste nicht, wie sie darauf antworten sollte, und so sah sie betont die Tür an, die er ihr noch immer versperrte. »Sie erwartet mich noch heute Abend im Palast zurück«, sagte sie.

»Natürlich.« Er trat beiseite. »Die Führerin lässt man besser nicht warten.« Mit einer schwungvollen Handbewegung bedachte er sie mit einer spöttischen Verneigung.

Sie unterdrückte das Lächeln, das bei seiner Geste in ihr aufstieg, ging an ihm vorbei, legte die Hand auf die Türklinke, hielt aber dann inne und dachte über das, was er gesagt hatte, nach.

Balkis war ein Kaufmannssohn, seine Familie ging im Palast ein und aus. Er wusste, wie vieles ablief … Es würde klug sein, einen Vertrauten zu haben, der sich mit Palastpolitik auskannte. Sie drehte sich um und sah, dass er sie beobachtete.

Er zog eine Augenbraue hoch, als könne er ihre Gedanken lesen.

Bevor sie es sich anders überlegen konnte, sagte sie: »Vielleicht könntest du doch nützlich sein.« Ein neckischer, verführerischer Ausdruck trat in seine Augen, und sie fügte hinzu: »Um mir zu helfen, herauszubekommen, wie alles im Palast abläuft. Komm mich morgen Nachmittag besuchen; allerdings bin ich mir nicht sicher, ob ich dich empfangen kann.«

»Ich werde dich finden«, sagte er.

»In Ordnung, gut.« Sie wandte sich ab und nestelte an der Türklinke herum, redete sich ein, dass sie das hier nur tat, um sich im Palast nicht zum Narren zu machen. Dann stieß sie die schwere Tür auf, schloss sie schnell hinter sich und ließ den Metallriegel einrasten.

9

Es hatte acht Todesopfer gegeben – fünf Männer und drei Frauen.

Tallis stand ein gutes Stück abseits, während die Überlebenden die Gräber aushoben; der Regen ließ die Erde, die sie aufhäuften, zu Schlamm werden. Die Dörfler hatten jetzt Angst vor ihm, also hatte er es Attar überlassen, ihnen bei den Vorbereitungen und beim Begräbnis ihrer Toten zu helfen.

Mehr Kummer wird kommen, sagte Marathin. Er sah sie an; sie hockte neben ihm. Sie hatte sich von dem Gift vergleichsweise schnell und ohne Nachwirkungen erholt, und die Hitze ihres Körpers ließ den Regen dampfen, wo er auf ihre Haut traf. Tallis roch ihren Duft nach Moschus und Öl.

Sie schaute aus einem grünen Auge auf ihn herunter. *Der Vater zürnt.*

Das ist mir gleichgültig. Er war es müde, Angst vor Azoth zu haben. *Wir müssen aufbrechen.*

Der Morgen dämmerte, und Attar und Haraka würden bald beginnen, die Leute nach Cermez zu führen, während Tallis vorauseilen würde, um ihnen Soldaten entgegenzuschicken, obwohl er bezweifelte, dass ihnen jetzt noch Scanorianer folgen würden. Die wenigen, die überlebt hatten, waren wahrscheinlich längst unterwegs, um ihrem Gebieter zu berichten, was er getan hatte.

Die Erinnerung an den Kampf kehrte zu ihm zurück. Zuerst war sie wie ein Traum gewesen, ein halb erinnerter Eindruck von Wut und Kraft, aber jetzt spürte er das geronnene Blut unter seinen Fingernägeln, den Messergriff in der Hand. Ihm wurde davon nicht übel, wie es hätte geschehen sollen. Vielleicht wurden alle Krieger so: Ihre Menschlichkeit entglitt ihnen Stück für Stück.

Er erinnerte sich an den Ausdruck in den Augen von Clankriegern, die aus der Schlacht zurückkehrten: Verstört, ein Schwächerwerden des Lebens in ihrem Blick. Einer hatte ihm erzählt, dass es jedes Mal einfacher wurde, zu töten, aber schwieriger, zurückzukehren. Tallis spürte noch immer ein Überbleibsel der Macht unter seiner Haut, und er glaubte, dass er jetzt verstand, was der Krieger gemeint hatte.

»Clansmann.« Attar kam zu ihm herüber. »Seid ihr beide zum Aufbruch bereit?«

Das Gift ist fort, sagte Marathin zu Attar, und der Mund des Reiters zuckte.

»Ja, ich sehe es.«

»Wie soll ich die Soldaten überzeugen, euch entgegenzuziehen?«, fragte Tallis. »Sie kennen mich nicht.«

Attar reichte ihm eine kleine, aus Knochen geschnitzte Drachenklaue, die an einer angelaufenen Silberkette hing. »Nimm das hier mit. Es ist mein Reiterabzeichen; das werden sie erkennen.«

Tallis hängte es sich um den Hals. »Eine Stunde, meinst du?«

Attar nickte. »Länger sollte es nicht dauern. Die Patrouille ist direkt außerhalb von Cermez stationiert. Gib ihr keinen Grund, dir Schwierigkeiten zu machen.«

Tallis wusste, was er meinte. Er sollte nicht zu clanhaft auftreten, sich an die Worte halten, die Attar ihm gesagt hatte, und dann wieder gehen.

»Wir sehen uns in Salmut.« Attar sah aus, als wolle er noch etwas sagen, schüttelte dann aber den Kopf und ging zu den Dorfbewohnern zurück.

»Pass auf dich auf, Clansmann!«, rief er über die Schulter.

Tallis sah ihm nach. Attar hatte zwar nichts gesagt, aber jetzt lag eine gewisse Zurückhaltung in seinem Blick, obwohl er versuchte, sie nicht zu zeigen. Tallis zog sich auf Marathins Rücken. Sah Attar jetzt mehr von Azoth in ihm?

Um ihn zu besiegen, musst du mehr wie er werden. Marathin drehte den Kopf herum, um ihn von der Seite anzusehen. *Die Krone eines großen Schwarms zu sein, das heißt, allein zu sein.*

Er hielt sich mit den Schenkeln fest. *Flieg*, befahl er, und die Drachin erhob sich gehorsam in die Luft und entfernte sich flügelschlagend von den Menschen unter ihnen. Er schloss die Augen gegen den Regen und verband sein Blut mit ihrem.

Etwas weniger als eine Stunde brauchte er, um die Patrouille von zweihundert Soldaten zu erreichen, die außerhalb der Stadt Cermez postiert war. Der Hauptmann war kurz angebunden, doch nachdem er Attars Abzeichen gesehen hatte, schickte er ein Dutzend Männer auf Muthus den Dorfbewohnern entgegen. Tallis machte nur lange genug Halt, um etwas zu trinken, und flog dann nach Salmut weiter; er war vor Mittag zurück auf der Kuppel.

Sobald er gelandet war, eilte er schnurstracks in Rorcs Quartier. Balkis war schon da; er trug eine andere Uniform. Beide schauten von den Landkarten auf dem Schreibtisch auf, die sie gerade studiert hatten, als er eintrat.

»Tallis«, sagte Rorc. »Wo ist Attar?«

»Das Dorf war angegriffen worden. Attar ist dageblieben, um die Überlebenden nach Cermez zu eskortieren. Es waren Scanorianer und ein Alhanti. Die meisten Dorfbewohner waren bereits tot, als wir ankamen.«

»Ein Alhanti?« Rorcs Augen verengten sich.

»Ja, aber er ist tot, wie auch die meisten Scanorianer.«

»Habt Ihr gegen sie gekämpft?«, fragte Balkis.

»Gestern Abend.«

»Wie viele Überlebende?«, fragte Rorc.

»Weniger als achtzig. Vor allem junge Männer und Frauen. Wir haben letzte Nacht acht verloren.« Er zögerte und fügte dann hinzu: »Sie haben alle Kinder getötet.«

Balkis ließ die Landkarte fallen, die er in der Hand gehalten hatte. »Alle?« Er sah entsetzt aus, aber Rorcs Gesichtsausdruck verriet wenig.

»Erzählt mir alles«, sagte der Kommandant.

Tallis erzählte ihm, was vorgefallen war, erwähnte seinen eigenen Anteil am Kampf aber nur in groben Zügen; er war noch nicht bereit, zu enthüllen, was er getan hatte.

Als er geendet hatte, wandte Rorc sich an Balkis. »Geht und erstattet Cyri Bericht; wir müssen darüber reden.«

Er drehte sich wieder zu Tallis um, nachdem Balkis gegangen war, und wies auf einen Stuhl nahe bei seinem Schreibtisch. »Setzt Euch, trinkt etwas. Ihr müsst müde sein.«

Unbehaglich ließ Tallis sich nieder und goss sich ein Glas Wasser ein; er trank es langsam.

Rorc starrte die Papiere auf seinem Tisch an. »Ein Alhanti«, sagte er leise. »Schon.« Er sah Tallis an. »Sind sie so groß, wie man es sich erzählt, so stark?«

»Er war groß«, sagte Tallis, »größer als die meisten Männer, und stark; Marathin hat ihn zu Boden geworfen, und er ist doch wieder aufgestanden. Und er hatte einen Kamm wie ein Drache an Kopf und Rücken.«

Rorc schwieg einen Augenblick und fragte dann: »Habt Ihr ihn allein getötet?«

Tallis' Mund wurde bei der Frage trocken.

»Ja«, sagte er leise.

»Wie?«

Tallis schüttelte den Kopf. »Ich bin mir nicht sicher.«

»Auf die Art, auf die Ihr auch Farris niedergestreckt habt?«

»Nein, ich war … stärker. Es fühlte sich an, als würde Macht in mir aufleben, ein Teil von mir sein. Ich weiß nicht, wie ich es beschreiben soll. Es hat sich …« … *leicht angefühlt*, wollte er sagen, aber er war sich nicht sicher, was der Kommandant davon halten würde, und so schüttelte er den Kopf und sagte: »Es war anders.«

Rorcs Gesichtsausdruck war von etwas erfüllt, das Tallis nicht ganz zu ermessen vermochte.

»Komm, seht Euch das an.« Rorc deutete auf die Landkarte, die vor ihm ausgebreitet war. »Dies hier sind alle Gebiete unter der Herrschaft der Führerin, von der Grenze der Clanlande bis zur Küste.«

Als er sich vorbeugte, sah Tallis rote und blaue Metallnadeln, die in bestimmte Abschnitte gesteckt waren. »Hier haben die Wilden Drachen angegriffen«, Rorc wies auf die blauen Stecknadeln,

»und das hier sind die Dörfer, die aufgegeben worden sind.« Er berührte eine rote Nadel und beobachtete Tallis, während dieser die Ansammlungen von Punkten betrachtete.

Die meisten roten Punkte befanden sich nördlich der Clanlande, ein paar weiter südlich in Richtung der Plethkette, einer in der Ranithbucht und drei weitere näher bei Shalnor. Zwei blaue Stecknadeln steckten in den Clangebieten selbst. Tallis sah sie an und zwang sich, nichts zu fühlen. Einer dieser Punkte stand für den Tod Haldanes, des Mannes, den er Vater genannt hatte.

Er zwang sich, Rorc gefasst ins Gesicht zu sehen. »Es sind mehr, als ich dachte.«

»Ja«, antwortete Rorc. »Aber noch kein Angriff war so nahe an der Stadt wie derjenige, den Ihr miterlebt habt. Ich dachte, wir hätten mehr Zeit, aber anscheinend habe ich mich geirrt.« Er musterte Tallis genau. »Habt Ihr über das nachgedacht, was ich Euch gesagt habe?«

Tallis fühlte sich, als wäre er wieder im Kreise der Führer unter den Augen seines Clans. *Wähle deine Worte sorgsam*, dachte er. *Hier geht irgendetwas vor*.

»Meine Loyalität gehört meinen lebenden Blutsverwandten«, sagte er, »meiner Schwester, meiner Mutter, meinem ...« Er sagte beinahe *meinem Clan*, unterbrach sich aber selbst. Er hatte kein Recht mehr, diese Verwandtschaft in Anspruch zu nehmen. »Ich werde für sie kämpfen. Der, der behauptet, mein Vorfahr zu sein, hat dieses lebendige Blut nicht. Ich erkenne ihn nicht an.«

»Geantwortet wie ein echter Clansmann«, sagte Rorc leise. »Die Lebensweise der Wüste ist hart abzustreifen, nicht wahr?« Ein Pochen begann in Tallis' Hals, und Rorc betrachtete ihn einen Moment lang, bevor er sagte: »Die Neun haben mich hintergangen, Tallis. Sie haben mir das Kommando über die Landarmee entzogen; sie glauben nicht, dass Azoth naht. Sie wollen nicht auf mich hören, und deshalb werden wir nicht genug Männer haben, um uns gegen den Gefallenen zu verteidigen, wenn er kommt. Wir müssen eine Reise unternehmen, und ich brauche jemanden, der die Spielregeln versteht.«

Tallis fühlte sich wie eine Bogensehne, die abschussbereit gespannt war. »Was sagt Ihr da?«

»Ich werde zu den Clans reisen und sie um Hilfe bitten. Wir müssen sie vereinen und sie überzeugen, mit uns gegen Azoth zu kämpfen.«

Tallis starrte ihn an. »Auf einen Feuchtländer werden sie nicht hören«, sagte er, aber irgendetwas kam ihm falsch vor, als er es sagte, und Rorcs Lippen dehnten sich zu einem humorlosen Lächeln.

»Kommt schon, Tallis, ich habe die Frage in Eurem Blick gesehen. Ihr wisst, was ich bin.« Er wandte ihm den Rücken zu und hob sein Hemd, um die Haut am unteren Ende seiner Wirbelsäule zu entblößen. Tallis' Mund wurde trocken, als er die blaue Tätowierung sah, die tief ins Fleisch gedrungen war.

»Du bist ein Baal«, sagte er. »Ein Clansmann.«

Rorc drehte sich wieder zu ihm um. »*War* ein Baal, Clansmann, aber ich glaube, du ahnst schon seit langem, was ich bin. Ein Ausgestoßener erkennt immer, wer sonst noch zur Schar gehört, nicht wahr?« Seine grünen Augen blickten hart wie Stahl. »Ich brauche einen Mann bei mir, der versteht, wie die Dinge stehen.«

Tallis starrte auf die Landkarte auf dem Schreibtisch. Er war über Rorcs Eingeständnis nicht überrascht; er spürte, dass er es schon immer gewusst hatte. Das war der Grund dafür, warum er ihm genug vertraut hatte, um ihm von Karnit zu erzählen, von seiner Schande. Aber die Clans zu vereinen, zurückzugehen …

»Ich bin kein Clanangehöriger mehr«, sagte er. »Die Führer haben mich verlassen.«

»Die Führer sind eigensinniger, als du denkst«, sagte Rorc. »Hast du nicht gehört, wie sehr der Gefallene sie verabscheut? Die Seherin hat mir einmal erzählt, dass die Clanlande ihm der Führer wegen stets verschlossen waren. Vielleicht wären sie froh, zu sehen, wie wir uns zusammenschließen, um ihm zu trotzen.«

»Weiß die Seherin, wer du bist?«

Rorc lächelte halb. »Sie hat einen Verdacht, aber sie bewahrt Stillschweigen darüber. Außer ihr kennt nur Morfessa die Wahrheit über mich.« Er stützte sich vornübergebeugt auf den Tisch. Grimmige Entschlossenheit und das Gespenst eines alten Zorns lagen hinter seinen Augen. »Ich glaube, uns verbindet ein Band, Tallis. Manchmal werden diejenigen, die zu Ausgestoßenen erklärt werden, aufgrund der Gier oder des Zorns eines anderen so gebrandmarkt. Es ist nicht immer gerecht oder verdient.«

»Was ist dir zugestoßen?«, wagte Tallis zu fragen, aber Rorc lehnte sich zurück. »Die Ehre einer anderen Person verbietet mir, darüber zu sprechen, aber es war vor langer Zeit. Bevor du geboren wurdest. Der Anführer, der mich ausgestoßen hat, ist jetzt sicherlich schon bei Kaa zu Gast.«

»Aber meiner nicht«, sagte Tallis.

»Willst du dich davon aufhalten lassen? Es gibt jetzt wichtigere Dinge als die Gier oder den Stolz eines alten Mannes.«

Ja, die gab es. Tallis dachte an seine Mutter, Mailun. War Karnit von der Versammlung zurückgekehrt? War Mailun in Sicherheit? Wenn er mit Rorc ging, konnte er das vielleicht herausfinden. Vielleicht konnte er sie mit fortnehmen. »Ich muss darüber nachdenken«, sagte er.

»Tu das, aber ich erwarte morgen eine Antwort.« Rorc setzte sich hin, hob eine rote Nadel auf und steckte sie in die Karte, um den Punkt zu markieren, an dem Hügelstadt gelegen hatte. »Geh, besuch deine Schwester«, sagte er. »Sie soll bald ihre neuen Gemächer im Palast beziehen, also musst du dich beeilen.«

»Was?«

»Nilah hat Shaan zu ihrer neuen Gehilfin ernannt. Sie zieht heute Nachmittag zu ihr in den Palast.«

»Warum?«

»Das hat sie mir nicht gesagt«, sagte Rorc, »aber es ist nicht der schlechteste Zeitpunkt. Wir könnten jemanden gebrauchen, der im Palast alles im Auge behält. Wenn es jemand ist, dem wir vertrauen.« Er musterte Tallis forschend.

»Du kannst ihr vertrauen«, sagte Tallis.

»Das hoffe ich. Ich habe Balkis angewiesen, es ihr vorzuschlagen.«

»Balkis?«

»Erzähl mir nicht, dass du sein Interesse an ihr nicht bemerkt hast!«

»Das ist schwer zu übersehen«, gestand Tallis.

»Er ist ein guter Mann. Lass dich nicht von seiner Arroganz täuschen«, sagte Rorc. »Wenn deine Schwester ihm etwas bedeutet, wird er so loyal sein wie du. Und sie ist wohl kaum unschuldig.«

Tallis atmete aus und wandte sich ab. »Wir werden sehen«, sagte er, verließ das Zimmer und ging hinaus in den regnerischen Nachmittag. Er musste über vieles nachdenken: Shaan als Gehilfin der Führerin, Balkis' Versuch, sie zu seiner Herzensgefährtin zu machen, diese Kraft in ihm und eine mögliche Rückkehr zum Clan. Es fühlte sich alles überwältigend an, und er sehnte sich wieder nach dem Rat seines Erdbruders. Jared hatte eine Art, die Dinge zu sehen, eine Klarheit der Gedanken, über die Tallis nie verfügt hatte. Wie konnte er ohne ihn in die Lande der Jalwalah zurückkehren?

Vor seinem geistigen Auge sah er, wie Karnit ihn durch den Dampf der heißen Quellen anstarrte. *Ich weiß, was du bist*, hatte er gezischt.

Ich auch, dachte Tallis, als er sich an die Macht erinnerte, die ihm durch die Adern geströmt war.

10

Der Alhanti lag nackt auf dem kühlen Steinboden des Tempels, umgeben von einer Pfütze klebriger Flüssigkeit. Über ihm löste sich der Beutel auf, aus dem er gekommen war, während oben der Schöpferstein, der an unsichtbaren Bändern hing, leise summte. Der Alhanti öffnete ein Auge, und Prismen sanften Lichts durchdrangen seine Pupille, verzerrt von der dünnen Schicht Geburtsflüssigkeit, die sie bedeckte. Er blinzelte. Er konnte etwas hören: den Rhythmus von Atem, der heiser eingesogen und wieder ausgestoßen wurde. Und er konnte die Lebenskraft eines anderen irgendwo in der Nähe spüren. Er spannte schwere, unvertraute Muskeln an und stemmte sich auf die Knie. Seltsame Gedanken taumelten in einem verworrenen Gewimmel aus Empfindungen und Erinnerungen durch seinen Verstand: eine belagerte Stadt, Feuer und Stein, die zu Boden stürzten, dunkler Dschungel und fließendes Wasser und die Vier, die versuchten, seinen Gebieter zu verraten. Ein Wutschrei entrang sich ihm. Wo war sein Herr? Er wirbelte herum.

In der Ecke sah einer seiner Brüder stumm und reglos zu; in einer anderen kauerte ein kleineres Wesen an der Wand – eine Sklavin, eine Frau aus dem Dschungel. Sie starrte ihn mit weit aufgerissenen Augen an, und die Wut verflog. Auf allen vieren starrte er über die Steinfläche, und zwischen seinen Atemzügen kam für einen Moment alles zur Ruhe. Fragen stiegen in ihm auf, irgendetwas in ihm brach durch, und dann versengte ihn eine lebhafte Erinnerung an Wüstensand und heiße Sonne, und der Mann, der einst Jared gewesen war, begann zu schreien.

Alterin zuckte zusammen, als das Geheul des Alhanti in dem gewaltigen Tempel widerhallte. Sie war angekettet und konnte nicht zu ihm gehen, aber selbst wenn sie es gekonnt hätte, hätte er sie, wie sie wusste, vielleicht zerfleischt. Wahnsinn schwang in seinen Schreien mit. Er war nicht als ein, sondern als zwei Wesen aus der Hülle hervorgekommen. Sie spürte die Teilung, wie sie einst Tallis' seltsame Kraft gespürt hatte. Der uralte, schwarze Drache, mit dem Jared verschmolzen war, hatte sich freiwillig ausgeliefert, klammerte sich an seine Neuschöpfung, aber tief drinnen gab es noch immer den Mann, der einmal Jared gewesen war. Hatte sie das bewirkt? Hatten ihre Gebete an seine Götter, seine Führer, sie bewogen, einzugreifen?

Mit zitternder Hand griff sie nach dem geschnitzten Lunavogel, den sie um den Hals trug, und betete zu seinem starken Geist. Als sie die Führer um Hilfe gebeten hatte, hatte sie nicht geahnt, dass sie dies tun würden: einen Teil von ihm erhalten, aber den schwarzen Drachen immer noch stark bleiben lassen. Warum? Damit er litt? Sie weinte, während er sich auf dem Boden krümmte und sich die Geburtsflüssigkeit in einer gallertartigen Pfütze um ihn herum verbreitete.

Der Alhanti, der Wache stand, starrte geradeaus, als würde er nichts sehen, während Jared auf den Fußboden und dann auf sich selbst einschlug. Wie von Sinnen schmetterte er den silberblauen Kamm wieder und wieder auf den Stein. Er war kleiner als der des Wächters und reichte nur an seinem Hals entlang bis zur Schädelbasis, aber er war immer noch unverkennbar drachenhaft, wie auch die silberblaue Haut, die sich auf der Oberseite seiner Schultern ausbreitete.

»Er kämpft dagegen an.« Azoth trat vor. Er sah Alterin nicht an, sondern beobachtete, wie Jared sich auf dem Boden wälzte.

»Er kämpft gegen dich«, sagte sie. »Er wird nie wie die anderen sein.«

Der Gott ignorierte sie und machte noch einen Schritt vorwärts, so dass er direkt am Rand der ausgelaufenen Flüssigkeit stand. Er hockte sich hin und flüsterte sanft: »Komm zu mir, komm zu deinem Gebieter.« Er sagte nicht mehr, aber Stück für Stück hörte Jared auf, um sich zu schlagen, bis er still lag. Dann drehte er sich langsam, ganz langsam, auf die Knie und kroch mit hängendem Kopf auf Azoth zu.

»Sieh mich an«, sagte Azoth, sobald er vor ihm angekommen war, und der Alhanti Jared hob den Kopf. Alterin hörte das Stirnrunzeln in Azoths Ton, als er sagte: »Du hast noch immer die Augen des Clansmanns.« Er musterte Jared einen Moment länger; dann stand er auf und wandte sich Alterin zu. Sein Blick schien ihre Haut zu berühren, und sie erschauerte.

»Alle Seher, alle Sklaven sind gleich«, sagte er. »Immer glaubt ihr, mir trotzen zu können, und immer irrt ihr euch.«

»Amora hat sich nicht geirrt«, sagte sie.

Er lachte leise. »Uriel. Du glaubst, dein Name bedeutet, dass du überleben wirst, um alles zu bezeugen, aber vergiss nicht, dass ich ein Gott bin. Ich werde einen Weg ohne dich finden, wenn du zu schwierig wirst.«

Die Mahnung in seinem Blick war mehr als eine Drohung, aber sie glaubte nicht, dass er sie töten würde – *noch* nicht. »Ich werde dir nicht helfen«, sagte sie.

»Nein?« Er warf einen Blick auf den wartenden Alhanti. »Führe ihn zum Waschen, dann bring ihn mir. Und schickt jemanden nach ihr.« Er sah wieder Alterin an. »Ich fühle mich … ruhelos.«

Furcht durchzuckte sie, als strichen seine Hände über ihre Haut, und Kälte machte sich in ihr breit, als sie erriet, was er plante.

»Ja.« Seine Augen waren ausdruckslos, als er sie ansah. »Vielleicht ist es das, was du brauchst – eine Lektion in Unterwürfigkeit.« Er wandte sich ab und schritt über den schwarzen Boden davon.

Alterin wurde losgekettet und durch die Stadt zu Azoths Palast geführt. Der Gebäudekomplex scharte sich um einen zentralen Hof, der eine gewaltige Statue des Gottes beherbergte, die obsidianschwarz glänzte. Alterin schritt schweigend zu ihren Füßen vorbei und wurde in ein Badegemach geführt, wo Sklavinnen warteten, um sie zu waschen. Sie entkleideten sie und rieben sie mit in blütenduftendem Wasser getränkten Schwämmen ab, bevor sie warmes Öl in ihre Haut massierten und sie in nichts weiter als ein lockeres, weißes Gewand kleideten. Die Frauen stammten nicht aus ihrem Dorf und fürchteten Azoth zu sehr, als dass sie viel zu ihr gesagt hätten; also ertrug Alterin alles stumm. Sie bemühte sich stattdessen, ihren Geist von ihrem Körper zu trennen, um eine Möglichkeit, eine Losgelöstheit zu erreichen, die sie vor dem retten würde, was kommen musste. Vielleicht würde sie in der Lage sein, sich ins Zwielicht zu begeben. Aber ihre Hoffnungen schwanden, als sie in Azoths Gemach gebracht wurde.

Er stand neben einem breiten, niedrigen Bett, nackt bis auf ein schwarzes Lendentuch, hochgewachsen und breitschultrig, seine Haut hellbraun wie Opalnussfleisch. Der Alhanti, der sie bewachte, verließ das Zimmer nicht, sondern stieß sie einfach vorwärts, blieb dann an der Tür stehen und wandte ihnen den Rücken zu. Alterin grub die Zehen in die Teppiche und versuchte, irgendetwas anderes als Azoth anzusehen. Sie betrachtete die Steinwand gegenüber vom Eingang, die hineingemeißelten Friese, die Szenen aus Azoths früherer Herrschaft zeigten. Sie flüsterte den Baumgeistern etwas zu und versuchte, ihre Traumpfade zu erreichen, sich aus sich selbst zurückzuziehen – und konnte es doch nicht.

Azoth ließ ein leises Lachen ertönen, und sie spürte, wie die Macht seiner Abschirmung sich durch ihren Verstand wand, sie in diesem Raum, in dieser Wirklichkeit hielt.

»Wenn du mir entkommen könntest, wäre ich nicht in der Lage, deinen Geist zu benutzen, wie ich wünsche, nicht wahr?« Er ging auf sie zu und packte sie am Kinn; seine dunklen, machterfüllten Augen blickten in ihre, so dass sie zu zittern begann und sich selbst für ihr Entsetzen verabscheute.

»Fürchte mich nicht«, flüsterte er, »aber fürchte, was ich tun kann.« Er blinzelte, und sie sah die Zerstörung ihres Dorfes vor ihrem geistigen Auge. Die kleinen Häuser wurden von unsichtbaren Kräften zerschmettert. Dann war die Vision vorüber, und er stand nahe bei ihr.

»Komm.« Er zog sanft an ihrem Kinn, so dass sie ihm zum Bett folgen musste. Mit einer raschen Handbewegung löste er ihr Gewand und zog es ihr von den Schultern; dann stieß er sie nieder, ließ seine eigene Bedeckung fallen und kniete sich über sie. »Du wirst lernen«, flüsterte er.

Trotz ihres Ekels erwärmte sich ihr Körper, als sei er getrennt von ihr, unter Azoths Berührung. Seine Hände strichen über ihre Brüste, seine Lippen und seine Zunge schweiften sanft wie Flügel über ihre Haut, und als er in sie eindrang, stieß er tief hinein, musterte sie, als er es tat; kalter Triumph stand in seinem Blick, als er wieder und wieder zustieß. Zornestränen liefen ihr aus den Augen, und sie fragte sich, ob die Geister sie verlassen hatten. Sie konnte sie nicht spüren; der geschnitzte Lunavogal lag kalt auf ihrer Haut, als sie versuchte, ihren Verstand abzuschotten und an nichts zu denken.

»Ich bin ein Geist«, flüsterte sie.

»Du bist meine Hure«, sagte Azoth ihr ins Ohr, und seine Hand legte sich wie ein Halsband um ihren Nacken, während er ihren Verstand mit seinem umschlang und ihren Köper zwang, Lust zu empfinden, während ihre Seele schrie.

Als es vorüber war, sah er ihr in die Augen, und sie rang darum, ihm nicht zu zeigen, wie sehr sie unter der Vergewaltigung durch ihn gelitten hatte. Aber er war ein Gott und sie nur eine Sterbliche – er durchschaute sie. Er lächelte nicht; er musterte sie nur einen Moment lang, bevor er sich abrollte und dem Alhanti, der an der Tür stand, mit einem Fingerschnippen bedeutete, ihm ein Gewand zu reichen.

»Vielleicht solltest du dich beim nächsten Mal nicht so lange bitten lassen«, sagte er, als er die Robe über seine breiten Schultern streifte und um die Taille gürtete. »Du wirst lernen, dich freiwillig zu unterwerfen. Das haben schon viele vor dir getan.«

Sie wandte sich von ihm ab und rollte sich zusammen, aber er setzte ein Knie aufs Bett und beugte sich zu ihrem gekrümmten

Rücken. »Er hat gesehen, was du getan hast«, flüsterte er. »Er hat dich vor Lust schreien hören. Er sieht zu.«

Sie drehte sich um und sah, wie er auf die Wand gegenüber vom Bett deutete. Sie hatte gedacht, die Wand bestünde aus massiven Steinmetzarbeiten, aber sie war keineswegs durchgehend, sondern wies ein wabenartiges Steinmuster auf, so dass es enge Schlitze darin gab. Als sie hinstarrte, sah sie eine Bewegung und ein braunes Auge.

»Er schaut noch immer zu«, sagte Azoth, und die Last seines Gewichts verließ das Bett; seine bloßen Füße machten auf dem glatten Steinboden kaum ein Geräusch, als er davonging.

Alterin starrte wieder das braune Auge, das nicht blinzelte, an. Jetzt verstand sie, was Azoth beabsichtigte. Ihre Kehle schnürte sich zu, und ein Schluchzen entrang sich ihren Lippen, als sie quer durchs Zimmer rannte.

Jared, der Alhanti, starrte sie unheilverkündend an; sein vertrautes Gesicht war noch immer hübsch, aber breiter, die Kiefer kräftiger, die Augen leicht schräg stehend – aber sie sah kein Aufblitzen des Clansmanns, den sie liebte, in ihnen. Sie kämpfte gegen ihre Wut und ihren Kummer an und schob die Finger durch einen der kleinen Schlitze.

»Jared?«, flüsterte sie, aber seine Lippen zogen sich zu einem Zähneblecken zurück, und mit plötzlicher, wilder Schnelligkeit prallte seine Faust gegen die Mauer und ließ sie erzittern. Alterin riss die Hand zurück, entfernte sich aber nicht, als ihr der Staub des beschädigten Steins über die Haut rieselte. Jared knurrte und fauchte sie an wie ein Tier im Käfig; seine Finger versuchten, sie durch die Lücken im Stein zu erreichen. Da er unfähig war, sie zu berühren, brüllte er erneut und schlug wieder auf den Stein ein. Da sie Angst hatte, dass er sich verletzen könnte, wich Alterin zurück und setzte sich aufs Bett. Sie zog das seidene Bettlaken um sich und begann zu zittern. »Muttergeist, hilf mir jetzt«, flüsterte sie und schloss die Augen, während Jared heulte.

Die Abenddämmerung nahte, als Paretim und Fortuse das Dorf am Fuße des Berges erreichten. Es war eine kleine Siedlung, schmutzig und ungepflegt. Die einzige Hauptstraße lag verlassen da, und die Türen der Häuser, die sie säumten, waren fest verriegelt. Wenige Geräusche drangen hinter dem dicken Holz hervor, als ob alle drinnen an den Türen und Fenster lauschten.

Es war anstrengend gewesen, von den Passhöhen hinab bis hierher zu gelangen. Die Landschaft in der Umgebung des Dorfes war steil und rau, mit groben Spindelsträuchern und der zähen Vasskiefer bewachsen, die ihre tentakelgleichen Wurzeln zwischen Staub und Fels ausbreitete und sich an die hohen Klippen klammerte. Drei Nächte hatten sie unter freiem, dunklen Himmel in der Wildnis gelagert, zu den Sternbildern emporgestarrt und versucht, sich an ihre Namen zu erinnern. Sie hatten so viel vergessen, so viel zurückzuerobern.

Paretim besah sich die schlammige Straße und die vernachlässigten Blumenbeete. Er konnte sich an Zeiten erinnern, in denen die Menschen stolzer auf das, was sie hervorbrachten, gewesen waren, dankbarer denen gegenüber, die für sie gesorgt hatten. Wie viele kannten jetzt noch seinen Namen? Er wurde wütend und betrachtete die verriegelten Türen aus zusammengekniffenen Augen.

Ein magerer, gelber Hund, dessen Fell halb von Räude zerfressen war, beobachtete sie misstrauisch hinter einem liegengebliebenen Weinfass hervor. Als Fortuse ihn sah, lächelte sie sofort und ging auf ihn zu, gurrte ihn mit einem kehligen Flüstern an. Mit einem Winseln wandte sich der Hund ab und floh; Paretim lachte über das Schmollen auf dem Gesicht seiner Schwester.

»Sie waren nie gut genug für dich, meine Liebe.« Er legte ihr einen Arm um die Schultern. Sie warf ihr Haar zurück, entzog sich ihm und schritt voran. Paretim lächelte und ließ sie gehen; er wandte seine Aufmerksamkeit stattdessen den geschlossenen Türen zu, suchte nach Spuren derer, die er suchte: Sichtungen, erhaschte Blicke, an die sich jemand erinnerte, irgendetwas. Es hing eine Wolke von Furcht in der Luft, fettig und schwer vor menschlichen Sorgen.

Epherin war hier gewesen. Er konnte es im Wind schmecken, der von den Bergen herabfegte und den Nieselregen brachte, der ihnen ins Gesicht fiel. Epherin war glanzvoll, schön, aber die Menschen hatten sich immer vor ihm gefürchtet, und das aus gutem Grund – er war launisch in seiner Liebe.

»Bruder!« Fortuse war vor ihm stocksteif stehen geblieben, das Gesicht zum Himmel erhoben, die Arme weit ausgebreitet; ihre Finger tasteten in der Luft herum. Sie war aufmerksam, lauschte. »Ich spüre ihn«, flüsterte sie.

»Wo?«

Ihre Augenlider flatterten, und er sah wirbelnde Farben. »Vor uns.« Sie lächelte. »Die Menschen hier haben ihn gesehen, haben sein Licht gesehen.«

Das hätte gewiss die verriegelten Türen erklärt. Paretim berührte sie sanft.

»Wo ist er jetzt?«

Fortuses Blick war voll Zuneigung. »Er schläft.«

»Wecken wir ihn also auf.« Paretim ergriff ihre Hand. »Wir haben alle schon zu lange geschlummert.«

»Nein, warte.« Fortuse richtete ihre hungrigen Augen auf ihn. »Er hat hier schon den Anfang gemacht; sollten wir es nicht zu Ende bringen, zu ihrem Besten?«

Paretim hielt inne, sah die verschlossenen Türen mit einem gewissen Abscheu an. Wollte er wirklich die Anbetung von Menschen dieser Sorte? Aber was sie sagte, ergab einen gewissen Sinn.

»Vielleicht. Dann aber schnell.« Er liebkoste ihr fiebriges, lächelndes Gesicht.

»Ja, hier!« Sie rannte zum nächsten Haus, und er konnte spüren, wie die Leute hinter der Wand zurückzuckten. Sie wussten, dass etwas auf sie zukam, verstanden aber noch nicht ganz was. Sie starrte zu ihm zurück, jetzt erregt; ihr Gesicht leuchtete vor Begierde. Noch nie war er in der Lage gewesen, ihr zu widerstehen, wenn sie so war. Er ging zur Tür, legte die Hand auf das rissige, abblätternde Holz und schob. Die Tür flog auf und enthüllte die drei entsetzten Gesichter dahinter. Sie standen in der Mitte des kleinen Raums: ein Mann, eine Frau und ein kleines Mädchen. Er konnte die Spuren von der Berührung bereits sehen. Epherin hatte seinen Namen in ihre Seelen eingeschnitten, aber Paretims jüngerer Bruder hatte immer seiner stützenden Hand bedurft, um dieses Mal zu vollenden. Er hatte sie halb genommen zurückgelassen, gebeugt vor Furcht und Liebe, aber ohne eine Vorstellung, wie sie diese Gefühle lindern sollten. Sie waren derart zerbrechliche Geschöpfe. Wie hatten überhaupt welche ohne sie auf dieser Welt überlebt?

»Die armen Süßen!« Fortuse griff, schwindlig vor Begierde, nach dem Mann; ihre Finger streichelten sein Gesicht, als er sie voll Ehrfurcht und Entsetzen anstarrte. Neben ihm hielt die Frau das kleine Mädchen fest, floh aber nicht, gefangen in der Bezauberung, die Epherin hinterlassen hatte.

In diesem Moment verlangte es Paretim schmerzlich nach dem Schöpferstein. Wie viel einfacher wäre es jetzt gewesen, wenn er ihn gehabt hätte, wenn sie alle vier beisammen gewesen wären. Der Übergang der Menschen wäre nicht so schmerzhaft und weit schneller vollzogen gewesen. Er griff hinter sich und schloss die Tür, während der Mann zu schreien begann.

11

Der Wagen machte einen Ruck zur Seite, um einem Schlagloch auszuweichen, und Shaan klammerte sich am Sitz fest, um nicht abzurutschen. Es hatte fast die ganze Nacht lang geregnet, und die Stadt war tropfnass. Wachen bauten schmale Bretterstege auf, um die Überquerung der überquellenden Abflussrinnen zu gestatten, und Leute scharten sich schlammbespritzt und elend in Grüppchen unter Planen zusammen. Die meisten kamen ihr wie Fremde vor: Ihre Kleider waren anders geschnitten, ihr Gesichtsausdruck verzweifelt oder verloren.

»Noch mehr Flüchtlinge«, sagte sie zu Tallis, der neben ihr saß.

»Es werden jeden Tag mehr«, stimmte er zu, aber seine Stimme war abwesend, und sie wusste, dass er an das dachte, was in Hügelstadt geschehen war.

Er war sie am Vorabend besuchen gekommen, als sie gerade den Tempel hatte verlassen wollen, und sie hatte sofort gewusst, dass ein ureigener Teil von ihm verändert war. Es machte ihr Sorgen. Was dort draußen in jenem Dorf geschehen war – was er getan hatte –, hatte ihn härter und stiller gemacht. Sie sah es seinen Augen an, spürte es an dem Schweigen, das mit dem Anwachsen seiner Macht in ihm tiefer geworden war. Sie konnte sich nicht erinnern, wann sie ihn zum letzten Mal hatte lächeln sehen. Und jetzt wollte Rorc, dass er zu den Clans zurückkehrte, um sie zu vereinen. Wie sollte er nur damit zurechtkommen?

»Bist du sicher, dass es besser ist, im Palast statt im Tempel zu sein?«

Sie musterte seine Augen. Indigoblau, dunkel, unendlich tief. »Ich hatte keine große Wahl. Man schlägt der Führerin nichts ab. Aber wenigstens gibt es hinter meinem Zimmer einen Obstgarten mit einem Tor, so dass ich flüchten kann, wenn mir danach sein sollte.«

»Wenn es denn so leicht ist.«

Sie zuckte die Schultern und kratzte sich die Kopfhaut. Salzreste von ihrem Bad im Meer ließen sie jucken.

»Wenigstens werden die Schwestern im Tempel mich nicht weiter über meine Heilkräfte ausfragen können«, sagte sie.

»Rorc sagt, dass er dich von Balkis bitten lassen wird, im Palast alles für ihn im Auge zu behalten, ihn wissen zu lassen, was der Rat unternimmt.«

»Wirklich?« Ein unbehagliches Pochen begann in ihrer Kehle, als er Balkis erwähnte.

Er drehte sich wieder zu ihr um, spürte ihre Anspannung. »Hast du ihn seit deiner Genesung schon gesehen?«

»Es war nicht geplant.« Sie rutschte auf ihrem Sitz hin und her.

»Rorc sagt, er sei ein guter Mann.«

»Aber du bist dir nicht sicher.«

»Ich weiß es nicht.« Sein Blick war nachdenklich. »Er ist sehr … anders.«

Shaan holte tief Atem; sie wollte nicht über Balkis sprechen.

»Ich will dennoch mit euch zu den Clans reisen«, sagte sie, und sofort versteifte sich sein Körper vor Widerwillen. Sie hatten am vorherigen Abend darüber gesprochen, und er hatte immer wieder seine Meinung darüber geändert.

»Ich bin ein Ausgestoßener, Shaan, und du solltest tot sein. Ich weiß nicht, wie Karnit reagieren wird.«

»Ich habe keine Angst.«

»Ich weiß, aber es ist nicht allein meine Entscheidung. Rorc ist der Kommandant.«

»Das ist eine Ausrede.« Sie beugte sich zu ihm und legte ihre Hand über seine. »Ich möchte mit dir kommen, Tallis. Du kannst das nicht allein schaffen, du kannst ihnen nicht allein gegenübertreten … ohne Jared. Du wirst es erklären müssen.« Sie hielt inne; sie verabscheute den Schmerz, den sie in seinen Augen sah.

»Ich habe darüber nachgedacht«, drängte sie ihn, »fast die ganze Nacht lang.«

Endlich sah er sie an und musterte ihr Gesicht. »Du schläfst nicht. Sind es die Träume?«

Sie zögerte. Sie hatte ihm von einigem, aber nicht von allem erzählt, was mit der Dunkelheit kam. Aber vielleicht hatte er es erraten. »Sie sind … anders als zuvor«, sagte sie.

»Stärker?«

Sie wusste nicht, was sie darauf antworten sollte.

»Manchmal glaube ich, dass ich spüren kann, wie er mich beobachtet«, sagte Tallis, und Shaans Herz klopfte plötzlich heftig.

Ihr kam ein Gedanke. »Die Wüste, Tallis«, sagte sie. »Weißt du noch, was die Drachen uns erzählt haben, und Morfessa? Azoth und die Führer sind irgendwie verfeindet. Er kann nicht in die Wüste vordringen.«

Sein Gesicht veränderte sich, zeigte ein wenig Hoffnung. »Das hatte ich vergessen.«

»Ich komme mit.« Sie legte ihm eine Hand auf den Arm, und er lächelte beinahe.

»Du willst ein Nein einfach nicht hinnehmen, nicht wahr? Jareds Schwester, Irissa, war in der Hinsicht auch zum Fürchten. Hat immer ihren eigenen Willen durchgesetzt.« Seine Stimme erstarb; der gequälte Ausdruck trat wieder in seine Augen.

»Ich bin mir sicher, dass er noch am Leben ist«, sagte Shaan.

»Nein, bist du nicht.«

»Ich hoffe es«, sagte sie leise und dachte an den hübschen Mann, den sie kennen gelernt hatte, als Tallis nach Salmut gekommen war. »Ich kann mir nicht vorstellen, was Azoth dadurch gewinnen könnte, dass er ihn tötet.«

»Unseren Schmerz.« Er hatte recht, aber irgendetwas sagte ihr, dass Jared noch am Leben war.

»Eines Tages werden wir ihn wiedersehen«, sagte sie.

Tallis antwortete nicht, und sie wusste, dass er an die Wüste dachte: die trockene Luft mit dem Geruch nach Staub und Wüstenblumen. Sie konnte sie beinahe riechen, als er daran dachte. Sie spürte, wie das Echo seiner Sehnsucht sich in ihr ausbreitete. Die Erinnerung an einen Ort, den sie nicht kannte. Sie starrte aus dem Wagen hinaus. Sie befanden sich auf der Straße, die zum zentralen Markt führte, und Menschenmengen versperrten ihnen den Weg. Der Kutscher versuchte, das Muthu hindurchzutreiben, als Tallis plötzlich zusammenzuckte, sich aufsetzte und die Menge mit Blicken absuchte.

»Was ist los?« Sie folgte seinem Blick und versuchte, zu sehen, was er sah.

»Ich …« Er sprang plötzlich auf und beugte sich aus dem Wagen, klopfte an die Seite. »Halt!«, schrie er dem Kutscher zu. »Halt den Wagen an!«

Er sah sich wild nach ihr um.

»Komm mit!« Er zog sie aus dem Wagen und auf die Straße. Diese war auch hier von Menschen überfüllt, aber Tallis zerrte Shaan mit, drängte die Leute beiseite. Ihr Bein, das vom Schwimmen schon erschöpft war und wehtat, behinderte ihr Vorankommen, und sie spürte, wie Macht in ihm aufstieg, während sein Missmut wuchs. Das musste ihm am Gesicht abzulesen sein, da Männer, Frauen und Kinder ihm den Weg freimachten, während er Shaan die Straße entlang zum Markt führte.

Er drängte sich durch die Menge direkt auf einen kleinen Stand zu, an dem zwei Frauen mit dem Rücken zu ihnen standen.

»Mutter!«, rief er, und Shaans Brustkorb zog sich zusammen; sie bekam keine Luft mehr. Sie blieb stehen und entzog sich seinem Griff.

Die Frauen drehten sich um. »Tallis?«, rief die ältere Frau und schlang die Arme um ihn, während er sie eng an sich zog. Sie war größer als Shaan, aber nicht viel; ihr Haar war dunkel und glatt, ihre azurblauen Augen vor Überraschung weit aufgerissen. Die jüngere Frau umarmte Tallis nicht, sah aber aus, als ob sie mit sich rang, um sich davon abzuhalten, zu den beiden zu stoßen.

Shaan stand still direkt hinter ihnen, kalt vor Entsetzen. Warum hatte Tallis nicht gesagt, wen er gesehen hatte? Er musste gewusst haben, dass sie sie erkennen würde. Mailun. Ihre Mutter. Das Gesicht, das er ihr in seinem Geist gezeigt hatte. Sie hatte sich nicht richtig bewusst gemacht, dass ihre Mutter so echt war.

»Tallis, wer ist das?« Die jüngere Frau starrte Shaan an. Irgendetwas an ihr kam Shaan vertraut vor, aber sie war zu überwältigt, um sich zu erinnern, was es war. Und dann sah Mailun sie. Langsam entzog sie sich Tallis' Umarmung und stand sehr, sehr still da.

»Mutter«, sagte er und legte Shaan eine Hand auf den Arm. »Das hier ist Shaan. Ich habe sie gefunden. Wir haben einander gefunden.« Er sah sie mit glänzenderen Augen an, als Shaan es je gesehen hatte, aber sie fühlte sich wie betäubt.

Mailun trat einen Schritt vor. »Ich würde dich überall erkennen«, sagte sie sanft.

Shaan fühlte sich wackelig, als wäre sie betrunken.

»Tallis, wer ist das?«, fragte die junge Frau.

»Irissa«, er lächelte, »das hier ist meine Schwester.«

Irissa? Shaan war verwirrt. Jareds Schwester. Was tat sie hier?

Mailun trat einen weiteren Schritt auf sie zu. »Tochter.« Sie streckte die Arme aus, als wolle sie sie umarmen, hielt dann aber inne und ergriff stattdessen ihre Unterarme.

»Ich wusste, dass du überlebt hast.« Sie zitterte vor unterdrückter Sehnsucht, und Shaan war plötzlich bis zum Ersticken von einer Regung erfüllt, die sie erschreckte. Sie wollte zulassen, dass Mailun sie umarmte, die Arme dieser Frau um sich herum spüren – aber jener harte, innere Kern, auf den sie zu zählen gelernt hatte, ließ das nicht zu. Sie war eine Fremde, und Shaan hatte vor langer Zeit aufgehört, auf eine andere Art Mutter zu hoffen. Sie versteifte sich, zog sich zurück.

»Meine Mutter hat mich hergebracht, als ich ein Säugling war«, sagte sie und bedauerte dann ihre Wortwahl, da Mailun zurückzuckte und sie losließ.

»Sie meint die Frau, die sie großgezogen hat, Mutter«, sagte Tallis rasch.

»Ich weiß, Sohn«, sagte Mailun, aber sie wandte die Augen

nicht von Shaan ab. »Ich bin froh, dass eine andere dich am Leben gehalten hat, als ich es nicht konnte.«

Shaan wusste nicht, was sie sagen sollte, wurde aber von der jüngeren Frau gerettet, die ungeduldig vortrat. »Seit wann hast du eine Schwester, Tallis?«, sagte sie. »Und wo ist Jared?«

Shaan war froh, dass die junge Frau den Ausdruck nicht bemerkte, der über Tallis' Gesicht huschte.

»Lasst uns von der Straße weggehen«, sagte er.

»Nein, du sagst es mir jetzt.« Irissa verstellte ihm mit wutverzerrtem Gesicht den Weg. Sie war ein hochgewachsenes Mädchen und offensichtlich daran gewöhnt, nicht klein beizugeben.

Shaans Herz setzte aus.

Tallis hielt inne, und als er sprach, war seine Stimme heiser. »Er wurde in einem Kampf verwundet. Ich musste ihn in den Wildlanden zurücklassen.«

»Was?« Irissa wurde plötzlich unter ihrer dunklen Haut blass. »Ist er am Leben?«

»Wir wissen es nicht; als ich ihn zurückließ, war er es noch.« Tallis schüttelte den Kopf; sein Blick wanderte zu seiner Mutter hinüber. »Wir konnten nicht umkehren und ihn holen.«

»Was meinst du damit?«, verlangte Irissa zu wissen. »Und wer ist ›wir‹?«

»Er meint mich«, sagte Shaan leise. »Ich war bei ihm.«

»Du?« Irissa wirbelte zu ihr herum. Ringsum begannen die Leute sie anzustarren, und ein paar dieser Blicke waren nicht gerade freundlich, aber Irissa schien das nicht zu bemerken.

»Warum?«, fragte sie. »Was habt ihr getan? Wie ist das geschehen?«

»Irissa«, sagte Mailun, »du erinnerst dich doch an einige der Geschichten, die wir hier auf dem Markt gehört haben, die Bilder, die wir von einem Mann und einer Frau auf Drachen gesehen haben.«

»Die Helden?«, fragte sie ungläubig.

»Wir sind keine Helden«, sagte Shaan. »Es lag an Azoth. Er ist der Grund für dies alles.«

»Wer ist Azoth?« Irissas Stimme war laut, und Shaan sah, wie mehrere Leute vor ihnen zurückwichen.

Ärger keimte in ihr auf. Diese Frau würde Unfrieden unter ihnen säen. »Wir können hier nicht darüber sprechen«, sagte sie.

»Ich spreche, worüber ich will und wo ich will«, sagte Irissa, und Mailun trat hastig an sie heran.

»Nein, das tust du nicht.« Sie sprach mit gesenkter Stimme, doch ihr Tonfall war hitzig genug, um die junge Frau zögern zu lassen.

»Es tut mir leid, Irissa. Wenn ich ihn hätte retten können, hätte ich es getan«, sagte Tallis. »Das weißt du.«

Die Härte im Gesicht der jungen Clansfrau legte sich, schwand aber nicht völlig. »Du …«

»Halt«, unterbrach Mailun sie. »Jetzt ist nicht der rechte Zeitpunkt, und hier ist auch nicht der rechte Ort.« Auch sie hatte die Anspannung, die sich aufbaute, ebenfalls gespürt. »Tallis, wohin können wir gehen?«

Sein Gesichtsausdruck war erbärmlich. »Ich bringe euch in meine Unterkunft. Dort ist Platz für euch beide.«

»Gut. Holen wir also unser Gepäck.« Sie wandte sich ab.

Sie hatten in einer kleinen Herberge, die nicht weit vom Markt entfernt lag, gelebt, und die beiden Frauen holten rasch ihre Sachen und folgten Shaan und Tallis zum Wagen. Der Kutscher, der Shaans seltsame Ausflüge gewohnt war, hatte am Straßenrand gehalten und gewartet. Er ließ kein Anzeichen von Neugier erkennen, als sie zu viert einstiegen, wendete das Muthu und fuhr kommentarlos zur Drachenanlage zurück. Mailun saß neben Shaan, Tallis neben Jareds Schwester. Keiner von ihnen sprach, aber Mailun sah Shaan von Zeit zu Zeit an, wie um sich zu vergewissern, dass sie echt war, und jedes Mal, wenn Shaan sie sah, erschrak sie ein wenig; sie wirkte vertraut, aber auf eine Weise, die nicht greifbar war.

Als sie die Kuppel erreichten, brachte Tallis ihre Sachen in die Box neben seiner, und Mailun begann – mit der Gekonntheit einer Frau, die es gewohnt war, für andere zu sorgen – eine Kanne Kaf zu kochen. Sie fand Tassen, den Herd und Wasser, als wäre sie schon einmal in der Drachenbox gewesen, und gegen ihren Willen erschien Shaan diese mühelose Häuslichkeit seltsam tröstlich.

Mailun reichte ihr die Tassen. »Hier«, sagte sie, »hilf mir. Tallis verschüttet immer alles.«

Hinter ihnen saßen Tallis und Irissa stumm da, so weit voneinander entfernt, wie es nur möglich war. Als Shaan Tallis eine Tasse reichte, sah er sie mit müdem Blick an. Irissa lehnte mit einem knappen Kopfschütteln ab.

»Also, Sohn …« Mailun setzte sich auf Tallis' Lager und stellte ihre Tasse auf den nackten Stein neben sich. »Erzähl mir, wie du so viel von dir selbst verloren hast.«

»Ist das offensichtlich?«, fragte er.

Sie hielt seinen Blick fest. »Erzähl deine Geschichte«, antwortete sie.

Tallis war einen Moment lang still, und Shaan spürte die Bürde schwer auf ihm lasten, als er die Kraft aufbot, ihnen davon zu erzählen.

»Nachdem wir aufgebrochen waren, machten wir am Gestohlenen Brunnen halt. Dort gingen sie dann auf mich los – Karnits Männer. Penrit, Relldin …« Er hielt inne und holte Luft, presste die Lippen zusammen. »Das war das Blut, das Shila gesehen hat. Ihr Blut an meinen Händen. Sie hatten vor, mir die Kehle durchzuschneiden, und taten es auch fast, aber dann … rettete Jared mich. Er kam mit einem Messer aus der Dunkelheit.«

Er machte eine Pause und sagte dann: »Er streckte zwei nieder, ich tötete einen. Dann flohen wir.«

»Aber das ist nicht das Ende deiner Geschichte«, sagte Mailun. »Da ist noch mehr, Sohn. Erzähl alles.«

Shaans Herz klopfte zu schnell, und sie wusste, dass dem so war, weil es das ihres Bruders widerspiegelte.

Tallis holte seufzend tief Luft, nickte dann und begann zu erzählen, wie er und Jared nach Salmut gekommen waren, wie er Shaan getroffen und wie alles begonnen hatte, sich zu ändern – wie *sie* begonnen hatten, sich zu ändern. Wie Azoth gekommen war, und wie er Jared in den Wildlanden zurückgelassen und Shaan aus den Händen des Gottes befreit hatte. Er erwähnte aber nicht alles: Er erzählte ihr nicht, dass Shaan vielleicht heilen konnte, oder von ihren Träumen, und er sagte ihr nicht, was er in dem Dorf getan hatte. Und auch noch nichts von Rorc und dem Plan, die Clans zu vereinen.

Nachdem er geendet hatte, sagte Mailun: »Dein Weg ist so steinig gewesen, Sohn! Es schmerzt mich, davon zu hören. Und ich wusste immer, dass Karnit böses Blut hat. Es gab nichts, was du hättest tun können. Wenn du und Jared nicht eure Klingen gezogen hättet, würdet ihr nun tot im Sand liegen. Karnit wird die Jalwalah zerstören. Ich kann mir gar nicht vorstellen, mit was für Geschichten er von der Versammlung zurückgekehrt ist!«

»Es spielt keine Rolle«, sagte Tallis. »Wer ist schon da, um ihnen zu widersprechen?«

»Jared beispielsweise nicht«, sagte Irissa.

»Das war nicht Tallis' Schuld«, sagte Shaan. »Er konnte nicht gegen Azoth kämpfen. Wäre es dir lieber, er wäre gestorben?«

Irissas Blick war kalt. »Ich hätte gegen ihn gekämpft.«

»Und er hätte dich ausgeweidet«, sagte Shaan. »Wenn du jemandem die Schuld geben willst, dann gib sie mir. Ich bin diejenige, hinter der er her war, ich bin diejenige, die Jared dazu verführt hat, zu versuchen, ihm zu trotzen, und ich bin diejenige, die Azoth seine Macht zurückgegeben hat.«

»Shaan, nein, so einfach ist das nicht.« Tallis wandte sich Irissa zu. »Warum seid ihr hergekommen?«, fragte er, aber Mailun war diejenige, die antwortete.

»Shila, die Träumerin, hat uns geschickt«, sagte sie. »Wir sind hergekommen, um nach dir – nach euch beiden – zu suchen.«

»Shila?«, sagte Tallis. »Sie hat Jared zu mir geschickt.«

»Ja. Sie ist die Träumerin, Sohn, die Wüstengötter stoßen sie gern herum, wie es ihnen beliebt.« Ihr Ton verhärtete sich, als sie von den Führern sprach. »Aber Shila hat sich immer bemüht, uns zu beschützen. Ich kann mir nicht vorstellen, dass sie gewusst hat, was geschehen würde.«

»Oder es war ihr gleichgültig«, sagte Irissa.

Ein Augenblick des Schweigens trat ein, dann fragte Tallis: »Haben sie ihn ausgestoßen? Jared, meine ich. Wisst ihr das?«

»Nein«, sagte Mailun. »Karnit war noch nicht von der Versammlung zurück, als wir aufgebrochen sind. Shila kam zu uns und sagte, dass sie Dinge gesehen hätte, euch beide, Blutvergießen. Sie dachte, es könnte sich so oder so entwickeln. Deshalb sind wir hergekommen, um dich und Jared zu suchen.«

»Um ihn nach Hause zu holen«, sagte Irissa, »ihm die Chance zu geben, weiter zum Clan zu gehören.«

»Er gehört noch zum Clan!«, sagte Tallis heftig. »Ich bin ein Ausgestoßener, nicht er.«

»Es spielt keine Rolle, was du sagst.« Irissas Kinn hob sich, ihre grünen Augen starrten böse drein.

»Genug, Irissa!«, sagte Mailun. »Karnit wird den Clan ohne Zweifel mit seinen Lügen auf seine Seite ziehen, sobald er zurückkehrt, aber für den Augenblick können wir nichts tun, und es wird nichts ändern, wenn wir uns gegenseitig zerfleischen.« Sie sah wieder Shaan an, dann Tallis. »Ich muss euch jetzt eine Geschichte über meine Vergangenheit erzählen. Über das Volk, von dem wir abstammen, die Ichindar.«

Es war solch ein Bruch zu ihrem Streit, dass sie alle innehielten.

»Das Eisvolk?« Shaan hatte ganz vergessen, dass Tallis ihr erzählt hatte, ihre Mutter stamme ursprünglich aus den großen Ödlanden des Nordens.

Mailuns Blick wurde weicher, und es lag Stolz in ihrem Tonfall, als sie sagte: »Es fließt nicht nur die Wüste in deinen Adern, Tochter, sondern auch Eis. Eis und Schnee, das dicke Treibeis, die gefrorenen Ebenen.

Als Tallis von Azoth und seinem Glauben, dass ihr seine Nachkommen seid, erzählte, hat mich das an etwas erinnert.« Ihr Gesicht wurde ernst. »Als ich ein kleines Mädchen war, erzählte meine erste Großmutter mir eine Geschichte über unsere Familie. Eine sehr alte Geschichte. In den Eislanden haben wir keine Schrift. All unser Wissen wird durch die Erinnerungen unserer

Voreltern weitergegeben. Sie erzählte mir die Geschichte nur ein einziges Mal, aber ich habe mich immer daran erinnert. Vielleicht, weil es der kälteste Eisbiss war, den wir seit langem erlebt hatten.« Sie lächelte. »Ich würde euch gern eines Tages die Schneelande zeigen; ich glaube, sie würden euch gefallen.« Ihr Lächeln verblasste. »Wir waren alle tief im Berg um unsere Familienfeuer geschart, während draußen ein heftiger Sturm tobte. Er dauerte drei Wochen. Meine erste Großmutter erzählte mir, dass vor langer Zeit während des Sonnentanzes, als der Schnee geschmolzen war und die Meere sich wieder geöffnet hatten, eine junge Frau von weither kam. Sie war fast tot vor Hunger und Erschöpfung, nur in ein dünnes Kleid gehüllt und barfuß. Ihre Zehen waren halb abgefroren und ihre Worte fast unmöglich zu verstehen.

Unsere Familie nahm sie auf. Sechs Monate später brachte sie ein Kind zur Welt. Ein kleiner Junge kam aus ihrem Schoß, als die Welt zu Eis wurde. Er war ein glückliches Kind, hübsch anzusehen, und verfügte über ein Lachen und einen Humor, den die anderen Kinder liebten. Einige der Ältesten sagten, dass sie glaubten, etwas Seltsames an ihm wahrzunehmen, aber wenn sie daran dachten, es auszusprechen, beschlossen sie bald, dass sie sich irrten. Welchen Schaden konnte ein Kind schon anrichten? Der Junge wurde groß und stark, während seine Mutter gebrechlich und kränklich wurde. In seinem zwölften Jahr ging sie eines Tages in die Sonnenlande über. Der Junge war lange Zeit traurig. Er unternahm allein Spaziergänge über das Eis oder verschwand tagelang in einem Kanu. Ein Mädchen aus unserer Familie gewann ihn lieb und half ihm, sich von seiner Trauer zu erholen. Sie standen einander sehr nahe, und in seinem siebzehnten Jahr tanzten sie gemeinsam den Schneetanz. Binnen eines Jahres erwartete sie ein Kind, aber die Schwangerschaft verlief nicht gut: Sie verlor das Kind schon nach drei Monaten. Erst nachdem sie drei Kinder verloren hatte, gebar sie endlich ein Mädchen.« Mailun hielt inne und strich sich das Haar über die Schultern zurück; sie schenkte Shaan ein kleines Lächeln. »Es ist eine traurige Geschichte. Im Sonnentanz nach der Geburt des Kindes brachen der

Junge und das Mädchen zu ferneren Ufern auf, um zu fischen. Als sie zurückkehrten, war das Mädchen tot, und der Junge wollte nicht über das reden, was geschehen war. Er paddelte sein Kanu zurück, den Säugling vor seine Brust gebunden und seine junge Herzensgefährtin tot zu seinen Füßen. Das Mädchen wurde verbrannt, und niemand sprach je wieder davon.«

»Was wurde aus dem Jungen?«, fragte Shaan. Die Erzählung hatte in ihr ein kaltes, beklommenes Gefühl ausgelöst.

»Er zog das Kind allein groß, und als seine Tochter in ihrem zwölften Jahr stand, fuhr er zum Fischen an ferne Gestade und kehrte nie zurück. Jenes Mädchen ist eure Vorfahrin.«

Sie schwiegen alle.

»Also stammt Azoths Erbe von deiner Seite, nicht von der unseres Vaters«, sagte Tallis am Ende, und Mailun nickte.

»Ich habe schon viele Jahre nicht mehr an jene Geschichte gedacht, aber jetzt…« Sie faltete die Hände im Schoß. »Jene junge Frau kam aus den warmen, feuchten Wäldern weit südlich der Lande der Ichindar.« Sie sah Shaan an. »Das müssen die Wildlande gewesen sein, in die er dich gebracht hat.«

Mailun sagte nichts mehr, und Shaan war froh darüber. Sie wollte nicht über jenen Ort oder über die Ruinenstadt sprechen.

»Wer ist unser Vater?«, fragte sie.

»Er ist tot«, antwortete Tallis, aber Shaan sah Mailun an und sah die plötzliche Anspannung um ihre Augen herum.

»Ja, das stimmt«, sagte sie.

Tallis stand auf. »Shaan, wir sollten gehen. Die Führerin wartet wahrscheinlich schon auf dich – und ich muss Rorc aufsuchen.«

Shaan rieb sich den Nacken und bemerkte, dass Mailun sehr angespannt wirkte; ihr gesamter Körper hatte sich plötzlich versteift.

»Mutter, geht es dir gut?«, fragte Tallis.

Mailun schien sofort Anstrengungen zu unternehmen, sich zu entspannen. »Ja, ich bin nur müde; es ist alles so seltsam.« Sie lächelte, aber nur schwach, und Shaan glaubte, etwas hinter ihren Augen zu sehen. Furcht?

»Ihr müsst nicht hierbleiben«, sagte Tallis. »Ich kann Rorc fragen, ob wir andere Zimmer für euch finden könnten.«

»Nein«, antwortete sie schnell, »hier sind wir besser aufgehoben. Dies ist alles, was wir brauchen. Außerdem kann ich hier das Meer riechen. Den Geruch habe ich schon viele Jahre lang nicht mehr in der Nase gehabt. Ich habe ihn vermisst.« Sie machte eine Pause. »Wer ist Rorc?«

»Der Kommandant der Glaubenstreuen. Ich arbeite mit ihm zusammen, übe mit den Verführern und Reitern hier. Ihr könntet ihn kennen lernen, wenn ihr wollt.«

»Nein, nein, nicht jetzt«, antwortete Mailun hastig. »Belästige ihn nicht mit uns. Ich bin mir sicher, dass er genug zu tun hat.«

Tallis lächelte verwirrt. »In Ordnung, aber morgen solltet ihr mit uns kommen. Ich gehe jeden Morgen mit Shaan schwimmen, um ihre Glieder zu kräftigen.«

»Heißt das, dass du endlich in der Lage bist, die Fähigkeiten zu nutzen, die ich dir beigebracht habe, Sohn?«

»Ich bin nicht so gut wie manch ein anderer, aber« – er warf einen Blick auf Irissa – »ich könnte dich unterrichten, wenn du willst.«

»Warum?«, fragte die junge Frau. »Ich kann in den heißen Quellen den Kopf über Wasser halten; das ist genug, finde ich.«

Tallis' Lächeln verflog unter ihrem kalten Blick.

»Ich komme bei Tagesanbruch mit einem Wagen vorbei«, sagte Shaan. »Der Strand ist gleich hier in der Nähe.«

Mailun nickte, aber ihr Gesicht wirkte angespannt. »Dann werde ich auf euch warten.«

»Komm.« Tallis legte Shaan eine Hand auf den Arm. Er sah Mailun an. »Ich werde noch vor Einbruch der Dunkelheit zurück sein.«

»Wir werden hier sein, Sohn.« Mailun stand auf, legte die Arme um ihn und hielt ihn einen Moment lang an sich gezogen, bevor sie ihn losließ. Sie sah Shaan an. »Wir sehen uns morgen, Tochter.«

Tochter. Das Wort klang seltsam. »Ja, morgen«, sagte Shaan. Ihr linker Arm schmerzte, und sie zog ihn eng an den Körper, als sie Tallis ins Freie folgte.

12

Wo warst du?«, blaffte Nilah, sobald Shaan später am Vormittag in ihren Gemächern eintraf.

»Ich habe dir doch gesagt, dass ich schwimmen gehe.« Shaan war immer noch ganz aufgewühlt davon, dass sie ihre Mutter kennen gelernt hatte, und rang darum, die nötige Geduld aufzubringen, um mit der jungen Führerin zurechtzukommen. »Der Rückweg hat länger gedauert, als ich dachte; die Straßen waren voller Flüchtlinge.«

Nilah stand in der Mitte ihres Wohnzimmers; drei Frauen, die ein Kleid an ihr absteckten, scharwenzelten um sie herum. Sie sah finster drein und winkte Shaan heran. »Komm, stell dich neben mich, damit sie dir ein paar neue Kleider anmessen können.«

»Was?« Shaan blieb stehen, wo sie war.

»Glotz nicht wie ein Flatnafisch! Zieh diese abscheulichen Kleider aus. Wenn du meine Gehilfin sein sollst, musst du wie eine Palastdame aussehen, nicht wie irgendeine Fischerin.«

»Es wäre mir lieber, mir selbst welche zu kaufen«, sagte Shaan.

»Da bin ich mir sicher, aber du hast keine Wahl. Die Götter wissen, was du kaufen würdest – ohne Zweifel mehr Hosen. Aua!« Sie versetzte der Hand einer der Frauen einen Schlag, als eine Nadel sie stach. »So gekleidet kannst du nicht im Palast herumlaufen. Ellie« – sie stieß eine der Frauen von sich fort – »hilf ihr.«

»Zurück!«, rief Shaan, als die Frau auf sie zukam, und sie blieb stehen, sah argwöhnisch von ihr zu Nilah zurück.

»Sei nicht schwierig, Shaan. Ich habe heute am frühen Nachmittag eine Sitzung mit den Ratsmitgliedern, und du kommst mit mir.«

»Schon?«

»Warum nicht? Jeder im Palast weiß bereits, dass ich eine Nachkommin des Gefallenen zu meiner Gehilfin gemacht habe, also können wir dich auch gleich offen auftreten lassen.«

»Gerüchte verbreiten sich schnell«, sagte Shaan. Nilah lächelte.

»Wenn ich es so will. Außerdem kann Morfessa aus irgendeinem Grund, den er nicht erklären kann, nicht da sein, und ich brauche ein paar Ohren, die nicht meinen Speichelleckern gehören, um darauf zu lauschen, was die Ratsherren wirklich sagen.«

Shaan machte sich Gedanken wegen Morfessas Abwesenheit; hatte sie womöglich etwas mit Rorcs Plan zu tun, die Clans aufzusuchen? Nilah starrte sie finster an, und sie hob die Hände.

»In Ordnung.« Sie zog sich bis auf die Unterwäsche aus. Wenigstens würde es guttun, die salzigen Kleider los zu sein.

Die Anprobe dauerte zwei Stunden, während derer Shaan immer ungeduldiger wurde. Sie hatte nie irgendeine Sehnsucht nach feinen Kleidern oder teuren Haarölen verspürt, und dastehen zu müssen und hierhin und dorthin gedreht zu werden, während sie angerempelt und mit Nadeln gestochen wurde, so dass sie sich fühlte wie ein Muthu, das für ein Karrengeschirr vermessen wurde, versetzte sie in üble Laune. Aber auch nach alledem mussten die Kleider erst noch genäht werden, also steckte man sie für das Treffen in eines von Nilahs alten, hastig geänderten Gewändern: ein langes Kleid mit schwingendem, leichten Rock und engem Mieder. Shaan bestand darauf, ihr Messer bei sich zu behalten, und schnallte es sich unter dem fließenden Material an den Oberschenkel.

Mit gebürstetem Haar und duftend wie ein Blumengarten wurden sie von vier Wachen zum kreisförmigen Ratssaal am zentralen Hof eskortiert.

Die Ratssitzung dauerte beinahe drei Stunden, und am Ende war Shaan mehr als erschöpft. Es hatte nur wenig zu essen gegeben, und sie hatte die meiste Zeit über hinter Nilahs Stuhl stehen müssen. Die Beine und der Rücken taten ihr weh, und sie folgte Nilah langsam zurück in die Gemächer der Führerin.

Nilahs Gesicht war zu einer Maske der Gleichgültigkeit erstarrt, aber Shaan glaubte, dass es ein Ausdruck war, den beizubehalten sie große Anstrengung kostete. Lorgon und der Rest des Rats hatten sie bestenfalls von oben herab behandelt. Sie hatten kaum auf sie gehört. Alle Gespräche hatten sich auf die Bestrafung des Diplomaten aus den Freilanden konzentriert, der angeklagt war, Nilahs Mutter ermordet zu haben, und die angeblichen Angriffe durch Söldner aus den Freilanden auf Händlerkarawanen. Es war kaum von Azoth die Rede gewesen, und als Nilah ihn erwähnt hatte, war sie mit Leichtigkeit wieder dazu gebracht worden, sich Gedanken über die Freilande zu machen. Besonders Lorgon war dafür verantwortlich gewesen. Shaan war es zu einem gewissen Zeitpunkt schwergefallen, sich zu entscheiden, ob sie lieber ihm einen Tritt ins Gesicht versetzen oder Nilah so lange durchschütteln wollte, bis sie etwas gesunden Menschenverstand entwickelte. Es war kaum zu fassen, weshalb sie nicht erkannte, dass Lorgon sie wie ein zahmes Muthu an der Nase herumführte. Oder vielleicht wusste sie es, wusste aber nicht, wie sie dem Einhalt gebieten sollte? Oder hatte nicht den Mut dazu.

»Möchtest du, dass ich nach etwas zu essen schicken lasse?«, fragte Shaan, als sie in Nilahs Wohnzimmer traten.

»Ich bin nicht hungrig.« Nilah setzte sich aufs Sofa.

»Dann Wein?« Shaan goss ihr ein Glas ein, aber Nilah machte nicht den Versuch, es hochzuheben.

Sie zog die Stirn kraus, während sie aus dem Fenster starrte, und achtete gar nicht auf ihre Gehilfin.

Shaan gab auf. »Ich werde zurück in mein Zimmer gehen«, sagte sie und wollte das Zimmer verlassen.

»Sie haben keinen Respekt vor mir«, sagte Nilah. Shaan blieb stehen. Nilahs Blick war trostlos und erschöpft. »Nie haben sie welchen. Bemerkst du, wie Lorgon mit mir spricht? Er hätte es nicht gewagt, so mit meiner Mutter zu sprechen. Und jetzt, da Morfessa so oft abwesend ist, ist es noch schlimmer. Was hältst du von ihnen? Schildere mir deine Eindrücke.«

Shaan zögerte, und Nilah sagte: »Mach dir keine Sorgen darum, dass du mich kränken könntest.« Shaan stemmte eine Hand in die

Hüfte. »Ich glaube, dass Lorgon dich für ein törichtes Kind hält, und es scheint drei andere zu geben, die mit ihm übereinstimmen. Die anderen fünf sind entweder unentschlossen oder zu schwach, ihm die Stirn zu bieten. Er reißt zu viel an sich, und du lässt es zu.« Sie hielt inne, als Nilah die Stirn runzelte.

»Fahr fort.«

»Ich glaube auch, dass du Dinge vor ihm rechtfertigst, wenn du es nicht müsstest. Du hättest dich weigern sollen, überhaupt etwas zu erklären, und ihm befehlen sollen, sich zu setzen.«

»Danke«, sagte Nilah, »aber erzähl mir nicht, was ich hätte tun sollen. Ich habe dich nach deiner Meinung gefragt, nicht nach deinem Rat. Dafür habe ich Morfessa.«

»Nun, der war nicht da«, sagte Shaan, und die junge Frau kniff die Augen zusammen.

»Du kannst jetzt gehen. Ich werde dich rufen, wenn du wieder benötigt wirst.« Sie ging ans Fenster und wandte Shaan den Rücken zu. »Weise auf dem Weg nach draußen jemanden an, mir etwas zu essen zu bringen.«

Shaan betrachtete den Rücken des Mädchens einen Moment lang und verließ dann die Zimmerflucht. Wenn die Dinge künftig so stehen sollten, dann sah sie wirklich keinen Grund, zu bleiben. Sie ging hinaus, vorbei an Nilahs Wachen, zurück in den zentralen Hof und durch ein Tor, das von einem nicht sonderlich wachen Posten im Auge behalten wurde.

Das Zimmer, das ihr zugeteilt worden war, lag in einem langgestreckten Gebäude an einem Hof, der von der Villa und den Gärten der Führerin durch eine hohe, dicke Mauer getrennt war, an der Rückseite des Palasts. Es gab dort auch ein Badehaus und ein Lagerhaus, und dahinter einen Obstgarten, der an die Außenmauer des Palasts gepflanzt war. Shaan konnte den Garten von ihrem Fenster aus sehen, und sie setzte sich aufs Bett und starrte die Obstbäume und den dunklen Himmel an. Sie fühlte sich ruhelos. Ihr Kopf war zu voll, schmerzte angesichts all dessen, was an diesem Tag geschehen war. Sie fühlte sich müde bis in die Knochen, konnte aber nicht zur Ruhe kommen. Sie hatte ihre Mutter kennen gelernt. Mailun war wirklich – und doch schien es unmöglich zu sein. Sie war von so vielen Gefühlen erfüllt: Enttäuschung, Wut, Erleichterung, Verwirrung. Sie wusste nicht, wozu sie jetzt noch eine Mutter brauchte. Was sollten sie tun? Sie waren einander fremd, außerdem hatte sie Tuon und Tallis.

Ruhelos stand sie auf und ging zur Tür. Sie brauchte frische Luft. Sie ging in den Garten und spazierte zwischen den Obstbäumen hindurch. Die Erde unter ihren Füßen war durchweicht und die Luft unstet; sie roch nach Feuchtigkeit und abgefallenen Blüten. Shaan wandelte hin und her, tief in Gedanken versunken; der Rock ihres Kleids wurde nasser und nasser, und fast hätte sie Balkis nicht gehört, als er ihren Namen rief.

Sie blieb verblüfft stehen. Als sie sich umdrehte, sah sie, wie er auf sie zukam und sich bückte, um den tiefhängenden Ästen der Bäume auszuweichen. Ihr Herz machte einen Satz und pochte heftig in ihrer Brust. Sie hatte vergessen, dass er hatte kommen wollen.

»Wie hast du mich gefunden?«, fragte sie, als er sie erreichte.

Er lächelte. »Ich habe eine Weile gebraucht; man sagte mir, du wärst wahrscheinlich noch drinnen bei der Führerin. Sie war nicht gut gelaunt, als ich hereinschaute, um zu fragen.«

»Es wundert mich, dass du überhaupt durch die Tür gekommen bist«, sagte Shaan. »Sie hat sich mit dem Rat getroffen.«

Er nickte. »Das erklärt einiges.« Sein Blick wandte sich ihren Kleidern zu. »Hübsches Kleid.« Er zog eine Augenbraue hoch; seine Lippen zuckten.

»Nilahs Idee.« Sie klopfte den Rock ab. »Sie sagt, ich muss für den Palast und die Ratssitzungen angemessen gekleidet sein.«

»Woher wusste ich, dass du das sagen würdest?« Er wirkte amüsiert.

»Vielleicht, weil es wahr ist.«

Er wies auf den Pfad. »Gehen wir spazieren?«

»Ich denke schon.«

Er trat zurück, um sie als Erste zwischen zwei eng nebeneinander wachsenden Ästen hindurchtreten zu lassen, und dann gingen sie Seite an Seite zwischen den duftenden Bäumen entlang. Es fühlte sich seltsam an, mit ihm im Garten des Palasts der Führerin spazieren zu gehen. »Was ist los?«, fragte er.

»Nichts.«

Er lachte leise. »Du findest das hier seltsam«, sagte er, »sich so zu treffen.«

»Ich dachte, ein anderer Ort wäre besser.«

Er sah zu, wie seine Stiefel durchs nasse Gras streiften. »Was schlägst du vor? Sollen wir uns im zentralen Hof treffen, wo andere sind? Würdest du dich dann sicherer fühlen?«

»Sicherer vor wem?«, fragte Shaan. »Vor dir oder vor anderen Leuten?«

Er sah sie mit einem Lächeln von der Seite her an und beugte sich zu ihr, um einen tiefhängenden Zweig beiseitezuschieben. »Wenn du meine Hilfe in Palastangelegenheiten willst, können wir uns nicht in aller Öffentlichkeit treffen; dort lauschen zu viele Ohren. Ich bin mir sicher, dass es dem Rat nicht recht wäre, zu hören, dass du geheime Sitzungsangelegenheiten mit mir durchsprichst.«

»Vermutlich nicht.«

Seine Hand berührte sie leicht im Kreuz, als sie voranging, und Shaan hatte vage das Gefühl, sorgsam in die Enge getrieben zu werden, war sich aber nicht sicher, wie sie dagegen angehen sollte.

»Also«, sagte er, wieder neben ihr, »was ist bei deiner ersten Sitzung geschehen?«

»Nach allem, was ich gesehen habe, hat unsere Führerin wenig bis gar keine Kontrolle über ihren Rat, und dieser fette Kerl, Lorgon, will sicherstellen, dass es so bleibt.«

»Klingt ganz nach Lorgon.« Sein Tonfall war trocken vor Abneigung.

»Kennst du ihn?«

Er lächelte ohne Heiterkeit. »Das könnte man so sagen. Unsere Familien schätzen einander nicht. Ratsherr Festus Lorgon und seine Angehörigen haben wenige Interessen außer Macht und Reichtum.«

Shaan spürte, dass es bei der Feindschaft um mehr ging als nur um abweichende Interessen, aber Balkis ging nicht in die Einzelheiten. Donner grollte irgendwo über ihnen, und sie blieben beide stehen. Shaans Haar wirbelte hoch, als eine kühle Brise sich regte und dann wieder zum Erliegen kam, und sie sah einen Blitz den Himmel über den Hügeln durchzucken. Im Binnenland zog ein Unwetter auf.

Sie sog tief die plötzlich kühlere Luft ein. »Ich liebe dieses Wetter«, sagte sie, ohne nachzudenken. »Den Moment, bevor der Sturm losbricht.«

Balkis stand sehr nahe bei ihr. »Ich auch. Es ist das Vorgefühl. All diese Energie in der Luft, die wartet.« Sie schaute zu ihm auf. Ringsum herrschte brütende Stille, und dicke Wolken hatten das Licht zu abendlicher Sanftheit gedämpft. Seine blauen Augen waren im schwächer werdenden Licht dunkler, und sie spürte, wie ein atemloser Schauer zwischen ihnen hin und her ging. Der Moment dauerte einen Herzschlag, ein Leben lang, dann ertönte wieder ein Donnern. Sie drehten sich beide um und eilten zurück zum schützenden Palast.

»Also, welchem Zweck diente die Sitzung?«, fragte Balkis unterm Gehen. »Haben sie über den Diplomaten aus den Freilanden gesprochen?«

Sie holte verstohlen Atem und sagte dann: »Sie haben beschlossen, ihn hinzurichten.«

»Hinzurichten?« Er blieb stehen. »Aber sie haben keine Gerichtsverhandlung abgehalten.«

»Ich glaube nicht, dass sie das noch vorhaben.«

Sein Gesichtsausdruck war verstört. »Hat die Führerin versucht, das zu unterbinden?«

Sie schüttelte den Kopf. »Ich bin mir nicht sicher, ob sie das wollte. Sie hat Lorgon praktisch alle Entscheidungen fällen lassen.«

Balkis runzelte die Stirn. »Es wird Rorc nicht freuen, das zu hören.« Beinahe gedankenverloren legte er ihr einen Arm um die Schultern und zog sie weiter; dann ließ er ihn wieder sinken.

»Was haben sie sonst noch beschlossen? Haben sie den Gefallenen überhaupt erwähnt?«

»Kaum, und wenn doch, dann nur, als sei er bloß eine sehr ferne Bedrohung.«

»Das ist Lorgons Ehrgeiz.« Balkis runzelte die Stirn. »Er ist gierig. Er will einen Krieg mit den Freilanden, damit er die Kontrolle über die Bergwerke jenseits der Gorankette zurückgewinnen kann. Darum geht es bei alledem! Sie haben einst seiner Familie gehört, und er will sie zurück.«

»Drei der anderen Ratsherren haben ihm jedes Mal Beifall gezollt, sobald er den Mund aufmachte«, sagte Shaan.

»Wer?«

»Ich bin mir nicht sicher, wie sie heißen.«

»Finde es heraus. Wenn du an Ratssitzungen teilnimmst, bist du von Interesse für sie, und ohne Zweifel werden sie versuchen, dich zu beeinflussen, da du der Führerin so nahestehst.«

»Das können sie ja mal versuchen«, sagte sie.

»Der Palast ist ein ganz anderer Ort als die Straßen, Shaan. Du kannst auf nichts vertrauen, was hier gesagt wird, weil immer ein Hintergedanke dabei sein wird.«

»Das klingt mir ganz nach den Straßen.«

»Vielleicht, aber hier können Meinungsverschiedenheiten nicht in einer Messerstecherei ausgefochten werden. Du wirst dich viel eher in eine Koje auf dem nächsten Schiff, das die Schwimmenden Inseln anläuft, manövriert finden. Langsame, qualvolle Tode entsprechen eher der Geschwindigkeit des Hofs als rasche, blutige.«

»Solange man nicht die Führerin ist«, antwortete Shaan.

Balkis antwortete nicht darauf; schweigend gingen sie weiter. Dann sagte er. »Da die Dinge stehen, wie sie stehen, wäre es sehr hilfreich für den Kommandanten, genau zu erfahren, was in den Ratssitzungen vor sich geht.«

»Meinst du damit, dass ich für euch spionieren soll?«

»So etwas in der Art.«

»Tallis hat mir gesagt, dass Rorc dich auffordern würde, mit mir darüber zu sprechen.«

»Ja? Nun, findest du nicht, dass das eine gute Idee ist? Lorgon ist der Sprecher der Neun, und Rorc glaubt nicht, dass er ihm ehrlich berichtet, was in den Ratssitzungen vorgeht. Er ist sich sogar sicher, dass er das nicht tut.«

»Also glaubt er, dass ich die perfekte Person wäre, ihm das zu erzählen, was Lorgon verschweigt«, sagte Shaan. »Ist das ein Befehl der Glaubenstreuen?«

»Nun ja, ich würde es nicht als bloße Bitte betrachten«, sagte Balkis. »Aber mach dir keine Sorgen. Die Glaubenstreuen sorgen für die Ihren.«

»Das habe ich gehört«, antwortete Shaan, und er sah sie aus dem Augenwinkel an.

»Es ist eine Ehre, für die Glaubenstreuen zu arbeiten, und ich werde hier sein, wenn du mich brauchst.«

»Dann sollte ich mir wohl keine Sorgen machen.«

Sie erreichten die Tür, und er hielt, die Hand auf die Klinke gelegt, inne. »Das habe ich nicht gesagt. Auch abgesehen von dem, was Rorc verlangt, musst du vorsichtig sein, Shaan. Die Entscheidung der Führerin, dich hier aufzunehmen, ist nicht unumstritten. Ich habe schon Gerüchte gehört, dass du dich nicht lange halten wirst. Es gefällt nur wenigen, zu wissen, dass eine Nachfahrin des Gefallenen das Ohr der Führerin besitzt.«

»Ja, sie verabscheuen und fürchten mich für das, was ich bin«, sagte sie, »und weigern sich dennoch, einzugestehen, wie gefährlich Azoth ist. Sie werden immer noch darüber diskutieren, wenn er seine Armee herführt, um sie niederzumetzeln.« Ihre Finger kribbelten, und ein dumpfer Schmerz begann durch ihren Hinterkopf zu pochen.

»Nicht jeder verabscheut dich«, sagte Balkis. »Für viele Leute in der Stadt seid ihr – Tallis und du – beinahe selbst zu Göttern geworden. Die Geschichte über deine Entführung und deine Rettung durch ihn ist auf den Straßen zur Legende geworden. Diejenigen, die am stärksten an die alten Götter glauben, sehen euch als Helden. Manche glauben sogar, dass ihr die Einzigen seid, die Azoth jetzt, da die Drachen fort sind, aufhalten können.«

Helden? Shaan schüttelte den Kopf und sah beiseite. Dieses verdammte Marktgeschwätz! Sie hatte Zugang zum Schöpferstein gefunden und einen Gott zurückgeholt! Sie war alles andere als eine Heldin!

»Wenn es einen Weg gibt, Azoth aufzuhalten, weiß ich nicht, worin er besteht«, sagte sie. »Zumindest noch nicht.«

»Vielleicht kann Rorc die Clans vereinen, und wir können Azoth gemeinsam aufhalten. Und dann ist da noch Tallis.«

»Er ist nicht so stark, wie er glaubt«, sagte Shaan und hatte plötzlich Angst um ihn. »Nicht so stark wie Azoth.«

»Noch nicht.« Balkis lehnte sich an die Tür. »Hat er beschlossen, mit Rorc zu gehen?«

»Noch nicht«, wiederholte sie seine Worte.

»Shaan?« Er hielt sie am Arm fest. »Du denkst doch nicht etwa daran, mitzugehen?«

Sie entzog sich seinem Griff. »Wenn ich das tue, ist das meine Entscheidung, Balkis. Du bist nicht mein Bewacher.«

Verärgerung zog Furchen durch sein Gesicht. »Es könnte gefährlich sein«, sagte er. »Die Clans sind kriegerisch, sie sind …«

»… auch mein Volk«, sagte sie. »Ich bin dort geboren, vergiss das nicht.«

Er hielt inne, und der Ärger in seinem Blick wurde zu etwas anderem. »Wie könnte ich das? Du wirst mit jedem Tag mehr wie dein Bruder. Manchmal sehen deine Augen dunkler aus als früher. Eher wie …« Er unterbrach sich, und sie verspürte eine Aufwallung von Zorn, als sie den Grund erriet.

»Eher wie Azoths Augen?«, fragte sie.

»Aber nicht wie er«, sagte er rasch. »Du bist nicht wie er, Shaan.« Eine Hand verirrte sich zu ihrem Handgelenk, aber sie wich zurück.

»Ich bin müde«, sagte sie kalt. »Ich muss wieder hineingehen. Nilah sucht vielleicht nach mir.«

Aber er rührte sich nicht. »Ich denke nicht so von dir«, sagte er. »Das weißt du.« Er trat näher heran, legte ihr eine Hand auf die Schulter und ließ seine Finger langsam herabgleiten, bis sie ihre eigenen umschlangen. »Du bedeutest mir etwas, Shaan; was muss ich tun, um das zu beweisen?«

Ihr Blut pulsierte zu schnell durch ihre Adern, vor Wut und aus noch einem anderen Grund, aber sie war müde, zu müde.

»Öffne bitte die Tür, Balkis.« Sie wich nicht zurück, aber sie erwiderte auch seinen Händedruck nicht. Sie fühlte sich, als sei sie straff gespannt wie Draht. Er ließ die Hand sinken und öffnete die Tür.

»Nach dir«, sagte er, und sie trat hindurch, spürte, wie er dichtauf folgte. Als er die Tür schloss, war sie im plötzlichen Dämmerlicht des Flurs unfähig, ihn zu sehen.

»Willst du, dass ich morgen wiederkomme?«, fragte er leise.

Nein, wollte sie sagen, aber auch *ja*, und *bleib jetzt bei mir*. Stattdessen sagte sie: »Das hängt davon ab, was Nilah geplant hat.«

Er lächelte halb. »Dann schick mir eine Nachricht, wenn du mich brauchst«, sagte er. »Ich werde in der Drachenanlage sein.« Er wandte sich ab und ging davon. Shaan sah ihm nach, bis er außer Sichtweite war.

13

Shaan lag im Bett, als es an ihrer Tür klopfte. Sie wälzte sich ganz verschlafen herum, stemmte sich hoch und bedeckte ihre Nacktheit rasch mit einer Robe. Eine Dienerin stand draußen.

»Entschuldigt«, flüsterte sie, »die Führerin schickt mich. Sie will Euch sehen.«

»Jetzt?« Shaan starrte sie an.

»Ja.«

»In Ordnung. Sag ihr, dass ich komme.« Shaan schloss die Tür. Es war mitten in der Nacht; was mochte Nilah wollen? Sie kleidete sich an und ging barfuß in die Gemächer der Führerin hinüber.

»Was hast du so lange gebraucht?« Nilah trank. Ihre Wangen waren rosig, ihr Haar eine zerzauste Mähne.

»Ich habe geschlafen«, sagte Shaan. »Worum geht es?«

Aber Nilah antwortete nicht sofort. Sie nahm noch einen Schluck Wein und begann, auf und ab zu gehen. Shaan setzte sich auf eines der Sofas und versuchte, sich zu konzentrieren.

»Shaan, ich werde etwas tun müssen«, sagte Nilah; ihre Augen glänzten zu sehr. »Ich muss eine Entscheidung fällen, das Vertrauen des Rats zurückgewinnen.«

»Jetzt sofort?«

Nilah zog die Augen zusammen. »Natürlich nicht sofort. Morgen werde ich eine Sitzung einberufen und etwas verkünden.«

»Solltest du nicht mit Morfessa darüber reden?«

»Nein. Er kann es morgen erfahren, zugleich mit allen anderen.«

»Nun, und was hast du vor? Du hast schon das Todesurteil für den Diplomaten aus den Freilanden unterzeichnet.«

»Ja.«

Shaan fragte sich, ob sie auch nur darüber nachgedacht hatte, ob der Mann eigentlich schuldig war oder nicht, bevor sie ihren Namen unter das Pergament gesetzt hatte. Sie rieb sich den Schlaf aus den Augen und goss sich aus einem Krug auf dem Tisch ein Glas Wasser ein.

»Shaan«, sagte Nilah, »glaubst du, dass der Freiländer sie getötet hat, oder könnte es jemand anders gewesen sein?«

Shaan stellte das Glas ab und sah sie an. »Haben Morfessa und Rorc dir das nicht die ganze Zeit schon gesagt?«

Nilah fuhr sich mit der Hand durchs Haar, so dass es wie ein verkletteter Heiligenschein hochstand. »Ich erinnere mich nicht. Ich habe schon eine Weile nicht mehr mit ihnen gesprochen. Und wo ist überhaupt meine Seherin?« Sie drehte sich im Kreis, wies mit ihrem Weinglas auf die Wände. »Sie ist irgendwohin gereist, und niemand scheint in der Lage zu sein, mir zu sagen, wohin! Sie verheimlichen mir einiges, Shaan.« Nilah starrte sie an und bemerkte nicht, dass sie Wein auf dem Boden verschüttete. »Keiner dieser beiden Männer will mir sagen, was sie vorhaben.« Sie richtete die Augen mit flehentlichem Blick auf Shaan. »Ich bin ganz allein. Deshalb brauche ich dich heute Nacht hier. Ich stehe allein gegen den Rat und muss tun, was ich für richtig halte.«

Shaan setzte sich wieder aufs Sofa. Wie konnte Nilah nur vergessen haben, dass Veila auf die Dracheninseln gereist war? Wie viel hatte sie getrunken? Als sie darüber nachdachte, fiel Shaan auf, dass sie Nilah so gut wie nie ohne ein Glas Wein in der Hand sah.

»Was wirst du also tun?«, fragte sie.

Nilah hielt inne und leckte sich die Lippen; dann ging sie zum Tisch und füllte sich das Weinglas neu.

»Ich werde den Krieg erklären«, sagte sie. »Morgen werde ich Verlautbarungen auf allen Marktplätzen aushängen lassen, und ich werde eine Sitzung der Neun einberufen. Das wird Lorgon schon zeigen, dass mit mir nicht zu spaßen ist.«

»Krieg?« Shaan starrte sie an. »Mit wem, den Freilanden?«

Nilah nickte und hob das Kinn.

»Aber Nilah, Azoth kommt.«

»Hör auf, von Azoth zu reden!« Nilah setzte ihr Glas so heftig auf dem Tisch ab, dass der Fuß einen Sprung bekam. »Ich muss das tun. Ein Freiländer ist hergekommen und hat meine Mutter ermordet. Und er zeigt keine Reue, sondern behauptet immer wieder, unschuldig zu sein!« Ihr Gesicht war leuchtend rosa; Schweiß glänzte auf ihrer Haut. »Außerdem greifen diese Freiländer unsere Handelskarawanen seit Monaten immer wieder an. Und ich glaube nicht, dass es nur Söldner sind, wie ihre Regierung behauptet – es ist ihre Armee! Sie versuchen, sich zu holen, wofür sie nicht bezahlen wollen. Das kann ich nicht ungestraft geschehen lassen! Das Volk will Rache für den Mord an seiner Führerin.«

»Nilah«, sagte Shaan vorsichtig, »du musst erst mit Morfessa und Rorc darüber sprechen. Du kannst nicht …«

»Erzähl mir nicht, dass ich etwas *nicht* kann!« Nilahs Stimme brach. »Ich bin die Führerin und sie sind nicht hier, oder?«

»Aber wenn wir im Krieg liegen, wie sollen wir dann gegen Azoth kämpfen? Wir werden nicht genug Soldaten haben.«

Nilah schüttelte den Kopf. »Wir können den Krieg gewinnen, Shaan, und dann, wenn die Freilande unter meiner Kontrolle sind, werde ich sie zwingen, uns bei der Verteidigung gegen Azoth beizustehen.« Ihr Gesicht zeigte einen zittrigen, aber triumphierenden Ausdruck. »Verstehst du nicht? Es ist perfekt.«

Shaan hatte es die Sprache verschlagen. Es war Wahnsinn! Azoth würde bald kommen, sie wusste es, sie *spürte* es. Nilah war außer Kontrolle. Sie musste irgendjemandem davon erzählen.

Sie stand auf, hielt ihre Stimme mit einiger Mühe neutral und sagte: »Um welche Zeit erwartest du mich morgen?«

Nilah strich sich mit unsicherer Hand ein paar Haarsträhnen aus dem Gesicht. »Komm morgen früh hier in meine Gemächer, sobald du wach bist.« Sie sah zugleich verletzlich und hochmütig aus; ihre Augen waren rot unterlaufen.

»Ich werde sofort nach meinem Frühstück hier sein.«

»Nein. Du kannst mit mir frühstücken.« Nilah räusperte sich. »Ich werde nach dir schicken.«

Shaan erklärte sich einverstanden und ging; sie fragte sich, ob die junge Führerin sich in den Schlaf weinen oder trinken würde.

Rasch ging sie in ihre Zimmer zurück und bedeckte sich Kopf und Schultern mit einem Umschlagtuch aus dunkler Seide, bevor sie lautlos den leeren Gang entlang und durch die Tür in den Obstgarten schlich.

Es war dunkel zwischen den Obstbäumen; das nasse Gras durchtränkte ihre sandalenbewehrten Füße, als sie schnell zu dem kleinen Tor lief, das in die Stadt führte. Zwei Palastwachen waren dort postiert, aber ein Blick darauf, wer sie war, genügte, um ihr den Weg hindurch freizumachen.

Die Straßen außerhalb des Palasts waren dunkel und ruhig, und die Nacht war nach dem jüngsten Regenguss warm. Geräusche der Stadt tönten aus der Bucht unten hervor, klangen in der stillen Luft lauter: das Anbranden des Meeres am Ufer, das dichte Summen von Leben in den Wirtshäusern und Bordellen entlang der Küstenlinie. Kurz dachte Shaan sehnsüchtig an ihr Leben im Red Pepino zurück. Als sie noch in den Gasthäusern dort unten getrunken oder hinter den Betrunkenen hergewischt hatte, hatte sie nie auch nur einen Gedanken auf uralte Götter oder Diplomaten aus den Freilanden verschwendet. Ein anderes Leben. Aber sie war sich nicht sicher, ob sie den Bruder, den sie gefunden hatte, dagegen eingetauscht hätte, es zurückzubekommen. Oder die Mutter. Sie blieb für einen Moment stehen, sah die gelben Lichter an, die Rauchfahnen. Der letzte Atemzug vor dem Ende … Die Formulierung ging ihr durch den Sinn wie ein Lied, ein zufälliger Gedanke. Wie lange noch, bis diese Stadt Feuer und Tod übergeben wurde? Wie lange, bis er kam? *Cara merak, Arak-si.* Komm zu mir, meine Geliebte. Azoths Stimme war eine Erinnerung in ihrem Kopf; verärgert über sich selbst dafür, daran gedacht zu haben, schüttelte sie sie ab und wandte sich von der Bucht ab, ging auf die steileren Straßen zu, die zur Drachenanlage führten. Sie wusste, dass es nur einen gab, dem sie diese Neuigkeiten über

Nilah als Erstes erzählen musste, und es überraschte sie, dass es nicht ihr Bruder war.

Sie brauchte beinahe eine Stunde, um zu den Quartieren der Septenführer zu gelangen, und als sie endlich in der Nähe davon war, schmerzte Shaans verletztes Bein. Obwohl Balkis nun Armeemarschall war, lebte er immer noch in demselben kleinen Gebäude weit hinten in der Ansammlung von Häusern zwischen den Bäumen oberhalb des Pavillonplatzes. Shaan tastete sich vorsichtig den dunklen, schmalen Pfad entlang, kam an seine Tür und klopfte leise. In den Fenstern einiger der anderen Häuser, die sie passiert hatte, leuchteten ein paar Lampen, aber Balkis' Quartier war dunkel und still. Vielleicht war er nicht einmal hier. Shaan biss sich auf die Lippen, klopfte wieder und sah sich um, besorgt, dass andere sie sehen würden. Endlich hörte sie drinnen eine Bewegung, und die Tür öffnete sich. Balkis stand mit nacktem Oberkörper im Türrahmen; er trug nur ein Paar leichter Hosen. Er blinzelte sie im schwachen Licht der Lampe, die er trug, an.

»Shaan? Was tust du …«

»Lass mich einfach rein.« Sie drängte sich an ihm vorbei durch die Tür.

»Natürlich, komm herein …«, sagte er trocken, als er die Tür schloss.

»Wo können wir reden?«, sagte sie.

»Da hinten.« Er wies auf eine Tür am Ende des kurzen Flurs.

Sie zog sich das Seidentuch von den Schultern, als sie den kleinen Wohnraum betrat, und Balkis, der ihr dichtauf folgte, stellte die Lampe auf einem schmalen Tisch ab.

»Shaan, was geht hier vor?«, fragte er. »Frauen tauchen zu dieser Stunde eigentlich nur aus einem Grunde an meiner Tür auf.« Sein Ton war schläfrig, intim, und Gereiztheit überkam sie.

»Wie wunderbar für sie«, sagte sie, »aber das ist nicht der Grund dafür, dass ich hier bin.«

Er lächelte. »Eifersüchtig?«

Sie holte tief Luft. »Balkis, Nilah hat mich heute Nacht in ihre

Gemächer bestellt. Sie war betrunken, aber nicht zu betrunken, um zu beschließen, den Freilanden den Krieg zu erklären.«

Sein Gesichtsausdruck wurde ernst. »*Was*?«

»Sie geht von der törichten Vorstellung aus, dass diese Tat ihr Respekt im Rat verschaffen wird«, sagte Shaan, »und sie will nicht mit Rorc oder Morfessa sprechen, bevor sie es tut.«

Er schüttelte den Kopf. »Ich dachte immer, sie sei nur zügellos, aber nicht dumm. Was denkt sie sich nur?« Er wandte sich einem offenen Türdurchgang zu. »Ich werde mich anziehen und Rorc warnen. Vielleicht kann er Morfessa dazu bringen, sie aufzusuchen.«

»Warte«, sagte Shaan. »Wenn sie erfährt, dass ich es dir erzählt habe, wird sie mich hinauswerfen. Dann werde ich nicht mehr in der Lage sein, sie im Auge zu behalten.«

»Was soll ich denn sonst tun? Ich muss es dem Kommandanten melden.«

»Ich weiß es nicht.« Shaan rieb sich mit der Hand übers Gesicht.

Balkis trat näher an sie heran. »Ich werde ihr sagen, ich hätte es von einer Dienerin gehört, einer, die an der Tür gelauscht hätte. Dass eine von ihnen heute Nacht hier war. Angesichts meines Rufs …« Er begegnete ihrem Blick ruhig, und Shaan verabscheute es, wie sich ihre Eingeweide zusammenzogen, wenn sie sich ihn mit einer anderen Frau vorstellte.

»Vielleicht«, sagte sie, aber sie wusste, dass ihre Stimme einen Unterton hatte, den sie nicht verbergen konnte.

»Shaan«, sagte er, »du weißt doch, dass das nicht stimmt. Seit langem nicht mehr. Ich habe es nicht getan.«

»Wie soll es dann gut gehen?« Sie biss sich auf die Lippen, dachte daran, wie Nilah sie mit ihm aufgezogen hatte. »Vielleicht glaubt sie dir ohnehin nicht; es ist allzu passend. Sie ist nicht dumm.« Sie zog sich das Tuch wieder um die Schultern, aber Balkis streckte die Hand aus, um sie aufzuhalten.

»Warte.« Ein seltsam zögerlicher Ausdruck trat auf sein Gesicht. »Ich bin froh, dass du zu mir gekommen bist«, sagte er. »Ich war mir nicht sicher, ob du das tun würdest, nach heute, nach dem, was ich gesagt habe.«

Ihr Herz klopfte schneller, und sie war sich plötzlich bewusst, dass er halbnackt war und das Lampenlicht auf den festen Muskeln seines Oberkörpers glänzte. Sie hätte nichts sagen, sondern jetzt gehen sollen, aber stattdessen sagte sie: »Vielleicht hattest du recht. Ich verändere mich, aber du …« Sie zögerte. Ihr Mund war trocken; sie wusste nicht, was sie sagte oder warum, aber irgendetwas hatte sich verschoben, und es war ihr ein Bedürfnis, es ihn wissen zu lassen. »Du behandelst mich nicht anders als vorher«, sagte sie.

»Shaan.« Hoffnung loderte hell in seinem Blick auf und er schob sich auf sie zu, aber sie trat zurück und legte ihm eine Hand auf die Brust.

»Ich muss gehen.« Seine Haut fühlte sich unter ihren Fingern warm und lebendig an, und es war schwer, die Hand wieder sinken zu lassen. Sie hatte den Eindruck, etwas begonnen zu haben, das sie nicht hätte beginnen sollen. Brüsk wandte sie sich ab und ging auf den Flur zu. Balkis folgte ihr zur Vordertür, hielt sie ihr auf, und als sie hinaustrat, sagte er: »Sei vorsichtig, geh direkt in den Palast zurück. Ich werde den Kommandanten aufsuchen.«

Sie ging schnell zu dem dunklen Pfad, aber sie war nicht auf dem Weg zum Palast. Sie musste mit Tallis sprechen.

14

Tallis träumte von der Wüste, als das Gefühl, dass Shaan auf die Kuppel zukam, ihn weckte. Ihre Anspannung scheuchte ihn wie eine Ohrfeige auf, und er tastete im Dunkeln herum, bis er eine Lampe fand. Eilig ging er hinunter, um sie vor dem Eingang zu treffen.

»Was ist geschehen?«, fragte er. Ihr Gesicht sah im flackernden Lampenlicht verhärmt aus; dunkle Ringe umschatteten ihre Augen.

Ihre Lippen öffneten sich, um zu antworten, als Mailuns Stimme hinter ihm ertönte.

»Tallis? Ich habe gehört, wie du herumgelaufen bist. Stimmt irgendetwas nicht?« Sie trat aus den Schatten und sah Shaan. »Tochter, geht es dir gut?«

»Es geht mir gut«, sagte Shaan und wandte sich dann wieder Tallis zu. »Es geht um Nilah. Sie plant, den Freilanden morgen den Krieg zu erklären. Ich habe es gerade Balkis erzählt.«

»Krieg?« Er fluchte beinahe. »Ist er zu Rorc gegangen, um ihm davon zu berichten?«, fragte er dann.

»Ja.«

»Wer ist Balkis?«, fragte Mailun.

Shaan zögerte. »Er ist der Armeemarschall, Rorcs Stellvertreter.«

Mailun sah sie nachdenklich an, und Tallis sagte: »Rorc wartet jetzt vielleicht nicht mehr ab, bis Tuon zurück ist. Er wird bald aufbrechen wollen.«

»Aufbrechen?«, fragte Mailun, und er seufzte.

»Ja, er will zu den Clans gehen und sie bitten, uns im Kampf gegen Azoth zu unterstützen.«

»Und er will, dass du mit ihm kommst«, sagte seine Mutter. Sie zog die Lippen gegen die Zähne hoch und ließ ein bitteres Lachen ertönen. »Natürlich.«

»Es tut mir leid«, sagte er. »Ich hatte vor, es dir morgen zu erzählen.«

»Schon gut, Sohn, ich bin nicht wütend auf dich, nur auf die Götter. Sie haben einen seltsamen Sinn für Humor.«

Er runzelte die Stirn. »Was meinst du?«

»Ich meine: nein«, sagte sie. »Ich glaube nicht, dass du mitreisen solltest, Sohn. Es ist eine schlechte Idee.«

Das war die Reaktion, mit der er gerechnet hatte, der Grund dafür, dass er ihr noch nichts erzählt hatte. »Rorc braucht mich, Mutter«, sagte er. »Und es fühlt sich an, als ob ich mitkommen sollte.«

Ihr Gesichtsausdruck war hart vor Kummer. »Karnit wird versuchen, dich zu töten.«

»Und es wird ihm nicht gelingen«, sagte Shaan, Entschlossenheit und Herausforderung in der Stimme. »Ich komme auch mit.«

Mailuns Blick wurde weicher. »Natürlich, ihr beide, mit ihm …« Sie stieß einen langen Atemzug aus und schüttelte resigniert den Kopf.

»Was meinst du damit – ›mit ihm‹?«, sagte Tallis. »Warum nicht mit Rorc? Und du solltest dir keine Gedanken wegen Karnit machen; meine Kraft ist gewachsen, Mutter. Ich habe allein mühelos einen Alhanti besiegt. Ich bin stärker als Karnit, er kann mir nichts antun.«

Ihr Blick war gemessen und traurig, und sie hob eine Hand, um sein Gesicht zu umfangen. »Solch ein Selbstbewusstsein – doch so sehr wie er.«

»Wie wer?« Er ergriff ihre Hand. Jetzt standen unvergossene Tränen in seinen Augen, und ein kaltes Gefühl der Leere breitete sich in ihm aus. »Wie wer, Mutter?«, fragte er wieder. »Haldane? Meinst du ihn?«

Sie schüttelte den Kopf.

»Mutter?« Ungeduld erfüllte ihn. »Wenn du dir solche Sorgen

wegen Rorc machst, warum kommst du dann nicht mit, um ihn kennen zu lernen?«

»Nein.« Sie entzog ihm ihre Hand; ihre Stimme war lauter als zuvor.

»Warum nicht? Ich habe ihm gesagt, dass du hier bist, er …«

»Was? Hast du ihm meinen Namen genannt?«

»Nein.« Er konnte nicht verstehen, warum sie so angsterfüllt dreinsah. »Mutter, was ist?«

»Kennst du Rorc?«, fragte Shaan ruhig.

Mailun zögerte und sagte dann sehr leise: »Ja. Ich kenne ihn.«

»Wie das?«, fragte Tallis.

Sie wich seinem Blick aus. »Ich hatte gehofft, dir das nicht erzählen zu müssen, aber …« Ein Ausdruck von Selbstironie huschte über ihr Gesicht. »Natürlich wusste ich, dass ich es würde tun müssen; es ist nur sehr schwer. Ich habe Angst davor, es dir zu sagen, Sohn.« Sie schaute zu ihm hoch, und er sah es in ihrem Gesicht, bevor sie es aussprach: »Rorc ist dein und Shaans Vater.«

Er spürte das Blut in seinem Kopf rauschen und brachte keinen Ton heraus.

Ihr Gesicht hatte einen gequälten Ausdruck, als sie von ihm zu seiner Schwester blickte. »Ich hätte dir nicht erzählen sollen, er sei tot, aber für viele Jahre war er das … zumindest für mich.« Eine Träne fiel auf ihre Wange. »Ich dachte, ich würde ihn nie wiedersehen.«

»Rorc ist unser Vater?«, fragte Tallis ungläubig.

»Er weiß es nicht«, sagte Mailun rasch. »Er hat mich verlassen, bevor er wissen konnte, dass ich euch unter dem Herzen trug.«

»Er wird es bald begreifen, wenn er dir begegnet«, sagte Shaan. Ihr Tonfall war trocken, anklagend, und Mailun schaute rasch zu ihr hoch.

»Seid nicht böse auf ihn«, sagte sie.

»Warum nicht?«

»Weil es mir zukommt, jenen Ärger mit mir herumzutragen, nicht euch. Und ich bin diejenige, die euch beide belogen hat. Rorc hätte mich nicht verlassen, wenn er von euch gewusst hätte.«

»Warum hat er dich dann verlassen?«, fragte Shaan, aber Mailun schüttelte nur den Kopf und wollte nicht antworten.

»Was wirst du tun?«, fragte Tallis.

»Ich weiß es noch nicht.« Mailun seufzte. »Es ist nicht leicht, die Schmerzen der Vergangenheit noch einmal zu durchleben. Aber nun, da ich weiß, dass ihr ihm so nahesteht, muss ich mit ihm sprechen. Wenn er denn bereit ist, mich zu sehen.«

Einen Moment breitete sich Schweigen zwischen ihnen aus; dann sagte Shaan: »Ich muss in den Palast zurück.«

»Und ich muss Rorc aufsuchen«, sagte Tallis ohne jeden Versuch, den Vorwurf in seinem Tonfall abzumildern.

»Es tut mir leid, Sohn«, sagte Mailun, aber er wusste nicht, was er zu ihr sagen sollte. Nun hatte sie ihn schon zweimal bezüglich seines Vaters belogen. Erst hatte er geglaubt, es wäre Haldane, dann hatte sie ihm erzählt, sein Vater sei tot, und jetzt … Rorc.

»Dann komm«, sagte er zu Shaan, »ich gehe ein Stück Weges mit dir.«

Unfähig, seine Mutter anzusehen, wandte er sich von ihr ab und verließ mit Shaan die Kuppel.

Shaan hatte kaum länger als zwei Stunden in ihrem Bett gelegen, als ein Wachsoldat an ihre Tür klopfte und nach ihr rief.

Sie quälte sich hoch. Ihre Augen fühlten sich an, als hätte sie Sand hineingerieben, und noch nicht einmal ein paar Spritzer kalten Wassers sorgten dafür, dass sie sich besser fühlte. Sie zog sich Nilahs altes Kleid über den Kopf und ging hinaus zu dem wartenden Soldaten. Er eskortierte sie schweigend durch den Palast. Am Tor zum Gebäudekomplex der Führerin trat ein anderer Wachsoldat vor, um sie hineinzubringen.

Morfessa saß mit Nilah an einem Tisch in der Nähe des Fensters.

Er warf Shaan einen entschuldigenden Blick zu, als sie eintrat, aber Nilahs Gesichtsausdruck war kalt, als sie Shaan über eine Tasse hinweg musterte.

»Guten Morgen«, sagte sie unwirsch. »Ich nehme an, du hast

auf dem Weg hierher keine weiteren Umwege gemacht, um dein Geflüster zu wartenden Ohren zu tragen?«

Shaan zögerte.

»Sei nicht ungerecht, Nilah«, sagte Morfessa leise.

»Sie hat mir ein Unrecht angetan, als sie dich hinter meinem Rücken aufgesucht hat.«

»Sie hat sich nicht an mich, sondern an Balkis gewandt«, sagte er. »Und du kannst deinem Marschall keine Vorwürfe dafür machen, dass er geradewegs zu seinem Vorgesetzten gegangen ist.«

»Ja, Balkis.« Nilah sah Shaan listig an. »Interessant. Er hat tatsächlich versucht, mir einzureden, er hätte es von einer Dienerin gehört, aber ich wusste es besser. Es muss sehr spät gewesen sein, als du in sein Gemach gegangen bist.«

Shaan schluckte ihren Ärger hinunter. »Ich glaube nicht, dass meine Stellung hier sich wie geplant entwickelt«, sagte sie. »Ich werde heute in den Tempel zurückkehren, und du kannst dir eine andere Gehilfin suchen.«

»Ja, das könnte dir so passen, da bin ich mir sicher!« Nilah schmetterte ihre Tasse auf den Tisch. »Setz dich.«

Zu müde, um zu streiten, setzte Shaan sich auf einen Stuhl neben Nilah und sah zu, wie Morfessa ihr etwas Kaf eingoss.

»Nun, was willst du also tun, Nilah?«, fragte sie. »Worin soll meine Strafe bestehen?«

»In der Regel«, antwortete Nilah, »ist der Preis dafür, die Führerin zu verraten, der Tod.« Shaan verspürte bei dem kalten Ausdruck in ihren Augen einen Moment lang Furcht. »Aber«, fuhr Nilah fort, »ich glaube nicht, dass das notwendig sein wird. Außerdem frage ich mich, ob eine Nachkommin Azoths überhaupt so leicht zu töten wäre.«

»Ohne Zweifel würde Azoth das auch nicht so leichtnehmen«, sagte Morfessa.

Shaan stand auf. »Ich werde meine Tasche packen gehen«, sagte sie und begann auf die Tür zuzugehen.

»Ich könnte jeden Augenblick die Wachen rufen«, sagte Nilah zu Shaans Rücken. »Ich könnte dich in eine Zelle werfen lassen.«

Shaan blieb stehen und fragte sich einen kurzen, wahnsinnigen Moment lang, ob sie ihre Heilkraft umkehren und sie dazu benutzen konnte, Schmerzen zu verursachen. Ein Hauch ihrer Absicht musste sich auf ihrem Gesicht abgezeichnet haben, denn Morfessa sagte harsch: »Hört auf damit, alle beide. Nichts davon ist wichtig. Shaan, komm zurück, setz dich. Nilah, bitte.« Er starrte sie finster an.

»Ich glaube nicht, dass Nilah meinen Rat noch will«, sagte Shaan. »Es wäre besser, wenn ich ginge.«

»Besser für wen?«, fragte er. »Bitte, setz dich einfach.« Er winkte zu dem Stuhl hinüber. »Nilah ist nur müde.«

»Das bin ich«, sagte Nilah. Ihre Stimme war immer noch hart, aber sie sagte: »Bitte setz dich. Wir wollen doch nicht, dass die Wachen hereinkommen.«

Was sie damit andeuten wollte, war klar, und Shaan nickte. »Na schön.« Sie setzte sich wieder hin.

»Gut.« Morfessa seufzte, und als er seine Tasse wieder auf den Tisch stellte, zitterte seine Hand so sehr, dass das Tongefäß auf dem polierten Holz hin- und herschwankte, bis es zur Ruhe kam. Von der schwappenden Flüssigkeit ging ein Geruch nach etwas Stärkerem als Kaf aus.

»Also hast du dich entschieden, ja, Nilah?« Er sprach mit ihr, als hätte ihr Streit eben gar nicht stattgefunden. Sie musterte ihn mit verschlossener Miene und antwortete nicht. Er zuckte die Schultern. »Du solltest wenigstens deinen Kommandanten informieren, bevor du vor deinen Rat trittst.«

»Abgesehen davon, dass er schon darum weiß« – sie starrte Shaan wütend an – »warum?«

»Weil man das nun einmal so macht.« Er schaute auf und sah sich um, als suche er in der Luft nach Antworten. »Wie, glaubst du, wirst du ohne ihn einen Krieg führen? Vor allem, da du ihm die Hälfte seines Kommandos entzogen hast.«

Nilah schürzte die Lippen. »Vielleicht ändere ich meine Meinung noch. Auf jeden Fall muss ich meinen Worten Taten folgen lassen«, sagte sie, und zu Shaans Überraschung lachte Morfessa plötzlich heiser auf und lehnte sich auf seinem Stuhl zurück.

»Deinen Worten Taten folgen lassen?« Er schüttelte den Kopf.

»Ja!«, sagte Nilah, und seine Heiterkeit verflog so rasch, wie sie gekommen war.

Indem er sie ernst über den Tisch hinweg musterte, sagte er mit leiser, trauriger Stimme: »Du bist eine Närrin, mein Kind, und wirst das hier noch lange bereuen.«

Einen Moment lang starrte Nilah ihn mit weißem Gesicht an; dann sprang sie auf und fegte ihre Tasse und ihren Teller zu Boden. »Hinaus!«, schrie sie. »Dein Rat ist nicht länger gefragt.«

Shaan blieb sehr still sitzen, während Morfessa mit einem müden Seufzer aufstand und das Zimmer verließ; seine Tasse nahm er mit.

Nilah blieb bleich und zitternd stehen; dann trat sie ans Fenster. Eine Zeitlang herrschte Schweigen, bevor Shaan bemerkte, dass sie weinte. Unsicher, was sie tun sollte, stand sie leise auf, um zu gehen, aber Nilah wandte sich vom Fenster ab.

»Nein. Bleib«, sagte sie. Ihre Augen waren von den Tränen gerötet. »Bitte.«

Shaan sagte: »Warum tust du das, Nilah? Wie kannst du ernsthaft glauben, dass die Freiländer eine größere Bedrohung darstellen als Azoth? Ich habe dir von ihm erzählt, du hast von den Drachenangriffen gehört, und die Stadt ist voller Flüchtlinge.« Sie trat einen Schritt auf sie zu. »Tallis ist in eines der Dörfer gereist; dort sind alle Kinder und alten Leute getötet worden. Das waren nicht die Freiländer, Nilah – das waren Azoths Geschöpfe.«

Shaan fragte sich, ob sie ihr von Rorcs geplanter Reise zu den Clans erzählen sollte. Vielleicht würde sie es sich noch einmal überlegen, in die Schlacht zu ziehen, wenn sie wusste, dass ihr Kommandant fortging. Aber vielleicht würde Nilah auch versuchen, ihn aufzuhalten, und wo würden sie dann stehen?

»Nilah«, versuchte sie es erneut. »Du musst das hier aufhalten.«

»Ich kann nicht. Es ist zu spät«, flüsterte sie. »Ich habe es Lorgon schon gesagt.«

»Was?« Shaan starrte sie an. »Wie konntest …« Sie hielt ihren Zorn mit Mühe im Zaum. »*Du* bist die Führerin, Nilah – mach die Entscheidung rückgängig.«

Aber sie schüttelte den Kopf. »Sie werden mich kreuzigen.«

»Was können sie dir schon antun?«, schrie Shaan. »*Du* bist die Führerin, es ist *deine* Entscheidung.«

»Ja, und ich wette, das hat auch meine Mutter gedacht«, sagte Nilah. Ihr Gesicht war weiß, und es drohten neue Tränen. »Ich weiß, dass der Diplomat nicht derjenige war, der sie ermordet hat. Ich weiß, dass das, was Rorc gesagt hat, wahrscheinlich zutrifft. Ich bin nicht so dumm, wie er denkt. Ich habe *Angst*, Shaan. Ich will nicht sterben.«

Shaan sah, dass sie die Wahrheit sagte, aber es fiel ihr schwer, Mitgefühl für sie aufzubringen. »Niemand will sterben, Nilah«, sagte sie. »Aber der Tod kommt auf jeden Fall. Azoth führt Drachen und eine Armee hierher, um uns alle wieder zu versklaven. Ich weiß es. Ich *spüre* es. Und nichts wird ihn aufhalten. Du musst es tun. Du bist die Führerin, es ist deine Aufgabe, das Volk zu beschützen. Tu endlich deine verdammte Pflicht, Nilah!«

»Ich weiß nicht, ob ich das kann.« Ihre Stimme war leise, ängstlich, aber sie hatte zu weinen aufgehört.

»Dann werden wir wohl alle sterben«, sagte Shaan. »Du hättest ein Todesurteil für die ganze Stadt unterzeichnen sollen, nicht nur für den Diplomaten, denn wenn Azoth gewinnt, werden alle entweder tot oder Sklaven sein – und ich kann keinen großen Unterschied zwischen beidem erkennen.«

Nilah ließ den Kopf in die Hände sinken. »Ich habe schon Verlautbarungen anfertigen lassen. Sie werden heute Morgen in der Stadt verteilt. Es ist zu spät.«

»Es ist nicht zu spät, bis die Armee zu kämpfen anfängt«, sagte Shaan, aber Nilah schüttelte den Kopf und hob müde den verzweifelten Blick.

»Vielleicht könnte es aber gelingen. Vielleicht wird der Krieg gegen die Freilande rasch vorüber sein, und ich kann die Armee gegen Azoth kämpfen lassen. Er ist noch nicht hier, das hast du selbst gesagt. Er kommt, aber er ist nicht hier. Und Morfessa hat mir gesagt, dass Veila vielleicht Drachen von den Inseln mitbringt. Es könnte gelingen.« Aber Shaan hatte genug. Es war zwecklos. Sie wandte sich ab.

»Wohin gehst du?« Nilahs Stimme wurde laut vor Angst.

»Ich brauche etwas Luft.«

»Geh nicht weit weg, ich brauche dich, damit du mit zur Ratssitzung der Neun kommst.« Ihr Ton war flehentlich, geradezu erbärmlich, und Shaan hielt inne und sah sich in einer Aufwallung von Mitleid um. »Bitte, Shaan«, sagte Nilah. »Du bist die einzige Freundin, die ich habe.«

Sie seufzte. »In Ordnung.« Es bestand schließlich die Möglichkeit, dass Nilah ihr nicht gestatten würde, zu gehen.

Erleichterung huschte über das Gesicht der jungen Frau. »Gut. Schön.«

Shaan ging. Sie konnte es nicht ertragen, Nilahs dankbare Miene zu sehen. Als sie die Tür zu den Gemächern hinter sich schloss, begegnete sie Rorc, der gerade den Pfad heraufkam.

Sie blieb stehen. Plötzlich war ihr beklommen zumute.

»Shaan«, sagte er, blieb dann stehen und sah sie seltsam an. »Was ist?«

Sie begriff, dass ein Teil ihres Entsetzens ihr am Gesicht abzulesen sein musste, und zwang sich rasch, sich zu entspannen. »Nichts«, sagte sie. »Nilah war nur schwierig, das ist alles.«

»Natürlich.« Sein Mund wurde hart. »Du solltest den Palast jetzt verlassen.«

»Was, jetzt sofort?«

Er warf einen Blick über die Schulter auf die Wache am Tor und senkte die Stimme. »Deine Arbeit hier ist getan. Geh zu Balkis; er wird dich beschützen.«

»Ich brauche keinen Schutz«, sagte sie, »und ich kann noch nicht gehen; Nilah will, dass ich mit ihr zur Ratssitzung gehe.«

»Das ist der letzte Ort, an dem du sein solltest. Ich werde dort verkünden, dass ich mich an diesem Krieg nicht beteiligen werde – das werden sie als Verrat betrachten, und der Palast wird danach kein sicherer Ort mehr für irgendjemanden sein, der mit mir in Verbindung steht, dich eingeschlossen. Jetzt geh zu Balkis' Quartier und bleib dort. Die Götter wissen, dass Tuon mir nie verzeihen würde, wenn dir etwas zustößt.«

Tuon? Kam sie etwa bald zurück? Shaan wollte fragen, aber der Ausdruck seiner Augen hielt sie davon ab. »Was soll ich Nilah sagen?«

»Nichts. Du musst gehen.«

»Ich kann sie doch nicht einfach zurücklassen. Was ist mit ihren Wachen? Sie werden mich aufhalten.«

»Widersprich mir nicht. Die Wachen werden keine Schwierigkeiten machen, dafür habe ich schon gesorgt. Und denk nicht einmal daran, zu bleiben. Ich habe Glaubenstreue hier bereit, um sicherzustellen, dass du gehst, falls du mir nicht gehorchst.«

Sie hielt seinem Blick wütend stand. »In Ordnung«, sagte sie. »Aber ich gehe zu Tallis, nicht zu Balkis.«

Unerwartet lächelte Rorc. »Wenn es sein muss.« Und er ging davon.

Shaan stand einen Moment lang da und sah die geschlossene Tür an; dann kehrte sie rasch in ihr Zimmer zurück, um ihre Sachen zu holen.

15

Tuon eilte aus Pasiphaes Haus zum Strand hinunter. Es war früh am Morgen, und der Himmel war blassgrau; eine kühle Brise wehte vom Ozean heran.

»Ganz gleich, weshalb sie Euch gerufen hat, es wird immer noch dasselbe sein, wie schnell Ihr auch ankommt«, sagte Ivar und schritt weiter aus, um mitzuhalten.

Tuon warf einen Blick zurück zu ihm. »Es muss eine Nachricht aus der Stadt sein, wenn sie so früh nach mir verlangt. Ich muss wissen, was geschehen ist.«

An den meisten der letzten paar Tage hatte sie ihre gesamte Zeit im alten Haus des Propheten im Dschungel verbracht und war mit Ivar die Schriftrollen durchgegangen. Die Hüterin hatte Tuon endlich gestattet, die unterirdische Kammer aufzusuchen, Veila aber den Zugang dazu verweigert. Jeden Tag hatte Tuon so viel kopiert, wie sie es mit Ivars Hilfe nur irgend gekonnt hatte, und die Notizen am Abend der Seherin gebracht. Sie hatte Veila am Vorabend gesehen und hatte nicht damit gerechnet, sich vor Sonnenuntergang wieder mit ihr zu beraten, aber jetzt hatte sie den Gedanken an das, was auf den Schriftrollen stand, im Hinterkopf, während sie sich Sorgen machte, was Rorc ihnen wohl geschickt haben mochte. Sie stieß einen Palmwedel beiseite, und Ivar wich ihm aus, bevor er ihm ins Gesicht peitschen konnte.

»Passt doch auf.«

»Tut mir leid«, sagte Tuon, sah sich aber nicht um, während sie den Pfad zum Strand hinunterrannte. Veila stand den Wellen zugewandt am Meeresufer, und Tuon rief nach ihr, während sie sich ihr näherte. Die Seherin drehte sich um; sie hielt einen flatternden Pergamentstreifen zwischen den Fingern.

»Was ist?«, fragte Tuon, als sie sie erreichte. Veilas Gesicht war schwer zu deuten; ihre zarten Züge waren ruhig wie immer, aber Tuon glaubte, einen Hauch von Unbehagen in ihren Augen zu sehen.

»Die Führerin hat den Freilanden den Krieg erklärt«, sagte sie.

»Was?!« Tuon nahm den Pergamentstreifen, den Veila ihr hinhielt, und las die daraufgekritzelten Worte:

Nilah hat Freilanden Krieg erklärt. Lorgon steht dahinter. Muss mich darüber hinwegsetzen, Clans vereinen. Kommt rasch zurück. Rorc.

»Ich hatte gehofft, wir hätten mehr Zeit – oder dass Morfessa sie zu einer anderen Vorgehensweise überreden könnte.« Die Seherin seufzte. »Anscheinend habe ich mich getäuscht.«

»Was meint er damit – die Clans vereinen?«

»Rorc ist ein Clansmann«, sagte Veila, »oder war zumindest einer. Er wurde zum Ausgestoßenen erklärt.« Sie lächelte kurz, ein angespanntes, unfrohes Lächeln. »Er wird die Clans aufsuchen, um sie um Hilfe zu bitten.«

Tuons Herz klopfte in einem unregelmäßigen Flattern. Rorc stammte aus der Wüste? Warum hatte er ihr das nie erzählt?

Veila nahm das Schreiben wieder an sich und rollte es eng auf. »Die Clans sind zahlreich und kennen sich gut mit der Kriegsführung aus. Wenn sie bereit sind, zu uns zu stoßen, haben wir vielleicht eine Chance.«

»Was bedeutet das für uns?«, fragte Tuon, aber sie fragte sich zugleich: *Was bedeutet das für mich?* Würde Rorc endgültig zu den Clans zurückkehren?

»Wir werden aufbrechen, sobald wir können«, sagte Veila. »Rorc wird sich weigern, sich an Lorgons Krieg zu beteiligen, und das ist Verrat. Er wird die Stadt verlassen müssen und die Glaubenstreuen und Drachenreiter mitnehmen.«

»In der Stadt wird Chaos herrschen«, sagte Tuon.

»Ja.« Veila sah verschlagen drein. »Wir müssen zurück sein, bevor er aufbricht, aber wir müssen auch mehr über die Schriftrollen herausfinden.« Sie sah Ivar an, von dem Tuon ganz vergessen hatte, dass er da war. »Wir müssen mit Pasiphae sprechen«, sagte sie zu ihm. »Wird sie uns beide empfangen, wenn ich darum bitte?«

»Ich kann sie überreden«, sagte Ivar.

»Und was ist mit den Drachen? Hat Asrith eine Antwort für uns?«

Er zuckte die Schultern. »Ich kann nur fragen.«

»Habt Ihr keine Ahnung?« Veila sah gereizt aus, aber Ivar reagierte nicht.

»Es ist nie klug, darüber zu spekulieren, was ein Drache tun wird«, sagte er. »Berechenbarkeit liegt nicht in ihrer Natur. Aber ich werde Asrith aufsuchen und dann mit meiner Mutter sprechen.«

»Nun, tut Euer Bestes.« Veila seufzte und wandte sich Tuon zu. »Komm, ich muss packen. Wir können in meinem Zimmer auf Pasiphaes Antwort warten.«

Während sie ihre Sachen zusammensuchten, fragte Tuon: »Was glaubst du, wie hoch ist die Wahrscheinlichkeit, dass wir Pasiphae überreden können, uns die Schriftrollen mit nach Salmut nehmen zu lassen?«

»Gleich null.« Der Blick der Seherin war hart vor Entschlossenheit. »Aber ich bin sicher, dass in ihnen etwas steht, das wir wissen müssen.«

»Vielleicht könntest du bleiben, und ich könnte ohne dich zurückkehren«, sagte Tuon. »Ivar würde für dich Notizen über die Schriftrollen anfertigen.« Aber schon als sie das sagte, verriet der Gesichtsausdruck der Seherin ihr, dass das unmöglich war.

Ivar kehrte binnen einer Stunde mit der Nachricht zurück, dass Pasiphae sie empfangen würde.

»Und Asrith?«, fragte Veila.

»Es wäre ihr eine Ehre, ihren Schwarm mit Euch nach Salmut zu bringen.«

Die Seherin sah erleichtert aus. »Danke, Ivar, das sind gute Neuigkeiten.« Er verneigte sich halb, und Veila sagte: »Dann lasst uns Eure Mutter aufsuchen.« Ivar schenkte Tuon ein kurzes Lächeln, und sie folgten ihm zu dem Pfahlbau.

Tuon machte sich Hoffnungen, dass die Hüterin ihre Meinung ändern würde, aber sie waren nur kurzlebig. Pasiphae trat ihnen auf der Veranda entgegen, und sie hatten noch kaum einen Schluck aus den Tassen mit Kaf genommen, die sie ihnen anbot, als sie sagte: »Ich weiß, warum Ihr gekommen seid. Eure Führerin hat den Krieg erklärt.«

»Also wisst Ihr, dass wir aufbrechen müssen«, sagte Veila.

»In der Tat, und ich weiß, was Ihr erreichen wollt.«

»Aber Ihr habt schon beschlossen, mir die Bitte um die Schriftrollen abzuschlagen.«

Pasiphae nippte an ihrem Kaf, bevor sie sprach. »Was vorhergesehen ist, wird geschehen«, sagte sie. »Die Worte geschrieben zu sehen, wird nichts an ihnen ändern. Und, nein, die Schriftrollen dürfen diese Gestade nicht verlassen. Das wisst Ihr.«

»Ich hatte gehofft, dass Ihr mich anhören würdet, bevor Ihr diese Entscheidung fällt.«

»Ihr und Tuon seid willkommen, hierzubleiben und fortzufahren, sie zu lesen.«

Die schroffe Ablehnung der Hüterin kam Tuon unvernünftig vor; sie beugte sich vor und sagte: »Pasiphae, wenn Ihr uns die Schriftrollen schon nicht mitnehmen lasst, könnt Ihr uns dann wenigstens von denjenigen Prophezeiungen, die der Prophet getroffen hat, oder denen seiner Schriften erzählen, die uns helfen würden? Ihr habt sie doch gewiss gelesen.«

Die Hüterin musterte sie. »Das habe ich, aber ich kann Euch dennoch nichts erzählen.«

»Könnt Ihr es nicht oder wollt Ihr es nicht?«, sagte Tuon.

»Das ist dasselbe.« Pasiphaes Augen verengten sich. »Wie eine Person die Schriftrollen versteht, unterscheidet sich immer von der Deutung einer anderen. Wenn ich Euch sagen würde, was ich in ihnen sehe, wäre das meine Wahrheit, nicht Eure. Es würde Euch nicht weiterhelfen.«

Enttäuscht setzte Tuon zu einer Antwort an, als sich plötzlich

Ivar zu Wort meldete. »Mutter, was, wenn ich die Schriftrollen mitnehmen und mit ihnen reisen würde? Ich würde sie sicher behüten und entscheiden, wer sie sehen darf.« Pasiphae drehte sich langsam um und sah ihn an; Überraschung huschte über ihre strengen Züge. »Die Schriftrollen gehören hierher, Sohn, das weißt du.«

»Ja, aber ich glaube, dass es einige Dinge gibt, die der Prophet nicht vorhergesehen hat, und die Tatsache, dass diese Frauen herkommen würden, zählt dazu. Der Krieg mit den Freilanden ebenfalls. Sarantium wird vielleicht wieder in die Sklaverei geraten, und das würde für alle nichts Gutes verheißen. Wenn diejenigen, die gegen Azoth kämpfen, um künftige Dinge wissen, können sie vielleicht durchhalten. Vielleicht könnten die Worte des Propheten uns retten, statt uns zu verdammen. Die einzige Hoffnung, die ich sehe, ist, ihnen die Schriftrollen zuzugestehen.«

Pasiphae sagte eine Zeitlang nichts, sah ihren Sohn an, als ginge stumm etwas zwischen ihnen hin und her, und hob dann ihre Tasse.

»Ich höre deine Worte, Sohn, aber ich stimme ihnen nicht zu. Die Schriftrollen bleiben hier, wie du. Ich werde weder die Worte des Propheten noch einen weiteren Sohn an die Machenschaften des Festlands verlieren.« Sie nahm einen Schluck Kaf und wandte den Frauen den Rücken zu. »Ich werde Ashuk benachrichtigen, ihr Schiff für Euch zur morgigen Flut in der Morgendämmerung bereitzuhalten. Ich danke Euch für Euren Besuch. Mögen die Winde Zeuge Eurer sicheren Heimkehr werden.«

Mehr gab es für sie nicht zu sagen.

Tuon verbrachte den Rest des Tages und frühen Abends mit Ivar im Haus des Propheten und schrieb so viel von den Schriftrollen ab, wie sie nur konnte. Aber die Worte waren so verworren, und es gab so viele unzusammenhängende Abschnitte, dass sie am Ende nicht mehr wusste, ob sie überhaupt etwas auch nur annähernd Hilfreiches kopiert hatte; so verließ sie den kühlen, unterirdischen Raum schweren Herzens und mit schmerzenden Fingern.

Es war noch dunkel, als das Klopfen an ihrer Tür ertönte – Zeit, an Bord des Schiffs zu gehen. Sie kleidete sich rasch an und zog den Mantel über, den Veila ihr gegeben hatte, bevor sie die Tür öffnete. Eine der Frauen vom Schiff stand wartend da; ihre Haut schimmerte im Dunkel vor der Dämmerung bläulich.

»Wir sind bereit«, sagte sie. »Habt Ihr Eure Tasche?«

»Hier.« Tuon griff nach dem Gepäck, das sie auf dem Boden abgestellt hatte.

»Kommt schnell«, sagte die Frau und nahm ihr die Tasche ab. »Die Tide ist nahe am Kenterpunkt.« Sie eilte davon, und Tuon folgte ihr langsamer.

Sie ging den sandigen Weg entlang auf den Strand zu, vorbei an dem schmalen Pfad, der zu Ivars Haus führte. Sie warf im Gehen einen Blick dorthin und erinnerte sich an den Tag, an dem sie Asrith besuchen gegangen waren. Fast bedauerte sie es, den Frieden dieser Inseln gegen das Chaos in Salmut eintauschen zu müssen.

Veila war schon am Strand, als Tuon eintraf, und sah zu, wie die Schifferinnen eine Jolle an Land zogen. Das Licht begann langsam den Strand zu erhellen und unterstrich die Erschöpfung in ihrem Gesicht.

»Guten Morgen«, sagte sie. »Hast du geschlafen?«

»Kaum. Sieht aus, als hättest du auch wenig Schlaf gefunden.«

Die Seherin nickte. »Auch ich hatte viel zu bedenken.«

Eine der Schifferinnen rief denen im Wasser etwas zu, und Tuon und Veila sahen zu, wie das kleine Boot näher herangeschleppt wurde, bis sich sein Kiel in den Sand grub. Die Frau, die Tuon holen gekommen war, warf das Gepäck ins Boot.

»Ich bin froh, dass Asrith zugestimmt hat, ihren Drachenschwarm zu unserer Unterstützung zu führen«, sagte Veila. »Wenigstens wird unsere Mission so nicht ganz ergebnislos bleiben.«

Es war besser, als mit leeren Händen zurückzukehren, dachte Tuon. Sie sah zurück auf die ruhige Siedlung, aber dort war keine Spur von Ivar oder Pasiphae. Enttäuschung überkam sie. Ivar hatte ihr auch gestern Abend nicht Lebewohl gesagt, und sie hatte von ihm erwartet, wenigstens hier zu sein. Vielleicht war dies irgendein Inselbrauch, von dem sie nichts wusste.

»Komm.« Veila stieß ihren Arm an. »Es wird Zeit.« Die ältere Frau raffte die Röcke und watete voran in die Brandung zu den wartenden Händen der Schifferinnen, die die Jolle ruhig hielten, während Veila einstieg. Tuon warf einen letzten Blick auf den leeren Strand, folgte ihr, zuckte zusammen, als das kalte Wasser ihre Füße bedeckte, und versuchte, ihr Kleid über dem auflaufenden Wasser zu halten. Sie stieg gerade ins Boot, als sie ein Klatschen hörte. Als sie sich erstaunt umsah, erblickte sie Ivar, der hinter ihr herkam, breit grinste und eine große, ausgebeulte Tasche auf dem Kopf sowie eine kleinere auf dem Rücken trug.

»Wartet«, sagte er, »ich komme auch mit.«

16

Das Schiff knarrte und ächzte, als der Südwind die Segel füllte, und Tuon saß gegenüber von Ivar an dem schmalen Tisch in der Kombüse. Eines der Pergamente der Schriftrollen des Propheten war vor ihm ausgebreitet, und er und Veila studierten den eng geschriebenen Text. Eine heftige Windböe ließ das Boot seitwärts krängen. Ivar streckte die Hand aus, fing einen vorbeirollenden Apfel auf, den er als Briefbeschwerer benutzt hatte, und legte ihn wieder auf die Ecke des Pergaments.

»Was heißt das hier?« Veila deutete stirnrunzelnd auf einen Abschnitt. »Ich kann es nicht ganz lesen. Meine Augen sind nicht so scharf, wie sie es einst waren.«

Ivar beugte sich zu ihr. »*Und das Licht wird kommen, wird aber nur Dunkelheit bringen*«, sagte er.

»Schon wieder dieser Verweis auf das Licht, das Dunkelheit bringt«, sagte Veila nachdenklich. »Es klingt, als ob er dunkle Tage vorhersagt, eine Zeit der Trauer und Furcht, aber das ist etwas, was wir schon wissen. Natürlich wird Azoths Kommen dunkle Zeiten nach sich ziehen.«

»Aber Azoth kann nicht das Licht sein«, sagte Ivar.

»Nein, das kann er nicht.«

Tuon seufzte. Das Thema, dass das Licht Dunkelheit bringen würde, war in den vergangenen dreißig Stunden schon mehrfach aufgekommen. Was es bedeuten mochte, überstieg ihr Verständnis. Sie war immer noch überrascht, dass Ivar sich über Pasiphaes Wunsch hinweggesetzt hatte. Er hatte so viele Schriftrollen mitgebracht, wie er hatte tragen können, und schien sich keine Sorgen darum zu machen, wie seine Mutter reagieren würde, wenn er zurückkam – falls er das denn je tat.

Sie beobachtete ihn und Veila, wie sie die Köpfe über die alten Schriften beugten. Keiner von beiden hatte viel Schlaf bekommen, und beide hatten mit geistesabwesender Miene ihre Mahlzeiten gegessen, während sie die alten Pergamente gewälzt hatten.

»Ich gehe an Deck, um etwas Luft zu schnappen«, sagte Tuon und drängte sich an der Köchin vorbei, um die Stufen zum Deck hinaufzusteigen.

Draußen war der Tag windig, aber heiter. Die Mannschaft schenkte ihr kaum Aufmerksamkeit, als sie zum Bug ging und sich gegen die Reling lehnte. Sie dachte an nichts, bis sie aus dem Augenwinkel das Huschen eines dunklen Schattens wahrnahm. Asrith und ihr zehnköpfiger Schwarm glitten über sie hinweg, so hoch oben, dass sie wie riesige Vögel aussahen.

»Sie sind majestätische Geschöpfe, nicht wahr?« Ivar trat neben sie.

Tuon wandte sich überrascht um. »Ja, aber solltet Ihr nicht eigentlich Veila helfen?«

Er lächelte. Sein Gesicht zeigte seine Erschöpfung; sein glänzendes, schwarzes Haar flatterte im Wind hin und her.

»Sogar meine jungen Augen werden zuweilen müde. Außerdem ruht sich die Seherin gerade aus, und ich ziehe Eure Gesellschaft der Ashuks vor. Sie redet von nichts als Tauen und Segeln und glaubt, dass Männer nur zu einem taugen.« Sein Lächeln weitete sich zu einem Grinsen, als Tuon eine Augenbraue hochzog. »Dazu, süße Nusskuchen zu backen, natürlich«, sagte er.

»Stimmt das denn?«

»Leider ja.« Er setzte eine gekränkte Miene auf. »Uns Inselmännern wird so wenig Würde gelassen.«

Tuon lachte, und ein Windstoß riss ihr Haar aus seiner Spange und blies es ihr mitten ins Gesicht. Sie mühte sich ab, es wieder zusammenzufassen, und spuckte Strähnen aus, die ihr an den Lippen klebten.

Jetzt lachte Ivar. »Vielleicht solltet Ihr Euch den Kopf rasieren, wie Ashuk. Das scheint auf einem Schiff das Beste zu sein.«

»Ich glaube nicht. Welcher Mann würde mich dann noch wollen?«

»Ich bin mir sicher, dass Ihr ohne Haare genauso schön sein würdet wie mit ihnen«, sagte er. Der Ton seiner Stimme war ruhig, aber Tuon spürte die Bewunderung von mehr als Freundschaft darunter. Sie seufzte und verstärkte ihren Griff um die Reling. Ihr Herz war noch immer zu sehr von Rorc erfüllt, um sich einem anderen zuzuwenden, ganz gleich, über welche guten Eigenschaften er verfügen mochte.

»Mir wird kalt«, sagte sie. »Ich glaube, ich gehe wieder hinein.«

Ivar nickte scheinbar gelassen. »In Ordnung«, sagte er und lehnte sich gegen die Reling. »Vielleicht könnt Ihr uns heute Nacht helfen, ein paar der Schriftrollen zu entziffern; es sind zu viele, als dass zwei Paar Augen sie alle durchsehen könnten.«

»Vielleicht«, sagte Tuon und ging zurück auf die Kajüten zu.

Ein Sturm holte sie gegen Sonnenuntergang ein. Regen prasselte in heftigen Strömen herab, und das Meer wurde zu einem wogenden Albtraum hoher Wellenkämme und tiefer Täler; das Schiff neigte sich und schoss wieder hoch, als würde es als Kinderspielzeug an einer Schnur baumeln. Tuon dankte den Göttern dafür, dass Ashuk einen Vorrat an Herrin-Pulver an Bord verwahrte, sonst hätten sie wohl alle über der Reling gehangen. Ohnehin zogen sie und Veila sich bald nach dem Aufkommen des Sturms in ihre Kajüte zurück; ihnen war zu übel, als dass sie hätten essen können. Ivar war zum Dienst auf dem Schiff verdonnert worden, um zu helfen, den Sturm zu bekämpfen.

Das Schlingern des Schiffs und die Enge der Kajüte machten Tuon aber bald klaustrophobisch, und so ließ sie Veila in der Koje schlafend zurück und stieg den schmalen Niedergang zur Kombüse hinauf. Der Raum lag verlassen da, und sie konnte neben dem ständigen Heulen des Windes und Rauschen des Meeres gedämpfte Rufe und Poltern vom Deck hören. Unter Deck zu sein versetzte sie in Furcht, in der Falle zu sitzen, falls dem Schiff etwas zustieß, aber Ivar hatte ihr gesagt, dass sie unten weitaus sicherer sei als an Deck. Dennoch war ihr Inneres angespannt, als sie sich an den Tisch an der Schiffswand setzte und die flackernden Schatten betrachtete, die vom Lampenlicht bei jeder Bewegung des Schiffs geworfen wurden. Alles knarrte, und die Töpfe und Pfannen klapperten in den Schränken, während das Schiff krängte.

Die Zeit verging quälend langsam. Die polierte Holzbank war hart, und nach einer Weile begann Tuons Rücken zu schmerzen. Sie sah sich nach einem der festen Kissen um, die Veila früher am Tag verwendet hatte, und fand sie in einer an die Wand genagelten Tasche aus robustem Stoff. Als sie eines herauszog, sah sie, dass dahinter Ivars Bündel mit den Schriftrollen verstaut war. Sie zögerte, dachte dann aber, dass es ihr wenigstens etwas zu tun geben würde.

Vorsichtig zog sie eine der Schriftrollen hervor, öffnete sie und beschwerte die Ecken mit vier Topfständern aus Metall. Ihr Herz klopfte schneller, als sie sich im schwachen Licht darüberbeugte.

Zarte Zeichnungen eines verzierten steinernen Tors, eines Drachenkopfs und eines Frauengesichts im Profil füllten die obere rechte Ecke; sie waren mit etwas ausgeführt, was einst dunkelblaue Tinte gewesen sein musste. Die Gestalten waren mit selbstbewussten Strichen wiedergegeben; keine Linie überschnitt sich mit einer anderen. Tuon studierte das Gesicht der Frau. Eine hohe Stirn, eine etwas abgeflachte Nase und volle Lippen. Sie fragte sich, wer es war. Die Frau mochte jung sein, aber Tuon war sich nicht sicher. Die Ehefrau des Propheten, oder vielleicht seine Tochter? Die Zeichnung war größer als die anderen, und der Drachenkopf war so gezeichnet, als blicke er drohend auf die Frau hinab. Tuon fragte sich, ob dies überhaupt irgendetwas zu bedeuten hatte. Unter den Zeichnungen war die mittlerweile vertraute, fließende Schrift in eng beschriebenen Spalten angeordnet, die über den Rest des Pergaments in Abschnitten verteilt waren.

Der Prophet schrieb von rechts nach links und staffelte Passagen, die etwas miteinander zu tun hatten, oft diagonal, begann am oberen Ende des Pergaments und arbeitete dann quer hinüber weiter. Tuon begann in dem Abschnitt direkt unterhalb der Zeichnung der Frau zu lesen.

Es ging nur sehr langsam voran. Sie hatte eine neuere Rolle gewählt, weil die ältesten in der Sprache der Drachen abgefasst waren, aber die Buchstaben waren dennoch so kunstvoll verschlungen, dass sie manchmal mehrere Minuten damit zubrachte, ein einziges Wort zu entziffern.

Der Prophet schrieb über die alte Stadt, die er Al Hanatoha nannte, den Ausgangspunkt von Azoths Reich, große Hallen, aus schwarzem Stein errichtet, Statuen, die nach dem Bilde des Gottes geschaffen waren, und die Rituale des täglichen Lebens. Die Abschnitte waren aus der Erinnerung niedergeschrieben, und manchmal schien er Anzeichen der Seltsamkeit zu zeigen, von der Veila behauptete, dass seine Schriften damit durchsetzt waren:

Ich sehe wieder die Dämmerung im Auge des Drachen, goldgesprenkelt und rein, Regen kommt in unsere Heimat wie Seide, die vom Himmel fällt. Er nennt mich seinen Schreiber, aber ich war nichts als sein Verräter, der schreibende Untergang, der für ihn kam, Leichentücher aus Dunkelheit.

Es war, als ob er Azoth und seine Vernichtung bedauerte. Sie konzentrierte sich auf die nächsten Abschnitte, fand aber nur mehr desselben: Er schrieb von der Dunkelheit, die Azoth holen würde, aber ohne viele Erklärungen. Er mochte von den Vier Verlorenen Göttern sprechen, die erwachen und Azoths Sturz bewirken würden, aber warum hätte er das als Dunkelheit bezeichnen sollen? Es sei denn, er meinte, dass Azoth in die Dunkelheit des Abgrunds geschickt werden sollte.

Sie begann, die Zeit in den Abständen zwischen dem Ende eines Abschnitts und dem Beginn des nächsten zu messen. Näher zur Mitte der Schriftrolle hin fand sie eine Passage, die anders war; sie schien tatsächlich eher eine Prophezeiung zu bilden. Aufgeregt beugte Tuon sich näher über die Worte und versuchte, ihre Bedeutung zu entschlüsseln.

Erzählungen von der Auferstehung lautete der Titel dieses Abschnitts, und darunter stand ein seltsames Gedicht:

Wenn die Alten erwachen,
Müssen die zwei sich trennen.
Aus ihrem Schmerz wird das Licht hervorgehen
Und so in die Dunkelheit führen.
Wer wird sie heimsingen?

Tuon las es mehrfach. »Die Alten erwachen« – das konnte sich wieder auf die Vier Verlorenen Götter beziehen. Aber wer waren »die zwei«? Es war klar, dass hier etwas von großer Wichtigkeit stand. Sie dachte daran, die Seherin aufzuwecken, hielt sich aber zurück. Vielleicht stand hier noch mehr, was den Abschnitt erklären würde, und sie konnte Veila alles auf einmal zeigen. Aber der Rest der Passage war mit Erinnerungen an die alte Stadt angefüllt, Bruchstücken von Gerüchen und Beschreibungen von Alhanti. Frustriert rieb Tuon sich die Augen und las den Vers dann noch einmal. Es war, als hätte er eine plötzliche Eingebung gehabt und ihn niedergeschrieben, um dann zu dem zurückzukehren, was vorher gewesen war. Aber vielleicht waren Prophezeiungen so.

Resigniert fuhr sie fort. Ihr Rücken begann zu schmerzen, und ihre Augen brannten vor Übermüdung, aber sie war entschlossen, die gesamte Rolle zu lesen. Schließlich las sie am Ende des Pergaments eine Schilderung der Zerstörung von Azoths Herrschaft – und erstarrte, gaffte die Worte an. Sie las sie noch einmal:

Zürnend nahten sie, Vier voll Anmut und Macht, breiteten die Hände aus, und das Licht ging von ihnen aus und löschte die aus, die sich ihnen entgegenstellten.

Tuon starrte den Abschnitt an. *Das Licht ging von ihnen aus.*

Plötzlich polterten Stiefel den Niedergang vom Deck herunter, und Ivar betrat die Kombüse. Er war durchnässt und hinterließ eine Wasserlache auf dem Boden, während er sich abzutrocknen versuchte. Tuon bemerkte, dass das Heulen des Windes nachgelassen hatte und das Schiff nicht mehr so heftig wie zuvor schwankte. Ivar nickte ihr zu; das Haar klebte ihm am Kopf.

»Der Sturm ist vorüber«, sagte er, und sein Blick schweifte über die geöffnete Schriftrolle vor ihr. »Wo ist die Seherin?«

»In der Kajüte. Ivar«, sagte Tuon, »Ihr solltet Euch das hier ansehen.«

Er runzelte die Stirn. »Ich will kein Wasser auf die Schriftrollen bekommen; lasst mich eben die Kleider wechseln.« Mit diesen Worten ging er hinunter zum tieferen Deck und zog sich das durchnässte Hemd über den Kopf. Tuon wartete ungeduldig auf seine Rückkehr.

Sie fragte sich gerade, ob sie Veila wecken sollte, als Ivar zurückkam; er trug ein trockenes Hemd und Hosen. Seine für gewöhnlich funkelnden Augen waren matt vor Erschöpfung und seine Bewegungen langsam, aber er schlüpfte neben sie auf die Bank.

»Was ist?«, fragte er.

»Hier.« Sie wies auf den ersten Abschnitt mit den *Erzählungen von der Auferstehung*. »Und hier.« Sie deutete auf den letzten Satz, den sie gerade gelesen hatte. »Es sind Abschnitte, die das Licht erwähnen. Ich glaube, das könnte uns dabei helfen, herauszubekommen, was *das Licht* in den anderen Schriftrollen bedeutet.«

»Vielleicht«, sagte er vage, während er die Schrift überflog. Dann entdeckte er die Zeichnung der Frau. »Steht da, wer das ist?«

»Nein.« Tuon seufzte. »Lest das einfach, bitte.«

»In Ordnung.« Er lächelte. »Aber ich bin vielleicht langsam – ich habe die ganze Nacht Wasser ausgeschöpft.«

»Es ist Morgen?« Tuon warf einen Blick zum winzigen Bullauge der Kombüse und sah einen schwachen Schimmer durch das dicke Glas dringen. Sie fühlte sich ein wenig schuldig und stand auf. »Ich hole Euch ein Glas Ravek, um Euch aufzuwärmen.«

»Und vielleicht eine Scheibe Nussbrot?«

»Und etwas Brot.« Tuon lächelte und reichte ihm ein Glas Ravek, bevor sie sich selbst ein Glas von dem starken Kokosnussschnaps einschenkte und es zugleich mit einem Teller voll Nussbrot zum Tisch trug. Sie musste den Teller auf dem Schoß balancieren, weil die Schriftrolle den gesamten Tisch einnahm.

»Nun?«, drängte sie, aber Ivar hob den Blick nicht vom Pergament, während er an dem Ravek nippte.

»Ich muss erst etwas essen«, sagte er, griff nach einer Scheibe Brot und kaute nachdenklich darauf herum. »Was meint Ihr?«, fragte er dann.

»Ich bin mir nicht sicher, aber ich glaube, dass das Licht ein Symbol für die Vier Verlorenen Götter ist. Er spricht davon, dass das Licht von ihnen ausgeht.« Sie runzelte die Stirn. »Aber das ergibt im Zusammenhang mit dem ersten Abschnitt keinen Sinn – *Aus ihrem Schmerz wird das Licht hervorgehen.*«

Ivar zuckte die Schultern. »Ein und dasselbe kann zwei Bedeutungen haben. Das Bringen von Licht verbannt die Dunkelheit – wie zum Beispiel, als die Vier die Dunkelheit von Azoths Reich überwanden.« Er nahm sich noch eine Scheibe Brot und starrte die Worte an. »Licht kann auch das beleuchten, was wir nicht zu sehen wünschen.«

»Aber dann schreibt er: *Und so in die Dunkelheit führen*«, sagte Tuon.

»Vielleicht meint er also, dass das Licht das Herannahen einer weiteren dunklen Zeit beleuchten wird.«

Tuon knabberte an ihrer eigenen Scheibe Nussbrot herum und las weiter. Was Ivar sagte, ergab einen Sinn, aber war es das, was der Prophet meinte?

»Wie lautete noch gleich der Abschnitt, den Ihr gestern gelesen habt?«, fragte sie.

Ivar runzelte die Stirn. »Er steht auf der kleineren Schriftrolle, hinten in der Tasche.«

Tuon rutschte ans Ende der Bank und zog eine Rolle hervor. »Diese hier?«

Ivar nickte und gemeinsam breiteten sie sie vorsichtig auf der anderen aus. Es war eine der älteren Rollen, die in der Drachensprache geschrieben war, ein Text, der eher aus verschlungenen Symbolen denn aus Buchstaben bestand.

»Hier.« Ivar wies auf ein kleines Stück an einer Seite. »*Und das Licht wird kommen, wird aber nur Dunkelheit bringen*«, rezitierte er. »Wenn das, was Ihr annehmt, zutrifft, dann nennt er die Vier ›das Licht‹.«

»Ja, aber warum sollten sie eine Zeit der Dunkelheit bringen, wenn doch die Vier diejenigen waren, die uns einst gerettet haben?«, fragte Tuon missmutig. »Und warum spricht er überhaupt von ihnen? Sie sind verloren.«

»Das glauben wir«, sagte Ivar. »Aber was, wenn sie nicht verloren sind?«

Tuon kaute auf ihrer Lippe herum. Konnte der Prophet meinen, dass die Vier zurückkehren würden?

Ivar stieß einen kleinen, überraschten Laut aus.

»Was ist?«

»Hier.« Er wies auf eine verblasste Reihe von Symbolen. »Das hier habe ich bis jetzt übersehen.«

»Was steht da?«

»*Der Stein öffnet, wenn er erst zerbrochen ist, den Weg zur Erlösung. Singt durch die Dunkelheit, singt sie heim.*« Er runzelte die Stirn.

Tuon dachte über seine Worte nach. »Der *Stein* könnte den Schöpferstein bezeichnen«, sagte sie. »Ihr wisst, welchen ich meine?«

»Er wird in anderen Schriftrollen erwähnt. Ein Totem der Macht, das von den Göttern verwendet wurde.«

Erregung und Hoffnung begannen in Tuons Brust aufzukeimen. »Meint er, dass wir gerettet sein werden, wenn der Schöpferstein zerbrochen wird?«

Ivars Augen funkelten. »Wir sollten Veila aufwecken«, sagte er.

Tuon stand auf und eilte hinter dem Tisch hervor, aber auf dem Weg in die Kajüte hörte sie laute Rufe vom Deck über ihnen, und das Schiff schwankte plötzlich heftig, so dass Tuon zu Boden stürzte. Ihr Kopf schlug gegen das harte Holz; dann krängte das

Boot erneut, und sie rutschte zu den Stufen, die in die Kombüse hinaufführten. Sie rollte sich herum und streckte die Hände gerade noch rechtzeitig aus, um sich davon abzuhalten, dagegenzuprallen.

»Tuon!« Ivar sprang die Treppe hinunter. »Geht es Euch gut?« Er half ihr auf die Beine, aber das Schiff stampfte einmal mehr, und sie fiel auf ihn, als sie gegen die Wand geschleudert wurden.

»Haltet Euch am Geländer fest«, sagte Ivar und zog ihre Hände zu dem schmalen Metallstab.

»Was geht hier vor?« Sie konnte hören, wie Füße über das Deck über ihrem Kopf trampelten und wie die Gischt den Schiffsrumpf traf. »Ich dachte, der Sturm sei vorbei.«

»Das ist er«, sagte Ivar. »Ich glaube, wir haben den Strom des Toten Mannes erreicht.« Er legte ihr einen Arm um die Taille, als das Schiff wieder krängte.

Tuon erinnerte sich, dass Ashuk sie vor jenem Strom gewarnt hatte, als sie an Bord gekommen waren. Es war eine schnelle Strömung, die an der Küste von Sarantium entlangführte und ihre Rückreise um drei Tage verkürzen würde, aber Ashuk hatte ihr auch erzählt, dass sie »Der Strom des Toten Mannes« hieß, weil sie das Schiff, wenn man nicht an der richtigen Stelle wieder hinauskreuzte, bis zum Turin-Kap in den Freilanden mitriss und gegen die Felsen schleuderte.

»Ich sollte Veila warnen.« Sie wollte sich abwenden, aber eine der Schiffsfrauen kam die Stufen heruntergepoltert.

»Kapitän will euch beide an Deck sehen!«, bellte sie Ivar zu und rannte dann geschmeidig an ihnen vorbei auf Tuons und Veilas Kajüte zu. Das Schwanken des Schiffs schien ihr kaum etwas auszumachen. »Ich hole die Seherin, geht!«

»Kommt.« Ivar packte Tuon an der Hand.

»Was ist mit den Schriftrollen?«

»Ich habe sie schon gesichert. Nun müssen wir uns selbst sichern.«

Tuon ließ seine Hand los, um das Treppengeländer zu umfassen, und zog sich nach oben. An Deck herrschte überall ein geordnetes Durcheinander. Schifferinnen kletterten durch die Takelage und eilten an Deck umher; ihre Gesichter waren in angestrengter Konzentration erstarrt, während Ashuk von der Brücke Befehle brüllte. Die Planken waren nass vom Sturm, und ein kalter Wind blies von Süden her, drang durch Tuons dünnes Hemd und peitschte ihr die Haare ums Gesicht.

Ashuk sah sie herauskommen und brüllte Ivar zu: »Festschnallen!« Sie deutete zu der Stelle hinter ihnen, an der die beiden Jollen an der Backbordseite des Schiffs verstaut waren.

Die Frauen tanzten um das Pärchen herum, als wäre es nicht da, während es zu einer harten, schmalen Bank neben den Jollen rutschte und wankte. Dicke Ledergeschirre, die Tuon bis jetzt noch gar nicht bemerkt hatte, waren an der Rückenlehne der Bank befestigt, und Tuon verspürte einen Moment lang Furcht, als sie über die Reling einen Blick aufs Meer erhaschte. Kaum eine halbe Schiffslänge entfernt war das Wasser ein gurgelnder, reißender Strudel kabbeliger Wellen und nach Norden wirbelnder Strömungen, die sich auf der Breite mindestens einer Meile als deutlich erkennbarer Strom erstreckten. Ihr wurde kalt, als sie sich fragte, wie es ihnen ergehen würde, wenn sie in diesen Mahlstrom einfuhren.

»Macht Euch keine Sorgen«, sagte Ivar, als sie sich auf die Bank setzten, »Ashuk hat das schon viele Male getan.«

»Das tröstet mich nicht«, erwiderte Tuon. Er lächelte und schob die Arme durch die dick gepolsterten Riemen des Geschirrs.

»Schnallt Euch an – es wird nicht lange dauern, sobald sie das Schiff gewendet hat.«

Tuon zog sich die Riemen über die Schultern und schnallte sie gerade vorn fest, als die Seefrau, die sie unter Deck gesehen hatten, Veila herbrachte, sie neben sie setzte und wortlos anschnallte. Die Seherin war blass.

»Geht es dir gut?«, fragte Tuon.

Veila nickte. »Es muss. Ich sehe, dass der Sturm nur vorübergegangen ist, um uns einer neuerlichen Prüfung auszusetzen.« Sie schenkte Ivar ein schwaches Lächeln. »Ihr müsst die ganze

Nacht über auf gewesen sein, um gegen den Wind anzukämpfen. Ihr seht sehr müde aus; habt Ihr Euch überhaupt ausruhen können?«

»Nein.« Ivar sah Tuon kurz an. »Wir haben die Schriftrollen in Augenschein genommen.«

Tuon fühlte sich schuldig dafür, dass sie ihn gedrängt hatte, sie zu studieren, bevor er Zeit gehabt hatte, sich auszuruhen, und sagte: »Ich konnte nicht schlafen, also bin ich mir die Schriftrollen ansehen gegangen. Ich glaube, ich habe etwas gefunden.«

»Sie hat wirklich etwas gefunden«, sagte Ivar, »etwas Bedeutsames, denke ich.«

Veilas Stirn entspannte sich etwas. »Das sind gute Neuigkeiten. Was denn?«

»Es ist besser, wenn du es selbst liest.« Tuons Selbstbewusstsein war nun, da sie der Seherin davon erzählte, eingebrochen. Was, wenn es gar nichts Bedeutsames war?

Aber Ivar sagte fest: »Ich bin sicher, dass es wichtig ist. Es hat mit den Prophezeiungen über das Licht zu tun. Wir glauben, dass der Prophet uns vielleicht einen Weg gezeigt hat, Azoth zu besiegen.«

Veilas Blick wurde abwesend und besorgt. »Während ich geschlafen habe, bin ich ins Zwielicht geraten und habe Dinge gesehen … besorgniserregende Dinge.« Sie runzelte die Stirn. »Aber wir werden später darüber sprechen; jetzt ist nicht der rechte Zeitpunkt dafür. Und doch ist die Zeit so knapp.« Sie presste die Lippen zusammen, und Tuon spürte einen kalten Schauer, der nichts mit dem kühlen Wind zu tun hatte.

Ivar bemerkte ihre Unruhe; er ergriff ihre Hand und drückte sie fest. »Wir werden gleich in den Strom einfahren«, sagte er. Und dann hatte Tuon keinen Platz mehr für jeglichen Gedanken außer Furcht, da das Schiff auf einen scharfen Zuruf von Ashuk hin ächzend wendete und sich in die reißenden Strudel des Stroms des Toten Mannes stürzte.

17

Shaan und Irissa folgten Tallis um den Rand des überfüllten Platzes der Drachenanlage herum. Überall hielten sich Glaubenstreue auf, die entweder Bogen oder Schwerter trugen. Reiter scharten sich zu Gruppen zusammen; manche hielten Ausschau, während andere Pfeile aus der Waffenkammer holen halfen. Es war später Nachmittag; die Luft war ruhig und heiß, und die letzte Stunde über waren Trupps von Glaubenstreuen durch das Haupttor aus der Stadt in die Drachenanlage geströmt.

»Es sieht eindeutig so aus, als ob sich eine Schlacht zusammenbraut«, sagte Irissa.

Tallis' Schultern spannten sich an, als er ihre Stimme hörte. »Vergewissern wir uns.« Er trat in die Menge und stieß einen Jungen heftiger als nötig beiseite. Shaan folgte ihm, Irissa dicht hinter sich; der finstere Blick der jungen Frau ruhte auf ihrer beider Rücken, und ihr immer noch schwelender Zorn auf Tallis war fast mit Händen zu greifen.

Shaan unterdrückte ihren Drang, der Clansfrau die Meinung zu sagen. Tallis hatte nicht gewollt, dass Irissa mit ihnen die Kuppel verließ, aber sie hatte darauf bestanden, beinahe so, als ob sie es genoss, den Schmerz in seinem Gesicht zu sehen. Ihre Präsenz war eine ständige Erinnerung an Jareds Abwesenheit, und zwischen den beiden zu stehen, das war so, als ob er sich zwischen zwei kämpfenden streunenden Katzen befand, von denen keine nachgeben wollte. Tallis war von so großen Schuldgefühlen erfüllt, dass er schier daran erstickte, und Irissa war zu zornig, um ihn davon zu erlösen. Shaan berührte Tallis am Rücken.

»Wir sollten Balkis suchen«, sagte sie. »Er wird wissen, was vorgeht.«

Ringsum waren die Gesichter der Leute angespannt vor Besorgnis; jeder war bereit, beim geringsten Anlass zu kämpfen. Als Shaan noch am Vormittag den Palast verlassen hatte und hergekommen war, hatten nur ein paar Glaubenstreue herumgestanden, aber jetzt schienen sie alle da zu sein. Es musste etwas mit Rorcs Entscheidung zu tun haben, nicht in den Krieg zu ziehen.

»Lasst uns nachsehen, ob er am Tor ist«, sagte Tallis.

Sie verließen den Platz und gingen zum Haupteingang. Zwischen dem Verwaltungsgebäude und dem Tor drängten sich bewaffnete Glaubenstreue auf der gepflasterten Freifläche. Eine Reihe von Bogenschützen war zur Stadt hin ausgerichtet und bewachte die Straße; hinter ihnen stand ein halbes Dutzend Verführer, die Schwerter am Gürtel.

Balkis und Attar waren am offenen Tor und beobachteten die Straße, die aus dem Kaufmannsviertel den Hügel hinaufführte. Balkis folgte Attars Blick, als dieser sie erspähte, und drehte sich um.

Er ging zu ihnen, die Augen von ruheloser Anspannung erfüllt. »Shaan, Tallis.« Sein Blick huschte kurz zu Irissa. Shaan hatte ihm noch nichts von ihrer Mutter oder der Clansfrau erzählt, aber er sagte nur: »Was tut ihr hier?«

»Wir haben die Glaubenstreuen herkommen sehen«, sagte Shaan. »Was geht hier vor?«

»Der Rat hat Rorc des Verrats bezichtigt, weil er nicht in den Krieg ziehen will, und jetzt wollen die Neun die Kontrolle über die Glaubenstreuen.«

»Wo ist er jetzt?«, fragte Tallis.

»Wir warten auf ihn. Er wird sich nicht festnehmen lassen.«

»Wird er sich den Weg freikämpfen?«, fragte Shaan; Balkis nickte.

»Er darf nicht in eine Zelle gesteckt werden, nicht jetzt. Er hat heute vier Jäger mit zu der Ratssitzung genommen; er wusste, was auf ihn zukam. Sie sollten in der Lage sein, davonzukommen.«

Sollten? Shaan tauschte einen besorgten Blick mit Tallis. »Aber die Ratssitzung mit Nilah und den Neun hat vor zwei Stunden begonnen«, sagte sie. »Er sollte jetzt längst hier sein.«

»Ich weiß. Wenn er noch viel länger braucht, werde ich ihm Männer nachschicken müssen.«

Niemand war auf der Straße in die Stadt hinauf oder hinunter zu sehen, und die kleinen Gestalten, die sie am Fuße des Hügels dort, wo das Kaufmannsviertel begann, erspähte, bewegten sich rasch über die Straße und in Gebäude hinein. Die Straße war nicht so belebt, wie sie hätte sein sollen; es war, als wüssten die Leute, was drohte.

»Der Rat wird wahrscheinlich bald Wachen schicken«, sagte Balkis zu ihr. »Geht in die Kuppel zurück; dort werdet ihr sicher sein. Sie werden nicht an den Toren vorbeikommen.«

»Aber sofern wir nicht die Drachen benutzen, werden wir nicht hinauskommen«, sagte Tallis.

»Nicht kampflos«, sagte Balkis; eine tiefe Falte bildete sich zwischen seinen Augenbrauen.

»Warum warten dann alle einfach hier?«, fragte Shaan. »Wenn Rorc wusste, dass das hier geschehen würde, warum hat er ihnen dann nicht befohlen, die Stadt zu verlassen?«

»Das hat er. Vierzig Reiter sollten mittlerweile draußen sein, aber keiner der Glaubenstreuen wollte gehen.« Er sah mit einem Ausdruck widerwilligen Respekts zu den schwarz gekleideten Verführern hinüber. »Sie werden nicht ohne ihren Kommandanten aufbrechen. Ihre Loyalität hat die übrigen Reiter dazu angeregt, ebenfalls zu bleiben.«

»Genau wie Clanangehörige«, sagte Tallis leise.

Balkis warf ihm einen unbehaglichen Blick zu. »Shaan« – er sah Irissa an – »ganz gleich, wie es um die Entscheidung der Glaubenstreuen bestellt ist, du solltest mit deiner … Freundin zur Kuppel zurückgehen und dort bleiben.«

»Das hier ist Irissa, Jareds Schwester«, sagte Shaan; Ärger keimte in ihr auf. »Und ich habe es nicht nötig, mich zu verstecken.«

Balkis musterte die Clansfrau mit hochgezogener Augenbraue. »Von den Clans?«

»Von den Jalwalah«, sagte Irissa mit herausfordernder Miene.

»Sie ist mit meiner Mutter hergekommen«, sagte Tallis. »Unserer Mutter.« Er sah Shaan stirnrunzelnd an. »Hast du ihm das nicht erzählt?«

»Noch nicht.« Sie starrte ihren Bruder wütend an.

»Wirklich?«, fragte Balkis. »Mit eurer Mutter?«

Shaan fühlte sich plötzlich bloßgestellt. »Ja, wirklich«, sagte sie bissig. »Mit unserer Mutter, und sie ist in der Kuppel.«

»Dann solltest du dorthin, zu ihr, gehen«, sagte er nachdrücklich. »Du bist eine Zielscheibe.« Er warf einen Blick auf Tallis. »Ihr beide seid welche. Azoths Nachkommen. Lorgon wird nicht wollen, dass ihr frei herumlauft. Sie haben es auf euch genauso wie auf uns abgesehen.«

»Ich kann kämpfen«, sagte Irissa.

»Daran zweifle ich nicht«, antwortete Balkis, »aber ich brauche dich jetzt nicht.«

Irissa öffnete den Mund, um zu protestieren, doch Attar stieß plötzlich einen Ruf aus, und als sie sich umdrehten, sahen sie, dass die Straße zur Stadt nicht mehr leer war. Rorc kam den steilen Abhang herauf mit gezogenem Schwert auf sie zugerannt, vier Jäger an seiner Seite, verfolgt von einem Trupp Palastwachen. Die Jäger schossen im Laufen auf die Männer hinter ihnen, doch die Wachen hatten Schilde, und die Pfeile prallten mit dem Klirren von Stahl auf Bronze von ihnen ab. Einige der Wachen begannen zurückzuschießen.

»Zurück!« Balkis packte Shaan am Arm und riss sie beinahe von den Beinen, als er sie gegen die Mauer hinter dem Pfeiler in der Nähe des Tors stieß. Irissa und Tallis warfen sich neben Shaan, als mehrere Pfeile die Luft dort, wo sie gestanden hatten, durchschnitten, und Balkis presste sich gegen sie, als ein weiterer Pfeil vorbeiflog. Er war so nahe bei ihr, dass sie die Schweißtropfen in seiner Halsgrube sehen konnte.

»Bleib hier.« Er sah sie kurz zu an; seine Augen funkelten vor kämpferischer Erregung. Dann war er fort und rannte aufs Tor zu, brüllte einen Befehl. Die Reihe von Jägern rückte bis vor die

Mauer vor, beschirmte den Eingang und erwiderte den Beschuss. Die Luft war vom Sirren der Pfeile erfüllt, und Shaan hörte, wie ein Mann vor Schmerzen aufschrie. Ihre Hand begann zu kribbeln, und sie schloss die Augen, kämpfte gegen den aufsteigenden Instinkt an, den Mann zu suchen; sie spürte, wie Tallis ihre Hand ergriff. *Nein, Shaan, bleib hier,* flüsterte seine Stimme in ihrem Verstand. Sie schaute mit einem schwachen Grinsen zu ihm hoch, als gerade ein weiterer Pfeil an ihnen vorbeisauste und über die Pflastersteine schrammte. Sie konnte die Jäger nicht sehen, aber sie hörte, wie Holz einstimmig ächzte, als sie die Bogensehnen spannten und eine Verteidigungslinie aus Stahlspitzen bildeten. Die Bogen der Jäger waren länger und hatten größere Durchschlagkraft als diejenigen, die die Wachen trugen, und ihre Zielgenauigkeit war tödlich.

»Rückzug!«, rief jemand, und es kamen keine Pfeile von den Wachen mehr. Die Verführer zogen ihre Klingen und traten stumm vor, um die Jäger zu flankieren, während Rorc und seine Männer das Tor erreichten.

Sie beugten sich alle von der Mauer vor, um etwas zu sehen, und Shaan spürte, wie Tallis auf seine Macht zurückgriff. Wenn sie eine Waffe gehabt hätte, hätte sie sich nicht wie ein Kind an die Mauer drücken müssen, dachte sie.

»Ich würde die Eier eines Muthus um meinen Speer geben«, murmelte Irissa. Shaan lächelte fast. Sie hörten das Geräusch von Schilden, die zu einer Verteidigungsformation zusammengeführt wurden, und eine Stimme rief: »Die Führerin befiehlt Euch, Euch zu ergeben!«

»Verschwindet!«, antwortete Balkis, und die Luft war wieder vom Klang einer Pfeilsalve erfüllt, einem Warnschuss. Sie konnte Rorcs Kopf in der vordersten Reihe der Bogenschützen erspähen.

»Lasst ab!«, rief er. »Ihr habt versucht, den Anweisungen des Rats zu folgen, aber es ist Euch nicht gelungen. Zwingt mich nicht, den Befehl zu geben.«

Das Knarren von Bogen, die gespannt wurden, ertönte erneut,

und Shaan wusste, dass die Pfeile diesmal auf die Köpfe der Wachen zielten.

»Es sind noch mehr Männer unterwegs, und wir haben einen Haftbefehl des Rats gegen Euch!«, rief der gleiche Mann wie zuvor. Kurzes Schweigen trat ein, und Shaan konnte sich vorstellen, wie Rorcs Gesicht aussah, als er ihn anschaute, mit jenem kalten, furchteinflößenden Blick.

»Die Neun haben den Eid vergessen, der auf die Gründung dieser Stadt abgelegt wird«, sagte Rorc. »Ich will Euch nicht leichtfertig das Leben nehmen, Hauptmann, aber ich werde es tun, um Tausende zu retten. Ihr kennt mich, und Ihr wisst, dass Eure Männer uns nicht das Wasser reichen können.«

Einen Moment lang waren nur die gedämpften Geräusche der Stadt zu hören, die zu ihnen empordrifteten, aber dann hörte Shaan das unverkennbare Gleiten von Stahl in Leder, als die Wachen nachgaben.

»Ihr könnt Euch hier nicht für immer verstecken, Kommandant«, rief der Hauptmann. Rorc antwortete nicht, aber gleich darauf ertönten die Schritte gestiefelter Füße, die davonmarschierten, und Shaan wusste, dass die Wachen sich zurückzogen – zumindest für den Augenblick.

»Wegtreten«, ertönte Balkis' Befehl ein paar Minuten später, und dann drängte Rorc sich durch die Reihe von Jägern, gefolgt von den Männern, die ihn und Balkis flankiert hatten, den er gleich innerhalb des Tors kurz aufhielt, um leise mit ihm zu sprechen. Hinter ihm kamen die Bogenschützen wieder herein; dann wurde das große, hölzerne Tor, das in die Stadt führte, zugeschwungen und der schwere Riegel vorgelegt.

Rorc kam mit Balkis und Attar auf sie zu. Seine Augen blickten hart, waren aber auch von einem erschöpften Wissen um die Unausweichlichkeit erfüllt. Aus einem oberflächlichen Schnitt in seinem linken Arm sickerte Blut, aber abgesehen davon war er unverletzt; sein Schwert dagegen war blutbefleckt. Der Drang zu heilen keimte wieder auf, und Shaan ballte die Hände neben sich zu Fäusten. *Er ist mein Vater; ich muss ihm helfen.* Der Gedanke huschte ihr durch den Kopf, und sonderbarerweise empfand sie einen Moment lang Panik, als er näher kam, so, als könnte er es plötzlich bemerken – oder als ob sie nicht in der Lage sein würde, sich davon abzuhalten, sich zu verraten. Tallis sah sie mit warnendem Stirnrunzeln an. *Nein*, ertönte seine Stimme in ihrem Verstand, so klar, als ob er ihr ins Ohr geflüstert hätte. *Es geht ihm gut*. Ihr Herz klopfte heftig, und Balkis sah sie seltsam an, als er dem Kommandanten zu ihnen folgte. Shaan versuchte, die Angst aus ihren Augen zu verscheuchen. War der Drang zu heilen jetzt stärker, weil sie wusste, wer Rorc war, oder nahm er einfach an Heftigkeit zu?

»Tallis, Shaan.« Rorcs Blick war so kühl und ruhig wie stets. Dann sah er Irissa neben Shaan stehen. »Speerschwester.« Er neigte den Kopf. »Tallis hat mir erzählt, dass du mit seiner Mutter gekommen bist. Willkommen.«

Irissa nickte steif, und Rorc sagte zu Tallis und Shaan: »Wir müssen reden. Ihr habt ohne Zweifel bemerkt, dass dieses … Problem bedeutet, unsere Pläne müssen sich ändern. Sucht mich in meinem Quartier auf, nachdem ich mit den Glaubenstreuen und Reitern gesprochen habe – alle beide. Wir müssen jetzt die Stadt verlassen, auch du, Shaan. Du musst mit uns zu den Clans kommen – was du, wie ich weiß, ohnehin vorhattest.« Sie hielt seinem Blick trotz der Hitze, die ihr den Hals hinaufkroch, stand.

»Ich wollte Euch fragen«, sagte sie und glaubte zu sehen, wie sich sein Mund zu dem Hauch eines Lächelns verzog, aber er sagte nur: »Morfessa kommt her, um uns mehr zu berichten; er wird binnen einer Stunde hier sein.«

Dann war er fort, ging zum Platz, auf dem die übrigen Glaubenstreuen und Reiter versammelt waren. Irissa grinste Shaan an, aber diese vermied es, Balkis anzusehen, dessen Gesichtsausdruck eine Mischung aus Frust und Erheiterung widerspiegelte.

»Wo sind die Drachen?«, fragte Balkis Tallis.

Tallis' Augen blickten einen Moment lang ins Leere, und Shaan fühlte, wie er den Tieren nachspürte. »Nördlich von uns«, sagte er. »Nicht weit weg.«

»Ruf sie zurück.«

»Balkis«, rief Attar, der über die Mauer Ausschau gehalten hatte, ihm zu. »Die Truppen treffen ein!«

Draußen hörte Shaan die Schritte von Stiefeln auf Stein im Gleichschritt und das dumpfe Rufen eines Mannes, der Soldaten befahl, sich zu formieren. Die Hitze ihrer Verlegenheit erlosch wie eine ausgeblasene Flamme; sie sah Tallis und Irissa an und sah die Angst, die sie spürte, auf ihren Gesichtern gespiegelt.

Balkis fluchte. »Das ging schnell.« Er lief zurück zur Mauer und spähte durch eine Schießscharte. Als er sich umdrehte, war sein Gesicht angespannt. »Kommt mit«, sagte er zu Attar, »wir müssen uns noch einmal vergewissern, ob alle Tore gesichert sind.« Er warf einen letzten Blick auf Shaan, und es wirkte, als wolle er noch etwas sagen, doch er ging, Attar an seiner Seite.

Irissa kehrte unter Protest zur Kuppel zurück, und eine Stunde später betraten Shaan und Tallis Rorcs Haus. Balkis und Attar studierten eine Landkarte auf Rorcs Schreibtisch, und Morfessa war mit Rorc ins Gespräch vertieft, obwohl es eher ein Streit als ein Austausch zu sein schien. Shaan bemerkte erleichtert, dass Rorc den Schnitt in seinem Arm verarztet hatte.

Das Gespräch kam zum Erliegen, als Tallis die Tür schloss; Morfessa musterte Shaan mit seinen verschiedenfarbigen Augen. Seine Körperhaltung war angespannt.

»Shaan«, sagte er, »hat Nilah über Kopfschmerzen oder Krankheit geklagt, bevor du gegangen bist?«

Überrascht blieb sie stehen. »Nein, es sei denn, man rechnet die Folgen übermäßigen Weingenusses mit ein. Warum?«

»Sie ist an ihre Gemächer gefesselt«, sagte Rorc. »Sie ist in der Ratssitzung zusammengebrochen, nachdem ich gegangen war, und der Rat lässt verlautbaren, sie sei krank.«

»Sie wollte gerade ihre Entscheidung bezüglich des Kriegs widerrufen, als sie stürzte«, sagte Morfessa, »war aber nicht in der Lage, das durchzusetzen. Jetzt sagt Lorgon, es sei der Wille der Götter.« Abscheu erfüllte seine Züge.

Shaan wurde erst kalt, dann heiß. Hatte Nilah doch noch auf sie gehört? Sie fuhr sich mit der Hand durchs Haar. »Sie sagte mir, sie hätte zu viel Angst, um ihr Wort zu brechen«, sagte sie. »Ist sie am Leben?«

»Davon müssen wir ausgehen«, sagte Morfessa. »Wenn sie bis jetzt keine anderen Krankheitszeichen hat erkennen lassen, muss sie noch eine Chance haben.« Er wandte sich rasch wieder Rorc zu. »Wir müssen sie da herausholen. Wenn es zum Schlimmsten kommt und Azoth die Stadt einnimmt, brauchen wir sie als Galionsfigur für die Leute, als Sammelpunkt für die Überlebenden.«

»Wenn überhaupt jemand überlebt«, sagte Balkis.

Rorcs Gesichtsausdruck war gleichmütig. »Wir setzen viele Leben aufs Spiel, wenn wir sie herausholen. Es wird schwer genug, uns einen Weg aus der Drachenanlage und der Stadt freizukämpfen, ganz zu schweigen davon, in den Palast zu gelangen.«

»Die Drachen können helfen«, sagte Tallis.

Kurz herrschte Schweigen.

»Wie?«, fragte Rorc.

»Es sind nur zwei«, sagte Attar und kam um den Tisch herum auf ihn zu, »und wir können es uns nicht leisten, sie zu verlieren, Clansmann. Was willst du tun – alle Pfeile davon abhalten, sie zu treffen, einen Trupp Wachen aufhalten?«

»Wenn es sein muss.« Er sprach mit gesenkter Stimme, aber sie war von einem Selbstbewusstsein erfüllt, das zuvor nicht darin gelegen hatte. Shaan spürte die Macht in ihm und sah sie dann in ihm schimmern, ein Aufblitzen tief in seinen Augen, das seine Iriden für einen Moment verdunkelte. Es ließ die anderen innehalten, und sie spürte, wie Unbehagen den Raum durchlief. Sie trat an die Seite ihres Bruders.

»Hoffen wir, dass es nicht sein muss«, sagte Rorc langsam. »Aber Drachen, die die Stadt angreifen? Die Leute werden noch denken, dass Azoth gekommen ist.«

»Umso besser«, sagte Morfessa. »Sie müssen aufwachen und sich darauf besinnen, vor wem die Glaubenstreuen sie beschützen.«

»Ein Schutz, den sie noch immer verdienen«, fügte Rorc hinzu.

»Das Volk ist nicht der Rat, alter Mann, und wenn wir hiermit beginnen, könnten durchaus durch unsere Schuld einige ums Leben kommen. Wir müssen uns durch eine ganze Stadt kämpfen, vergiss das nicht.«

»Das habe ich nicht vergessen«, antwortete Morfessa, »Lorgon aber sehr wohl.«

»Dennoch«, sagte Balkis, »den Palast zu stürmen und Nilah herauszuholen, das wird unsere Zahl dezimieren.«

»Wir müssen einen heimlichen Weg finden«, sagte Rorc. »Da können die Verführer helfen.«

»Aber Nilah wird ihnen nicht vertrauen«, sagte Shaan, und ihr Mund wurde trocken, als er sie musterte. »Das wird sie nicht«, bekräftigte sie. »Sie vertraut Euch nicht, aber mir. Ich sollte gehen.«

»Meldest du dich freiwillig?«, fragte Rorc. Neben ihm sah Balkis sie stirnrunzelnd an, aber sie ignorierte ihn.

»Ich könnte mit einem Jäger gehen, oder mit jedem sonst, den Ihr auswählt«, sagte sie, »und sie würde freiwillig mitkommen, aber wenn Ihr ihr Männer auf den Hals schickt, wehrt sie sich vielleicht.«

»Und wird leicht überwältigt.«

»Wenn Ihr nicht vorhabt, sie ohnmächtig zu schlagen und zu tragen oder ihren Verstand von einem Verführer bloßlegen zu lassen, wäre es dann nicht einfacher, wenn sie mithilft?«

»Was sie sagt, ist durchaus sinnvoll«, sagte Morfessa.

»Für wen?« Balkis starrte ihn böse an, aber Rorc betrachtete Shaan mit nachdenklichem Interesse.

»Was hast du vor?«, fragte er.

Shaan warf einen Blick auf Tallis, der sie mit fast demselben Ausdruck musterte wie ihr Vater. Es erschütterte sie, und sein Gesichtsausdruck verwandelte sich sofort in ein Stirnrunzeln, als er das spürte.

»Wir schwimmen aufs Meer hinaus«, sagte sie, »aus der Bucht am Fuß der Klippen. Wir können um die Landzunge gelangen, im Händlerviertel an Land gehen und von dort aus zum Palast hochsteigen.«

»Glaubst du, dass du stark genug bist, so weit zu schwimmen?«, fragte Balkis.

»Wir sind jeden Tag dorthin gegangen«, sagte Tallis. »Sie wird es schaffen.«

»Es wird kein Problem sein.« Shaan fing Balkis' Blick auf. »Und dann können wir uns durchs Tor zum Obstgarten in den Palast schleichen.«

»Ja, dort sind wirklich weniger Wachen«, pflichtete Rorc ihr bei. »Und hinauszuschwimmen … Daran hatte ich nicht gedacht. Es ist ein guter Plan.«

»Schade, dass die Bucht nicht größer ist, sonst könnten wir Männer in Booten hinausschicken«, sagte Morfessa.

»Boote würden bemerkt werden.« Rorc winkte sie alle zur Karte und klopfte mit einem Finger auf die Südostküste, wo die Ausläufer der Schwarzen Berge bis zum Meer reichten. »Ich habe gestern die Nachricht erhalten, dass das Dorf Hed zerstört ist. Bis auf die Grundmauern niedergebrannt. Keine Überlebenden. Meine Kundschafter haben dort noch keine Spur von Azoths Armee gesehen, aber es wird nicht mehr lange dauern. Dies ist das Gebiet, aus dem er kommen wird. Es liegt am nächsten bei den Wildlanden, und wir wissen, dass er die Wüste nicht durchqueren kann. Er muss seine Armee hier hindurchbringen. Und hierhin« – er berührte einen Bergkamm, der als »Jägerklippe« bezeichnet wurde – »wird Balkis die Glaubenstreuen und Reiter bringen, um zu warten, während wir drei zu den Clans aufbrechen. Attar, du gehst mit ihm.«

Irgendetwas brach in Shaan bei dem Gedanken zusammen, dass Balkis dorthin würde gehen müssen, und ein Teil ihrer Verärgerung über ihn verflog. Er würde nahe an der Stelle sein, an der Azoth durchbrechen würde. Zu nahe. Sie konnte sich nicht davon abhalten, ihn anzusehen. Er musterte sie, suchte nach ihrer Reaktion.

»Was ist mit Nilah?«, fragte sie.

»Wenn du sie befreien kannst, wird sie sich in einer Hütte in der Gorankette verstecken.«

»Aber ich werde nicht mit ihr gehen«, sagte Morfessa, und Rorc richtete sich auf, um ihn anzusehen.

»Was?«

»Irgendjemand muss hierbleiben und auf Veila und Tuon warten«, sagte Morfessa. Bei der Erwähnung des Namens ihrer Freundin wurde Shaan sehr traurig. Würde sie Tuon sehen, bevor sie in die Wüste aufbrach?

»Wir wissen nicht, wie lange sie brauchen werden«, gab Rorc zu bedenken.

»Bestimmt nicht länger als etwa einen Tag«, sagte Morfessa. »Aber Veila hat die Schriftrollen gesehen, Rorc. Wir müssen herausfinden, ob sie auf etwas gestoßen ist – vielleicht auf einen Weg, uns zu den Vieren zu führen. Einen Weg, uns zu retten. Ich kann sie fortbringen, wenn sie zurückkehrt; Cyri wird mithelfen.«

Shaan sah das Funkeln seiner Augen, als er von den Vieren sprach, und spürte das ebenso vertraute wie besorgte Verkrampfen, das der Gedanke an sie auslöste. Zu viele Götter. Sie konnte seinen Glauben, dass sie so hilfreich sein würden, wie sie würden sein müssen, nicht teilen. Sie hatte gesehen, was schon ein Gott allein mit dem Schöpferstein anrichtete.

»Wenn sie Drachen mitbringen, kann ich sie vielleicht spüren«, sagte Tallis. »Herausfinden, wie weit sie entfernt sind.«

»Aber du hast noch nichts gespürt.« Shaan wandte sich zu ihm um und sah, dass er jetzt suchte.

»Nein«, sagte er schwach, seine Aufmerksamkeit weit von ihr entfernt. Eine plötzliche, heftige Ahnung von drohender Trennung erfüllte sie und ließ ihr kalt werden. Sie legte Tallis eine Hand auf den Arm. Sein Blick klärte sich, um sie wahrzunehmen, als er das spürte. *Spürst du es auch?* Seine Stimme war ein Flüstern in ihrem Verstand.

»Was ist?«, fragte Morfessa.

»Nichts«, sagte Tallis, aber Shaan sah, wie der alte Mann sie beide stumm und nachdenklich musterte.

»Los«, sagte Rorc. »Wir müssen auf den Plan zurückkommen.

Attar, wie groß war die Streitmacht, die du vor der Mauer gesehen hast?«

Es war beinahe Mitternacht, als sie Rorcs Quartier verließen. Tallis kehrte in die Kuppel zurück, um die Drachen zu rufen, während Shaan und Balkis sich auf die Suche nach einem Jäger und einem Verführer machten, die mit ihr kommen konnten, um Nilah zu befreien. Shaans Einfall, um die Landzunge herumzuschwimmen, war erweitert worden. Während sie sich in den Palast aufmachte, würden Tallis und Attar die beiden Drachen benutzen, um die Wachen vom Haupttor zurückzutreiben, so dass Rorc den Auszug aus der Drachenanlage anführen konnte. In der Zwischenzeit würde Balkis mit einem Trupp von dreißig Mann hinaus und um die Landzunge herumschwimmen, um die Wachen von hinten anzugreifen und zur Kapitulation zu zwingen. Mit beiden Drachen und der geballten Kraft der Glaubenstreuen gegen sich würden die Wachsoldaten, wie sie hofften, überwunden werden. Balkis würde in der Lage sein, die Glaubenstreuen und Reiter aus der Stadt zu führen, während Shaan und Tallis Nilah auf den Drachen fortbrachten.

Shaan folgte Balkis durch die Bäume zurück zu den Baracken. Die Planung ihres Angriffs und der Flucht der Armee aus der Stadt hatte Stunden gedauert, und Shaans Kopf fühlte sich übervoll von Taktik und Entscheidungen an. Ihre linke Seite schmerzte und brauchte Ruhe.

Balkis ging in angespanntem Schweigen voran. Shaan fragte sich, ob er sich Sorgen machte, weil er seine Familie würde zurücklassen müssen, oder nur unglücklich über die Schritte war, die der Rat unternommen hatte und die zu dem hier geführt hatten. Er schritt den Pfad so schnell entlang, dass Shaan kaum mit ihm mithalten konnte. Unter den Bäumen war es dunkel, und sie stolperte über eine Wurzel, die sie übersehen hatte, als sie den Hügel hinabgingen. Balkis wandte sich nicht um, als sie aufkeuchte und sich gerade noch fing, bevor sie stürzte. Entnervt rief sie ihm nach: »Geh doch langsamer!«

Er blieb stehen. Sein Haar fing das Sternenlicht auf und glänzte beinahe weiß; seine Augen lagen im Schatten, während er stillstand und auf sie wartete.

»Wenn du so in Eile bist, lauf einfach voraus, ich komme dann nach«, sagte sie, als sie ihn erreichte.

»Ich dachte, du wärst weit genug genesen, um mithalten zu können. Hast du das nicht Rorc gesagt?« Seine Stimme war kühl, reserviert.

Sie hielt inne. »Ich bin genug genesen; ich habe nur keine Beine, die so lang wie deine sind.«

»Verstehe.« Er nickte.

»Du glaubst nicht, dass ich es schaffen kann«, sagte sie.

»Ich glaube nicht, dass du es tun solltest – das ist ein Unterschied.«

»Nun, zum Glück brauche ich nicht deine Erlaubnis.«

»Nein, die brauchst du nicht.« Sein Tonfall war ruhig, aber er hatte einen Beiklang, der Zorn in ihr aufkeimen ließ.

»Ich brauche kein Kindermädchen, Balkis«, sagte sie. »Ich passe seit Jahren auf mich selbst auf und kann das hier schaffen, ich bin stark genug. Glaubst du, Tallis hätte das gesagt, wenn er dächte, ich wäre nicht stark genug?«

»Tallis?« Er stieß ein kurzes, hartes Auflachen aus. »Er ist mittlerweile so von Macht erfüllt, dass er glaubt, alles erreichen zu können. Er denkt, er könnte dich retten, wenn es sein müsste.«

»Vielleicht könnte er das«, sagte sie. »Du weißt, wer er ist, nicht wahr? Von wem er abstammt, von wem wir beide abstammen?«

Balkis sagte nichts; seine blauen Augen funkelten dunkel im Zwielicht.

»Er würde mich nie in Gefahr bringen«, sagte sie.

»Er glaubt nicht, dass du in Gefahr sein wirst.«

»Weil er weiß, dass ich es schaffen kann.«

Balkis atmete leise aus. »Weil er eine ganze Armee töten würde, um dich zu retten.« Er trat einen Schritt auf den Platz zu, an dem sie im Schatten eines hohen Baums stand. Seine Worte machten sie nachdenklich, und sie sah wieder die Macht in den Augen ihres Bruders schimmern, hatte eine Vision, wie er sich eine Schneise durch eine Menge von Männern mähte, eine Klinge in der Hand und Zorn im Gesicht. Er war jetzt so stark. Es flößte ihr Angst um ihn ein, und sie spürte ihn plötzlich in der Kuppel, ein Zentrum, das so große Kraft und Energie ansog, dass er wie eine leuchtende Dunkelheit in ihrem Verstand war – aber all diese Macht war nur einem Zweck untergeordnet, dem, Azoth zu töten und alles zu tun, um dieses Ziel zu erreichen. Balkis berührte ihre Schulter, und Shaan blinzelte und kehrte in den dunklen Schatten der Bäume zurück.

»Shaan«, sagte er und streichelte mit dem Daumen ihren zarten Schulterknochen, »warum hast du mir nichts von deiner Mutter erzählt?«

Der Atem stockte ihr in der Kehle. »Ich hatte keine Zeit.«

»Wie lange ist sie schon hier?«

»Warum spielt das eine Rolle?« Sie fühlte sich plötzlich von dem wissenden Ton seiner Stimme in die Enge getrieben. »Es überrascht dich vielleicht, dass ich dir nicht alles erzähle, Balkis.«

Er hielt inne, atmete aus. »Nein, warum sollte ich das erwarten? Zwischen uns ist ja schließlich nichts, nicht wahr?« Sein Daumen rieb wieder über ihre Haut.

Es sorgte dafür, dass sie sich zugleich warm und besorgt fühlte. »Hör auf damit.«

»Warum? Es hat nichts zu bedeuten.« Er machte weiter damit, und die Worte, die sie hatte sagen wollen, kamen nicht, weil sie sah, dass seine Augen von einer Art bitterem Schmerz erfüllt waren.

»Bedeutet es denn *nicht* nichts?«, sagte er wieder. »Sind meine Aufmerksamkeiten kein Spiel für dich?«

Das raubte ihr den Kampfgeist. So hatte sie ihn noch nie gesehen. »Nein«, sagte sie, »es hat etwas zu bedeuten.«

Er verzog die Lippen. »Aber nicht viel.«

»Nein.« Sie legte die Hand über seine, brachte die Bewegung seines Daumens zum Erliegen. »Mehr als das.«

Er stand still und musterte sie beinahe misstrauisch, als sie seine Hand nahm und zwischen ihren eigenen hielt. Seine Hand war größer als ihre, die Haut verhärtet davon, ein Schwert zu halten, sonnengebräunt, und doch passte ihre eigene so gut hinein. Das war ihr vorher noch nicht aufgefallen. Sie rieb mit einem Finger über seine Handfläche, zog die Linien nach, die im Sternenlicht nur schwach zu erkennen waren, und holte tief Luft.

»Shaan …« Seine Stimme zitterte, klang sanft, aber sie umfasste seine Hand, unterbrach ihn.

»Nein, warte«, sagte sie. »Ich habe dir nicht von meiner Mutter erzählt, weil sie … Es fühlt sich einfach nicht so an, als ob sie wirklich ist.« Sie hoffte, dass er ihrem Gesicht ansehen würde, was sie nicht erklären konnte. »Ich hatte nie eine Mutter, Balkis, nicht wirklich, und jetzt ist es so, als ob …«

»… es zu spät ist?«, sagte er.

Sie seufzte. »Vielleicht. Ich weiß es nicht.« Ihr Herz klopfte schneller, als sie seine Hand fester umklammerte. »Aber das ist nicht alles«, sagte sie. »Ich habe auch herausgefunden, dass Tallis und ich auch einen Vater haben, der noch am Leben ist.«

Seine Brauen zogen sich zu einem kleinen Stirnrunzeln zusammen. »Du klingst auch darüber nicht glücklich.«

Sie schüttelte den Kopf. »Er weiß es noch nicht.«

»Du sagst das, als ob er hier in Salmut wäre.«

»Das ist er.« Shaan holte tief Atem und fragte sich, ob sie das Richtige tat. Aber früher oder später würde Mailun davon erzählen müssen, und dann würde ohnehin jeder davon erfahren. »Es ist Rorc«, sagte sie leise. »Rorc ist unser Vater.«

Balkis schwieg eine ganze Weile, und sie starrte auf seine Hand hinab, seine Finger, die sich um ihre eigenen schlangen.

»Nun, das erklärt zumindest, warum du dich vorhin in seiner Gesellschaft so seltsam benommen hast«, sagte er. »Aber er ist sicher nicht der schlechteste Mann, den man zum Vater haben kann. Ich weiß nicht, warum du so erschüttert bist.«

Shaan schaute überrascht auf. »Er ist der Kommandant, er hat mich einmal beinahe in eine Zelle werfen lassen, und ich glaube nicht, dass er mich überhaupt mag.«

Balkis zuckte die Schultern. »Ich glaube nicht, dass der Kommandant überhaupt jemanden besonders mag. Aber herauszufinden, dass man Eltern hat, ist doch ohne Zweifel etwas Gutes, nicht wahr?«

»Ich bin zu alt, um plötzlich Eltern zu haben«, sagte Shaan.

»Versuch, das meinen zu erzählen.« Balkis lächelte schief, aber seine Heiterkeit verflog, als sie sein Lächeln nicht erwiderte, und seine Augen zogen sich ein klein wenig zusammen. »Geht es bei der Heldentat, die du planst, darum? Willst du dein Leben aufs Spiel setzen, weil du ihm nicht gegenübertreten willst, wenn er es erst weiß?«

»Nein.« Sie entzog ihm ihre Hand. »Aber es ist eine gute Ablenkung, findest du nicht?«

»Shaan …« Die Frustration kehrte in sein Gesicht zurück.

»Was? Ich kann selbst auf mich aufpassen, Balkis.«

»Wirklich? Warum musste ich dich dann vor dem Kerl auf der Gasse retten, und wie ist es mir gelungen, dich so leicht zu fangen, als du vor mir auf der Flucht warst?«

»Zufall – und ein Fehler«, sagte Shaan und verschränkte die Arme. Sie hasste es, an den Abend erinnert zu werden, als sie im Gasthaus Zum Drachen so töricht gewesen war. Aber mittlerweile war sie anders, in mehr als einer Hinsicht. »Gewöhnlich kann ich selbst auf mich aufpassen. Ich habe Azoth überlebt, nicht wahr?«

Er dachte nach. »Nur knapp«, sagte er dann, und ein Ausdruck schmerzlichen Zorns erfüllte seine Augen. »Weißt du, was mir das angetan hat, Shaan? Eine Zeitlang dachte ich, du wärst tot. Ich dachte, ich hätte dich verloren. Ich dachte …« Er schüttelte den Kopf, und sie fühlte sich, als würde etwas ihr Inneres ergreifen, eine harte, krallenbewehrte Faust, die an allem zog.

»Und dann kamst du zurück«, sagte er. »Du kamst zurück und hast endlich, endlich zugelassen, dass ich dich besuche.« Seine Stimme war leise und trostlos. »Ich hatte nicht damit gerechnet, dass du das je tun würdest. Und jetzt willst du weglaufen und erneut dein Leben riskieren.«

»Es tut mir leid«, flüsterte Shaan und streckte die Hand nach seiner aus, aber er rührte sich nicht. »Ich hatte Angst, dich zu treffen«, sagte sie. »Ich war verletzt, halbtot.«

»Meinst du, das hätte mir etwas ausgemacht?«

»Es hat *mir* aber etwas ausgemacht.« Sie schluckte, versuchte ihr Herz, das ihr bis zum Hals schlug, wieder hinunterzuzwingen. Die Gefühle für ihn, die sie zu unterdrücken und zu verleugnen versucht hatte, überschwemmten sie nun. Nun, da sie nur noch so wenig Zeit hatten. Sie raffte ihren Mut zusammen. »Ich wollte, dass du mich heil siehst«, sagte sie, »nicht versehrt. Ich…« Sie holte tief Luft. »An dich zu denken, das hat mich aufrecht gehalten, als ich bei Azoth war.«

Es war keine Liebeserklärung, aber es war alles, was sie ihm anzubieten wusste, alles, was sie jetzt sagen konnte, da jenes schreckliche Gefühl der Trennung über ihnen schwebte.

Ein schwaches Lächeln huschte über sein Gesicht wie Feuerschein. Er hob die Hand und strich ihr damit zärtlich über den Kiefer. »Dann tu das hier bitte nicht«, sagte er.

Sie nahm seine Hand. »Ich habe keine Wahl. Du weißt, dass Nilah nicht tut, was man ihr sagt.« Sie lächelte kurz, traurig. »Wir haben keine Wahl. Hör auf, so sehr den Beschützer zu spielen.«

»Ich kann nicht anders.«

Sein dunkelblauer Blick blieb aufmerksam auf ihrem Gesicht ruhen. Es war still zwischen den Bäumen; alle, die in den kleinen Häusern zwischen ihnen lebten, machten sich unten auf dem Platz für die Schlacht bereit. Sie waren allein, und Shaan war sich dessen plötzlich sehr bewusst. Balkis war so nahe, dass es leicht gewesen wäre, ihre Hand auf den festen Muskeln seiner Brust ruhen zu lassen. Sie wollte es.

»Morgen Nacht werden wir von hier fort sein«, sagte sie.

Er nickte langsam. »Wenn alles gut geht. Du wirst zu den Clans reisen, und ich werde…«

»…näher an dem Ort sein, an dem Azoth sein wird«, unterbrach sie ihn und hatte plötzlich Angst um ihn.

»Machst du dir Sorgen um mich?«, fragte er, und es lag eine Andeutung des neckischen Tonfalls in seiner Stimme, der ihr Blut in Wallung versetzte, aber sie konnte seiner Heiterkeit nichts entgegensetzen. Nicht jetzt. Das Wissen, dass sie ihn vielleicht für lange Zeit nicht wiedersehen würde, dass er vielleicht sterben würde, stürzte auf sie ein. »Ja«, flüsterte sie.

Sein Lächeln verblasste, und er antwortete mit gedämpfter Stimme: »Dazu bin ich ausgebildet.«

Ihr stockte der Atem, und sie hob die Hand und legte sie flach auf seine Brust. Sie spürte sein Herz unter ihrer Handfläche schnell klopfen und schaute hoch in sein Gesicht. Er musterte sie mit einer Ruhe, die im Gegensatz zu dem raschen Pochen stand.

»Ich will nicht, dass du gehst«, sagte sie, schob ihre Finger unter die Öffnung seiner Weste auf die warme, bloße Haut und spürte die spärlichen, weichen Haare dort.

»Shaan«, flüsterte er. »Hör auf, mich zu ärg…« Sie schnitt ihm das Wort mit einem Kuss ab, ließ ihre Hand in seinen Nacken gleiten und zog ihn zu sich herab. Seine Lippen waren warm und weich, und er schmeckte salzig und süß zugleich. Einen Moment lang war er still, aber dann zog er sie an sich und erwiderte ihren Kuss. Sie fühlte sich schwindlig, wirbelte von sich selbst weg – alles war verschwunden, bis auf seinen Mund auf ihrem, seinen Atem, seine Zunge. Sie schmiegte sich an ihn, und er stieß sie zurück, bis sie die raue Rinde eines Baums an ihrer Wirbelsäule spürte, küsste ihn die ganze Zeit, hatte Angst, aufzuhören, wollte nicht. Er schob ihren Rock hoch; seine Hand bewegte sich ihren Oberschenkel hinauf, bis seine Finger sich in das weichere Fleisch gruben. Er legte eine Spur aus Küssen ihren Hals hinab, und sie bewegte sich auf ihn zu, zog ihn mit dem Bein heran und spürte, wie seine Steifheit gegen sie drückte, so dass sie vor Lust und Begierde keuchte.

»Warte.« Er hob atemlos den Kopf. »Nicht hier.« Seine Augen waren dunkel vor Begehren, sein Atem heiß in ihrem Gesicht. Aber Shaan suchte erneut seine Lippen, erfüllt und überquellend von Ungeduld auf das, was sie sich für zu lange Zeit versagt hatte.

»Doch, hier«, sagte sie. Er zögerte einen Moment lang, aber

sie verstärkte den Griff ihres Beins und fuhr mit der Zunge über seine Lippen, bewegte sich an ihn. Er stöhnte, legte eine Hand hinter ihren Kopf, küsste sie, bis sie kaum noch atmen konnte, hob sie dann hoch und trug sie tiefer in die Schatten, wo sie auf den feuchten Boden stürzten. Sie zog an der Verschnürung seiner Weste, öffnete sie und fuhr mit der Hand über die festen, angespannten Muskeln seines entblößten Oberkörpers. Er roch nach Schweiß und Staub, würzig. Kleine Steine drückten ihr in den Rücken, aber sie ignorierte sie, schrie auf, als er das Oberteil ihres Kleids heunterschob und eine ihrer Brustwarzen mit der Zunge umkreiste. Sie mühte sich ab, ihre Unterwäsche abzustreifen, zupfte an seinen Hosen, und dann glitt Haut über Haut, und da war sein Geschmack, sein Atem auf ihrem Schenkel. Und sie fand einen Augenblick der Freude: Dies waren nicht die Hände eines Fremden in einem dunklen Gässchen, es war kein grober Bursche, der sie nicht kannte, es war Balkis, und sie flüsterte seinen Namen, als er in sie eindrang, klammerte sich fest an ihn, als er ihren Kopf über dem Boden wiegte. Sie sah ihm in die dunklen, starren Augen, die seltsam und schön waren, und sie schrie auf, als die Lust sie überkam.

18

Tallis stand da, das Gesicht gegen den Wind gewandt, spürte die Drachen auf sich zukommen, und auch schwach, absichtlich schwach, dass Shaan bei Balkis lag. Er versuchte, seinen Verstand so weit davor zu verschließen, wie er konnte. Er kam sich wie ein Voyeur vor. Es sorgte auch dafür, dass er sich einsam fühlte.

Er starrte in den Himmel empor. Die Nacht war schwarz und hell vor Sternen, und er konnte den Salzgeruch des Meeres in der Luft wahrnehmen, aber er dachte daran, wie viel heller der Himmel sein würde, wenn er erst wieder in der Wüste war.

»Es riecht, als ob mehr Regen kommt«, sagte Mailun, und als Tallis sich umdrehte, sah er sie und Irissa über das Dach auf ihn zukommen.

»Habe ich euch geweckt?«, fragte er.

»Nein, wir waren noch wach. Irissa will sich nicht hinlegen, bevor sie weiß, was vorgeht.«

»Du hast gesagt, du würdest es mir erzählen«, sagte Irissa. Der Tonfall der jungen Frau grenzte an Feindseligkeit.

»Tut mir leid.« Er war zu erschöpft, sich mit ihr zu streiten. »Ich dachte, ihr würdet schlafen. Ich wollte bis zum Morgen warten.«

»Aber du kommst nicht zurück, um zu schlafen, nicht wahr?«, fragte seine Mutter.

»Nein.« Er wies in die Nacht hinaus. »Ich muss die Drachen heimholen. Die Führerin wird im Palast gefangen gehalten, und wir müssen sie morgen herausholen – bevor wir in die Clanlande aufbrechen.«

Das Gesicht seiner Mutter zog sich bei diesen Worten zusammen, Irissa jedoch sah erleichtert drein.

»Den Führern sei Dank!«, sagte sie, aber Mailun schwieg.

»Ich habe Rorc gebeten, euch beide mitzunehmen«, sagte er und sah sie an. »Du wirst mit ihm sprechen müssen, Mutter. Du kannst nicht länger warten.«

Sie nickte. »Ich weiß.«

»Er wird bald herkommen«, sagte er, »um zu hören, was die Drachen mir sagen.«

Ihr Hals bewegte sich in einem verkrampften Schlucken, und sie nickte wieder. »In Ordnung, Sohn.« Sie sah blass aus, aber ihre Hände waren ruhig, als sie seinen Arm ergriff und ihn fest drückte. »Du wirst morgen kämpfen.«

»Ja.«

»Er wird schon zurechtkommen«, schnaubte Irissa. »Du solltest dir keine Sorgen um ihn machen.« Ihre Augen funkelten mit einem Ausdruck, den er nicht begreifen konnte, als sie ihn musterte.

»Ihr müsst bald bereit sein«, sagte er. »Rorc plant den Angriff auf die Wachen am Tor und im Palast für die frühen Stunden vor der Dämmerung. Ich werde euch von den Drachen aus der Stadt wegtragen lassen, bevor der Angriff beginnt.«

Irissas forsches Auftreten bekam Risse. »Wir müssen auf einem Drachen reiten?«

»Es gibt keinen anderen Weg, schnell fortzukommen. Ihr werdet in Sicherheit sein.«

»Ich habe keine Angst«, gab sie zurück.

»Mir behagt die Vorstellung nicht«, sagte Mailun leise.

»Du wirst es schon schaffen.« Tallis berührte ihren Arm.

Sie lächelte dünn, während Irissa sagte: »Ich bin froh, fortzukommen. Ich würde für eine Mar-Ratte töten; das Essen hier ist immer bloß Fisch oder Muthu. Und Jared ist nicht hier …« Ihre Worte erstarben, und Tallis spürte, wie sich ein Muskel in seinen Eingeweiden zusammenzog. Er drehte sich um, um wieder das Meer mit Blicken abzusuchen, und sie schwiegen alle einen Moment lang, bis Irissa weitersprach: »Ich will ihn immer noch finden, Tallis.«

»Ich weiß«, sagte er. »Aber er ist nicht verloren, Irissa. Ich weiß, wo er ist, ich kann nur nicht … Wenn ich umkehren und ihn holen könnte, wenn ich ihn wegbringen könnte, meinst du nicht, dass ich es dann täte?«

»Ich weiß es nicht. Du hast dich so verändert – ich weiß nicht, was du jetzt tun würdest, Tallis.« Sie wandte sich ab, um über die Stadt hinwegzustarren; Zorn und Schmerz zeichneten sich in ihrem Profil ab.

Tallis fühlte sich, als hätte sie ihm einen Tritt versetzt, der ihm den Atem raubte. Wie konnte sie denken, dass er Jared nicht gerettet hätte, wenn er es hätte tun können?

Seine Mutter machte eine kleine Bewegung. »Ich muss einen Augenblick allein sein, um mich darauf vorzubereiten, Rorc zu treffen«, sagte sie. »Ich glaube, ich gehe wieder hinein.« Sie warf ihm einen festen Blick zu und ging dann über das Steindach fort.

Tallis stand einen Moment lang da, nachdem sie gegangen war, und wusste, dass sie von ihm erwartete, etwas bei Irissa wiedergutzumachen. Aber würde überhaupt irgendetwas, was er sagte, einen Unterschied bedeuten?

»Ris?«, sagte er. Es war ein Spitzname, den er seit ihrer Kindheit nicht mehr verwendet hatte.

Sie reagierte nicht, die Arme fest vor dem Körper verschränkt.

Er versuchte es noch einmal. »Ris, es tut mir leid. Du weißt, dass ich ihn nicht dort zurücklassen wollte.«

»Aber du hast es getan.« Ihre Stimme war angespannt. »Du hast einen Eid geschworen, Tallis. Er war bereit, sein Leben für deines hinzugeben, aber du …« Sie unterbrach sich und wandte sich ihm zu. Er sah das Funkeln von Tränen in ihren Augen, aber sie war zu stolz, sie fließen zu lassen.

»Die Schuld, die du ihm gegenüber abzutragen hast, ist nun mein«, sagte sie.

Ein lastender Schmerz senkte sich zwischen seine Schultern. Sie berief sich auf das Recht der Verwandtschaft.

»Er ist nicht tot, Ris«, sagte er leise.

»Das weißt du nicht.« Ihr starrer Blick war angsterfüllt. »Wenn ich dir überhaupt etwas bedeute, wirst du mich dies tun lassen«, sagte sie. »Ich habe das Recht, seine Schuld einzutreiben, wenn sie unbeglichen bleibt. Und du hast sie nicht beglichen. Du bist kein Risiko eingegangen, du hast sein Leben nicht über dein eigenes gestellt. Jetzt ist es an mir, es an seiner Stelle einzufordern.«

Er zuckte vor dem schieren Zorn in ihrem Tonfall zurück. Er wollte ihr sagen, dass er es getan hätte, wenn er gekonnt hätte, dass er Jareds Platz eingenommen hätte, wenn er gekonnt hätte, aber er hatte es nicht getan. Es war zu spät. Aber es war nicht zu spät für sie.

»Ich werde diese Schuld begleichen, wenn du es verlangst«, sagte er leise. »Aber du musst mich nicht darum bitten, Ris. Ich würde mein Leben mit Freuden für deines hingeben. Und ich würde dich jetzt mein Herz durchbohren lassen, wenn ich glaubte, dass uns das Jared zurückbringen würde. Aber ich weiß, dass es nicht dafür sorgen wird. Alles, was ich tun kann, ist, dich zu bitten, mir die Gelegenheit zu geben, gegen den zu kämpfen, der ihn genommen hat. Zu versuchen, diese Untat wiedergutzumachen.«

Sie stand einen Moment lang da und starrte ihn an, atmete in raschen, abgehackten Zügen. Es erinnerte ihn an einen Zeitpunkt, als sie beide noch Kinder gewesen waren und er ihr einen Streich gespielt hatte. Er hatte während eines Jagdausflugs einen Teil ihrer Beute gestohlen, so dass Irissa verloren hatte, als Miram gekommen war, um ihre Fähigkeiten zu beurteilen. Sie hatte es herausgefunden und danach genau so vor ihm gestanden, wie sie es jetzt tat, rasch und heftig atmend; er war von Scham erfüllt gewesen. Er hatte es so gern zurücknehmen wollen – es aber nicht gekonnt. Genauso, wie er jetzt ihren Schmerz nicht fortnehmen konnte.

In ihrem Gesicht stand ein sehnsüchtiger Ausdruck, und plötzlich wünschte er sich verzweifelt, sie trösten zu können. Er griff nach ihrer Hand, aber sie trat zurück und ging davon, verschwand wieder in der Kuppel.

Er stand einen Moment lang schweigend da; sein Brustkorb

fühlte sich so zusammengekrampft an, dass er glaubte, seine Knochen würden bersten. Seine Mutter musste auf ihn gewartet haben, denn er hörte sie hinter sich wieder aufs Dach treten. Sie berührte ihn nicht, stand einfach nur bei ihm, lauschte den Geräuschen der Nacht.

»Sie wird mir nie verzeihen«, sagte er leise, und als er es sagte, verspürte er einen fürchterlichen Schmerz, als er begriff, wie groß sein Bedürfnis war, von ihr wieder ohne Ekel oder Wut angesehen zu werden.

Mailun seufzte und sagte: »Sie hat dir schon vergeben, Sohn; sie selbst ist diejenige, der sie nicht verzeihen kann.«

»Was meinst du?«

»Wenn sie sagt, sie wünsche, dass du dein Leben für das ihres Bruders gegeben hättest, so tut sie das nur, weil sie froh ist, dass du es nicht getan hast, und sich selbst dafür hasst.« Sie schob ihre Hand in seine und sah mit einem traurigen Lächeln zu ihm hoch. »Sie liebt dich schon lange, Sohn. Ich bin überrascht, dass du so blind sein konntest.«

Liebte ihn? Er fühlte sich plötzlich ausgehöhlt. Sie konnte ihn nicht lieben, er war … *Arak-ferish*. Von Drachenart, ein Kind des Todes. Als er an die Drachen dachte, hörte er Marathins zischendes Flüstern und spürte, wie sie und Haraka sich der Kuppel näherten. Sie waren von einer wilden, feurigen Erregung erfüllt, die er nicht recht begreifen konnte, während sein Geist sich bemühte, zu verstehen, was seine Mutter gesagt hatte.

Mailun rieb ihm mit einer Hand den Rücken. »O Sohn«, sagte sie, »es ist hart, dass wir nie wählen können, wen wir lieben.«

»Das ist nur allzu wahr«, sagte eine tiefe Stimme, und Mailun versteifte sich; die Farbe wich aus ihrem Gesicht, als sie sich beide umdrehten und sahen, dass Rorc auf dem Dach hinter ihnen stand.

Eine ganze Weile lang sahen sie einander an.

»Sei mir gegrüßt, Rorc«, sagte Mailun. Ihre Stimme zitterte nicht, aber Tallis hörte ihr die Furcht an.

Rorc war so reglos, dass er wie eine Statue wirkte. Tallis bemerkte, dass Attar mit angespannter Miene mehrere Schritte hinter ihm stand; er war sich bewusst, dass nicht alles in Ordnung war.

»Wie kommst du hierher?«, fragte Rorc und dann sah er wie getrieben von ihr zu Tallis und verstand. »Du bist seine Mutter«, sagte er.

Sie nickte, die Lippen eng geschürzt, den ganzen Körper aufs Äußerste angespannt, und Tallis sah, wie Rorc die Jahre im Kopf ausrechnete, ihn ansah, sie ansah, und dann den Moment, in dem er begriff, was das bedeutete.

»Er ist von mir«, sagte er leise.

»Ja.« Es war kaum ein Flüstern. »Shaan auch.«

Rorcs Augen waren kalt, aber darunter glaubte Tallis etwas anderes spüren zu können. Schuldgefühle, Scham? Er wusste es nicht.

Am Himmel über ihnen bewegte sich etwas; gleich darauf ließen Marathin und Haraka sich aufs Dach fallen und durchbrachen die Anspannung. Ihre Flügel ächzten laut in der Luft, die Krallen kratzten, und der scharfe Drachengeruch driftete zu ihnen herüber, als die beiden sich in der Nähe niederließen.

Arak-ferish! Marathins drängender Tonfall durchschnitt Tallis' Gedanken. Neben ihr klopfte Haraka mit einem Flügel aufs Dach.

Mehr kommen, meldete er. *Übers Salzwasser*.

Was? Tallis rannte an die Dachkante und beugte sich zum Ozean, warf seine Sinne weit hinaus, griff so weit aus, wie er nur konnte. Er wurde mit dem Aufblitzen einer Vision vieler Flügel belohnt, die durch die Luft einen Weg zu ihm schlugen. *Arak-ferish*. Eine fremde Drachenstimme gelangte wie ein Echo in seinen Verstand.

»Was ist?«, fragte Rorc.

»Die Inseldrachen«, sagte er. »Zehn von ihnen kommen her.«

Rorcs Augen weiteten sich. »Wie weit noch?«

»Sie kommen schnell. Ich könnte hinausfliegen, um sie zu treffen.«

»Tu das.« Er rief Attar zu: »Begleite ihn. Seht zu, ob ihr das

Schiff von den Inseln erspähen könnt. Sie hätten keinen günstigeren Zeitpunkt wählen können.« Er wandte sich wieder Tallis zu. »Sprich mit ihnen, finde heraus, ob sie uns helfen werden, aus der Stadt hinauszukommen. Sie könnten einen Unterschied in der Frage bedeuten, wie viele Männer wir am Leben halten können.«

»Ich werde tun, was ich nur kann«, sagte Tallis und sah zu seiner Mutter hinüber. Ihr Gesicht war immer noch fürchterlich blass.

»Eine gute Nacht zum Fliegen, Clansmann«, sagte Attar, als er bei den Drachen zu ihm stieß.

»Das hoffe ich«, sagte Tallis. Sie kletterten auf die Rücken der aufgeregten Drachen, und Marathin duckte sich und sprang in den schwarzen Himmel. Die Drachin flatterte ein, zwei Mal mit den Flügeln, und dann konnte Tallis seine Mutter nicht mehr sehen, da sie in den frischen Wind hinausflogen, der über das Meer blies.

19

Tallis duckte sich tief, während Marathin rasch die Luft durchschnitt. Es hatte wieder zu regnen begonnen, ein leichtes, nebliges Nieseln, das sein Haar bedeckte, ihm in die Augen tropfte und auf seinen Lippen salzig schmeckte, da es sich mit der Luft, die vom Ozean aufstieg, vermengte. Draußen über dem Wasser war fast nichts sichtbar, so dass alles, was er erkennen konnte, dann und wann das Funkeln von Harakas Auge zu seiner Rechten und das schwache Schimmern reflektierten Sternenlichts auf Flügeln und Schwänzen war, wo Wasser von der Haut der Drachen abperlte. Aber es spielte fast gar keine Rolle, dass er nichts sehen konnte, weil er fühlte. Marathin unter ihm war eine heiße, pulsierende Präsenz, die durch seine Adern strömte, Haraka ein darauf antwortendes Pochen, und vor ihnen, jetzt nicht mehr weit entfernt, kam die neue Drachenschar von den Inseln, von ihm angezogen wie Motten von einer Kerzenflamme oder das Wasser vom Ufer. Er spürte ihre kombinierte Essenz wie einen Chor in seinem Blut, als sie seinen Geist und Körper mit Energie durchflutete.

Bald. Marathins Zischen hatte einen Beiklang von Erwartungsfreude, und Tallis fragte sich, wie es sein konnte, dass Attar, der neben ihm ritt, das Summen nicht hören konnte, das in seinem Verstand so laut wie tausend Bienen klang. Alle Gedanken an Sorgen um seine Mutter und daran, was Rorc sagen mochte, waren verschwunden, und sein nachklingender Kummer über den Ausdruck von Irissas Augen wurde auf ein Minimum gedämpft, als der Schwarm näher kam, und dann war er plötzlich vor ihm. Eine Reihe von Drachen brach wie Schatten, die Gestalt annahmen, aus der dunklen Nacht hervor. Hier blitzte ein Auge im Sternenlicht, dort war ein Flügelschlag sichtbar, und dann konnte Tallis sie erkennen: zehn Drachen, die von einem alten Weibchen angeführt wurden. Ihre Haut begann blau und grün zu schimmern, als sie sich ihm näherten und spürten, dass sein Innerstes sie erwartete.

Arak-ferish. Es war eine einzige Stimme, eine alte Stimme, vielschichtig von all den Jahren. Das uralte Weibchen. Die Krone. *Ich heiße Asrith*. Marathin unterbrach ihre Vorwärtsbewegung und schwirrte mit den Flügeln in der Luft, um auf der Stelle zu schweben, und Tallis musste mit den Schenkeln fester zupacken, da ihr Körper bei jedem Flügelschlag eine wellenförmige Bewegung vollzog. Haraka tat es ihr nach, und sie warteten, während die Streitmacht auf sie zukam und die Luft sich erwärmte, als ihre Hitze sich vor ihnen ausbreitete.

Alte, zischte Marathin, und ein Schauer durchlief sie.

Sie hatte recht. Tallis spürte die Essenz der Krone wie alte Asche eines noch immer schwelenden Feuers. Sie führte den Schwarm auf ihn zu, bis die Drachen den Himmel wie große schwarze Vögel erfüllten.

Sie hatten sie beinahe erreicht, als er Attars Ruf hörte; er drehte sich um und sah, wie der alte Krieger auf das Wasser unter ihnen deutete. Er grinste durch den Regen, und Tallis kniff die Augen zusammen, rieb sich das Wasser aus den Augen. Dann sah er, was Attar schon erspäht hatte: ein Licht auf dem Wasser, ein kleines, schwankendes, aber stetiges Licht. Ein Schiff. Vielleicht war es das, auf dem Shaans Freundin Tuon fuhr. Er winkte zurück, um Attar zu zeigen, dass er es gesehen hatte, und richtete seine Aufmerksamkeit dann gleich wieder auf die Drachen.

Seid gegrüßt. Er schickte ihnen den Gedanken wie einen Ruf über die Strecke zwischen ihnen. *Folgt ihr mir an Land?*

Das Weibchen stieß ein hohes Kreischen aus, das von den anderen beantwortet wurde, die ihm folgten.

Führe uns, zischte Asrith. *Wir spüren seinen Ruf*.

Grinsend, sein Blut aufgrund ihrer Nähe in Wallung, wendete Tallis Marathin und führte mit einem Ruf an Attar die neue Drachenstreitmacht zurück zur Küste.

Sie landeten in einem steilwandigen Tal nördlich der Stadt. Zu dem Zeitpunkt, als sie es erreichten, fiel der Regen so dicht und schnell, dass Tallis die Augen zusammenkneifen musste, um etwas zu sehen, als er von Marathins Rücken auf den matschigen Boden glitt. Er zog den Kopf ein und suchte an ihrer Seite Schutz, als die Schar herangebraust kam, um zu landen.

Attars Stiefel spritzten Schlamm an seinen Beinen empor, als er von Haraka heruntersprang und sich neben ihn stellte. Die Inseldrachen landeten mit einem Sturmwind auf dem Boden, der erbebte und unter ihren Füßen zitterte. Das Leitweibchen landete am nächsten bei Tallis und Attar. Sie war so groß wie Marathin, und wenn sie sich bewegte, veränderte ihre Haut die Farbe; Wellen eines metallisch dunklen Grüns liefen darüber. Sie hockte sich hin und musterte sie, ohne den Regen zu beachten.

Attar beugte sich zu Tallis und hob die Stimme, um über den Drachenlärm hinweg gehört zu werden. »Das Schiff sollte bis zum Nachmittag im Hafen sein«, sagte er. »Gute Neuigkeiten für den Kommandanten.«

Tallis nickte. »Du kannst es ihm berichten. Komm.« Er stieß die Schulter des anderen Mannes an. »Sie wartet.«

»Sie?«

»Asrith. Ein Weibchen führt sie an.«

»Kein Wunder.« Attar grinste. »Wie wahrscheinlich ist es, dass sie uns Hilfe gewähren wird?«

Fordere sie. Marathins Stimme streifte plötzlich Tallis' Geist. *Die Krone bittet nicht.*

Er blieb stehen und sah sich nach Marathin um. Sie hatte sich erhoben und stand mit leicht ausgebreiteten Flügeln da, ihr grüner Blick in den der Drachin versenkt, als fordere sie sie heraus. Asrith bewegte sich plötzlich, und Tallis musterte sie argwöhnisch, spürte Hitze in sich aufsteigen.

»Was ist los?« Attar hatte die Drachin nicht sprechen hören. »Stimmt etwas nicht?«

»Nein, es ist nichts«, sagte Tallis, aber Attar spürte die Bedrohung, die in der Luft lag.

»Ich würde gern erfahren, ob die Drachen kämpfen werden, Clansmann«, sagte er.

»Das werden sie nicht. Marathin hat mir gesagt, dass ich ihre Hilfe erzwingen muss, um ihre neue Krone zu werden.«

Attar zog eine Augenbraue hoch. »Der neue Anführer? Bist du sicher, dass das nicht zu einem Kampf führen wird? Ich würde keinen Hurenlohn darauf verwetten, dass wir so einen Kampf überleben würden!«

»Kein physischer Kampf.« Verstehen erfüllte Tallis, wie eine Blume, die sich dem Wüstenregen öffnete. »Ich muss die Führung übernehmen«, sagte er. »Das ist die einzige Art, die Drachen verstehen, so ist das bei ihnen nun mal … Und sie weiß, was kommt.« Er warf einen Blick auf Asrith. Ihr Ausdruck war leer, gemessen.

»Jetzt bist du wohl ein Fachmann, was?«, frotzelte Attar.

Tallis fühlte sich seltsam gelöst. »Ja, ich glaube, das bin ich.«

Attar trat einen Schritt zurück. »Du siehst jetzt genauso aus wie in dem Dorf«, sagte er. »Wir werden doch keine Schwierigkeiten bekommen, nicht wahr, Clansmann?« Seine Hand schwebte über seinem Schwertgriff.

»Ich würde nicht gegen *dich* kämpfen.« Tallis runzelte die Stirn. Marathin zischte, und er spürte, dass sich etwas in seinen Eingeweiden regte, wie wirbelnde Hitze, flüssig und dicht.

»Tritt zurück, Attar«, sagte er leise und ging, um der Drachin von den Inseln entgegenzutreten.

»Kein Problem.« Attars Stimme klang in seinen Ohren schwach.

Sei gegrüßt, Arak-ferish. Asriths erstaunlich sanfte Geiststimme streifte seine Gedanken. Sie klopfte träge mit dem stachelbesetzten Schwanz auf den Boden und richtete den Blick auf Attar. *Wer ist der Azim?*

Ein Reiter, erklärte Tallis ihr. *Ein guter Mann.*

Deine anderen Semorphim sind aufgebrochen, um die alten Wege wiederzufinden.

Nicht meine, antwortete er, *aber, ja, sie sind zu Azoth zurückgekehrt. Kennst du sie? Farrith war, glaube ich, einer von ihnen.* Er nannte den Drachen, von dem er wusste, dass Balkis ihn einmal geritten hatte.

Asrith stieß schnaubend heiße Luft aus. *Den Namen kenne ich nicht.* Sie schüttelte sich das Regenwasser aus den Haaren. *Aber bald sollst du alle Namen kennen, Arak-ferish.* Ihre Stimme zischte das Wort, und ihre Präsenz wirkte plötzlich größer, bedrohlicher, ihre Hitze kochend heiß in seinen Adern. Die Drachen, die sie flankierten, wichen beiseite; Krallen schrammten über Haut, als sie sich zurückzogen. Gewalt lag in der Luft.

Es ist an der Zeit, dich auf die Probe zu stellen. Asrith musterte ihn. *Sohn des Vaters.*

Oder an der Zeit, das mit dir zu tun. Tallis holte Luft und griff nach den Worten. Ein Gefühl, als würde die Erde sich unter seinen Füßen verschieben, überkam ihn, und er erspähte aus dem Augenwinkel eine Lichtgarbe; dann prallte er mit dem Verstand der Drachin zusammen. Dunkelheit füllte sein Gesichtsfeld, und ein Schmerz – kurz, aber heftig – durchzuckte seinen Schädel. Er spürte den Widerstand der Drachin wie eine Granitwand, auf die eine Faust traf. Asrith war alt und stark, aber Tallis war *Arak-ferish*, und er kannte die Worte, die sie hervorgebracht hatten, die durch ihr Blut strömten, und sie konnte gegen ihn nicht ankommen. Ihr Widerstand zerbarst wie dünnes Glas, und er brach durch, um die Kontrolle über ihren Verstand zu übernehmen.

Bring deine Streitmacht in die Stadt; führe einen Scheinangriff durch, wenn ich rufe. Halte dich bereit.

Er spürte einen Schauer, als die uralten Worte sie trafen, und ein zorniges Aufbäumen, ein Brüllen, als sie darum rang, zu widerstehen, dann Läuterung, als die Wahrheit der Sprache in ihrem Blut sang.

Er blinzelte, schwankte kurz, und dann hob sich der Nebel, und er spürte wieder den Regen, der ihm auf den Kopf prasselte. Es war noch immer Nacht, und Asrith hockte mit gesenkten Flügeln vor ihm und schien ihm ein raubtierhaftes Grinsen zu schenken, als sie kurz die Zähne bleckte.

»Na?«, sagte Attar.

Tallis fühlte sich plötzlich todmüde. »Sie kommen mit«, sagte er.

»Und schließen sie sich uns auch im Kampf gegen Azoth an?«

Tallis sah wieder Asrith an, die sich tief zu Boden geduckt hatte und deren Schwanzspitze leicht zuckte, während sie ihn beobachtete. Jedes Mal, wenn er jene uralte Sprache benutzte, hatte er das Gefühl, dass sie ihn veränderte. Die Sitten der Drachen wurden ihm klarer. Er wusste nun, dass die Art, auf die die Leute von Salmut gelernt hatten, die Drachen zu reiten, ihre Reiter zu werden, der Vergangenheit angehörte. Sie hatten versucht, von gleich zu gleich mit ihnen zu arbeiten, und so hatten die Drachen sich entschlossen, zu gehen. Kein Schwarm funktionierte so. Es gab immer einen Anführer, eine nie in Frage gestellte Kraft, die das Ganze lenkte; die Drachen nahmen das hin, so waren sie eben. Da sie aus Stärke geboren waren, respektierten sie Stärke. Es gab in der uralten Sprache kein Wort für Gleichheit.

»Sie werden kämpfen«, sagte er. Asrith schnappte mit den Zähnen nach ihm. Ein Zeichen von Respekt. »Ich werde ihnen befehlen, mit dir ins Lager zu ziehen, wenn du mit Balkis dorthin gehst.«

Ein verblüffter Ausdruck huschte über Attars Gesicht, fast so, als würde ein Vater seinen verlorenen Sohn betrachten.

»Ich fand ja schon immer, dass du seltsam bist, Clansmann«, sagte er. »Freut mich zu sehen, dass ich mich bis jetzt nicht geirrt zu haben scheine.«

»Hast du etwas Geringeres erwartet?«

Tallis lächelte – und fror, als ein plötzlicher Windstoß durchs Tal fegte und einen Schwung kühler Luft vom Meer herbeitrug. Der Regen zog ab ins Landesinnere.

Attar schenkte ihm ein schiefes Lächeln. »Die Zeiten ändern sich, was?«, sagte er. »Als ich dich in der Wüste gefunden habe, dachte ich, ich würde dich bewusstlos schlagen müssen, um dich auf einen Drachen zu bekommen.«

Tallis' Lippen verzogen sich beinahe zu einem Lächeln. Er erinnerte sich, Furcht empfunden zu haben, aber es war, als gehörten diese Erinnerungen jemand anderem. Jetzt waren es die Drachen, die *ihn* in mancherlei Hinsicht fürchteten.

»Als du mich gefunden hast, wusste ich nicht, wer ich bin«, sagte er, »oder was ich bewirken kann.«

»Hat dich aber nicht von dem Versuch abgehalten.«

»Nein. Nicht, wenn die, die ich liebe, in Gefahr sind.«

Attar nickte. »Jared. War ein guter Kerl, ich mochte ihn. Zur Hölle« – er lächelte ihn an – »sogar Bren mochte ihn, das arme Schwein.« Er seufzte und klopfte Tallis auf die Schulter; dann ließ er die Hand sinken. »Er wäre gern hier gewesen, für diesen Krieg«, sagte er. »Bren liebte ordentliche Kämpfe, o ja.«

»Da ist und bleibt er vielleicht der Einzige«, sagte Tallis. Der Tag, an dem Attar und er von Azoths Wilden Drachen bei dem einsam gelegenen Bauernhaus angegriffen worden waren, war immer noch eine schmerzliche Erinnerung für ihn. Bren war von Harakas Rücken gerissen worden und in den Tod gestürzt; Jared hatte sich die Verwundung zugezogen, die sie gezwungen hatte, Hilfe in den Wildlanden zu suchen. Er legte Marathin eine Hand auf die Haut und kletterte über ihr Vorderbein auf ihren Rücken. Wenn er an jenem Tag besser gewesen wäre, seine Gabe hätte beherrschen können, dann hätte er sie vielleicht beide retten können. Jared wäre jetzt hier, bei ihm, gewesen.

»Hör auf zu grübeln, Clansmann«, rief Attar ihm zu, als er auf Haraka stieg. »War nicht deine Schuld! Wenn Männer in den Kampf ziehen, wissen sie, wie groß die Gefahr ist, dass sie nicht wieder heil herauskommen.«

Tallis sah ihn von der Seite an. »Du klingst wie meine Mutter«, sagte er.

Attar grinste; seine Zähne blitzten weiß in der Dunkelheit. »Kluge Frau. Ist sie schon vergeben?«

Tallis schüttelte nur den Kopf. »Komm«, sagte er. »Wir müssen zurück.« Er berührte die Haut der Drachin mit einer Hand, und sie sprang in den Nachthimmel empor, flog schnell zurück zur Kuppel.

Rorc sah zu, wie die Drachen zu einem Teil des Nachthimmels wurden; dann drehte er sich wieder zu Mailun um. Es stand eine

Laterne auf dem Steinboden zu ihren Füßen, die von schräg unten ihr Gesicht beschien und den harten Ausdruck ihres Munds, die Erschöpfung in ihren Augen beleuchtete.

Sie war immer noch so sehr dieselbe und doch verändert: Falten in den Augenwinkeln, wo früher keine gewesen waren, graue Strähnen in ihrem dunklen Haar und ein Ausdruck in ihren Augen, der von durchlebten Jahren voll mit mehr Schmerz, als er ihr je gewünscht hätte, sprach. Wie viel davon hatte er verschuldet?

»Wie lange wissen sie es schon?«, fragte er leise.

»Seit einem Tag, nicht länger.« Sie musterte ihn aufmerksam, beinahe so, als ob er sie anspringen könnte. Er hatte vergessen, wie sehr das Blau ihrer Augen einem sturmdunklen Meer glich. Dunkler, wenn sie wütend war, oder unzufrieden, oder… Er zwang seine Gedanken fort von jenen Erinnerungen und schritt zur Dachkante, um ihr etwas Abstand zu gewähren.

»Du kannst aufhören, mich so anzusehen«, sagte er. »Du weißt, dass ich dir nicht wehtun würde, Mailun.«

»Es gibt mehr als eine Art, jemandem wehzutun.«

»Ja.« Er hielt ihrem Blick stand, bis sie beiseitesah. »Warum hast du es mir nicht gesagt?«

»Das hätte ich getan, wenn ich davon gewusst hätte. Aber du warst schon fort, bevor ich Gelegenheit dazu hatte. Und vielleicht war es so auch das Beste. Ich habe einen anderen gefunden, um deinen Platz einzunehmen.«

Es lag keine Bitterkeit in ihrem Ton, aber die Worte trafen ihn dennoch ins Herz wie kalte Pfeile, was ihn nach all diesen Jahren erstaunte.

»Ich bin gegangen, um dich zu beschützen, Mailun – nicht, weil ich nicht hätte bleiben wollen.«

»Wovor wolltest du mich schützen?« Sie ging auf ihn zu, brachte den Abstand in drei Schritten hinter sich. »Vor deinen eigenen Fehlern, deinen Dämonen?« Zorn machte ihr Gesicht bleich; ihre blauen Augen loderten dunkel. »Und selbst wenn ich es gewusst hätte, um es dir zu sagen, bevor du davongelaufen bist – wärst du geblieben? Kannst du mit Gewissheit sagen, dass du geblieben wärst?«

»Nein, das kann ich nicht.«

Es war nicht die Antwort, mit der sie gerechnet hatte, und sie hielt inne; dann wich sie vor ihm zurück. »Ich hätte dich nicht für einen Feigling gehalten, Rorc fen Baal.«

Er zuckte beim Klang seines Clannamens zusammen. »So nennt man mich nicht länger«, sagte er.

»Nein, natürlich nicht, ein Ausgestoßener verliert das Recht darauf. Frag nur deinen Sohn.«

Er atmete langsam aus. »Ich verstehe deinen Zorn, Mailun.«

»Nein, das tust du nicht.« Sie verzog die Lippen zu einem bitteren Lächeln. »Aber ich hatte viele Jahre, um Betrachtungen darüber anzustellen, und kenne die Landschaft meines eigenen Herzens gut. Was ist mit dir, Rorc? Hast du dich nicht gefragt, was aus denen geworden ist, die du zurückgelassen hast?«

Zorn hatte sich mittlerweile in seiner Brust zu regen begonnen, trotz seiner Absichten. »Ich habe dich bei deinem Volk zurückgelassen«, sagte er, »in Sicherheit, in den Eislanden, am sichersten Ort für dich. Warum hast du ihn verlassen?«

Sie sah ihn mit müder Geduld an. »Du hast mich in Schande zurückgelassen, Rorc. Als schwangere Frau ohne Gefährten.«

»Woher hätte ich das wissen sollen? Hätte deine Familie sich nicht um dich gekümmert?«

»Aber die anderen hätten sich nicht mehr um meine Familie gekümmert.« Sie lachte harsch auf. »Du hast Monate bei meinem Volk verbracht und dennoch nichts gelernt. Die Ichindar stoßen ihresgleichen nicht aus, aber meine Familie wäre langsam, aber sicher von ihrem Platz verdrängt worden. Ich war die Tochter des Häuptlings; ich musste um ihretwillen gehen. Aber du – du bist um deinetwillen gegangen. Weil du nicht ertragen konntest, wozu dein Clan dich gemacht hatte, Ausgestoßener. Der Makel, den das in deiner Vorstellung bei dir hinterlassen hat, hat sich so festgesetzt, dass du es nicht ertragen konntest, wenn andere ihn an dir sahen. Du warst immer an deinen Clan gebunden und bist es noch, Rorc. Du hast ihn immer mehr geliebt als alles oder jeden sonst.«

Sein Herz hämmerte in schnellem schmerzhaften Takt, während er ihrer Tirade lauschte und sah, dass sie an diese Worte glaubte, dass sie sich mit der Zeit das, was sie nun aussprach, eingeredet hatte, und das traf ihn tiefer, als irgendeine Klinge es je getan hatte. Er wollte es abstreiten, wollte ihr den wahren Grund dafür nennen, dass er gegangen war, aber der Ton ihrer Stimme und der Ausdruck ihrer Augen hielten ihn davon ab. Was würde es jetzt noch nützen? Sie hatte bei einem anderen Mann Liebe gefunden, einen Sohn in einem anderen Clan aufgezogen, und hatte es in dem Glauben getan, zu wissen, welchen Platz sie in seinem Herzen eingenommen hatte, hatte sich irgendwann damit abgefunden. Sie dachte, er habe sie nicht genug geliebt; was also würde es jetzt, so viele Jahre später, nach so viel Schmerz, nützen, wenn er ihr sagte, dass sie sich irrte? Er hatte vor neunzehn Jahren seine Entscheidung gefällt, als er auf jenem eisigen Gipfel gestanden hatte; es würde ihr nichts nützen, wenn er sie nun widerrief.

»Vielleicht hast du recht«, sagte er langsam und erlaubte der Kraft seines Schmerzes nicht, in seiner Stimme durchzuklingen. »Der Clan hat immer einen Platz in meinem Herzen eingenommen, und ich bin froh, dass du einen Clansmann gefunden hast, in dessen Herzen du einen finden konntest.«

»Und Tallis«, sagte sie; dann trat ein helles Aufblitzen von Kummer in ihre Augen. »Shaan habe ich verloren, als sie noch ein Säugling war. Sie war zu klein, um zu überleben, und wurde ausgesetzt, um zu sterben.«

»Aber das hast du nicht geschehen lassen.«

»Nein.« Die Kälte war zurück. »Ich hätte mein Kind nicht dem Tod überlassen.«

Er nickte. Natürlich hätte sie das nicht getan. Diese wilde Entschlossenheit war etwas, das er immer an ihr geliebt hatte.

Sie sagte: »Was wirst du jetzt tun?«

Er ließ eine Hand auf dem Knauf seines Schwerts ruhen. Wenn

er ehrlich war, wusste er nicht, was Tallis und Shaan jeweils von ihm erwarten würden.

»Ich weiß nicht, ob das meine Entscheidung ist«, sagte er. »Die beiden sind längst keine Kinder mehr.«

»Also wirst du nichts tun?« Ihre Stimme war hart.

»Ich werde sie als meine Kinder willkommen heißen, wenn sie das wollen«, sagte er, »aber wir haben einen Krieg auszufechten, Mailun. Was soll ich deiner Meinung nach tun? Ich bin vielleicht schon tot, bevor sie sich entscheiden können.«

Sie schloss für einen Moment die Augen. »So lange hast du nicht durch glückliche Zufälle überlebt – aber du hast recht. Ein Krieg naht, und deswegen brauchen sie dich vielleicht mehr denn je.«

»Und ich werde tun, was ich kann.« Anscheinend störte sie die Vorstellung, dass er sterben könnte, nicht. »Aber ich muss eine Armee organisieren und gegen einen Gott kämpfen; bitte verlange nicht mehr von mir, als ich geben kann.«

»Nein, das würde ich nicht tun wollen.« Sie hob die Laterne auf. »Ich hoffe, du findest, während wir zu den Clans unterwegs sind, etwas Zeit, den Mann, zu dem dein Sohn geworden ist, und die Frau, die deine Tochter ist, schätzen zu lernen – sonst wirst du deiner Liste nur einen weiteren Kummer hinzufügen können, Rorc.« Ihre blauen Augen bedachten sein Gesicht mit einem vernichtenden Blick; dann wandte sie sich ab und nahm das Licht mit.

Er sah ihr nach; ihre schlanke, aufrechte Gestalt, die er nie ganz vergessen hatte, ließ einen solchen Schmerz durch ihn zucken, dass er sich wünschte, die Kämpfe hätten auf der Stelle beginnen können. Wie anders wäre alles geworden, wenn er geblieben wäre? Er dachte einen Moment darüber nach, gab sich dem strahlenden Traum hin, mit Mailun eine Familie zu gründen, wie er es einst erhofft hatte, aber sein praktisch veranlagter Kern wusste es besser. Solche Hirngespinste waren etwas für Kinder: Sie wären alle zu Tode gekommen. Alle. Die Clansmänner, die auf der Jagd nach ihm gewesen waren, hätten nicht davor zurückgeschreckt, sie zu töten. Khafre hatte Rorc nicht geglaubt, als er ihm zu sagen versucht hatte, dass er nicht derjenige gewesen sei, der seine Schwester geschändet hatte, nicht derjenige, der sie getötet hatte. Khafre hatte ihm nicht geglaubt, und auch der Kreis nicht. Er hatte seinen Clan verlassen und gewusst, dass Khafre ihn vielleicht eines Tages einholen würde.

Er starrte hinaus in die dunkle Nacht, roch den Duft nach Meersalz in der Luft, sah die Lichter der Stadt unter sich und rieb sich die Hände langsam an den rauen Seiten seiner Hosen ab, wie er es vor so vielen Jahren getan hatte, rieb sich den Geist von Khafres Blut und dem der anderen, die er zu Kaa geschickt hatte, von den Händen. Er hatte schon eine ganze Weile nicht mehr daran gedacht, aber jetzt, da er Mailun wiedergesehen hatte und wusste, welche drei Leben er mit seiner Tat gerettet hatte, war er befriedigt, überzeugt, das Richtige getan zu haben. Allerdings konnte er nicht einschätzen, wie sein Sohn darüber denken würde; der Makel vergossenen Clanbluts konnte nie ganz abgewaschen werden.

20

Shaan träumte. Sie schritt barfuß durch eine riesige, rote Wüste unter einem fahlen Himmel. Der Sand war weich und warm, und eine laue Brise wehte, so dass das lockere Kleid, das sie trug, wie Seide um ihre Beine strich. Es war sehr still, und am Horizont erhob sich der Sand zu hohen Dünen, die purpurn in der Entfernung verschwammen. Sie ging mit ruhiger Zielstrebigkeit, als wüsste sie genau, wohin sie unterwegs war, obwohl nichts als Sand zu sehen war. Ein durchdringendes Geräusch ertönte, wie das Läuten einer Glocke oder der Ruf eines Vogels, und sie bemerkte, dass sie nicht allein war. Vor sich sah sie in weiter Ferne zwei schimmernde Gestalten, kaum mehr als längliche Schatten. Sie konnte nicht erkennen, ob sie auf sie zukamen oder sich von ihr entfernten. Ihre Füße wirbelten den Sand auf, so dass er in Wolken um ihre Beine stob. Sie ging weiter, aber die Gestalten kamen nicht näher. Ein plötzlicher Windstoß peitschte ihr die Haare aus dem Gesicht, und sie hörte schwache Musik, einen Hauch von einem Lied, und dann sprach eine Stimme im Wind. *Todesbringerin*, flüsterte sie. Shaan blieb stehen; sie hatte plötzlich Angst. *Tochter von Sand und Eis. Suche uns.*

Wolken jagten über den Himmel, und Shaan stand zwischen hohen, verwitterten Steinsäulen. Es war Nacht, die Dunkelheit war sternengesprenkelt. Der sandgegeißelte Stein ragte hoch über ihr auf; die Überreste von längst erodierten Bildwerken waren auf den gewaltigen Klötzen kaum noch zu sehen, und hoch darüber stand der Vollmond am Himmel und strahlte ein kühles Weiß aus. Es war ein seltsamer, kalter Ort, und Shaan wollte davonlaufen, konnte sich aber nicht rühren. Sie spürte eine der Säulen im Rücken und drehte sich herum, um sie anzusehen. Es war der schwache Umriss eines Auges darin eingeritzt, doch bevor sie noch die Hand danach ausstrecken konnte, kehrte der Wind plötzlich zurück und peitschte ihr den Sand ins Gesicht. *Ausgestoßen!*, zischte eine Stimme, und die Säule war fort; ein anderer Stein hatte ihnen Platz eingenommen, ein wuchtiger, schwarzer Obsidianklotz, spiegelglatt. Feuchtwarme Luft umgab sie, und ein weicher Teppich lag unter ihren Füßen.

Meine Liebe. Die Stimme war heiser vor Begehren. Eine Hand liebkoste ihr Kreuz; Finger fuhren ihr die Wirbelsäule hinauf, um sich um ihren Nacken zu schließen. Shaan geriet in Verzweiflung, als er sie herumdrehte und sie seine dunklen Augen im schwachen Licht funkeln sah. Seine Hand legte sich um ihre Brüste, während seine Lippen auf ihre herabsanken, und sie fuhr heftig aus dem Schlaf hoch.

Einen Moment lang lag sie da und schöpfte Atem; dann setzte sie sich auf. Sie war allein. Balkis hatte sich noch vor Sonnenaufgang verabschiedet, um zur Mauer zurückzukehren. Trupps bewaffneter Wachsoldaten lagerten nun vor allen Toren der Drachenanlage, und es war nur eine Frage der Zeit, bis sie beschließen würden, den Versuch zu machen, einzudringen. In der Nacht waren Shaan und Balkis – am Ende – zu den Baracken hinuntergegangen, um die beiden Glaubenstreuen zu treffen, die sie begleiten würden, um Nilah aus dem Palast zu schmuggeln. Der Verführer hatte gesagt, man nehme an, der Rat warte darauf, dass Rorc den ersten Schritt tue, aber sie mussten sichergehen, und Balkis musste da sein, um die Verteidigung anzuführen, wenn etwas geschah. Shaan berührte mit den Fingern ihre Wange, die noch immer von den Bartstoppeln an seinem Kinn brannte, und wünschte sich, die hohle Furcht in ihr wäre verschwunden.

Sie schob das Bettzeug beiseite und schwang ihre Beine auf den Boden. Die Fliesen waren kühl unter ihren Füßen. Tageslicht strömte durch die Spalten der Fensterläden, und im Zimmer fühlte sich alles heiß und stickig an. Sie stand auf, ging zum Fenster und öffnete es, atmete die salzige Morgenluft ein und spürte die leichte Brise auf ihrer nackten Haut. Wenn alles gut ging, würden sie Nilah aus dem Palast geholt haben und auf dem Weg zu den Clans sein, bevor die Sonne wieder aufging – und Balkis würde sich Azoth nähern. Wenn alles gut ging.

Der Anhänger an ihrem Hals schwang an seiner Silberkette hin und her, als sie die Ellenbogen aufs Fensterbrett stützte und durch die Bäume hinaus aufs Meer blickte. Sie hielt ihn fest, ließ das Sonnenlicht darauf funkeln: Es war eine Träne aus leuchtendem grünen Stein, beinahe wie ein Drachenauge, die, von sechs Blutperlen umgeben, in Gold gefasst war. Balkis hatte ihr den Anhänger geschenkt, nachdem sie in sein Haus zurückgekehrt waren. Der Schmuck war schon seit drei Generationen in seiner Familie. Sie war sich nicht ganz sicher, was das zu bedeuten hatte: kein Antrag, aber mehr als ein Geschenk. Den Anhänger zu tragen verschaffte ihr das Gefühl, zu jemandem zu gehören, und sie hatte sich noch nicht entschieden, ob ihr das gefiel.

Sie spürte im Geiste eine Annäherung.

Shaan? Tallis' Stimme drang in ihren Gedanken zu ihr, und sie erkannte, dass er auf dem Weg zu ihr war. Sie ließ den Anhänger los, streifte sich rasch ihre Kleider über und ging ihm entgegen.

Er stand draußen an einen Baum gelehnt, als sie die Tür zu Balkis' Haus hinter sich schloss.

»Morgen.« Er nickte ihr zu. »Hast du überhaupt Schlaf gefunden?«

Sie wusste, dass er sie und Balkis gespürt hatte, aber sein Tonfall, der beinahe neckend war, überraschte sie. Sie hatte nicht gedacht, dass er Balkis besonders mochte.

»Ein wenig«, sagte sie.

»Also weiß er jetzt auch über Rorc Bescheid.«

»Ist das ein Problem?«

Er zuckte die Schultern. »Ich freue mich für dich.«

»Wirklich? Wann wirst du das Balkis sagen?«

Das Lächeln schwand aus seinem Gesicht. »Wenn alles gut geht, werden wir Zeit haben, über andere Dinge zu sprechen«, sagte er, und ein kleiner Muskel zog sich schmerzhaft in ihr zusammen.

»Wir hatten gestern Nacht ziemliches Glück«, sagte er. »Die Inseldrachen sind hier.«

»Hier?«

»Ja. Rorc und meine Mutter waren bei mir, als ich sie gespürt habe.«

Ein kalter Schauer, wie Furcht, huschte ihr die Wirbelsäule entlang. Also wusste Rorc jetzt Bescheid.

»Was ist geschehen?«, fragte sie.

»Ich weiß es nicht, Mutter will nicht darüber reden, und als ich Rorc heute Morgen gesehen habe, war er bei den Glaubenstreuen, also … Ich weiß nicht, was er von uns hält.«

»Ich meinte die Drachen«, sagte Shaan.

»Ich weiß, aber ich dachte, es wäre dir vielleicht zumindest ein bisschen wichtig, wie unsere Mutter sich fühlt.« Er schenkte ihr einen enttäuschten Blick, und sie verschränkte die Arme.

»Erzähl mir einfach von den Drachen.«

»Ich habe sie über dem Ozean getroffen und sie an Land gebracht. Sie warten in einem Tal nördlich von hier.«

»Wie viele?«

»Zehn. Genug, um uns zu helfen, uns den Weg aus der Stadt freizukämpfen. Balkis weiß Bescheid, Attar wird es ihm gesagt haben.«

»Und sie haben sich bereiterklärt, zu kämpfen?«

»Ja. Wir werden einige nehmen, um uns zu helfen, zu den Clans zu gelangen, aber die anderen werden mit Balkis gehen. Dann, wenn wir die Clans überzeugen, sich mit uns zusammenzutun, werde ich die übrigen schicken.«

»Du wirst …?«

»Ich bin jetzt ihr Anführer«, sagte er, und Shaan sah etwas, was sie zuvor nicht bemerkt hatte: eine leichte Dunkelheit in seinen Augen. Sie begriff, dass seine Macht nun näher unter der Oberfläche lag, eine pulsierende Energie, gezügelt von seinem Willen. Die hohle Furcht durchzuckte sie erneut, und sie trat vor, um ihm eine Hand auf den Arm zu legen. »Geht es dir gut?«

»Das hoffe ich. Ich glaube schon.« Er schüttelte den Kopf; ein

Hauch von Unsicherheit stand in seinen Augen. »Es war beinahe zu einfach, Shaan. Ich …« Er holte Luft, und sie spürte, wie er versuchte, sich zu sammeln, spürte den Augenblick, in dem die Unsicherheit zu Zynismus wurde. »Es ist nur Macht, ich setze die Worte ein. Aber das bin ich nun: Azoths Verderben.«

»Tallis, nicht …«

»Ich habe das Schiff gesehen«, unterbrach er sie, bevor sie mehr sagen konnte. »Das, auf dem deine Freundin Tuon sich befindet. Sie werden bis morgen Mittag im Hafen eingelaufen sein.«

»Du hast es gesehen?« Ein Funken Freude stob durch ihre Besorgnis.

Er nickte. »Ich habe Rorc davon erzählt. Ich werde einen Drachen hinschicken, um sie und die Seherin an unseren Treffpunkt zu bringen.«

»Sie sind um der Schriftrollen willen hingefahren«, sagte sie. »Ich frage mich, ob sie etwas mitgebracht haben, was wir verwenden können – wenn unsere Pläne heute Nacht gelingen, meine ich.«

»Ja.« Tallis sah müde und hoffnungslos drein. »Shaan, hattest du heute Morgen einen Traum?«

»Was?« Sie erstarrte.

»Einen Traum von der Wüste«, sagte er. »Hattest du einen?« Ein schmerzlicher Ausdruck trat in seine Augen. »Das habe ich mir gedacht. Erzähl mir von deinem.«

Ein Kältegefühl stieg in ihr auf, während sie von dem Sand erzählte, davon, wie sie die Gestalten und dann die Steinsäulen erblickt hatte; sie ließ allerdings den Teil des Traums aus, der sich um Azoth gedreht hatte. Wenn Tallis davon gewusst hätte, hätte er sich nur noch mehr um sie gesorgt, als er es ohnehin schon tat.

»Du warst die Gestalt, die ich gesehen habe«, sagte er.

»Warst du eine der beiden, die ich gesehen habe?«, fragte sie. »Warum wusste ich dann nicht, dass du es warst?«

Er zuckte die Schultern. »Ich weiß es nicht.«

»Aber die Steinsäulen?«, fragte sie. »Hast du sie gesehen?«

»Nein, aber es klingt nach dem Tempel des Kaa.«

»Was ist das?«

»Er wurde für den Führer der Toten errichtet.«

»In den Clanlanden?« Shaan begann, die Ränder einer anderen Art von Furcht zu spüren. Azoth konnte mit jenem Teil ihres Traums nichts zu tun haben, wenn der Tempel in der Wüste lag. »Aber ich habe ihn nie gesehen.«

Tallis sah besorgt aus. »Das fühlt sich nach den Führern an«, sagte er leise. »Aber warum?«

»Wer war die andere Gestalt?«, fragte Shaan. Sein Gesicht erstarrte, und er wich ihrem Blick aus.

»Jared?«, riet sie.

Er nickte mit angespanntem Mund. »Aber er war anders, verwandelt.«

»Wie?«

»Er hatte Drachenhaut, er war ein Alhanti.« Tallis unterbrach sich, holte Luft. »Er hat versucht, mich zu töten.«

»War es … War der Traum Wirklichkeit?«, flüsterte sie.

»Ich weiß es nicht.« Er legte die Hand an den nächsten Baum, als wolle er sich abstützen. »Ich war sicher, die Führer hätten mich verlassen, *uns* verlassen. Ich verstehe nicht, warum sie jetzt zu uns kommen sollten.«

»Vielleicht war das, was wir beide geträumt haben, nur ein Albtraum«, sagte sie, aber sie konnte sich das noch nicht einmal selbst einreden.

»Wir haben einander in unseren Träumen gesehen und uns nicht erkannt. Wer außer den Führern sollte genug Macht haben, das zu bewirken?«

»Azoth?«

»Er kann die Wüste nicht aufsuchen, das weißt du.«

»Aber ich glaube noch nicht einmal an die Führer«, sagte Shaan. »Warum sollten sie meine Träume heimsuchen?«

»Du bist in der Wüste geboren – und denk daran, wer wir sind! Glaubst du wirklich, dass irgendetwas von all dem hier gewöhnlich ist?«

»Ich wünschte, das wäre es.«

»Für Wünsche ist es zu spät«, sagte er.

»Aber was hat das zu bedeuten?«

»Wir reisen in die Wüste, zu den Clans; vielleicht werden wir es dort herausfinden.«

Sie hob den Anhänger hoch, den Balkis ihr geschenkt hatte, und hielt ihn fest.

»Vielleicht«, wiederholte sie leise. In seinen Augen sah sie dieselbe Furcht gespiegelt, die sie selbst immer wieder überkam.

»Du glaubst aber nicht, dass wir es gemeinsam herausfinden werden, nicht wahr?«, sagte sie.

»Ich glaube, wir sind das, wozu Azoths Erbe uns gemacht hat – dagegen können wir nicht mehr ankämpfen, als wir Nebel und Regen aufhalten könnten. Wir müssen nur bereit sein, wenn wir herausfinden, wozu wir geschaffen sind.«

Seine Worte sorgten dafür, dass sie sich zugleich verärgert und nutzlos fühlte. »Ich will einfach nicht glauben, dass wir selbst keine Wahl haben«, sagte sie.

Tallis seufzte und sah den Anhänger um ihren Hals an, sagte aber nur: »Was ist mit deiner Fähigkeit, zu heilen? Hast du Balkis davon erzählt?«

»Nein.«

Er nickte. »Es ist wahrscheinlich besser, wenn du es nicht tust. Komm zurück in die Kuppel. Du siehst müde aus; du solltest dich ein wenig ausruhen.«

»Du auch«, sagte sie, erlaubte ihm aber, ihr einen Arm um die Schulter zu legen, während sie den eigenen um seine Taille schlang und seine tröstliche Gegenwart spürte, als sie zurück zur Kuppel gingen.

Er ließ sie am Eingang zurück und machte kehrt, um Attar aufzusuchen. Shaan versuchte, in seiner Drachenbox ein wenig zu schlafen, aber seine Worte und der Traum wirbelten ihr im Kopf herum wie die Gezeitenströmung über Felsen, und nach einer Weile gab sie auf und stieg zum Dach der Kuppel empor, um nach Tuons Schiff Ausschau zu halten.

Mailun saß an der Dachkante, als Shaan dorthin kam; ein Stück weiter saß Irissa und kaute gedankenverloren auf einem Streifen Dörrfleisch herum. Shaan zögerte, ging dann zu ihrer Mutter und setzte sich neben sie. Mailun sah sie an, als sie sich hinsetzte.

»Dort, wo ich geboren wurde, haben wir nie solche Tage erlebt.« Mailun wies auf den unruhigen Ozean hinaus. »Das Meer meiner Heimat ist oft von Eisschollen bedeckt, die so weiß sind, dass man manchmal eine Augenbinde tragen muss, um es ansehen zu können. Das Wasser ist dunkler als deine Augen, so blau, dass es fast schon schwarz ist. Vielleicht wirst du es eines Tages sehen.«

Shaan war sich nicht sicher, ob sie an einen Ort reisen wollte, der so kalt war, dass das Wasser gefror. »Vermisst du das Eis?«, fragte sie.

»Es war meine Heimat.« Mailuns Gesichtsausdruck war schwer zu deuten. »Aber ich habe mich an die Hitze der Wüste gewöhnt und sie um ihrer eigenen Schönheit willen schätzen gelernt. Nachts, wenn der Mond hoch am Himmel steht und der Wind sich legt, sieht die Wüste fast wie ein Meer aus – kalt und leer erstreckt sie sich ringsum bis zum Horizont. Der Sand ist fest unter den Füßen, aber er kann so unbarmherzig sein wie Eisschollen … Genau wie die Götter jenes Landes.«

Ihre Stimme hatte einen Unterton angenommen, den Shaan nicht näher erforschen wollte.

»Ich frage mich, wie lange Tallis noch braucht«, sagte sie, aber sie fühlte Mailuns Augen, die sie genau beobachteten, auf sich ruhen.

»Ich habe Rorc alles erzählt; er weiß Bescheid«, sagte Mailun.

»Das hat Tallis mir gesagt.« Shaan hielt den Blick auf den Ozean gerichtet.

»Du solltest dir keine Sorgen machen«, sagte Mailun. »Rorc wird nichts zu dir sagen; das ist nicht seine Art.«

»Ich hätte gedacht, dass er jetzt ohnehin Wichtigeres zu bedenken hätte«, sagte Shaan und spürte, wie eine trockene, raue Hand ihr Knie berührte.

»Willst du mich nach deiner Geburt fragen?«, sagte Mailun.

Shaans Herz krampfte sich zusammen. »Nicht nötig. Tallis hat mir erzählt, was geschehen ist.«

»Er hat dir erzählt, was ich ihm erzählt habe, aber das ist nicht dasselbe. Ich werde warten, bis du mich fragst, wenn du bereit bist. Das schulde ich dir.«

Shaan spürte eine plötzliche Aufwallung von Zorn und veränderte ihre Haltung so, dass Mailun die Hand zurückzog.

Sie lächelte schmerzlich. »Du bist wütend.«

»Nein.«

»Es ist nur recht und billig, dass du es bist, aber es hat mir immer leidgetan, dass ich in jener Nacht nicht den Mut hatte, den Anführer herauszufordern und die Erlaubnis zu verlangen, dich zu behalten.«

»Ich habe überlebt.«

»Ja, aber um welchen Preis?«

»Es geht mir gut«, sagte Shaan. Sie begann sich ungeduldig zu fühlen, festgenagelt. »Ich hatte eine Art Mutter, dann hatte ich die Straßenbande, und dann hat Torg mir ein Zimmer gegeben. Du musst dir keine Sorgen um mich machen. Ich kann selbst auf mich aufpassen.«

»Das sehe ich, aber das ist nicht dasselbe wie eine Familie zu haben, und ich hoffe, dass du mir das eines Tages vergeben wirst.« Es lag tiefe Traurigkeit in Mailuns Stimme, und Shaan schämte sich für ihre Reaktion auf den Schmerz ihrer Mutter.

»Was ist mit Kommandant Rorc geschehen?«, fragte sie unvermittelt. Sie konnte es nicht über sich bringen, ihn ihren Vater zu nennen.

Mailun starrte aufs Meer hinaus und sagte mit leiser, angespannter Stimme: »Wir haben uns gestritten. Er war … wütend, glaube ich. Traurig. Ich weiß es nicht.« Sie schüttelte den Kopf. »Ich habe Dinge gesagt, die ich nicht hätte sagen sollen. Er ist noch immer so schwer zu durchschauen wie früher – obwohl ich denke, dass ich eine derjenigen war, die ihn am besten kannten. Er war nie ein Mann, der viel von sich preisgegeben hätte.«

»Warum hat er dich verlassen?«, fragte Shaan.

»Weil er Angst hatte, dass das an ihm selbst, was er für falsch und befleckt hielt, auch mich beflecken würde.« Sie presste die Lippen zusammen. »Aber er war ein Narr. Man kann nicht das Schlimmste, was einem innewohnt, vor denen verbergen, die man liebt. Ich habe viele Jahre gebraucht, um zu verstehen, dass es sein Versagen und nicht meines war, das zu seiner Flucht führte. Es war schwer, die Lektion zu lernen.«

Mailuns Geständnis erfüllte Shaan mit Unbehagen – und auch mit Zorn auf den Kommandanten. Der Schmerz, der immer noch unterschwellig in der Stimme ihrer Mutter durchklang, war deutlich wahrzunehmen.

»Ist das ein Schiff?«, sagte Irissa plötzlich und deutete aufs Meer hinaus.

Shaan kniff die Augen zusammen und folgte dem Finger der jungen Frau. Am Horizont im Norden hielt ein Schiff auf den Hafen zu. Tuon! Erleichterung und Vorfreude erfüllten sie. Ihre Freundin, die sie besser als sonst irgendjemand kannte, würde endlich zurück sein! Aber dann schwächte sich ihr Entzücken ab. Wusste Tuon um alles, was ihr zugestoßen war? Wusste sie von Tallis? Und nun waren da auch noch Balkis und ihre Eltern … So viel zu erzählen. Und sie wusste immer noch nicht, was Tuon davon halten würde, dass sie die Nachkommin des Gefallenen war. Sie sah zu, wie das Schiff langsam auf die Küste zufuhr, und dachte darüber nach, wie viel sie einander zu erzählen haben würden, wenn sie erst wieder vereint waren.

21

Es war fast Mitternacht, als sie sich alle auf dem Platz vor den Baracken trafen. Lampen drängten die Nacht in Schatteninseln unter den Torbogen der Gebäude zurück und beleuchteten die Gesichter der Versammelten mit einem gelben Licht, das die Haut golden und die Augen dunkel erscheinen ließ.

Schwerter, Bogen und Messer – alles war geölt, gesäubert und einsatzbereit; die Männer und Frauen, die bald den Bewaffneten jenseits der Mauer die Stirn bieten würden, trugen die Waffen an der Hüfte oder in der Hand. Rorc schritt zwischen ihnen hindurch, berührte Schultern, sprach leise Worte; Tallis stand auf den Stufen des Speisepavillons und sah zu, wie er die Menge durchstreifte. Rorc hatte ihn spät am Tag aufgesucht, als er allein in der Kuppel gewesen war und die Riemen von Attars Kampfsattel geölt hatte. Tallis hatte kurz zuvor Morfessa auf Haraka und Marathin mit seiner Mutter und Irissa zum Treffpunkt außerhalb der Stadt geschickt und war noch immer mit Zorn über die Qual in ihrem Blick erfüllt gewesen. Sie hatte ihm nicht erzählt, was Rorc zu ihr gesagt hatte, aber es gefiel ihm nicht, sie so kurz, nachdem sie Haldane verloren hatte, schon wieder leiden zu sehen. Er war auf einen Kampf eingestellt gewesen, aber die ersten Worte aus Rorcs Mund und der bekümmerte Ausdruck auf seinem Gesicht hatten dieses Zornesfeuer erstickt wie Sand.

»Wenn ich gewusst hätte, dass sie schwanger war, wäre ich vielleicht geblieben – ich bin mir nicht sicher«, hatte er gesagt.

Tallis hatte das Geschirr fest umklammert. »Schämst du dich?«

»Ja. Und du solltest das besser als jeder andere verstehen. Es gibt für einen Clansmann kaum eine größere Schande, als seine Kinder im Stich zu lassen. Ich habe schon von Männern gehört, die dafür zu Ausgestoßenen erklärt wurden.« Er hatte innegehalten. »Aber ich wusste nicht von euch … Und es war nicht sicher. Ich tat, was ich tun zu müssen glaubte.« Unsicherheit war über sein Gesicht gehuscht. »Was ich für richtig hielt.«

Tallis hatte Rorc noch nie zuvor seine Zurückhaltung so aufgeben sehen. Sein Vater hatte weniger wie der gestrenge Kommandant und Anführer gewirkt – und eher wie ein Mann aus den Clanlanden als wie einer aus der Stadt. Eher wie Männer, die Tallis einst gekannt hatte. Clansmänner. »War sie in Gefahr?«, hatte er gefragt.

»Es war vor langer Zeit.« Ein Teil der ruhigen Maske, die Rorc immer zur Schau trug, hatte sich wieder auf sein Gesicht gestohlen. »Die Gefahr ist vorüber.«

»Aber vor welcher Gefahr bist du geflohen?«

»Ich habe nicht gesagt, dass ich vor einer Gefahr geflohen wäre.«

»Das schwang aber mit.«

Rorc hatte die Augen zusammengezogen. »In der Tat, aber deine Mutter wusste nichts davon. Es ist lange her. Die Gefahr ist vorüber – ich habe mich darum gekümmert.«

Die schlichten Worte hatten eine gefährliche Wahrheit geborgen. Tallis hatte sie gerochen wie Rauch im Wind.

»Ich werde ihr nichts davon erzählen – wenn ich einer Meinung mit dir bin«, hatte er gesagt, und Rorc hatte dünn gelächelt.

»Das wirst du sein.« Sein Lächeln war verschwunden. »Ich hatte nicht bemerkt, dass einige Männer der Baal mich gefunden hatten, bis es fast zu spät war. Sie hätten sich nicht darauf beschränkt, allein mich zu töten. Ich konnte nicht zulassen, dass das geschah. Ich ging, sie folgten mir, ich brachte es zu Ende. Du verstehst schon.« Er hatte Tallis aufmerksam und sorgfältig gemustert. »Danach konnte ich nicht zurückkehren.«

Tallis hatte gespürt, wie Kälte sein Herz umfangen hatte, hatte die klebrigen Überreste von Clanblut an seinen eigenen Händen gespürt. »Ja, ich verstehe«, hatte er leise gesagt.

»Gut.« Rorc hatte genickt. »Jetzt haben wir einen Krieg durchzustehen, und ich brauche dich, um ihn zu gewinnen. Die Ablenkung, die unsere Verwandtschaft darstellt, darf uns nicht die Sinne verwirren.«

»Was ist mit Shaan?«

»Sie ist … anders.« Er war Tallis' Blick ruhig begegnet. »Du und ich ähneln einander stärker. Verlier nicht den Kopf.« Und dann war er fort gewesen.

Jetzt beobachtete Tallis ihn, wie er sich mit Balkis besprach, der neben Shaan und den beiden Glaubenstreuen – Aran und Rafe – stand, die sie in den Palast begleiten würden. Er ließ sich nichts anmerken, behandelte Shaan so, wie er es immer getan hatte, als Kommandant, als Anführer. Tallis konnte ihre Besorgnis von dort, wo er stand, spüren, und fing ihren Blick auf, als sie nach ihm Ausschau hielt. Er setzte einen ruhigen Gesichtsausdruck auf, sandte ihr unterstützende Gedanken und sah ihr Stirnrunzeln, als sie das wahrnahm. Balkis legte ihr eine Hand auf den Rücken, und sie wich aus. Tallis lächelte; wusste der Mann etwa nicht, dass sie es verabscheute, so behandelt zu werden, als sei sie schutzbedürftig?

»Bereit für den Krieg, Clansmann?« Attar stellte sich neben ihn auf die Stufen; er war in seine Lederweste gekleidet und trug an jeder Hüfte ein langes Messer.

Tallis warf einen Blick auf ihn. »Wie viele warten draußen vor der Mauer?«

»Oh, nur um die zweihundert.« Attar grinste. »Das wird ungefähr so werden, wie streunende Muthus für die Drachen abzuschießen.«

Tallis war sich da nicht so sicher. Die Reihen der Stadt- und Palastwachen waren von Männern aus der Armee verstärkt worden. Ein Trupp war im Laufe des Nachmittags eingetroffen, und ein Armeehauptmann führte draußen das Kommando.

»Sieh nicht so besorgt drein«, sagte Attar. »Sie sind ja vielleicht in der Überzahl – aber wir sind ihnen überlegen, und das wissen sie. Würdest du es gern mit ein paar Glaubenstreuen zu tun bekommen, die so erzürnt wie die hier sind?« Er wies die Reihen entlang auf die Jäger und Verführer, die mit harten Gesichtern und stumm zwischen den Reitern standen.

»Ich hatte schon mit ihnen zu tun«, sagte Tallis, als er den Verführer entdeckte, den er bewusstlos geschlagen hatte.

»Aber du warst ja auch durch deinen ganz besonderen rechten Haken im Vorteil. Für die Jungs hinter der Mauer gilt das nicht. Glatte Gesichter, bei den meisten von denen haben sich die Eier noch kaum gesenkt. Die Drachen werden ihnen die Schwänze schon schlapp vor Angst werden lassen, und die Verführer werden ihnen den Todesstoß versetzen. Es ist doch kaum eine Frage, wie der Kampf ausgeht, wenn dein Alter das Kommando führt!« Attar sah ihn aus dem Augenwinkel an; der gerissene Blick erinnerte Tallis an seine erste Begegnung mit dem Krieger in der Wüste.

»Versuchst du, mich aus der Reserve zu locken?«, fragte er. Attar grunzte, was wohl ein Lachen sein sollte.

»Du bist aber auch ein Spielverderber, weißt du das? Komm schon.« Er versetzte ihm einen Stoß gegen die Schulter. »Es ist Zeit, in die Kuppel hinaufzugehen; die Drachen warten.«

Tallis folgte ihm langsam die Stufen hinunter und durch die Menge. Als sie Shaan und Balkis erreichten, blieb er stehen und legte seiner Schwester eine Hand auf die Schulter. Sie drehte sich um und umarmte ihn kurz und fest, ohne etwas zu sagen.

»Ruf mich, wenn du mich brauchst«, sagte er.

»Du mich auch«, sagte sie, und er spürte, wie ihre Furcht und Besorgnis von Verärgerung gedämpft wurden. Er verbiss sich ein Lächeln und sah über ihren Kopf zu Balkis, der ihn beobachtete.

»Kämpfe gut.« Tallis streckte ihm die Hand hin, und nach einem kurzen Zögern ergriff Balkis sie; sein Handschlag war fest.

»Du auch«, sagte er, und Tallis spürte, wie eine kurze, seltsame Regung ihn durchzuckte – Schicksal, oder etwas Vergleichbares. Er ließ die Hand des anderen Mannes mit einem Stirnrunzeln los und fragte sich, was das zu bedeuten hatte.

»Wir sehen uns an der Jägerklippe, so die Götter wollen«, sagte er und wandte sich ab.

Shaan sah ihrem Bruder mit einer Mischung aus Ärger und Furcht nach. Er war so selbstbewusst, *zu* selbstbewusst; es machte ihr Angst – und sie konnte das Gefühl drohender Trennung nicht abschütteln, das sie immer wieder heimsuchte.

»Komm einen Moment mit.« Balkis beugte sich zu ihr herunter und sprach leise neben ihrem Ohr, eine Hand auf ihren Arm gelegt.

»Wohin?«

»Hier entlang.« Er nahm sie an die Hand und führte sie durch die Menge und hinab in die Schatten an der Seite des Speisepavillons, bis sie allein waren. Seine Hand lag warm in ihrer, und bei seiner Berührung überliefen Schauer ihre Haut wie Funken eines Feuers.

»Was wird das, ein Schäferstündchen in letzter Minute?«, sagte sie, aber der neckische Tonfall, den sie anstrebte, klang unaufrichtig. Trotz des schwachen Lichts konnte sie den verstörten Ausdruck seiner Augen sehen.

»Das wäre nicht die schlechteste Idee«, sagte er, aber auch ihm glückte keine Heiterkeit.

»Sagst du mir jetzt etwa, dass ich vorsichtig sein und es mir noch einmal überlegen soll?«, fragte sie.

»Ich glaube, ich kenne dich zu gut, um das zu tun«, sagte er. »Aber versprich mir, dass du nahe bei Aran und Rafe bleiben und ihrem Beispiel folgen wirst.«

»Wenn du mir versprichst, dich von den Kämpfen fernzuhalten, bin ich vielleicht bereit, mich zurückzuhalten«, sagte sie, was ihr ein frustriertes Seufzen eintrug.

»Shaan …«

»Halt.« Sie legte ihm einen Finger auf die Lippen. »Ich bin auf den Straßen nicht durch Nettsein am Leben geblieben. Ich muss das tun, und du auch. Wir werden einander wiedersehen, wenn wir die Clans zur Klippe führen.« Aber schon, als sie es sagte, spürte sie wieder jene hohle Furcht, als wären ihre Worte Lügen.

Er umfing ihre Hand mit seiner und küsste ihr die Finger, aber sein Gesichtsausdruck war alles andere als glücklich. »Versprich mir einfach, dass du achtgeben wirst.«

»Das verspreche ich«, sagte sie, und er zog sie an sich und küsste sie langsam und tief, zog sie weiter in die Schatten hinein. Ihr Herz raste und ihr wurde schwindlig; sie war atemlos, als die Welt sich auf seine Lippen, seine Hände und das Gefühl, wie sein Herz an ihrer Brust hämmerte, verengte, bis er sich ihr schwer und rau atmend entzog. Sie hielten einander einen Moment lang fest, ihr Gesicht an seiner Schulter; sie sog seinen Geruch ein.

»Komm«, sagte er und schob sie sanft von sich. »Es ist Zeit, zum Strand hinunterzugehen.«

22

Der Ozean wirkte schwarz und kalt; eine starke Strömung trieb das Wasser den Strand hinauf und sog es in einem endlosen Wogen wieder zurück. Es hatte früher am Tag geregnet und der Sand war unter den Füßen hart und feucht. Dreißig Männer und Frauen warteten stumm hinter ihnen, füllten die kleine, sandige Bucht fast gänzlich aus und beobachteten, wie Shaan, Aran und Rafe sich bereit machten, ins Wasser zu steigen. Die beiden Glaubenstreuen waren so leicht wie möglich in enganliegende Hosen, Hemden und weich besohlte Stiefel gekleidet. Beide Männer trugen zusätzlich zu ihren üblichen Waffen ein Stück Seil und Klettergerät. Aran, der Jäger, war mittelgroß, drahtig und dunkelhaarig mit scharfer Nase, während der Verführer, Rafe, sein genaues Gegenteil war: hochgewachsen und muskulös mit so blondem Haar, dass es weiß wirkte. Er trug es kurzgeschoren. Shaan hatte einen Großteil des Nachmittags mit ihnen verbracht, um sicherzustellen, dass sie alle wussten, wie der Plan aussah. Zu dem Zeitpunkt war sie nicht nervös gewesen, aber jetzt erfüllte die Aufregung sie mit gestreuter Energie, und sie überprüfte zum dritten Mal das Messer, das sie ans Bein geschnallt trug, um sich zu vergewissern, ob es auch sicher saß.

»Haltet euch so nahe an die Landzunge, wie ihr nur könnt, ohne in die Brandung zu geraten«, sagte Balkis leise. »Sobald wir das Signal erhalten, folgen wir euch. Wenn ihr auf Schwierigkeiten stoßt, während ihr im Palast seid, schlagt ihr zu und tötet.« Sein Blick wanderte zu Shaan. »Wir können es uns nicht leisten, dass Wachen andere auf das, was ihr treibt, aufmerksam machen. Wenn alles schiefgeht, wird Shaan es ihren Bruder wissen lassen, und dann werden wir einen Angriff auf den Palast führen.«

»Zu Befehl.« Aran nickte. »Hoffen wir, dass das nicht notwendig ist.«

»Hoffen wir es, ja.« Balkis warf einen Blick hinter sich, die Klippe hinauf. Shaan sah für einen Moment niedrig über dem Boden eine Fackel hell aufflammen, bevor sie gelöscht wurde. Es war an der Zeit, aufzubrechen.

»Pass auf dich auf«, sagte Balkis; seine Augen funkelten in der Dunkelheit. Sie berührte seine Finger leicht mit ihren, wandte sich dann ab und führte die Männer in die Brandung.

Das dunkle Wasser war nicht so kalt, wie es zu sein schien. Schmale Steine auf dem sandigen Grund drangen durch die Sohlen ihrer Stiefel, und die Strömung zog an ihren Beinen, als sie hineinwatete und dann auf die vorspringende Landzunge zuschwamm. Bei jedem Schwimmzug, den sie durchs Wasser machte, blähte sich ihr Hemd und schleppte ihr nach. Die Männer pflügten hinter ihr mit leisem Plätschern, das über das Geräusch der Brandung an den Wellen kaum zu hören war, durchs Wasser. Eine Weile schien die Landzunge kein bisschen näher zu kommen. Rafe überholte sie von rechts – sein längerer, stärkerer Körper durchschnitt das Meer mit Leichtigkeit –, aber Aran blieb an ihrer Seite, ohne Zweifel auf Balkis' Befehl hin. Sie presste die Lippen gegen das Salzwasser zusammen, reckte sich nach der felsigen Landspitze, bis diese plötzlich zu ihrer Linken aufragte und sie sich darum herumkämpfte und angestrengt atmete, da das Wasser aufgrund seines Anpralls und Auflaufens auf die Felsen unruhiger wurde. Shaans linke Seite begann zu schmerzen, aber das ignorierte sie, während sie auf die ruhigeren Wasser der großen Bucht von Salmut zuschwamm. Sie konnte die Lichter der Stadt und die schattenhaften Umrisse von Ausflugsbooten sehen, die im öffentlichen Hafen auf und ab wippten; dann sah sie endlich, wie Rafe den felsigen Küstenstreifen dort, wo die Anleger endeten, erreichte. Sie nutzte den Schwung der Strömung aus und ließ sich neben ihm anschwemmen, dicht gefolgt von Aran; sie atmete schwer, als sie sich an den Felsen festhielt. Über ihren Köpfen erhob sich die raue Felswand zur Meerespromenade hin. An diesem Ende gab es keine Straßenlaternen, und Rafe bedeutete den beiden anderen, ihm rasch hinaufzufolgen; er streckte eine Hand nach unten, um Shaan schnell zur Straße hinaufzuziehen.

Am Wasser war es ruhiger als sonst. Es waren keine Seeleute – betrunken oder nüchtern – in Sicht, und alle Lagerhäuser und Reedereien waren fest verschlossen. Wenn in den Gebäuden auch Familien lebten, so blieben sie für sich; die drei sahen niemanden, als sie lautlos in ein dunkles Gässchen zwischen zwei Häusern hinüberrannten.

Der Regen hatte Pfützen auf dem Pflaster hinterlassen, und Wasser bespritzte Shaans durchnässte Stiefel, als sie Aran mit Rafe im Rücken zu der Straße hinter der Reihe von Lagerhäusern folgte. Aus dem Gasthaus Zum Drachen einige Straßen entfernt drangen schwach Musik und Stimmen zu ihnen, und man hörte Männer gedämpft rufen, aber dort, wo sie jetzt waren, war alles still und verlassen. Vor ihnen wartete ein Karren, um sie zum Palast zu bringen. Der Kutscher, ein Anhänger der Glaubenstreuen, sagte nichts, als sie alle einstiegen, und schnalzte leise mit der Zunge, damit sich das Muthu in Bewegung setzte.

Es war ein offener Karren, aber die Dunkelheit der Straße verhüllte sie. Aran sah sich permanent um; seine scharf geschnittene Nase war oft im Profil zu sehen, während Rafe ruhig dasaß, als lausche er auf jeden Atemzug in der Stadt.

»Haltet hier an«, sagte Aran leise zu dem Kutscher, der das Muthu zum Stillstand brachte. Sie hatten die Straßen erreicht, die zum Tor beim Obstgarten führten. Die drei Passagiere stiegen aus; ohne sich umzusehen schnalzte der Muthulenker mit den Zügeln, und der Karren rollte davon. Leder knarrte und Hufe trafen dumpf aufs Straßenpflaster. Die wenigen Straßenlaternen beleuchteten die behauenen Säulen der Handelshäuser der reichen Kaufleute mit sanftem, orangefarbenem Schein. Die drei traten in die Schatten an einer Mauer und hörten dabei plötzlich einen Chor nichtmenschlicher Schreie aus Richtung der Drachenanlage über die Stadt tönen. Die Drachen kamen. Shaan starrte in den schwarzen Himmel hinauf. Sie konnte von dort, wo sie sich befand, nur blasse Sterne und Dächer sehen, aber sie konnte die Präsenz ihres Bruders in der Brust hell und heiß auflodern fühlen, als er den Drachen in der alten Sprache ihres Bluts Befehle erteilte.

Aran sagte: »Rorc lässt wohl jetzt gerade die Tore öffnen.«

Ein Schwarm Brandpfeile flammte plötzlich in der Luft auf und erleuchtete die Nacht; einen kurzen Augenblick lang sah Shaan ein Aufblitzen von Flügeln.

»Es ist an der Zeit. Bereit?« Aran sah erst Rafe, dann Shaan an. Sie nickte und folgte ihnen dichtauf, als sie in ein kurzes Gässchen einbogen, das gewunden zwischen zwei hellen Steingebäuden hindurchführte.

Am Ende blieben sie stehen. Direkt gegenüber von ihnen erhob sich die Palastmauer gut beleuchtet zwanzig Fuß über die Straße. Das Obstgartentor lag zu ihrer Linken; es wurde von zwei Männern bewacht. Es waren keine Palastwachen, und sie trugen die Bewaffnung echter Soldaten, aber von dort aus, wo sie standen, mussten sie in der Lage sein, die Drachen zu sehen, und beide hatten sich der Drachenanlage zugewandt.

Aran hob die Hand, um seinen Begleitern zu bedeuten, sich nicht zu rühren; dann bewegte er sich mit unglaublicher Geschwindigkeit, raste auf die Soldaten zu und schlug in einem eleganten Wirbeln von Fäusten den ersten Mann ohnmächtig, bevor der andere es auch nur bemerkte. Noch eine Bewegung, dann lag auch der zweite Soldat am Boden. Es geschah binnen Sekunden und in völliger Stille. Rafe und Aran fesselten und knebelten die Männer und schleiften sie in die Schatten der engen Gasse.

Shaan kämpfte gegen den Drang an, die bewusstlosen Männer zu heilen, während sie Aran in den dunklen Obstgarten folgte. Sie gingen durchs nasse Gras, nahmen den kürzesten Weg, hielten sich von allen Fenstern fern, aus denen jemand hätte blicken können. Hier gab es keine Lampen, und das Licht der Mauerlaternen verblasste, sobald sie sich unter den Bäumen befanden. Sie hörten aus der Ferne das Geräusch von Rufen und die Schritte gestiefelter Füße, als Alarm gegeben wurde, dass Drachen die Stadt angriffen.

Binnen Minuten hatten sie die innere Mauer erreicht und standen vor der verschlossenen Tür. Sie warteten, bis die Umgebung ruhig war; dann machte sich Aran an den Türangeln zu schaffen und zwang sie mit einem kräftigen Messer auseinander. Mit Rafes Hilfe hob er die schwere Tür lautlos aus den Angeln. Der Flur war leer. Die drei schlichen an Shaans früherem Zimmer vorbei und spähten dann um die Ecke des Korridors zum Eingang. Eine Menschentraube strömte auf den Haupthof hinaus; erhobene, verängstigte Stimmen ertönten. Die Wachen, die das Tor hätten im Auge behalten sollen, waren verschwunden, und die schwere Holztür war offen gelassen worden.

Sie verließen das Gebäude leise und machten in den Schatten der Kolonnade halt, die vor dem Gebäude entlangführte. Zur Rechten lag das Badehaus, ein langer, niedriger Bau, und zu ihrer Linken ein kleiner Speicher, der in einigem Abstand von der Umfassungsmauer errichtet war.

Aran ging voran zum Lagerhaus und überquerte die Freifläche zwischen dem Ende des Säulengangs und den Schatten des kleineren Gebäudes. Die Mauer hinter dem Lagerhaus war drei Fuß dick und zwanzig Fuß hoch, die stärkste innere Mauer im Palast; auf der anderen Seite davon lagen die Gärten der Führerin und ihre Schlafgemächer.

Am Fuß der Mauer blieb Aran stehen, und Rafe reichte ihm mehrere Stahlstacheln, die alle mit klauenartigen Haken ausgestattet waren und in einer kleinen Metallzunge ausliefen. Aran verkeilte sie in den Fugen zwischen den Steinen und benutzte sie wie Treppenstufen, um die Mauer hinaufzuklettern. Sobald er die Mauerkrone erreicht hatte, band er ein Seil um den obersten Stachel und ließ es dann zu Rafe und Shaan hinunter. Rafe packte das Seil und kletterte so schnell wie eine Eidechse hinauf. Shaan hoffte nur, dass sie in der Lage sein würde, zumindest halb so schnell hinaufzugelangen; das Schwimmen hatte sie mehr ermüdet, als sie erwartet hatte. Rafe schaute zu ihr herunter und hielt drei Finger hoch. Shaan nickte und beobachtete, wie beide über die Mauer verschwanden.

Langsam begann sie, drei Mal bis fünfzig zu zählen, und behielt dabei den Himmel im Auge. Die Morgendämmerung nahte rasch, und die Zeit wurde knapp. Drüben im Garten mussten Rafe und Aran damit beschäftigt sein, die patrouillierenden Wachen zu überwältigen. Shaan konnte von dort nichts hören, aber Stimmen und Schritte drifteten schwach aus dem zentralen Hof herüber. Plötzlich hörte sie, wie jemand auf der anderen Seite des Lagerhauses das Steinpflaster überquerte. Sie schlich sich an die Ecke und spähte herum; dann fluchte sie leise. Eine etwa sechzigjährige Frau war auf dem Weg zum Badehaus. Sie war das Hausmädchen des Wohngebäudes und praktisch taub. Wahrscheinlich hatte sie den ganzen Alarm verschlafen.

Shaan wagte kaum zu atmen und beobachtete, wie der gebeugte Schatten am Eingang stehen blieb. Dann schien die Alte es sich anders zu überlegen und wandte sich dem Lagerhaus zu. Shaan fluchte erneut. Die Frau war ja vielleicht taub, aber nicht blind: Sie würde Shaan sehen, wenn sie dort stehen blieb, wo sie war. Also hörte sie auf zu zählen, griff nach dem Seil und begann so lautlos, wie sie nur konnte, hinaufzuklettern; ihr Nacken prickelte. Sie rechnete jeden Augenblick damit, die Frau aufschreien zu hören, aber nichts geschah. Die Lagerhaustür öffnete sich knarrend und schloss sich wieder, als sie die Mauerkrone erreichte. Als sie sich endlich hochgestemmt hatte, pochte ihr linker Arm vor Schmerz. Sie rang darum, leise zu atmen, während sie das Seil aufrollte und sich dann flach hinlegte, um in den Garten auf der anderen Seite zu spähen. Unten waren die Kronen mehrerer kleiner, blühender Bäume von dunklem Gras umgeben, das sich weiter bis zu mehr Bäumen und Sträuchern erstreckte. Die Schlafgemächer der Führerin lagen mitten im Garten, von den Mauern entfernt; das einzige andere Gebäude war das kleine Wachhaus beim Tor.

Im Wachhaus war gewöhnlich ein Dutzend Soldaten stationiert, das in Schichten von vier Mann in den Gärten patrouillierte, und drei weitere Wachen waren in den Gemächern der Führerin postiert. Zwei Wachen standen normalerweise am inneren Tor in den

Palast, aber Shaan bezweifelte, dass sie noch auf ihrem Posten waren. Ihr Plan stand und fiel damit, dass der Kampf an der Drachenanlage einige zumindest aus dem Wachhaus weglockte.

Sie tastete nach dem Seil, das Aran zurückgelassen hatte, damit sie in den Garten hinunterklettern konnte. Eigentlich sollte sie ja auf Rafe warten, aber er schien zu lange zu brauchen. Die Dämmerung kam viel zu schnell: Bald würde es so hell sein, dass jemand sie sehen konnte. Der leise Ruf eines Raffiavogels erklang im Garten – und Shaan sah Rafe unter sich. Sie robbte zur Kante der Mauer, schwang die Beine hinüber und kletterte am Seil hinab zu Boden. Als sie das Gras berührte, flüsterte Rafe ihr ins Ohr: »Vier Wachen, alle erledigt, aber Aran glaubt, dass vielleicht mehr hier sind. Sei leise und vorsichtig.«

Sie nickte und folgte ihm zu einer Ansammlung von Sträuchern nahebei. Aran hockte zwischen ihnen und wischte seine Messer am Gras ab.

»Bleib zwischen Rafe und mir«, flüsterte er.

Shaan zog das Messer aus der Scheide, die sie am Bein trug.

In den Gemächern der Führerin war alles still und ruhig. Aran wies über seine Schulter, und sie hockten sich ins nasse Gras hinter einen großen Busch. Er bedeutete Rafe irgendetwas, was Shaan nicht verstand. Rafe legte ihr die Hand auf die Schulter. »Los«, flüsterte er, so leise, dass sie sich nicht sicher war, ob er es gesagt oder ihr nur den Gedanken in den Kopf gesetzt hatte.

Sie rannten über die offene Grasfläche zur Mauer. Shaans Herz pochte heftig, als sie einen Moment lang im Schatten unterhalb der Wohnraumfenster innehielten. Rafe baute sich auf, bildete mit den Füßen eine Räuberleiter, und der Jäger trat hinauf und brach eines der Fenster mit seinem kurzklingigen Messer auf. Die holzgerahmte Glasscheibe schwang gegen die Wand auf, und mit einem kräftigen Stoß schob Rafe Aran hoch und durch die dunkle Öffnung. Shaan war als Nächste an der Reihe; Rafe blieb draußen und hielt Wache, wie sie es geplant hatten.

Shaan ging voran durchs Zimmer. Die Dämmerung würde gleich anbrechen, und es war gerade so viel Licht vorhanden, dass sie die schattenhaften Umrisse der niedrigen Sofas und Tische ausmachen konnte. Wahrscheinlich befand sich eine Wache auf dem Flur. Shaan erreichte die Tür zu Nilahs Schlafzimmer und warf einen Blick zurück. Mit zusammengepressten Lippen machte Aran eine ruckartige Kopfbewegung zu der verschlossenen Tür hin. Vorsichtig drehte Shaan den Türgriff und stieß die Tür auf; sie zuckte bei dem winzigen Quietschen der Angeln zusammen, als die Tür aufschwang.

Das Schlafzimmer war groß; direkt gegenüber von der Tür stand ein gewaltiges Bett erhöht auf einem Podest. Die schattenhaften Umrisse eines Tischs und einiger Stühle an der rechten Wand waren gerade eben sichtbar; in die linke Wand war ein hohes, quadratisches Fenster eingelassen. Eine Gestalt lag reglos unter den Seidenlaken. Shaan schlich vorwärts; sie nahm den dicken Teppich unter ihren Füßen wahr und wich den Kleidern und Schuhen aus, die auf dem Boden verstreut waren. Nilah lag auf dem Rücken, einen Arm über den Kopf gelegt; der dünne Träger ihres Nachthemds rutschte ihr von der Schulter des Arms, der unter der Decke lag. Ruhig atmend beugte Shaan sich langsam über sie, aber bevor sie sie erreichen konnte, flogen Nilahs Augen plötzlich auf, und mit einem rauen Schrei zog sie ein Messer unter dem Laken hervor und stürzte sich auf sie. Shaan warf sich zurück und entging nur knapp der geschwungenen Klinge. Aran war binnen eines Augenblicks bei Nilah; er sprang aufs Bett und entrang das Messer ihrem Griff.

»Leise!«, zischte er, aber es war zu spät; schwere Schritte erklangen, und sie hörten das Geräusch von Riegeln, die von der Eingangstür des Wohnraums zurückgezogen wurden.

»Shaan!« Nilah starrte sie überrascht aus Arans Griff heraus an.

»Wir sind hier, um dich herauszuholen!« Shaan sprang auf, während Aran zur Schlafzimmertür rannte und den schwachen Riegel vorlegte. Das würde die Wachen unter keinen Umständen lange aufhalten.

»Schnell, ihr müsst euch verstecken!« Nilah sprang aus dem

Bett, rannte zu einem hohen Schrank, der an der Wand stand, und schwang die Tür auf. »Da hinein, alle beide!«

Der Schrank enthielt eine Kleiderstange mit langen, seidenen Sonnenmänteln und Regenumhängen aus Wachstuch.

»Wir würden in der Falle sitzen«, sagte Aran und warf leise fluchend einen Blick zum Fenster. »Zu klein.«

»Sieht aus, als ob wir hier ohnehin in der Falle sitzen«, sagte Shaan, als ein kräftiger Fuß auf die Tür traf.

»Stell dich hinter uns«, sagte sie zu Nilah, als Aran zu ihnen herübergelaufen kam; sie bauten sich Schulter an Schulter auf und blickten zur Tür. »Wie viele?«, fragte Shaan den Jäger, als die Tür unter dem Ansturm erzitterte.

Aran schüttelte den Kopf. »Hoffentlich zwei.« Er hatte sprungbereit beide Messer gezogen. »Halt dich zurück, es sei denn, ich falle.«

Schluckend nickte Shaan und packte ihr Messer. Hinter ihr sagte Nilah leise: »Danke, dass du gekommen bist.«

Shaan antwortete nicht. Eine seltsame Anspannung begann in ihrer Brust aufzusteigen, wie ihre Heilkraft, aber anders. Gefährlich. Noch ein Tritt, und die Tür flog auf; ein großer, breitschultriger Mann stürmte mit gezogenem Schwert herein. Aran schoss vor, duckte sich unter der geschwungenen Klinge hindurch; seine Messer wirbelten, als er nach den Beinen des Mannes schnitt. Hinter der Wache kamen noch zwei Männer. Aran drehte sich und zog den zweiten Mann gleichzeitig mit in den Kampf; seine Klingen bewegten sich so schnell, dass Shaan ihnen nicht mit Blicken folgen konnte. Aber drei gegen einen? Das war unmöglich. Shaan rannte hinzu, um zu helfen; ein Wutschrei entrang sich ihrem Mund, als sie einen Hieb gegen den Rücken des dritten Mannes führte. Doch er spürte sie kommen und drehte sich um, so dass die Klinge nur seinen Schwertarm ritzte, während er ihr einen kräftigen Fausthieb ins Gesicht versetzte.

Schmerz explodierte quer über ihren Wangenknochen, als sie zu Boden stürzte; ihr war schwindlig, und sie schmeckte Blut.

Nilah schrie; Shaan schaute in dumpfer Benommenheit auf und sah, dass die Führerin mit der Wache rang.

Das Zischen eines Luftzugs ertönte, und sie rollte sich gerade in dem Augenblick nach links, als eine Klinge über ihren Kopf hinwegsauste und sich neben ihrem Ohr in den Boden grub. Bevor die Wache das Schwert wieder herauszerren konnte, trat Shaan zu und traf die Oberschenkel des Mannes, so dass er zurückstolperte und ihr genug Zeit verschaffte, auf die Beine zu kommen. Aber er erholte sich schnell.

»Halbblut!«, zischte er und machte einen Satz auf sein Schwert zu.

Der Abscheu in seinem Blick entsetzte Shaan, und sie spürte, wie sich die Anspannung in ihr in Reaktion darauf verschob: Ärger und Zorn wallten in ihr auf und damit ging einher, dass sich etwas Dunkles aufrollte. Die Klinge des Mannes stürzte auf sie ein, und die Welt schien sich zu verlangsamen; ein seltsames Grau erfüllte ihr Blickfeld. Er würde sie töten. Die Dunkelheit in ihr brach hervor. Mit einem Zähnefletschen sprang sie vorwärts, duckte sich unter der Klinge hindurch, die linke Hand geöffnet, so dass sie hart auf die Brustplatte seiner leichten Rüstung traf. Sie spürte sein Herz schlagen, sah Blut schnell durch seine Adern strömen, das fettige Gewicht seiner Leber, die rauchgeschädigten Zellen in seiner Lunge. *Schon tot.* Der Gedanke kam ihr wie etwas Fremdes, und Licht ging von ihr aus und drückte auf sein Herz.

Halt an.

Das Schwert fiel ihm aus der Hand. Er erschauerte, keuchte und klammerte sich mit aufgerissenen Augen an sie.

Halt an.

Sie drückte zu, und er stürzte, riss sie mit.

Halt jetzt an.

Sie kniete über ihm und spürte, wie sich seine Herzklappen schlossen, das Blut langsamer floss. Seine Augen fielen zu, seine Atmung kam zum Erliegen. Einen Augenblick lang herrschte Stille, dann war Tallis in ihrem Verstand. *Shaan?* Seine Stimme holte sie zurück. Sie betrachtete den toten Mann. Blut strömte ihm aus dem Mund. Was hatte sie getan?

Aran und Nilah starrten sie an. Sie stand auf und sah die anderen beiden Wachen tot auf dem Boden liegen. Aran hatte einen flachen Schnitt quer über die Brust, aus dem langsam Blut sickerte.

»Wir müssen weg.« Rafe erschien plötzlich in der Tür. Seine dunklen Augen sahen erst den Wachsoldaten am Boden, dann Shaan ausdruckslos an. »Es kommen noch mehr.«

Aran rührte sich als Erster. »Führerin, zieht Euch einen Mantel und Schuhe an.« Nilah gehorchte.

»Dein Messer.« Aran reichte Shaan die Klinge; sie hatte gar nicht bemerkt, dass sie sie hatte fallen lassen. Das Messer fühlte sich in ihrer Hand kalt und zu schwer an. Sie schloss die Finger darum.

»Komm.« Er wandte sich ab, und sie folgte ihm durch die Tür, Nilah hinter sich und Rafe als Schluss.

Sie rannten durch das Wohnzimmer zum Fenster. Aran sprang als Erster hinaus, Shaan als Nächste; ihr Herz hämmerte, und ihre Beine waren wackelig, als sie auf dem Boden landete. Rafe ließ Nilah über die Fensterbank hinab und kletterte dann hinter ihr hinaus. Die Morgendämmerung erhellte den Himmel. Die Wachablösung würde gleich stattfinden.

»Zur Mauer«, sagte Aran.

Sie rannten über den nassen Boden, duckten sich zwischen den Bäumen hindurch. Schwach hörte Shaan den Klang von erhobenen Männerstimmen, die alarmiert aus den Gemächern der Führerin erschollen.

Rafe packte Nilah am Arm und versuchte, sie schneller mitzuziehen. »Lauft, Führerin!«

»Tue ich doch!« Nilah keuchte.

Vor ihnen drehte Aran sich im Laufen um und zog die Augen zusammen. Shaan warf einen Blick über die Schulter. Wachen sprangen aus den Fenstern und rannten ihnen nach; sie bewegten sich schnell.

»Rafe!«, rief Aran, und der Verführer ließ Nilahs Arm los.

»Lauft zur Mauer«, sagte er zu Shaan; dann blieben beide Männer stehen und kehrten zu den verfolgenden Wachen um. Im Laufen zogen sie die Schwerter.

»Komm weiter, Nilah!«, rief Shaan und rannte zur Mauer. Das Geräusch von Stahl, der auf Stahl prallte, erfüllte die Luft hinter ihnen, während sie durch den Garten liefen und auf dem nassen Gras beinahe ausrutschten, als sie um das letzte Gehölz schlitterten.

»Das Seil!« Shaan deutete darauf. »Klettere daran hoch.«

»Was?« Nilahs Gesicht verzog sich vor Besorgnis.

Shaan ergriff das Seil und stieß es ihr in die Hände. »Komm schon, tu's einfach!«

Weitere Wachsoldaten kamen um die Ecken des Gebäudes herum, insgesamt acht Mann. Warum waren sie alle noch hier? Es bestand keine Möglichkeit für Aran und Rafe, sie alle aufzuhalten.

»Nilah, *da hoch*!«

Nilah begann zu klettern, zerrte sich selbst hoch; ihre Füße versuchten, Halt in den Fugen zu finden. Sie war entsetzlich schlecht darin, langsam; ihre Arme zitterten, ihre Füße rutschten ab, und Shaan hatte das fürchterliche Gefühl, dass sie es nicht schaffen würde.

»Komm schon«, feuerte sie sie an. Es gab keine Möglichkeit für sie, zu versuchen, Nilah zu folgen, bis sie zumindest auf halbem Weg war. Die Wachen hatten die Männer gezwungen, sich bis zu ihnen zurückzuziehen. Rafe hatte zwei von ihnen zur Reglosigkeit verführt, aber es waren einfach zu viele. Drei begannen auf die Mauer zuzurennen; Aran und Rafe waren nicht in der Lage, sie aufzuhalten, weil sie gegen drei andere kämpften.

Die Führerin war die Mauer erst halb hinauf. Shaan konnte nicht länger warten. Sie biss die Zähne zusammen, packte das schwankende Seil und begann zu klettern; ihre Haut kribbelte, da sie jeden Augenblick damit rechnete, die Hände der Wachen auf ihren Beinen zu spüren.

»Weiter, weiter!«, rief sie hinauf zu Nilah, während sie sich,

Hand über Hand, selbst hochzog, so schnell sie konnte. Ihr linker Arm schmerzte, während sie schwitzte und keuchte; der raue Stein schrammte ihr die Hände auf. Nilahs Augen weiteten sich, als sie die Wachen sah, die auf sie zurannten. Doch die Bedrohung bewirkte auch, dass sie sich nun schneller bewegte. Shaan berührte schon fast ihre Füße, als die junge Frau sich auf die breite Mauerkrone rollte.

»Mach Platz«, keuchte Shaan, als sie sich hochzog. Die Wachen waren eine Armeslänge entfernt.

»Zieh das Seil hoch!«, brüllte sie Nilah zu und zerrte daran. Gemeinsam rollten sie es auf, so dass das Ende tanzte, gerade so eben außer Reichweite des ersten Wachsoldaten. Er brüllte vor Enttäuschung. »Klettere auf der anderen Seite hinunter«, sagte Shaan, aber die jüngere Frau hörte nicht; sie starrte hinunter in den kleinen Hof.

»Shaan…«, sagte sie. Eine Reihe von Wachen stand auf der Rückseite des Lagerhauses und hielt Armbrüste, deren Bolzen auf sie gerichtet waren.

»Ihr da«, rief der Wachsoldat am Ende der Reihe zu ihnen herauf. »Kommt herunter, oder wir schießen.«

Shaan erstarrte, das Seil noch immer in den Händen.

»Wie kannst du es wagen, auch nur daran zu denken, die Führerin zu bedrohen?«, rief Nilah.

Die Männer rührten sich nicht, und Shaan sah, dass es sich nicht um Palastwachen handelte. Derjenige, der gesprochen hatte, hielt seine Armbrust weiter ruhig auf ihre Brust gerichtet. »Kommt jetzt herunter«, wiederholte er.

Tallis, rief Shaan und spürte ihn binnen eines Augenblicks.

Ich weiß. Wir kommen.

»Legt die Waffen nieder!«, schrie Nilah den Männern unten zu. »Ich befehle es euch!«

»Nilah«, sagte Shaan ruhig. »Das sind Lorgons Männer. Sei vorsichtig!«

»Sie können mich doch nicht erschießen!« Nilahs Ton war ungläubig. Als sie sich umschaute, sah Shaan, dass ihre Verfolger umgekehrt waren, um Aran und Rafe anzugreifen. Es würde nicht mehr lange dauern, bis sie überwältigt wurden.

Beeil dich!, schickte sie an Tallis, und in dem Moment spürte sie das auflodernde Feuer seiner Präsenz heller werden wie eine Flamme, die ins Leben gerufen wurde. Ein durchdringender Schrei ertönte in der Luft – ein Kreischen wie von einem Raubvogel –, und eine Streitmacht von Drachen schob sich über die Palastmauern. Zum selben Zeitpunkt ging die Sonne am Horizont auf und stieg hinter den dunklen Flügeln der Drachen hoch; die fahlen Strahlen glitzerten auf ihrer Haut. Sie waren eine Armee aus Klauen und Krallen, riefen in kehligen Lauten und erzeugten misstönenden Lärm.

Die Männer unten drehten sich um und starrten fassungslos gen Himmel, die Armbrüste noch immer erhoben, beobachteten, wie die Drachen über sie kamen. Shaan blinzelte gegen die Sonne an und erkannte Tallis' Gestalt tief über Marathins Hals geduckt; er führte sie an. Attar saß auf einem kleineren Drachen an seiner Seite. Die Männer unten gerieten in Panik und schossen Armbrustbolzen in den Himmel, während der Schwarm auf sie zukam.

»Duck dich!«, rief Shaan Nilah zu und legte sich flach auf die Mauer, als ein Drache so knapp über sie hinwegfegte, dass sie seinen moschusartigen Geruch wahrnehmen konnte. Der Drache stürzte sich in einer Spirale herab, legte sich dabei auf die Seite und zog einen stachelbesetzten Flügel über die Männer auf dem Hof. Rufe und Schreie ertönten, als sie zu Boden stürzten. Auf der anderen Seite der Mauer im Garten griffen weitere Drachen die Wachen an, die gegen Aran und Rafe kämpften.

»Nilah.« Shaan robbte vorwärts und ließ das Seil wieder zu Boden fallen. »Wir müssen runter.«

Nilah war kalkweiß, nickte aber, dass sie verstanden hatte. Mit zitternden Armen packte Shaan das Seil und purzelte halb rutschend, halb fallend zurück in den Garten; Nilah folgte ihr dichtauf.

Geht zum zentralen Hof, drang Tallis' Stimme zu ihr. *Balkis und*

Rorc kommen. Da fiel ihr auf, dass sie das Aufeinanderprallen von Stahl und Kampfschreien hören konnte. Wie waren sie so schnell dorthin gelangt?

»Shaan?« Nilah umfasste ihren Arm, als sie den Boden erreichte.

»Zum zentralen Hof«, sagte sie.

»Aber da werden alle Wachen sein!«

»Ich weiß«, sagte Shaan dumpf, »aber Rorc und Balkis greifen den Palast an und hauen uns einen Fluchtweg frei.«

Nilah rührte sich nicht.

»Komm schon!« Shaan zog sie vorwärts.

Sie hielten sich nahe beieinander und rannten auf das Tor zu, das aus der Umfriedung der Führerin hinausführte. Rings um sie herrschte Chaos; Drachen jagten fliehende Wachen. Als sie sich dem Tor näherten, verstärkte sich der Kampflärm, und Shaan bedeutete Nilah, sich hinter ihr zu halten. Drachen landeten rings ums Wachhaus; ihre stachelbesetzten Schwänze zerschmetterten das Dach, während mehrere Wachen sich nach drinnen flüchteten. Auf dem Weg lagen die Leichen zweier Männer, und am Tor kämpften vier Wachen gegen Aran und Rafe, verstellten ihnen den Fluchtweg. Der Jäger hatte nun einen langen Schnitt an einem Bein.

Aran sah sie kommen und begann mit einem an Rafe gerichteten Ruf, seinen Angriff nach links zu führen; er versuchte, die Männer vom Tor abzulenken und eine Lücke zu schaffen. Das Tor war nicht sehr breit; Shaan und Nilah warteten besorgt ab, während die Männer kämpften.

Mit einem keuchenden Aufschrei verdrehte Aran sich plötzlich und rammte ein Messer in die Flanke eines der Männer, gegen die er kämpfte, so dass er fiel; Shaan sprang vor und rief Nilah zu, ihr zu folgen, aber sie bewältigte nur einige Schritte, bevor sie unerwartet das heftige Bedürfnis überkam, hierzubleiben, unten zu bleiben. Bevor sie wusste, wie ihr geschah, hatten ihre Knie schon den Boden getroffen. Nilah landete mit einem erschrockenen Aufschrei neben ihr.

Rafe.

Entsetzt sah Shaan, dass der Verführer den Mann umgelenkt hatte, gegen den er kämpfte, so dass er sie und Nilah über die Schulter des Mannes sehen konnte. Sie spürte ihn in ihrem Kopf, ähnlich wie Tallis, wenn auch nicht so stark. Aber da war eine Lücke, durch die sie schlüpfen konnten, nun, da Aran einen der Männer getötet hatte – warum also wollte er sie nicht hinauslassen? Sie rang darum, ihm nicht zu gehorchen, und sah, wie seine Augen sich verengten, aber der Mann, gegen den er kämpfte, griff ihn heftig an, und die Ablenkung war einfach zu groß. Sein Griff lockerte sich; Shaan schüttelte seinen Willen ab und zerrte Nilah auf die Beine.

»Nein!«, brüllte Rafe, als sie auf die schmale Lücke zwischen Aran und der Mauer zuliefen. Aran kämpfte jetzt nur noch gegen einen Mann; sie hatten freie Bahn. Aber erst als sie unter dem steinernen Torbogen hindurchkamen, sah Shaan, warum Rafe versucht hatte, sie aufzuhalten: Ein Koloss von einem Bewaffneten kam mit erhobenem Schwert auf sie zugerannt. Nilah prallte gegen Shaan, als diese stehen blieb, und aus dem Augenwinkel sah sie, wie Rafe den Mann, gegen den er kämpfte, mit einem mächtigen Stoß durchbohrte und sich nun eiligst ihr zuwandte; er übersprang die Distanz zwischen ihnen, als der Soldat sein Schwert in Richtung ihres Halses schwang. Die Klinge traf Rafe in den Brustkorb und schnitt mit einem fürchterlichen Krachen durch Knochen. Nilah kreischte, zerrte an Shaans Hemd und versuchte, sie zurückzureißen, während Rafe in die Knie brach. Der Soldat riss die Klinge heraus und hob sie wieder. Shaan streckte eine Hand in die Höhe, spürte, wie die Dunkelheit schlagartig bereit wurde, aber dann war Aran mit wirbelnden Messern da, und eine Klinge bohrte sich in die Kehle des Mannes. Erstickend ließ er sein Schwert fallen und stürzte hintenüber, während ihm Blut über die Hände sprudelte.

»Rafe?« Shaan kniete mit zitternden Händen über dem Verführer. Sie konnte spüren, wie sein Leben ihn verließ, gleich einem Strudel, der rasch austrocknete, und sie berührte ihn und warf ihr Licht in ihn.

»Rafe!«, schrie sie und versuchte verzweifelt, die Blutung zum Stillstand zu bringen, aber die Wunde war zu groß, und sie spürte, wie sein Leben ihr unter den Händen entglitt.

»Shaan!« Aran war neben ihr, zog an ihrem Arm. »Es ist zu spät. Komm.« Sein Gesicht war grimmig und blutbespritzt. Shaan fiel das Atmen schwer; Zorn baute sich in ihr auf.

Shaan, beweg dich! Tallis' Stimme ertönte in ihrem Kopf. *Ein Drache kommt euch holen.*

Aran zerrte sie auf die Beine, und Shaan sah durch die weit auseinander stehenden Säulen einer Kolonnade die Freifläche des Hofs. Er war voller kämpfender Soldaten; die Luft war von Schreien, Schlachtenlärm und den dröhnenden Flügelschlägen der Echsen erfüllt.

»Folgt mir! Zieh dein Messer!«, rief Aran. Mit zitternden Händen gehorchte Shaan, packte Nilah am Arm und zog sie mit. Sie rannten auf den Säulengang zu, durch seinen Schatten und auf die andere Seite, wo sie stehen blieben. Es mussten hundert oder mehr Kämpfer auf dem Hof sein, und Shaans Herz setzte aus, als sie einen Blick auf blondes Haar erhaschte und Balkis mitten auf dem Hof in schwere Kämpfe verstrickt sein Schwert schwingen sah. Erleichterung durchströmte sie. Er war noch am Leben. Nicht weit von ihm entfernt drang Rorc, eine Klinge in jeder Hand, auf die Waffenknechte ein. Die Reihe schwarz gekleideter Glaubenstreuer und Reiter rückte in starrer Formation gegen die ungeordneteren Wachen vor und drängte sie an den Rand des Hofs nahe der Ratsgemächer zurück. Über ihnen schwebten die Drachen, sausten immer wieder im Sturzflug über die Waffenknechte hinweg, zwangen sie, sich zu ducken, und lenkten sie ab. Shaan sah, wie Attar vom Rücken seines Drachen Pfeile auf die Wachen abschoss, ein breites Grinsen im Gesicht.

»Wartet, bis sie sie zurückgedrängt haben!«, rief Aran. Shaan nickte und vergewisserte sich, dass Nilah in Sicherheit hinter einer Säule stand. Sie hatte schon früher Menschen kämpfen und sterben sehen, aber noch nie eine Schlacht, noch nie etwas wie dies. So viele waren verletzt, starben; der Druck hinter ihrem

Brustbein war so stark, dass sie das Gefühl hatte, er würde vielleicht ihren Brustkorb sprengen.

Die Kämpfe begannen sich auszuweiten; Trupps von Waffenknechten lösten sich, verfolgt von den Glaubenstreuen, und mehrfach mussten Shaan und Aran diejenigen abwehren, die versuchten, an ihnen vorbeizugelangen. Dann erklang plötzlich Tallis' Stimme in Shaans Verstand.

Jetzt! Lauft jetzt!, rief er, und wie ein Echo hörte sie das Zischen einer Drachin durch ihre Gedanken rollen, die in der uralten Sprache rief: *Arak-si, komm!*

Shaan zog Nilah hinter der Säule hervor. »Aran!«, rief sie, aber er kämpfte und hörte sie nicht. »Bleib hinter mir.« Shaan hielt ihr Messer gut fest, als sie zu dem freien Stück Pflaster jenseits der Hauptfront der Kämpfer rannten. Sie spürte die Drachin eher, als dass sie sie sah. Der Wind ihrer Flügel wirbelte Staub auf dem Boden auf und schüttelte die Bäume in ihren Kübeln; der Boden erzitterte unter ihren Füßen, als sie auf den Pflastersteinen landete. Aber Tallis saß nicht auf der Drachin. Wo war er?

Geh!, sagte er. *Ich muss bleiben und die Schlacht beenden.*

»Schnell, steig auf!« Shaan stieß Nilah vorwärts, und die junge Führerin kletterte unbeholfen über das Vorderbein der Drachin auf ihren Rücken. Shaan schob ihr Messer in die Scheide und folgte dichtauf; die Haut der Drachin unter ihren Händen war fast vertraut. Asrith. Shaan begriff, dass sie plötzlich den Namen der Drachin kannte. Sobald sie sie berührt hatte, war das Wissen um den Namen der Drachin so leicht in sie geflossen wie das Verständnis der uralten Worte, die dem vorausgegangen waren.

Arak-si, sagte Asrith in ihrem Verstand. *Bereit?*

Flieg, befahl Shaan ihr, setzte sich hinter Nilah, hielt sich gut mit den Schenkeln fest und umfasste die Taille der jungen Frau, als die Drachin sich heftig mit den Flügeln schlagend in die Luft erhob. Geneigt flogen sie in einem trägen Kreis über den Palast; Shaan sah, dass eine weitere Schar Waffenknechte auf den zentralen Hof strömte. Die Glaubenstreuen und Reiter würden zwischen den Wachen aufgerieben werden.

Balkis, dachte sie panisch. *Tallis!*, rief sie und versuchte verzweifelt, ihn inmitten des wirbelnden Durcheinanders aus Drachen in der Luft zu sehen.

Ich sehe. Seine Geiststimme drang klar zu ihr durch, und plötzlich sah sie ihn auf Marathin reitend ein halbes Dutzend Drachen abwärts auf die eindringenden Männer zuführen. *Los*, sagte er.

Aber Balkis, protestierte sie.

Los!, befahl er Asrith, und Shaan spürte den Anprall seiner Kraft in ihrem eigenen Verstand widerhallen, als die Drachin gehorchte und vom Palast fort auf die Hügel zuzufliegen begann. *Tallis!*, schrie Shaan und suchte unter den Kämpfenden nach Balkis' blondem Kopf.

Ich werde auf ihn aufpassen, sandte er zurück; Shaan konnte nichts weiter tun, als sich an Nilah festzuhalten, während Asrith sie davontrug.

23

Die Schlacht im Palast zwischen den Waffenknechten und Rorcs Kriegern war blutig und erbittert, viel schlimmer und viel härter, als es der Ausfall aus der Drachenanlage gewesen war. Dort hatten sie die Männer überrumpelt, und viele waren geflohen, aber sie hatten sich in den Palast zurückgezogen und neu formiert. Es war nur den Drachen zu verdanken, dass die Glaubenstreuen und Reiter ihnen ein zweites Mal entkommen konnten. Tallis schwebte über dem Hof und schoss Befehle wie Pfeile ab, schickte die Kreaturen hinab, um durch die Waffenknechte zu pflügen, die durch die Stadtstraßen vorrückten und versuchten, die Flucht der Krieger aufzuhalten. Die Pfeile der Männer prallten von der Haut der Drachen ab, ohne Schaden anzurichten, als sie auf die Soldaten einstürmten und Balkis den Weg freimachten, um die Überlebenden aus dem Palast und aus der Stadt zu führen. Vier Inseldrachen folgten ihnen als Eskorte. Rorc und vier Glaubenstreue blieben zurück, um sicherzustellen, dass alle entkamen, und Tallis schickte Drachen, um sie abzuholen. Die Kreaturen trieben die verbliebenen Waffenknechte mit den Schwänzen zurück. Angesichts der Leichtigkeit, mit der die Drachen in der Lage waren, den Männern Einhalt zu gebieten, fragte Tallis sich, wie überhaupt jemand von ihnen überleben sollte, wenn Azoth kam.

Das Schiff von den Inseln ist hier, flüsterte Marathin, als sie hoch über den Palast aufstiegen. Tallis drehte sich um und sah, während ihm der Wind durchs Haar peitschte, tief unter sich das Segelschiff im Haupthafen anlegen.

Haraka! Attars Reitdrache wurde langsamer und wirbelte beim Klang des Rufes mitten in der Luft herum. *Das Schiff*, rief Tallis und sah Attar eine Hand zum Gruß heben, als er sich über den

Hals des Drachen beugte; die beiden schossen im Sturzflug über die Stadt auf den Anleger zu. Es würde sehr eng werden, wenn sie sich alle auf Harakas Rücken drängen mussten, aber es war möglich.

Tallis ließ eine Hand auf die Haut seiner Drachin sinken und spürte, wie der Widerhall des Pulsierens ihn durchflutete. *Zum Treffpunkt*, befahl er. Marathin streckte sich, stellte die Flügel schräg und wirbelte vom Palast fort, um den fernen Umrissen der anderen Drachen zu folgen.

Bei seiner Ankunft hatte ein leichter Nieselregen eingesetzt. Der Ort, den Rorc gewählt hatte, lag in einem Tal: eine Freifläche voll Schlamm und Gras, die von baumbestandenen Hügeln umgeben war. Rorc sprach gerade mit den vier Glaubenstreuen, die sie bis an die Grenze der Clanlande begleiten würden. Shaan stand mit Nilah, Mailun und Irissa im dürftigen Schutz einiger Bäume, während Morfessa auf einem Felsen nahebei saß und versuchte, sich vor dem Regen zu schützen. Von den Drachen wartete nur Asrith geduldig und ignorierte das Wasser, das ihr über die schuppige Haut strömte. Der Rest schwebte am Himmel und wartete jenseits des Tals auf seine Befehle.

Shaan rannte auf ihn zu, sobald er abstieg, und er wusste, welche Frage sie stellen würde.

»Balkis ist am Leben«, sagte er, bevor sie sprechen konnte. »Er hat die anderen aus der Stadt geführt.«

»Wurden sie verfolgt?«

»Die Drachen, die bei ihm sind, werden jeden aufhalten.« Er konnte die Kehrseite ihrer Heilkraft beinahe auf der Zunge schmecken – eine dunkle Schneide, bitter wie Rost, die ihr gestattet hatte, den Wachsoldaten zu töten.

»Geht es dir gut?«, fragte er.

»Ich lebe«, sagte sie, aber die Anspannung um ihre Augen machte ihm Sorgen.

Mailun kam zu ihnen herüber. »Sohn.« Sie streckte die Arme aus, um ihn kurz und fest an sich zu ziehen. Unter ihren Augen lagen dunkle Ringe, die wie Blutergüsse aussahen.

»Es geht mir gut, Mutter«, sagte er und schob sie sanft von sich. »Wie viele?«, fragte er Shaan.

»Rorc glaubt, dass zwölf, vielleicht dreizehn, tot sind. Er sagt, sobald der Rest unseres Proviants hier eintrifft, brechen wir auf.«

Sie wies auf Rorc, der sich jetzt mit Morfessa unterhielt. Als ob er ihre Augen auf sich spürte, warf er einen Blick auf die drei, aber dann wurde Tallis von Shaans Keuchen abgelenkt.

»Tuon?« Ihr Gesicht strahlte plötzlich vor Hoffnung, und Tallis sah Haraka in dem nassen Tal landen. Auf dem Rücken des Drachen saßen nicht drei, sondern vier Menschen: Attar, Shaans Freundin Tuon, die Seherin Veila und ein Mann, den Tallis nicht kannte. Erstaunt fragte er sich, wer es sein mochte, aber seine Schwester rannte schon über das Gras auf sie zu und stürzte sich mit einem Freudenschrei in die Umarmung der blonden Frau.

Tuon war dünner geworden und sah erschöpft aus; ihr dichtes, blondes Haar war aus dem Gesicht zurückgebunden. Aber sie schenkte Shaan ein breites Lächeln, als sie aufeinandertrafen, und hielt sie eine ganze Weile fest umarmt.

»Du bist endlich zurück!«, rief Shaan.

»Gerade noch rechtzeitig, wie es aussieht.« Tuon trat zurück. »Dein Haar ist länger geworden.«

»Und du trägst Hosen.« Shaan musterte ihre ungewöhnliche Kleidung. »Ich wusste nicht, dass du überhaupt welche besitzt.«

»Sie sind geliehen.«

»Das versteht sich.« Sie zupfte an dem Gürtel, der die Hosen hielt. »Du bist dünner.«

»Sagt die Frau, die ein Strich in der Landschaft ist. Aber du bist am Leben.«

»Das ist meinem Bruder zu verdanken«, sagte sie.

Tuon wollte gerade etwas sagen, als Veila sie erreichte, gefolgt von dem schlanken, dunkelhäutigen Mann, der mit ihnen gekommen war.

»Shaan, ich bin froh, zu sehen, dass es dir gut geht«, sagte Veila.

Ein seltsames, trauriges Lächeln huschte über die Lippen der winzigen Frau.

»Danke«, antwortete Shaan unbehaglich.

»Das hier ist Ivar.« Tuon wies auf den Mann. »Torgs Bruder. Er hat die Schriftrollen des Propheten für uns von den Inseln mitgebracht.«

»Hallo.« Ivar grinste, und Shaan spürte ein heftiges Stechen im Magen wie einen Tritt; sein Lächeln ähnelte dem von Torg so sehr. Sie nahm seine dargebotene Hand.

»Ich bin Shaan. Das mit Torg tut mir leid«, sagte sie.

»Danke.« Er neigte den Kopf. »Und meine Mutter dankt Euch.«

»Ihr habt die Schriftrollen mitgebracht?«, fragte Shaan.

»Es schien richtig zu sein, das zu tun«, sagte Ivar.

»Hoffentlich werden sie von Nutzen sein«, sagte Rorc hinter ihr, und Shaan sah das rasch wieder verborgene Aufblitzen von Gefühl in Tuons Augen.

»Veila, Tuon«, sagte der Kommandant, »ich bin froh, euch beide unbeschadet wiederzusehen.« Sein Gesichtsausdruck verriet nichts. »Ivar.« Er streckte dem Mann von den Inseln die Hand hin. »Willkommen und danke für Eure Hilfe.«

»Ja, wunderbar.« Morfessa, der Rorc gefolgt war, schüttelte Ivar ebenfalls die Hand. »Ich brenne darauf, die Schriftrollen wiederzusehen.« Seine Augen funkelten vor Neugier.

»Später«, sagte Rorc. »Wir brechen bald auf. Kommt mit und wartet dort, wo euch der Regen nicht trifft.« Sein Blick streifte Tuon und dann Shaan, die bemerkte, dass ihre Freundin ganz plötzlich sehr angespannt wirkte.

»Komm«, sagte Shaan leise und nahm sie bei der Hand. »Komm, du musst Tallis und meine Mutter kennen lernen.«

»Mutter?«, sagte Tuon erstaunt.

»Ich weiß«, sagte Shaan. »Siehst du? Das passiert, wenn du fortgehst!« Sie begann, sie zu den Bäumen hinüberzuführen, unter denen Tallis mit Attar sprach.

»Ist das die Führerin?«, fragte Tuon, als sie Nilah entdeckte. »Was tut sie hier?«

»Hat Attar euch nichts erzählt?«

»Wir hatten keine Zeit dazu.«

Shaan seufzte. »Ich habe dir so viel zu erzählen.«

»Und nicht nur Gutes.«

»Das kommt darauf an, wie man es betrachtet.«

Tuon legte ihr einen Arm um die Schultern und blinzelte durch den Nieselregen zu Tallis hinüber. »Ich bin nur dankbar, dass es deinem Bruder gelungen ist, dich zurückzubringen«, sagte sie, »und dass du einen hast.« Sie staunte, als sie näher herankamen und sie in der Lage war, ihn klarer zu sehen. »Er sieht genau wie du aus, Shaan, nur … vielleicht ein bisschen hübscher.« Sie kniff sie in den Arm, und Shaan lächelte beinahe.

»Danke«, sagte sie trocken und Tuon hakte sich bei Shaan ein.

»Nur meine berufliche Meinung, versteht sich«, sagte sie, aber das Lächeln erreichte ihre Augen kaum, und Shaan sah ihren Blick wieder zu Rorc wandern.

Während sie auf den Proviant warteten, stellte Shaan Tuon Tallis, ihrer Mutter, Irissa und Nilah vor; dann suchte sie einen Ort entfernt von den anderen, um mit ihr zu reden. Shaan versuchte, eine Möglichkeit zu finden, ihrer Freundin zu schildern, wie es gewesen war, als Azoth sie genommen hatte, was sie bei ihrer Rückkehr vorgefunden hatte und welche Rolle sie bei der Flucht aus der Stadt gespielt hatte.

Tuon nahm es überraschend gelassen auf, als sie von ihrer Verbindung zu Tallis, seiner Macht und ihrem eigenen seltsamen Drang zu heilen erzählte – obwohl sie nicht von der Art und Weise sprechen konnte, auf die sie den Mann im Palast getötet hatte, dieser Dunkelheit, die aus ihr hervorgeströmt war. Sie war zu neu und glich zu sehr dem, was Azoth bewirken konnte, und Shaan hatte Angst, den gleichen Ausdruck in Tuons Augen zu sehen, den sie in Nilahs und Arans wahrgenommen hatte: Argwohn, Verhaltenheit. Also erzählte sie ihr nur von dem, was sie für den Mann im Tempel der Schwestern getan hatte, von der feurigen Energie, die damit einhergegangen war; danach kam sie auf Rorc und Mailun zu sprechen. Sie rang um Worte, da sie von

Tuons Gefühlen für Rorc wusste und wie seltsam es für sie sein würde, nachdem sie gerade Mailun kennen gelernt hatte. Was würde sie nur denken?

Tuon wurde blass und lehnte sich gegen die raue Rinde eines Baums zurück.

»Ich mag deine Mutter, sie wirkt… stark«, sagte sie am Ende. »Aber es ist schwer, sich Rorc als irgendjemandes Vater vorzustellen.«

»Ich weiß.« Shaan blutete das Herz für sie.

»Meine engste Freundin… Seine Tochter. Und jetzt seine alte Liebe, deine Mutter, ebenfalls hier. Seltsam, wie das Leben so spielt.« Ihr Lächeln war brüchig. »Wie steht es zwischen ihnen? Wie geht es ihm?«

»Ich weiß es nicht. Ich habe sie nicht miteinander reden sehen. Sie halten Abstand voneinander.«

»Ah!« Tuon nickte. »Die Bande einer unterbrochenen Liebe.«

»Ich weiß nicht, ob es so ist«, sagte Shaan rasch. »Es ist lange her, und Mailun scheint wütend auf ihn zu sein. Ich glaube nicht…«

»Es spielt keine Rolle. Ich habe dir doch gesagt, dass ich die Hoffnung schon vor Jahren aufgegeben habe. Aber was ist mit dir und Balkis? Du hast nichts gesagt, aber ich habe den Ton deiner Stimme gehört, Shaan. Warst du mit ihm im Bett? Und bemüh dich nicht erst, mich zu belügen, ich sehe es doch deinen Augen an!«

Shaan sah sie reumütig an. »Du wechselst das Thema.«

»Ich weiß, aber bitte lass mich.« Das Aufflackern von Kummer in Tuons Augen war nicht zu übersehen.

»In Ordnung. Balkis.« Shaan zuckte die Schultern. »Ich weiß nicht so recht, was zwischen uns ist, aber ja, ich habe mit ihm geschlafen – allerdings nicht in einem Bett.«

Tuon lächelte. »Ich verwette meinen Geldbeutel, dass er gut war«, sagte sie. »Er hat ja schließlich einige Übung. Aber wann wirst du ihn wiedersehen?«

»Ich weiß es nicht. Wenn wir die Clans aus der Wüste zur Jägerklippe führen.«

Tuon beugte sich vor, um den Stein, den Shaan um den Hals trug, zu berühren. »Hat er dir diesen Anhänger geschenkt?«

»Ja.« Shaan hob ihn an und strich mit einem Finger über die glatte Oberfläche.

»Dann solltest du dir keine Sorgen machen, wie es zwischen euch steht. Ein Mann schenkt einer Frau nicht aus einer Laune heraus so etwas – sogar Balkis mit all seinem Kaufmannssohngeld nicht. Du wirst ihn wiedersehen.«

Aber wann? Shaan spürte die nagende Furcht zurückkehren, die sie in den Klauen hielt und ihr sagte, dass es weit länger dauern würde als eine bloße Reise, bevor sie Balkis wiedersah.

Der Proviant wurde geliefert, und bevor die Sonne im Zenit stand, hatten die Glaubenstreuen die Vorräte aufgeteilt und auf den Rücken der acht Drachen befestigt, die sie tragen sollten. Insgesamt waren sie fünfzehn Leute, also trug jeder Drache zwei, abgesehen von dem, auf dem ein einzelner Verführer ritt.

Es hatte zu regnen aufgehört; schwache Sonnenstrahlen drangen durch die Wolkendecke und ließen die feuchten Kleider dampfen. Shaan war eingeteilt worden, mit Nilah auf Asrith zu reiten, während Tuon hinter einem der Jäger auf einem anderen Inseldrachen saß. Shaan war erstaunt, wie schnell das Gefühl, die Drachin unter sich zu haben, vertraut wurde; ihre Haut war unter Shaans Hand warm und rau. Asrith drehte sich um und stieß einen kurzen, heißen Atemzug aus.

Ein langer Weg liegt vor uns, Arak-si, sagte sie. Ihre Geiststimme war anders als Nuathins, fester, aber, wie Shaan spürte, vielleicht nicht ganz so alt.

Bis zu den Clans, meinst du?, antwortete Shaan. Asrith schnaubte erneut; in ihrem Blick stand ein Wissen, das Shaan nicht entschlüsseln konnte.

»Wie lange werden wir auf den Drachen reiten?« Nilah kletterte herauf, um sich hinter Shaan zu setzen, und unterbrach ihre Gedanken.

»Du nur zwei Tage lang«, sagte Shaan. »Wir lassen dich und die anderen in der Nähe der Gorankette zurück. Ich dachte, das hätte dir schon jemand gesagt?«

»Wenn man das, was Rorc getan hat, als ›sagen‹ bezeichnen kann«, sagte Nilah knapp.

Shaan konnte sich vorstellen, wie er aufgetreten war.

»Ich habe gehört, er ist dein Vater«, sagte Nilah, und Shaan spannte sich an.

»Von wem hast du das gehört?«

»Von der Clansfrau, Irissa – so heißt sie doch?«

Shaan sah Irissa an, die steif hinter Attar stand und darauf wartete, auf Harakas Rücken zu steigen.

»Ich glaube nicht, dass sie deinen Bruder besonders mag«, fuhr Nilah fort. »Oder vielleicht mag sie ihn zu sehr.«

Shaan runzelte die Stirn. »Ganz gleich, was du denkst, behalt es für dich.« Irissa starrte den Drachen an, als wolle sie ihn mit einem Speer durchbohren. Warum hatte sie Nilah das erzählt? Vielleicht hatte sie gedacht, sie wüsste es schon.

»Mach dir keine Sorgen«, sagte Nilah. »Ich weiß, wie es ist, wenn jeder mehr über einen weiß, als man möchte. Ich werde nichts sagen.« Sie hielt inne. »Zumindest weißt du jetzt, wer dein Vater ist, und wenigstens ist er am Leben, auch, wenn er … nun ja … Meiner ist gestorben, als ich vier Jahre alt war, aber er war ja auch nur ein Prinzgemahl. Einer von vielen meiner Mutter.«

Nilahs Tonfall war bitter, und Shaan war überrascht, als die junge Frau heiser auflachte. »Sie hätte nie gedacht, dass es so weit kommen würde«, sagte Nilah. »Sie wäre erzürnt, zu sehen, was Lorgon getan hat, die fette alte Schnecke.« Sie stupste Shaan sachte mit dem Finger in den Rücken. »Damit werde ich ihn nicht durchkommen lassen. Wenn Rorc denkt, dass ich nur an irgendeinem abgelegenen Ort in den Bergen herumsitze und abwarte, bis er alle gerettet hat, dann sollte er besser noch einmal nachdenken.«

Shaan verrenkte sich, um sie anzusehen. »Was wirst du tun?«

Nilahs Lippen verzogen sich zu einem harten, geheimniskrämerischen Lächeln. »Vielleicht erzähle ich dir das später – aber du bist ja auch hingegangen und hast deinem lieben Vater von meiner Entscheidung, in den Krieg zu ziehen, erzählt.«

»Das war eine dumme Entscheidung«, sagte Shaan bissig; sie war gereizt.

Nilah zuckte die Schultern. »Wahrscheinlich, obwohl ich nicht glaube, dass das jetzt noch einen Unterschied macht.«

»Das hier ist kein Spiel, Nilah«, sagte Shaan. »Es sind bereits Menschen gestorben, und es werden noch viel mehr sterben, wenn Azoth kommt.«

»Ich weiß, dass es kein Spiel ist.« Nilahs Stimme hatte einen harschen Unterton. »Meine Mutter ist ermordet worden …«

»Und das wahrscheinlich von ihrem eigenen Rat«, unterbrach Shaan sie.

»Das weiß ich … mittlerweile.« Nilah senkte die Stimme. »Und damit werden sie nicht durchkommen. Danke, dass du mich herausgeholt hast, Shaan. Ich dachte, er würde mich töten – genau wie Mutter.«

Shaan schüttelte den Kopf. »Ich war es nicht allein; du solltest Asrith danken, und den Männern, die gestorben sind, um dich herauszuholen.«

»Ich weiß.« Nilah tätschelte Asriths Haut, und Shaan spürte, wie die Drachin sich gereizt regte.

»Hör auf damit«, sagte sie. »Das mag sie nicht.«

Nilah hörte auf, und Shaan spürte, wie Tallis einen Befehl sandte. »Halt dich fest«, mahnte sie.

Nilah klammerte sich krampfhaft an Shaans Hemd fest, als Asrith sich plötzlich duckte und in die Luft schnellte; ihre Flügel sprangen auf und entgingen nur knapp einem Zusammenstoß mit dem Drachen, der Rorc und Veila trug. Beide Tiere bremsten in einem anmutigen Tanz ab; Asrith stieß einen kurzen, an den anderen Drachen gerichteten Ruf aus, als sie wendete und kräftig mit den Flügeln schlug, um Mailun und Tallis, die auf Marathin ritten, nach Norden zu folgen.

Sie machten bei Sonnenuntergang halt, um das Nachtlager auf einem Brachfeld ein paar Meilen von einem kleinen Dorf namens

Galicia entfernt aufzuschlagen. Am Fuße einer Klippe lag ein dichter Hain aus Bäumen; ein schmaler Bach floss daraus hervor und durchschnitt das Feld. Die Jäger verteilten regenabweisende, aus Muthuhaar gewebte Zeltplanen für den Fall, dass es zu einem weiteren Wolkenbruch kam, und Shaan und Tuon stellten gerade das Zelt auf, das sie sich teilen würden, als die Seherin sie aufsuchte.

»Shaan.« Veila begrüßte sie mit demselben traurigen Lächeln, das sie ihr vorhin schon geschenkt hatte. »Kommst du mit Tuon in mein Zelt? Ich mache gerade etwas Kaf warm.«

Shaan sah sie überrascht an. »Kaf?«

»Ja«, sagte Veila. »Nilah ist zu Morfessa gegangen, und ich möchte mit dir über die Schriftrollen des Propheten sprechen.«

»Ich dachte, Ihr wolltet Euch mit Rorc und Morfessa darüber austauschen«, sagte Shaan.

»Ja, aber erst möchte ich gern mit dir reden. Komm.« Veila kehrte zu ihrem Zelt zurück.

Shaan warf Tuon einen fragenden Blick zu.

»Schon gut«, sagte ihre Freundin, aber in ihren Augen stand Sorge, und ein Gefühl des Unbehagens stieg in Shaan auf, als sie der Seherin folgte.

Drinnen auf dem Lederboden waren bereits zwei Bettrollen ausgebreitet; ein kleiner Ölofen stand zwischen ihnen. Auf der einzigen Herdplatte erfüllte ein dampfender Topf Kaf das Zelt mit dem würzigen Geruch der Flüssigkeit.

»Setz dich.« Veila wies auf einen der Schlafplätze, und Shaan ließ sich auf den Decken nieder. Tuon setzte sich neben sie, während die Seherin Kaf in drei winzige Tässchen goss und einen Spritzer Honig aus einer Phiole, die mit einem Korken verschlossen werden konnte, hinzufügte. Die niedrige Flamme des Ofens stellte die einzige Beleuchtung dar; da die Sonne draußen rasch sank, verdunkelten erste Schatten die Ecken.

»Trinkt ihn, solange er noch heiß ist«, sagte Veila und nippte an ihrer Tasse.

Shaan trank zögernd. Der Kaf war von guter Qualität, aromatisch und süß, aber sie fand es schwer, ihn unter dem wachsamen Blick der Seherin zu genießen.

»Hat Tuon dir von den Dracheninseln erzählt?«, fragte Veila.

Shaan sah, dass Tuon unbehaglich dreinsah, sogar so, als wäre ihr unwohl.

»Ja, ein bisschen«, antwortete Shaan.

»Von den Schriftrollen?«

»Nein.« Sie warf einen Blick zu Tuon hinüber, bekam aber zur Antwort nur ein angespanntes Lächeln, während Veila ihre Tasse abstellte und aus einem Lederbeutel neben ihrem Knie eine Schriftrolle zog, die sie auf dem Schoß ein Stück weit ausrollte.

»Das hier ist ein Textabschnitt, den wir gefunden haben. Sag mir, was du davon hältst«, sagte sie und las mit leiser, ruhiger Stimme aus der Schriftrolle vor: »*Wenn die Alten erwachen, müssen die zwei sich trennen. Aus ihrem Schmerz wird das Licht hervorgehen und so in die Dunkelheit führen. Wer wird sie heimsingen?*«

Shaan bekam eine Gänsehaut.

»Du weißt, dass du die ›sie‹ sein musst, von der die Rede ist, nicht wahr?«, fragte Veila.

»Weiß ich das?«, fragte Shaan zurück.

Veila sah entschuldigend drein. »Ich fürchte, das ist die einzige Möglichkeit. *Müssen die zwei sich trennen* kann sich nur auf dich und deinen Bruder Tallis beziehen. Wir haben andere Abschnitte gefunden, die auf euch anspielen. *Sein Verderben, seine Geliebte. Die beiden mit einem Gesicht, die aus dem Sand geboren sind.*« Zarte Falten um ihre Augen vertieften sich. »Das ist nur einer der Abschnitte, der von euch beiden handelt. *Arak-si, Arakferish.*«

Shaans Herz klopfte beim Klang der Namen, mit denen die Drachen sie anredeten, heftig.

»Was meint Ihr also?«, fragte sie.

Veila nahm einen kleinen Schluck Kaf. »Dass vieles, was in den Schriftrollen steht, sich auf euch beide bezieht. Hier.« Sie klopfte auf das Pergament. »Das Erwachen der Alten bezieht sich auf die

Götter, insbesondere die Vier Verlorenen, die wieder diese Lande durchstreifen. Hast du uns nicht von einer Frau in den Wildlanden erzählt, die dir riet, sie zu suchen?«

»Sie dachte, dass sie vielleicht in der Lage sind, Azoth zu besiegen«, sagte Shaan. »Aber sie wusste nicht sicher, ob sie überhaupt am Leben waren.«

»Und du … spürst sie nicht, wie du Azoth gespürt hast?«, fragte Veila ganz leise.

Shaans Mund wurde bei der Erwähnung seines Namens trocken. »Nein.«

Veila las wieder aus der Schriftrolle vor: »*Aus ihrem Schmerz wird das Licht hervorgehen und so in die Dunkelheit führen.* Weißt du, was das heißen könnte?«

»Wie könnte ich das?«

»Nun, es könnte sich auf den Schmerz beziehen, den du schon durchlitten hast, indem du den Schöpferstein zurück in die Welt gebracht hast, oder es könnte sich auf noch mehr künftigen Schmerz beziehen.«

»Und sagt der Prophet irgendetwas darüber, wie man diesen Schmerz vermeidet?«, fragte Shaan in aufsteigendem Ärger.

»Glaubst du nicht an die Schriften des Propheten?« Veilas Ausdruck war trotz Shaans gereiztem Tonfall ruhig.

»Würdet Ihr das wollen?«

»Vielleicht nicht, aber das ändert nichts an ihrer Existenz. Du musst auf das vorbereitet sein, was kommt, Shaan. Es scheint recht eindeutig zu sein, dass du schwierige Zeiten wirst durchstehen müssen.«

»Ich kann mich nicht auf etwas vorbereiten, das ich nicht verstehe.«

»Ich glaube aber, dass der Zeitpunkt naht, an dem du es verstehen wirst«, sagte Veila. »Wir haben zwei weitere Abschnitte gefunden, die vielleicht helfen, die vielleicht sogar Hoffnung spenden.« Sie hob das oberste Pergamentblatt der Rolle ab, um ein weiteres darunter zu enthüllen. Vorsichtig strich sie die Ränder glatt. »Dies hier wurde nicht lange vor seinem Tod geschrieben.«

Sie musterte Shaan einen Moment lang aufmerksam und begann dann, aus der Schriftrolle vorzulesen:

Die Toten Lande flüstern. Wasser tropft im Dunkeln in ihrem Reich, nährt einen, der seinen Namen nicht kennt. Sie waren einst hier, sie werden für alle Zeit hier sein, dem Staub ihren Willen aufsingen. Das Blut heimsingen. Suche die Wahrheit bei den Toten, wo ausgetretene Pfade vergessen sind, wo das Auge des Steins blind starrt, wo der Atem begann.

Shaan stellte ihre Tasse ab; bei der Erwähnung des Auges machte sich in ihren Eingeweiden ein leeres Gefühl breit.

»Die Toten Lande, die Wüste«, sagte Veila. »Es scheint kein Zufall zu sein, dass du jetzt auf dem Weg dorthin bist.«

»Glaubt Ihr, dass ich dort Antworten finden werde?« Shaan war erstaunt, dass ihre Stimme so fest klang. Das Steinauge. Die Wüste. Etwas Kaltes hatte sich in ihr gebildet, und sie dachte über das nach, was Tallis gesagt hatte, über die Führer der Clans, die vielleicht dahintersteckten. Und jetzt hatte dieser Prophet etwas darüber geschrieben …

»Was könnte die Wüste damit zu tun haben, Azoth zu besiegen?«, fragte sie. »Er kann nicht dorthin gehen.«

»Das stimmt«, sagte Veila. »Und wir dachten immer, dem sei so, weil eine Feindschaft zwischen den Führern, die dort herrschen, und ihm und seinen Geschwistern bestünde, aber nun frage ich mich, ob es noch mehr ist.« Sie runzelte die Stirn. »Der Prophet scheint das anzudeuten, aber er drückt sich nicht klar aus.«

»Nein, er drückt sich in keiner Hinsicht klar aus«, sagte Shaan. »Nur eine Menge hochgestochener, zusammengestückelter Worte! Nichts davon ergibt einen Sinn.«

»Visionen und Träume aus dem Zwielicht sind oft sehr undeutlich«, sagte Veila, ungerührt von ihrer Erregung. »Aber ich glaube, dass er wirklich die Verlorenen Vier meint, wenn er sagt, dass die Alten erwachen, und dass ihre Ankunft dir Schmerz und uns allen etwas Hoffnung schenken wird, aber auch, dass Dunkelheit droht – und dass du vielleicht zurückkehren musst, um an dieser Dunkelheit etwas zu ändern.«

»Woher zurückkehren?«, fragte Shaan. »Ihr redet, als ob ich irgendwohin gehen würde. Wohin soll ich denn gehen?«

»Ich weiß es nicht«, antwortete Veila. »Aber da ist noch ein anderer Abschnitt, den Tuon und Ivar gefunden haben.« Sie zog eine weitere Rolle aus dem Beutel.

»Es ist vielleicht ein Weg, Azoth zu besiegen«, sagte Tuon, aber sie klang, als wünschte sie, sie hätte die Stelle nie gefunden. Sie sah verängstigt aus.

»Hier.« Veila öffnete die Schriftrolle; das Pergament knackte unter ihren Händen. *»Der Stein öffnet, wenn er erst zerbrochen ist, den Weg zur Erlösung. Singt durch die Dunkelheit, singt sie heim.«*

Die Worte ließen Shaan noch kälter werden, und sie fragte: »Aber was bedeutet das?«

»Der Stein«, sagte Veila, »der Schöpferstein. Wir sind sicher, es bedeutet, dass Azoth besiegt sein wird, wenn der Stein zerbrochen ist, aber *Singt durch die Dunkelheit, singt sie heim …*« Sie sah nachdenklich drein. »Ich war noch nicht in der Lage, zu entschlüsseln, was das für dich bedeutet.«

Aber Shaans Aufmerksamkeit war an ihrer Erwähnung des Schöpfersteins hängen geblieben. »Den Schöpferstein zerbrechen?«, sagte sie. »Er ist so mächtig, dass er mich fast getötet hätte, und Ihr glaubt, man sollte ihn zerbrechen?« Ihre linke Hand kribbelte wie zur Antwort. »Ich habe seine Kraft gespürt.« Sie beugte sich zu der Seherin. »Ich weiß nicht, wie das auch nur möglich sein sollte. Außerdem hat Azoth ihn.«

»Ja«, sagte Veila. »Aber der Prophet sagt *müssen die zwei sich trennen* – eine Trennung. Vielleicht wirst du den Stein wiederfinden; du hast schon einmal nach ihm gerufen. Vielleicht bist du in der Lage, ihn zu zerstören.«

»Ich?« Shaan wollte lachen, aber der Ausdruck in den Augen der Seherin war zu überzeugt, zu traurig.

»Dein Bruder verfügt über Begabungen«, sagte Veila, »ich glaube, du auch.«

»Und was ist mit Tallis?«, fragte Shaan und ignorierte die Andeutung der Seherin. »Welche Rolle spielt er bei alledem? Er scheint nicht besonders oft erwähnt zu werden.«

»Wir hatten noch nicht die Zeit, alle Schriftrollen durchzugehen.«

Shaan stand abrupt auf, erfüllt von dem Drang, das Weite zu suchen. »Selbst wenn Ihr das noch tut, begreife ich nicht, wie das einen Unterschied machen kann«, sagte sie. »Es ist alles ein Wirrwarr von Worten.«

»Shaan.« Tuon streckte eine Hand nach ihr aus. »Bitte! Einiges von dem, was der Prophet geschrieben hat, ist schon wahr geworden. Azoths Rückkehr, du und Tallis …« Sie brach ab, als Shaan ihre Hand ihrem Griff entzog.

»Nein, Tuon, ich treffe lieber meine eigenen Entscheidungen, als mich von den Worten eines toten Mannes führen zu lassen.« Erschöpft und von einer lastenden Furcht erfüllt, die ihr tief in die Knochen gedrungen zu sein schien, verließ sie das Zelt.

24

Paretim stand am Rand der Klippe und sah auf die kleine Ansammlung primitiver Gebäude unten hinab. Es waren nicht mehr als neun an der Zahl – vier Wohnhäuser auf jeder Seite eines schmalen Pfads und ein gedrungen wirkendes Lagerhaus, das direkt am Fuße der Klippe errichtet war. In der Nähe befand sich ein schlecht gepflegter Obstgarten. Das Schimmern einiger orangefarbener Lichter schien durch die Ritzen der Wände. Der Ort nannte sich selbst ein Dorf, aber zu Paretims Zeit wäre das hier kaum ein Lager gewesen. Er lächelte, als er an das dachte, was er gerade in Erwägung gezogen hatte. Seine Zeit würde wiederkommen.

»Bruder.« Epherin sprang neben ihm auf den geschwärzten Stumpf eines toten Baums und balancierte darauf. »Was hast du gefunden – Beute?« Er lächelte schelmisch, und Paretim sah ihn voll Zuneigung an. Sie hatten ihn vor mehreren Tagen gefunden. Paretim hatte vergessen, wie sehr er ihn vermisst hatte.

»Keine Beute heute Nacht, Bruder«, sagte er. »Du musst dich mit dem kleinen Gasthaus begnügen, mit dem ich dich gestern deinen Willen haben ließ.«

Epherin stand auf einem Bein und strich das feine, weißblonde Haar zurück, das ihm in die Stirn wippte. Hochgewachsen und mit schlanken Muskeln hielt er perfekt das Gleichgewicht; er wankte nicht, als er von einem Fuß auf den anderen wechselte und den unbelasteten in die Luft reckte, als würde er damit auf etwas treten, was nur er sehen konnte.

»Aber den Ort hier habe ich noch nicht besucht«, beklagte er sich. »Es ist so lange her, zu lange; die paar Leute waren nicht genug.« Seine Augen verdunkelten sich zu schwarzen Teichen. »Du weißt doch, wie ich bin, wenn du mir etwas abschlägst.«

Paretims Heiterkeit schwand. »Ich habe nein gesagt.« Er begann, den Abhang wieder hinunter auf den Schatten der Bäume zuzugehen, gefolgt von Epherin.

»Fortuse wird unzufrieden sein«, sagte er listig.

Paretim blieb stehen. »Hast du vergessen, wer uns fortgeschickt hat, Bruder?«, fragte er.

Epherin hielt inne. »Du?«

»Er ist immer noch stärker als wir«, sagte Paretim. »Wir müssen unauffällig durchs Land ziehen, sonst wird er uns spüren, uns finden. Wir waren schon … leichtsinnig. Wir müssen alle vereint sein, wenn wir ihn herausfordern.« Er ging weiter. »Komm«, rief er über die Schulter, »unsere Schwester ist hungrig.«

Epherin folgte ihm nicht. Er lehnte sich gegen einen Baumstamm; das Mondlicht wurde von seinem Haar reflektiert. »Aber Bruder«, flüsterte er leise, »er hat uns schon gespürt. Fühlst du es nicht? Der Stein weiß, dass wir hier sind, und so auch er.«

Mit einem verärgerten Zischen schwang Paretim eine Faust nach ihm. Epherin sprang zur Seite und schlug einen Purzelbaum rückwärts; er landete auf dem feuchten Boden wie eine Katze. Der Baumstamm spaltete sich unter Paretims Schlag; das nasse Holz knarrte bei der Erschütterung. Am Boden hockend, sah Epherin ihm mit einem raubtierhaften Grinsen zu.

»Sachte, Bruder«, sagte er. »Unsere Schwester liebt mein makelloses Gesicht.«

Paretim richtete sich auf und bezähmte seinen Zorn. »Wie so viele«, sagte er, holte tief Atem und schloss die Augen. Als er sie wieder öffnete, war er vollkommen beherrscht. »Komm«, sagte er, »sie wartet. Sie glaubt, dass wir morgen Vail finden werden.«

»Ich habe ihn vermisst.« Epherin stand auf und rieb sich die nasse Erde von den Händen. »Er mochte meine Scherze immer.«

Paretim lachte. »Er hat nur so getan. Wenn er dich mit Fassung trug, brachte dich das dazu, ihn in Ruhe zu lassen.«

»Hm.« Epherin trat neben ihn. »Er hat uns alle mit Fassung getragen. Vail hat uns immer die Gesellschaft seiner Schöpfungen vorgezogen.«

»In der Tat«, stimmte Paretim ihm zu, »in der Tat.«

Alterin saß auf den weichen Polstern und starrte zum Himmel auf. Blutergüsse schmerzten an ihren Handgelenken, Zwillingskreise dort, wo seine Hände sie niedergehalten hatten. Doch sie begannen mittlerweile zu heilen; seit mehreren Tagen schon zeigte er keinerlei Interesse mehr an ihr. Vielleicht wurde er ihrer müde – aber sie wollte nicht recht darauf hoffen. Sie hatte mitbekommen, dass ein Teil seiner Armee schon nach Süden geschickt worden war. *Falmor*, formte sie den unvertrauten Namen des Dorfs. Die erste Prüfung. Drachen hatten seine Krieger dorthin geflogen. Vielleicht hatten sie schon angegriffen, und das Dorf war nun nichts mehr als eine Erinnerung. Alterin stützte kurz den Kopf in die Hände und zwang sich dann, sich wieder gerade aufzusetzen. Sie musste Hoffnung fassen. Ohne Hoffnung gab es kein Leben.

Jared, oder der Alhanti, der von ihm Besitz ergriffen hatte, stand mit dem Rücken zu ihr auf der offenen Steinveranda, die auf Azoths Übungshof hinausging. Der Klang des Keuchens der übenden Kämpfer und dumpfe Zusammenstöße erfüllten die Luft. Am Vortag hatte Azoth Jared endlich aus dem Käfig gelassen. Er hatte aufgehört, gegen die Wand zu schlagen und zuzusehen, wie Azoth sie vergewaltigte. Azoth hatte ihn zu ihrem Bewacher gemacht; er folgte ihr durch den Palast, seine braunen Augen bar jedes Wissens darum, wer sie war, seine Hand hart, wenn er sie damit berührte.

Vielleicht war das, was von Jared, dem Clansmann, übrig gewesen war, nun wirklich verschwunden. Aber Alterin konnte nicht aufgeben, sie hatte jenen Funken Menschlichkeit in seinen Augen gesehen, hatte ihn gespürt, und sie musste glauben, dass er noch immer da war – unter dem harten Blick dessen, zu dem er geworden war.

Hinter ihr ertönte ein Geräusch, und sie zuckte zusammen, als Azoths Hand sich um ihren Nacken legte.

»Hältst du immer noch Ausschau?«, flüsterte er ihr ins Ohr. Sie antwortete nicht; ihr Herz klopfte schnell.

Er lachte. »Immer so überaus hoffnungsvoll!« Er neigte sie zurück, hielt ihr Gewicht auf seiner Handfläche. »Uriel.« Sein Mund zuckte verächtlich, als er mit dem Zeigefinger seiner freien Hand an ihrem Kinn entlang unter den dünnen Stoff ihres Kleids fuhr. Er umfasste eine Brust und drückte sie, so dass Alterin zusammenzuckte. »Immer ganz die Zeugin«, sagte er. »Es ist wieder an der Zeit für dich, in meinem Auftrag Ausschau zu halten.« Sein Daumen streifte ihre Brustwarze, und er küsste sie sanft auf die Lippen. »Wenn du deine Sache gut machst, wirst du belohnt werden.«

Alterin unterdrückte ein Schaudern. »Ich kann nicht garantieren, dass ich sie finden werde«, sagte sie, »sie sind sehr gut darin, sich zu verhüllen.«

»Oh, aber du musst.« Er sah Jared an. »Seine fortgesetzte Existenz hängt davon ab.«

Alterin schloss die Augen, um ihn nicht ansehen zu müssen, und blieb stumm. Es spielte schließlich keine Rolle mehr, was sie sagte; er würde seinen Willen bekommen.

»Komm.« Azoth hob sie wieder in eine sitzende Stellung. »Nimm meine Hand.«

Sie legte die Hand in seine, unfähig, die Energie aufzubringen, Widerstand zu leisten; sie spürte schon, wie sich seine Essenz um ihre schlang wie ein Pesthauch, eine Schlange.

»Gut.« Seine Stimme war sanft. Sie wusste, dass er den Stein in der Hand hielt.

Ein Atemzug, eine Bewegung – und plötzlich versengte weißes Licht ihren Blick. Sie bäumte sich auf, als er die Kraft des Steins durch sich in sie strömen ließ. Sie hörte schwach, wie sie aufschrie, als sie in die Zwischenwelt gerissen wurde.

Kälte.

Stille.

Jedes Mal, wenn sie jetzt hierherkam, spürte sie den Wandel. Götter durchschritten wieder die Lande des Wachens, und die Erschütterung, die das verursachte, wirkte sich auf alles aus. Sie spürte die Missbilligung ungesehener Geister, uralter, verärgerter Mächte. Aber sie konnte sie nicht beschwichtigen, da sie Azoths Befehlen nicht trotzen konnte.

Er drängte sie voran und sie gehorchte, driftete über dunstige Pfade. Dann und wann huschte ein Geist an ihr vorüber, aus dessen Mund ein lautloser Schrei drang, und war so schnell wieder verschwunden, wie er gekommen war. Sie wusste nicht, was diese Gespenster waren: Erinnerungen an Menschen, die eines schrecklichen Todes gestorben waren, oder vielleicht die Verkörperung von Mächten, die sie zu warnen versuchten? Sie ging weiter, bis sie es endlich spürte: eine deutliche Wahrnehmung anderer, die wie er waren, einen Geschmack wie nach ranzigem Zuckerrohr. Eine plötzliche Vision seltsamer Bäume mit schmalen Stämmen und staubgrünen Blättern stürzte auf sie ein. Eine Reihe gezackter, felsiger Gipfel und ein schattenhafter Eindruck dreier versammelter Gestalten, die menschenähnlich aussahen, sich aber anders anfühlten. Hitze strahlte von ihnen aus, heißes Feuer, verbrühender Dampf, und Alterin konnte nicht widerstehen, trotz ihrer Furcht nach der nächsten Gestalt auszugreifen. *Flieh vor mir*, wollte sie sagen. Eine Person wandte sich um, und zornige, grünblaue Augen sahen sie an. Die Gestalt kreischte, dann fühlte Alterin reißenden Schmerz, und plötzlich war alles schwarz.

»Ich sagte: ›Halte Ausschau nach ihnen‹, nicht: ›Greif nach ihnen‹!«, erklang Azoths Stimme heiser vor Zorn in ihrem Ohr. Sie öffnete die Augen und sah die helle, cremefarbene Decke weit über sich, und indigoschwarze Augen, die rasend vor Wut waren. Er schlug sie, eine heftige, brennende Ohrfeige ins Gesicht, und schleuderte sie zu Boden. Sie prallte auf kalten Stein und lag still, atmete mit einem wimmernden Geräusch ein und aus. Schwere Schritte kamen von der Veranda herein.

»Bring sie mir nach.« Azoths Stimme überschlug sich vor Zorn. Sie hörte, wie er sich wutentbrannt davonmachte.

Eine Hand schloss sich um ihren Oberarm und zog sie hoch; Alterin hing wie etwas Totes, wie ein Nichts herab, während Jared sie betrachtete. Er hätte sie hinter sich herschleifen können – sie rechnete damit –, doch stattdessen hob er sie hoch, trug sie auf den Armen wie ein Kind, so dass harte, neu gebildete Muskeln an ihre Wange drückten, während er Azoth folgte. Alterin blickte in sein Gesicht hoch. Sie sah dank der Suche noch immer verschwommen, und er schaute die Last, die er trug, nicht an, aber sie glaubte, dass sie einen Muskel an seinem Kiefer zucken sah und kurz, so kurz, dass es auch gar nicht hätte geschehen können, spürte, wie ein Schauer seinen Körper durchlief.

Paretim streichelte gerade das Haar seiner Schwester, die an seiner Brust schlief und den uralten Duft von Blumen einsog, die längst aus der Welt verschwunden waren, als Fortuse plötzlich mit einem Aufschrei erwachte. Ihr Kopf schoss ruckartig hoch und traf sein Gesicht, als sie aufsprang; ihre Augen blickten wild, zahlreiche Farben wirbelten darin.

»Dreckige Sklavin!«, kreischte sie.

»Schwester«, sagte Paretim, dem die Nase wehtat, »hör auf!« Er kam auf die Beine und packte ihre Arme, zwang sie, ihn anzusehen. »Sag mir, was du gesehen hast.«

Ihr Zorn verflog so rasch, wie er gekommen war, und Fortuse musterte ihn schelmisch. »Lass mich los, Bruder«, sagte sie und wand sich in seinem Griff. »Ich habe gespürt, wie du mich … berührt hast.«

Er ließ sie so abrupt los, dass sie rückwärtsstolperte. »Als ob du meine Berührung nicht schon gesucht hättest!«

Hinter ihnen lachte Epherin und trat hinter einem Baum hervor. »Du bist so launisch, Schwester.« Er schüttelte den Kopf. »Warum versöhnt ihr euch nicht mit einem Kuss?«

Sie lächelte ihn an, ging zu ihm hinüber und streichelte ihm das Gesicht.

»Wo warst du?« Sie schmollte. »Das Ding hat schon wieder nach uns gesucht.« Sie rieb sich an Epherin. »Er konnte mich nicht beschützen.«

Epherin lächelte und stieß sie von sich. »Hure«, sagte er, und Fortuse lächelte.

Paretim konnte nicht umhin, sich zu amüsieren. Fortuse hatte sie schon immer gegeneinander ausgespielt. So stark waren ihre natürlichen Triebe: Wenn keine anderen da waren, mit denen sie sich vergnügen konnte, wandte sie sich ihnen zu. Paretim nahm sie, wenn ihm danach war – es war schließlich für sie alle selten, jemanden zu finden, der sie so befriedigte, wie ihresgleichen es konnte –, aber jetzt war nicht der rechte Zeitpunkt für ihre Spiele.

»Wer war es?«, fragte er. »Wieder das Sklavenmädchen?«

»Ja.« Fortuse ließ ihr verführerisches Auftreten fahren; ein wildes Funkeln stand in ihren Augen. »Was tun wir jetzt?«

»Nichts. Sie stellt keine Bedrohung für uns dar.«

»Aber was, wenn Azoth sie benutzt, um nach uns zu sehen?«, fragte Epherin.

»Natürlich tut er das«, sagte Paretim. »Er kann nicht das Risiko eingehen, selbst Verbindung zu uns aufzunehmen, noch nicht einmal mit dem Stein.«

Fortuse wimmerte, als er den Schöpferstein erwähnte. »Ich vermisse ihn«, flüsterte sie.

»Ich weiß.« Paretim zog sie in seine Umarmung. »Wir werden den Stein zurückbekommen. Aber erst müssen wir unseren Bruder finden. Vail ist stark; er wird uns helfen.«

»Und er ist in der Nähe«, sagte Epherin. »Ich bin in das Dorf gegangen; er ist dort durchgekommen.«

»Ich habe dir doch gesagt, dass du es nicht tun sollst«, schimpfte Paretim. »Kein Wunder, dass seine Sklavin uns gefunden hat.«

Epherin zuckte die Schultern. »Ich war hungrig, Bruder.« Seine Augen wurden zu Wirbeln, und Paretim sah in ihnen die Überreste der verschlungenen Seelen. Jetzt lag ein weiteres Dorf hinter ihnen wie eine Spur. Eine Stadt voller Menschen, die sie anbeteten und auf ihre Rückkehr warteten. Seelen, die vor Sehnsucht hungerten. Je mehr Leute sie verwandelten, desto stärker würde Azoth sie spüren. Aber Paretim zügelte seinen Zorn, als er seinen Bruder betrachtete. Epherin konnte einfach nicht anders, die Leute, die er geschaffen hatte, waren längst aus diesen Landen verschwunden; sie hatten keine Spur von jenen Schwarzhaarigen mit der bleichen Haut gefunden und sie auch nicht wahrgenommen. Seine »Schatten« hatte Epherin sie genannt. Wie konnte er seinen Bruder dafür verurteilen, dass er versuchte, diese Lücke zu schließen?

Paretim streckte einen Arm aus. »Komm, Bruder«, sagte er, und Epherin trat in seine Umarmung; seine schmalen Züge wurden deutlicher, als Fortuse sich vorbeugte und ihn ausgiebig auf den Mund küsste. Paretim spürte, wie ihr Begehren sich regte, und sie rieb sich an seinem Schenkel. Er schob ihr die Hand ins Haar und zog ihren Kopf zurück, riss ihre Lippen von denen ihres Bruders los und küsste sie selbst. Sie schmeckte nach vergangenen Zeiten, nach heißen Tagen und uralten Verheißungen. Als er den Kopf hob, waren seine Augen dunkelblau und voller Zorn und Begehren.

»Wir müssen Vail finden«, sagte er zu den beiden. »Wenn wir wieder zu viert sind, werden wir stark genug sein.«

»Wir werden den Stein wiederbekommen«, sagte Fortuse eifrig; ihre Augen glänzten wie die eines Kindes.

»Ja.« Paretim lächelte. »Wir werden unser Geburtsrecht zurückgewinnen.«

Tief in den dunkelsten Klüften eines Tals im Süden zählte Vail die Sterne. Er spürte die anderen, wie sie gemeinsam durch den Äther brannten, aber er war noch nicht bereit, sie zu treffen. Er rollte die massigen Schultern und reckte den Hals hin und her, spürte, wie die Muskeln sich dehnten. Die weiten Ebenen seines Gesichts spiegelten wie immer ruhige Nachdenklichkeit wider, während er methodisch die Gräten aus einem Fisch entfernte und ihn zum Braten übers Feuer legte.

Es gefiel ihm in diesem kühlen, schmalen Tal. Hier gab es einen tiefen, stillen Teich, der ihn an den See erinnerte, an dem er einst gelebt hatte, dunkle Wasser, die von etwas Altem und Verborgenem geschwängert waren. Er hatte eine Steinmauer im Rücken, stabil und uralt, und Hügelflanken erhoben sich hoch rings um ihn. Die Baumstämme waren knorrig und vernarbt, da es ein

Kampf für sie war, zwischen den Felsen zu wachsen. Und hier war es ruhig, die tiefe Stille der Natur, die sich selbst überlassen war. Er wusste, dass einst einige seiner Geschöpfe hier in den kleinen Höhlen dieser Hügel gelebt hatten, und mehr von ihnen weiter weg, aber sie waren fortgejagt und zu etwas anderem geworden; jetzt waren sie bitter und voll Hass auf diejenigen, die sie vertrieben hatten. Schade – er hatte ihre kleinen, dunklen Körper und ihr stilles Fischerleben geliebt. Es behagte ihm nicht, wozu sein jüngerer Bruder sie machte.

Langsam wendete er seinen Fisch über dem Feuer, so dass die Haut knusprig wurde. Er war eine Weile damit zufrieden, allein zu sein, bevor er zu dem Chaos seiner Geschwister hinzustieß. Fast war er enttäuscht, dass Azoth sie dadurch aufgeweckt hatte, dass er den Stein hervorgezogen hatte. Nun würde die Sehnsucht wieder beginnen, der Hunger. Vail konnte ihn schon nach sich rufen fühlen; die Bande, die ihn an den Stein gefesselt hatten, spannten sich an. Er glaubte, dass er zufrieden gewesen sein musste, bevor er erwacht war, ein einsamer Jäger, der die öden Flecken der Welt durchstreift hatte und denen aus dem Weg gegangen war, die ihn in solchen Zorn versetzen konnten, dass er gewalttätig wurde. Es war lange her, dass seine Fäuste Knochen zermalmt hatten. Er seufzte und nahm den Fisch vom Feuer, löste ein heißes Stück und zerkaute es langsam, genoss das zarte Fleisch.

25

Tuon konnte nicht schlafen. Sie drehte sich um und legte sich auf die Seite, spürte aber auch dann die harte Erde durch den dünnen Lederboden des Zelts. Gerade so eben konnte sie Shaans schattenhafte Gestalt erkennen, wie sie im schwachen Schimmer des Mondlichts, das durch den Schlitz der Zeltöffnung drang, auf dem Rücken lag. Im Schlaf murmelte sie leise irgendetwas.

Tuon fragte sich, wovon sie wohl träumte. Azoth? Balkis? Es hatte sie entsetzt, wie dünn Shaan geworden war. Sie war immer schlank gewesen, aber jetzt war sie mager, zu mager, und in ihren Augen stand ein Ausdruck, der vorher nicht darin gelegen hatte. Die einzige Beschreibung, die Tuon dafür einfiel, war »gehetzt«. Es machte ihr Angst um ihre Freundin. Sie setzte sich auf, schob die Decke beiseite und hatte plötzlich das Bedürfnis, den Himmel zu sehen.

Draußen war die Luft kühl, der Boden feucht unter ihren nackten Füßen. Das kleine Feuer von vorhin bestand nun nur noch aus glühenden Kohlen und Asche. Einer der Jäger bewachte jenseits des Halbkreises aus Zelten das Lager. Er nickte ihr zu, als sie langsam am Ufer des kleinen Bachs entlang auf den Hain zuging. Der Mond verwandelte das Wasser in Bänder aus flüssigem Silber und Schatten, und sie folgte seinem plätschernden Lauf und dachte an Shaans Mutter, die schöne, dunkelhaarige Frau, die sie vorhin kennen gelernt hatte. Mailun. Die Frau, die Rorc verlassen hatte, die aber eindeutig nie aus seinem Herzen verschwunden war. Tuon hatte immer gewusst, dass es jemanden gab, nach dem er sich noch immer sehnte. Sie kam sich töricht vor. Das Mitleid in Shaans Blick hätte genug sein sollen, sie aufzuwecken.

Tuon blieb stehen, starrte aufs Wasser hinab und fragte sich, ob Ivar wach war. Sein lockerer Humor hatte ihr auf den Inseln mehr als einmal geholfen. Sie steckte einen Zeh in den Bach und zog ihn dann rasch wieder heraus. Kalt. Sie warf einen Blick zurück auf die stillen Zelte. Es war zu spät, jemanden aufzuwecken. Sie wandte sich ab und ging weiter auf die Bäume zu, dorthin, wo der Bach in ihrem Schatten verschwand. Nasses Gras schlug ihr gegen die Hosenbeine, und sie wanderte in die Dunkelheit, bis sie das Lager nicht mehr sehen konnte. Die hohen Stämme ragten glatt neben ihr auf. In Wassernähe war der Boden frei von Gras und Unterholz. Mondlicht flimmerte an einigen Stellen herab, aber größtenteils war es dunkel und ruhig, und so klang das Knacken des Zweiges in der sanften Stille laut. Tuon erstarrte; sie sah, wie sich ein Schatten gerade vor ihr auf einen Felsen an den Bach setzte.

»Schon gut, Tuon, ich bin's«, ertönte Rorcs Stimme leise und ruhig. »Was tust du hier?«

Sie stand einen Moment lang erschrocken da und ging dann langsam auf ihn zu. Er blieb vornübergebeugt sitzen, die Stücke des Zweigs zwischen den Fingern. Sein Gesicht wurde vom Mondlicht halb beleuchtet; dunkle Schatten der Erschöpfung lagen unter seinen Augen.

»Ich habe dich nicht gesehen«, sagte sie; ihr Herz klopfte immer noch zu schnell.

Er nickte; ein hartes Funkeln stand in seinem Blick. »Kannst du nicht schlafen?«

Sie schüttelte den Kopf. In seinem Gesicht lag etwas sehr Trostloses.

»Warum bist du hier draußen?«, fragte sie, und ein spöttisches Lächeln kräuselte seine Lippen, während er eine Silberflasche vom Schoß hob.

»Bittere Medizin«, sagte er und streckte ihr die Flasche hin. »Der beste aus Ressina. Brauchst du welchen?«

»Nein.« Tuon hatte ihn noch nie so erlebt. »Wie viel hast du getrunken?«, fragte sie.

Er spielte mit dem Verschluss der Flasche, schraubte sie auf und zu. »Ich nehme an, Shaan hat es dir gesagt«, sagte er. »Anscheinend bin ich ihr *Vater*.« Er betonte das Wort, als bedeute es fürchterliche Dinge. »Sowohl ihrer als auch der von Tallis.«

»Das hat sie erzählt.« Tuon fragte sich, ob er betrunken war.

Er runzelte die Stirn, beugte sich vor und ließ, die Unterarme auf die Knie gestützt, die Flasche zwischen den Fingern baumeln. »Es ist seltsam«, sagte er leise.

Nein, entschied sie, betrunken war er nicht, aber dennoch nicht er selbst.

»Du kannst nichts an dem ändern, was geschehen ist«, sagte sie. »Du wusstest nicht, dass es sie gab.«

Seine Lippen verzogen sich zu einem zynischen Lächeln, als er sie ansah.

»Warum bin ich dir wichtig, Tuon?«, fragte er. »Ich bringe Frauen nichts als Schmerz.«

Ihr stockte der Atem, und sie fühlte sich, als sei ihr etwas im Halse stecken geblieben. Er wusste es. Etwas Hartes, Kaltes flatterte in ihrem Brustkorb wie eine gefangene Motte. Sie hatte geglaubt, ihre Gefühle so gut vor ihm verborgen zu haben, aber sie hätte es besser wissen sollen. Sie wandte sich ab und ging zum Bach.

»Du hast mir das Leben gerettet«, sagte sie.

»Gerettet und zu meinen eigenen Zwecken eingesetzt.« Seine Stimme war von Ekel geschwängert.

»Es war meine Entscheidung.«

»Ich habe dir keine andere Wahl gelassen.«

Sie hörte, wie er aufstand, und spürte dann seine warme, feste Präsenz in ihrem Rücken, so nahe, aber unmöglich weit entfernt. »Manchmal gibt es nur eine Wahl«, sagte sie leise.

Er berührte ihr Haar, schlang sich eine Strähne um den Finger. »Ich habe dich vermisst, Tuon. Ich habe mir Sorgen um dich gemacht, während du weg warst … aber ich kann dir nicht geben, was du willst.« Er sagte es so ruhig, dass es sie schmerzte. Sie schloss die Augen. Sie wusste, was er ihr sagte, wollte es aber nicht hören. Sie wollte weinen.

Sie hob eine Hand und berührte seine Finger. »Dann lass mich dir geben, was du brauchst«, sagte sie.

Er erstarrte. »Und was ist das?«

»Trost.« Sie schaute ihn an und sah in seinen Augen, dass er hin- und hergerissen war. Er trat von ihr zurück, aber sie folgte ihm. Schließlich war es das, worin sie gut war. Männer. Sie kannte sie, kannte ihn. Sie nahm seine Hand und führte sie an ihr Gesicht, drehte seine Handfläche, um sie langsam zu küssen und seine Haut leicht mit der Zunge zu berühren.

»Tuon, nein!«, sagte er, aber sein Atem verriet ihn.

Sie schlang seine Finger um eine ihrer Brüste. »Lass mich«, sagte sie, »bitte.« Sie legte ihr Gesicht neben seines, sah den erschöpften Kummer, die Einsamkeit.

»Lass mich dir dieses Geschenk machen«, sagte sie.

Er schüttelte den Kopf, entzog sich ihr aber nicht. Ein einziges Mal seufzte er, und sie spürte, wie etwas in ihr aufwallte, sie seinen Kummer und Verlust teilte, und presste ihre Lippen auf seine, schrie beinahe auf, als die Berührung, nach der sie sich gesehnt hatte, endlich ihr gehörte, wenn auch nur für kurze Zeit. Dann lagen seine Hände auf ihrer Haut, seine Zunge an ihrer, ihre Brüste an sein Herz gepresst, und sie verlor sich in dem Schmerz, in dem Wissen, dass dies nie wieder geschehen würde. Sie goss alle Liebe, die sie für ihn empfand, aus sich in ihn, ihre Lippen auf seinen geschlossenen Augen, ihr Atem in seinem Ohr, als sie auf den Boden beim Bach fielen und sich die Kleider vom Leib rissen. Und als er unter ihr lag und sie sich über ihm bewegte, legte sie den Kopf zurück und starrte zu den Sternen empor, spürte ihn in sich, wünschte sich, diesen Moment auf immer festzuhalten, den stummen Schrei seines Namens auf den Lippen.

26

Balkis versetzte dem Muthu Tritte in die Flanken, zwang es, in Bewegung zu bleiben; er führte den Zug der Reiter und Glaubenstreuen an.

Der Tag war schwül; die Verheißung von Regen hatte sich noch nicht erfüllt, und hinter ihm zog sich die Reihe von Männern und Frauen lang hin. Fünfzig ritten auf Muthus, aber die etwa dreihundertfünfzig anderen gingen zu Fuß. Drei der Drachen, die sie seit Salmut begleiteten, kreisten hoch über ihnen wie gewaltige Vögel, während einer von ihnen mit einem Kundschafter vorausgeeilt war. Balkis kniff die Augen gegen das grelle Licht des Himmels zusammen; die Jägerklippe lag immer noch fünf Marschtage entfernt.

Sie hatten den Fluss Pleth am Vortag überquert, und Balkis hoffte, dass sie bis zum Einbruch der Nacht bis zu den Hügeln zwischen dem Roten Tal und Ressina gelangen würden, aber mit so vielen Leuten kamen sie nur langsam voran, und das Gelände hielt sie noch stärker auf. Die Ländereien um das Flusstal herum waren vorzüglich für den Ackerbau geeignet, und breite Streifen waren für Weinberge und Obstgärten gerodet. Es würde eine Erleichterung sein, die flacheren, trockeneren Landstriche um Ressina zu erreichen.

Die Wunde in seiner Schulter schmerzte, und er kratzte an den sieben Stichen. Er ärgerte sich immer noch, dass er den Wachsoldaten so nahe hatte herankommen lassen, dass er einen blutigen Schnitt abbekommen hatte.

»Marschall.« Ein Jäger kam in einer Staubwolke angesprengt. »Valdus kehrt zurück.«

»Wo?« Tiefhängende Wolken waren über den grauen Himmel verteilt, deshalb konnte Balkis nichts ausmachen.

»Da.« Der Jäger wies auf einen Fleck am Horizont. Bei den Göttern, der hatte ein gutes Augenlicht!

Balkis drehte sich im Sattel um und gab den drei Reitern nicht weit hinter ihm ein Zeichen. Sie drängten ihre Muthus aus der Formation und trabten, um ihn einzuholen. Er hatte die erfahrensten Reiter als Hauptleute ausgewählt; alle waren um die dreißig Jahre alt und hatten schon Kämpfe gegen die Scanorianer an der Grenze erlebt. Lilith, Fardo, Gergen und der Kundschafter, Valdus, würden beginnen, Kämpfer zur Klippe zu fliegen, sobald die Luft dort rein war.

Lilith traf als Erste bei ihm ein; ihre scharfen, tief eingesunkenen Augen zogen sich zusammen, als sie in den Himmel emporstarrte.

»Er hat länger gebraucht, als er es hätte tun sollen, Marschall«, sagte sie. »Das kann kein gutes Zeichen sein.«

»Er fliegt halt gern etwas langsamer.« Gergen stieß zu ihnen hinzu. »Hat vielleicht nichts zu bedeuten.«

»Wir werden es bald herausfinden. Reiten wir ihm entgegen!« Balkis versetzte seinem Muthu einen festen Tritt in die Rippen, und als hätte es nur auf einen Vorwand gewartet, setzte das Tier sich mit einem Satz in Bewegung und stieß im Vorwärtsspringen ein heiseres Grunzen aus. Er umklammerte es fest mit den Knien und streckte eine Hand aus, um sich an dem niedrigen Höcker vor dem Sattel abzustützen, während das Muthu vorwärtspreschte.

Sie trafen am Rande eines aufgelassenen Weinbergs auf den Drachen und Valdus. Tote Rebstöcke wurden in den weichen Boden getrieben, als der Drache landete; sein Schwanz zog eine lange Furche, als er abbremste. Balkis' Muthu scheute, und er zügelte es, bevor es auf die Flügel des Drachen prallen konnte; dann sprang er von seinem Rücken und warf Lilith die Zügel zu.

»Was habt Ihr gesehen?«, fragte er, als der Reiter auf ihn zukam, um ihn zu grüßen.

Valdus war ein stämmiger Mann mit kurzem Hals und breitem Schädel; seine muskulösen Arme holten weit aus, als er sagte:

»Abgesehen von ein paar Muthus ist die Jägerklippe leer. Wir sollten die Truppen sofort in Bewegung setzen.«

»Gut. Und Banrish?« Balkis hatte ihn angewiesen, sich in dem Dorf, das der Klippe am nächsten lag, nach jeglichem Anzeichen für einen Angriff umzusehen. Das andere Dorf, Ranith-Bucht, war verlassen, seit die Drachen von Salmut sich das erste Mal gegen sie gewendet hatten.

Valdus' Lippen wurden schmal, und er rieb sich die Nase. »Niemand dort«, sagte er und sah drein, als hätte er das Gefühl, es sei seine Schuld. »Banrish ist verlassen.«

»Gezielte Aktion?«

Valdus schüttelte den Kopf. »Glaube ich nicht. Ich habe Angriffsspuren gesehen, niedergebrannte Gebäude.«

Balkis fluchte und sah die anderen drei Reiter an. »Das verheißt nichts Gutes für die Leute, die weiter östlich leben.«

»Könnten Scanorianer gewesen sein«, schlug Valdus vor, »aber eigentlich sah es nicht danach aus. Keine Spuren.«

»Die Leute könnten gegeneinander gekämpft haben«, meinte Fardo. »Split liegt nur einen Tagesritt von Banrish entfernt. Vielleicht haben sie gedacht, es sei leichte Beute, da doch so viel vorgeht. Ihr wisst ja, wie diese abgelegenen Gebiete sind, Marschall; die Leute scheren sich nicht viel darum, wenn die Führerin ihnen sagt, was sie tun sollen. Schlimme Dinge geschehen nun einmal.«

Balkis antwortete nicht. Fardo mochte recht haben; es wäre nicht das erste Mal gewesen, dass die Dörfer hier draußen einander befehdeten. Er war im Vorjahr selbst hierher geschickt worden, um einen Kampf zwischen Hed und Taras beizulegen. Aber es fühlte sich nicht richtig an. Er drehte sich um, ging zu dem Muthu zurück und stieg auf.

»Kommt«, sagte er, »je eher wir dort sind, desto schneller können wir das Lager aufschlagen und herausfinden, was vorgeht.« Er wendete das Muthu. »Lilith, gebt den Drachen ein Zeichen, herzukommen, und sorgt dafür, dass die erste Abteilung Kämpfer zur Klippe geflogen wird.« Er holte tief Atem. »Es sieht aus, als hätten wir viel Arbeit vor uns – und die Zeit wird knapp.«

»Zu Befehl.« Lilith versetzte ihrem Muthu einen Tritt, damit es loslief, und eilte vor den anderen zurück.

Shaan stand neben Tuon, während die Jäger Gepäckstücke auf den Muthus festzurrten, die sie auf einem nahen Bauernhof gekauft hatten. Während der letzten beiden Tage waren sie über immer trockeneres Land hinweggeflogen; am Horizont erhob sich die Gorankette gleich dunklen, bewaldeten Wolken. Sie waren jetzt so nahe daran, dass Rorc entschieden hatte, es sei für Nilah und die anderen an der Zeit, über Land dorthin weiterzureisen. Attar war auf Haraka schon früher aufgebrochen und hatte alle verbliebenen Drachen bis auf drei zu Balkis an die Jägerklippe mitgenommen. Nun mussten sie sich nur noch von Tuon und den anderen verabschieden, bevor sie ihre Reise in die Clanlande begannen.

»Bist du sicher, dass du gehen willst?« Shaan wandte sich zu Tuon an ihrer Seite um. »Ich könnte immer noch mit Rorc reden …« Sie ließ die Worte verklingen, als sie sah, wie sich die Augen ihrer Freundin verengten.

»Nein«, sagte Tuon, »ich glaube nicht, dass das eine gute Idee für auch nur einen von uns wäre. Außerdem« – sie versuchte ein Lächeln, das nicht einmal ansatzweise zustande kam – »habe ich es Veila versprochen. Ich kann sie doch nicht mit all den Männern alleinlassen.«

»Wohl kaum.« Shaan nickte, obwohl sie wusste, dass das nicht der Grund war. Sie wussten es beide. Tuon hatte es ihr nicht erzählt, aber Shaan hatte erraten, dass etwas zwischen ihrer Freundin und Rorc vorgefallen war, vielleicht in der ersten Nacht, nachdem sie die Stadt verlassen hatten. Sie hatte Tuon in jener Nacht ins Zelt zurückkehren hören und hatte gelauscht, als sie sich in den Schlaf geweint hatte, hatte aber nicht das Herz gehabt, sie auszufragen. Tuon war so traurig gewesen; vielleicht war es wirklich das Beste, wenn sie ging.

»Ich werde dich vermissen«, sagte sie. »Es tut mir leid, dass es so weit gekommen ist.«

»Was ist, kann man nicht ändern, nicht wahr?« Tuon lächelte jetzt wirklich, ein kurzes, schwaches Verziehen ihrer Lippen. »Du musst dir Gedanken um Größeres machen. Versprich mir, dass du gut über das nachdenken wirst, was in den Schriftrollen steht, wie Veila dir gesagt hat. Dir gefällt ja vielleicht nicht, was sie enthalten, aber vielleicht können sie dir helfen oder dir sogar das Leben retten.«

Shaan seufzte. »Ich werde es versuchen.«

»Na, das ist schon besser als ein Nein.« Tuon nahm ihre Hand. »Hast du Tallis davon erzählt?«

»Ja.« Er hatte sie sofort aufgesucht, nachdem sie Veilas Zelt verlassen hatte, da er ihren Zorn und ihre Verwirrung gespürt hatte. »Er ist mit mir einer Meinung«, sagte sie. »Er würde auch lieber seine eigenen Entscheidungen treffen.«

»Ihr seid wirklich miteinander verwandt, was?«, meinte Tuon. »Aber vielleicht ist er derjenige, der den Schöpferstein spalten könnte. Schließlich ist er jetzt sehr mächtig, nicht wahr?«

»Mir wäre es lieber, wenn er ihn nicht berührt.« Shaan bekam bei der Vorstellung Angst. »Der Stein ist zu stark, Tuon. Es ist fast so, als ob er lebt, lauscht.«

In Tuons Augen stand Besorgnis. »Das ist nur ein Grund mehr, ihn zu zerstören.«

»Wenn es denn so leicht wäre«, murmelte Shaan.

Tuon holte Atem, um zu sprechen, wurde aber davon abgelenkt, dass Morfessa etwas rief. Mit verärgerter Miene entriss er sein Bündel einem der Jäger, der es gerade unter einer Zeltplane hatte festschnüren wollen.

»Sieht aus, als ob es eine wahre Freude sein wird, mit Morfessa zu reisen«, sagte Tuon, als sie sah, wie er den Jäger beiseitestieß.

»Ich bin sicher, dass Veila ihn im Zaum halten wird.« Shaan beugte sich näher heran und senkte die Stimme. »Du solltest aber vielleicht Nilah im Auge behalten. Ich glaube, sie hat irgendeinen anderen Plan als den, sich in den Bergen zu verstecken, bis jemand sie abholen kommt. Das hat sie mir so gut wie gesagt.«

»Hast du Rorc davon erzählt?«, fragte Tuon.

Shaan schüttelte den Kopf. »Ich glaube nicht, dass das viel nützen würde – aber du könntest es Veila gegenüber erwähnen. Behaltet sie im Auge.« Sie sah die junge Führerin an, die mit verschränkten Armen dastand und das geschäftige Treiben mit verschlossener Miene beobachtete. »Lass dich nicht von ihr herumkommandieren«, sagte sie. »Sie ist jetzt nicht im Palast.«

»Du weißt doch, dass du dir darum keine Sorgen machen musst«, sagte Tuon. »Ich habe nicht vor, ihre Dienerin zu spielen.«

Als hätte sie bemerkt, dass sie über sie sprachen, kam Nilah auf sie zu. Shaan hatte unterwegs kaum mit ihr geredet, sondern die meiste Zeit, die sie nicht auf der Drachin gesessen hatten, mit Tuon verbracht, aber sie betrachtete die junge Frau immer noch als Freundin und bedauerte es fast, sie gehen zu sehen.

»Shaan«, sagte Nilah, »ich wollte dir noch einmal dafür danken, dass du mich aus dem Palast gerettet hast. Und für die Kleider zum Wechseln. Auch dir, Tuon: Ich war es leid, immer nur mein Nachthemd zu tragen.«

»Veila hat mir mehr gegeben, als ich brauchte«, erwiderte Tuon.

Nilah lächelte. »Es ist schade, dass wir nicht mehr Zeit zum Reden hatten, Shaan. Ich sehe, dass du immer noch Balkis' Familienstein trägst.« Ihre Augen füllten sich mit verschwörerischer Heiterkeit. »Du kannst mir erzählen, wie gut er war, wenn wir uns wiedersehen. Ich hoffe, für dich geht bei den Clans alles gut.«

»Ich bin überzeugt, dass Rorc dich in jedem Fall benachrichtigen wird«, antwortete Shaan.

»Vermutlich, aber wir kennen doch beide seine Vorgehensweise. Ich habe aber meine eigenen Vorstellungen …«

»Nilah!«, rief Morfessa. »Komm, es wird Zeit.«

Die junge Führerin rollte die Augen und sah Tuon an. »Der alte Mann behandelt mich immer noch wie ein Kind. Ich bin froh, dass du mitkommst, dann habe ich jemand anderen zum Reden.«

»Es wird sicher interessant«, sagte Tuon.

Nilah streckte Shaan die Hand hin. »Auf Wiedersehen, Nachkommin«, sagte sie.

Shaan fühlte sich an ihre erste Begegnung mit der jungen Frau im Gasthaus Zum Drachen erinnert und schüttelte ihr die Hand. »Pass auf dich auf, Nilah.«

»Keine Sorge, dort, wo wir hinreisen, gibt es keine Wirtshäuser – leider.« Das Lächeln der jungen Frau wurde breiter; dann ging sie zurück zu den Muthus.

»Das gibt Ärger«, sagte Tuon unhörbar und legte Shaan eine Hand auf den Arm. »Komm, ich glaube, ich muss auch los.«

Sie gingen zu den wartenden Muthus, bei denen Rorc letzte Worte mit Veila wechselte. Er schaute auf, als sie näher kamen, und Shaan glaubte, irgendetwas in seinen Augen aufblitzen zu sehen, als er Tuon ansah. Aber es war bald verschwunden, als er Morfessa die Hand schüttelte und den Glaubenstreuen, die die Reisenden als Wachen begleiteten, letzte Anweisungen erteilte.

»Wir werden einen Botenvogel schicken, sobald wir die Entscheidung der Clans kennen«, sagte er. »Tuon, pass gut auf Veila auf, und … auf dich.«

»Das werden wir tun«, sagte sie, »pass du auch auf dich auf.« Sie sah ihn einen Moment lang traurig an, bevor sie auf das Muthu stieg, das einer der Jäger für sie bereithielt. Ivar, der schon auf dem Muthu neben ihrem saß, nickte Shaan zu, als sie vortrat, um sich ein letztes Mal zu verabschieden.

»Sei vorsichtig«, sagte sie.

»Ich komme schon zurecht.« Tuon ergriff ihre Hand. »Achte du darauf, dass dein Bruder auf dich aufpasst.« Ihre Augen waren bekümmert, als sie sie ansah. »Wer weiß, wann wir einander wiedersehen.« Sie beugte sich herunter und küsste Shaan auf die Wange.

Shaan drückte ihr die Hand ein allerletztes Mal, konnte aber nicht sprechen, da sie mit den Tränen kämpfte, als sie zurücktrat. Die Glaubenstreuen stiegen auf und setzten sich auf einen scharfen Befehl hin in Bewegung. Tuon drehte sich um und winkte Shaan zu; dann begannen die Muthus zu traben, und Staubwolken wirbelten unter ihren Hufen auf.

»Es ist immer schwer, Abschied zu nehmen.« Mailun blieb neben ihr stehen, während die anderen ihre eigenen Reisevorbereitungen zu treffen begannen. »Tuon ist eine gute Freundin von dir, nicht wahr?«

»Wir haben uns kennen gelernt, als ich neun Jahre alt war«, sagte Shaan.

Mailun lächelte traurig und sah der verschwindenden Staubwolke nach. »Ich musste eine gute Freundin zurücklassen, als ich die Eislande verließ«, sagte sie. »Ich vermisse sie noch immer.« Sie seufzte und sah Shaan an. »Die Seherin, Veila, erzählte mir, der Prophet hätte etwas über dich und einen Tempel geschrieben, ein steinernes Auge, das blind vor sich hinstarrt«, sagte sie vorsichtig. »Sie dachte, ich sollte es wissen – da wir beide annehmen, dass er den Tempel des Kaa meint, einen Ort in den Clanlanden.«

Shaan nickte und verschränkte die Arme vor der Brust. Sie war sich nicht sicher, was sie davon halten sollte, dass Veila ihrer Mutter davon erzählt hatte.

»Es tut mir leid, wenn du nicht wolltest, dass ich es erfahre«, sagte Mailun, doch Shaan schüttelte den Kopf.

»Es spielt keine Rolle; ich nehme an, die Seherin hatte ihre Gründe.«

»Es gibt eine Träumerin bei den Jalwalah – Shila«, sagte Mailun. »Sie erzählte mir Dinge, die ich nicht hören wollte, Dinge, die die Führer ihr gesagt hatten – sie verlangen so viel, nehmen so viel. Es ist manchmal schwer zu ertragen.« Sie zögerte und legte Shaan dann langsam und zögerlich eine Hand auf die Schulter. »Ich weiß, dass Jahre zwischen uns liegen, Tochter, und vielleicht sind zu viele verloren, aber ich wäre gern deine Freundin – wenn du eine brauchst.« Ihre Hand war rau und warm.

»Ich werde daran denken.« Shaan räusperte sich. »Ich glaube, Rorc erwartet, dass wir bald aufbrechen. Ich muss Asrith ihr Geschirr anlegen.«

Mailuns Hand sank von ihrer Schulter herab. »Ja«, sagte sie, »er kann es nicht abwarten, aufzubrechen.«

Shaan nickte wieder und fühlte sich einen Moment lang unbeholfen; dann ging sie fort, auf die Drachin zu.

27

Sie reisten einen weiteren Tag und eine Nacht lang zügig. Irissa teilte sich nun mit Shaan einen Sattel, und trotz ihres anfänglichen Zögerns erwies sich die Clansfrau als geborene Reiterin. Sie saß entspannt und ruhig hinter Shaan und belästigte sie nicht mit Geschwätz, während sie flugs durch den Wind sausten.

Die Luft war warm und wurde trockener, je weiter sie sich der Wüste näherten; das Land unter ihnen war zu einer zerklüfteten, öden Ausdehnung felsiger Hügel und flacher Ebenen geworden. Sie waren der Wüste jetzt so nahe, dass Shaan glaubte, sie riechen zu können – einen trockenen, staubigen Geruch wie nach gebackenen Blättern –, und am späten Nachmittag überquerten sie eine niedrige Kette sandiger, mit Felsen und spärlichem Gebüsch bedeckter Hügel und gelangten in die Clanlande.

Hier gab es nichts als große Sandflächen, die sich teils bis an den Horizont ausdehnten, und felsiges, unebenes Land voller Dornbüsche und Geröllhalden. Endlich auf dem Weg zu ihrem Geburtsort zu sein flößte Shaan ein seltsames Gefühl ein, das sie nicht ganz einordnen konnte. Es war, als würde sie etwas wiedererkennen, aber nichts, was sie verstehen konnte.

Sie landeten für die Nacht auf einer der vielen kahlen Sandflächen; ein paar kleine Büsche und einige Felsen verteilten sich in der Umgebung, aber abgesehen davon bestand alles größtenteils aus rauem, rotem Sand, trocken wie Shaans Lippen in dem ständigen Wind.

Tallis und Irissa sprachen noch immer kaum ein Wort, und auch Rorc und Mailun sagten wenig zueinander, aber wie schon in der Nacht zuvor waren sie alle ohnehin nach dem langen Flugtag zu müde, um sich viel zu unterhalten. Ein beklommenes Gemeinschaftsgefühl stellte sich bei ihnen ein; jeder fand eine Aufgabe, mit der er sich beschäftigen konnte, um den anderen aus dem Weg zu gehen.

Irissa und Mailun machten Feuer fürs Abendessen, während Rorc die Zelte aufbaute. Shaan und Tallis kümmerten sich um die Drachen, so dass Marathin, Asrith und Fen, die Inseldrachin, auf der Rorc ritt, es sich im Sand bequem machen und sich ausruhen konnten.

Tallis nahm Asriths Sattel und hängte ihn zu den anderen, die er sich schon über die Schultern geworfen hatte; Shaan trug die leichteren Riemen und Waffenhalterungen zurück ins Lager. In der Nähe schlug Rorc gerade die letzten Pflöcke des Zelts ein, das er sich mit Tallis teilte, und Mailun sah zu, wie sie die Drachengeschirre zu Boden fallen ließen.

»Sohn«, sagte sie, »hilfst du mir bitte hierbei?« Sie hielt ein kleines Pelztier hoch, das Irissa geschossen hatte. Tallis hatte es als »Mar-Ratte« bezeichnet. »Kannst du sie für mich häuten?«

Tallis zog das Messer aus seiner Beinscheide und nahm die Mar-Ratte, ohne etwas zu sagen.

»Das Leder muss geölt werden«, sagte Rorc hinter Shaan, und sie sah, dass er ein Behältnis und einige Lumpen in der Hand hielt. Er reichte ihr einen. »Fang mit dem Geschirr an.«

Shaan nahm den rauen Stoff und war erstaunt, als er sich in den Sand setzte, den Behälter öffnete und das Fett auf die Sättel zu schmieren begann.

»Achte darauf, alles abzuwischen, was überbleibt«, sagte er.

»Ich weiß, wie man das macht«, antwortete sie und setzte sich auf der anderen Seite des Geschirrhaufens hin. Sie hob ein Geschirr auf und tauchte ihren Lappen in das Fett. Während sie schweigend arbeiteten, wurden die Schatten auf dem Sand länger; Mailun und Irissa bereiteten über dem kleinen Feuer das Abendessen zu. Nach dem Häuten der Ratte setzte Tallis sich auf einen flachen Felsen in der Nähe und begann, die Befiederung seiner Pfeile und die Klingen der Messer, die sie alle trugen, zu überprüfen, während der Tag sanft ins Zwielicht überging.

Es war unglaublich ruhig in der Wüste, und Shaan fand die Stille seltsam tröstlich. Es war jetzt windstill, und es gab keine Geräusche bis auf die, die sie fünf hervorbrachten. Sogar die Drachen waren leise und saßen wie aus Stein gemeißelte Tiere da.

»Wir werden wohl den Brunnen der Halmahda spät am morgigen Tag erreichen«, sagte Rorc, während er den Sitz des Sattels polierte. »Wenn das Wetter so bleibt.«

Shaan schaute in den klaren Himmel auf. Sie hatte gedacht, sie hätten den Regen hinter sich gelassen.

Rorc wies auf den Himmel im Südwesten. »Da«, sagte er. »Siehst du die Wolkenbank?«

Shaan kniff die Augen zusammen. »Ach, das ist doch nichts«, sagte sie, »kaum ein Fetzen.«

»Oder ein aufkommender Sturm.« Rorc ging wieder ans Polieren.

»Aber ich dachte, hier draußen regnet es so gut wie nie?«

»Regen? Nein.« Er schüttelte den Kopf. »Ein Sandsturm. Es ist die Jahreszeit dafür.«

»Wie schlimm können sie werden?«

Rorcs Lippen zuckten. »Ziemlich schlimm. Hoffentlich haben wir Glück.« Er warf seinen Lappen hin. »Mach das hier fertig.« Damit stand er auf und ging zu Mailun. Und Shaan sah, wie das Gesicht ihrer Mutter verschlossen wurde, als sie vom Kochtopf aufschaute.

Shaan ging wieder daran, die Riemen zu polieren. Sie wollte nicht wissen, was Rorc Mailun zu sagen hatte. Also rieb sie kräftig am Leder herum und fragte sich, wie es Tuon wohl ging.

»Hast du Durst?« Tallis reichte ihr einen Wasserschlauch und setzte sich neben sie.

»Danke.« Sie nahm einen großen Schluck. Beide sahen sie zu, wie Rorc und Mailun miteinander sprachen. Sie waren ein Stück vom Lager fortgegangen, so dass die anderen sie nicht hören konnten. Irissa ignorierte sie alle und starrte in ihren Kochtopf.

»Glaubst du, dass du und Rorc in der Lage sein werdet, die anderen Clans zu überzeugen, gegen Azoth zu kämpfen?«, fragte Shaan.

Tallis zuckte die Schultern. »Ich weiß es nicht.«

Sie spürte seine Unsicherheit durch die Poren ihrer eigenen Haut und wusste, dass er nicht nur ihre Ablehnung fürchtete, sondern auch ihre Reaktion auf ihn und die Drachen.

»Morfessa hat ein gutes Angebot zusammengestellt, was die Handelsmöglichkeiten angeht«, sagte sie ohne große Begeisterung.

»Wenn sie und wir lange genug überleben, um uns daran zu halten«, sagte Tallis. »Aber Kampfkraft gegen einen Jahresvorrat an Feuchtlandgetreide einzutauschen ist kein Angebot, das man leichthin ausschlägt. Ich weiß allerdings nicht, ob Karnit das auch so sieht. Clanangehörige und Feuchtländer sind noch nie gut miteinander ausgekommen.«

»Stolz nützt einem nichts mehr, wenn man tot ist«, maulte Shaan, die Karnit jetzt schon verabscheute.

»Das Sterben ist nichts, wovor Karnit sich fürchtet.«

Shaan blickte nach Westen, wo die Sonne am feurigen Himmel sank. Das Sterben würde durchaus etwas sein, wovor man sich fürchten musste, wenn Azoth seine Drachen in die Wüste schickte. Aber an Azoth zu denken sorgte nur dafür, dass ihr Verstand sich den Vorhersagen des Propheten und den Schriftrollen zuwandte, die Tuon auf den Inseln gefunden hatte.

»Wie weit sind wir von jenem Tempel entfernt?«, fragte sie leise.

»Zu weit, als dass du dich auf die Suche danach machen könntest«, sagte Tallis.

Er ergriff ihre Hand. »Du kannst doch nicht allzu sehr an etwas glauben, was ein toter, alter Mann vor über tausend Jahren geschrieben hat«, sagte er. »Wenn wir näher an den Tempel herangelangen, können wir vielleicht hinreisen, aber nicht jetzt. Ich würde meinen Glauben ohnehin lieber in die Führer setzen.«

»Aber du sagst, dass es vielleicht sogar die Führer waren, die uns den Traum geschickt haben, den wir beide hatten – den Traum, in dem ich den Tempel gesehen habe.«

Tallis seufzte. »Ich weiß, aber … Einfach noch nicht jetzt, Shaan.« Seine Besorgnis, seine Angst um sie, strömten durch seine Haut, um ihre zu berühren. »Bitte.«

Sie nickte, unfähig, ihm noch mehr Schmerz zu bereiten. »In Ordnung. Noch nicht.«

Später in der Nacht erwachte Shaan plötzlich schweißgebadet; ihr Herz hämmerte, und ihr Verstand war vom Bild einer gespenstischen dunklen Gestalt erfüllt, die sie zum Steinauge winkte. Sie lag auf dem Rücken, lauschte dem Wind, der die Zeltbahnen rascheln ließ; ihre Hände waren sandbestäubt, da sie sich in die Erde gekrallt hatte. Sie holte tief Atem, dann noch einmal, und ihr Herzschlag begann sich zu verlangsamen. Aber das Bild in ihrem Verstand blieb, klarer als je zuvor, und auch …

Sie setzte sich langsam auf. Sie spürte in ihrem Inneren durchdringend, dass etwas fehlte – eine … Abwesenheit, sie spürte hier keinen Hauch von Azoth. Nichts. Keinen Schimmer. Sie legte sich eine Hand aufs Gesicht und wischte sich den Schweiß von der Stirn. Sie fühlte sich leichter und … befreit. Sie stieß die Zeltklappen beiseite und trat ins Freie.

Der Himmel war dunkel, aber sie konnte ein paar vereinzelte Sterne sehen. Ein heftiger Wind peitschte auf ihre Kleider ein und wirbelte ihr das Haar um den Kopf. Sie ging ein paar Schritte in die Nacht hinaus. Die Luft war drückend, und der Wind rief darin ein seufzendes, singendes Geräusch hervor. Shaan wusste, dass sie sich vielleicht Gedanken darum hätte machen sollen, aber sie fühlte sich plötzlich so lebendig. Sie hatte sich nicht erinnern können, wie es gewesen war, frei von ihm zu sein. Sie hatte nicht bemerkt, wie stark sein Griff um sie geworden war.

Weiter und weiter ging sie vom Lager weg, genoss den Wind, der ihr am Gesicht vorbeiströmte und ihr die Lunge füllte. Der Sand war unter ihren nackten Füßen noch immer warm, und sie wurde von einem wilden Gefühl freudiger Erregung ergriffen; so streckte sie die Arme aus, hob das Gesicht mit zurückgelegtem Kopf zum dunklen Himmel und hielt die Augen geschlossen, während sie nichts tat, als die Kraft der Luft um sich her wahrzunehmen.

Dann hörte sie Tallis ihren Namen rufen. Sie drehte sich um; der Wind traf auf sie. Wie weit war sie gegangen? Sie konnte das Lager überhaupt nicht mehr sehen.

Tallis?

Shaan! Komm hierher zurück – ein Sturm zieht auf! Seine Stimme war laut in ihrem Kopf, und ein Funken Furcht flammte in ihr auf, als sie einen dunkel grollenden Wind auf sich zutoben hörte. Sandsturm. Sie wollte zu Tallis zurückrennen, aber mit einem plötzlichen, kreischenden Aufheulen riss der Wind sie um.

»Shaan!« Schwach hörte sie Mailuns Aufschrei und einen Moment lang glaubte sie, sie zu sehen, aber dann wurde eine Sandwolke zwischen ihnen aufgepeitscht. Shaan rollte zurück; Mund, Nase und Ohren waren voller Sand.

Arak-si, zischte ein Drache in ihrem Verstand, und sie spürte, wie eine große Masse sich ihr von oben näherte.

Asrith?

Eine krallenbewehrte Pranke landete neben ihrem Kopf und sie packte sie verzweifelt, zog sich hoch. Der Wind heulte. Sie konnte nichts sehen, als sie sich auf den Rücken der Drachin hievte, sich dann so tief duckte, wie sie nur konnte, und sich an die Flügelansätze klammerte, während Asrith in die Luft sprang.

Eine riesige Wand aus Sand und Wind traf sie einen Augenblick später. Plötzlich ertönte ein schrilles Heulen, und Shaan wurde beinahe abgeworfen, als der Sturm sie erreichte und seitwärts kippte. Die Drachin kreischte, als der Wind ihre Flügel bis zum Zerreißen spannte und nach hinten drückte. Shaan klammerte sich fest und spürte, wie sehr es die Muskeln der Drachin belastete, zu versuchen, der gewaltigen Kraft des Sturms entgegenzuwirken. Es war pechschwarz ringsum, und Shaan hatte keine Vorstellung, wo die anderen sein mochten. Sie konnte spüren, dass Tallis irgendwo am Leben war, aber sie hatte keine Ahnung in welcher Richtung, und sie konnte nichts hören als das Heulen des Windes, der sie quer durch den Himmel schleuderte.

Asrith! Sie griff nach der Drachin aus, aber Asrith war zu konzentriert darauf, gegen den Sturm anzukämpfen, um zu antworten, und Shaan konnte nichts tun, als sich festzuklammern, während Asrith hart kämpfte, den Körper verdrehte und darum rang, die Flügel näher zusammenzuführen, sich bemühte, zu landen. Aber das Toben des Sandsturms war zu viel, und Shaan spürte, wie Tallis ihr immer weiter entglitt.

Düne voraus, zischte Asrith plötzlich in ihrem Geist. *Festhalten!*

Es kam zu einem plötzlichen, knochenerschütternden Aufprall, als Asrith kopfüber auf einen massiven Hügel aus Sand und Stein traf. Splitt explodierte um Shaans Gesicht herum und kleine Steine prallten von ihrem Kopf ab; Asrith erzitterte unter ihr, während sie über die Hügelflanke schlitterten und in einem Regen aus Erde und Stein endlich zum Halten kamen. Der Wind heulte immer noch, aber seine Kraft schien gemindert zu sein, und Shaan glitt voller Prellungen und Schürfwunden die Flanke der Drachin hinab und spuckte Sand. Sie konnte nichts sehen, noch nicht einmal die Sterne, und ihre Augen fühlten sich wund vor Sand an. Erschöpft kauerte Shaan sich zwischen der Drachin und der Düne zusammen; Asriths massiger Körper schützte sie vor den Windböen. Jetzt konnten sie nichts anderes tun, als abzuwarten.

28

Der Sturm kam unmittelbar vor der Morgendämmerung zum Erliegen, und Shaan wagte sich aus dem notdürftigen Schutz hervor, den Asriths Körper ihr geboten hatte. Ihre Augen tränten; fahles Licht begann sich am Horizont auszubreiten. Es war sehr still; die einzigen Geräusche waren das Schlurfen ihrer Füße und Asriths Schnauben, als sie Splitt aus ihren Nüstern prustete. Die Nacht war kalt gewesen, und Shaan freute sich, dass die Sonne endlich aufging. Sie hatte keine Ahnung, wo sie waren oder wo die anderen steckten. Alles, was sie im schwachen Licht sehen konnte, waren eine gewaltige Sandebene und eine Dünenkette in der Ferne. Der gewaltige Sandhügel, in den sie in der Nacht hineingepflügt waren, erhob sich hoch über Asriths Kopf; sein Kamm hob sich scharfkantig vom heller werdenden Himmel ab, während sein Fuß von kleinen, bleichen Steinen übersät war. Shaan bückte sich, hob einen auf und ließ ihn in der Hand auf und ab tanzen, während sie sich umsah.

Es war fast windstill, und es wirkte beinahe unglaublich, dass ein derart heftiger Sandsturm je stattgefunden haben sollte. Shaan rieb sich vorsichtig die Augen und versuchte, die letzten Sandkörnchen herauszublinzeln. Vage konnte sie Tallis' Präsenz irgendwo im Westen spüren und fragte sich, ob sie versuchen sollte, zu ihm zu gehen, aber Asrith zischte plötzlich, und sie sah die Drachin in den Himmel aufschauen.

Er kommt, sagte sie.

Sie hatte recht; er war binnen kurzer Zeit klarer und stärker wahrzunehmen. Mit einem Seufzen setzte Shaan sich in den Sand, um zu warten. Kurz darauf trafen sie ein, und sie sah sofort, dass etwas nicht stimmte. Tallis ritt auf Marathin und hielt Rorc vor sich, gefolgt von Mailun und Irissa auf Fen, aber Rorc war zusammengesunken und lag halb über Marathins Rückenkamm. Shaan schützte sich mit erhobener Hand vor dem Sandschauer, den ihre Landung hervorrief, und rannte dann zu ihnen.

»Shaan!«, rief Tallis mit grimmigem Gesicht zu ihr herunter, während Irissa angerannt kam, um ihm zu helfen, Rorc von der Drachin zu heben.

»Was ist geschehen?« Shaan ging aus dem Weg, während sie ihn ein kleines Stück von der Drachin wegtrugen und auf den Boden legten.

»Er hat versucht, mich auf dem Rücken des Drachen festzuhalten, als der Wind kam«, sagte Mailun. Sie kauerte kalkweiß im Gesicht neben seinem Kopf. »Er ist gestürzt. Es waren Felsen und Dornbüsche dort.«

Shaan fiel neben ihm auf die Knie. Rorcs Augen waren geschlossen, und er atmete kaum. Eine blutige Wunde verunstaltete seinen Kopf, und es war auch ein großer Riss in seinem Hemd; um den Bauch war ihm ein behelfsmäßiger Verband angelegt worden, der mit noch feuchtem Blut durchtränkt war.

Shaans Finger prickelten, und der Drang zu heilen stieg als kraftvolle Wallung in ihrer Brust auf.

»Shaan …?« Tallis kniete neben dem Kopf ihres Vaters.

»Tallis sagte, du könntest ihm helfen«, sagte Mailun. »Wo ist dein Gepäck? Hast du Medizin darin?«

Shaan schluckte; ihr Mund war trocken, als sie den Kopf schüttelte.

»Was?« Mailun starrte sie an.

»Wasser?« Shaan sah sie nicht an, schaute stattdessen zu Tallis hoch. »Er wird etwas brauchen.«

»Irissa, hol den Wasserschlauch aus meinem Bündel«, sagte er, und die Clansfrau wirbelte herum und rannte zu den Drachen zurück.

Mit zitternden Händen zog Shaan den Verband beiseite. Sobald sie Rorc berührte, spürte sie sein mühsames Atmen, seinen langsamer werdenden Herzschlag. Er hatte so viel Blut verloren … Ängstlich zog sie die Binde ab, um die Wunde freizulegen.

Der Riss war tief und gezackt und reichte vom unteren Ende des Brustkorbs die ganze Flanke hinab. Sie konnte Muskeln und Knochen sehen – und andere Dinge.

»Sie ist so tief …«

»Du kannst es schaffen«, sagte Tallis.

»Was kannst du tun?« Mailuns Gesicht war hart vor Furcht.

Tallis nahm Irissa den Wasserschlauch ab, als sie zurückkehrte. »Mutter, mach ihr einfach Platz«, sagte er.

Shaan holte tief Luft, legte die Finger vorsichtig über die Wunde und schloss dann die Augen. Ein Strudel aus Wissen durchflutete sie. Sie spürte den langsamen Rhythmus von Rorcs Herz, sah, wie seine Muskeln, Organe und Haut hätten zusammenpassen sollen, wo das Gewebe sich zusammenfügen und die durchtrennten Adern sich wieder verbinden mussten, und alles andere fiel von ihr ab. Sie begann, seinen Körper zur Genesung zu überreden. Sie goss ihre eigene Energie in seine: Schweiß strömte von ihr herab, und zu irgendeinem Zeitpunkt bemerkte sie, dass Tallis sie aufrecht hielt, aber sie war in einem seltsamen Trancezustand gefangen, der die Außenwelt verschwinden ließ. Sie wusste nicht, wie lange es dauerte, aber endlich öffnete sie mit großer Mühe die Augen, hob die Hand weg und sackte gegen Tallis.

»Fertig«, flüsterte sie schwach. Eine ganze Weile herrschte Stille, während Mailun und Irissa erst sie anstarrten, dann Rorc, der nun friedlich schlief. Mailun streckte eine zitternde Hand aus und fuhr mit einem Finger über die rosafarbene Narbe, die sich unter Shaans Berührung gebildet hatte.

»Er braucht viel Wasser und Ruhe, bevor er sich wieder bewegen kann«, sagte Shaan und versuchte, Tallis' Hände von ihrer Taille wegzuschieben. »Lass mich aufstehen.«

Er erhob sich und half ihr, steif auf die Beine zu kommen. Sie fühlte sich schwindlig, aber der Druck hinter ihrem Brustbein war gewichen.

»Hier.« Tallis reichte ihr den Wasserschlauch.

Sie nahm ihn und trank trotz des warmen, etwas abgestandenen Geschmacks einen großen Schluck. Sie fühlte sich, als hätte sie seit einer Woche nichts getrunken. Dann schlurfte sie fort, um sich neben Asrith zu setzen und den Rücken in die Sanddüne zu schmiegen. Die Drachin lag mit um den Körper geschlungenen Hals zusammengerollt wie eine Katze da und schenkte Shaan keine Aufmerksamkeit; sie schlief anscheinend.

Erschöpft schloss Shaan die Augen.

»Mutter, hilf mir, einen Unterschlupf über ihm aufzubauen«, hörte sie Tallis sagen, und dann ertönten das Geräusch von Füßen, die sich im Sand bewegten, und das Klappern von Zeltpflöcken – und dann nichts mehr, als sie in den Schlaf hinüberglitt.

Als sie erwachte, war es später Nachmittag, und einen Augenblick lang war sie verwirrt, da sie nicht in den Himmel aufschaute, sondern die Unterseite einer Fellbahn vor sich sah. Unter ihrem Kopf lag ein zusammengelegtes Hemd, und neben ihr ertönte leises Atmen. Als sie den Kopf wandte, sah sie ihren Vater neben sich liegen; seine Augen waren noch geschlossen.

Tallis musste sie hergebracht haben. Sie stemmte sich langsam auf die Ellenbogen hoch, bis sie saß; das niedrige Dach des Zelts streifte ihr Haar. Sie konnte keine Drachen sehen, aber Irissa stellte gerade ein Bündel getrockneter Hölzer auf, um ein Feuer anzufachen, während Mailun aus alten Pfeilschäften einen Bratspieß zusammensetzte. Tallis war nicht weit entfernt damit beschäftigt, etwas zu häuten, das nach einer Mar-Ratte aussah.

Es war noch immer heiß; die Luft war trocken wie ein Ofen, aber Shaan fühlte sich so erfrischt, als wäre sie geschwommen. So gut hatte sie schon lange nicht mehr geschlafen! Ihre Glieder waren voll angenehmer Trägheit; sie tappte aus dem Unterstand hervor und ging zu Mailun hinüber, um sich neben sie zu setzen. Sie gähnte ausgiebig und fragte: »Wie lange habe ich geschlafen?«

»Fast den ganzen Tag«, antwortetete Mailun. »Die Sonne geht in etwa zwei Stunden unter.«

Shaan rieb sich das Gesicht, griff nach einem Wasserschlauch und nahm einen großen Schluck.

»Nicht so viel!«, sagte Mailun scharf. »Hier gibt es kein Wasser, bevor wir einen Clanbrunnen erreichen.«

Shaan setzte den Schlauch ab und stöpselte ihn zu.

»Wie geht es dir?«, fragte Mailun. »Fühlst du dich besser?«

»Viel besser.« Shaan nickte.

Mailun band zwei kräftige Stöcke mit Bast zu einem Kreuz zusammen. »Der Sturm hat uns ein ganzes Stück von unserem Weg weggeblasen«, sagte sie. »Jetzt sind wir näher an den Landen der Jalwalah als an denen der Halmahda.«

Shaan ließ Sand durch ihre Finger gleiten. »Werden wir also unsere Richtung ändern?«

»Das kommt darauf an«, sagte Mailun. »Rorc möchte vielleicht immer noch zuerst die Halmahda aufsuchen – es wird leichter sein, mit diesem Clan zurechtzukommen.« Sie band noch ein Paar Stöcke zusammen. »Am Tempel des Kaa werden wir vorbeikommen, der gleich jenseits jener Dünenkette liegt.«

»Der Tempel?« Shaan sah die Dünen an.

»Ja, von hier aus ist es nicht weit.«

Shaan verspürte beinahe den Drang zu lachen. Also hatte sie geträumt und war in die Wüste hinausgewandert, und ein Sandsturm hatte sie hierher geblasen. Der Blick, den sie ihrer Mutter zuwarf, war voll freudloser Erheiterung über die Ausdauer sämtlicher Götter.

»Seltsam, nicht wahr?«, sagte Mailun leise.

Shaan verlor ihr kurzes Aufblitzen von Humor. »Nein, ich glaube nicht.«

Mailun schwieg eine Weile; dann sagte sie: »Ich war einmal dort, nicht lange nach meiner Herzensgefährtenzeremonie.«

»Warum?«

Ein Hauch von Kummer huschte durch die Augen der älteren Frau. »Frauen aus den Clans gehen dorthin, wenn sie ein Kind erwarten, angeblich, um Kaa zu ehren und ihn zu bitten, ihnen ihr Kind nicht bei der Geburt zu nehmen. Ich dachte lange Zeit, ich hätte ihn in jener Nacht, als ich dorthin ging, beleidigt – und doch bist du am Leben geblieben.« Sie musterte lange Shaans Gesicht.

»Aber dennoch bin ich mir nicht sicher, ob ich nicht doch recht hatte. Da wären wir wieder …«

Shaan spürte, wie ihr ein seltsames, nervöses Gefühl die Wirbelsäule emporkroch, und Mailun wandte sich ab und hob einen alten Pfeil auf, dessen Befiederung schadhaft und abgenutzt war.

»Aber wer weiß«, sagte sie. »Rorc überlegt es sich vielleicht anders, wenn er aufwacht, und beschließt, dass wir eine andere Richtung einschlagen sollten. Er hat mich früher ständig überrascht; weshalb sollte es jetzt anders mit ihm sein?« Sie begann mit einem kurzen Messer, die Federn von dem Pfeil zu schneiden. »Sag mal, konntest du eigentlich schon immer heilen?«

»Ich habe den Schöpferstein berührt«, sagte Shaan in ausdruckslosem Ton. »Das hat mich beinahe umgebracht, aber« – sie zuckte die Schultern – »vor einiger Zeit habe ich die Fähigkeit entwickelt … Dinge zu bewirken.«

»Es ist eine nützliche Fähigkeit.«

»Für andere«, sagte Shaan. »Bei mir wirkt sie nicht.«

»Du kannst dich nicht selbst heilen?«

Shaan schüttelte den Kopf, und Mailun legte den Pfeil ab. »Du hast deinem Vater das Leben gerettet«, sagte sie. »Das ist keine Kleinigkeit.«

»Hoffen wir nur, dass er es nicht vergisst.« Sie wollte heiter klingen, doch es gelang ihr nicht, und Mailun umfasste fest ihre Hand.

»Was wirst du hinsichtlich des Tempels unternehmen?«, fragte sie leise.

Shaan zögerte; der Atem stockte ihr in der Kehle. »Ich weiß es nicht.«

Mailun betrachtete sie aus traurigen Augen, die von Reue erfüllt waren. »Ich wünschte, ich hätte Karnit in jener Nacht getrotzt«, sagte sie. »Ich wünschte, ich hätte gewusst, wohin dich das führen würde.«

»Glaubst du wirklich, dass das einen Unterschied gemacht hätte?«, fragte Shaan. »Ich habe das Gefühl, dass wir keine Wahl haben, als diesem Weg bis an sein Ende zu folgen – worin es auch bestehen mag.« Sie entzog ihrer Mutter sanft ihre Hand und stand auf. »Ich werde nachsehen, ob Tallis Hilfe braucht.«

Rorc schlief bis lange nach Sonnenuntergang und wachte für eine Weile auf, nachdem sie mit dem Essen fertig waren. Mailun ging zu ihm, um ihm etwas zu essen und Wasser zu geben, und er kam langsam aus dem Unterschlupf hervor, um sich ans Feuer zu setzen.

Er war blass, aber ein wenig Farbe war doch in sein Gesicht zurückgekehrt.

»Danke«, sagte er zu Shaan. Sie nickte unbeholfen. Aber das war alles, was er sagte; das überraschte sie. Sie hatte mit Fragen und Forderungen gerechnet, aber er hob nur seinen Wasserbecher und sagte: »Wir sollten morgen in aller Frühe aufbrechen. Wir werden zu den Jalwalah gehen; ihr Brunnen liegt näher.«

»Wie lange wird es dauern, dorthin zu gelangen?«, fragte Shaan.

»Einen Großteil des Tages«, antwortete Tallis ihr, »selbst auf den Drachen.«

»Wo sind die Drachen?«, fragte Irissa.

Tallis schwieg einen Moment lang, dann wies er nach Süden. »Da«, sagte er. Mailun und Irissa blickten in die Richtung, in die er zeigte, aber Rorc hielt, wie Shaan sah, das Gesicht weiterhin zum Feuer gerichtet und starrte mit nicht zu deutender Miene in die Flammen.

Später erwachte sie plötzlich, als ob sie von tief unter Wasser emporgedrückt würde, und setzte sich mit einem Luftschnappen auf. Sie hatten keine Zelte aufgeschlagen, falls ein weiterer Sandsturm sie traf, also hatte sie mit den Füßen nahe am Feuer gelegen. Die Asche war jetzt kalt und der Himmel über ihr sternenübersät, der Sand eine fahle, schattige Fläche, die sie wie ein ausgetrocknetes Meer umgab. Alle anderen schliefen. Sogar Tallis schnarchte leise in ihrer Nähe.

Shaan war sich nicht sicher, was sie geweckt hatte, aber sie glaubte, dass es ein Traum gewesen sein mochte. Sie konnte ihn jetzt nicht mehr ganz fassen, aber sie war in dem tiefen Eindruck zurückgeblieben, gerufen worden zu sein – als hätte jemand ihren

Namen geschrien. Es war seltsam, dass Tallis nicht erwacht war. Aber schon als sie das dachte, ging ihr auf, dass sie seine Präsenz nicht recht spüren konnte. Es war, als würde ein feiner Schleier sie voneinander trennen.

Ihr Herzschlag beschleunigte sich; sie stand auf, drehte sich um und blickte in Richtung der Dünen. Sie wusste, warum sie erwacht war. Es war an der Zeit, zum Tempel zu gehen. Ihr Herz pochte heftig.

Was ist, kann man nicht ändern. Tuons Worte kehrten ihr ins Gedächtnis zurück, und indem sie tief Luft holte, begann sie auf die Dünen zuzugehen.

Es war windstill, keinerlei nächtliche Geräusche von Insekten oder anderen Tieren waren zu hören. Alles war still. Nach einer Weile begann Shaan sich zu fragen, ob sie wirklich wach war. Ihre Beine bewegten sich wie aus eigenem Antrieb vorwärts, und doch fühlte es sich nicht an, als ob sie vorankäme. Die Landschaft blieb gleich – schimmernder Sand, der in Wellen angeordnet war, als sei er einst Wasser gewesen.

Shaan wusste nicht, wie lange sie ging, aber zu einem gewissen Zeitpunkt fiel ihr auf, dass sie die Dünen erreicht hatte: In einer langen Schlangenlinie ragten sie in den schwarzen Himmel auf. Shaan bückte sich, ließ die Hände durch die kalte Oberfläche sinken, tief hinab, um den sonnengewärmten Sand darunter zu spüren; auf allen vieren begann sie zu klettern und bewegte sich wie eine seltsame Spinne die Dünenwand hinauf, bis sie den Kamm erreichte und auf die andere Seite blicken konnte.

Direkt hinter dem Fuß der Dünen lag ein Kreis aus neun Steinsäulen, die jeweils zwei Armeslängen voneinander entfernt standen. Sie waren von unterschiedlicher Dicke, manche so breit, wie Shaan groß war, manche so, dass sie sie mit den Armen hätte umschlingen können, aber alle waren gleich hoch und ragten etwa fünfzehn Fuß aus den Sandwehen um ihre Fundamente auf. Die Säulen sahen im Sternenlicht gespenstisch aus: Tiefe Schatten gingen klar umrissen von ihnen aus. Zwischen ihnen lag nichts als glatter Sand, und der Stein war hell, wettergegerbt. Von dort, wo Shaan stand, konnte sie nicht sehen, welcher das Auge trug.

Sie biss die Zähne zusammen und stapfte langsam die Flanke der Düne hinab bis an den Rand des Kreises.

Als sie ihn erreichte, trat eine kleine, magere Frau mit weißem Haar hinter den Steinen hervor, als würde sie aus dem Nichts heraus Gestalt annehmen. Shaan erschrak und fragte sich, ob sie wirklich oder nur eine Einbildung war, oder gar eine Göttin. Dann sprach die Frau.

»Shaan«, sagte sie. »Du siehst genauso wie dein Bruder aus. Ich habe auf dich gewartet.«

29

Shaan sagte nichts. Sie hatte nicht damit gerechnet, dass irgendjemand hier sein würde; sie wusste nicht, womit sie gerechnet hatte, aber gewiss nicht mit einer winzigen Frau.

»Mein Name ist Shila«, sagte die weißhaarige Frau. »Ich bin die Träumerin des Jalwalah-Clans. Ich habe dich nicht mehr gesehen, seit du ein Säugling warst.« Sie trat ein paar Schritte auf die jüngere Frau zu; ihr Haar glänzte im Sternenlicht, und ihre hellen Augen musterten Shaan ernst. »Ich habe dich auf Bitten deiner Mutter hierher gebracht – doch mittlerweile glaube ich, dass mich in jener Nacht andere Mächte geleitet haben.«

»Du bist diejenige, die Tallis und Jared in die Schwarzen Berge geschickt hat«, sagte Shaan.

Shila wandte sich dem Steinkreis zu. »Komm, es sind nur noch wenige Stunden der Dunkelheit bis zur Dämmerung übrig. Du musst tun, was zu tun du gekommen bist.« Sie ging zurück auf den Kreis zu.

Es war kalt im Schatten zwischen den Säulen, und die Steine erhoben sich beiderseits von Shaan wie Wächter, die den leeren Raum zwischen sich hüteten. Shila blieb am Rande der Freifläche stehen.

»Spürst du es?«, fragte sie leise.

Shaan rang darum, gleichmäßig zu atmen, denn es fühlte sich plötzlich an, als würde ihr eine Hand auf den Brustkorb drücken, und es lag irgendetwas in der Luft, eine unsichtbare Präsenz.

»Tritt mit mir in den Kreis.« Shila zog sanft an ihrem Arm, aber Shaan rührte sich nicht. Direkt gegenüber von ihr, auf Dreiviertelhöhe in eine der Säulen gemeißelt, befand sich das Auge. Es war lidlos, kaum mehr als einfache, gebogene Linien, die einen Kreis umschlossen, aber es sorgte dafür, dass sie ein Schauer überlief, und sobald sie es gesehen hatte, konnte sie den Blick nicht mehr abwenden.

»Komm«, flüsterte Shila und zog sie in den Kreis.

Sofort glitt sie in einen traumähnlichen Zustand hinüber. Shila stand hinter ihr, murmelte irgendetwas, undeutliche Worte, die ineinander übergingen. Sie packte Shaans Handgelenke, und das Gefühl ihrer Anwesenheit trat zurück, bis alles, was Shaan sehen konnte, das lidlose Auge war. Sie spürte etwas auf sich einstürmen, wie eine Welle, die auf sie einbrandete, und konnte dann nicht mehr atmen; ihr Brustkorb war gelähmt. Sie wehrte sich, aber Shilas Hände waren plötzlich so stark wie die Erde, stärker als Stein, und hielten sie still. Die Sterne verblassten, der schwarze Himmel wurde zu einem tiefen Purpur. Shaan blinzelte, Atem strömte aus ihrer Lunge, und etwas trat hinter der Säule mit dem Auge hervor.

Ein langgezogener Schatten, ein Geist, ein Flüstern aus Albträumen, die im Dunkeln kommen. Es bewegte sich wie unsteter Wind auf zu langen Gliedmaßen; seine Arme reichten beinahe bis zum Sand, aber es hatte keine Ausmaße, keine feste Gestalt.

»Shaan«, sagte es, »das Ergebnis unserer Torheit.« Seine Stimme war tief und hallte um sie wider, als käme sie von überallher.

Shaan stand erstarrt im seltsamen Zwielicht. Sie konnte wieder atmen, und Shilas Hände fühlten sich noch immer wie Handschellen um ihre Handgelenke an, aber sie wusste, dass sie sie nicht sehen würde, wenn sie sich nach ihr umschaute. Sie war an einen anderen Ort hinübergegangen.

»Wer bist du?«, fragte sie. Ihre Stimme klang dünn und ausdruckslos, kaum ihre eigene.

»Alles und nichts. Deine Clanangehörigen nennen mich Sabut, aber ich habe weitere Namen.«

»Warum bin ich hier?«, fragte Shaan. »Was willst du?«

Sabut schillerte sanft; seine schattenhaften Glieder streckten sich nach ihr aus und wichen dann zurück.

»Du musst die Wahrheit über deine Geburt erfahren, über

Azoth, den du einen Gott nennst, und deinen zukünftigen Weg.«

»Ich weiß schon über meine Geburt und über Azoth Bescheid.«

»Bis zu einem gewissen Grad.«

»Was meinst du damit?« Shaan hörte ihrem Tonfall durchdringende Furcht an, bot Sabut aber hocherhobenen Hauptes die Stirn.

»Azoth und die Vier sind unsere Geschöpfe«, sagte Sabut.

Damit hatte sie nicht gerechnet. »Eure Geschöpfe?« Also waren sie gar keine richtigen Götter?

»Ich verstehe das nicht«, sagte sie.

»Sie wurden geschaffen, um die Verwalter dieser Welt zu sein«, sagte Sabut. »Wir haben sie ihnen überlassen. Das war ein … Fehler.«

»Ein Fehler?« Wenn sie sich hätte bewegen können, hätte sie es getan. Sie wollte vor diesem Führer, oder Gott, oder was er auch war, zurückweichen, der so ruhig eine Vergangenheit aus Sklaverei und Tod als bloßen Fehler bezeichnen konnte. »Wie kannst du es so nennen?«, sagte sie.

Wenn Sabut ihren Abscheu sah, schien er davon nicht berührt zu sein. Seine Gestalt schwankte immer noch leicht wie eine Wasserpflanze. »Wir gaben ihnen ein Unterpfand der Macht, das sie weise nutzen sollten, um zu erschaffen, aber sie handelten nicht so, wie wir es beabsichtigt hatten«, sagte er.

»Azoth hat Tausende versklavt und ermordet!«, rief sie. »Und jetzt will er es wieder tun, indem er dieses Unterpfand der Macht verwendet – und das nennst du einen Fehler?«

»Ja.« Sabuts Stimme war ohne jedes Gefühl.

Sie konnte kaum sprechen. »Warum habt ihr ihn dann nicht aufgehalten?«

»Wir haben diese Existenz verlassen; deshalb haben wir sie ja geschaffen – um uns selbst für andere Aufgaben freizumachen. Doch ein Großteil unserer Macht liegt noch hier, in den Landen unseres ersten Volks. Wir verschlossen die Grenzen dieses Landes vor Azoth und den Vieren, aber das war alles, was wir tun konnten. Wir können nicht in körperlicher Gestalt zurückkehren. Wir können nur Ratschläge geben, indirekt Einfluss nehmen.«

»Dann gib Azoth den Rat, aufzuhören!«

»Unsere Kinder sind jetzt nicht mehr unserem direkten Einfluss unterworfen. Aber wir waren … beunruhigt. Wir wandten uns an unsere Sprachrohre und schickten den Mann, der euch mit der Frau aus dem Eis zeugen sollte. Wir stießen deine Entstehung an, und die deiner anderen Hälfte. Ihr sollt die Boten unseres Willens sein.«

»Eures Willens?« Shaans Zorn schien ihr die Kehle zuzuschnüren, daher klang ihre Stimme zu hoch und heiser. Also wollte nicht nur Azoth sie benutzen, sondern jetzt auch noch diese Führer. Und sie hatten mit ihren Leben gespielt, hatten sie herumgeschoben, als wären sie und Tallis Figuren in einem Brettspiel. All das, um das Durcheinander wieder in Ordnung zu bringen, das sie geschaffen hatten.

»Also habt ihr uns geschaffen«, sagte sie, »aber warum wurden wir getrennt? War es nicht genug, Rorc aus seiner Heimat zu vertreiben? Musstet ihr das Tallis ebenfalls antun?«

»Alle Wege führen hierher«, sagte Sabut. »Was ist, kann man nicht ändern. Alle sind Pfade des Kreises, aber du sollst seine Achse sein.«

»Und was, wenn ich nein sage?«, fragte Shaan herausfordernd.

»Dann können wir euch nicht helfen. Der Tod wird kommen.« Der Schatten seines Arms griff über den Sand hinweg nach ihr. Sie wollte zurückzucken, konnte aber nichts tun, als in fasziniertem Entsetzen zuzusehen, wie die langen Finger ihr das Gesicht streichelten. »Sieh, was kommen wird, wenn du ablehnst«, flüsterte er, »sieh deinen Weg.«

Seine Berührung war wie Feuer, das an ihrer Haut leckte, während in ihrem Verstand eine Vision explodierte. Sie sah Dinge, schreckliche Dinge. Tod, Kummer und Verzweiflung, so viel Verzweiflung. Er zeigte ihr das Schicksal, dem sie nicht entrinnen konnte, die Aufgabe, die bewältigt werden musste, und sie begriff, dass sie es gewusst hatte, die ganze Zeit über gewusst hatte, es aber nicht hatte sehen wollen. Tränen liefen ihr über die Wangen, und sie schrie, stürzte in die Dunkelheit.

Als sie erwachte, lag sie im Sand und schnappte nach Luft. Shila war verschwunden, und Shaan fühlte sich plötzlich entsetzlich allein und verängstigt.

»Shaan!«

Jemand rief ihren Namen, aber sie konnte nicht antworten; ihre Kehle war staubtrocken.

»Shaan!« Die Stimme kam näher, wurde klarer, und sie spürte ein Glühen in ihrer Brust. *Tallis?*

Aber er war nicht derjenige, der sie zuerst erreichte. Mailun fiel mit einem leisen Aufschrei neben ihr nieder. »Tochter!« Es klang, als ob sie weinte, als sie Shaans Kopf sanft in ihren Schoß hob.

Shaan konnte kaum sehen; alles verschwamm vor ihren Augen. Sie war erschöpft vor Kummer. »Mutter?« Sie streckte die Hand aus.

Mailun nahm ihre Hand und strich ihr das Haar aus der Stirn. »Ich bin hier. Wir haben dich gefunden.«

Shaan konnte jetzt klarer sehen, und endlich erblickte sie Tallis, dessen indigoblaue Augen dunkel vor Furcht waren.

»Es geht mir gut.« Sie zwang die Worte hervor, aber Tallis' besorgter Blick blieb.

»Ich habe gespürt, dass du Schmerzen hattest, geschrien hast«, sagte er. »Das hat mich geweckt, Shaan, hat uns hergeführt. Was ist geschehen?« Er legte Mailun die Hand auf die Schulter, beugte sich über sie, wirbelte dann herum und griff nach seinem Messer, als Rorc, der hinter ihm stand, gerade dasselbe tat.

»Lasst eure Klingen stecken.« Die Stimme, die sprach, war sanft. Shila trat aus den Schatten hervor in den hellen Sand des Kreises.

»Träumerin?« Irissa riss die Augen auf.

»Wie kommst du hierher?« Tallis ließ langsam sein Messer sinken.

»Die Führer haben mich geschickt.« Shilas Blick ging zu Rorc. »Du bist ihr Vater?«

Wenn die Frage ihn überraschte, ließ er es sich nicht anmerken. »Und wer bist du?«, fragte er.

»Die Träumerin der Jalwalah«, sagte Tallis, und Shaan sah den prüfenden Blick, mit dem Shila Rorc musterte.

»Sei gegrüßt, Clansmann«, sagte sie. »Ich stelle keine Bedrohung für dich dar.« Sie sah betont sein Messer an. Rorc beäugte sie einen Moment lang, dann ließ er die Hand sinken.

Mailun begann, Shaan auf die Beine zu helfen.

»Es geht mir gut«, protestierte Shaan, aber als sie aufrecht stand, wankte sie, und Tallis trat rasch vor und legte ihr den Arm um die Taille, als ihre Mutter versuchte, sie aufzufangen.

»Shila.« Mailun wandte sich ihr zu. »Warum haben sie dich geschickt? Was haben sie ihr angetan?«

»Die Führer mussten mit ihr sprechen«, antwortete Shila.

»Warum?«, fragte Tallis.

»Er«, sagte Shaan. »Da war nur einer …« Sie rang um Worte; ihr Gesichtsausdruck war angespannt. »Er nannte sich Sabut.«

Tallis runzelte die Stirn. »Aber …«

»Kommt, es erschöpft einen, mit einem Führer zu sprechen«, unterbrach Shila. »Erlaubt ihr, sich auszuruhen, bevor sie spricht.«

Shaan klammerte sich an Tallis. Sie warf der Träumerin einen dankbaren Blick zu; bevor sie aufgestanden war, hatte sie nicht begriffen, wie müde sie war.

»Lasst uns das Lager ein Stück von diesen Steinen entfernt aufschlagen«, sagte Mailun. »Irissa, lauf voraus und mach Feuer. Wir bringen Shaan hinterher.«

30

Irissa machte Feuer an der dem Tempel abgewandten Seite der Düne und braute etwas Kaf aus ihren Vorräten; stumm verteilte sie die metallenen Becher. Mailuns besorgter Blick ging immer wieder zu Shaan hinüber, die neben Tallis saß und ins Feuer starrte.

Tallis spürte Shaans Widerwillen dagegen, zu sprechen, ihre Unsicherheit, womit sie anfangen sollte. Am meisten Sorgen von allem bereitete ihm aber ihre Furcht vor irgendetwas, das er nicht erkennen konnte.

»Danke«, murmelte Shaan, als sie die Tasse von Irissa entgegennahm. Sie schloss die Augen, als sie daran nippte. Alle warteten sie in angespanntem Schweigen, während ihr die Farbe langsam in die Wangen zurückkehrte und das Feuer ihre kalten Hände und Füße wärmte.

»Wenn du jetzt nicht sprechen willst, musst du es nicht«, sagte Mailun, »wir können warten.«

Shaan schüttelte den Kopf. »Es geht mir gut. Außerdem gibt es wenig, was ich euch erzählen kann.«

Tallis runzelte die Stirn; Shaan stellte die Tasse ab und ergriff seine Hand. »Siehst du?«

Er erstarrte, als er das Pulsieren ihres Bluts spürte, und verstand. »Der Führer hat ihren Verstand abgeschirmt«, sagte er.

Rorc knurrte angeekelt: »Immer lassen sie uns nach ihrer Pfeife tanzen. Was kannst du uns erzählen?«

»Nur dies: Die Führer haben Azoth und die Vier erschaffen, sie zu Verwaltern unserer Welt gemacht«, begann Shaan.

»Was?« Tallis war wie betäubt und hörte die Träumerin etwas murmeln, das wie »Fünf, um fünf zu erschaffen« klang, aber seine

Aufmerksamkeit galt ganz seiner Schwester, die aussah, als hätte sie Schmerzen.

»Aber ihnen wurde bewusst, dass sie einen Fehler gemacht hatten«, sagte sie bitter, »dass etwas schiefgegangen war. Sie versuchen seit längerem, den Fehler wiedergutzumachen. Sabut sagt, dass es die Führer waren, die unser Schicksal beeinflusst haben, unsere Eltern ausgewählt und unsere Trennung verursacht haben – alles.«

»Alles?« Zorn loderte in Rorcs grünen Augen auf. »Wenn das zutrifft, wenn sie Azoth geschaffen haben, sollten sie dann nicht in der Lage sein, ihn aufzuhalten?«

»Das habe ich auch gefragt, aber sie können es nicht.«

»Oder wollen es nicht«, sagte Rorc.

Shaan schüttelte den Kopf. »Können es nicht. Sie sind nicht wie Azoth und die Vier. Sie müssen Sprachrohre wie Shila nutzen« – sie sah die Träumerin an – »oder Träume, oder …« Sie wandte sich Tallis zu.

»Uns«, sagte er und war von Unmut und Zorn erfüllt. Als er aus dem Clan ausgestoßen worden war, als er das Blut an den Händen gespürt hatte, hatte er geglaubt, die Führer hätten ihn verlassen. Aber sie hatten die ganze Zeit über hinter allem gesteckt. Azoth mochte ihre Ahnenreihe begonnen haben, aber die Führer waren diejenigen gewesen, die Tallis' Trennung von Shaan erzwungen hatten, die Führer, die Jared dazu angeleitet hatten, sich selbst zu opfern – und nun schienen die Führer einen neuen Plan mit seiner Schwester zu haben, einen, von dem niemand wissen durfte. »Und kannst du uns irgendetwas über das erzählen, was er dir zu tun befohlen hat?«, sagte er.

Ein erbarmenswerter Ausdruck huschte über ihr Gesicht. »Nein. Du wirst es bald genug erfahren, glaube ich.«

Ein plötzlicher Schauer der Vorahnung streifte seine Haut. Sie würde fortgehen. Er starrte sie an, wollte fragen, ob es stimmte, aber Shila sprach, hielt seine Worte auf.

»Genug«, sagte sie leise. »Tallis, es bereitet deiner Schwester nur Schmerz, wenn du nach den Worten des Führers bohrst.«

Shaan starrte ins Feuer, und Tallis sah, dass ihre Hände zitterten, als sie die Tasse anhob.

»Was schlägst du dann vor, Träumerin?«, fragte er.

»Folge deinem eigenen Weg«, sagte sie. »Das ist alles, was jeder von uns tun kann.« Sie hob die Stimme und sah sich im Kreis um. »Aber wir haben mehr zu besprechen. Ihr solltet erfahren, dass die Führer mich nicht nur wegen Shaan, sondern um euretwillen hergeschickt haben. Bevor ihr am Brunnen eintrefft, müsst ihr wissen, dass die Clans vereinbart haben, sich zu vereinigen, um gegen die Drachen zu kämpfen, die sie immer wieder angreifen, und einen Anführer für alle Clans gewählt haben. Delegationen aus allen Clans lagern nun vor unserem Brunnen.«

Tallis sah, wie sich das Gesicht seiner Mutter zusammenzog. »Die Versammlung«, murmelte sie. Tallis spannte sich an; das hatte er fast vergessen.

»Ja.« Shila sah sie an. »Karnit ist zurückgekehrt.«

»Die Clans haben sich seit Hunderten von Jahren nicht mehr vereint«, sagte Rorc. »Erstaunlich, dass es gerade jetzt geschehen sollte, wenn wir auf dem Weg zu ihnen sind, um ihre Hilfe zu erbitten.«

»Vielleicht«, sagte Shila, »vielleicht auch nicht. Wer weiß, welche Pläne Sabut gefasst hat, oder was den Träumern anderer Clans mitgeteilt worden ist? Karnit allerdings ist gewählt worden, sie alle anzuführen.«

»Was?« Mailun verschüttete beinahe ihren Kaf. »Er muss eine List angewandt haben, um das zu erreichen, irgendeine Drohung.«

»Ich weiß es nicht.« Shila wirkte ruhig. »Aber es ist geschehen. Und deshalb kommen die Clans an unserem Brunnen zusammen.«

»Aber er ist von der Reinheit der Clans besessen«, sagte Mailun. »Er wird keinen Nutzen darin sehen, dass die Clans sich mit euch verbünden, um gegen Azoth zu kämpfen. Die Führer können nicht allzu gut nachgedacht haben, wenn sie die Hand bei seiner Wahl im Spiel hatten. Er ist zu stolz – und das ist nur eines.«

»Er wird nie bereit sein, zu uns zu stoßen, solange ich dabei bin, oder die Drachen.« Tallis seufzte.

»Vielleicht können wir andere Clans auf unsere Seite ziehen«, meinte Rorc.

Shila schüttelte den Kopf. »Sie sind vereint, Rorc. Du weißt, wie das abläuft. Die vereinten Clans müssen dem Anführer folgen, den sie gewählt haben. Nur einer kann das Ganze beherrschen.«

»Es muss einen anderen Weg geben«, sinnierte Tallis.

»Den wird es auch geben«, sagte Shaan plötzlich. »Ich sah die Clans in der Schlacht. Sabut hat mir eine… Vision gezeigt. Sie werden sich euch anschließen müssen.«

Tallis runzelte die Stirn, und Shila erklärte: »Wir werden die Antwort bald finden – die Sonne geht auf.«

Eine fahle Linie aus Licht begann am Rande des Horizonts zu glimmen, und als Tallis sich dorthin wandte, bemerkte er, dass Rorc ihn mit nachdenklicher Miene musterte. Aber sobald er sah, dass Tallis ihn beobachtete, änderte sich sein Gesichtsausdruck.

»Du solltest die Drachen rufen«, sagte er. »Wir müssen aufbrechen.«

Während er sich noch fragte, was dieser Blick wohl zu bedeuten gehabt hatte, stand Tallis steif auf und reckte seine Sinne nach Marathin.

Sie brachen zum Jalwalah-Brunnen auf, als der Heiligenschein der Sonne sich über die Erde erhob; die Drachen flogen direkt auf die langen Lichtstreifen zu, die sich über den Sand erstreckten. Sie flogen den ganzen Tag, ohne Halt zu machen. Es drängte sie, in den Schutz der Höhlen zu gelangen; die Landschaft bildete ein endloses Panorama aus Dünen, Felsen und dürrem Gestrüpp. Gegen Mittag flogen sie über ein Lager der nomadischen Muthuhirten, die den Jalwalah ergeben waren; ihre Zelte hatten beinahe dieselbe Farbe wie der helle Sand. Die etwa zwölf Muthus, die zusammengedrängt dastanden, stießen heisere Schreckensrufe aus, als die Schatten der Drachen über sie hinweggingen.

Am späten Nachmittag näherten sie sich dann der langgestreckten, massigen Gesteinsformation des Brunnens. Zelte anderer Clans waren beiderseits des Eingangs in Gruppen errichtet, und Leute saßen zwischen ihnen oder spazierten umher, aber alle blieben stehen, als sie die Drachen sahen, hoben die Hände und deuteten nach oben.

Sie glitten hinab, um in einiger Entfernung zu landen, aber schon kam ein Trupp Krieger auf sie zu. Tallis' Herz klopfte heftig, als er das Land betrat, das er nie wiederzusehen geglaubt hatte; trotz allem erfüllte ihn eine Art Freude. Jede Düne, die er sehen konnte, und jeder Busch waren so schmerzlich vertraut! Nicht weit von hier lagen ein niedriger Felsvorsprung, auf dem er seine erste Steineidechse erlegt hatte, und der Dornbaum, an dem er sich das Bein aufgerissen hatte, als er versucht hatte, eine weitere zu fangen.

Seine Lippen verzogen sich beinahe zu einem Lächeln. Irissa war an jenem Tag auch da gewesen, genau wie Jared. Er sah zu ihr hinüber, und das Lächeln verging ihm. Auf ihrem Gesicht stand ein Ausdruck von Traurigkeit, der die Wärme der Erinnerung zu eiskalter Scham werden ließ. Er sah beiseite und verabscheute sich selbst für den Schmerz, den er ihr noch immer zufügte.

Rorc ließ sein Schwert und sein Messer bei Tallis zurück und ging mit Shila den Kriegern entgegen; die Übrigen warteten bei den Drachen. Er ging mit ausgebreiteten Händen, so dass sie sehen konnten, dass er keine Waffe trug, und Tallis spannte sich an, als er den Clansmann erkannte, der vortrat, um Rorc zu begrüßen.

»Thadin«, sagte Irissa. Die stolze Zurückhaltung lag wieder in ihrem Gesicht, als sie Tallis ansah.

»Shilas Herzensgefährte«, fügte Tallis auf Shaans fragenden Blick hinzu. »Der Anführer der Krieger.«

Shila trat vor und sagte etwas zu Thadin, und Rorc reichte ihm eine dünne, aus der Stadt mitgebrachte Schriftrolle, die mit dem Wappen der Führerin versiegelt war. Nach einem weiteren angespannten Moment winkte Rorc sie heran.

»Kommt«, sagte Tallis und hob ihr Gepäck auf.

Sie wurden von Thadin mit hartem, starrem Blick empfangen;

seine Augen verengten sich, als er sah, wie Tallis Rorc die Waffen zurückreichte. Dann bemerkte er Shaan, die etwas versetzt hinter Tallis stand. Thadin runzelte die Stirn, und Tallis bemerkte die unfreundlichen Gesichter der versammelten Männer und Frauen, die stumm hinter dem Krieger standen und lange Speere trugen. Tallis erkannte die meisten von ihnen, aber es war, als sei er jemand, den sie noch nie gesehen hätten.

»Menif«, rief Thadin, »sag unserem Anführer, wer zurückgekehrt ist.«

Ein Mann, der weiter hinten in der Kriegergruppe stand, rannte zur Höhle. Thadin sah Shila an. »Du weißt, dass ich ihn nicht einlassen kann.«

»Es ist der Wille der Führer, dass er hier ist«, sagte sie. »Also lass ihn eintreten.«

Der Gesichtsausdruck des Kriegers wurde misstrauisch, als sie die Führer erwähnte, und er starrte Tallis böse an.

»Er hat Blut an den Händen«, sagte er. »Clanblut.«

»Und du weißt, wer es dorthin befördert hat«, antwortete Shila leise. »Vertrau mir, Thadin.«

Ein Muskel zuckte am Kiefer des Kriegers, und sein Gesicht schien ganz aus flacher Kantigkeit und Härte zu bestehen. Tallis' Eingeweide waren so angespannt, dass er das Gefühl hatte, auf einer Streckbank zu liegen.

Nach einem heiklen Augenblick trat Thadin zurück. »Ich werde dem Anführer die Entscheidung überlassen«, sagte er. »Folgt mir.« Thadins finsterer Blick schweifte über sie alle und blieb einen Augenblick an Rorc hängen, bevor er zum offenen Eingang des Brunnens vorausging; die Krieger machten ihm Platz.

Der Weg zum Brunnen war beiderseits von den Zelten der anderen Clans gesäumt, und viele Menschen standen schweigend und unfreundlich da, während sie vorbeigingen. Die Zelte der Baal standen am nächsten beim Eingang, und Tallis hörte leises Gemurmel von irgendjemandem, als Rorc, der Thadin folgte, vorüberschritt. Sein Vater begegnete den starren Blicken. Tallis sah einen großen, älteren Mann, der weit hinten zwischen den Zelten stand, die Hand fester um einen Speerschaft krampfen, als er Rorc entdeckte. Irgendetwas regte sich in Tallis' Hinterkopf, ein Eindruck von Vertrautheit, aber er hatte keine Zeit, länger darüber nachzudenken, da sie die Öffnung der großen Höhle erreicht hatten.

Irissa trennte sich am Eingang von ihnen und umarmte ihre Mutter, Pilar, die dort stand und auf sie wartete. Jareds Mutter sah Tallis derart bekümmert und vorwurfsvoll an, als er an ihr vorbeiging, dass Tallis schmerzlich den Blick abwenden musste.

Sie gingen durch die Tunnel und Wohnhöhlen. Die zentrale Feuerstelle erglühte im Flackern einer gerade erst entzündeten Flamme, und viele Clanleute saßen in Grüppchen darum herum und redeten; die meisten von ihnen waren Mütter mit kleinen Kindern. Bei diesem schon aus seiner Kindheit vertrauten Anblick krampften sich Tallis' Eingeweide zusammen. Er war kein Teil mehr davon und würde dies nie mehr erleben.

Das leise Summen vieler Stimmen erfüllte die Luft, aber das Geräusch verklang völlig, als sie hinter Thadin über den harten Lehmboden schritten. Tallis konnte die Blicke auf sich und den anderen ruhen fühlen, aber er betrachtete nur Rorcs Rücken, bis sie in den breiten Tunnel gelangt waren. Hinter ihnen erhoben sich die Stimmen wieder, als sie fortgingen.

Shaans Gesicht war vor Besorgnis verzerrt, als sie in einen weiteren Tunnel einbogen und tiefer in den Brunnen vordrangen. Das grünliche Licht der Wandlampen ließ sie blass aussehen, als sie Tallis' Hand ergriff und drückte. Er versuchte, sie zu beruhigen, aber er war selbst zu aufgeregt; bald würde er dem Mann gegenübertreten müssen, der versucht hatte, ihn zu töten.

Thadin führte sie in die letzte Höhle am Ende des Tunnels: die Anführerhöhle. Sie war größer als die meisten, mit drei getrennten Räumen. Die Böden waren mit dicken Teppichen aus Muthuhaar bedeckt, und ein langer, gewebter Wandbehang nahm einen Großteil der Wand ein, die gegenüber vom Eingang lag. Zwei weitere Durchgänge – einer auf jeder Seite des Wandbehangs – waren mit Ledervorhängen verhüllt.

Tallis war noch nie in der Anführerhöhle gewesen, war aber angesichts der kargen Ausstattung keineswegs überrascht. Eine niedrige, rechteckige Ruhebank aus Wasserholz und verwobenem Gras stand unterhalb des Wandbehangs, aber es lag nur ein Kissen darauf und der Raum wurde nur schwach von zwei schwelenden Öllampen erhellt; sogar was die Beleuchtung anging, war Karnit sparsam. Der einzige Hinweis auf ein Zugeständnis an die Behaglichkeit war der kleine Ölofen auf dem Boden zur Linken der Bank; ein Topf Nonyu dampfte darauf und erfüllte mit seinem würzigen Duft die Luft. Abgesehen davon roch die Höhle nach geöltem Leder und Stahl.

»Wartet da.« Thadin wies auf die Bank. »Ich werde ihm melden, dass ihr hier seid.«

»Nicht nötig«, ertönte eine tiefe, raue Stimme hinter dem Ledervorhang zu ihrer Rechten. »Ich weiß, dass sie hier sind. Ich rieche ihre Furcht.«

Das Leder wurde zurückgeschlagen – und Karnit kam heraus. Er sah nicht anders aus als an dem Tag, als Tallis gegangen war. Sehnig vor Muskeln und hart wie Stein starrte er seine scharf geschnittene Nase entlang auf sie herab; seine wässrigen Augen funkelten vor Abscheu.

»Ausgestoßener«, sagte er. »Du hättest nicht zurückkehren sollen.«

»Er geht dorthin, wohin die Führer ihn senden«, sagte Shila, und Karnit starrte sie an.

»Träumerin.« Er nickte ihr knapp zu. »Es freut mich sehr, dass du sicher zurückgekehrt bist.«

Sein Ton sprach allerdings nicht dafür, und Thadin versteifte sich, sagte aber nichts. Tallis' Widerwille gegen ihn wuchs.

»Du kannst uns allein lassen, Thadin«, wandte Karnit sich an ihn. »Deine Gefährtin wird zurückgeschickt werden, sobald wir fertig sind.«

Einen Moment lang glaubte Tallis, dass der Krieger sich zu Wort melden würde, aber dann nickte Thadin nur steif mit zuckenden Kinnbacken. »Wie du befiehlst«, sagte er, drehte sich auf dem Absatz um, riss den ledernen Türvorhang mit einigem Schwung auf und war verschwunden.

Rorc trat vor, und ein Funkeln von gerissenem Interesse glänzte in Karnits Augen auf.

»Wenn ich recht verstehe, bist du der Anführer der Jalwalah?«, sagte Rorc.

»Und der gewählte Anführer der vereinten Clans.«

»Davon haben wir gehört«, antwortete Rorc.

»Ohne Zweifel«, sagte Karnit. »Wer bist du?«

»Rorc, Kommandant der Armeen in Salmut. Ich bin hier, um mit dir zu verhandeln.«

Karnits Augen verengten sich. »Natürlich.« Sein Blick wanderte zu Shaan. »*Du* kommst mir bekannt vor.«

»Ohne Zweifel«, wiederholte Shaan seine Worte. »Obwohl ich mir sicher bin, dass du erwartet hast, ich sei tot, da du mich doch selbst zum Sterben in der Wüste ausgesetzt hast – genau, wie du es mit meinem Bruder zu tun versucht hast.«

Tallis verspürte eine Aufwallung von Stolz auf ihren Mut und sagte: »Das hier ist meine Schwester, Karnit; meine Zwillingsschwester.«

»Tallis«, sagte Mailun warnend, aber Karnit verschränkte nur die Arme und lächelte gehässig; er ließ sich auf die Fersen zurückwippen.

»Ja, ich sehe die Ähnlichkeit. Ich frage mich, wie sie wohl überlebt hat?« Sein Blick huschte über Mailun und Shila. »Sie muss so unnatürlich wie ihr Bruder sein, der Drachensprecher. Beide sind im Clan nicht willkommen, beide haben kein Clanblut in den Adern.«

»Aber genau da irrst du dich«, sagte Rorc leise. »Ich bin ihr Vater, und ich stamme von den Baal.«

Der Anführer verzog das Gesicht. »Ist das so? Und doch behauptest du, aus den Feuchtlanden zu kommen.«

»Ich war seit vielen Jahren nicht im Heimatbrunnen.« Rorc starrte ihn ausdruckslos an.

Karnit musterte ihn prüfend von Kopf bis Fuß. »Also warst

du derjenige, der die Frau aus den Eislanden hatte und verlassen hat«, sagte er mit einem höhnischen Lächeln. »So handelt ein Clansmann nicht. Und ich weiß, dass sie nicht in unseren Landen war, als sie Haldane traf.«

»Nein«, sagte Rorc geschmeidig. »Ich bin auch ein Ausgestoßener.«

»Ha!«, lachte Karnit. »Also doch kein echter Clansmann! Ein passender Vater für zwei solche Missgeburten!«

»Ja«, sagte Rorc und legte Mailun eine Hand auf den Arm, als sie mit wutverzerrtem Gesicht einen Schritt vorwärts machte. »Ich war so geeignet, ihr Vater zu sein, wie du zum Anführer geeignet bist.«

Karnits Lachen endete abrupt, und sein Gesicht hatte urplötzlich einen gefährlichen Ausdruck angenommen. »Du hast vieles über die Lebensweise der Clans vergessen, wenn du glaubst, mich beleidigen und das überleben zu können«, sagte er.

Aber Rorc legte nur den Kopf schief und legte eine Hand leicht auf den Knauf seines Schwerts. »Als ich die Clans verlassen habe, war ich nicht so jung, dass ich noch nichts von dir gehört gehabt hätte, Karnit. Dein Ruf ist über deine Grenzen hinaus bekannt. Ich bin überrascht, dass du gewählt worden bist, alle Clans anzuführen. Sag schon, wie ist das geschehen?«

Karnits Lippen bildeten eine schmale Linie. »Ich habe es nicht nötig, dir zu antworten, Ausgestoßener.«

»Nein. Aber du wirst vielleicht denen, die dich gewählt haben, erklären müssen, warum du jemanden aus deinem eigenen Clan zu ermorden versucht hast. Meinen Sohn.« Sein Tonfall wurde schärfer, und Tallis erhaschte einen Blick auf den Zorn unter Rorcs ruhigem Äußeren.

»Niemand würde einem Ausgestoßenen, einem Feuchtländer, glauben«, sagte Karnit spöttisch.

»Warum schwitzt du dann?«, fragte Rorc.

»Und was hoffst du, damit zu erreichen?« Karnit ging über seinen Kommentar hinweg. »Willst du, dass die Baal dich zurücknehmen? Willst du in Gnaden wieder aufgenommen werden?«

»Was ich will, ist, dass du den Vertrag unterzeichnest, den ich mitbringe. Dass du zustimmst, die gesamte Streitmacht der Clankrieger als vereinte Truppe gegen den gefallenen Gott zu führen, der uns zu vernichten versucht. Die Führerin bietet im Austausch gegen diese Zusicherung guten Handel an.«

»Du willst, dass die Clans an der Seite von Feuchtländern kämpfen?« Karnits Ton war verächtlich.

»Das ist die einzige Möglichkeit, alle zu retten«, sagte Shila. »Selbst mit den vereinten Kräften aller Clans kannst du ihn nicht allein besiegen, Karnit. Du hast gesehen, was die Drachen anrichten können.«

»Schweig, Weib!«, zischte er. »Ich dulde dich als Träumerin, aber bilde dir nicht zu viel auf deine Stellung ein.«

Shila blinzelte, rührte sich aber nicht, und Rorc lächelte. »Bedrohst du etwa eine Träumerin?«, fragte er.

Karnit trat einen Schritt auf ihn zu.

»Der Versammelte Kreis sollte dieses Angebot hören«, sagte Shila. »Eine Entscheidung wie diese kannst nicht du allein treffen … *Anführer*.« Sie sprach das Wort aus, aber ihr Tonfall verriet keine Unterwürfigkeit.

Karnits Blick schweifte über sie alle, aber Tallis verspürte nicht mehr die Furcht, die er einst vor ihm empfunden hatte.

»Also glaubt ihr, mir trotzen zu können«, sagte Karnit langsam. »Versucht es, wenn es sein muss, aber ich werde mich nicht besiegen lassen, besonders nicht von einem Ausgestoßenen und seiner Bastardbrut.«

»Sei vorsichtig, Karnit«, sagte Shila, »sie sind von den Führern erwählt. Du solltest dich in Acht nehmen.«

Tallis sah, dass ihre Worte ihn dieses eine Mal getroffen hatten, aber Karnit rang darum, sich das nicht anmerken zu lassen. »Geht«, sagte er. »Aber denkt nicht einmal daran, in diesen Mauern zu wohnen. Lagert draußen. Wir werden bald wieder miteinander sprechen.«

»Danke, Anführer.« Shila wandte sich dem Ledervorhang zu. Rorc zog mit einem leichten Lächeln auf den Lippen die schwere

Plane beiseite, so dass sie durch die Tür schreiten konnte, und die anderen folgten ihr hinaus. Tallis triumphierte verhalten darüber, wie alles verlaufen war, aber er freute sich nicht auf das, was nun kommen würde. Es war durchaus möglich, dass Karnit ihn erneut zu töten versuchen würde, auch, wenn es ihn diesmal keine Mühe kosten würde, sich zu verteidigen. Er wünschte sich, der alte Mann würde es versuchen; vielleicht würde er dann zu verstehen beginnen, wie sehr er, Tallis, sich verändert hatte.

31

Tiefer hinein, sonst hält er nicht«, belehrte Tallis Shaan, schwang dann seinen eigenen Hammer und schlug den Pflock auf seiner Seite des Zelts tiefer in den groben Sand, bis nur noch der Kopf zu sehen war. Er überprüfte die Spannung der Zeltschnur, trat dann zurück und ließ den Hammer in der Hand baumeln.

»So sollte es halten.« Shaan wischte sich den Schweiß von der Stirn.

Sie hatten die Zelte nahe an der Wand des Brunnens errichtet, abseits des Eingangs und der Zelte der anderen Clans, der Wüste zugewandt. Die Sonne war am Horizont versunken, und der rosafarbene Himmel verdunkelte sich mehr und mehr. Ein paar Ölfackeln waren zwischen den Lagern der anderen Clans entzündet worden, und der Klang von Kinderstimmen, die schrill protestierten, als ihre Mütter sie hineinriefen, erfüllte die ruhige Abendluft, so auch das schwache Kratzen von Klingen, die geschärft wurden, und Gespräche unter Männern. Rorc und Mailun waren aufgebrochen, um Essen und Wasser aus den Speichern zu holen, und Tallis hatte die Drachen auf die andere Seite des Brunnens geschickt, damit sie außer Sicht waren.

Shaan setzte sich auf den Boden an ihr kleines Feuer und sagte zu Tallis: »Ich glaube nicht, dass wir hier sehr willkommen sind.« Sie sah zu den Zelten der Shalneef ein paar Dutzend Schritte entfernt. Ein paar Frauen spazierten mit Kindern dazwischen hindurch, während ihre Herzensgefährten, die Krieger, rings um ein kleines Feuer die Messer wetzten.

»Keiner von ihnen wird uns etwas antun«, sagte Tallis und setzte sich neben sie, »nicht am Brunnen eines anderen Clans. Sogar die Raknah würden keine solchen Schwierigkeiten machen.«

»Sind das die, die keine Kinder mitgebracht haben?«, fragte Shaan. Tallis nickte.

»Sie reisen nie mit ihnen. Ich glaube nicht, dass ich schon einmal ein Raknah-Kind gesehen habe.«

»Welche sind die Baal?«, fragte Shaan. »Rorcs Clan?«

Tallis nickte zum Eingang des Brunnens hinüber.

»Sie lagern am nächsten bei der großen Höhle. Sie gehören zu unseren …« Er unterbrach sich selbst. »Zu den engsten Verbündeten der Jalwalah«, schloss er.

»Es ist schwer, einige von ihnen auseinanderzuhalten«, bemerkte Shaan.

»Früher oder später gelingt dir das schon«, meinte Tallis.

Er sah zu den anderen Clans hinüber, die in der Nähe des Brunneneingangs kampierten. Jeder Clananführer hatte zehn Krieger und ihre Familien mitgebracht, ein Zeichen des Vertrauens auf die Einheit der Clans – bis auf die Raknah, die nur Krieger hatten. Tallis fragte sich, wie viel mächtiger die Raknah wohl gewesen wären, wenn die Jalwalah und Baal nicht so zahlreich gewesen wären.

»Sie kommen zurück«, sagte er leise, und Shaan sah Mailun und Rorc auf gewundenen Wegen an den Zelten der Shalneef vorbeikommen.

»Hier.« Mailun traf als Erste bei ihnen ein und reichte Shaan ein eingewickeltes Paket Fladenbrot. »Leg das ins Zelt.« Sie streckte Tallis ein großes Stück rohes Muthufleisch hin. »Und du brätst das über dem Feuer, Sohn. Ich bereite etwas Hoia-Korn zu. Seht, wir haben auch etwas Salz.« Sie hielt drei Stoffbeutel hoch.

»Nonyu und getrocknete Fevi.« Mailun ließ einige der verschrumpelten Schoten in seine Hand fallen. Er schob sie sich in den Mund und sofort brachte der bittersüße Geschmack die Erinnerung an Nachmittage zurück, an denen er als kleiner Junge mit Jared und Irissa die frischen Beeren gepflückt hatte. Auch die Erinnerung war bittersüß, und er durchbohrte das Fleisch heftiger mit dem Bratspieß, als nötig gewesen wäre. Rorc ging an ihm vorbei und hockte sich dann hin, um die gefüllten Wasserschläuche in sein Zelt zu legen.

»Wie ich sehe, fällst du immer auf deine vier Füße, Rorc – wie eine Bergkatze«, sagte eine tiefe Stimme, und Rorc spannte sich an; dann richtete er sich auf, drehte sich langsam um und sah den Mann an, der in ihr Lager gekommen war.

»Hashmael«, sagte er. »Ich hatte eher mit dir gerechnet.« Seine grünen Augen blickten kalt, aber argwöhnisch, und bargen, wie Tallis dachte, den Anflug einer Herausforderung.

Der Mann, den er Hashmael genannt hatte, lächelte, aber es lag keine Freundschaft darin. »Ich bin ein vielbeschäftigter Mann«, sagte er. »Ich bin gekommen, als ich bereit war.«

Rorc nickte, und einen Moment lang herrschte Schweigen, während die beiden Männer einander gegenüberstanden. Mailun und Shaan waren am Zelt stehen geblieben und warteten. Hashmael war hochgewachsen, gut gebaut und vielleicht zwanzig Jahre älter als Rorc. Hoch auf dem rechten Wangenknochen trug er einen fliegenden Wüstenadler eintätowiert; er war in die weiche Lederweste und -hose eines Baalkriegers gekleidet, aber Tallis nahm an, dass er weit mehr als das war. Sein Haar war zwar schon grau, aber immer noch voll, und er trug es kurz geschnitten, so dass sein Gesicht gut zur Geltung kam. Aber es war kein Gesicht, das oft lächelte – es war ein von Kummer gezeichnetes Gesicht. Tiefe Runzeln lagen zwischen seinen braunen Augen über dem Nasenrücken.

»Hast du erwartet, dass ich dir eine Sonderbehandlung angedeihen lasse?«, fragte er.

»Ich erwarte nichts«, sagte Rorc.

»Nein?« Hashmael zog eine Augenbraue hoch, und sein Blick ruhte auf Tallis, dann auf Shaan und schließlich auf Mailun. »Du hast jetzt Kinder – erwachsene Kinder.«

»Und du bist ein Anführer der Baal«, sagte Rorc.

»Ja. Die Zeit verändert Menschen.« Hashmaels Stimme verlor ein wenig von ihrer Härte, und sein Gesichtsausdruck wurde nachdenklich. »Manchmal sogar ihre Meinung.«

Rorc runzelte die Stirn, antwortete aber nicht, und Hashmael sah noch einmal Tallis, dann wieder seinen Vater an. »Ich möchte mit dir sprechen – bevor du dich mit dem Kreis triffst.«

»Du würdest einen Ausgestoßenen in deinem Lager willkommen heißen?«, fragte Rorc.

»Sind wir nicht immer noch verwandt?«, fragte Hashmael.

Rorc zuckte überrascht zusammen, und Tallis sah ihn erstaunt an. Sie waren miteinander verwandt?

»Wir werden unser Angebot morgen vortragen«, sagte Rorc. »Wäre es dir recht, wenn ich komme, bevor die Sonne über den Horizont steigt?«

»Das wäre es.« Hashmael nickte. »Alsdann.« Er ging davon.

Eine ganze Weile herrschte nur Schweigen, während Rorc all ihren Blicken auswich und sich ans Feuer setzte.

»Der Anführer der Baal ist verwandt mit dir?« Mailun kam langsam heran und setzte sich, gefolgt von Shaan.

Rorc atmete aus. »Ja. Hashmael ist der Bruder meines Vaters.« Er hielt inne und setzte dann hinzu: »Mein Vater war vor ihm Anführer.«

»Du warst der Erbe des Anführers?«, fragte Tallis.

Rorc nickte. »Ja. Aber ich wurde ausgestoßen. Das Erbe ging an ihn weiter. Ich hatte keine überlebenden Brüder oder Schwestern.«

»Warum hast du uns nichts davon erzählt?«, fragte Shaan.

»Was hättet ihr mit dem Wissen anfangen können?«, sagte Rorc, aber Mailun mischte sich ein.

»Du hast *mir* nie davon erzählt«, sagte sie leise.

Er wandte sich ihr zur. »Hätte es eine Rolle gespielt?«, fragte er.

Sie sah ihn einen Moment lang über die Flammen hinweg an, dann beiseite. »Ich weiß nicht, was ich damals gedacht hätte.«

»Du hättest es uns erzählen sollen«, sagte Tallis. »Bevor wir hergekommen sind, hättest du es uns erzählen sollen.«

»Ich weiß.« Rorc nickte, und dann sah Tallis etwas in seinen Augen, womit er nie gerechnet hätte: Unsicherheit. »Ich war mir nicht sicher, ob er es sein würde«, sagte Rorc. »Und als ich ihn dann sah, konnte ich nicht die rechten Worte finden. Alte Erinnerungen …« Er blickte ins Feuer. »Schwierige Erinnerungen.«

»Was für ein Mensch ist er?«, fragte Mailun leise, als ob sie um einige der Erinnerungen wüsste, von denen er sprach. Vielleicht tat sie das auch, dachte Tallis.

Rorc sah sie kurz an. »Wir standen uns einst nahe«, sagte er. »Mein Vater litt an einer schweren Hustenkrankheit, als ich klein war – das weißt du. Hashmael half meiner Mutter in jenen frühen Jahren.« Er machte eine Pause. »Er bildete mich zum Anführer aus, aber anscheinend hat *er* nun nach dieser Würde gegriffen.« Seine grünen Augen wirkten im flackernden Feuerschein dunkel. »Er ist seinem Clan ergeben, aber nicht so blind wie Karnit. Allerdings ist es viele Jahre her, dass ich ihn zuletzt gesehen habe. Die Zeit verändert Menschen.«

Tallis streckte die Hand aus und drehte den Bratspieß. Stille senkte sich für einige Zeit über sie. Mailun mischte eine bestimmte Menge Getreide in einem Topf mit Wasser und stellte ihn in die Flammen, um es zu kochen.

»Glaubst du, dass er uns helfen kann?«, fragte Shaan. »Wird er in der Lage sein, Karnits Ansichten zu ändern?«

Rorc saß so still wie eine Wüstenkatze da und starrte ins Feuer. »Ich weiß es nicht.«

Am nächsten Morgen war der Himmel trüb und wolkenverhangen; die Sonne strahlte eine dumpfe Hitze aus, die Erschöpfung verursachte, bevor der Tag so recht begonnen hatte. Rorcs Schlafplatz war schon mindestens eine Stunde leer, als Tallis erwachte, und er lag in der stickigen Wärme des Zelts, lauschte, wie seine Mutter draußen am Feuer mit Töpfen klapperte und ohne Zweifel Nonyu braute, und fragte sich, worüber Rorc und Hashmael wohl sprachen.

Er hatte nicht gut geschlafen. Sein Geist war zu sehr mit Gedanken über seine engen Verbindungen zu den Baal und an Shaans Begegnung mit Sabut angefüllt, und er verspürte eine unterschwellige Furcht vor dem Zusammentreten des Kreises der Clans, dem er sich heute stellen musste. Wie würden sie empfangen werden? Schläfrig setzte er sich auf, fuhr sich mit den Fingern durchs zerzauste Haar und drehte es sich hinter dem Kopf zusammen. Er war staub- und schweißbedeckt und musste sich dringend waschen. Vielleicht würde er vor dem Treffen zu den Quellen hinuntergehen.

Entschlossen schlug er die Zeltbahn beiseite und trat ins Freie. Mailun hockte am Feuer und goss Nonyu in eine Tasse, während Shaan schon an ihrer Portion des Gebräus nippte.

»Hier.« Mailun bot ihm eine Tasse an, aber er schüttelte den Kopf.

»Shaan«, fragte er, »möchtest du dich waschen? Ich zeige dir die heißen Quellen – oder die kalten, wenn du willst.«

»Gut, ja.« Sie setzte die Tasse ab. »Lass mich nur erst Kleider zum Wechseln holen.« Sie stand hastig auf und ging gebückt ins Zelt.

»Du bist dort vielleicht nicht willkommen, Sohn«, sagte Mailun.

»Glaubst du, dass irgendjemand tatsächlich mit mir sprechen würde, um mich abzuweisen?«, fragte er. »Die Leute wissen, warum wir hier sind, Mutter.«

Mailuns Kiefer waren angespannt. »Sei nur vorsichtig«, sagte sie und pustete auf ihren Nonyu. »Irissa war vorhin hier, um dich zu besuchen.«

Tallis runzelte die Stirn. »Ich weiß nicht, was ich ihr sagen soll«, sagte er.

»Das heißt nicht, dass du gar nichts sagen solltest.«

Das bezweifelte Tallis.

»Ich bin fertig.« Shaan kam mit einem Bündel frischer Kleider in der Hand aus dem Zelt.

»Dann komm.« Tallis führte Shaan auf den Eingang der großen Höhle zu.

Niemand hielt sie davon ab, den Brunnen oder die Tunnel zu den Quellen zu betreten, und jeder, dem sie in den Gängen begegneten, ging ihnen rasch aus dem Weg, doch keiner sagte ein Wort. Tallis war sich nie so sehr bewusst gewesen, wie stark er jetzt vom Clan getrennt war. Jared war wirklich sein einziger Freund gewesen.

Zielstrebig gingen sie zu der kleinen Quelle ganz am Ende der

Höhlen und hatten sie ganz für sich allein; sie badeten schweigend, während ringsum das Wasser tröpfelte. Zu dem Zeitpunkt, als sie zu ihren Zelten zurückkehrten, war Rorc wieder da, sagte aber nichts über seinen Besuch, und sein Gesichtsausdruck verbot jegliches Fragen. Anspannung umfing ihn wie ein Mantel.

»Das Treffen beginnt gleich«, sagte Rorc und stand auf; er hatte am jetzt gelöschten Feuer gesessen. »Wir müssen los.«

Die vier gingen auf den Eingang der großen Höhle zu. Blicke folgten ihnen, als sie zwischen den Zelten hindurchkamen, und in der Höhle war es genauso. Gerüchte, warum sie gekommen waren, hatten sich zwischen den Clanleuten ausgebreitet wie Feuer in trockenem Geäst. Feuchtländer strebten ein Bündnis an, Feuchtländer, die von einem Ausgestoßenen der Baal angeführt wurden. Tallis fragte sich, ob sie überhaupt eine Aussicht auf Erfolg hatten.

Mailun begleitete sie nur bis zu dem Tunnel, der zum Versammlungsraum führte. Sie war nicht hinzugebeten worden.

»Wir sehen uns bald«, sagte sie, als sie sie am Eingang stehen ließen. »Sprich gut, Sohn.«

Tallis nickte; er war zu aufgewühlt, um zu antworten. Hinter ihr stand Irissa mit ihrer Mutter, Pilar, und Miram, die zum Führerkreis des Jalwalah-Clans gehörte. Irissas Mutter war hochgewachsen und muskulös; ihre Wangenknochen traten scharf hervor, und ihre Haut war glatt und dunkel wie die eines viel jüngeren Menschen. Sie sah ihrem Sohn zu ähnlich, und Tallis ertrug es kaum, ihr in die Augen zu sehen. Irissa dagegen starrte ihn wild in einer Mischung aus Besorgnis und Enttäuschung an. Er spürte, wie Shaan seine Hand ergriff und sie drückte.

Miram neigte den Kopf. »Sprich gut, Tallis«, sagte sie.

Er hörte Gemurmel, als Leute auf Mirams Worte reagierten, hatte aber nicht die Zeit, zu verstehen, was sie sagten, da Thadin herauskam, um sie den Tunnel entlang zu der Versammlung zu führen.

Tallis' Herz klopfte schnell und heftig, als er zwischen seinem Vater und seiner Schwester am oberen Ende der Stufen stand. Das letzte Mal, als er hier gewesen war, hatte ein anderer Kreis über ihn geurteilt. Er spürte für einen Moment den Geist jenes Tages: die Trauer, die er wegen Haldanes Tod getragen hatte, und die Furcht, so stark, dass sie seinen Hals wie mit Händen gepackt hatte. Aber er war nicht mehr derselbe wie der, der schon einmal hier gestanden hatte.

Rorc warf ihm einen mahnenden, unterstützenden Blick zu und führte sie hinab vor die fünf Männer, die auf den Steinsitzen auf sie warteten.

Karnit saß in der Mitte und beobachtete mit feindseliger Miene, wie sie herankamen. Zu seiner Linken saßen die Anführer der Raknah und Halmahda, zu seiner Rechten die Häuptlinge der Shalneef und der Baal. Shila saß getrennt von den Übrigen, als sei sie nur als Beobachterin hier, aber sie nickte ihnen zu, als sie hereinkamen.

Der Raknah-Anführer war der Jüngste, wahrscheinlich ein paar Jahre jünger als Rorc, muskulös und dunkelhaarig. Sein dichtes Haar war zu einem Kamm geschoren, der ihm von Ohr zu Ohr über die Kopfhaut lief. Der Ausdruck seiner Augen verriet einen Verstand, der häufiger auf den Krieg als auf den Frieden gerichtet war. Er musterte sie mit ausdruckslosem, starrem Blick, während neben ihm der Halmahda-Anführer, ein kahlköpfiger, zierlich gebauter Mann mit der dunklen, wettergegerbten Haut eines Jägers eher neugierig als bedrohlich wirkte. Der Anführer der Shalneef war hochgewachsen und drahtig mit breitem Gesicht und weit auseinanderstehenden Wangenknochen; seine Augen lagen in so tiefen Höhlen, dass Tallis seine Gedanken überhaupt nicht erahnen konnte. Aber der Anführer der Baal, Hashmael, sein Zweitgroßvater, war am schwersten von allen zu durchschauen. Er beobachtete sie, als würde er Rorc überhaupt nicht kennen. Sein Gesicht war ausdruckslos und hart, aber diese Reglosigkeit zog Blicke auf sich, und von allen Männern, die dort saßen, machte Hashmael am meisten Eindruck. Das sorgte dafür, dass Tallis sich fragte, wie Karnit statt Hashmael hatte gewählt werden können, die vereinten Clans anzuführen.

Rorc trat vor; er trug eine Schriftrolle mit dem Siegel der Führerin in der Hand.

»Clananführer«, begann er. »Ihr wisst, warum wir hier sind, wir …«

»Erst einmal eure Namen«, unterbrach Karnit, dessen Augen im grünen Licht der Öllampen funkelten, »so dass wir alle wissen können, wer zu uns spricht.«

»Ihr wisst schon, wer wir sind.« Rorcs Tonfall war schneidend.

»Nennt eure Namen dennoch«, sagte Karnit lächelnd. »Wir müssen den Traditionen des Clankreises folgen. Erst die Namen, dann die Vorschläge. Die Führer verlangen es.«

Tallis knirschte mit den Zähnen. Das war nicht alles, was die Führer verlangten. Er spürte Rorcs kaum gezügelte Anspannung und starrte Karnit finster an, ohne sich die Mühe zu machen, seinen Hass zu verhehlen. Neben ihm atmete Shaan kaum.

»Wie du wünschst«, sagte Rorc. »Ich bin Rorc, Sohn der Baal, *Ausgestoßener* der Baal, und war einst als Nachfolger des Anführers ausersehen.« Sein Blick ging zu Hashmael, aber der Anführer der Baal rührte sich nicht. »Jetzt bin ich Kommandant der Armeen für die Führerin von Salmut und komme mit meinen Kindern her, um eine Vereinigung unserer Kräfte gegen einen gemeinsamen Feind anzustreben.«

»Und deine angeblichen Kinder« – Karnits Mund verzog sich bei den Worten – »wer sind sie?« Sein Ton war sanft, giftig, und neben ihm rutschte der Anführer der Halmahda auf seinem Sitz hin und her.

»Es besteht kein Zweifel daran, dass sie meine Kinder sind«, sagte Rorc. »Und tu nicht so, als ob sie Fremde wären. Tallis kennst du seit seiner Geburt, und seine Schwester, Shaan, hast du selbst in den Sand hinausgetragen und dort zum Sterben ausgesetzt. Aber es ist offensichtlich, dass die Führer andere Pläne hatten.«

»Nicht der Wille der Führer hat sie überleben lassen«, blaffte Karnit. »Sie gehört Kaa und hätte ihm überlassen werden sollen.«

Shaan zuckte zusammen, und Tallis legte ihr eine Hand auf den Arm. *Ruhig*, flüsterte er in ihrem Verstand.

»Wer auch immer sie aus unseren Landen fortgebracht hat, hat die Führer betrogen«, fuhr Karnit fort, »und wenn wir herausfinden, wer es war, wird er bestraft werden.«

»Das steht dir natürlich frei«, sagte Rorc, »aber ich glaube, du wirst noch begreifen, wie sehr es der Wille der Führer war, dass sie gerettet wurde.«

»Wie kommt es, dass du als Ausgestoßener so laut von den Führern sprichst?«, fragte der Raknah-Anführer. »Du solltest deine Zunge hüten und dankbar sein, dass wir dir überhaupt gestattet haben, vor uns zu erscheinen. Zwei von euch sind Ausgestoßene, und eine ist nichts Besseres als eine Feuchtländerin.«

»Sie sind hier, weil die Führer es verlangt haben«, sagte Shila ruhig. »Wir sind alle dem Willen der Führer unterworfen. Wir müssen auf sie hören oder untergehen.«

Alle Männer im Kreis, bis auf Hashmael, rückten auf ihren Sitzen herum, und der Anführer der Raknah sah die Träumerin finster an, sagte aber nichts.

»Harte Worte, Träumerin«, sagte Karnit, »aber kaum überraschend, wenn man bedenkt, welche Rolle du in ihrem Leben gespielt hast. Sag mir, wo warst du in der Nacht, als ich dieses abscheuliche Geschöpf im Sand seinem Schicksal überlassen habe?«

Einen Moment lang herrschte verblüfftes Schweigen, und unterschiedliche Ausdrücke des Entsetzens huschten über die Gesichter der Anführer; sogar der Raknah-Häuptling wirkte überrumpelt. Shila dagegen ließ nicht die geringste Betroffenheit erkennen.

»All meine Taten sind von den Führern vorherbestimmt, Anführer«, sagte sie milde. »Ich bin sicher, dass du das einsiehst. Fragst du, ob die Führer in jener Nacht zu mir gesprochen haben?«

»Seine Frage ist unnötig und wird unbeantwortet bleiben«, sagte Hashmael; seine tiefe Stimme durchschnitt das entsetzte Schweigen. »Ich bin sicher, er ist nach unseren langen Sitzungen so erschöpft und hat deshalb vergessen, dass das Infragestellen einer Träumerin ein Infragestellen der Weisheit der Führer bedeutet.« Er sah Karnit an, der seinem harten Blick mit zusammengebissenen Zähnen begegnete.

»Natürlich«, antwortete Karnit langsam. »Doch eines solltest du nicht vergessen, Hashmael: Wie ich euch allen schon gesagt habe, habe ich gesehen, wozu Tallis in der Lage ist – dass er mit den Drachen spricht und verwandt mit den abscheulichen Bestien ist, die unsere Clanangehörigen töten. Es ist möglich, dass seine Schwester ebenfalls dazu in der Lage ist.« Seine Lippen verzogen sich. »Tallis hat bereits Clanblut an den Händen, also zieht nicht zu rasch den Schluss, dass er und seine Zwillingsschwester nicht mehr davon ertragen könnten.«

Zorn durchströmte Tallis wie Wasser die Quellen, kochend heiß und rasch, aber bevor er sprechen konnte, zog Rorc ein Messer, stürzte sich auf Karnit und setzte ihm die Klinge an die Kehle. Er bewegte sich so schnell, dass er zu verschwimmen schien und niemand Zeit hatte, ihn aufzuhalten.

»Schildere uns noch einmal, was in jener Nacht geschehen ist«, sagte er. »Erzähl den übrigen Anführern, wie es kam, dass mein Sohn Clanblut vergoss – oder wäre es dir lieber, wenn ich deines vergießen würde?«

Tallis stand wie erstarrt da. Die anderen Anführer waren bei Rorcs Bewegung von ihren Sitzen aufgesprungen, aber keiner näherte sich ihm. Trotz der großen Blutmenge, die Rorc kürzlich durch seine Verletzung verloren hatte, konnte kein Zweifel daran bestehen, dass er die Kraft hatte, einem Mann die Kehle durchzuschneiden, und sein Gesichtsausdruck kalter Entschlossenheit verriet ihnen allen, dass er es auch tun würde.

»Rorc«, sagte Hashmael langsam, »was …«

»Seine Worte sind Lügen, Hashmael«, sagte Rorc. »Und es sind schon genug unter falschen Vorwänden ausgestoßen worden. Ihr solltet einem, der seinen eigenen Clanangehörigen ermorden wollte, keinen Glauben schenken.«

»Der Junge da ist kein Angehöriger meines Clans«, sagte Karnit und sah Rorc an, als sei das Messer gar nicht da. »Wie wir an deinen Handlungen sehen können, kommt der Sohn eines Ausgestoßenen ganz nach seinem Vater.«

Rorcs Augen verengten sich, und er presste das Messer fester an

Karnits Kehle, so dass ein Blutstropfen hervorquoll. »Rechtfertigst du etwa so, dass du versucht hast, ihn zu ermorden?«, fragte er. »Du hast Männer auf ihn angesetzt, so dass er keine Wahl hatte, als sich zu verteidigen. Dir, nicht ihm, klebt viel Clanblut an den Händen.«

»Ist das wahr?«, fragte Hashmael Tallis. »Wurde dir aufgelauert?«

Tallis zögerte, nickte aber dann. »Ja«, sagte er. »Karnit befahl, dass ich ihn und seine Männer zur Versammlung begleiten sollte. In der ersten Nacht, am Gestohlenen Brunnen, versuchten sie, mich zu töten.«

Hashmael sah die anderen Mitglieder des Kreises an. »Es ist eine Anklage ausgesprochen worden. Was sagt ihr?«

»Wie können wir uns sicher sein?«, fragte der Raknah-Anführer. »Eine Anschuldigung, die im Namen eines Ausgestoßenen von einem Ausgestoßenen ausgesprochen wurde …«

»Oder von einem Vater für seinen Sohn«, sagte der Shalneef-Anführer langsam. »Das können wir nicht unbeachtet lassen.«

»Wir müssen Lenkung suchen«, sagte der Anführer der Halmahda.

Hass loderte in Karnits Augen auf und war schnell wieder verborgen, als er vorsichtig an der Klinge an seiner Kehle vorbei schluckte. »Ich werde mich gegen diesen Vorwurf verteidigen, und ihr werdet sehen, wer den Clans treuer ergeben ist«, sagte er.

»Tritt zurück, Rorc«, sagte Hashmael. »Tritt zurück, dann wird sich der Kreis dieser Sache annehmen.«

Rorc stieß einen kehligen Laut aus, und einen Moment lang dachte Tallis, er würde Karnit das Messer in den Hals rammen, aber dann senkte er langsam die Klinge und trat zurück. Karnits Augen funkelten ihn an; ein dünnes Rinnsal von Blut glänzte an seinem Hals.

»Steck die Klinge weg«, sagte Hashmael leise. »Es steht den Anführern zu, hierüber zu entscheiden – nicht deinem Messer. Lasst uns nun allein, wir werden euch später rufen.«

Tallis fragte sich, ob Rorc Hashmael gerade den Vorwand verschafft hatte, den er benötigte, um Karnits Führungsrolle anzufechten.

»Und was ist mit unserem Vorschlag?«, fragte Rorc, als er das Messer in die Scheide schob.

»Gib ihn mir.« Hashmael streckte die Hand aus. »Wir werden ihn in Erwägung ziehen.«

Also würden sie keine Gelegenheit erhalten, zu sprechen, um sie zu überzeugen – aber Tallis fragte sich, ob Rorc alles so geplant hatte. Er hatte Karnits Führerschaft angefochten, und Karnit war das größte Hindernis, das ihrem Bündnis mit den Clans im Wege stand.

»Geht.« Hashmaels Blick blieb kurz auf Tallis ruhen. »Das Ergebnis wird euch mitgeteilt werden.«

Rorc drängte Shaan und Tallis zurück zu den Stufen. »Kommt«, sagte er, ohne dass seine Stimme irgendetwas verriet, »eure Mutter wartet.«

32

Das Wetter war umgeschlagen, während sie sich in den Höhlen aufgehalten hatten: Scharfer Wind spie Sandspiralen über die Wüste, so dass sie gezwungen waren, sich in der großen Höhle zwischen den Angehörigen der zu Besuch weilenden Clans einen Platz zum Warten zu suchen. Irgendjemand hatte ihre Zelte und ihr Gepäck hereingebracht, und sie saßen daneben an der Wand in der Nähe eines Eingangs zu den Quellen und beobachteten, wie die anderen sie ihrerseits beobachteten. Mailun wurde zornig, als sie erfuhr, was Rorc getan hatte.

»Wie konntest du nur ein solches Risiko eingehen?«, rief sie aus und versuchte, die Stimme gesenkt zu halten.

»Es war nötig«, antwortete Rorc ruhig. »Karnits Lügen mussten ans Tageslicht gebracht werden.«

»Hast du nicht darüber nachgedacht, was sie tun werden?«, fragte Mailun. »Sie könnten beschließen, dies in einer Herausforderung unter Kriegern klären zu lassen.«

Rorc zog die Knie an und legte die Hände darauf. »Das könnten sie«, sagte er in demselben ruhigen Tonfall. Seine Augen folgten den Menschen, die sich durch die Höhle bewegten, und Shaan begriff, dass er durchaus daran gedacht hatte – schon längst, und wie sehr er hoffte, dass es das war, was sie beschließen würden.

Missmut funkelte in Mailuns dunkelblauen Augen. »Es geht dir nicht gut genug, um zu kämpfen. Du bist noch von deiner Verletzung geschwächt.«

»Karnit ist ein alter Mann mit dem Stolz eines alten Mannes«, sagte Rorc. »Und ich bin nicht zu schwach, um ihn zu besiegen.«

Mailun schüttelte den Kopf und wandte sich ab, als ob es sie schmerzte, ihn anzusehen. »Du kennst Karnit nicht so gut wie ich; er wird eine Möglichkeit finden. Du hast ihn in seiner Ehre gekränkt. Er wird etwas tun, etwas Hinterhältiges, Trügerisches, was dafür sorgen wird, dass dies hier übel ausgeht.«

»Das ist möglich.« Ein Ausdruck wilder Entschlossenheit war in sein Gesicht getreten, das Gesicht eines Mannes, der Schreckliches erlebt hat und noch mehr zu erleben erwartet. »Wir müssen die Clans auf unsere Seite bringen, Mailun. Das wird uns nicht gelingen, wenn Karnit Anführer bleibt.«

»Er hat recht«, sagte Tallis, als ob er verstand, was in Rorcs Kopf vorging.

Mailuns Schweigen besagte, dass sie es anders empfand, aber sie hatte keine Zeit, zu protestieren, denn Rorc sagte: »Da kommt Thadin.« Der Krieger schritt, gefolgt von Shila, durch die Höhle. Thadins Gesichtsausdruck war grimmig, aber Shila sah so gelassen wie immer aus. Alle anderen in der Höhle drehten sich nach ihnen um; Gespräche wurden zu Flüstern, so dass das Heulen des Windes draußen in der plötzlichen Stille lauter klang.

Sie standen auf, als die beiden sie erreichten.

»Der Kreis hat entschieden«, sagte Thadin ohne einleitende Worte. »Die Anklage wird durch eine Kriegerherausforderung entschieden werden.« Sein Blick richtete sich auf Tallis. »Du bist derjenige, der den Anführer beschuldigt hat, also wirst du die Herausforderung annehmen und mit Karnit um seinen Platz im Clan kämpfen. Derjenige, der gewinnt, wird als von den Führern zum Bleiben erkoren gelten; der andere wird ausgestoßen werden – oder ein Ausgestoßener bleiben.«

Mailun wurde blass, aber Rorcs Gesichtsausdruck änderte sich nicht. »Wir nehmen an«, sagte er.

»Morgen, gleich nach Tagesanbruch«, sagte Thadin zu Tallis, »wirst du dem Anführer auf dem Sand deiner Geburt entgegentreten.« Seine Worte waren knapp, die eines Kriegers, der Befehle gab, aber darunter verbarg sich ein Hauch von Befriedigung.

Mailun wirbelte sofort zu Rorc herum, als die beiden außer Hörweite waren. »Du wusstest, dass das geschehen würde!«, sagte sie. »Du wusstest es heute Morgen, als du zu ihnen gegangen bist!« Überall in der Höhle ertönte nun Stimmengemurmel, begleitet von heimlichen Blicken und offenem Starren, das ihnen galt. Rorc achtete nicht darauf.

»Ich wusste es nicht«, sagte er. »Ich hoffte, sie würden mich wählen – aber es war ein Risiko.«

»Du hattest kein Recht dazu!« Mailuns Gesichtsausdruck war zornig, als sie ihren Sohn ansah. »Du musst das nicht tun, Tallis.«

»Mutter.« Tallis legte ihr eine Hand auf den Arm. »Ich muss. Rorc hat recht. Ich muss es tun.«

Irgendetwas an seinem Tonfall ließ Shaan begreifen, dass er entschlossen war, es zu tun wie jeder andere Mann – ohne auf seine Kräfte zurückzugreifen –, und sie wurde von Besorgnis überwältigt. »Nein«, sagte sie. »Daran kannst du doch nicht denken!«

»Ich muss. Ich muss wie ein Clansmann kämpfen.«

»Sei nicht töricht!« Sie war jetzt genauso wütend wie ihre Mutter. »Du hast die Kraft, Tallis, du musst sie einsetzen. Du musst gewinnen.«

»Was meinst du damit?«, fragte Mailun und sah vom einen zur anderen.

Tallis warf Shaan einen gereizten Blick zu. »Ich trage … mehr in mir als die meisten Männer, Mutter. Eine Gabe, aus unserem Erbe, wie ich annehme, mehr, als nur über die Drachen zu gebieten.«

»Was sagst du da?« Mailuns Zorn verblasste und ging in tiefe Besorgnis über.

»Tallis verfügt über die Macht eines Gottes«, sagte Rorc. »Karnit könnte ihn nicht besiegen – kein Mann, den ich kenne, könnte das.«

»Aber ich darf sie hierzu nicht einsetzen«, sagte Tallis. »Du hast gesehen, wie die Verführer in Salmut reagiert haben, Rorc. Wenn ich Karnit so besiege …«

»Dann würdest du deine Stärke unter Beweis stellen«, sagte Shaan. »Du musst, Tallis. Wir müssen ihnen zeigen, was wir sind, was wir bewirken können. Die Clans müssen sich vereinigen, aber das wird unter Karnit nicht geschehen. Er muss besiegt werden. Du kannst es dir nicht leisten, zu verlieren.« Shaan spürte den Schatten des drohenden Verhängnisses, das Sabut ihr gezeigt hatte, über sich dräuen, eine Last der Furcht. Er konnte nicht verlieren. »Bitte, Tallis.« Sie griff nach seiner Hand. Sie hatte große Angst, weil er gegen den Anführer kämpfen sollte, aber noch mehr davor, dass er versagen könnte.

»Sie hat recht«, sagte Rorc.

»Und was, wenn ich gegen Karnit gewinnen will, indem ich meine eigenen Kräfte, die Kräfte eines Clansmanns, einsetze?«, fragte Tallis. Seine Stimme war rau vor Hoffnung, und Shaan zuckte zusammen, als sie sah, wie gern er wieder jener Mann sein wollte – nur ein Clansmann, nicht Azoths Nachkomme. Kein Mann, der über zu große Kräfte verfügte, um von irgendeinem Sterblichen herausgefordert zu werden.

»Ich will Karnit besiegen, wie jeder Clansmann es tun würde«, sagte er.

»Und was geschieht, wenn es dir nicht gelingt?«, fragte Irissa. Sie und ihre Mutter waren zu ihnen gekommen, ohne dass irgendjemand es bemerkt hatte. »Ja, ich habe gehört, was du gesagt hast.« Irissa starrte ihn böse an. »Was, wenn er dich tötet, Tallis?«

»Das wird er nicht tun«, antwortete Shaan, aber Irissas Augen waren nur auf Tallis gerichtet, und ihr Blick war wutentbrannt.

»Wie? Karnit ist alt, aber er hat an vielen Schlachten teilgenommen und ist noch immer stark. Willst du die Drachen herabrufen, um dir zu helfen? Sie als Waffe einsetzen?«

»Ris …« Tallis schüttelte den Kopf.

»Wie kannst du nur so dumm sein? Erst mein Bruder, und jetzt du! Es ist, als ob du Kaa mehr als das Leben liebst!« Sie rannte quer durch die Höhle davon und stieß unterwegs jeden, der ihr in den Weg kam, beiseite.

Alle schwiegen einen Moment lang, nachdem sie gegangen war, bis Pilar die Anspannung durchbrach.

»Es tut mir leid; Irissa trauert noch immer um ihren verlorenen Bruder«, sagte sie. »Ihr könnt heute Nacht nicht draußen übernachten; nichts deutet darauf hin, dass der Sandsturm sich legen wird. Wir haben Platz in unserer Höhle, wenn ihr sie nutzen mögt.«

»Bist du sicher?«, fragte Mailun.

»Nicht alle teilen Karnits Ansichten«, sagte Pilar bekümmert zu Tallis; ihr Blick war nicht vorwurfsvoll, sondern mitfühlend. »Einige von uns glauben, dass die Führer tun, was sie tun müssen.«

Mailun seufzte. »Pilar …«

»Ihr drei solltet bei ihr übernachten«, unterbrach Rorc. »Ich habe heute Nacht ohnehin noch etwas mit Hashmael zu besprechen.«

»Wie kommst du zu der Annahme, dass er dich empfangen wird?«, fragte Mailun.

»Er wird mich empfangen.« Rorc hob sein Bündel auf. »Außerdem spüre ich, dass ich anderswo willkommener sein würde.« Sein Blick richtete sich einen Moment lang auf Mailun; dann warf er sich das Bündel über die Schulter und ging davon.

»Kommt.« Pilar legte Mailun mit freundlicher Miene eine Hand auf den Arm. »Trinken wir doch etwas Nonyu zusammen! Du hast mir gefehlt.«

Rorc kam in jener Nacht nicht in Pilars Höhle; Irissa auch nicht. Pilar überließ ihnen einen kleinen Raum, in dem sie schlafen konnten, und sie verbrachten den Rest des Tages damit, zuzuhören, wie Mailun sich mit Pilar unterhielt, und ein kompliziertes Brettspiel mit Knochenplättchen zu spielen, das Shaan immer wieder verlor, weil sie sich nicht konzentrieren konnte. Die Clansfrau sagte nichts über Jared oder ihren Verlust; nur einmal machte sie die Bemerkung, sie sei froh, dass Mailun ihre beiden Kinder wieder bei sich hätte. Am Abend bereitete sie ihnen eine Mahlzeit zu, und sie gingen früh schlafen, ohne ihre Höhle noch einmal verlassen zu haben.

Spät in der Nacht erwachte Shaan aus einem seltsamen Traum. Nichts hatte auf Azoth hingedeutet, aber sie war wieder im Dschungel gewesen und hatte auf der Brücke in der Nähe der Ruinenstadt gestanden – nur dass die Stadt jetzt nicht mehr in

Trümmern lag und der Fluss, der unter ihren Füßen dahinströmte, sich wie etwas Lebendiges anfühlte. Es hatte ihr keine Angst eingeflößt; sie hatte sich wie zu Hause gefühlt.

Sie setzte sich auf. Sie wusste jetzt, was dieser Traum bedeutete. Sabut hatte es ihr gesagt. Zu Hause. Azoth. Es würde nicht mehr lange dauern, bis es an der Zeit war, zu gehen. Und sie würde gehen, obwohl der Gedanke ihr schreckliche Angst machte. Nicht zu gehen würde den Tod aller bedeuten, die sie liebte. Balkis allerdings würde es nicht verstehen.

Sie schlang die Finger um den Anhänger an ihrem Hals und dachte an das, was Tuon ihr über das erzählt hatte, was der Prophet über den Schöpferstein geschrieben hatte. Konnte es sie retten, ihn zu spalten? Sabut hatte den Propheten nicht erwähnt – vielleicht hatte er nicht unter dem Einfluss der Führer gestanden. Shaan sah auf ihre linke Hand hinab und ballte sie zur Faust. Sie hatte einen Mann damit vernichtet; konnte sie dasselbe dem Schöpferstein antun? Es wirkte unmöglich, und dennoch… Sie schürzte die Lippen und öffnete die Hand. Warum sollte sie zu Azoth geschickt werden und ihn dazu bringen, den Stein mit in die Schlacht zu nehmen, wenn sie ihn zerstören sollte? Wie sollten die Vier ihn dazu benutzen, Azoth zu besiegen, wenn er zerstört war? Shaan runzelte die Stirn und schüttelte den Kopf. Es ergab keinen Sinn.

Sie sah sich um. Tallis war nicht da, aber sie spürte ihn draußen auf dem Boden der Mondhöhle. Pilars Höhle war eine der vielen, die ringsum in die Wand einer Höhle im Herzen des Brunnens geschlagen waren, aus der sich ein Schacht in den Himmel öffnete. Die Stürme hatten sich gelegt, und die Stille war so, dass Shaan den Gesang ihres Bluts in den Ohren hatte, als sie aufstand, hinausschlich und vorsichtig die schwankende Strickleiter hinunterkletterte, um zu ihrem Bruder zu stoßen. Staub aus dem feinen Sand des Höhlenbodens überzog ihre Füße, und sie stellte sich neben ihn unter den dunklen Himmel und die hellen Sterne hoch über ihnen, die einen Lichtkreis in der Dunkelheit der Felswände bildeten.

Tallis sagte kein einziges Wort, dennoch spürte sie, wie aufgewühlt er war. Sie wusste, was er dachte, griff nach seiner Hand und umfasste sie.

»Du musst morgen gewinnen«, flüsterte sie.

Seine Lippen spannten sich an, aber er antwortete nicht.

»Du wirst gewinnen«, fuhr sie fort. »Du musst die Drachen anführen, Tallis. Rorc wird die Menschen anführen, aber du musst über die Drachen gebieten. Er kann es ohne dich nicht schaffen.«

»Und wo wirst du sein?«

»Ich habe eine andere Aufgabe.«

»Du gehst weg, nicht wahr?« Sein Lächeln, als sie nicht antwortete, war bitter, einsam. »Ich kann es spüren, Shaan«, sagte er. »Ich spüre, wie du dich von mir entfernst.«

Sie ließ seine Hand los. »Ich muss.«

»Ich will Azoth töten«, sagte er. »Ich will ihn für das töten, was er gebracht hat.«

Die Heftigkeit des Hasses in seinem Verstand entsetzte sie umso mehr, weil sein Tonfall so ruhig war. Ihr Herz machte vor Furcht einen Satz.

»Nein«, sagte sie. »Die Vier sind die Einzigen, die stark genug sind, sich ihm entgegenzustellen. Du darfst es nicht versuchen. Sie werden am Ende kommen. Du musst zulassen, dass sie ihm die Stirn bieten.« *Du musst mich tun lassen, was ich tun muss*, dachte sie stumm.

Tallis' Lippen verzogen sich. »Sabut hat dir etwas gezeigt, nicht wahr?«

Shaan schüttelte nur den Kopf. Er wusste, dass sie nichts sagen konnte.

Er atmete aus. »Wann?«

»Wann was?«

»Wann brichst du auf?«

»Bald.«

»Wirst du nach den Vieren suchen? Ist es das, was Sabut dir befohlen hat? Sollst du sie in die Schlacht führen, ihnen helfen, Azoth zu besiegen?«

»Du weißt, dass ich es dir nicht sagen kann«, sagte sie traurig.

Missmut ließ seine Stimme heiser klingen. »Warum haben die Führer uns zusammengebracht, um uns dann wieder auseinanderzureißen?« Er suchte in ihrem Gesicht nach Antworten, aber sie konnte nur den Kopf schütteln und fühlte sich erbärmlich, als sie seine Hand ergriff.

33

Am nächsten Morgen begannen die Trommeln schon vor der Dämmerung zu dröhnen, hallten in den Tunneln und Höhlen des Brunnens wider und weckten sie alle. Tallis war zu verstört, um zu essen, und Shaan und seine Mutter saßen, eine so blass wie die andere, neben ihm, als Rorc den Türvorhang beiseiteschlug. Pilar war schon gegangen, um Irissa zu suchen.

»Bist du bereit?«, fragte Rorc leise.

Tallis bemerkte, dass er sich rasiert hatte, was aber nur dazu beitrug, die Anspannung seines Kiefers zu unterstreichen.

»So bereit, wie ich nur sein kann.« Er stand auf; Shaan und Mailun erhoben sich mit ihm.

»Die Eskorte wartet in der großen Höhle auf dich«, sagte Rorc, machte eine Pause und sagte dann: »Du weißt, dass Karnit das hier zu nutzen versuchen wird, um dich zu töten – ganz gleich, was die Clangesetze sagen?«

Mailuns Gesicht wurde noch blasser, aber Tallis nickte; innerlich war er so angespannt wie eine Bogensehne. »Ich weiß.«

»Dann vergiss nicht, was er dir schon genommen hat, was er dir noch nehmen will, und schlag rasch zu«, sagte Rorc. »Kein Zögern.«

»Ich werde ihn nur töten, wenn ich muss«, sagte Tallis, und der Blick aus Rorcs grünen Augen wurde kalt.

»Er wird dir keine Wahl lassen; er hat zu viel zu verlieren. Das hier ist Krieg, Tallis. So ist das: Blut, Tod.«

»Ich weiß«, antwortete er, aber Rorc sah zweifelnd drein.

»Du musst das nicht tun, Sohn.« Mailun legte ihm eine Hand auf den Arm.

»Doch, er muss«, sagte Shaan, »aber er wird nicht verlieren.

Und wenn er verletzt wird, kann ich ihn heilen.« *Zeig ihnen, wer du bist*, flüsterte ihre Stimme in seinem Verstand.

»Kommt.« Er schlug den Türvorhang beiseite. »Sie warten.«

Vier Krieger empfingen sie in der großen Höhle, die jetzt leer war; alle Leute waren im Freien. Die Trommeln waren verstummt, und Tallis' Eingeweide waren in Aufruhr, als hätte er etwas Verdorbenes gegessen. Er folgte Thadin hinaus; die anderen Krieger ließen sich zurückfallen, um sie zu flankieren.

Clansmänner, Frauen und Kinder bildeten ein Spalier beiderseits des Eingangs und zeichneten so den Weg zu dem Platz auf dem Sand, wo Karnit und die anderen Anführer warteten. Ernste Blicke folgten ihnen, als sie vorübergingen. Kinder standen stumm mit weit aufgerissenen Augen da; irgendwo weit hinten in der Menschenmenge schrie ein Säugling und wurde rasch zum Schweigen gebracht.

Der Himmel war wolkenlos und noch fahl von der Morgendämmerung. Eine Gruppe junger Jalwalah-Männer beobachtete, wie Tallis vorüberging; ihre Gesichter waren hart und verschlossen. Er kannte all ihre Namen, aber sie verhielten sich, als sei er ein Außenstehender. Er kam an Irissa vorbei, die mit ihrer Mutter und ihrem Vater an der Seite stand. Sie runzelte die Stirn und biss sich auf die Lippen; sie hatte die Arme fest vor der Brust verschränkt, und er musste den Blick abwenden, bevor er die Furcht in ihren Augen sehen konnte. Er konnte sich keine Ablenkung leisten. Stattdessen konzentrierte er sich auf Shaans helle, stetige Präsenz und die heiße Kugel unruhiger Kraft, die in seinem Innersten lauerte. *Zeig ihnen, wer du bist*. Hatte sie recht?

Verzweifeltes Unbehagen überkam ihn. Er wollte dies wie ein Clansmann ausfechten, wie ein Clansmann gewinnen, aber er wusste nicht, ob er es konnte. Ob er in der Lage sein würde, sich davon abzuhalten, seine Kraft einzusetzen.

Karnit stand mit bloßem Oberkörper in der Mitte des großen Kreises, den die Zuschauer bildeten. Die vier Anführer der anderen Clans standen im Hintergrund, ein Krieger zu ihrer Linken und die sechs Mitglieder des Führerkreises der Jalwalah zu ihrer

Rechten. Unter ihnen war Miram, deren Gesichtsausdruck gleichmütig war.

Tallis trat vor und ließ Shaan, seine Mutter und seinen Vater am Rand des Kreises zurück. Tief in ihm pulsierte etwas in seinem Blut.

»Tallis«, sagte Miram und sprach damit für den Kreis, »der du einst zu diesem Clan gehört hast, eine Anklage ist ausgesprochen worden. Bist du hier, um sie zu verteidigen?«

»Ja.« Seine Stimme klang heiser, schwach, und Karnits Lippen verzogen sich zu einem höhnischen Grinsen. Tallis räusperte sich und sprach noch einmal, diesmal lauter: »Ja, das bin ich.«

Miram nickte mit strenger Miene, wandte sich dann der Menge zu und wiederholte die Geschichte, die Karnit dem Clan bei seiner Rückkehr von der Versammlung erzählt hatte: dass Tallis derjenige gewesen sei, der seine Männer angegriffen und sie zu töten versucht hätte. Dann führte sie die Anschuldigungen auf, die Tallis gegen Karnit erhoben hatte.

Er hörte die Worte kaum – seine ganze Aufmerksamkeit war auf Karnit gerichtet, der ihn mit hasserfülltem Blick musterte. Kurz fühlte er sich daran erinnert, wie er im Übungsring in Salmut dem Verführer gegenübergestanden hatte – und an das, was dort geschehen war. Aber das war ein Übungskampf gewesen; dieser hier war echt. Karnit wollte ihn töten.

In der Menge erhob sich Gemurmel, und er bemerkte, dass Miram geendet hatte. Thadin trat mit einem langen Speer in der Hand und einem Messer an ihn heran, das in einer Scheide an einem Gürtel hing.

»Zieh dein Hemd aus und nimm deine Waffen«, sagte er.

Tallis streifte sich das Hemd ab und nahm Messer und Speer.

»Kämpfe gut«, sagte Thadin, aber sein Ton war spöttisch. Tallis hielt sein Gesicht ausdruckslos; der Krieger feixte und ging davon, um Karnit seine Waffen zu bringen.

Miram sagte: »Dies ist eine Kriegerherausforderung. Der Kampf endet, sobald ein Mann den anderen besiegt – mögen die Führer ihren Lieblingssohn wählen!« Sie trat zurück, um wieder zwischen den übrigen Clananführern zu stehen.

Tallis gürtete sich das Messer um und spürte das Holz des Speerschafts warm und rau in der Hand. Er drehte sich zu Karnit um, der in der Mitte des Kreises stand. Kein Laut kam aus der Menge; Anspannung lag in der Luft. Die Speere hatten Stahlspitzen, die in der Sonne aufblitzten, als Karnit sein Gewicht verlagerte, während er weiter Tallis beobachtete.

»Kämpft!«

Karnit grinste, und einen Moment lang bewegte sich keiner von beiden; der einzige Laut, den Tallis hörte, war sein eigenes Einatmen. Dann führte Karnit einen Speerstoß, und alles andere verschwand. Ihre Speerspitzen trafen aufeinander; Metall schrammte über Metall, und die Wucht des Aufpralls ließ Tallis' Arme erzittern. Er musste sich schnell zurückziehen, während Karnit ihn durch den Kreis drängte; die Speerspitze peitschte durch die Luft, und ein Hieb verfehlte Tallis' Kopf nur knapp. Die Menge johlte, und Tallis parierte panisch, während Karnit unermüdlich auf ihn eindrang und ihn rückwärts vor sich hertrieb. Der Anführer war wie ein mit einer Klinge versehener Wirbelwind. Zu schnell. Schweiß bedeckte Tallis' Brust und lief ihm in die Augen, als er versuchte, selbst zum Angriff überzugehen – doch abermals blitzte Stahl vor ihm auf. Er war nicht schnell genug, und sogleich zog sich eine heiße Spur des Schmerzes über seine Brust. Die Menge brüllte. Karnits Speer hatte eine Wunde quer über seine Rippen aufgerissen. Tallis stieß mit dem eigenen Speer zu und lenkte Karnits Klinge gerade noch rechtzeitig ab, als dieser ihn erneut zu treffen versuchte.

»Was ist, Junge? Tut es weh?«

Zornig stieß Tallis vor und zielte mit dem Speer auf Karnits Brust. Die Spitze ging ins Leere, da der ältere Mann sich mit unerwarteter Gelenkigkeit nach hinten beugte und dann den Griff seiner eigenen Waffe nach oben schmetterte. Tallis konnte nicht fest genug zupacken; der Speer flog ihm aus den Händen. Sofort schwang Karnit seinen Speer zurück gegen Tallis' Hals. Er wich zur Seite aus und versetzte Karnit einen kräftigen Fausthieb gegen die Rippen. Der Anführer schrie auf, eher vor Zorn als vor

Schmerz, und Tallis zog sein Messer, aber Karnit sprang zurück und ließ seinen Speer in den Händen kreisen, so dass er eine wirbelnde Sperre schuf.

Sie umkreisten einander, Tallis mit dem Messer und Karnit mit dem Speer. Adrenalin strömte schnell durch Tallis' Adern, Zorn pulsierte in seinem Blut, und seine Glieder pochten vor jener schrecklichen, dunklen Raserei. Sie sehnte sich danach, losgelassen zu werden: Ein Drang, zu töten …

Mit wirbelndem Speer stürmte Karnit auf ihn zu. Tallis wartete ab, sah jede Umdrehung des Holzes, griff, als Karnit näher kam, mit unglaublicher Geschwindigkeit zu, packte den Schaft direkt unterhalb der Spitze und riss ihn Karnit aus der Hand. Karnit brüllte und stürzte sich auf ihn; Tallis flog das Messer aus der Hand, als er schwer auf den Rücken stürzte und Karnit auf ihm landete. Plötzlich spürte er einen heftigen Druck in der Seite und hörte seine Mutter schreien. Karnits Gesicht über ihm war vor wütender Befriedigung verzerrt. Tallis spürte keinen Schmerz, war sich aber bewusst, dass ein Messer in seinen Eingeweiden stecken musste.

Karnit griff nach dem Messer, das Tallis hatte fallen lassen; es lag nur eine Handspanne entfernt im Sand. »Die Führer haben sich für mich entschieden, Junge«, sagte er und stieß mit der Klinge hinab. Tallis ließ seinen Zorn los; plötzlich wallte wilde Energie in ihm auf. Er packte Karnits Handgelenk, hielt es oberhalb seines Halses auf. Karnits Augen quollen vor Zorn hervor, und er legte beide Hände um das Messer, presste mit seinem ganzen Körpergewicht darauf, aber Tallis hielt es mit einer Hand still.

»Nein«, sagte er und sah Furcht in Karnits Augen. Er drehte Karnits Handgelenk langsam herum, bis die Klinge auf die Brust des älteren Mannes wies. Er hatte keine Gefühle mehr – keine Furcht, kein Entsetzen über das, was er tun musste –, nur das Wissen, dass dies getan werden musste. Mit einem einzigen Stoß grub er das Messer in Karnits Herz. Die Hände des alten Mannes umklammerten den Griff und er erschauerte, versuchte zu sprechen, aber er hatte noch nicht einmal mehr dazu die Kraft.

Tallis stieß ihn von sich und kämpfte sich auf die Knie, keuchte, stierte, rollte die Kraft wieder auf. Neben ihm lag Karnit tot da. Etwas pochte dumpf in seiner Seite. Er sah Blut unter dem Messer hervorströmen, das unterhalb seines Brustkorbs hervorragte. Jemand schluchzte und rief seinen Namen. Alle schienen sich gleichzeitig zu bewegen. Er kam stolpernd auf die Beine, aber in seinem Kopf ertönte ein lautes Brüllen, und plötzlich zerfetzte heftiger Schmerz seine Seite.

»Halt!«, rief er und streckte eine Hand aus, aber das Wort, das ertönte, gehörte nicht zur Sprache seines Volks. Drachensprache. Marathin? Er schaute auf und spürte, dass sie kam. Die Leute erstarrten, als ein dunkler Schatten über sie fiel, und das Geräusch von Flügeln durchschnitt die Luft, die plötzlich nach Verbranntem roch. *Arak-ferish.* Marathin landete und schlug die Leute in eine panische Flucht, als sie aufkam; ihre Flügel wirbelten Sand und Staub auf. Sie duckte sich wie eine Katze, eine Schlange, eine große Echse im Sand; ihr Schwanz legte sich um ihren Körper. Die Leute duckten sich von ihr weg.

»Tallis!« Shaan war an seiner Seite, kalkweiß im Gesicht. Ein paar Schritte entfernt hielt Rorc Mailun fest, die weinte und zu Tallis zu gelangen versuchte. Er schüttelte den Kopf. *Halt sie zurück.*

»Zieh's raus«, stieß er heiser hervor. Der Schmerz wurde unerträglich. Er zitterte, und alles verschwamm ihm vor den Augen.

»Leg dich hin.« Shaans Stimme klang beinahe gereizt, und das hätte ihn zum Lachen gebracht, wenn er nicht so sehr darum bemüht gewesen wäre, nicht ohnmächtig zu werden. Er fiel in den Sand neben Marathins Vorderbein.

»Das wird wehtun«, sagte Shaan unnötigerweise, als sie das Heft des Messers ergriff. Dann zog sie. Und alles Wissen um Zeit und Raum verschwand, als der Schmerz ihn blendete. Er schrie, als ihre Energie ihn durchströmte.

»Lass eine Narbe da, Shaan, eine Narbe!«, keuchte er. Er musste sich hieran erinnern, um zu wissen, dass er noch immer ein Mensch war.

»Ich weiß«, flüsterte sie, und er musste die Augen schließen, als die Qual, die das Zusammenwachsen seiner Organe verursachte, ihn schier versengte.

Shaan versuchte, nicht an die Umstehenden zu denken, die zuschauten, während sie sich auf Tallis' Wunde konzentrierte. Als die Drachin gelandet war, waren einige in den Brunnen geflüchtet, viele aber waren geblieben. Sie ignorierte sie. Tallis' Wunde war tief, und als sie ihn berührte, sah sie das weiche Gewebe, das strömende Blut und spürte tiefer in ihm die weiße Glut seiner Macht. Er war nicht wie Rorc, auch nicht wie der Mann im Tempel in Salmut. Er würde schneller und besser genesen. Ihr Atem ging rasch, im Gleichtakt mit Tallis', und sie spürte ein Brennen in ihrer eigenen Seite, als sie darum rang, ihre Energie in ihn fließen zu lassen. Sein Schmerz driftete in sie hinein. Sie versuchte, die Verbindung zwischen ihnen abzubrechen, wusste aber nicht wie und schrie auf, während sie zugleich ihre Heilkraft zwang, schneller zu arbeiten, die Blutung zu stillen, die Adern neu zu formen und die durchbohrten Organe zu versiegeln. Tränen liefen ihr über die Wangen, und wie betäubt spürte sie, dass Tallis ihre Hand auf seiner Wunde ergriff, als sie ihr Licht aus ihrem eigenen Körper zog und es in seinen stieß. Sie machte Gewebe und Adern wieder ganz, aber das Zusammenfügen seiner Haut war beinahe mehr, als sie fertigbringen konnte, und sie hätte nicht einmal dann umhingekonnt, eine Narbe zu hinterlassen, wenn sie es nicht gewollt hätte. Am Ende, als sie die Hand wegzog, verlief eine runzlige, hässliche Linie über seine Körpermitte; die Haut war in einem zornigen Dunkelrot grob wieder miteinander verschmolzen.

Shaan fiel zitternd hintenüber; sie sah nur noch verschwommen. Rorc ließ Mailun los; sie rannte zu ihnen und berührte mit zitternden Händen Tallis' Wunde und sein Gesicht. Sie weinte, als Rorc Shaan auffing, die aufstand und beinahe wieder umfiel.

»Sachte«, murmelte er.

»Sohn?«, flüsterte Mailun, und Tallis schlug die Augen auf.

»Mutter«, krächzte er, »es geht mir gut.« Er ergriff ihre Hand, setzte sich langsam auf und kam dann auf die Beine.

Allgemeines Gemurmel wurde laut. Hashmael trat vor, als Tallis ein paar Schritte auf ihn zustolperte. Zwischen ihnen lag Karnits Leichnam.

»Ruhe!« Hashmael hob eine Hand, und das Raunen der Menge kam zum Erliegen.

Tallis stand leicht schwankend da und sagte dann: »Die Führer haben gesprochen.«

Hashmaels Gesicht war ernst. »Das haben sie«, sagte er.

Shaan erschauerte. Sie fühlte sich plötzlich, als ob Sabut ihr über die Schulter sah. Seine Pläne begannen Früchte zu tragen. Hinter ihnen regte sich die Drachin, stieß heißen Atem aus, wirbelte Sand auf. Shaan war unfähig, allein zu stehen, und stützte sich auf Rorc, während Hashmael und Tallis einander ansahen.

»Dieser Clan braucht einen neuen Anführer«, sagte Hashmael.

Aus dem Augenwinkel sah Shaan eine plötzliche Bewegung in der Menge, als Thadin Anstalten machte, vorzutreten; sein Gesicht war wutverzerrt, und nur Shilas Hand auf seinem Arm hielt ihn auf.

»Ich bin nicht der, der sie anführen kann«, sagte Tallis. »Ich bin kein Jalwalah mehr.« Sein Ton war gleichmütig, erschöpft. »Der Clan muss selbst wählen.«

»Sohn«, flüsterte Mailun mit gebrochenem Herzen; in ihren Augen standen Tränen. Shaan sah zu Rorc hoch.

»Lass mich zu ihm gehen«, sagte sie.

»Kannst du das?«

Sie nickte. Mittlerweile waren ihre Glieder nicht mehr ganz so taub.

Er ließ sie los, und sie ging unsicher an Tallis' Seite und ergriff seine Hand, so dass sie gemeinsam vor dem Clankreis standen.

Hashmael sah sie an. »Zweitgroßtochter«, begann er, »du bist von den Führern berührt.«

Sie zuckte bei diesen Worten zusammen. Hashmael ahnte nicht, wie recht er hatte. »Ja. Und es ist ihr Wunsch, dass wir gemeinsam kämpfen. Die Clans müssen sich mit uns gegen Azoth verbünden«, sagte sie. »Das ist die einzige Möglichkeit, die Hoffnung bietet, dass überhaupt jemand überleben wird.«

Sein Gesicht zeigte noch immer etwas Abweisendes. »Die Entscheidung liegt nicht allein bei mir«, erwiderte er.

»Wir sind dazu geschaffen, gegen den gefallenen Gott zu kämpfen«, sagte Tallis. »Ihr seht, dass wir die Kraft haben, das auch zu tun. Schließt euch uns an, folgt der Führung unseres Vaters. Wenn wir gewinnen, werden die Clans künftig gut Handel treiben können.«

»Das Versprechen ist ein Traum«, hielt Hashmael dagegen. »Ein Krieg lässt wenig übrig, womit man Handel treiben kann.«

»Der Krieg kommt ohnehin«, sagte Tallis.

Hashmael sah ihn stumm an und blickte über ihre Köpfe hinweg zu Rorc und Mailun, die neben der Drachin standen.

»Der Kreis wird es in Erwägung ziehen.«

Tallis nickte, aber es war offensichtlich, dass beide Männer schon wussten, was die anderen Clananführer sagen würden. Tallis hatte Karnit besiegt und eine Drachin herabgerufen; Shaan hatte eine tödliche Wunde geheilt. Welche Zeichen der Führer brauchten sie da noch?

»Geht«, sagte Hashmael. »Obwohl du sagst, dass du nicht zu den Jalwalah gehörst, nehmen manche sicher an, dass du es tust, besonders jetzt, und ihr habt einen Anführer zu Kaa zu schicken.« Er trat zurück und drehte sich um, um zur Menge zu sprechen.

»Der Kampf ist vorüber. Geht und macht daraus, was ihr wollt – und wählt einen anderen, um die Jalwalah im Kreis zu vertreten.« Er wandte sich ab und ging zurück zu den anderen Clananführern, während die übrig gebliebenen Mitglieder des Jalwalah-Kreises vortraten, um Karnits Leiche zu beanspruchen.

34

Wir erreichen nichts dadurch, dass wir hier sind«, beklagte Nilah sich. »Ich hätte genauso gut in Salmut bleiben können!«

»Schade, dass Ihr es nicht getan habt«, murmelte Tuon.

»Was?«

»Nichts.« Tuon schüttelte den Kopf. Sie saßen in dem kleinen Hof des Hauses im Wald und schoben das Schlafengehen hinaus. Das Abendessen war eine große Angelegenheit gewesen. Fathrin, der Besitzer des Hauses, hatte darauf bestanden, ihnen ein Willkommensbankett zuzubereiten, und Tuons Magen war immer noch unangenehm voll. Sie waren spät am Vortag eingetroffen und hatten nichts getan, als erschöpft in die Betten zu fallen, die für sie gemacht worden waren, aber an diesem Abend hatten sie die Aufmerksamkeit ihres Gastgebers ertragen müssen, der entschlossen wirkte, seine Loyalität dadurch unter Beweis zu stellen, dass er mehr auftischte, als sie essen konnten.

»Ich kann kaum glauben, was Fathrin uns erzählt hat«, sagte Nilah nachdenklich. »Glaubst du, dass Lorgon wirklich davon ausgeht, lange damit durchkommen zu können, zu behaupten, dass ich krank bin?«

»Ja, da die Armee ihren Marsch in den Krieg begonnen hat, kann er das wohl für eine Weile«, sagte Tuon. »Der mögliche Tod ihrer Lieben lenkt die Leute in aller Regel von anderen Dingen ab.«

»Bin ich keine Liebe?« Nilah zog eine Augenbraue hoch, aber Tuon machte sich nicht die Mühe, zu antworten.

Fathrin hatte ihnen auch erzählt, dass Lorgon den Leuten vorgespiegelt hatte, der Angriff der Drachen auf die Stadt sei von

Rorc und den Glaubenstreuen im Bunde mit den Freilanden geplant worden. Es war eine Nachricht, mit der sie gerechnet hatten, aber Tuon hatte gehofft, dass die Entführung der Führerin aus der Stadt und der Aufbruch der Glaubenstreuen Lorgon genug erschüttern würde, um ihn vernünftig werden zu lassen. Anscheinend war das nicht der Fall.

Nilah ließ den Kopf kreisen, als hätte sie Nackenschmerzen. »Das wird ihm noch leidtun«, sagte sie. »Was hältst du von den Glaubenstreuen, die bei uns sind?«, fragte sie dann. »Einer von ihnen hat eine ganz schöne Ausstrahlung, findest du nicht?«

Tuon wusste, dass die Glaubenstreuen, die sie hierher eskortiert hatten, in den dunklen Ecken des Hofs auf Wachtposten standen. Obwohl sie sie nicht sehen konnten, war es wahrscheinlich, dass sie jedes Wort mit anhörten.

»Wenn Ihr mit einem von ihnen schlafen wollt, warum fragt Ihr ihn nicht einfach?«, sagte sie.

Nilah lächelte. »Das würde doch keinen Spaß machen! Du kennst dich doch mit solchen Dingen aus, Tuon; was würdest du tun? Hattest du jemals etwas mit einem der Glaubenstreuen?«

Tuons Eingeweide verkrampften sich. »Ich rate Euch, keine Spiele mit den Männern zu spielen, die Euer Leben schützen, Nilah«, sagte sie. »Außerdem würden die Glaubenstreuen nie in dem Teich baden, den sie bewachen.«

»Oh, gewagt!« Nilahs Lächeln wurde nicht schwächer. »Aber ich bin mir nicht sicher, ob das ein zutreffender Vergleich ist. Ich glaube, ein besserer wäre …« Sie legte den Kopf schief. »Die Glaubenstreuen würden nie die Bergkatze reiten, die sie bewachen.«

»Wenn Ihr Euch so sehen wollt …«

»Vielleicht ist der Mann von den Inseln es wert, umworben zu werden«, dachte Nilah laut nach. »Ivar verfügt über einen gewissen Charme.«

Tuon holte tief Atem. »Versucht es mit ihm, wenn Ihr wollt, aber vergesst nicht, dass er nicht dazu erzogen wurde, die Führerin zu verehren. Ich glaube noch nicht einmal, dass die Dracheninseln offiziell von Euch regiert werden.«

»Im Grunde hast du recht.« Nilah musterte sie prüfend. »Aber es überrascht mich, dass du so leichthin Ivars Zuneigung verschenkst.«

»Es ist nicht an mir, sie zu verschenken. Wir sind Freunde, Nilah, nichts weiter als das.«

»Wenn du es sagst.« Nilah lächelte und lehnte sich in dem gepolsterten Sitz zurück. »Da muss ich etwas missverstanden haben.«

»In der Tat.« Die Andeutung des Mädchens ärgerte sie. Ivar war ein Freund geworden – ein guter Freund –, und das war in Tuons Welt etwas Seltenes. Sie stand auf. »Ich gehe ins Bett.«

»Gut. Ich bleibe noch eine Weile hier sitzen.« Nilahs Augen zogen sich ein wenig zusammen. »Sag Morfessa nicht, wo ich bin, wenn du ihn triffst; ich will allein sein.«

»Einverstanden«, stimmte Tuon zu, aber als sie sich zum Gehen wandte, rief Nilah sie zurück.

»Warte!« Sie beugte sich vor. »Kann ich dich etwas fragen?«

»Natürlich.«

»Meinst du, dass es möglich ist, den Eindruck, den ein Mann von einem hat, zu verändern? Ihn zu überzeugen, dass man etwas Bestimmtes ist, wenn er überzeugt ist, dass man etwas anderes ist?«

Tuon zögerte. »Ich weiß nicht, ob ich die Richtige für die Frage bin.«

Nilah machte eine ungeduldige Handbewegung. »Natürlich. Du kennst doch bestimmt mehr Männer als die meisten von uns. Was glaubst du?«

Tuon spürte, dass sie Kopfschmerzen bekam. »Ich glaube, ein Mann sieht, was er sehen will, ganz gleich, worauf man hoffen mag«, sagte sie. »Aber dann hängt es auch von dem Mann ab. Manche sind besser als andere, manche schlechter. Aber wenn einer erst einmal eine vorgefasste Meinung von einem hat, kommt es nur selten vor, dass er mehr sieht.«

Nilah lehnte sich zurück. »Ich hatte gehofft, du würdest irgendeinen Kniff kennen, eine Möglichkeit, das Denken eines Mannes zu verändern, ihn zu beeinflussen.«

»Mit dem *Denken* von Männern habe ich mich nie viel befasst, Nilah«, sagte Tuon. Was hatte sie von ihr erwartet?

»Nein, das wohl nicht. Vergiss, dass ich gefragt habe. Mach dir keine Gedanken darum.«

Tuon sah sie an und hatte das Gefühl, etwas nicht mitbekommen zu haben, was sie hätte bemerken sollen.

»Geh schlafen.« Nilah runzelte die Stirn und wedelte mit der Hand in ihre Richtung. »Du sagtest doch, du seist müde.«

Tuon rührte sich nicht. »Was werdet Ihr tun?«

»Hier sitzen, solange ich Lust darauf habe.«

»Das habe ich nicht gemeint.«

»Ich weiß. Aber wenn ich es dir erzähle, könntest du es Veila erzählen, und das kann ich nicht brauchen. Zumindest *noch* nicht.«

»Ich könnte Euch helfen, wenn Ihr Hilfe wünscht«, sagte Tuon.

Nilahs Gesichtsausdruck war versonnen. »Ich überlege es mir.« Sie wandte sich ab. »Geh jetzt ins Bett. Ich will allein sein.«

Tuon verbiss sich eine Antwort und ging ins Haus, die schmale, überdachte Veranda entlang zu ihrem Zimmer. Die meiste Zeit über erinnerte Nilah Tuon an ein verwöhntes Kind und sorgte dafür, dass sie sich alt fühlte, aber gerade eben hatte sie einen Blick auf ihr Geburtsrecht erhascht. Vielleicht würde aus ihr noch eine vernünftige Führerin werden – wenn dann noch irgendetwas von Salmut übrig war, worüber sie herrschen konnte.

Am nächsten Morgen bat Veila Tuon, ihr, Morfessa und Ivar bei der Entzifferung der Schriftrollen zu helfen. Fathrin war mit seinen Bediensteten früh aufgebrochen, um nach Salmut zurückzukehren, und Veila hatte den Hauptraum des Hauses an sich gerissen. Eine ganze Anzahl von Schriftrollen war auf dem langen Tisch ausgebreitet, an dem sie am Vorabend gegessen hatten, und die drei anderen waren schon dort, als Tuon die hohen, mit Läden verschlossenen Türen vom Hof her öffnete.

»Tuon«, Veila schaute auf, »guten Morgen. Nimm dir etwas zu essen.« Sie wies auf eine Anrichte an der gegenüberliegenden Wand, auf der Platten mit Essen und Wasserkrüge standen. »Hast du Nilah heute Morgen schon gesehen?«

»Nein«, antwortete Tuon, während sie sich ein Glas Wasser eingoss. »Ich glaube, sie schläft noch.«

Veila seufzte. »Natürlich. Nun, wenn du mit dem Essen fertig bist, kannst du dann herkommen und etwas hiervon abschreiben?«

Tuon fing Ivars Blick auf. Er lächelte, sagte aber nichts, als sie ihr Glas abstellte und zum Ende des Tisches ging, wo ein Tintenfass und ein Federkiel neben einer Rolle Pergament bereitgestellt waren.

»Schon gut«, sagte sie, »ich fange sofort an. Ich habe keinen Hunger.«

Morfessa schaute von der Rolle, die er studierte, zu ihr auf. Die Haare standen ihm auf einer Seite vom Kopf ab, und sein Gesicht war grau vor Erschöpfung.

»Hast du gut geschlafen?«, fragte er, als sie sich hinsetzte.

»Es geht so.«

Er nickte geistesabwesend und versenkte sich wieder in die Schriftrolle.

»Das hier«, sagte Veila und legte ein Blatt aus einer Schriftrolle vor sie, »haben wir gestern Abend gefunden.« Sie klang genauso erschöpft wie Morfessa. Mit einer fahrigen Bewegung wies sie auf ein verschlungenes Gekritzel neben der groben Skizze eines Drachenkopfs und rief den Mann von den Inseln zu sich. »Ivar, könnt Ihr Tuon das hier vorlesen? Meine Augen sind so ermüdet.«

Ivar beugte sich neben Tuon über den Tisch. Sie fing den Geruch nach frischem Brot und Gewürzen auf, als er sachte mit dem Finger über die Schriftrolle strich.

»Ich habe heute wieder geträumt«, rezitierte er, *»die Tage sind lang, das Feuer der Vergangenheit singt in meinem Blute, und das, was kommen soll, verdüstert das Licht des Himmels. Ich träume von den Auseinandergerissenen und weine um das, was verloren gehen wird. Vertrauen als Hoffnung, Verrat ihre Verkleidung, um einen Verabscheuten zu retten.«*

Ivar runzelte die Stirn, bevor er fortfuhr: *»Die Vier müssen erwachen, um Erlöser und Könige zu sein, Blut soll Drachen und Sklaven ab-*

gepresst werden. Endlose Nacht muss vor dem neuen Tag kommen. An die Spaltung verloren, vom Ring zurückgeholt. Singt für ihr Verderben und formt alles um.«

Er schwieg, und Tuon beendete ihre Mitschrift dessen, was er gesagt hatte. Es herrschte Schweigen, als sie es alle auf sich wirken ließen.

»Möglichkeiten«, sagte Veila langsam und starrte die Schriftrolle an.

»Ich glaube, es ist deutlich, dass die Vier Verlorenen Götter diejenigen sein werden, die uns vor Azoth retten«, sagte Morfessa.

»Aber um welchen Preis?«, fragte Veila. *»Blut soll Drachen und Sklaven abgepresst werden.«*

»Die Schlacht?« Er runzelte die Stirn.

»Ja, aber ich habe das Gefühl, dass mehr dahintersteckt«, mutmaßte Veila. *»Verrat ihre Verkleidung.«* Sie zog die Stirn kraus. »Meint er damit Shaan?«

Tuon schüttelte verunsichert den Kopf. »Ich weiß es nicht. Er spricht wieder von einer Spaltung«, sagte sie. »Damit muss er den Schöpferstein meinen, findet ihr nicht? Aber was geht verloren?«

Veila war verstört. »Es ist alles so unklar. Ich bin mir aber sicher, dass ein Spalten oder gar Zerstören des Schöpfersteins uns helfen wird, Azoth zu besiegen. Ich bin froh, dass wir Shaan davon erzählt haben – auch, wenn ich mir nicht vorstellen kann, wie sie es bewerkstelligen sollte. Und der Ring …« Sie zog die Stirn kraus. »Ich wünschte, ich wüsste, wo die Vier sind. Manchmal glaube ich, sie zu spüren, aber …« Ihre Stimme erstarb. »Ich bin mir nicht sicher.«

Ivars dunkle Augen waren voller Mitgefühl mit der Seherin.

»Der Prophet schreibt in Rätseln«, sagte er, »aber seine Worte sollen uns Hoffnung schenken, und vieles von dem, was er geschrieben hat, ist schon eingetreten. Wir müssen ihm vertrauen.«

»Wem vertrauen?«, unterbrach Nilahs kühle Stimme sie, als sie vom Hof her ins Zimmer trat.

»Nilah«, sagte Morfessa. »Wir haben über die Schriftrollen gesprochen.«

Nilah ging zu der Anrichte und nahm sich eine Fruchtspalte. »Habt ihr irgendetwas gefunden?«

»Einige Dinge, die nichts Gutes verheißen«, erklärte Veila, und Nilah zog die Augenbrauen hoch.

»Noch schlimmer als der Krieg, auf den wir uns nur eingelassen haben, weil Lorgon mich dazu überlistet hat? Oder gar noch schlimmer als ein gefallener Gott, der auf dem Weg hierher ist, um uns alle zu töten?«

»Es hat mit beidem zu tun.« Morfessas Miene verdüsterte sich, aber Nilah zuckte nur die Schultern.

»Natürlich«, sagte sie erwartungsvoll. »Los, erzähl mir davon.«

Morfessa zögerte und zügelte sichtlich seinen Zorn.

»Weißt du, Nilah, wenn du früher mehr Interesse gezeigt hättest, würdest du vielleicht schon einiges von dem wissen, was wir gelesen haben«, sagte er.

»Ja, du hast recht, aber seinerzeit war ich jung und dumm. Ich habe keine Lust, mir all das noch einmal anzuhören – warum erzählst du es mir nicht einfach jetzt und tadelst mich später? Wir haben einiges zu besprechen.«

Tuon sah, wie Ivars Mundwinkel sich fast zu einem Lächeln hoben.

»Nun?« Nilah wischte sich geziert mit einem einzelnen Finger einen Safttropfen vom Kinn.

Veila warf Morfessa einen Seitenblick zu und sagte dann: »Wir sind uns jetzt sicher, dass die Vier Verlorenen Götter uns helfen werden, Azoth zu besiegen, aber womöglich wird alles erst noch schlimmer, bevor es besser werden kann.«

»Was für eine Überraschung!« Nilah warf die Fruchtpelle auf den Tisch. »Verschafft der Prophet uns irgendeine Vorstellung davon, wie wir die Vier finden können?«

»Nein.«

»Was nützt das hier dann alles?«

»Es heißt, dass wir nach ihnen Ausschau halten können und etwas Hoffnung haben«, antwortete Veila. »Wir haben die Bedeutung noch nicht entschlüsselt, aber es klingt, als ob er uns warnt, dass Shaan mit etwas zu tun haben könnte, das sich nach einem Verrat anhört.«

Nilah runzelte die Stirn. »Seid ihr euch sicher, dass sich das auf Shaan bezieht? Es wirkt unwahrscheinlich, dass sie uns an Azoth oder irgendjemanden sonst verraten sollte.«

»In der Tat, da sie beinahe mit dem Leben dafür bezahlt hätte, dass sie Azoth entkommen ist«, sagte Morfessa, »aber ich kann nicht glauben, dass er etwas über irgendjemanden sonst schreiben würde. Erinnert ihr Euch an seine ältere Niederschrift? *Wenn die Alten erwachen, müssen die zwei sich trennen.* Das müssen Tallis und Shaan sein, Azoths Nachkommen. Sie haben im nahenden Krieg eine Schlüsselrolle zu spielen. Und der Schöpferstein hat auch damit zu tun.«

»Was ihr mir also wirklich sagt, ist, dass wir nur eine vage Hoffnung darauf haben, dass andere Götter uns retten – und Vorhersagen, dass Shaan vielleicht irgendetwas tut?« Nilah stemmte die Hände in die Hüften. »Ich bin froh, dass ihr das hier leistet, aber während ihr in muffigen alten Schriftrollen lest, habe ich einen Plan gefasst, der uns vielleicht wirklich helfen kann.«

»Du hast einen Plan?«, wiederholte Morfessa.

»Ja. Vergiss nicht, wer mir alles beigebracht hat, was ich weiß, Ratgeber. Du solltest wirklich nicht erstaunt sein.«

»Dann erzähl uns davon«, sagte er und gestattete sich ein verhaltenes Lächeln.

»Ich werde Lorgons Krieg aufhalten«, sagte sie.

»Was?« Veila erstarrte, ein Glas halb an die Lippen gehoben.

»Ich habe darüber viel nachgedacht«, fuhr Nilah fort. »Er hat meine Trauer um meine Mutter ausgenutzt, auf meinen Rachedurst gesetzt und mich überlistet, jene Kriegserklärung zu unterzeichnen.«

»Und was hast du vor?«, fragte Morfessa.

Nilah lächelte freudlos. »Wir werden an die Front reisen, und ich werde den General überzeugen, Friedensverhandlungen aufzunehmen. Dann wird er seine Armee zu Rorcs Truppen stoßen lassen, hoffentlich noch rechtzeitig vor dem Kampf.«

»*Du* willst an die Front reisen?«, rief Morfessa aus.

»Das ist die einzige Möglichkeit.«

»Du würdest im Lager keine zwei Schritte weit kommen, bevor Lorgon dich festnehmen ließe«, sagte Veila.

»Das glaube ich nicht, und ich bezweifle sehr, dass Lorgon selbst da ist«, sagte Nilah. »Er würde seine Haut nicht zu Markte tragen. General Amandine wird den Angriff anführen, und ich glaube nicht, dass ihm das Ausmaß von Lorgons Machenschaften bewusst ist.«

Morfessa zog die Augenbrauen hoch. »Amandine hält nicht viel von dir«, sagte er.

»Stimmt. Aber vielleicht kann ich seine Meinung ändern. Er war nicht in der Stadt, als Rorc den Palast angegriffen hat. Er weiß also nur, dass die Reiter und Glaubenstreuen geflohen sind. Ich nehme nicht an, dass Lorgon viele darüber unterrichtet hat, dass ich fort bin. Für ihn ist es notwendig, dass das Volk weiterhin glaubt, dass ich hinter seinen Plänen stehe. Ein Krieg ist eines, aber eine abgesetzte Führerin zur gleichen Zeit etwas ganz anderes.«

»An dem, was du sagst, ist durchaus etwas Wahres«, murmelte Veila. »Erst seit dem Tod deiner Mutter hat Lorgon es verstanden, sich bei Amandine einzuschmeicheln. Der General glaubt wahrscheinlich, dass du es Lorgon gestattest, für dich zu sprechen.«

»Oder will das glauben«, fügte Nilah hinzu. »Ich werde ihn umstimmen, wenn ich ihn treffe. Er hat meine Mutter und die Stellung der Führerin durchaus respektiert; er wird die Nachricht von Lorgons wahren Absichten nicht gut aufnehmen.«

»Du lässt das alles so leicht klingen«, sagte Morfessa. »Amandine ist kein Narr, Nilah.«

»Ich bin auch keine Närrin«, sagte sie. »Ich habe sehr viel nachgedacht, seit wir die Stadt verlassen haben, und ich … schäme mich dafür, wie ich mich von den Neun und Lorgon habe ausnutzen lassen.« Sie hielt inne und schien einen Moment lang um Worte zu ringen. »Vielleicht hattest du recht, Ratgeber. Ich hätte aufmerksamer sein und irgendetwas tun sollen.« Ihre Augen begannen vor Entschlossenheit zu funkeln. »Aber jetzt bin ich bereit. Ich werde nicht einfach dabeistehen und zusehen, wie das Land zerstört wird, ohne etwas zu tun.«

Morfessa verschränkte die Arme vor der Brust. »Also bist du dazu entschlossen?«

»Warum nicht?«, fragte Nilah. »Kommandant Rorc würde mir ja vielleicht widersprechen, wenn er könnte, aber er ist nicht hier.«

»Er täte recht daran, zu widersprechen«, sagte Veila. »Es ist gefährlich, und du hast bisher nicht gerade unter Beweis gestellt, dass du am Herrschen interessiert bist. Du hast das ganze letzte Jahr über nichts anderes getan, als in Wirtshäusern zu trinken, bei Cristverkäufern ein und aus zu gehen und dich mit Männern zu vergnügen.«

»Ich habe mich gelangweilt.« Nilah zuckte die Schultern. »Und das war einmal. Ich bin nicht dumm, Seherin, und ich bin noch immer die Führerin.« Sie wandte sich an Morfessa. »Du hast mir alles beigebracht, was ich weiß, und hast auch meine Mutter unterrichtet. Du hast mich dazu gezwungen, an all diesen endlosen, langweiligen Sitzungen teilzunehmen und ihre Hofdiplomaten zu beaufsichtigen. Ich weiß, wie man das macht – ich wollte nur nicht. Jetzt habe ich keine Wahl mehr. Ich werde Sarantiums Schicksal nicht ein paar alten, verstaubten Schriftrollen und der Hoffnung darauf, dass die Vier uns zu Hilfe eilen, überlassen.« Ihr Gesichtsausdruck war entschlossen.

Veila sagte: »Du könntest ums Leben kommen. Die Glaubenstreuen werden das nicht zulassen.«

»Ihr könnt mich nicht aufhalten«, sagte Nilah, »und letztendlich befehlige ich die Glaubenstreuen.«

»Sie werden deinen Befehlen nicht gehorchen, Nilah«, sagte Morfessa nachsichtig. »Sie folgen Rorc, und er hat ihnen befohlen, dich zu beschützen. Sie werden dich zurückhalten, wenn es sein muss.«

»Dann musst du einen Weg finden, sie zu überreden, Ratgeber. Wir bewirken nichts, wenn wir hier nur abwarten.«

»Vielleicht bist du doch die Tochter deiner Mutter«, sagte Veila leise. Nilah antwortete nicht, aber der Blick, den sie der Seherin schenkte, war zugleich stolz und bitter. Tuon fragte sich, wie es für sie gewesen sein mochte, im Schatten der Beliebtheit ihrer Mutter aufzuwachsen.

»Wir müssen das mit den Glaubenstreuen besprechen«, sagte Morfessa, »und Rorc eine Botschaft senden.«

»Also stimmst du zu?«, fragte Nilah stirnrunzelnd.

»Sagen wir so: Ich glaube, dass es vielleicht eine Möglichkeit ist«, antwortete Morfessa. »Und vielleicht bin ich es leid, herumzusitzen und darauf zu warten, dass Kriege geführt oder beendet werden.« Als er das sagte, stand ein Funkeln in seinen Augen, das Tuon noch nie zuvor gesehen hatte. Ein Glanz, als ob er aus einem langen Schlaf erwachte. Tuon dagegen verspürte bei der Aussicht auf eine weitere Reise nur ein Gefühl der Erschöpfung. Sie konnte nicht umhin, zu denken, dass – ganz gleich, welche Entscheidung hier oder im Krieg mit den Freilanden fiel – der Krieg gegen Azoth letztendlich ihr Schicksal bestimmen würde. Wenn Azoth gewann, würde es keine Rolle spielen, was sie unternahmen. Es würde nur bedeuten, dass der Krieg mit den Freilanden vielleicht weniger Menschen übrig ließ, die er versklaven konnte. Sie warf einen Blick auf die verschlossene, schweigende Seherin und fragte sich, ob Veila dasselbe dachte.

35

Die verbliebenen Mitglieder des Führerkreises der Jalwalah berieten sich einen Großteil des Tages lang, wählten einen neuen Anführer für den Clan und sprachen über den Ausgang von Tallis' und Karnits Kampf. Karnits Niederlage hatte in Frage gestellt, ob Tallis weiter ausgestoßen bleiben sollte, und das Herabrufen der Drachin und Shaans Heilkräfte hatten die meisten dazu gebracht, ihre Möglichkeiten im nahenden Krieg neu zu bewerten. Zumindest war es das, was Shaan hoffte. Sie hatte die verblüfften Blicke gesehen, als sie von Thadin und seinen Kriegern zurück in den Brunnen eskortiert worden waren, die Fragen in den Augen der anderen. Vielleicht würden sie jetzt gründlich und gut darüber nachdenken, ob sie sich nicht doch mit ihnen gegen Azoth verbünden sollten.

»Wasser?«, unterbrach Pilar ihre Gedanken, und sie sah auf; Jareds Mutter hielt ihr einen Becher hin.

»Danke«, sagte Shaan und nahm ihn. Pilar lächelte nicht, nickte aber und ging weiter zu Mailun. Sie waren alle wieder in Pilars Höhle versammelt, diesmal auch Rorc und Irissa, um auf die Entscheidung des Kreises zu warten. Es war schwer, geduldig zu sein, trotz des Zolls, den der Morgen gefordert hatte. Shaan nippte an dem Becher. Das Wasser war warm und schmeckte salzig, aber es war ihr willkommen. Sie war erschöpft, nachdem sie Tallis geheilt hatte; ihr linker Arm tat weh und begann wieder steif zu werden. Er würde nie mehr so wie vorher sein.

»Trink alles aus«, sagte Tallis, der neben ihr saß, leise. »Und schlaf, wenn du möchtest. Lehn dich an mich.«

»Ich könnte noch nicht einmal schlafen, wenn ich es versuchen würde«, sagte sie. »Außerdem solltest du schlafen – du siehst schlechter aus als ich.« Er hatte tiefe, dunkle Ringe unter den Augen, und seine Hand zitterte, als er seinen eigenen Wasserbecher hob.

»Ich schlafe, wenn wir die Entscheidung des Kreises vernommen haben.«

Irissa saß blass und schweigend gegenüber von ihnen an der Wand. Sie hatte kein Wort gesagt, seit sie zurückgekehrt waren, und Shaan hatte sie oft dabei ertappt, Tallis anzusehen. Sie wusste, was Irissa für ihren Bruder empfand. Ihr Zorn über den Kampf hatte sie verraten, aber seit sie Salmut verlassen hatten, hatte Tallis kaum mit ihr gesprochen. Shaan fragte sich, ob es ein schlechtes Gewissen oder aber Furcht war, was ihn zurückhielt.

»Hat irgendjemand Hunger?«, fragte Pilar. »Ich könnte etwas …«

Sie hielt inne, als der lederne Türvorhang aufschwang und Shila in die Höhle trat. Sofort waren alle aufmerksam und angespannt.

»Ich habe Neuigkeiten«, sagte die kleine Frau leise.

»Träumerin, setz dich bitte.« Pilar wies auf ein Kissen auf dem Boden.

»Nicht nötig, meine Rede ist kurz.« Sie musterte sie alle abwägend. »Miram ist zur neuen Anführerin der Jalwalah gewählt worden und wird uns im größeren Clankreis vertreten. Jetzt ist es an den Clananführern, jemanden zu wählen, der alle Clans führen soll.«

»Und Tallis?«, fragte Mailun.

»Es tut mir leid, aber ihr müsst noch warten, bevor ihr es erfahrt«, sagte sie. »Karnit wird heute Nacht zu Kaa geschickt; Miram bittet darum, dass ihr alle teilnehmt. Ihr werdet während der Zeremonie in ihrer Nähe sitzen.«

»Ist das klug?«, fragte Mailun. »Karnit war nicht beliebt, aber er hatte viele Unterstützer.«

»Er ist am Ende vom Weg abgewichen«, erklärte Shila. »Ich glaube, es gibt viele, die begonnen haben, das zu sehen. Besonders nach dem, was heute geschehen ist. Kommt zur Zeremonie und hört Miram an; sie wird eine Rede vor dem Clan halten.«

»Wir werden kommen«, sagte Tallis.

»Gut.« Shila wandte sich an Rorc. »Hashmael verlangt nach dir. Er lässt dir ausrichten, dass du ihn bei ihren Zelten treffen sollst.«

»Wann?«

»So bald du kannst.«

Rorc stand auf. »Dann gehe ich jetzt. Die Zeremonie ist nur für die Jalwalah. Ich treffe euch danach.«

Shila sah das Blut an, das immer noch an Tallis' Kleidern haftete. »Du solltest baden, bevor du heute Abend kommst«, sagte sie leise, aber Tallis schüttelte den Kopf.

»Sollen sie sich doch an das erinnern, was er getan hat«, sagte er. »Ich tue ihm keinen Gefallen.«

Die Lippen der Träumerin wurden schmal, aber sie sagte nur: »Wenn das dein Wunsch ist. Wir treffen uns in einer Stunde in der großen Höhle.« Ihr Blick ging zu Pilar und Irissa. »Danke, dass ihr sie aufgenommen habt.«

Pilar neigte den Kopf, sagte aber nichts, und Shila verließ sie; Rorc folgte ihr.

»Komm«, sagte Pilar zu Irissa und stand von ihrem Sitzplatz auf den Kissen auf. »Ich möchte vor dem Ritual baden, und das solltest du auch tun.« Es war keine Bitte.

Irissas Gesichtsausdruck war kalt, und sie warf einen Blick auf Tallis. »Vielleicht ist das eine gute Idee«, sagte sie. »Ich kann hier drinnen ohnehin kaum atmen.« Sie folgte ihrer Mutter hinaus, so dass die drei allein zurückblieben.

»Tallis«, sagte Shaan, aber er unterbrach sie.

»Sie will nicht mit mir sprechen, Shaan«, sagte er leise. »Bitte mich nicht.«

Sie ließ sich gegen den Stein zurücksinken. Er irrte sich so sehr! Wusste er nicht, wie wenig Zeit ihm womöglich blieb?

Shaan versuchte, etwas Schlaf zu finden, während die beiden Frauen fort waren, aber trotz ihrer Erschöpfung gelang es ihr nicht, und sie war immer noch wach, als sie zurückkehrten. Zur verabredeten Zeit scheuchte Tallis sie vom Boden hoch, und sie alle folgten Pilar und Irissa in die große Höhle hinaus.

Als sie an vielen der anderen Clanmitglieder vorbeikamen, die alle auf dem Weg zur Zeremonie für Karnit waren, empfand sie einen Anflug von Nervosität. Sie lachten zwar nicht gerade höhnisch, aber sie waren auch nicht freundlich. Von Tallis spürte sie nichts. Er hatte sich so tief in sich selbst zurückgezogen, dass nur ein ganz kurzes Echo seines Unbehagens zu ihr durchdrang, als sie sich am Eingang mit Shila trafen. Thadin stand bei ihr und bedeutete ihnen, ihm zu dem Ort zu folgen, an dem die Zeremonie abgehalten wurde.

Draußen war die Sonne schon beinahe untergegangen und tauchte den Horizont in feuriges Orange. Lange Schatten erstreckten sich über den Sand bis zu ihnen; sie gingen von den vielen Menschen aus, die in der Nähe des Brunneneingangs versammelt waren. Die Luft begann abzukühlen. Karnits Leichnam war erhöht auf einem Podest aufgebahrt und fünf Wächter, darunter Miram, standen davor, der Menge zugewandt. Ihre Mienen waren verschlossen und ihre Gesichter schwarz und mit einem blauen Halbkreis auf der Stirn bemalt. Thadin führte sie zu einem Platz zur Rechten der Gruppe in der Nähe des Scheiterhaufens.

Die Zeremonie dauerte lange. Jedes Mitglied des Führerkreises trat vor, um über Karnit zu sprechen. Er war ein harter Mann gewesen, hatte daran geglaubt, den Clan stark zu halten, und hatte sie in vielen Schlachten gegen andere Clans angeführt, meist siegreich. Er hatte Anhänger gehabt, und es schien so, als ob er trotz allem, was er getan hatte, im Tod geehrt werden sollte – aber dann trat Miram vor, um zu sprechen.

»Wir haben viel über Karnits Stärke und seine Ergebenheit dem Clan gegenüber gehört; all dem, was gesagt worden ist, kann ich nicht widersprechen. Uns ist es unter seiner Herrschaft gut gegangen, wir sind stärker, ein Clan, der sich entschieden behauptet – aber alle Menschen haben mehr als nur ein Gesicht; keiner kann sich als fehlerlos bezeichnen. Und ich muss von Karnits Fehlern sprechen, von dem Zeitpunkt, als seine Besessenheit dazu führte, dass er die Seinen verriet.«

Dann sprach sie über Tallis, über Shaan und darüber, wie

Haldane, der Mann, den Tallis einst Vater genannt hatte, von den Drachen getötet worden war. Karnits Hass, so sagte sie, war von jenem Tag an gewachsen. Sie erzählte dem Clan von seinem Anschlag auf Tallis auf dem Weg zur Versammlung und von den drei Männern, die gestorben waren. Sie war eine hochgewachsene, kräftige Frau, und ihr Gesicht war hart, als sie ein Mitglied des Clans nach dem anderen ansah, während sie redete.

»Wir haben nur Tallis' Wort für das, was an jenem Tag geschah«, sagte sie. »Die Männer, die schon zu Kaa gegangen sind, kennen die Wahrheit. Die anderen, die mit unserem früheren Anführer zur Versammlung gereist sind, behaupten, nichts von dem gewusst zu haben, was er in jener Nacht plante. Jene Zeit ist nun vergangen. Jener Anführer ist gestorben, und ich stehe an seiner Stelle.« Sie wandte sich Tallis zu. »Ich kann das Urteil nicht widerrufen, das diesen Mann zum Ausgestoßenen gemacht hat. Ein Anführer ist von seiner Hand gestorben, so auch andere, aber er wurde zu seinen Taten gezwungen und hat sich nicht frei dafür entschieden. Der Kreis hat beschlossen, dass seine Stellung neu bestimmt werden sollte. Von jetzt an soll Tallis, Sohn Mailuns aus den Eislanden und Rorcs, der einst den Baal angehörte, die Erlaubnis haben, diesem Clan beizutreten, wann immer er will. Er soll nicht angegriffen, übersehen oder am Eintreten gehindert werden, solange dieser Kreis etwas zu sagen hat. Dasselbe muss für seine Schwester gelten.« Sie sah Shaan an, und diese spürte, wie ihr Magen sich zusammenzog, als viele Augen sich ebenfalls auf sie richteten.

»Heute Abend heißen wir Shaan in unserem Clan willkommen. Sie wurde hier auf dem Sand geboren, an unserem Herdfeuer, und soll uns immer willkommen sein.«

Shaans Herz klopfte einen seltsamen Trommelwirbel, und als Tallis' Finger ihre berührten, ergriff sie seine Hand. Miram sah zurück zu den anderen. »Ich muss auch von dem Clansmann Jared sprechen, Tallis' Erdbruder, der ihm das Leben rettete. Ich weiß, dass über ihn Zweifel laut geworden sind, aber diese Zweifel sollen hiermit zerstreut sein. Wenn er zu uns zurückkehrt, kommt er nach Hause.«

Gemurmel und Bewegung durchliefen die Menge. Shaan sah Irissa und ihre Eltern an. Pilar weinte; Aksel, ihr Herzensgefährte, hielt sie im Arm, während Irissa über den Sand der Freifläche hinweg Tallis anstarrte. Ein Ausdruck von Kummer und unterdrückter Gefühlsregung stand auf ihrem Gesicht.

Mailun legte Tallis eine Hand auf den Arm, aber er schien sich all dessen gar nicht bewusst zu sein.

Tallis?, flüsterte Shaan in seinem Verstand, und er sah sie langsam an, aber sein Gesichtsausdruck war trostlos und er antwortete nicht.

»Kommt«, sagte Miram, »lasst uns Karnit zu Kaa schicken.«

Der Rest der Zeremonie flog verschwommen vorüber. Shaan saß neben Tallis und achtete kaum darauf, wie der Bestattungsritus des Clans vollzogen und Karnits Scheiterhaufen entzündet wurde. Sie wusste, warum Tallis so in sich gekehrt war: Er hatte einen Mann getötet, und sein Clan hatte ihn dafür wieder willkommen geheißen. Er konnte sich damit nicht abfinden. Shaan hielt seine Hand fest umklammert und machte sich mehr Sorgen als zuvor darum, was aus ihm werden sollte, wenn sie ging. Er schien seine Kräfte jetzt hinzunehmen, aber würde er sie etwa dazu einsetzen, seine eigene Zerstörung voranzutreiben?

Sie saßen eine Weile da, während Karnits Körper verbrannte, bis auf irgendein unsichtbares Signal hin Mitglieder des Clans zurück in den Brunnen zu ziehen begannen. Da die Bedrohung durch die Sandstürme nun vorüber war, waren die Zelte aller Clans wieder draußen aufgeschlagen worden, und Shaan und Tallis holten ihre eigenen Zelte und bauten sie abseits der anderen auf.

Mailun entzündete ein Feuer, und sie saßen schweigend darum herum und garten ein Stück Fleisch über den Flammen. Rorc kehrte nicht lange danach zurück. Er wirkte etwas geistesabwesend.

»Hast du Hunger?«, fragte Mailun, als er sich hinsetzte.

»Nein. Ich habe bei den Baal gegessen.« Er sah zu Tallis hinüber.

»Ich habe gehört, was während der Zeremonie geschehen ist«, fuhr er fort. »Bis jetzt ist noch nie ein Ausgestoßener bei seinem Clan wieder willkommen geheißen worden.«

Tallis schwieg, und Rorc sagte: »Aber du glaubst, dass du es nicht verdienst.«

»Ich bin froh, dass alle Zweifel über Jared begraben sind«, sagte Tallis, »aber …« Er zuckte die Schultern, und die Bitterkeit in seinem Gesicht trat scharf hervor. »Vielleicht ist es zu spät.«

»Vielleicht«, sagte Rorc, »aber nimm dieses Geschenk an, solange du noch kannst.«

»Du meinst, solange wir hier sind«, sagte Tallis, und Rorc nickte.

»Was ist mit Hashmael?«, fragte Mailun.

»Er ist an Karnits Stelle zum Oberanführer der Clans gewählt worden – die Anführer haben ihre Versammlung abgehalten, nachdem Karnits Scheiterhaufen entzündet war –, und er hat geschworen, dass er den anderen raten wird, auf unser Angebot einzugehen. Wir werden in der Lage sein, die Clankrieger gegen Azoth zu führen.«

Es war vollbracht! Shaan hörte beinahe Sabuts befriedigtes Seufzen. Die Dinge begannen sich zusammenzufügen, und das bedeutete, dass sie sich der Aufgabe annehmen musste, die ihr aufgetragen worden war. Angst erfüllte sie, als ihr klar wurde, dass sie würde aufbrechen müssen – und wohin.

Tallis sah sie an. Er wusste es. Sie versuchte, ihn anzulächeln, aber ihre Lippen wollten kein Lächeln formen.

»Das ist gut«, sagte sie, »deshalb sind wir ja hier.«

»Ja.« Rorc nickte. »Ich werde bald eine Nachricht an Balkis schicken können. Es wird annähernd sieben Tage dauern, die Wüste zu durchqueren und zu ihm zu gelangen. Ich will nur hoffen, dass wir ihn erreichen, bevor Azoth entscheidende Schritte unternimmt.«

Balkis. Der Gedanke an ihn traf sie, aber sie durfte nicht an ihn denken. Um ihn zu retten, musste sie ihn verraten. Sie musste sie alle verraten. Traurigkeit erfüllte sie, aber sie kämpfte sie nieder, während ihre Mutter einen Topf Nonyu zubereitete, den sie sich alle teilen würden. Shaan kam zu dem Schluss, dass sie diesen Moment auskosten musste. Die Erinnerung daran würde sie lange Zeit aufrecht halten müssen.

Sie wartete bis ein paar Stunden vor der Morgendämmerung; dann stand sie auf, um Tallis zu wecken, aber er saß schon am erloschenen Feuer und wartete auf sie. Shaan hatte ihr Bündel mit, und so half er ihr, einen Wasserschlauch und ein bisschen Essen aus ihren mageren Vorräten zu holen. Sie taten alles, ohne ein Wort zu sagen; ihnen beiden war bewusst, dass Rorc und Mailun ganz in der Nähe schliefen. Dann verließen sie gemeinsam das Lager und gingen um den Rand des Brunnens herum.

Es war so kalt, wie es nur nachts in der Wüste sein konnte; das einzige Licht spendeten die hellen Sterne über ihnen. Der Himmel war klar, wolkenlos; eine gute Nacht, um zu fliegen. Sie gingen, bis sie um die Seite des Brunnens herumgelangt waren, so dass niemand sie sehen konnte. Dann blieb Tallis stehen; sein Gesicht bestand nur aus dem Schattenriss seines Kiefers und funkelnden Augen.

»Wenn du mich brauchst, komme ich«, sagte er.

»Ich weiß.«

Tallis schaute in den Himmel auf, und sie hörte ihn nach den Drachen rufen; der Klang der uralten Worte sang in ihrem Blut. Wie immer, wenn er die alte Sprache benutzte, spürte sie sie deutlich, wie ein Feuer, das sie anzog. Die Worte lagen in ihnen beiden, das Erbe ihres Vorfahren, aber sie glaubte nicht, dass sie je in der Lage sein würde, sie zu benutzen, wie er es tat. Wenn er sie aussprach, schienen sie aus seinem tiefsten Kern zu kommen, von Innen, als Teil von ihm. *Arak-si*, flüsterte Tallis in ihrem Geist.

Arak-ferish, antwortete Shaan und lächelte dann, als sie in Tränen auszubrechen drohte.

Tallis trat vor und zog sie an sich, hielt sie umschlungen.

»Bist du sicher, dass du mir nichts sagen kannst?«, fragte er.

Shaan nickte, den Kopf gegen seine Brust gelegt, drückte ihn ein einziges Mal an sich und ließ ihn dann los.

»Versprich mir, dass du auf dich aufpassen wirst, Tallis. Ich spüre die Trostlosigkeit in dir. Gib ihr nicht nach. Geh zu Irissa. Lass sie bei dir sein.«

Er starrte sie einen Moment lang stumm an, während die Drachin hinter ihnen landete; ihr alter, öliger Geruch brandete zugleich mit dem Sandstaub über sie hinweg.

»Sie ist zu zornig auf mich«, sagte er am Ende.

»Dann gib ihr einen Grund, es nicht mehr zu sein. Und sag Balkis …« Sie hielt inne. Was sollte er ihm sagen? Sie schüttelte den Kopf. Es gab nichts, was Balkis die Sache erklären würde. »Halt ihn einfach am Leben. Versprich mir das.«

»Ich werde tun, was ich kann.« Tallis reichte ihr das Bündel, und in dem Augenblick zögerte sie.

Sie wollte Tallis erzählen, warum sie ging, was sie tun musste und dass er verstehen sollte warum, aber Sabut hatte ihre Zunge gebannt. Er wusste, dass Tallis versuchen würde, sie aufzuhalten, wenn er auch nur ahnte, wohin sie ging, und so sah sie ihn nur wieder an. Er glich ihr so sehr, obwohl er größer war und sein dunkles Haar länger und geflochten trug; die Silberröhrchen glitzerten im Mondlicht.

»Eines Tages wird das hier vorbei sein«, sagte sie.

»Eines Tages«, wiederholte er, aber in keiner ihrer beiden Stimmen lag viel Hoffnung. »Gute Jagd, Schwester«, sagte er.

»Finde Schatten«, beendete Shaan den Gruß, den, wie er ihr erzählt hatte, Jalwalah-Krieger am Vorabend der Schlacht austauschten. Denn das war es, worauf sie nun zustrebten: eine Schlacht. Und einst würde ein Zeitpunkt kommen, zu dem er bezweifeln würde, dass sie auf seiner Seite stand. Sie schritt auf die Drachin zu. Sie musste jetzt gehen, solange sie noch konnte. Also kletterte sie auf Asriths Rücken und spürte, wie ihr das warme Summen der Drachin ins Blut drang.

Arak-si, flüsterte Asrith, *ist es an der Zeit?*

Bring mich nach Hause, antwortete sie, und Tallis trat zurück, als die Drachin sich duckte und mit einem Satz in die Luft sprang, wobei sie eine Menge Sand aufwirbelte. Dann hoben sie mit einem mächtigen Flügelschlag ab, und Tallis wurde zu einem Kind, einem Fleck, einem dunklen Punkt im Sand, während die Drachin Shaan davontrug.

36

Balkis stand hoch auf der Klippe und sah zu einer dünnen Rauchfahne am nordöstlichen Horizont hinüber. Dreihundert Fuß unter ihm waren Zelte in geordneter Formation auf dem felsigen, roten Boden aufgereiht. Auf einer Freifläche exerzierte ein Trupp Jäger der Glaubenstreuen; ihre Bewegungen waren tödlich aufeinander abgestimmt, und der Klang von Metall, auf das eingehämmert wurde, erfüllte die Luft, da der Schmied Waffen reparierte; schwarzer Rauch stieg aus seiner Esse auf.

Die Jägerklippe war ein langgestreckter, bogenförmiger, freistehender Felsen, der beiderseits von kleineren Tafelbergen flankiert war, die von flachen Schluchten voll Geröll und Büschen von ihm getrennt waren. Einst hatten hier mehrere Jagdhütten gelegen, die von wohlhabenden Kaufleuten errichtet worden waren, aber nun waren davon nur noch Ruinen übrig. Die bröckelnden Fundamente mehrerer Gebäude waren über den Boden verteilt, und eine halb abgerissene Mauer umschloss hüfthoch das Gelände. Die Mauer war von einem Ende der gebogenen Klippe zum anderen gebaut, und in der Mitte bildeten nur noch zwei dicke Steinsäulen, die in den Himmel aufragten, die Überreste eines einst prächtigen Eingangstors. Eine einzelne Steinwand stand noch innerhalb der Umfriedung, wahrscheinlich, weil sie an die Klippenwand gelehnt errichtet worden war. Balkis nahm an, dass es die Rückwand eines Schlachthauses gewesen sein mochte, aber jetzt war sie nur eine Mauer, die eine gute Grundlage bot, um sein Kommandozelt daran zu bauen. Attar hatte den Ausguck auf der Klippenspitze über Nacht besetzt und kam nun mit knirschenden Schritten über das Geröll auf Balkis zu. »Der Rauch steigt schon seit Tagesanbruch auf«, sagte er.

Balkis kniff die Augen gegen das grelle Licht der Morgensonne zusammen. »Wir werden nachforschen müssen; es sieht zu sehr danach aus, als ob Split brennen könnte.«

»Sollen wir die Hälfte der Drachen mitnehmen?«, fragte Attar.

Balkis dachte einen Moment lang darüber nach, aber eine gewisse Unruhe nagte an seinen Eingeweiden. »Nein, alle«, sagte er. »Ich habe ein ungutes Gefühl.«

»Glaubt Ihr, dass Azoth verfrüht kommt?«

»Was heißt schon ›verfrüht‹?«, fragte Balkis. »Doch nein, ich bin sicher, dass wir Drachen am Himmel sehen würden, wenn er es wäre.«

»Bodentruppen also«, sagte Attar. »Soll ich einen Kundschafter schicken?«

»Zu langsam. Wir fliegen mit den Drachen voraus. Die Glaubenstreuen und Reiter können nachkommen.«

»Gut.« Attars Augen funkelten vor Vorfreude.

»Gehen wir.« Balkis ging voran zu dem steilen Pfad, der zu der Umfriedung hinabführte.

Binnen einer Stunde hielten alle neun Drachen mit ihren Reitern vor dem Gelände, gemeinsam mit hundert Glaubenstreuen und Reitern in voller Bewaffnung.

Balkis schritt zu der Drachin, auf der er reiten würde, und hoffte, dass die Ausbildung ausreichen würde; einige Reiter waren bloß Jungreiter und noch nie an einem Kampf beteiligt gewesen. Die Drachin, auf der er ritt, hieß Shafe und wartete geduldig auf ihn.

Werdet ihr für uns kämpfen?, fragte er sie im Geiste. *Angreifen, wenn ich es befehle, selbst dann, wenn euresgleichen dort ist?*

Sie sah ihn aus einem langgezogenen, goldenen Auge an. *Wir kämpfen für Arak-ferish gegen sie*, antwortete sie, *und er befiehlt uns, für euch zu kämpfen.*

Die Antwort war so gut wie nur irgendeine. Balkis stieg auf ihren Rücken und drehte sich zu Lilith um, die die Fußtruppen anführen würde.

»Haltet sie in rascher Bewegung«, sagte er. »Wir wissen nicht, was wir dort vorfinden werden; wir brauchen Euch vielleicht eher früher als später.«

»Verstanden.« Lilith nickte. »Guten Flug!«

Balkis gab Attar ein Zeichen, und die neun Drachen duckten sich und sprangen; roter Staub wirbelte von ihren Pranken fort, während ihre Flügel in der Luft schlugen. Wind peitschte Balkis das Haar aus dem Gesicht, als Shafe herumwirbelte, und dann hatten sie abgehoben und flogen schnell auf die Rauchsäule zu, die in den Himmel aufstieg.

Die Drachen brauchten weniger als eine halbe Stunde, um die kleine, befestigte Stadt zu erreichen, und Balkis war entsetzt über das, was er sah. Leichen waren in den Vorstädten aufgehäuft, und innerhalb der Mauern standen viele Gebäude in Flammen. Kleine, dunkle Geschöpfe huschten von den Toten fort, als die Schatten der Drachen auf sie fielen, rannten zurück in den Schutz der Stadt und verständigten sich mit leisen, kehligen Rufen untereinander.

Scanorianer.

Balkis flog über die Straßen hinweg und sah die hochgewachsenen, muskulösen Gestalten zweier Alhanti, die von weiteren Scanorianern umgeben waren. Sie konnten nicht auf Lilith und die anderen warten.

»Formiert euch!«, brüllte er den Reitern zu. Valdus, der rechts neben ihm flog, führte seinen Drachen näher heran; die anderen folgten und bildeten eine Keilformation mit Balkis an der Spitze.

Sie fegten schnell im Tiefflug über die Straßen hinweg und schossen Pfeile auf die Feinde ab. Die Drachin kreischte und schlug mit den Klauen, aber die Straßen waren schmal, und es war schwer, nahe genug heranzukommen. Ein kurzer Speer sauste an Balkis' Kopf vorbei und verfehlte ihn nur knapp; er sah, wie ein Pfeil einen Alhanti traf und sich in seinen Schenkel grub, aber die Kreatur zuckte nicht einmal mit der Wimper, sondern packte einen in der Nähe stehenden Scanorianer und schleuderte das schreiende Wesen auf Valdus' Drachen, als sie vorbeiflogen.

Sie erreichten das Ende der Stadt und wendeten. »Teilt euch auf!«, rief Balkis, und sie sausten vorwärts und wieder hinab und ließen einen Pfeilhagel auf die Scanorianer und Alhanti niedergehen. Kurze Speere und grobe Pfeile schossen von unten zu ihnen empor; einige prallten an Shafes widerstandsfähiger Haut ab, aber ein Reiter schrie hinter Balkis auf, als er getroffen wurde.

Wieder und wieder griffen sie an. Manchmal hatten sie Glück, aber meistens versteckten sich die Scanorianer hinter jeglicher Deckung, die sie noch nicht zerstört hatten. Ihnen begannen die Pfeile auszugehen, aber die nächste halbe Stunde über hielten die Reiter den Feind in der zerstörten Stadt fest, bis Balkis die Staubwolke und die Gestalten laufender Männer näher kommen sah.

Erleichtert gab er den Reitern ein Zeichen; sie zogen sich zurück und sammelten sich jenseits der Leichen der Stadtbewohner.

»Marschall! Wie viele sind es?«, rief Lilith, als er zu ihr hinüberlief.

»Sie sind mindestens dreifach in der Überzahl, und es sind zwei Alhanti dabei«, sagte er.

Der Gestank nach Blut und Schlimmerem stieg von den Leichenhaufen zwischen ihnen und der Stadt auf, und er sah kaum verhohlene Furcht und Entsetzen in den Gesichtern einiger der jüngeren Reiter. Balkis konnte nur hoffen, dass sie im Kampf nicht die Nerven verlieren würden.

Er wandte sich den führenden Kämpfern zu. »Die Drachen werden uns Deckung geben, während wir im Laufschritt in die Stadt vorrücken. Der Feind hat sich größtenteils im Zentrum verteilt, also werden wir in den Gebäuden, die der Mauer am nächsten stehen, Deckung suchen. Gergen, Lilith – bleibt nahe beieinander und sorgt dafür, dass die Hauptleute ihre Trupps in guter Ordnung halten.«

Grif, ein Verführer aus den Reihen der Glaubenstreuen, trat vor. »Sobald wir nahe genug heran sind, werden wir versuchen, die Alhanti zur Aufgabe zu überreden«, sagte er, »aber die Scanorianer sind schwieriger zu kontrollieren; ihr Verstand ist zerstreut, vertrackt.«

Balkis nickte. »Tut, was Ihr könnt.«

Während er mit zusammengekniffenen Augen zur Stadt hinüberspähte, wünschte er sich einen Moment lang, Tallis wäre da. Er hatte den Drachen befohlen, dem Feind zuzusetzen, und sie sausten nun im Sturzflug kreischend über die Stadt, hielten die Feinde zusammengetrieben; doch nur der Kampf Mann gegen Mann würde das hier zu Ende bringen. Balkis wandte sich an die Armee und hob die Stimme. »Zieht die Waffen!«

Stahl glitt aus Scheiden, und der Klang rauen Atmens erfüllte die Luft. Balkis wartete. Er verspürte keine Furcht, nur die kalte Leere der Erwartung und Kampfeslust, die in seinem Blut aufwallte.

»Folgt euren Hauptleuten!«, rief er. »Keiner darf entkommen!« Balkis reckte sein Schwert hoch und ließ den Stahl in der Sonne funkeln. »Bogenschützen, gebt uns Deckung!«, schrie er und begann zu laufen, die kleine Armee aus Reitern und Glaubenstreuen hinter sich.

Sie strömten durch das weit geöffnete Tor in die Stadt und wurden von einer Horde Scanorianer empfangen, die ihnen mit Kurzschwertern und Messern entgegenstürmten. Die Armee mähte sie nieder. Balkis schwang seine Klinge, durchtrennte Hälse und Gliedmaßen. Blut bespritzte sein Hemd und seine Arme, während er durch das Meer dunkler Körper den Weg vorgab, Blut machte die Straße rutschig, Schreie erfüllten die Luft, doch Balkis' Arm hob und senkte sich unentwegt, schlug nach starr blickenden Augen und schreienden Mündern. Sie erreichten die erste Reihe von Gebäuden, und er brüllte den Hauptleuten zu, die Wände als Deckung zu nutzen, und wies Trupps von Glaubenstreuen an, die Gebäude zu umrunden und aus einer höher gelegenen Seitenstraße den Scanorianern in die Flanke zu fallen. Über ihnen stürzten sich die Drachen herab und drangen auf den Feind ein, wo immer sie konnten.

Sie gewannen Boden und verlagerten den hauptsächlichen Kampf auf den Hauptplatz der Stadt; auf dem unebenen Pflaster wimmelte es von Menschen und Scanorianern. Der Platz war klein und mit Holzstücken und Trümmern der niedergebrannten Häuser übersät. Balkis stolperte beinahe über den geborstenen

Rand des Stadtbrunnens, als drei Scanorianer auf ihn eindrangen und dabei unverständliche Worte kreischten. Er wich gegen das bröckelnde Mauerwerk zurück und holte mit dem Schwert aus; einen Scanorianer enthauptete er halb und warf sich gerade noch rechtzeitig beiseite, bevor ein zweiter ihm an die Kehle springen konnte. Der Scanorianer stürzte mit einem Schrei in den Brunnen, und Balkis führte instinktiv einen Stoß nach vorn und spießte den dritten, der auf ihn eindrang, mit dem Schwert auf. Dann riss ihn etwas hoch und schleuderte ihn fünf Schritt weit über die Steine; sein Schwert löste sich mit einem schmatzenden Geräusch aus dem toten Scanorianer. Mit schmerzender Schulter rollte Balkis sich ab, sprang auf und sah sich einem Alhanti gegenüber, der beinahe einen Fuß größer war als er. Der Alhanti grinste und schlug mit einer langen Klinge nach seinem Kopf. Balkis duckte sich gerade noch rechtzeitig, hörte das Schwert durch die Luft zischen und glitt beinahe in den Eingeweiden eines gefallenen Scanorianers aus.

Es gelang ihm, einen weiteren Hieb zu parieren; als die Klingen aufeinandertrafen, ließ die Erschütterung seine Arme erzittern. Aus dem Rücken des Alhanti ragte ein Pfeil, ein weiterer aus seiner Schulter, aber anscheinend bemerkte er sie gar nicht.

Er holte wieder aus und zwang Balkis beinahe in die Knie. Ihre Schwerter waren ineinander verhakt, und Balkis begannen die Arme zu zittern, als der Alhanti sich auf sein Schwert lehnte und das seines Gegners so niederdrückte, dass die Klinge näher und näher an Balkis' Gesicht kam. In dem Augenblick begriff Balkis, dass er einen tödlichen Fehler begangen hatte: Er hätte nie so nahe herankommen dürfen. Der Alhanti grunzte – oder lachte vielleicht – und verlagerte seinen Druck dann abrupt zur Seite, so dass Balkis das Schwert nicht länger festhalten konnte und die Klinge ihm aus der Hand flog. Der Alhanti lehnte sich gerade weit genug zurück, um einen Hieb gegen seinen Hals zu führen. Verzweifelt zog Balkis sein Messer und warf sich nach vorn, unter der Bahn des Schwerts hindurch. Er prallte gegen die Brust des Alhanti und rammte ihm die Klinge in den Bauch. Der

Alhanti wankte, keuchte und versetzte ihm dann von der Seite einen Fausthieb gegen den Kopf. Der Schlag riss ihn von den Füßen, und er verlor beinahe das Bewusstsein. Er sah nur noch undeutlich, Blut füllte seinen Mund, und er lag benommen da. Anscheinend ganz gemächlich hob der Alhanti das Schwert, zielte mit der Spitze auf Balkis' Brust und stach zu.

Doch die Klinge erreichte ihr Ziel nicht.

Lilith stürmte von hinten heran und traf den Alhanti mit ihrem Schwert am Rücken. Blut spritzte in die Luft, und der Alhanti brüllte gequält auf, beugte sich weg von ihrem blanken Stahl und wirbelte herum, um sich ihr zu stellen. Ihre Schwerter klirrten, als Metall auf Metall prallte.

Balkis rollte sich auf die Füße, blinzelte, um klarer sehen zu können; seine Sinne kehrten zu ihm zurück.

»Hier!«, rief Gergen, und Balkis fing sein Schwert auf, das der Reiter ihm zuwarf. Beide sprangen Lilith in ihrem Angriff auf den Alhanti bei, der verbissen kämpfte. Einen Moment lang wirkte es so, als würden sie ihn niemals niederstrecken können, aber dann fand Balkis eine Blöße und durchtrennte ihm die Kniesehnen. Der Alhanti stürzte zu Boden, und mit einem Wutschrei hackte ihm Gergen mit einem einzigen kraftvollen Hieb den Kopf ab.

Rings um sie stank es nach Blut und Tod; die Schreie der Scanorianer und die Rufe und das Keuchen der Menschen klangen plötzlich lauter. Weitere drei der kleinen Kämpfer drangen auf Balkis ein, und er wehrte sie ab, schlug einem von ihnen ins Gesicht, während er die anderen beiden erledigte; sein Schwert durchtrennte knirschend Knochen und Sehnen. Er versuchte, sich einen Überblick über die Kampfsituation zu verschaffen, und sah, dass der andere Alhanti allein dastand.

Er war halb unter einer Zeltplane versteckt; seine Augen glommen, während er das Gemetzel beobachtete. Er erblickte Balkis und bleckte grinsend die Zähne; dann wirbelte er herum und lief davon, rannte schneller, als Balkis es für möglich gehalten hätte, und verschwand hinter einem Gebäude. Balkis machte einen Satz nach vorn, um ihn zu verfolgen, aber ein kräftiger Hieb traf ihn am Rücken und ließ ihn vornüberstürzen; er hörte Lilith seinen Namen rufen, als der Luftzug einer Klinge über die Stelle hinwegging, an der er gerade noch gestanden hatte.

Er rollte sich auf den blutigen Steinen ab und sah Lilith gegen vier weitere Scanorianer kämpfen; sie parierte Schlag um Schlag, während sie sie vor sich hertrieben. Balkis sprang auf. Der fliehende Alhanti würde warten müssen.

Sie brauchten eine Weile, aber endlich schaute Balkis auf und sah, dass die Schlacht so gut wie vorüber war. Die Scanorianer, die noch aufrecht standen, wurden gegen eine Mauer zurückgetrieben. Es waren kaum zehn von ihnen übrig. Erschöpft ließ er den schmerzenden Schwertarm sinken.

»Marschall.« Lilith hinkte an seine Seite; ein böser Schnitt verunzierte ihr Bein. »Seht!« Sie wies nach oben, und als er die Augen zusammenkniff, sah er den geflügelten Schatten eines Drachen, auf dem der Alhanti saß, nach Osten davonfliegen.

Shafe und eine weitere Drachin versuchten, die Verfolgung aufzunehmen, aber der Drache hatte bereits einen zu großen Vorsprung, als dass sie ihn hätten einholen können. Wie war der Alhanti so schnell so weit gekommen? Und warum hatten Shafe oder die anderen Drachen nicht gespürt, dass einer der Ihren in der Nähe war?

»Wir dürfen ihn nicht entkommen lassen, Marschall«, sagte Lilith.

»Er ist schon zu weit entfernt, als dass wir ihn fangen könnten.«

»Jemand muss ihm folgen«, sagte sie. »Wir wissen nicht genug. Er muss auf dem Rückweg sein, um Bericht zu erstatten. Ich gehe«, bot sie an.

»Nein, ich brauche Euch hier, Lilith. Und wir können ihm nicht einfach nachsetzen – wir haben nicht genug Drachen, um einen aufs Spiel zu setzen.«

»Aber wir brauchen die Informationen, Marschall.«

»In der Tat« – Balkis ließ den Blick über die blutige Masse von Leichen schweifen – »aber wir müssen uns erst um das hier kümmern.« Er hatte noch nie so viele Tote gesehen und betete, dass sie nicht zu viele eigene Leute verloren hatten.

»Wir müssen denen, die ihr Leben gegeben haben, mit einem anständigen Begräbnis die letzte Ehre erweisen«, sagte er müde. »Kommt.« Langsam ging er auf die Männer zu, die die überlebenden Scanorianer gefangen genommen hatten.

Erst kurz vor Sonnenuntergang hatten sie die Leichen endlich geordnet. Die Scanorianer häuften sie außerhalb der Stadtmauern auf; ihre eigenen Männer und Frauen trugen sie auf einen getrennten Haufen hinaus und legten sie zu den toten Stadtbewohnern. Kein Einwohner hatte überlebt. Es war eine anstrengende, seelenzerstörende Arbeit, und am Ende sah Balkis Verzweiflung und Entsetzen in die Gesichter der jüngeren Reiter gegraben.

Es waren beinahe vierhundert Scanorianer und der Alhanti gefallen; von ihren eigenen Leuten hatten sie zwölf verloren. Im Vergleich war das eine geringe Anzahl, aber sie waren zu wenige, um auch nur einen zu verlieren. Acht der Toten waren Reiter gewesen; vier gehörten zu den Glaubenstreuen. Valdus war unter ihnen. Als sie sowohl die Leichen ihrer Feinde als auch die ihrer eigenen Leute in Brand setzten, fragte Balkis sich, wie sie den drohenden Krieg überleben sollten.

Er befahl, die Gefangenen für den Rückweg zu fesseln, und schickte einen Reiter zur Klippe voraus, um die anderen von den Geschehnissen in Kenntnis zu setzen. Er gab auch die Anweisung, einen Kundschafter auf einem Muthu in die Richtung zu schicken, die der Alhanti eingeschlagen hatte. Soweit sie wussten, war diese Armee aus Scanorianern der Vortrupp der größeren Streitmacht. Sie mussten herausfinden, was dort draußen war und wann es kommen würde. Er erinnerte sich an den berechnenden und beinahe entzückten Gesichtsausdruck des Alhanti, als dieser das Morden beobachtet hatte. Es hatte beinahe so gewirkt, als ob er abschätzte, was sie taten – als ob die Schlacht ein Experiment gewesen sei. Balkis rieb sich mit einer schmutzigen

Hand das Gesicht und betastete die empfindliche Stelle dort, wo der Alhanti ihn am Kiefer getroffen hatte. Wenn Azoth bereit war, eine Stadt niederzumetzeln, nur um sie auf die Probe zu stellen, was würde er dann erst anrichten, wenn er mit seiner ganzen Streitmacht anrückte? Balkis sah die Rücken der davonstapfenden Scanorianer an; vielleicht hatten sie eine Antwort für ihn.

37

Tuon erwachte vom Geräusch des Regens – und von Nilahs protestierender Stimme, die durch die Wand drang, welche ihre Zimmer voneinander trennte. Tuon konnte nicht ganz verstehen, was sie sagte, aber sie hielt es für am wahrscheinlichsten, dass sie mit Morfessa darüber stritt, was sie in den Brief schreiben sollten, den sie Rorc schicken würden.

Tuon schlug die Bettdecke zurück und zwang sich aufzustehen. Der letzte Mensch, an den sie denken wollte, war Rorc. Sie hatte gepackt und war zum Aufbruch bereit; ihre kleine Tasche stand auf dem Boden neben der Tür, und alles, was sie tun musste, war, sich anzukleiden und zu den anderen zu stoßen. Sie wusch sich das Gesicht mit den Resten des Badewassers vom Vorabend und zog die Hosen und das Hemd an, die Veila ihr gegeben hatte. Einen Großteil der Nacht über waren sie auf gewesen; Morfessa und Veila hatten sich mit Nilah um ihren Vorschlag gestritten, und irgendwann spät abends war einer der Glaubenstreuen erschienen, um ihnen Nachrichten aus Salmut zu bringen.

Die Armee war an die Grenze zu den Freilanden marschiert, hatte den Händlerpass gesperrt und nahm jeden Händler aus den Freilanden gefangen, der versuchte, nach Hause zu gelangen. Eifrige junge Männer aus den Dörfern in der Nähe des Passes hatten die Armee verstärkt; sie hatten sich in der Hoffnung auf Ruhm und Reichtum oder aus schierer Dummheit anwerben lassen. Aber es waren auch Gerüchte in Umlauf, dass es einige Leute in Salmut gegeben habe, die sich entschlossen hätten, Balkis zu folgen. Kleine Trupps von Männern waren dabei gesehen worden, wie sie der Spur der Armee aus Reitern und Glaubenstreuen gefolgt waren, und man munkelte etwas von Unruhen in der Stadt.

»Wir müssen handeln, und das schnell«, hatte Nilah gesagt. »Wir stehen am Rande einer Schlacht mit den Freilanden, und wenn die Kämpfe erst begonnen haben, wie sollen wir sie dann beenden?«

Sie hatte Morfessa und Veila am Ende überzeugt, denn sie würden im Laufe des Vormittags Fathrins Jagdhütte verlassen. Veila hatte mit den Glaubenstreuen gesprochen, und sie schienen den Plänen zugestimmt zu haben, denn sie hatten schon Proviant gepackt und die Muthus bereit gemacht.

Tuon steckte sich mit einer einzelnen Spange das Haar aus dem Gesicht und ging auf den Hof hinaus. Ivar saß auf der Bank unter dem großen Baum in der Mitte des Hofs und grüßte sie, als sie zum Hauptraum hinüberging.

»Bereit für noch einen Ritt?«, sagte er mit einem warmen Lächeln.

Tuon schüttelte den Kopf. »Wir sind erst vier Tage hier. Ich glaube, ich beginne die Inseln langsam zu vermissen; da gab es wenigstens nur Wanderungen durch den Dschungel.«

»Vielleicht nehme ich Euch eines Tages wieder mit dorthin«, antwortete er. »Meine Mutter würde sich freuen, Euch wiederzusehen.«

Tuon war sich dessen nicht so sicher, aber der Gedanke, wieder auf den Dracheninseln zu sein, gefiel ihr. »Vielleicht«, sagte sie, »aber im Augenblick kann ich nur ans Essen denken.«

»Ich komme mit.« Er stand auf. »Ich habe vorhin Honigbrot gebacken; es sollte noch etwas übrig sein, wenn die Glaubenstreuen nicht alles aufgegessen haben.«

Sie gingen gemeinsam in die Küche und fanden den Rest eines Laibs; sie kochten einen Topf Kaf, um ihn dazu zu trinken. Als sie mit ihrem Essen wieder auf den Hof hinauskamen, begegneten sie Veila. Sie sah ungewöhnlich besorgt aus; eine tiefe Falte hatte sich zwischen ihren Augen eingegraben.

»Veila«, sagte Tuon und stellte ihr Mahl auf einem kleinen Tisch unter dem Baum ab, »setz dich; du wirkst ganz ausgelaugt.«

»Es geht mir gut.« Die Seherin wies die Tasse zurück, die Tuon ihr anbot. »Und ich habe keine Zeit für Kaf – wir haben zu viel zu tun.«

»Setz dich.« Tuon zwang ihr die Tasse in die Hände. »Du wirst auf dem Muthu keinen Tag überstehen, wenn du dich nicht ein wenig ausruhst, bevor wir aufbrechen.«

Veila zögerte und schenkte Tuon dann ein zögerliches Lächeln. »Ich nehme an, du hast recht.«

»Gut.« Tuon setzte sich neben sie, während Ivar ihnen einige Scheiben Honigbrot reichte. »Wie lange warst du noch auf?«, fragte sie.

»Ich weiß es nicht.« Veila schüttelte den Kopf. »Zu lange.«

»Nilah ist entschlossen«, sagte Ivar, und der Mund der Seherin wurde schmal.

»Ja, in der Hinsicht ähnelt sie ihrer Mutter sehr.«

»Sie erinnert mich ein bisschen an meine Mutter«, sagte Ivar lächelnd. »Ich glaube, Pasiphae wäre über diese neue Führerin erstaunt.«

»Seherin.« Bernal, einer der Verführer aus den Reihen der Glaubenstreuen, kam über den Hof auf sie zu. »Die Muthus sind bereit, und ein Großteil des Gepäcks ist aufgeladen.«

»Gut, wir brechen auf, sobald Morfessa und Nilah bereit sind«, antwortete Veila.

Er nickte, und seine dunklen Augen richteten sich auf Tuon. »Kann ich Eure Tasche mitnehmen?«

»Sie steht in meinem Zimmer«, sagte Tuon. Wie die meisten Glaubenstreuen war Bernal ein hochgewachsener, muskulöser Mann, aber unter seinem kurzen, schwarzen Haar lag ein kantiges Gesicht, das sie beunruhigend fand. Seinem Blick entging nichts, und Tuon konnte ihn nicht ansehen, ohne an Rorc zu denken. Zum Glück ließ er sie rasch allein; er brachte es fertig, den gepflasterten Hof lautlos zu überqueren. Sie starrte auf das Honigbrot in ihrer Hand und bemerkte, dass sie keinen Hunger mehr hatte.

»Hier.« Ivar nahm ihr das Brot ab. »Ich wickele etwas ein, das wir mitnehmen können – vielleicht habt Ihr später Hunger.« Er lächelte; seine glänzenden Zähne hoben sich von seiner dunklen Haut ab, und wie immer fühlte Tuon sich von diesem Lächeln getröstet.

»Danke«, sagte sie.

»Aber Ihr müsst Euren Kaf austrinken«, sagte er mit gespieltem Ernst, »ich glaube, den können wir nicht einwickeln.« Tuon lachte.

»Kommt.« Veila stand auf. »Ich höre kein Geschrei mehr. Wir können wohl bald aufbrechen. Ihr beiden geht schon zu den Muthus und wartet dort auf uns.«

Tuon trank ihren Kaf aus und ging dann mit Ivar zur Rückseite des Gebäudes, wo die Männer auf sie warteten. Der Himmel war wolkenverhangen, und ein leichter Wind bewegte die Wipfel der umgebenden Bäume. Sie waren hoch oben in den Bergen, und das kühlere Wetter war eine willkommene Abwechslung von der feuchten Hitze in Salmut. Tuon stand mit vor der Brust verschränkten Armen da und sah zu, wie zwei Jäger, Alezo und Devin, die Muthusättel und verschiedene Gepäckstücke, die daran befestigt waren, überprüften. Die Tiere kauten dumpf auf etwas herum, was sie sabbern ließ, und ignorierten die arbeitenden Männer. Tuon mochte keine Muthus, aber sie waren immer noch besser als Drachen: Zumindest reisten sie über Land, und sie hatte sich an ihren schwankenden Gang gewöhnt. Das Kreuz schmerzte ihr mittlerweile nur noch halb so sehr wie zu Beginn ihrer Reise. Ivar, der neben ihr stand, warf ihr einen schiefen Blick zu. Auf den Inseln gab es keine Muthus, und sie wusste, dass er das Reiten besonders anstrengend fand.

»Steigt auf«, sagte Alezo, »die anderen kommen.«

Tuon hatte nichts gehört, aber als sie zu einem der Muthus hinüberging und sich in den Sattel hochzog, ertönte das Geräusch von Stimmen und Schritten. Morfessa, Veila und Nilah traten gefolgt von zwei Verführern aus dem überdachten Gang hervor. Veilas Gesichtsausdruck verriet Tuon, dass sie sich wieder einmal mit der jungen Führerin gestritten haben musste. Sie seufzte stumm. Über ihnen stieß ein Falke plötzlich einen spitzen Schrei aus, und als sie aufschaute, sah sie ihn in Richtung Wüste davonfliegen. Einer von Rorcs Botenvögeln. Er würde ihn bis zum nächsten Morgen finden, ganz gleich, wo er war. Der Gedanke machte sie traurig.

Alezo setzte sich an die Spitze und ritt den gewundenen Pfad hinunter, der den einzigen Zugang zu Fathrins Anwesen bildete. Der Weg wand sich ein ganzes Stück durch den Schutz dichten Baumbestands, bis er daraus hervortrat, um dem Rand einer schroffen Schlucht zu folgen. Der Boden war felsig und uneben; rechts von ihnen klaffte der Abgrund. Unten gab es nichts zu sehen bis auf Baumkronen, die sich bis zu weiteren Berghängen erstreckten. Sie kamen gut voran und erreichten gegen Mittag einen weiteren Pfad, der zu den höheren Gipfeln der Bergkette emporführte.

Es war ein mühsamer Weg. Der Pfad wand sich stetig weiter nach oben und verließ zeitweise den Wald, um an Steilhängen entlangzuführen, die mit trügerischem Geröll übersät waren; an anderen Stellen senkte er sich in schattige, kühle Täler hinab, die feucht vor Moos waren. Am späten Nachmittag machten sie in einem der Täler an einem kalten, klaren Weiher halt, um kurz zu rasten. Während die Muthus tranken, standen die Menschen schweigend herum und aßen hartgekochte Eier und Brot mit Käse; die drückende Stille des Tals erstickte jeden Drang, sich zu unterhalten. Beiderseits des Pfads ragten hohe Bäume auf, deren Stämme dick und knorrig vor Alter waren. Der Teich wurde von einer unterirdischen Quelle gespeist, aber das Wasser verursachte kaum einen Laut, wenn es aus der Erde hervorquoll, und die Geräusche von Insekten und anderen Tieren fehlten völlig; noch nicht einmal ein Vogel sang. Sogar die Verführer sahen unbehaglich drein, als ob sie etwas spürten, was Tuon nicht sehen konnte. Es war ein unheimlicher Ort, und Tuon war froh, als sie wieder aufbrachen.

Bei Einbruch der Nacht hatten sie die höheren Pässe erreicht und schlugen ihr Lager auf einer kleinen Lichtung auf. Auf einer Seite davon lag ein gewaltiger, länglicher Felsen von dreifacher

Mannshöhe, der beiderseits von Steinen gestaffelter Höhe flankiert war. Tuon setzte sich mit Nilah und Veila in die Nähe des größten Steins und sah zu, wie die Glaubenstreuen das Lager errichteten. Ivar hatte Feuerholz gesammelt; er schlug einen Feuerstein an und pustete sachte auf etwas trockenes Laub, bis Flammen die Ränder der Blätter umfingen. Er kniff die dunklen Augen gegen den Rauch zusammen.

»Heute Nacht wird es kalt«, bemerkte Veila.

Tuon schaute zum hellen Purpur des Abendhimmels auf. Die Wolken hatten sich alle verzogen, und schwach begannen sich die Sterne zu zeigen, während die Sonne unterging. »In den Zelten sollten wir es warm genug haben«, sagte sie.

»Besonders, da wir drei uns eines teilen«, fügte Nilah hinzu. »Das erinnert mich an eine Reise, die ich als Kind mit Mutter unternommen habe. Ich hatte vier Dienerinnen mit in meinem Zelt.« Sie lächelte schwach.

»Wohin ging die Reise?«

»Nach Cermez.« Sie sah Tuon kurz an. »Mutter hatte dort einen Winzer, der allen Wein für den Palast geliefert hat. Einmal im Jahr reiste sie immer dorthin, um die Weine selbst auszusuchen.« Ihr Lächeln schwand. »Der Prinzgemahl meiner Mutter war damals noch am Leben.«

Tuon hatte Mitleid mit ihr. Der zweite Prinzgemahl der Führerin nach Nilahs Vater war bei einem Unfall in dem Jahr ums Leben gekommen, als Tuon ins Red Pepino gezogen war; sie erinnerte sich an die Begräbnisprozession durch die Straßen, die Blütenblätter, die von den Dächern wie rote Asche herabgeregnet waren.

»Es tut mir leid«, sagte Tuon.

»Warum?« Nilah runzelte die Stirn. »Ich erinnere mich kaum an ihn. Aber was ist mit deinem Vater, Tuon, deiner Mutter? Was ist deine Geschichte? Jeder kennt meine.«

Tuon zuckte die Schultern. »Meine Eltern waren früher Bauern, ich glaube, auf einem kleinen Hof in Ressina, aber sie sind nach Salmut gekommen, bevor ich geboren wurde.«

»Warum?«

»Ein Feuer zerstörte alles; sie konnten nicht noch einmal von vorn anfangen.«

»Leben sie noch?«

Tuon lächelte bekümmert. »Nein, sie sind längst tot. Beide von ihnen starben binnen weniger Monate an der Schwindsucht, als ich vier Jahre alt war. Eine Freundin von ihnen hat mich aufgenommen – ausgerechnet eine Hure.«

»Also bist du auch eine geworden.«

»Ein Mädchen ohne Geld hat in Salmut nur wenige Möglichkeiten.« Sie seufzte. »Aber jenes Leben liegt nun hinter mir.« Plötzlich kehrte die Erinnerung daran zurück, wie Rorc sie zum Abschied geküsst hatte. Zu viel Schmerz. Ja, viele Dinge lagen hinter ihr.

»Also beginnt Ihr nun ein neues Leben, mit neuen Menschen«, sagte Ivar, klopfte sich den Staub von den Händen und setzte sich neben sie auf den Boden.

»Ich glaube, wir werden alle ein neues Leben beginnen müssen«, sagte Nilah. »Was meinst du, Veila?« Sie drehte sich zu der Seherin um, aber Veila schien noch nicht einmal bemerkt zu haben, dass sie überhaupt gesprochen hatte.

»Veila?« Nilah stieß ihren Arm an, und sie rührte sich.

»Was hast du gesagt?« Sie runzelte die Stirn, und Nilah schüttelte den Kopf.

»Schon gut.« Der Blick der jungen Führerin ging zu Ivar hinüber. »Kochst du uns Essen?«

»Sobald Ihr Hunger habt.«

»Ich habe jetzt Hunger.«

»Dann mache ich mich wohl besser an die Arbeit«, antwortete er. Er stand auf, um den Proviant zu holen, und Tuon schaute Veila an. Die Seherin saß immer noch da und starrte in die Flammen, als würde sie etwas darin sehen. Von einem plötzlichen Schauer überlaufen fragte Tuon sich, ob Veila versuchte, sich ins Zwielicht vorzutasten. Sie war sehr still gewesen, seit sie für den Abend Halt gemacht hatten – sogar schon, bevor sie angehalten hatten, wenn sie es recht bedachte. Den ganzen Tag über hatte

Tuon immer wieder gesehen, wie Veila sich umgesehen hatte, als hätte sie den Verdacht, dass sie verfolgt wurden, oder wie sie mit starrem, aufmerksamem Blick in den Wald gespäht hatte. Aber die Glaubenstreuen hätten es doch sicherlich bemerkt, wenn jemand ihnen gefolgt wäre? Verunsichert holte Tuon, der plötzlich kalt wurde, als die letzten Sonnenstrahlen schwanden, ihren Mantel aus ihrem Gepäck und ging zu Ivar, um ihm zu helfen.

Veila konnte ihre Hände nicht warm bekommen, ganz gleich, wie nahe sie sich ans Feuer setzte. Ein Schatten oder eine Bedrohung war den ganzen Tag über in ihrem Hinterkopf angewachsen; sie konnte einen der Vier dort draußen spüren, irgendwo jenseits der Bäume. Sie warf einen Blick auf die Verführer, die in einiger Entfernung saßen. Weder Sinan noch Bernal hatte zu erkennen gegeben, dass sie irgendetwas spürten. Und Morfessa war von den Schriftrollen zu abgelenkt, um auch nur ansatzweise zu bemerken, dass etwas nicht in Ordnung war; er kritzelte Notizen auf einen Fetzen Pergament und sprach leise mit sich selbst. Vielleicht war dieser Eindruck nur für Veila bestimmt. Sie zog sich den Mantel, den Tuon ihr umgelegt hatte, enger um die schmalen Schultern und versuchte, die in ihrer Brust aufkeimende leise Furcht zu unterdrücken. Die Vier waren so lange ein Mythos gewesen, dass es selbst ihr schwerfiel, sich vorzustellen, dass sie auf Erden wandelten. Und es gab zu viel, was sie nicht über sie wusste. Was wollten sie? Würden sie ihnen wirklich gegen ihren Brudergott zu Hilfe kommen?

»Stimmt irgendetwas nicht?«, fragte Nilah. »Du wirkst verstört.«

»Es geht mir gut«, antwortete Veila. »Du solltest dich ein wenig ausruhen.«

Nilahs Gesichtsausdruck wurde gereizt. »Ich bin nicht müde.« Sie stand auf. »Ich glaube, ich gehe mich eine Weile mit Devin unterhalten.«

Devin war der jüngste der Glaubenstreuen, die sie begleiteten. Er war Jäger der höchsten Stufe und hatte ein offenes, anziehendes Gesicht und ein charmantes Lächeln.

»Wie du wünschst«, antwortete Veila.

»Das wünsche ich in der Tat.« Nilah schenkte ihr ein hartes Lächeln, neigte den Kopf zu einer fast spöttischen Verbeugung und ging davon, auf den jungen Mann zu, der an einen Baum gelehnt dastand. Veila seufzte. Sie mochten einander nicht besonders, aber sie wusste, dass sie selbst einen Großteil der Schuld daran trug; sie musste sich stärker bemühen, Verständnis für die junge Frau zu haben. Nilah war nicht wie ihre Mutter, aber sie hatte die Anlagen, so zu werden, und Veila wusste, dass sie ihre Neigung zügeln musste, mit der junge Frau zu schimpfen, und sie stattdessen unterstützen sollte. *Übellaunige Alte!*, tadelte sie sich selbst. *Erinnerst du dich noch, wie es war, jung zu sein?*

Sie schlüpfte mit den Armen ordentlich in den Mantel, stieß sich vom Boden ab und ging an den Zelten vorbei auf die Bäume am Rande der Lichtung zu. Es war an der Zeit, sich auf ihre Sinne zu verlassen. Alezo war dort; er saß auf einem großen Felsen und hielt Wache.

»Ich muss mir ein bisschen die Beine vertreten«, sagte Veila. »Ich gehe nicht weit weg.«

»Im Dunkeln?« Stirnrunzelnd stand er auf und streckte eine Hand aus, um ihr den Weg zu verstellen. »Seherin, bitte! Ich kann Euch nicht gestatten, Euch aus dem Lager zu entfernen.«

»Mir stößt schon nichts zu.« Sie sah zur schmalen Mondsichel über ihnen auf. »Es ist noch hell genug für mich, um sehen zu können. Ich werde nur bis zu dem kleinen Teich gehen, an dem ihr die Muthus getränkt habt. Das ist nicht sehr weit.«

»Aber weit genug.« Er schüttelte den Kopf. »Es tut mir leid – Ihr müsst ans Feuer zurückkehren.«

Veila seufzte; dann sagte sie mit gesenkter Stimme: »Ich muss etwas Bestimmtes tun, Alezo – ein Ritual vollziehen. Und das allein.« Sie machte ihren Blick eiskalt; sie wusste um die Wirkung, die sie erzielen konnte, wenn sie es darauf anlegte. »Ihr würdet Euch doch nicht den Pflichten einer Seherin in den Weg stellen, nicht wahr?«

Der Jäger zögerte. Die Glaubenstreuen waren aufgestellt worden, um vor Azoths Rückkehr zu schützen; das bildete das Herz ihres Ehrbegriffs und bestimmte alles, was sie taten. Ihr die Bitte abzuschlagen hätte geheißen, gegen diesen Kodex zu verstoßen.

Alezo sah mit tiefstem Misstrauen zu ihr herab. »Das würde ich nicht wollen, Seherin«, sagte er.

»Gut.« Veila schenkte ihm ein kleines Lächeln. »Ich brauche nicht lange. Macht Euch keine Sorgen.«

»Das tue ich nicht, wenn Devin Euch begleitet.«

»Ich darf keine Gesellschaft haben, Alezo; was ich tun muss, tue ich allein. Ich werde rufen, wenn ich in Schwierigkeiten bin.«

Er zögerte, musterte sie, nickte dann unglücklich und sagte: »Wenn Ihr nicht binnen einer Stunde zurück seid, werde ich nach Euch suchen.«

»Ich werde zurück sein«, sagte sie und trat an ihm vorbei in den Schatten der Bäume. Sie wusste, dass er es nicht verstand, aber ihre Sinne sagten ihr, dass sich keiner der Vier – wenn wirklich einer hier war – vor einem bewaffneten Mann zeigen würde. Dies hier war allein ihre Aufgabe.

Zuerst ging es nur schwer voran. Ihre Augen, die an die Dunkelheit nicht gewöhnt waren, konnten die Felsen und vorspringenden Wurzeln zu ihren Füßen nicht ausmachen; mehrfach stolperte Veila beinahe, bevor sie sich allmählich in ihrer Umgebung zurechtfand. Zum Glück hatten die Muthus viele der niedrigeren Büsche auf ihrem Weg vom Teich her niedergetrampelt, und Veila war besser in der Lage, den Weg zu finden, sobald der Baumbewuchs spärlicher wurde. Sie ging bergab, einen sanften Hang hinunter, der Stück für Stück steiler wurde, bis sie sehen konnte, warum die Männer die Muthus nicht am Wasser angepflockt hatten: Es wäre unmöglich gewesen, einen Ort zu finden, um sie sicher anzubinden.

Veilas Gliedmaßen schmerzten, und fast bereute sie ihre Entscheidung, herzukommen, während sie ihre steifen Beine zwang, sich weiterzubewegen. Der Teich lag am Fuße des Hügels, halb verborgen in einem Dickicht aus hohen Bäumen und Unterholz, und während sie vorsichtig darauf zuging, wurde ihr bewusst, dass tiefe Stille sie umfing und Feuchtigkeit aus der Erde aufstieg. Sie hielt sich an den Baumstämmen fest, um das Gleichgewicht nicht zu verlieren, und folgte dem Trampelpfad aus zertretenem Gras und Stücken bloßliegenden Erdbodens, bis sie die kleine Senke erreichte. Dann blieb sie stehen. Ihr Atem ging in raschen Stößen, während ihre Kopfhaut plötzlich in demselben Gefühl, beobachtet zu werden, kribbelte, das sie früher am Tag in dem Tal empfunden hatte. Vorsichtig ging sie auf den Kreis dunklen Wassers zu. Keine Welle kräuselte seine Oberfläche, und ein fahler Schimmer von Sternenlicht wurde von dem spiegelglatten Wasser reflektiert. Veila stand am Rand; ihr ganzes Wesen zog sich vor Kälte zusammen.

Zuerst dachte sie, der Umriss auf der anderen Seite des Teichs sei ein Stein, aber dann spürte sie etwas: jene unverkennbare Präsenz von Macht. Er saß in den Schatten und beobachtete sie; zwei dunkle Augen funkelten. Sie konnte keine Einzelheit bis auf seine massige Gestalt und diese Augen ausmachen.

Sie atmete langsam ein, um sich zu beruhigen. »Welcher bist du?«, fragte sie.

Er sagte eine ganze Weile nichts, und als er sprach, war seine Stimme tief und kalt, wie der Teich, wie ein Wald der Stille. »Einst hieß ich Vail«, sagte er.

Sie verdrängte die Furcht aus ihrem Tonfall. »Bist du allein?«

»Für den Augenblick.« Er lächelte und entblößte kantige, weiße Zähne. »Die anderen sind aber nicht fern.«

Veila schluckte. »Wie nahe?«

Er bewegte sich, und ein kleiner Stein hüpfte von ihm weg und fiel mit einem Aufspritzen in den Teich; kleine Wellen breiteten sich vom Ufer aus. »Ich habe nicht darum gebeten, geweckt zu werden«, sagte er. »Die Welt ist jetzt verändert. Mein Volk ist fort.«

»Vieles hat sich verändert, während ihr geschlafen habt«, sagte sie, »aber manches ist wieder dasselbe. Euer Bruder, Azoth, ist zurückgekehrt. Er hat den Schöpferstein.«

Vail rührte sich nicht. »Er wollte immer mehr, als ihm gegeben wurde.«

»Ja«, sagte sie.

»Du bist eine vom Volk meiner Schwester«, sagte er plötzlich mit einem seltsamen Unterton in der Stimme. War es Erheiterung oder etwas, wovor sie sich hätte fürchten sollen? Abneigung?

»Was meinst du damit?«

»Gedankenschauerin. Zwielichtkriecherin. Ich spüre euch aus weiter Ferne«, sagte er. »Ein kleines Stück von ihr ist in euch allen … Aber nicht so viel, dass es ihr Schaden zufügen könnte.«

Veilas Herz klopfte schneller. Fortuse. Sie sammelte sich. Sie musste aussprechen, weswegen sie gekommen war. »Azoth«, sagte sie. »Er plant, uns alle zu versklaven. Er führt Drachen und Menschen in den Krieg. Ihr habt ihn schon einmal aufgehalten. Könnt ihr uns wieder helfen?«

»Er hat den Stein«, sagte Vail leise, und in seinem Tonfall lag Sehnsucht, ein inniges Bedürfnis, das sie misstrauisch machte.

»Ja, er hat ihn«, sagte sie, »aber vielleicht könnt ihr ihm den Stein wieder abnehmen. Ihr seid zu viert.«

»Zu viert«, wiederholte er; seine Stimme war ein tiefes Grollen wie von einem unterirdischen Felssturz. »Einst waren wir zu fünft.«

»Könnt ihr uns helfen?«, fragte Veila noch einmal. Er schwieg lange, und sie erschauerte in der feuchten Kälte der Senke. Nebel begann vom Teich aufzusteigen und machte ihre Sicht auf ihn noch verschwommener. Dann bewegte er sich plötzlich, trat aus der Dunkelheit ans Ufer des Teichs. Sie versuchte, sich ihm gegenüber ihre Furcht nicht anmerken zu lassen. Er war nicht größer als ein durchschnittlicher Mann, aber seine Massigkeit war überwältigend: Mächtige Schultern liefen in Arme aus, die enorm dick vor Muskeln waren; sein Hals war verkürzt und breit. Die Hände wären groß genug gewesen, ihr den Schädel zu zerquetschen. Er sah sie aus schwarzen Augen an, die in einem Gesicht mit flachen, breiten Knochen saßen. Er war die Berge, die Steine, die lebendig gewordene Erde. Ein schwacher Geruch nach feuchtem Gras und stehendem Wasser ging von ihm aus.

»Ich erinnere mich an diesen Ort«, sagte er. »Die Bäume waren damals kleiner; einst schien hier die Sonne.«

»Werdet ihr uns helfen?«, sagte sie.

»Ich kann nicht mit Sicherheit sagen, was die anderen tun werden«, sagte er ruhig, »aber der Weg steht fest. Es gibt nur einen Pfad, den wir je gekannt haben. Wir holen uns den Stein.«

»Und wenn ihr ihn habt?«

»Wird alles wie früher sein«, sagte Vail. »Keine Missetat bleibt ungestraft.«

»Und was wird aus uns?«, fragte Veila. »Wenn ihr Erfolg habt?«

»Es wird sein wie früher«, wiederholte er.

Sie war sich nicht sicher, was er meinte. Beinahe nichts war über die Welt vor Azoths Herrschaft bekannt. Die Welt, in der alle Götter gemeinsam die Lande durchstreift hatten. Es war zu lange her; die Geschichten waren verloren. Aber hatten sie denn eine Wahl?

»Werdet ihr zur Schlacht erscheinen?«, fragte sie.

Vail wirkte beinahe betrübt, als er sagte: »Wir kennen keinen anderen Weg.«

Veila nickte. Warum hatte sie das Gefühl, dass das Schicksal der Menschen hier eigentlich kaum eine Bedeutung hatte? Sie waren Spielfiguren, die in die Rückkehr von Göttern, die es nie hätte geben sollen, hineingeraten waren. Sie sah den Teich an, den Nebel, der vom Wasser aufstieg, und als sie wieder hochschaute, war Vail verschwunden.

38

Shaan duckte sich hinter Asriths Rückenkamm und legte sich beinahe flach auf die Wirbelsäule der Drachin, so dass sie den warmen Fluss ihres Bluts fühlen konnte. Es war Nacht, und der trockene Wüstenwind wehte ihr noch immer ins Gesicht, aber das würde nicht lange so bleiben. Der dunkle Schatten der Schwarzen Berge ragte vor ihnen auf. Bald würden sie sie erreichen. Asrith flog schnell und hoch oben, wo die Luft manchmal so dünn war, dass es Shaan schwerfiel, zu atmen. Benommen ließ sie den Kopf auf die Haut der Drachin sinken. Zwischen den einzelnen Flügelschlägen erhaschte sie Blicke auf Licht und Schatten der Dünen tief unter ihnen, die das Sternenlicht reflektierten. Sie schloss die Augen und ließ sich vom Summen der Präsenz der Drachin in ihrem Blut und der traumgleichen Dunkelheit der Nacht einlullen. *Arak-si*, zischte Asrith flüsternd in ihrem Verstand.

Plötzlich erwachte sie. Die Dämmerung brach an, und die Schwarzen Berge lagen unter ihnen, eine Masse kahler Gipfel und Steilhänge, die schroff in tiefe Klüfte abfielen. Sie setzte sich leicht schwankend auf.

Ruh dich einen Augenblick aus, flüsterte sie Asrith zu, da sie sich Sorgen machte, dass die Drachin müde werden könnte.

Darf nicht anhalten, antwortete die Drachin. *Schlaf, Arak-si.*

Aber das konnte sie nicht. Sie flogen weiter. Die Zeit verging langsam. Shaan trank sparsam aus dem Wasserschlauch, den sie mitgenommen hatte, und betrachtete den endlosen, offenen Himmel. Es standen keine Wolken über den Bergen, und kein Hauch von Grün wuchs auf den Felsen. Es war, als ob es hier nie regnete.

Verfluchter Ort, ertönte Asriths Stimme in ihrem Verstand. *Nie wieder Regen hier. Alles Leben verschwunden. Nichts mehr.*

Nein, dachte Shaan, dafür hatten die Führer gesorgt. Die Berge waren die Barriere, die Azoth und die Vier abhielt, ins Land ihrer Erschaffung zurückzukehren.

Sie spürte einen Hauch von Unbehagen aus Asriths Verstand in ihren einsickern. *Die Knochen der Berge umfangen alles, unter dem Sand und darüber*, zischte die Drachin.

Shaan starrte auf das karge Ödland aus Fels und Schatten hinab; sie hatten ganze Arbeit geleistet. Der Ort sorgte dafür, dass namenlose Furcht ihren Verstand überschwemmte, und Kälte schien aus den schattigen Schluchten nach ihr zu greifen. Als Azoths Nachkommin konnte sie ein wenig von jener Abwehrkraft spüren, obwohl das nicht genug war, um sie von der Überquerung der Berge abzuhalten. Sie fragte sich, wie es für ihn sein mochte.

Sie flogen den ganzen Tag und die ganze Nacht lang und ließen die letzten Gipfel in den frühen Morgenstunden vor der Dämmerung hinter sich. Das niederdrückende Gefühl, das auf ihnen gelastet hatte, seit sie in die Berge gelangt waren, war auch weiterhin da, und Asrith flog im Bogen nach unten, um am Ufer eines schmalen Bachs Rast zu machen. Nach dem langen Flug fiel Shaan das Gehen schwer; ihr Körper schmerzte, als sie sich streckte und zum Bach hinüberschlurfte. Das Wasser war beinahe tief genug, um sie ganz zu bedecken, und so zog sie sich aus und watete mitten hinein, besprengte sich damit und zitterte vor Kälte. Einige struppige Bäume wuchsen am gegenüberliegenden Ufer, und während die Sonne höher stieg, zwitscherten Vögel in den Zweigen, ohne sich von der Anwesenheit der Drachin stören zu lassen.

Shaan hockte sich auf den sandigen Bachgrund, tauchte ihren Kopf unter Wasser und schrubbte sich die Kopfhaut; dann stand sie auf, kämmte sich das Haar mit den Fingern zurück und watete wieder ans Ufer. Nackt stand sie in den ersten Strahlen der aufgehenden Sonne und schloss die Augen. Ihre Gedanken galten Balkis: Sie malte sich sein hübsches Gesicht aus, erinnerte sich daran, wie sich seine Hände auf ihrer Haut angefühlt hatten, an den letzten Blick, den sie auf ihn erhascht hatte, als er davongegangen war. Dann sah sie wieder die Vision seines Todes, die Sabut ihr für den Fall gezeigt hatte, dass sie nicht tat, was er verlangte.

Sie öffnete die Augen und spürte, wie der Anhänger kühl und schwer von ihrem Hals hing. Sie betastete ihn, zeichnete die glatten Rundungen der Blutperlen nach. Er wirkte fast wie ein Talisman. Solange sie ihn trug, konnte sie sich daran erinnern, warum sie dies hier tat. Solange sie ihn trug, würde Balkis am Leben bleiben.

Sie musste Azoth überreden, den Stein mit in die Schlacht zu nehmen, und sicherstellen, dass die Vier ihn erreichen konnten, um zu gewinnen, durfte aber nicht zulassen, dass der Gefallene zu Schaden kam. Warum? Sie konnte es nicht verstehen. Warum musste er nach allem, was er getan hatte und noch tun würde, überleben? Aber Sabut wollte nicht antworten; er hatte ihr nur den Tod derer, die sie liebte, für den Fall gezeigt, dass sie Azoth nicht schützte. Es war der Schöpferstein, immer der Stein, der den Grund für all dies bildete. Er verlieh ihnen Macht. Hatte der Prophet recht? Würde es zur Erlösung führen, wenn der Schöpferstein zerstört wurde?

Es ist an der Zeit, aufzubrechen, zischte Asrith in ihrem Geist.

Ohne zu antworten griff Shaan nach ihren Kleidern und streifte sie wieder über; dann würgte sie etwas Fladenbrot und eine Handvoll getrockneter Fevibeeren runter, bevor sie wieder auf Asriths Rücken stieg. Die Drachin sprang in die Luft, und sie flogen weiter nach Osten.

Einen weiteren Tag und eine Nacht reisten sie schnell über die Ebenen, und am Morgen des dritten Tages erreichten sie das Grasland. Die stehenden Tümpel und hohen, dichten Gräser summten unter einem dicht bewölkten Himmel vor Insekten, und am Horizont wirkte der dunkle Dschungelgürtel wie eine Bergkette.

Erinnerungen daran, wie sie mit Azoth über dieselben Gegenden geflogen war, kehrten zu Shaan zurück: das Brennen auf ihrer Haut, die feuchte, drückende Hitze und der Ausdruck seiner Augen, als er auf die Wildlande hinausgestarrt hatte. In dem Augenblick hatte sie wirklich begriffen, wer er war – was er war –, ein Gott, nicht menschlich. Sie wurde von Zweifeln geplagt. War sie stark genug? Konnte sie einen Gott überlisten, ohne sich selbst zu verlieren, oder würde er einen Weg in ihr waches Herz finden, wie er einen in ihre Träume gefunden hatte?

Das Ende des Graslands kam näher; sie wischte ihre Befürchtungen beiseite und bat Asrith, zu landen. Die letzten paar Stunden über hatte sie die Beklommenheit der Drachin darüber gespürt, ihrem Schöpfer so nahe zu sein. Erinnerungsfetzen hatten begonnen, in ihrem Blut aufzusteigen, und Shaan wollte, dass sie umkehrte, bevor sie sich darin verlor.

Du musst mich hier zurücklassen, sagte Shaan zu der Drachin, als sie auf dem weichen Erdboden aufkam.

Ist Arak-si sich sicher? Asrith sah sie aus einem grünen Auge an, während sie mit ihrem Bündel abstieg. *Ich könnte weiterfliegen, bis zum Fluss.*

Nein. Shaan schüttelte den Kopf. *Es ist an mir, dieses Risiko einzugehen – nicht an dir. Außerdem habe ich eine Aufgabe für dich, wenn du sie übernehmen magst.*

Asriths Rückenkamm erglühte in einem dunklen, ins Violette spielenden Blau. *Ja?*

Kehrst du zu Ivar und meiner Freundin Tuon zurück? Sie sind bei der Führerin in der Gorankette. Du musst ihnen in meinem Namen ausrichten, dass die Vier in die Schlacht ziehen werden, aber dass meine Freunde nicht dahin gehen dürfen. Du musst sie alle für mich fortbringen, in die Wüste. Sie müssen sich verstecken, bis dies alles vorüber ist.

Asrith musterte sie. *In die Toten Lande?*

Ja. Zum Brunnen der Baal – dort werden sie sicher sein. Sie legte der Drachin eine Hand auf die Haut, stellte sich die Wüste vor und schickte dann noch eine besondere Nachricht an Tuon in ihren Geist. *Guten Flug.*

Asrith richtete sich mit knarrender Haut aus der Hocke auf. *So soll es geschehen.*

Shaan trat unter die nassen Blätter eines Oonunga-Baums zurück und sah zu, wie Asrith sich in die Luft warf und davonflog.

Flieg auf sicheren Wegen, Arak-si, rief Asrith, als sie in den Wolken verschwand.

Sobald sie fort war, fühlte Shaan sich plötzlich, als hätte sie einen Verlust erlitten. Einen Moment lang stand sie im Schutz der weit ausgebreiteten Zweige des fruchttragenden Baums da. Er war groß und alt und wuchs allein nahe am Rande des Graslands. Nicht mehr als zehn Schritt entfernt begann der Dschungel, der sich aus dem feuchten Gras erhob, als würde er von einer unsichtbaren Barriere zurückgehalten. Von dort, wo sie stand, konnte Shaan ein gewisses Stück hineinsehen, aber bald wurde der Dschungel zu nicht mehr als einer dämmrigen Ansammlung von Baumstämmen, Rankpflanzen und Unterholz. Es würde schwierig sein, bis zum Fluss vorzudringen, aber nach einer Weile, wenn sie näher zur alten Stadt gelangte, würden die Bäume höher und das Unterholz spärlicher werden, wie sie wusste. Der Dschungel war dort älter, voller Geheimnisse – und nun auch voller Krieger. Sie fragte sich, ob Azoth wusste, dass sie hier war.

Sie schaute in den wolkenverhangenen Himmel auf und genoss ihre letzten Augenblicke in Freiheit. Sie konnte jetzt fliehen. Sie konnte sich einfach umdrehen und durchs Grasland davonlaufen, sich irgendwo verstecken. Aber zu welchem Zweck? Sie seufzte, warf sich ihr Bündel über die Schulter und schritt durch das Gras zwischen die Bäume hinein.

Alterin stand auf dem steinernen Balkon, starrte auf die Stadt hinab und ignorierte den strömenden Regen. Sie war sich nicht sicher, wie lange sie schon hier draußen war – mindestens seit Stunden, vielleicht aber schon seit Tagen. Nichts fühlte sich mehr gewiss an. Hinter ihr ertönte Jareds langsames, gleichmäßiges Atmen. Er folgte ihr überallhin – ihr Bewacher, ihr Schatten, Azoths liebstes Schoßtier. Sie konnte es kaum noch ertragen, ihn anzusehen.

Sie dachte an die Frau, die vor ihr Seherin gewesen und vor Jahren gestorben war. *Magdi, hilf mir jetzt!* Allmählich wurde es fast unmöglich, die Traumpfade von der Wirklichkeit zu trennen, so häufig stieß Azoth sie ins Zwielicht. Der lodernde Zorn, der sie aus Fortuses Augen angestarrt hatte, schien immer noch in der Luft vor ihrem Gesicht zu hängen, als ob das Bild der Göttin in ihre Netzhaut gebrannt sei. Die Vier waren jetzt fast alle vereint, und Azoth hatte begonnen, nervös zu werden. Er unternahm sogar noch größere Anstrengungen als zuvor, seine Armee für den Krieg bereit zu machen. Jetzt hatte er Menschen in sie eingereiht, die kämpften, weil sie mussten. Eine Drohung gegen ihre Lieben war ein wirkungsvoller Ansporn.

Leise Schritte erklangen auf dem Stein und blieben in der Tür stehen.

»Seherin.« Die Stimme der jungen Dienerin war äußerst angespannt. »Er verlangt nach dir.«

Alterin drehte sich halb um, so dass sie das Mädchen sehen konnte. Die Dienerin war jung, schwarzhaarig und sah aus, als stamme sie aus dem Volk der Marlu. Azoth hielt sie sich, um sie seinen Alhanti zur Verfügung zu stellen. Alterin fragte sich, wie lange dieses Mädchen noch leben würde; unter ihren Augen lagen schon dunkle Ringe, und ihre Wangen waren vor ständiger Furcht eingefallen.

»Sag ihm, dass ich gleich komme«, antwortete Alterin und wandte sich dann wieder der Stadt zu. Die schwere Wolkendecke hatte dafür gesorgt, dass viele Laternen entzündet worden waren, und die ausgebesserten Gebäude funkelten vor gelbem Licht durch den Regen. Alterin hatte sich diesen höchsten Punkt von Azoths Palast ausgesucht, weil es der einzige Ort war, von dem aus sie über die Mauern in die alte Stadt und den Dschungel dahinter blicken konnte, der im prasselnden Regen kaum mehr als eine schattenhafte Masse aus Baumwipfeln war. Er erinnerte sie an die Freiheit, die es außerhalb von Azoths Herrschaftsgebiet immer noch gab, daran, dass die Baumgeister immer noch da waren.

Schwere Schritte ertönten auf dem Stein, und Jareds Hand umschlang ihren Oberarm.

»Es wird Zeit«, grollte er. »Er wartet.«

Sie sah zu ihm hoch, die Augen halb gegen den Regen geschlossen, und der vertraute Schmerz regte sich in ihr. Sie sah immer noch den Clansmann, der er einst gewesen war, hinter dem Alhanti verborgen. Sie suchte sein ausdrucksloses Gesicht ab. Hatte sein Tonfall anders geklungen? War er unglücklich darüber, sie zu Azoth bringen zu müssen, oder hatte sie sich das nur eingebildet? Vorsichtig und langsam hob sie eine Hand, um sein Gesicht zu berühren. Er bewegte sich so schnell, dass sie es nicht recht sah; seine Finger ergriffen ihr Handgelenk und hielten ihre Hand kurz vor seinem Kiefer auf.

»Es ist an der Zeit, zu gehen«, sagte er. Seine Nüstern blähten sich; er atmete flach, wie um Zorn zu unterdrücken. Die Anspannung in seinem Arm vibrierte durch ihren Körper, und für einen ganz kurzen Moment glaubte sie, etwas in seinen Augen zu sehen, als würde er mit sich ringen, um ihr nicht wehzutun, sich selbst zurückhalten.

»Jared?«, flüsterte sie.

Sie vergaß den Regen, als sie ihm in die Augen starrte, die plötzlich etwas von ihrer Dunkelheit verloren hatten. »Jared!«, wiederholte sie und hob die andere Hand, aber die Veränderung war so schnell wieder verschwunden, wie sie eingetreten war. Die Schwärze kehrte zurück, und er hielt ihr Handgelenk mit einem Zähneblecken auf und zerrte sie grob zur Tür.

»Er wartet«, sagte er und schritt hinein, schleifte sie mit. Die widerhallenden Rufe der Krieger und Waffenklirren ertönten, als sie über die überdachten Balkone schritten. Die Alhanti hatten ein paar überlebende Dörfler aus Falmor mitgebracht und benutzten sie in ihren Waffenübungen. Alterin versuchte, ihre Schreie nicht zu hören; das Geräusch erregte Übelkeit in ihr. Wenn sie Azoth anflehte, sie gehen zu lassen, erheiterte ihn das nur und machte alles nur noch schlimmer. Sie hatte aufgehört, zu bitten, nachdem er sie hatte zusehen lassen, wie die Alhanti einen der Menschen wortwörtlich in Stücke gerissen hatten; das Blut des Mannes war auf den grauen Stein gespritzt. Azoth hatte gedroht, ihre eigenen Leute zu verwenden, wenn sie ihn weiter damit belästigte, und so war sie nun still. Sie verabscheute es, darüber nachzudenken, was diese Leute von ihr halten mussten, die sie in Seide gekleidet an seiner Seite stand, als wäre sie sein besonderer Liebling.

Azoth hielt mit einigen seiner Alhanti-Generäle Hof in dem Raum, der auf den größten Übungshof hinausging. Er trug kein Hemd und war barfuß; er hatte nur ein paar weite Hosen an und stand an dem großen Steintisch, in dessen Platte die Karte von Sarantium eingemeißelt war, um ihnen zu zeigen, wie sein Krieg verlaufen sollte. Einer der Alhanti sah menschlicher als die meisten aus; in seinem Blick lag wildes Verstehen, als er verfolgte, wie Azoths Finger einen Bogen auf Salmut zu beschrieb. Es war der Alhanti, der mit einem Teil der Armee nach Süden geschickt worden war.

Von denjenigen, die Azoth in Alhanti verwandelte, waren die, die er zu Generälen machte, einst auch als Menschen Anführer gewesen, sogar Dorfälteste. Manchmal erkannte Alterin einen von ihnen, und es zerriss ihr das Herz, ihre Weisheit nun zu solchen Zwecken genutzt zu sehen. Zum Alhanti zu werden hatte ihnen die Seele geraubt, aber nicht die Intelligenz; das machte sie umso gefährlicher. Sie hatten jetzt keine Barmherzigkeit und Menschlichkeit mehr übrig.

Sie konnte es nicht ertragen, sie zu beobachten, und folgte Jared, der sie zu einem niedrigen Diwan in der Nähe der Rückwand führte. Er stellte sich auf eine Seite und starrte gleichmütig auf den Patio hinaus, während Alterin auf die weichen Polster sank und wartete.

Azoth schenkte ihnen keinerlei Aufmerksamkeit. Er hatte ihr den Rücken zugewandt und sprach mit leiser, langsamer Stimme. Sie hörte die Ausdrücke »Klippe« und »Split«, wusste aber nicht, was das zu bedeuten hatte. Doch Azoth wirkte erfreut, und sie konnte sich nur fragen, welchen neuen Schrecken er über die Bewohner der trockeneren Landstriche hatte hereinbrechen lassen. Als er schließlich die Alhanti fortschickte, gingen sie mit großen Schritten davon und sahen sie mit leeren, feindseligen Mienen an. Einer schenkte ihr ein halbes Lächeln, das eher wie ein Zähnefletschen wirkte.

»Du bist nass.« Azoths kühle Stimme schreckte sie auf, und sie bemerkte, dass er vor ihr stand. Sie hatte nicht gehört, wie er sich bewegt hatte. Er strich ihr mit einem Zeigefinger durchs Haar, hob eine Strähne an und musterte sie. »Nass gefällst du mir nicht«, sagte er. »Du durchnässt meine Kissen.«

Sie antwortete nicht. Azoth schnippte mit den Fingern nach Jared und wies auf den hölzernen, von Metallbändern umgebenen Kasten, der auf einem Tisch an der Wand stand. Alterin hörte, wie die schweren Schritte über den Boden schlurften und dann zu ihnen zurückkehrten, bis Jared neben ihnen stehen blieb. Die Angeln des Kastens knarrten kurz, als Azoth den Deckel öffnete und den Stein hervorzog. Alterin erschauerte, aber nicht vor Kälte. Die Macht des Steins pulsierte um Azoth herum, ein kaltes, unsichtbares Feuer. Er hatte den Schöpferstein jetzt immer bei sich, hatte damit aufgehört, ihn im Tempel zurückzulassen, so süchtig war er nach seiner Gegenwart.

»Lass uns allein«, sagte er zu Jared, und der Alhanti zog sich zurück; seine Schritte entfernten sich, bis die schwere, hölzerne Tür hinter ihm zufiel.

»Nun«, sagte Azoth und berührte mit der freien Hand ganz leicht die Oberseite ihres Kopfs, »zwing mich nicht, das hier noch einmal zu tun.«

Schmerz durchlief sie. Ein Brennen prickelte durch ihre Kopfhaut. Alterin versuchte, nicht aufzuschreien, und biss sich auf die Lippen, als ein Gefühl wie ein besonders heißer Wind ihrer Haut und ihren Kleidern die Feuchtigkeit entzog und sie förmlich verbrühte. Sie konnte sich nicht von seiner Hand wegbewegen; er berührte sie kaum, aber es war, als würde er sie von allen Seiten in einer eisernen Umklammerung halten. Es war kurz, ein Krampf von Energie, die aus dem Schöpferstein durch ihn in sie strömte, aber es war genug, um ihr Tränen, die sofort verdampften, in die Augen zu treiben. Seine Berührung löste sich, und sie sackte in die Kissen zurück, knochentrocken; ihr Kleid war steif und raschelte, als sie nach Luft schnappte. Die feuchte Luft war eine willkommene Erleichterung.

Er hielt den Schöpferstein noch immer in der Hand, als er sich neben sie hockte. »Kein Regen mehr«, flüsterte er, und sie konnte nur nicken und die Augen schließen, um ihn nicht sehen zu müssen. Er wandte sich von ihr ab, legte den Stein in seinen Kasten zurück und stellte diesen auf dem Tisch ab. Alterin begann, leichter zu atmen.

Azoth schien darauf zu warten, dass sie sich erholte. Sie sagte nichts, saß einfach reglos da wie die Bäume. Sie konnte lange Zeit so dasitzen. Wie sie wusste, machte es ihn gereizt, dass sie so still sein konnte. Es dauerte nur einen Moment, bis er anfing zu reden.

»Ich weiß, du hast es bemerkt, dass mein General zurückgekehrt ist. Willst du wissen, was er gesehen hat?«

Sie starrte in den Regen hinaus und versuchte, das leise Flüstern der Dschungelgeister wahrzunehmen. Manchmal riefen sie noch immer mit traurigen, ernsten Stimmen nach ihr.

»Die kleine Armee, die er mitgenommen hatte, wurde größtenteils getötet«, sagte er. »Größtenteils. Die Sklaven haben einige am Leben gelassen. Es ist ihnen sogar gelungen, mir einen der Alhanti zu nehmen, obwohl sie dazu drei Leute brauchten.« Sie zuckte zusammen, als er sich bewegte und plötzlich näher bei ihr war, neben ihr hockte und ihr ins Ohr flüsterte.

»Ihr Menschen seid so schwach. Das hatte ich vergessen. Es wird gar nicht viel nötig sein, um euch alle zu unterjochen. Ich habe so wenige geschickt, und es ist ihnen so schwergefallen, sie zu besiegen. Es wird …« Er hielt plötzlich mitten im Satz inne und spannte sich an; all die harten Muskeln seines Oberkörpers strafften sich.

»Sie kommt«, flüsterte er und starrte ins Freie.

Eine dunkle Vorahnung überkam sie. Sprach er etwa von Fortuse? Aber sie hätte sie doch ebenfalls gespürt, wenn sie gekommen wäre, oder etwa nicht? Azoth wirbelte zu ihr herum, ein zorniges Funkeln in seinen Augen, und sie krümmte sich, als er sie im Nacken packte.

»Warum?«, fragte er. Er vibrierte vor Macht und Erwartung. »Ich spüre, dass sie kommt. Warum kommt sie?«

»Wer?« Alterin starrte sein schönes, entsetzliches Gesicht an. »Fortuse?«

Er ließ sie los, stieß sie nieder, während er aufstand. »Meine Geliebte.« Er rannte zum Zugang in den Patio und blieb dort stehen. »Sie kehrt zu mir zurück.«

Alterin starrte ihn entsetzt an. Es gab nur eine, die er so nannte. Aber warum sollte Shaan hierher zurückkehren, an den Ort, der ihr beinahe den Tod gebracht hätte? Alterin hatte zu viel Angst vor dem, was Azoth tun würde, um sich zu rühren. Er schwebte am Rande der Gewalttätigkeit. Ein schrecklicher Verdacht keimte in ihrem Verstand auf. Sie wusste, dass Azoth wieder nach Shaans Träumen gegriffen hatte; war es ihm gelungen, sie so sehr zu beeinflussen, dass er sie auf seine Seite gezogen hatte? Er war jetzt so mächtig – alles war möglich. Aber das konnte sie mit der jungen Frau, die sie gekannt hatte, nicht in Einklang bringen. Shaan war zu stark dafür; sie hatte sich die ganze Zeit über gegen Azoth gewehrt und war dabei fast gestorben. Was hätte sie jetzt dazu bringen sollen, nachzugeben?

39

Shaan brauchte lange, um sich im dichten Unterholz zurechtzufinden und zum Fluss zu gelangen. Die Luft war heiß und drückend, doch sie behielt den Mantel an, um sich vor den rasiermesserscharfen Palmfarnen zu schützen, und schlug sich endlich am späten Nachmittag bis ans Ufer durch. Der Fluss war schmal, das gegenüberliegende Ufer leicht zu sehen, wenn auch nicht zu erreichen. Das tiefbraune Wasser strömte rasch dahin, schwemmte den einen oder anderen Baumstamm mit und wand sich tiefer in den Dschungel in Richtung Stadt. Alles, was Shaan tun musste, war, ihm zu folgen, dann würde sie früher oder später dorthin gelangen – wenn Azoth ihr nicht schon vorher jemanden entgegenschickte. Er musste wissen, dass sie hier war. Sie konnte eine Beschleunigung in ihrem Blut spüren, eine Vorahnung, die nicht nur ihrer eigenen Besorgnis geschuldet war. Sie zog Shaan in der Erkenntnis, dass sie zu ihm gehörte, zu ihm hin.

Shaan hockte sich auf den feuchten Boden und nahm einen Schluck Wasser. Vögel kreischten in den Bäumen verborgen, und der Tag verdunkelte sich, als ein leichter Regen zu fallen begann. Sie seufzte. Das hatte ihr gerade noch gefehlt! Nun würde sie durch Schlamm stapfen müssen. Resigniert packte sie den Wasserschlauch wieder ein und begann, dem schmalen Absatz des Flussufers in den Dschungel zu folgen. Der Regen wurde schwerer, der Fluss breiter. Dicke Tropfen prasselten auf die Wasseroberfläche ein und verwandelten das Ufer in Matsch. Shaans Mantel war geölt, aber zu weit, so dass Lücken blieben, in die das Wasser fließen konnte, um ihr den Nacken hinabzuströmen und ihren Hemdkragen zu durchnässen, während die unteren Enden ihrer Hosenbeine völlig durchtränkt wurden und ihr an den Waden klebten. Sie rutschte häufig aus, stapfte aber entschlossen mit gesenktem Kopf weiter; sie fühlte sich elend und müde.

Der Tag verstrich. Der Nachmittag ging in den Abend über, aber der Regen fiel noch immer; er war unbarmherzig. Der Dschungel glich einem schwarzen Schatten. Ihre Füße bewegten sich, immer einer vor den anderen, und das Bündel stieß ihr ins Kreuz, aber sie fühlten sich an, als wären sie getrennt von ihr. Sie starrte auf den Schlamm und das Wasser hinab, hinauf in die Bäume, und fiel in eine Trance. Die Zeit verlor jegliche Bedeutung; es gab nur den Regen, den Matsch und die Vorwärtsbewegung ihrer schmerzenden Gliedmaßen, immer weiter voran, am Fluss entlang. Sie begann, ihr linkes Bein nachzuziehen; in ihrer alten Verletzung hallte Schmerz nach.

Das Geräusch schwerer Schritte ließ sie die Orientierung zurückgewinnen. Sie war sich vage eines schwachen, stetigen Takts bewusst gewesen, als würde der Boden atmen, und hatte nicht weiter darauf geachtet, aber dann ertönte das Knacken von zerbrechendem Holz. Es erschreckte sie, und sie blieb stehen, starrte voraus in die Dunkelheit. War dort ein Licht? Sie machte einen Schritt, stand aber zu nahe an der Uferkante. Schlamm brach unter ihrer Ferse ab, und plötzlich war sie mit einem Schlag wieder wach, als ihr rechtes Bein das Ufer hinabglitt und sie beinahe ins Wasser riss. Sie fiel auf die Knie, klammerte sich an den Boden und konnte ihren Sturz gerade noch abbremsen. Zum Glück bildete das Ufer an dieser Stelle keine steile Klippe, sondern einen gefurchten Abhang, und um Halt kämpfend kroch sie wieder hinauf. Sie blieb auf allen vieren hocken und benötigte einen Augenblick, um wieder Luft zu bekommen; ihr Herz hämmerte. Das war knapp gewesen! Mit schlammbedeckter Vorderseite stand sie auf und rieb ab, so viel sie konnte. Es war jetzt sehr dunkel; sie konnte kaum noch etwas sehen, und der Fluss war nichts als ein Rauschen zu ihrer Rechten.

Der Boden erzitterte; sie hörte ein weiteres Knacken von Holz, das Klatschen von Laubwerk gegen etwas Festes, und sah wieder das Licht, einen hellgelben, schwankenden Punkt, der sich durch den Dschungel auf sie zubewegte. Alle Tiergeräusche waren zum Erliegen gekommen.

Sie stand still, atmete kaum; all ihre Sinne waren wach. Und dann spürte sie sein Flüstern in ihrem Geist.

Arak-si, cara merak, Arak-si. Die vertrauten Worte und das sanfte Vorbeistreifen seines Geistes, das wie eine Liebkosung war, ließen sie nach Luft schnappen. Sie zitterte, zwang sich aber, sich zu beruhigen; dies war der Grund dafür, dass sie hier war.

Azoth?, flüsterte sie im Geiste. Eine Pause trat ein; dann ertönte Gelächter.

Geh zu ihnen; sie bringen dich zu mir.

Sie erschauerte und sah das Licht an, das näher kam. Es gab nur eine Art von Wesen, die er geschickt haben konnte. Sie zögerte einen letzten, süßen Augenblick lang. Es war vorbei – es gab keinen Weg zurück. Kein Entkommen. Sie holte tief Atem, drückte die Schultern durch und trat zwischen die Bäume, um ihnen entgegenzugehen.

Sie waren zu zweit, ein Männchen und ein Weibchen, beide an die sieben Fuß groß. Sie waren die Geschöpfe ihrer Albträume, solche wie dasjenige, das Azoth in ihren Träumen heraufbeschworen hatte, aber jetzt waren sie Wirklichkeit. Keines von beiden sagte irgendetwas, als sie zwischen den Bäumen hervortrat.

»Seid ihr hier, um mich in die Stadt zu bringen?«, fragte sie.

Die gelben Augen des Weibchens verengten sich. »Er wird dich tragen«, antwortete sie in einem Ton, der so trocken wie Sand war. Natürlich – sie mussten gerannt sein, um sie so schnell zu erreichen.

»Steig auf.« Der männliche Alhanti wandte ihr den breiten, bloßen Rücken zu und kniete sich hin. Lange Striemen, mittlerweile verheilte Spuren einer Peitsche, zeichneten seine Haut. Shaan schluckte ihren Abscheu und ihre Furcht hinunter und schlang ihm die Arme um den Hals, so dass sein silberblauer Kamm nahe an ihrem Gesicht lag. Sofort stand er auf, packte ihre Beine und führte sie um seine Taille zusammen.

»Festhalten!«, knurrte er und rannte ohne weitere Vorwarnung los.

Er lief schnell, schneller, als Shaan es für möglich gehalten hätte, raste über den unebenen Boden, sprang über umgestürzte Bäume und pflügte durchs Unterholz. Übelkeit regte sich in ihrem Inneren, während die Dunkelheit an ihrem Gesicht vorbeipeitschte und Luft, die nach Flussfeuchtigkeit und Nacht schmeckte, ihr an den Augen vorbeizog und in den Mund strömte. Hinter sich konnte sie den ruhigen Atem der Alhanti hören, die ihnen folgte. Shaan schloss die Augen und betete, dass es bald vorüber sein würde.

Die Alhanti stieß einen Ruf aus, und Shaan öffnete die Augen, um Licht, den Fluss und den hoch aufragenden Bogen der alten Brücke zu sehen, der das reißende Wasser überspannte und in die Stadt führte.

Der Alhanti setzte sie ab, und Shaan fiel fast hin, als ihr das Blut zurück in die unteren Gliedmaßen strömte. Sie stolperte, und die beiden beobachteten sie mit ungerührtem Ausdruck auf ihren seltsamen Gesichtern. Sie ignorierte sie; sie verabscheute es, die Überreste der Menschen zu sehen, die sie einst gewesen waren. Ihre Augen waren zu länglich, ihre Gesichter breiter, ihre Knochen größer – aber in mancherlei Hinsicht waren sie noch menschlich.

»Komm.« Das Weibchen wies auf die Brücke, aber Shaan rührte sich nicht. Sie spürte Azoth in der Nähe, fast physisch gegenwärtig, eine Hand, die ihr über die Haut strich. Helle Fackeln erleuchteten das neue Tor, das den breiten Haupteingang bewachte. Die Mauern waren ausgebessert worden, und von hoch oben erscholl der Klang von Flügeln, die die Luft durchschnitten. Ein Drache glitt über die Baumkronen dahin und stürzte sich in die Tiefe, um irgendwo in der Stadt zu landen.

»Beweg dich!« Die Alhanti versetzte ihr einen Stoß in den Rücken.

Shaan strauchelte, drehte sich um und starrte sie böse an. Ihre linke Hand zuckte.

»Rühr mich nicht noch einmal an«, sagte sie.

Die Alhanti musste etwas gespürt haben, denn ihre länglichen Augen verengten sich, und sie trat einen Schritt zurück. »Er wartet«, sagte sie beinahe schmollend.

»Er kann noch ein wenig länger warten.« Shaan machte einen Schritt auf die steinerne Brücke und ging die sanfte Steigung bis zu ihrem höchsten Punkt empor, wo sie Halt machte, um die Stadt anzusehen. Al Hanatoha, so hatte Alterin sie genannt. Sie erinnerte sich an das letzte Mal, als sie hier gestanden hatte. Der Schöpferstein hatte nach ihr gerufen, und sie spürte jetzt wieder, wie er schwach summte. Er war die Ursache eines so großen Teils ihres Schmerzes …

Die breite Straße, die ins Herz der Stadt führte, lag gesäumt von Fackeln vor ihr. Kein Weg zurück. Ohne die Alhanti anzusehen, schritt sie auf die andere Seite der Brücke und machte sich zum Tor auf.

Innerhalb der Mauern hatte sich die Stadt sehr verändert. Die Bäume versuchten nicht mehr, die Gebäude zu verschlingen. Die meisten Spuren von Verfall waren verschwunden: Steinmauern waren wiedererrichtet worden, die Straßen waren von Schutt befreit. Der Dschungel war zurückgedrängt worden, fort von den neu behauenen Steinen. Scanorianer durchstreiften in Rudeln die Straßen; ihre dunklen, schmalen Gesichter starrten Shaan böse an, wenn sie ihr aus dem Weg wichen, und sie sah, wie sie gefesselte Menschen hinter sich herzogen. Sobald diese sie sahen, waren sie erst erschrocken und dann eingeschüchtert; sie wandten sich rasch ab, um nicht von ihren Bewachern verprügelt zu werden. Sie waren in einem schrecklichen Zustand: Sie wirkten halb verhungert und verzweifelt, und Shaan rang darum, ihren Zorn in Zaum zu halten. Sie konnte ihnen hier nicht helfen – noch nicht.

Ihr tat vor Erschöpfung alles weh, aber sie zwang sich, rasch durch die Straßen zu gehen; sie wusste, wie sie zum Palast gelangen konnte, ohne dass man es ihr erst hätte erklären müssen. Die Alhanti hielten Schritt mit ihr und rahmten sie ein – sie war sich nicht sicher, ob sie Beschützer oder Wachen waren. Die

Stadt war stiller, als sie es hätte sein sollen. Das sorgte dafür, dass Shaans Unbehagen sich verdoppelte. Ihr Herz klopfte schnell, als sie über die glatten Steine trabten und die Straße betraten, von der sie wusste, dass sie zum Tempelplatz und zum Palast dahinter führte.

Der große Platz war hell erleuchtet; ringsum hockten Drachen auf hohen Steinpodesten, die aus vielen der Gebäude hervorragten. Shaan spürte ihre Blicke auf sich ruhen, als sie unter ihnen vorbeikam, und sie versuchte, nicht zum Tempel zu sehen. Er stand in der Mitte des Platzes, ein schwarzer, steinerner Monolith gleich einem Grab. Dort war sie beinahe ums Leben gekommen. Dort drinnen hatte sie den Schöpferstein zurückgeholt.

Arak-si. Das gemeinsame geistige Flüstern der Drachen streifte ihren Verstand; sie zuckte zusammen und überquerte die Freifläche, so schnell sie konnte, passierte den Tempel und ging jenseits des Platzes die gewundene Straße zum Palast hinauf. Die Tore standen offen, bewacht von zwei weiteren Alhanti, und hinter ihnen sah sie eine Statue Azoths aus ebenholzschwarzem Stein, die bis über die Dächer der Gebäudeansammlung aufragte.

Shaan blieb direkt hinter dem Tor stehen; plötzlich war sie nicht mehr in der Lage, weiterzugehen. Ihre Gliedmaßen zitterten, und ihr war erst heiß, dann kalt, so kalt, als sein Atem ihren Nacken streifte.

Er stand hinter ihr.

Sie wusste nicht, wie er dorthin gekommen war. Beiderseits lagen die massigen Schatten von vielstöckigen Gebäuden; Balkone wanden sich spiralförmig rings um die Mauern. War er von dort gekommen?

»So in Eile, und doch bleibst du jetzt stehen«, sagte er mit seiner leisen, geschmeidigen Stimme.

Er stand so nahe bei ihr, dass sie wusste, sie würden sich berühren, wenn sie sich auch nur ein wenig zurücklehnte. Sie konnte kaum über ihr panisches Herzklopfen hinweg sprechen.

»Die Alhanti waren in Eile, nicht ich«, sagte sie.

Er lachte leise und trat in ihr Gesichtsfeld. »Spiele? Bist du hier, um Spiele mit mir zu spielen?« Er senkte den Kopf ein wenig; in seinem Blick lagen Erheiterung und noch etwas anderes. Sehnsüchtiges Begehren.

Sie fühlte sich, als würde sie ertrinken. Sein Wesen zog sie an wie an einer unsichtbaren Schnur, einer Leine. Er wusste, dass sie es spürte. Plötzliche Begierde trat in seine Augen, und er trat vor und legte ihr die Hand an die Wange, neigte ihren Kopf. Sie zuckte zurück, und Energie strömte aus ihm in sie.

»Du bist nach Hause zu mir gekommen.« Er beugte sich zu ihr hinab, und seine Finger krochen von ihrer Wange in ihren Nacken, bis er ihn, die Hand unter ihrem Haar, umschlungen hielt. »Warum?«, flüsterte er; der Griff seiner Finger wurde fester. Shaan hatte plötzlich Angst, dass sie nicht würde tun können, was sie hier vorhatte. Angst vor der Reaktion auf ihn, die sie empfand.

»Wir werden sehen.« Seine Lippen berührten ihre Wange, als er sprach, trocken, sein Atem heiß auf ihrem Fleisch. Langsam löste er das Bündel von ihrem Rücken und warf es dem wartenden Alhanti zu. »Der Mantel gefällt mir nicht«, sagte er. »Er riecht nach deinem Bruder. Zieh ihn aus.«

Seltsam steif streifte Shaan den schweren Mantel ab und reichte ihn dem Alhanti, der hinter Azoth wartete.

»Komm.« Er lächelte halb; seine Zähne hoben sich weiß von der leichten Bräune seiner Haut ab. »Komm diesmal freiwillig mit mir.« Er streckte die Hand aus, beobachtete sie, wartete. Er misstraute den Gründen für ihre Anwesenheit, aber er glaubte nicht, dass sie ihm etwas anhaben konnte.

Shaan nahm seine Hand nicht, doch sie zwang ihre Füße, sich zu bewegen, erst einen Schritt, dann noch einen. Sie ging vorwärts, und Azoth blieb an ihrer Seite; sein hungriger Blick lag auf ihrem Gesicht, als er sie in die Gänge seines Palasts führte.

40

Die Luft des frühen Morgens war warm; eine leichte Brise aus dem Süden verhieß womöglich Stürme für später am Tag, und am Horizont sah Tallis ein kaum wahrnehmbares Wolkenband, während er dem Falken nachsah, der zu Balkis und zur Jägerklippe davonflog.

»Anscheinend ist es Nilah tatsächlich gelungen, zu tun, womit sie gedroht hat.« Rorcs Gesichtsausdruck war grimmig, während er den Pergamentstreifen befingerte, den er dem Botenvogel abgenommen hatte.

»Was ist geschehen?«, fragte Tallis.

»Sie glaubt, hinter Lorgons Rücken einen Frieden mit den Freilanden aushandeln zu können.« Er schüttelte den Kopf. »Sie muss sehr überzeugend geredet haben, wenn sie Morfessa und Veila dazu bringen konnte, dem zuzustimmen.«

»Vielleicht gelingt es ihr ja tatsächlich«, sagte Tallis, aber seine Gedanken waren weit von den Nöten der jungen Führerin entfernt.

»Sie ist leichtfertig und naiv«, murrte Rorc. »Amandine wird nicht auf sie hören. Sie bringt sich in unnötige Gefahr.«

Aber Tallis bekam gar nicht mit, was Rorc sagte. Er hatte Shaans Spur verloren! Er wusste, dass sie am Leben war, aber das war auch schon alles. Er war bis zu den Schwarzen Bergen in der Lage gewesen, sie zu spüren, aber dann war sie verschwunden, und ein furchtsames Zusammenkrampfen in seinen Eingeweiden sagte ihm, dass sie nicht die Vier aufsuchen würde. Was hatte Sabut ihr gesagt, um sie dazu zu bringen, zu gehen? Und warum hatte er sie nicht aufgehalten? Er hätte Asrith befehlen können, sie nicht fortzubringen, aber irgendetwas in ihrem Blick und in seinem Herzen hatte ihn davon abgehalten.

»Du denkst an deine Schwester«, sagte Rorc. »Weißt du, wohin sie gegangen ist?«

»Nein.«

»Aber du hast einen Verdacht.« Rorc beugte sich näher zu ihm. »Wusstest du, dass sie gehen würde?«

Er konnte nicht lügen. »Ich ahnte, dass sie es vielleicht tun würde.«

»Und du hast nicht daran gedacht, mir davon zu erzählen?« In Rorcs Ton lag Wut über Tallis' Misstrauen. »Was glaubst du, wohin sie gegangen ist, Tallis?«

»Irgendwohin, auf Sabuts Befehl. Ich dachte, sie sollte die Vier suchen, aber …«

»Azoth?«, fragte Rorc.

»Sie würde uns nicht verraten«, sagte Tallis rasch. »Es muss einen Grund geben.«

»Warum hast du sie nicht aufgehalten?«

Tallis schüttelte den Kopf. »Ich weiß es nicht.« Er sah seinen Vater an, wollte es ihm begreiflich machen, aber der Gesichtsausdruck des älteren Mannes war zweifelnd.

»Als sie das letzte Mal mit ihm gekommen ist, hat sie den Schöpferstein befreit, Tallis.«

»Sie hatte keine Wahl. Er hat sie dazu gezwungen, und es hat sie beinahe umgebracht. Sie würde ihm nicht helfen.«

Rorc sah aus, als wolle er noch etwas sagen, als Hashmael zu ihnen stieß. Der Gesichtsausdruck des Mannes hatte einen harten Zug, als er fragte: »Hast du Neuigkeiten?«

Rorc reichte ihm die Botschaft. »Unsere junge Führerin versucht, einen Frieden mit den Freilanden auszuhandeln. Wenn sie Erfolg hat, haben wir vielleicht eine größere Armee zur Verfügung als erwartet.«

Tallis bemerkte, dass er nicht erwähnte, er rechne nicht mit einem Erfolg.

»Mit einem ›Wenn‹ können wir keine Pläne machen«, sagte Hashmael. »Wir müssen von dem ausgehen, was wir wissen – und das ist wenig.«

»Wir wissen, dass der Gefallene kommt«, sagte Rorc. »Wir wissen, dass er zwischen der Küste und den Schwarzen Bergen hindurchziehen wird. Er kann diese Lande nicht betreten.«

»Wir glauben zumindest, dass es das ist, was wir wissen«, knurrte Hashmael. »Aber wir wissen nicht wann.«

»Balkis wird uns benachrichtigen, wenn er von seinem Kundschafter hört.«

»Ich bin sicher, dass Azoths Armee seine Stadt noch nicht verlassen hat«, sagte Tallis, und Hashmael wandte sich ihm zu.

»Und warum glaubst du das?«

»Du weißt warum«, sagte Rorc in schneidendem Ton.

»Aber ich würde es gern besser verstehen«, antwortete Hashmael. »Wenn er von meinem Blut ist, habe ich es verdient, mehr zu erfahren.«

»Es gibt kein ›Wenn‹.«

»Du hast recht«, sagte Hashmael. »Was ihm an äußerlicher Ähnlichkeit fehlt, macht er mit seiner Fähigkeit wieder wett, Dinge für sich zu behalten. Wie sein Vater weiß er immer mehr, als er sagt, und versteht sich darauf, nichts preiszugeben. Nun ja …« Hashmael musterte Tallis. »Vielleicht nicht ganz so gut.« Sein prüfender Blick gab Tallis ein unbehagliches Gefühl.

»In der Hinsicht gleichen wir uns folglich alle«, sagte Rorc. »Vielleicht liegt es uns im Blut.«

Einer von Hashmaels Mundwinkeln hob sich. »Das ist sicher wahr. Wir sind Männer der Baal – wir lassen niemanden unsere Geheimnisse wissen!« Er sah Tallis wieder an. »Warum glaubst du, dass Azoth seine Stadt noch nicht verlassen hat? Wie kannst du das wissen?«

»Fragst du, wie es um meine Loyalität bestellt ist?«, wollte Tallis wissen.

Hashmael zog die Augenbrauen hoch. »Wenn ich an deiner Loyalität zweifeln würde, wärst du schon tot.«

»Sei dir da nicht so sicher«, sagte Tallis, und die Lippen des großen Mannes zuckten.

»Nein, da hast du recht, aber …« Sein Lächeln verblasste. »Du behauptest, mit einem Gott verbunden zu sein, der vorhat, uns zu versklaven oder zu vernichten. Würdest du an meiner Stelle nicht die Fragen stellen, die ich stelle?«

»Vielleicht«, sagte Tallis.

»Dann sag mir, woher du weißt, dass Azoth noch nicht vorgerückt ist.«

»Weil er eine Armee von Drachen mitbringen würde«, sagte Tallis. »Und sobald die die Berge überqueren, werde ich sie spüren. Ich kann nicht erklären, wie, aber ich kann es einfach.«

»Auf dieselbe Art, auf die du eine Verbindung zu deiner Schwester spürst?«, bohrte Hashmael weiter, und Tallis warf Rorc einen raschen Blick zu, aber sein Vater schüttelte nur leicht den Kopf. Er war nicht derjenige gewesen, der das verraten hatte.

»Die Träumerin der Baal hat es gespürt«, sagte Hashmael.

»Ich habe sie nicht in eurem Lager gesehen«, antwortete Rorc.

»Bei Versammlungen bleibt sie in ihrem Zelt und zieht es vor, allein zu sein – wie deine Schwester.« Hashmael kratzte sich die Wange und beäugte Tallis. »Wo ist sie überhaupt?«

»Sie ist von den Führern fortgeschickt worden«, antwortete Rorc. »Willst du etwa auch die Führer in Frage stellen, Zweitvater?« Sein Tonfall war trocken, aber nicht ohne Schärfe, und Hashmael reichte ihm den Pergamentstreifen zurück.

»Kommt«, sagte er, »die anderen Anführer haben um einen Kriegsrat gebeten.«

»Dann sollten wir unsere Krieger mustern«, sagte Rorc. »Ich werde mit Miram sprechen.«

Hashmael nickte. »Die anderen haben schon Nachrichten an ihre Clans gesandt. Da die Baal den Brunnen haben, der am versecktesten liegt, habe ich den Kindern, Alten und nicht kämpfenden Frauen aller Clans dort Zuflucht angeboten.«

»Ihr seid heute schon zusammengetreten?«, fragte Rorc. »Warum hast du mich nicht hinzugerufen?«

»Weil wir uns noch nicht sicher sind, was wir mit dir anfangen sollen.« Hashmaels Worte waren ungeschönt. »Aber du musst zu unserem Kriegsrat dazustoßen.«

»Ich bin gerührt«, sagte Rorc. »Wenn man bedenkt, dass es meine Armee ist, zu der ihr hinzustoßt.«

»Urteile nicht so hart über die anderen, Zweitsohn. Sie wissen sehr wenig über dich.«

»Und urteilen dennoch über mich«, sagte Rorc.

»Vielleicht, aber das hier ist deine Gelegenheit, ihnen das Gegenteil zu beweisen.«

»Ich bin nicht hier, um irgendjemandes Meinung über mich zu ändern«, erwiderte Rorc. »Ich bin mit einem Angebot hier, sie in den Krieg zu führen, und entweder nehmen sie es an oder nicht.«

Hashmael sah listig drein. »Ich nehme doch an, dass sie annehmen«, sagte er. »Kommt, die Frauen haben schon genug Nonyu für hundert Leute gebraut!«

Der Kriegsrat wurde im Zelt der Baal abgehalten. Die versammelten Anführer der Clans und ihre wichtigsten Krieger saßen auf breiten, flachen Kissen und dicken Webteppichen auf dem Boden und sprachen einen Großteil des Vormittags über miteinander. Rorc saß zwischen ihnen und übernahm in vielen der Beratungen eine führende Rolle, während Tallis am Zelteingang im Hintergrund blieb. Das Letzte, was er wollte, war, noch mehr unter Beobachtung zu stehen. Trotz allem, was Miram gesagt hatte, fühlte er sich immer noch nicht von seinem Clan akzeptiert, und noch viel weniger von allen anderen.

Die Anführer besprachen, wie viele Krieger sie in den Kampf führen konnten, und die Planung und Vorbereitung einer so weiten Reise mit so vielen quer durch die Wüste. Bis Mittag war entschieden worden, dass die Jalwalah zur Südgrenze der Clanlande ziehen und sich mit den Baal und Raknah treffen würden, während sie die Territorien der anderen durchquerten; die Shalneef und Halmahda sollten nachkommen. Das hieß, dass die Armee der Clans gestaffelt in Gruppen an der Jägerklippe eintreffen würde, aber Hashmael und Rorc waren sicher, dass es auf diese Weise besser gehen und Zeit sparen würde.

Da Tallis keine Erfahrungen mit Kriegsstrategien hatte, saß er nur da, lauschte und nutzte, als das Mittagsmahl hereingetragen wurde, die Gelegenheit, um hinauszugehen und etwas Luft zu schnappen. Der Tag war windstill; das Wolkenband, das am Horizont gestanden hatte, war nun verschwunden und hatte nur fahlen, leeren Himmel hinterlassen.

»Reden sie immer noch?« Mailun trat zu ihm und begleitete ihn, als er zwischen den Zelten hindurch zum Brunnen zurückging. Sie hatte einige Frauen der Shalneef besucht.

»Sie werden wahrscheinlich noch den ganzen Tag damit beschäftigt sein«, antwortete er.

»Hast du gespürt, wo Shaan ist?« Ihr Tonfall war angespannt.

»Nein.«

Sie nickte, aber er wusste, dass ihr nicht leichter ums Herz war. Er konnte ihr nicht sagen, wohin Shaan seiner Ansicht nach gegangen war.

»Wo ist Irissa?«, fragte er, mehr, um sie abzulenken, als aus sonst einem Grund.

Sie zuckte die Schultern. »Ich weiß es nicht – vielleicht bei den Quellen. Bist du sicher, dass Shaan dir nicht gesagt hat, wohin sie gehen wollte?«

Tallis seufzte und wünschte, er hätte ihr mehr sagen können. »Ich weiß es nicht, Mutter, das habe ich dir doch schon gesagt.«

»Vielleicht weiß Shila es«, murmelte Mailun.

»Du könntest sie fragen«, sagte Tallis, und Mailun machte eine ungeduldige Handbewegung.

»Sie würde es mir nicht erzählen, wenn die Führer es ihr untersagt hätten«, sagte sie.

»Oder sie weiß es nicht«, sagte Tallis und fing sich einen scharfen Blick ein. Sie gingen eine Weile schweigend nebeneinander her und kamen am Eingang zum Brunnen zwischen den Zelten hervor.

»Was haben sie dort drinnen beschlossen?«, fragte Mailun, als sie aus der heißen Sonne in den kühleren Schatten der Höhle traten.

»Alle Krieger der Clans kommen mit«, sagte er, und seine Mutter schnaufte leise.

»Ich bin überrascht, dass sie sich nach all den Jahren des gegenseitigen Befehdens darauf einigen konnten.« Sie schüttelte den Kopf. »Es wird keine einfache Reise werden. Ich hoffe, Hashmael ist so stark, wie er wirkt; es wird insbesondere schwierig sein, die Raknah davon abzuhalten, den Baal an die Kehle zu springen.«

Tallis nickte. Die Baal und die Raknah hatten mit Unterbrechungen schon so lange Krieg geführt, wie sich irgendjemand erinnern konnte – um Wasser, um Land, um Frauen.

»Da ist Irissa«, durchbrach Mailuns Stimme seine Gedanken. Die jüngere Frau ging allein an der gegenüberliegenden Seite der großen Höhle entlang.

»Du solltest zu ihr gehen«, sagte Mailun. »Diesen Streit beenden.«

»Wir streiten uns nicht«, sagte Tallis.

»Sei nicht starrköpfig, Sohn.« Mailun stieß ihn auf Irissa zu. »Geh hin und rede mit ihr. Wer weiß schon, was in diesem Krieg geschehen wird? Vielleicht werdet ihr schon bald keine Gelegenheit mehr dazu haben.« Ihr Ton war hart, unglücklich; ihre Gesichtszüge waren streng. Sie sah älter aus; ihre Augen waren voll grimmiger Nachdenklichkeit, und er dachte, wie schwer es für sie sein musste, eine Tochter nur gefunden zu haben, um sie gleich wieder verschwinden zu sehen.

»Hast du deine Mutter schon wieder verstimmt?«, fragte Irissa, als er sich ihr näherte. Sie war am Eingang der Tunnel zu den heißen Quellen stehen geblieben, um zu warten. Ihre Körperhaltung war alles andere als freundlich.

»Sie ist nicht verstimmt über mich«, antwortete Tallis. »Sie regt sich über den Krieg und über Shaan auf.« Er wies auf den Tunnel. »Warst du auf dem Weg zu den Quellen?«

»Warum sonst hätte ich wohl das hier mit?« Sie hielt ein Handtuch zum Abtrocknen hoch. »Solltest du nicht beim Kriegsrat sein?«

»Ich glaube nicht, dass es ihnen behagt, wenn ich dort bin«, sagte er.

»Nein, das würde ihnen wohl nicht behagen.«

Er kam sich plötzlich vor, als wären ihm die Dinge ausgegangen, die er sagen konnte. Sie wollte ihn offenbar nicht hier haben.

»Dann lasse ich dich baden«, sagte er und wandte sich zum Gehen, aber sie streckte eine Hand aus und hielt ihn auf.

»Warte.« Sie sah ihn enttäuscht an. »Ist das alles, was du zu sagen hast? Du willst einfach weggehen?«

»Was willst du mich denn sagen hören?«

»Ich habe zugesehen, wie du beinahe gestorben wärst, Tallis, und du benimmst dich, als wäre das nichts.«

»Es tut mir leid.«

Sie lächelte bitter. »Ja, das sagst du immer wieder, aber es sind nur Worte.«

Er wusste nicht, was er sonst noch sagen sollte, oder warum sie so wütend war. »Ris …«

»Nenn mich nicht so«, sagte sie, und ihre Augen funkelten vor plötzlicher Verärgerung. Er wusste nicht, was er tun sollte. Seine Mutter hatte gesagt, dass Irissa ihn liebte, dass sie nur auf sich selbst wütend sei, aber es fühlte sich an, als ob sie jetzt gerade vor allem ihm zürnte.

»Wenn ich mein Leben darum geben könnte, Jared zurückzuholen, täte ich es«, sagte er.

»Und warum glaubst du, dass ich das will? Meinst du, es wäre mir lieber, wenn du tot wärst? Oder gar, dass Jared das wollen würde?«

Er schüttelte den Kopf. »Ich weiß es nicht.«

»Nein, das tust du nicht.« Sie sah ihn an, als ob er das beim besten Willen nicht verstehen könnte. »Ich habe meinen einzigen Bruder verloren, Tallis. Warum glaubst du nur, dass ich es ertragen könnte, dich auch noch zu verlieren?« Eine Träne quoll hervor und lief ihr über die Wange. »Du sehnst dich so nach dem Tod, dass du das Leben nicht siehst, das du haben könntest!«

Sie wischte sich weitere Tränen von den Wangen und wandte sich von ihm ab. »Geh«, sagte sie. »Geh einfach weg.«

Aber er rührte sich nicht. Er hatte Irissa noch nie weinen sehen – dabei kannte er sie doch schon sein Leben lang. Es sorgte dafür, dass etwas sich in ihm regte, ein Strom von Gefühlen, eine Erkenntnis.

»Ris.« Er legte ihr zögerlich die Hand auf die Schulter. Sie zuckte zurück. »Ris, bitte…« Aber sie drehte sich nicht um. Er stand dicht hinter ihr. Sie war so vertraut, ihr Geruch nach Staub und Gewürzen, aber seit er sie in Salmut wiedergesehen hatte, fühlte sich alles anders an. Das Wissen darum, was sie für ihn empfand, hatte seinen Blick auf sie verändert. Sie war nicht mehr nur die Schwester seines Erdbruders.

»Es tut mir leid, Ris«, flüsterte er und wagte es, ihr die Hände auf die Schultern zu legen. Ihre Haut war unter seinen Handflächen warm und weich. Er sog einen langen Atemzug ein und spürte, dass sie zögerte, wartete. »Wir müssen in den Krieg ziehen, Ris. Ich kann nicht…«

»Krieg!« Sie hauchte das Wort, während sie sich umdrehte und ihn mit einem heftigen Stoß von sich wegdrängte. »Du liebst deine Drachen und den Tod mehr als mich!« Ihr Gesicht war hart, doch sie war wunderschön in ihrem Zorn. »Zieh in deinen Krieg, aber ich komme mit. Du schuldest mir noch immer etwas.« Und damit ging sie davon in die Tunnel.

41

Shaan stand im Schlafzimmer und hielt den Anhänger um ihren Hals fest. Das Gemach, das Azoth ihr zugewiesen hatte, war groß und behaglich. Das Bett war mit Kissen überhäuft und mit Seide bezogen. Sofas boten Ruheplätze, und es gab eine Auswahl an Kleidern, die einfach aufgetaucht waren, als ob er auf sie gewartet hätte, damit sie sie tragen konnte. Manche wirkten sehr alt und bestanden aus einem Material, das sie noch nie gesehen hatte. Sie wollte nicht wissen, wem sie einst gehört hatten.

»Bitte, Ihr müsst dies hier anziehen.« Die ältere Sklavin hielt ihr ein violettes Kleid hin. Sie war schlank, dunkelhäutig und vielleicht in Mailuns Alter, aber ihre Augen wirkten viel älter.

»Was ist mit meinen Kleidern geschehen?«, fragte Shaan. Azoth hatte sie kurz nach ihrer Ankunft mit dieser Frau und einer weiteren in einen Badepavillon geschickt, und jetzt trug sie nichts als ein dünnes Umschlagtuch.

»Sie waren zu schmutzig«, sagte die Frau, »und er will, dass Ihr diese hier tragt.« Sie streckte ihr das Kleid wieder hin. »Bitte tut, worum ich Euch bitte.«

Shaan ging zu ihr hinüber. Aus dem Wohnzimmer, das an das Schlafzimmer grenzte, drang leises Gläserklirren, da die andere Frau ein Tablett mit Essen und Getränken zusammenstellte. Shaan hob den Rock des Kleids hoch. Es war lang, ärmellos und so geschnitten, dass eine Schulter frei lag; der Rock war mit bernsteinfarbenen Perlen besetzt, in denen sich das Licht fing.

»Wie heißt du?«, fragte sie die Sklavin.

»Ich habe jetzt keinen Namen mehr, Herrin.« Die Frau hielt den Blick gesenkt.

»Ich bin nicht deine Herrin.«

»Ihr seid sein, also seid Ihr unsere Herrin.« Ihr Gesichtsausdruck war verschlossen, vorsichtig.

»Ich bin nicht sein«, sagte Shaan. »Ich bin hier, um …« Sie hielt inne. Was konnte sie sagen? Warum sollte diese Frau ihr glauben, nachdem sie gesehen hatte, dass sie von Azoth so bereitwillig willkommen geheißen wurde?

»Es tut mir leid, was dir zugestoßen ist«, sagte sie stattdessen.

Die Frau sah sie nicht an. »Hättet Ihr gern Hilfe beim Ankleiden?«

Shaan seufzte. »Nein.« Ihre Hand wanderte wieder zu dem Anhänger. Sie wollte ihn nicht vor Azoth tragen, aber sie wollte ihn auch nicht abnehmen.

Die Frau wies auf eine kleine, hölzerne Truhe. »Darin ist Unterwäsche«, sagte sie ruhig, »und es wird Essen und Trinken für Euch zubereitet. Wir werden bei Sonnenuntergang zurückkehren, um Euch zu ihm zu bringen.« Sie ging, ohne eine Antwort abzuwarten; ihre bloßen Füße machten kaum ein Geräusch auf dem polierten Steinboden.

Shaan legte das Kleid an und ging hinaus ins Wohnzimmer. Es gab keine Tür zum Balkon, nur eine breite Öffnung, die den feuchten Duft des Dschungels einließ; Shaan trat hinaus und lehnte sich an die steinerne Brüstung. Sie war auf der Rückseite des Palasts; der Balkon ging auf einen Hof und die rückwärtige Mauer hinaus. Jenseits der Steine lag nur dichter Dschungel. Der Regen war zum Erliegen gekommen, und ein Vogelschwarm rief irgendwo in den Bäumen; dann ertönte das schwere Geräusch von Drachenflügeln, die die Luft peitschten, und ein langer Schatten fiel für einen Moment auf den Balkon, als mehrere der Geschöpfe darüber hinwegstrichen. Shaan konnte schwach das Aufeinanderprallen und Klirren von Stahl und die kehligen Laute von übenden Kriegern hören. Sie schloss die Hand um den Anhänger und fühlte sich schrecklich einsam. Tallis konnte sie jetzt überhaupt nicht mehr spüren; sein Innerstes wurde von den Bergen versperrt. Dafür spürte sie den Schöpferstein deutlich. Ihre linke Hand kribbelte, und sie hörte sein Summen in sich beinahe so stark, wie sie Azoths Präsenz wahrnahm, so, als stünde er direkt vor ihrer Tür. Wieder erfüllten Zweifel ihren Verstand. Ob sie überhaupt in der Lage war, zu tun, was Sabut wollte? Warum hätte Azoth auf sie hören sollen? Er war jetzt, da er den Schöpferstein besaß, so mächtig …

Als der rosige Schimmer des Sonnenuntergangs sich über den Himmel auszubreiten begann, kamen die Frauen, um sie abzuholen. Shaan hatte den Anhänger abgenommen und in der Holztruhe versteckt.

Die Frauen führten sie über eine breite Steintreppe hinab auf einen regennassen Hof; die Steine schimmerten vor Feuchtigkeit, während Scanorianer umherhuschten und Fackeln entzündeten. Sie gingen in ein anderes, großes Gebäude hinüber, das drei Stockwerke hoch über dem Boden aufragte. Jenseits davon ertönten die Schritte vieler Füße auf Stein, und als sie sich einem Treppenhaus näherten, kam ein Schwarm Drachen hinter ihrem Rücken aus dem Dschungel herangestrichen. Shaans Herz machte vor Furcht einen Satz. Es waren zu viele, um sie zu zählen: Das Rauschen ihrer Flügel erfüllte den Himmel. Die Luft peitschte auf sie herab, wehte ihr Kleid zurück und drückte es eng an ihren Körper, als die Drachen niedrig über ihren Kopf hinwegflogen. Ein geflüsterter Chor von *Arak-si* zischte durch ihren Verstand und bereitete ihr unerwartete Schmerzen. Sie griff sich an den Kopf und stieß sie schwer atmend von sich.

Die ältere Frau beobachtete sie; ihr Gesicht spiegelte eine Mischung aus Argwohn und Besorgnis wider. Hinter ihr sah die jüngere Sklavin verschreckt drein.

Shaan rang darum, sich wieder zu fangen, bedeutete ihnen, weiterzugehen, und folgte ihnen die Treppen hinauf und einen weiteren geräumigen Flur entlang zu einer breiten, zweiflügligen Holztür, die mit Stahl verstärkt war. Die Frauen ließen sie dort allein, und sie stieß einen der Türflügel auf und betrat einen großen Raum, der vom sanften Leuchten gelblicher Lampen erhellt war. Wie ihr Wohnzimmer ging er auf einen langen, steinernen Balkon hinaus, aber er war drei Mal so groß.

Azoth wartete, ganz in Schwarz gekleidet: Er trug ein ärmelloses, durchscheinendes Seidenhemd und weite Hosen.

Er lächelte und streckte ihr eine Hand entgegen. »Shaan, komm her.«

Sie zögerte. Sein Blick griff über den Abstand zwischen ihnen, so dass sie es schwer fand, irgendetwas anderes als ihn anzusehen. Sie trat einen Schritt in den Raum, noch einen – und dann ließ ein Geräusch sie stehen bleiben. Sie sah eine Person zu seinen Füßen am Boden liegen – eine kleine Frau mit dunklem Haar.

Alterin! Shaans Muskeln zogen sich schmerzhaft zusammen.

»Ja, sie ist es«, sagte Azoth ruhig. »Wir hatten eine … Auseinandersetzung.«

Alterin wälzte sich langsam in eine sitzende Stellung und sah Shaan an. Sie war eine andere Frau als diejenige, die ihr vor Monaten geholfen hatte. Sie wirkte kleiner, niedergeschlagen. Ihre Wange war zerschnitten, und der Drang zu heilen stieg in Shaans Brust auf.

»Warum ist sie verletzt?«, fragte sie und versuchte, ihre Stimme gleichmütig zu halten. Er durfte nicht wissen, wie sehr es sie schmerzte, Alterin so zu sehen.

»Sie hat mir getrotzt«, sagte Azoth und sah dann auf Alterin herab. »Das hättest du nicht tun sollen. Ich tue dir nicht gern weh.«

»Ich habe Euch nicht getrotzt«, sagte Alterin leise. »Ich war nur verwundert über … Euren Gast.«

Ihre dunklen Augen richteten sich auf Shaan, und der Ausdruck, der in ihnen stand, war vernichtend.

»Deine einzige Sorge sollte dem gelten, was ich von dir verlange«, erwiderte Azoth; er senkte die Stimme, die eine gewisse drohende Schärfe gewann. »Oder willst du etwa das Leben aufs Spiel setzen, das du in der Hand hältst?«

Alterin senkte den Kopf, bis sie beinahe im Boden zu versinken schien. »Nein«, sagte sie.

»Gut.« Azoth sah Shaan an. »Komm her«, sagte er.

Sie schluckte und brachte die Strecke hinter sich, die sie von ihm trennte.

»Du siehst bezaubernd aus.« Sein Blick schweifte über ihr Kleid. Es ließ sie wünschen, sie hätte es von sich reißen und damit nach ihm werfen können, aber sie hielt den Mund. Er legte ihr leicht eine Hand in den Nacken.

»Wir unterhalten uns gleich«, sagte er, »aber erst muss ich etwas von unserer Freundin, der Seherin, erfahren. Sie hat für mich meine Geschwister im Auge behalten.« Er wandte sich an Alterin. »Was hast du gespürt?«

»Die Vier bewegen sich, sie sind beinahe vereint. Nur der Dunkle, der Starke, muss noch zu ihnen stoßen.«

»Vail«, zischte Azoth leise und zog die Hand von Shaans Nacken zurück. »Wie bald?«

»Vielleicht schon heute Nacht.«

»Und ihre Pläne?«

Alterin schüttelte den Kopf. »Das kann ich nicht herausfinden, ohne den Stein einzusetzen.«

»Nun, vielleicht versuchen wir es später«, sagte Azoth, und Alterins Schultern krümmten sich zuckend enger zusammen. Shaan sah einen kleinen Kasten an, der auf dem Steintisch stand. Sie hatte ihn schon beim Eintreten gespürt. Das Summen, das seltsame Leben darin, das nach ihr griff wie die Tentakel irgendeines Meereswesens. Was hatte Azoth damit erreichen wollen, dass er ihn mit Alterin benutzt hatte? Der Stein konnte sie töten.

Regen setzte erneut ein und prasselte leise aufs Dach.

»Alhanti!« Azoth erhob die Stimme und blickte über Shaans Schulter zur Tür. »Komm herein und hol deinen Schützling ab.« Er sah sie mit einem Ausdruck neugieriger Vorfreude an.

Shaan runzelte die Stirn. Schwere Schritte ertönten auf dem Boden hinter ihr, und sie spürte, wie etwas Großes hereingeschritten kam. Eines von Azoths Geschöpfen. Sie drehte sich leicht um – und ihr blieb schier das Herz stehen; ihre Haut kribbelte, als ob ein kalter Windstoß hereingefahren wäre

Jared!

Der hübsche Clansmann war zu etwas anderem geworden, etwas Verändertem – größer, stärker, mit einem drachenhaften

Kamm, der aus der nackten Haut seiner Wirbelsäule aufragte. Shaan musste an sich halten, um nicht aufzuschreien, und ihr Gesicht so ausdruckslos zu halten, wie sie nur konnte. *Oh, Göttin! Alterin, Jared, es tut mir so leid.* Sie versuchte, ihn nicht anzusehen, als er an ihr vorbeiging; er nahm ihre Anwesenheit gar nicht wahr.

»Bring sie in ihr Zimmer«, sagte Azoth, den Blick noch immer auf Shaan gerichtet.

Der Alhanti, der einst Jared gewesen war, bückte sich, umfasste Alterins Arm und zog sie auf die Beine. Er war beinahe sanft, aber sein Gesicht zeigte nichts: Die Augen wiesen seltsamerweise immer noch ihr ursprüngliches Braun auf. Shaan wusste, dass er Alterin geliebt hatte, aber jetzt verhielt er sich, als ob sie ein Niemand sei. Während sie ihm hinausfolgte, begegnete Alterins Blick dem Shaans. Die Trauer in ihren Augen war beinahe mehr, als Shaan ertragen konnte, aber die Verurteilung, die in ihnen stand, war noch schlimmer. Es gab nichts, was sie zu ihr sagen konnte, keine Möglichkeit, die Gedanken zu beschwichtigen, die Alterin durch den Kopf gehen mussten – dass Shaan alle verraten hatte, die sie liebten. Der Seherin zu enthüllen, warum sie wirklich hergekommen war, hätte geheißen, zu riskieren, sich an Azoth zu verraten, und das durfte sie nicht tun!

Der Raum war sehr still, nachdem sie gegangen waren, bis auf den Klang des Regens und den fernen Ruf eines Drachens. Der Schrei jagte Shaan einen Schauer die Wirbelsäule entlang.

»Endlich allein«, sagte Azoth. Der Klang seiner Stimme hallte wider, ließ ihr das Blut an die Hautoberfläche strömen. Ein Lächeln spielte um seine Mundwinkel.

»Gefällt dir die Stadt, die ich geschaffen habe?«, fragte er. Shaan rang darum, ihren Atem unter Kontrolle zu halten, als sie sprach: »Sie ist jetzt ganz anders.«

Er trat einen Schritt auf sie zu. »Morgen werde ich dir zeigen, wie anders.« Dann stand er plötzlich so schnell, dass sie seiner Bewegung kaum zu folgen vermochte, neben ihr, hatte ihr Kinn ergriffen und zwang sie, ihm ins Gesicht zu sehen.

»Warum bist du hier?«, flüsterte er. Sein Gesicht befand sich jetzt näher an ihrem; seine Augen waren fast schwarz, und sie spürte das Pulsieren seiner Macht.

»Ich bin hier, um zu verhandeln«, sagte sie und versuchte, ihr Zittern unter Kontrolle zu halten. Seine Finger liebkosten sie, während er ihr in die Augen starrte und ihr in den Verstand zu blicken versuchte. »Ich habe von dir geträumt«, flüsterte sie und hoffte, ihn davon abzuhalten, tiefer zu stochern.

Er entfernte sich nicht, aber die Hand an ihrer Kehle sank tiefer herab; Finger strichen an ihrem Hals entlang, bis einer unter den einzelnen Träger ihres Kleids glitt. Azoth beugte sich ein wenig näher heran; seine Lippen berührten ihre beinahe.

»Wir werden sehen«, sagte er und wich zurück. »Ich lebe schon zu lange, um mich leicht täuschen zu lassen.«

Shaan rang um Atem. Einen Moment lang war es wie in ihren Träumen gewesen, seine Hände auf ihrer Haut. Das Begehren einer anderen, das sie überkam. »Du bist nicht der Einzige, der getäuscht worden ist«, sagte sie. »Glaube ja nicht, dass ich vergessen habe, was du mir angetan hast.«

Damit sagte sie das Richtige. Er würde ihr nie glauben, wenn sie behauptete, seinetwegen hier zu sein. Die Intensität seines Blicks ließ nach, und das Lächeln kehrte beinahe auf sein Gesicht zurück.

»Immer noch trotzig?«

»Du hast mich beinahe getötet.«

»Nein.« Seine Augen verdunkelten sich. »Das hätte ich nicht zugelassen.«

»Das sagt sich so leicht.«

»Und doch bist du hier.« Er ging langsam auf den Balkon zu.

»Warum ist der Schöpferstein hier?«, fragte sie. »Warum ist er nicht im Tempel?«

Er lächelte, blendete sie mit seiner plötzlichen Schönheit. Er wirkte jünger, weicher. »Komm«, sagte er. »Sieh dir an, was ich geschaffen habe. Ich habe sie auf dich warten lassen, damit du sie sehen kannst.«

Misstrauisch folgte sie ihm an die Balkonbrüstung – und keuchte auf. Unten lag ein gewaltiger Hof, der von vielen Lampen erhellt wurde; eine Armee füllte ihn aus. In vorderster Reihe standen die Alhanti, ein Dutzend, alle riesenhaft und stark im Vergleich zu den Scanorianern, die einen Großteil der Streitmacht hinter ihnen bildeten. Aber es standen auch Menschen in spärlicher Lederrüstung dort, die Speere umklammert hielten. Er musste sie arg bedroht haben, um sie zu einem Teil hiervon zu machen. Und ringsum auf den Mauern hockten die Drachen und sahen reglos Azoth an. Bei Shaans Anblick durchlief ein Raunen die Scanorianer.

»Bist du beeindruckt?«, fragte Azoth. »Und das sind noch nicht einmal alle; einige sind schon unterwegs.«

»Was?« Sie wandte sich ihm zu.

»Du bist gerade rechtzeitig gekommen, meine Liebe. Meine Armee wird binnen eines Tages marschbereit sein.«

Shaan starrte die Menge unter sich an. Wie sollten sie gegen sie kämpfen? Das konnten sie nicht, noch nicht einmal mithilfe der Clans – es waren so viele!

Azoth stand hinter ihr, und seine Lippen streiften ihr Ohrläppchen. »Sag mir, warum du hier bist«, flüsterte er. »Sag mir, wie du glaubtest, mich überlisten zu können, diesen Kampf aufzugeben. Bist du hier, um dich selbst als Entschädigung dafür anzubieten?«

Shaan fror. »Nein.«

»Schade, wenn man bedenkt, was wir schon miteinander geteilt haben.«

Sie erschauerte; sie wusste, dass er sich auf ihre Träume bezog.

»Vielleicht willst du … Gnade?« Er senkte die Stimme, und eine Hand schloss sich um ihre Kehle. »Woher weißt du, dass ich dich nicht einfach dafür töten werde, dass du mich verlassen hast?«

Shaan wehrte sich nicht, und sein Griff verstärkte sich; sie blieb so reglos wie möglich, als er sie an seine Brust zog. »Du hast mich gehen lassen«, sagte sie und spürte, wie sich ein Druck hinter ihrem Brustbein entfaltete, dunkel und unheilsschwanger.

Azoth hielt inne; er spürte die Veränderung in ihr. Seine Finger lösten sich, und ein leises Lachen vibrierte in seiner Brust. »Ich verstehe«, flüsterte er. »Aber du wirst mich mit deinem neuen Kniff nicht verletzen.«

»Es ist kein Kniff.« Shaan zwang ihre Stimme, ruhig zu klingen.

»Ein Erbe des Steins«, sagte er. »Ich habe mich gefragt, ob er irgendein Mal an dir hinterlassen würde.«

Abgesehen davon, dass er sie beinahe getötet hatte? Sie presste die Lippen zusammen, bevor ihr Zorn sich Bahn brechen konnte. Azoth hob ihre linke Hand. »Ich merke deiner Haut seine Spuren an.« Er rieb mit dem Daumen über ihre Handfläche, und sie entzog ihm ihre Hand.

»Ich bin hier, weil ich will, dass meine Familie am Leben bleibt«, sagte sie.

»Du willst, dass ich sie verschone?«

»Ja. Ich will, dass du sie verschonst – sie alle, auch meinen Bruder.« Sie spürte, wie sich seine Ungeduld wie Hitze durch ihren Rücken ausbreitete.

»Er ist nicht wie du. Er hat mir einige meiner Kinder genommen.«

»Die Drachen sind freiwillig gegangen«, sagte Shaan. »Sie haben dir getrotzt; er hat sie nicht dazu gezwungen.«

»Das sagst du, aber es kann nur einen Herrn der Drachen geben, nur einen, der ihr Gebieter ist.«

Arak. Das Flüstern der vielen Stimmen strömte durch Shaans Geist, als er ihr seine Lippen noch einmal ans Ohr hielt. »Ich habe sie geschaffen«, flüsterte er. »Ich bin ihr Gott. Dein Bruder sollte mich nicht herausfordern.«

Einige der Drachen, die auf der Mauer hockten, regten sich, erhoben sich und breiteten die Flügel aus. Unter ihnen konnte Shaan Nuathin sehen, den ältesten von allen; das Licht vieler Laternen spielte auf seiner Haut.

»Und was ist mit den anderen?«, fragte sie.

»Was meinst du?«

»Die Vier …« Sie zögerte, versuchte, ihrer Stimme den richtigen Unterton zu verleihen, das passende Maß an Furcht und Unsicherheit. »Deine Brüder und deine Schwester.«

»Ich habe den Stein«, sagte Azoth. »Sie können mich nicht besiegen.«

»Aber das haben sie schon einmal getan«, sagte sie leise; zum Lohn schlossen sich seine Finger enger um ihren Hals.

»Mit Hilfe«, sagte er.

»Und sie mögen wieder Hilfe haben«, sagte sie rasch, als seine Hand sich weiter zusammenzog. Er hielt inne. »Was meinst du damit?« Sein Ton war neugierig.

»Das Volk, eine Armee«, sagte sie.

»Ein paar der sogenannten Glaubenstreuen und einige Drachen?« Azoths Tonfall war herablassend. »Sie können ihnen nicht helfen.«

»Nein, aber die Clans«, sagte sie. Shaan verabscheute, was sie gleich tun würde. Ihr war übel; der Kern ihres Verrats griff ihre Seele an wie eine Krankheit. Aber sie musste es tun. Wenn er glauben sollte, dass sie gekommen war, um ihm zu helfen, diesen Krieg zu gewinnen, dann musste sie ihm etwas Echtes geben. Etwas, von dem er wissen würde, dass es sie viel gekostet hatte. Ohne das würde sie nur seine Gefangene sein. Ohne diesen einen Verrat an allen, die sie zurückgelassen hatte, würden Sabuts Pläne sich nicht erfüllen. *Vergebt mir*, schrie sie in ihrem Herzen und dachte an Tallis, an Balkis, an alle, die sie liebte. »Tallis und Rorc haben die Clans vereint und werden sie gegen dich führen.«

Azoth wurde sehr still. Er ließ sie los und trat zurück, so dass sie sich zu ihm umdrehen konnte. Die Nachricht hatte ihn überrascht.

»Wüstenkrieger?«, fragte er, und seine Lippen pressten sich zu einer schmalen Linie zusammen. »Die Alten mischen sich ein, aber das spielt keine Rolle – wir sind zu viele, sie werden besiegt werden.«

»Aber um welchen Preis?«, fragte Shaan. »Du wirst nicht in der Lage sein, gleichzeitig gegen sie und die Vier zu kämpfen.«

Misstrauen trat in seine Augen. »Warum hast du mir das erzählt?«

»Ich habe Angst vor dem, was sie tun werden, wenn sie gewinnen«, sagte sie. Und das war die Wahrheit, trotz der Aufgabe, die Sabut ihr gestellt hatte; sie hatte Angst vor dem, was geschehen würde, wenn die Vier den Stein in die Hände bekamen. Sie hatte schon gesehen, was ein Gott allein anrichten konnte.

»Also willst du, dass ich siege?« Sie spürte, wie seine Macht nach ihr griff und unsichtbare Fühler sich unter ihre Haut vortasteten. Es war intimer, als wenn ihre nackten Körper sich berührt hätten, und sie zuckte zusammen, als er lächelte, da er ihre Gedanken las. »Du willst lieber den einen, den du kennst, als die Vier, die du nicht kennst.«

Shaan nickte. »Aber es gibt nur einen Weg, auf dem du sicher sein kannst, zu gewinnen«, sagte sie. »Du musst den Schöpferstein mit in die Schlacht nehmen.«

Er dachte nicht einmal über seine Antwort nach. »Nein«, sagte er schlicht. »Es darf nicht das Risiko bestehen, dass er ihnen wieder in die Hände fällt – oder irgendjemandem sonst.«

Shaans Lippen waren trocken, und ihre Haut fühlte sich fiebrig und heiß an, während sie sich bemühte, ihre wahren Gedanken vor dem sachten Vorbeistreichen seiner Macht zu verheimlichen. »Aber du musst«, sagte sie. »Wenn du den Stein in der Hand hältst, wirst du unantastbar sein – unbesiegbar.«

»Ich bin jetzt schon mächtiger als meine Geschwister. Ich kann den Stein durch mich leiten, ohne ihn zu berühren.«

»Bist du dir sicher? Vielleicht kannst du das hier, wo er nur einige Fuß weit entfernt ist, aber aus meilenweiter Entfernung? Bist du sicher, dass du das Risiko eingehen willst?«

»Warum stellst du mich in Frage?« Er packte sie, legte ihr einen Finger aufs Herz, und die summende, murmelnde Hitze des Schöpfersteins brandete aus ihm hervor und durch ihre Brust. Keuchend bäumte sie sich auf, als er sie versengte; Schmerz und Licht überfluteten ihr Gesichtsfeld. Einen entsetzlichen Augenblick lang war sie wieder im Tempel, hintenübergebeugt von der

Kraft des Steins, als er ihr aus dem Nichts in die Hand wirbelte. Nein!

Der Druck hinter ihrem Brustbein entrollte sich und prallte auf die Kraft aus seiner Hand, verschmolz mit ihr, zwang sie zurück. Shaans Herz stockte, sie atmete tief ein, und dann schlug es wieder. Azoth bewegte die Hand, und sie starrte zu ihm hoch, schwindlig, zornig. Auf seinem Gesicht lag ein sonderbarer Ausdruck.

»Das war ein bloßer Bruchteil der Macht, über die ich verfüge«, sagte er. »Wenn du irgendjemand sonst wärst, wärst du tot.« Er beugte sich noch näher heran, hielt sie mühelos mit einer Hand aufrecht. »Glaubst du immer noch, dass ich ihn bei mir haben muss?«

Shaan konnte kaum sprechen; ihre Brust brannte vor Hitze. »Er wäre bei dir sicherer. Niemand könnte ihn stehlen. Nicht einmal die Vier.«

Verärgerung und Enttäuschung rangen in seinem Blick miteinander, aber dann stieß er sie von sich, so dass sie gegen die niedrige Mauer zurückstolperte.

»Ich mag es nicht, wenn man an mir zweifelt«, sagte er. »Geh jetzt, bevor du mich noch weiter verärgerst.« Sein Blick war kalt, und Shaan wich zurück und machte sich davon.

42

Am nächsten Morgen fiel leichter Nieselregen wie Vorhänge aus Nebel und verlieh dem Licht ein helles Grau. Shaan zog sich das seidene Umschlagtuch eng um die Schultern und ging rasch vor der Sklavin her über den Hof. Sie hatte kaum geschlafen – halb hatte sie damit gerechnet, dass Azoth an ihrer Tür erscheinen würde – und hatte wach gelegen, Balkis' Anhänger in der Hand gehalten, sich nach der Morgendämmerung gesehnt und die Führer verflucht, die sie hierzu verleitet hatten. Als die Frau gekommen war, um sie abzuholen, war sie schon angekleidet und bereit gewesen.

Shaan spürte den Blick der Frau im Rücken und fragte sich, ob Alterin ihr irgendetwas über sie erzählt hatte. Wussten die Leute, die in die Sklaverei gepresst worden waren, dass sie schon einmal hier gewesen war? Sie hoffte es nicht; sie wollte nicht, dass sie möglicherweise dachten, sie sei so etwas wie eine neue Amora. Sie war zu einem Zweck hier, einem allein: Azoth zu überzeugen, den Stein mit in die Schlacht zu nehmen, und ihn dann, wenn sie irgendwie in seine Nähe gelangen konnte, zu zerstören. Wenn sie dazu in der Lage war. Darüber hinaus wollte sie nicht denken – das konnte sie nicht ertragen. Das zu tun würde sie unfähig zu allem machen. Ein Schritt nach dem anderen, ermahnte sie sich.

Sie holte tief Luft und versuchte, nicht mehr daran zu denken, als sie sich den Türen näherte. Jared stand am Eingang. Sie hatte nicht damit gerechnet, ihn zu sehen, und ihre Schritte wurden langsamer. Sein starrer Blick war gleichgültig, sie hätte jeder sein können, und doch… Es war, als spürte sie eine gewisse Unruhe um ihn her. Sie machte die letzten paar Schritte zur Tür und blieb dann stehen. Druck baute sich in ihrer Brust auf, und ihre linke Hand kribbelte, als ob er der Heilung bedurfte.

»Jared?«, fragte sie. »Erkennst du mich?«

»Herrin, nein!« Die Stimme der Sklavin war ein drängendes Flüstern, und sie legte Shaan eine Hand auf den Arm.

»Schon gut«, sagte Shaan.

Die Frau zögerte. »Wie Ihr wünscht«, sagte sie und zog sich zurück.

Jared sah Shaan an; seine braunen Augen waren so ähnlich, und doch so anders, und dennoch … Sie hatte das Gefühl, irgendetwas darin erspähen zu können. Aufruhr? Einen inneren Kampf? Er war nicht wie die anderen. Vorsichtig trat sie näher heran.

»Jared?«, flüsterte sie. »Clansmann, erkennst du mich?« Sie dachte darüber nach, ihn zu berühren, und fragte sich, ob ihre Heilkräfte irgendeine Wirkung haben konnten. Aber seine Hand schoss vor und packte sie fest am Handgelenk, und sie unterdrückte ein Aufkeuchen; ihr Heilimpuls loderte auf. Sein Körper zitterte vor mühevoller Zurückhaltung.

»Jared?« Sie suchte in seinem Gesicht nach irgendeinem Zeichen.

»Er ist tot«, antwortete er mit tiefer, kehliger Stimme und stieß sie von sich, so dass sie mit der Frau hinter ihr zusammenprallte.

»Geh hinein.« Er sah über ihren Kopf hinweg, als sei sie nicht mehr da. Shaan rieb sich das Handgelenk. Dort, wo er sie gepackt hatte, war ihre Haut gerötet, aber sie sah kaum dorthin; sie hatte sein inneres Ringen gespürt. Er war nicht ganz ein Alhanti, aber er war auch kein Mensch mehr. Er war zwischen beidem gefangen.

»Kommt, Herrin.« Die Dienerin stieß sie an.

Shaan zog sich die Seide ihres Umschlagtuchs wieder um die Schultern und ging hinein.

Azoth war nicht da, dafür aber Alterin. Sie saß auf dem Kissenhaufen in der Mitte des Raums und starrte auf den steinernen Balkon und den Dschungel jenseits davon hinaus. Sie saß aufrecht da, aber Shaan sah die Erschöpfung auf ihrem Gesicht, Falten, die früher nicht dort gewesen waren, scharfe Kanten, wo die Haut ihres Kiefers sich über den Knochen zu spannen begann; sie hatte so viel Gewicht verloren.

»Alterin?«, fragte sie.

»Ich habe dich draußen gehört«, antwortete Alterin, ohne sie anzusehen. »Du solltest nicht mit ihm sprechen, es verstimmt ihn nur.«

Shaan trat weiter nach vorn, so dass sie die Seherin im Profil sehen konnte.

»Du siehst müde aus«, sagte Shaan. Alterins dunkle Augen waren glanzlos; die funkelnde Gewissheit, an die Shaan sich erinnerte, war so gut wie ausgebrannt.

»Warum bist du zurückgekommen?«, fragte Alterin. »Du solltest die Vier suchen.«

Shaan zögerte und ging weiter auf den Balkon zu, bis sie sicher war, dass ihr Gesicht sie nicht verraten würde.

»Ich bin mir nicht mehr sicher, ob die Vier die Antwort sind«, sagte sie. »Sie sind gefährlich.«

»Sie sind alle gefährlich.«

»Dann doch besser die Gefahr, die man kennt«, antwortete Shaan.

Alterin schwieg einen Moment lang und sagte dann leise: »Du fühlst dich jetzt eher wie er an; ich spüre dich unter meiner Haut wie ihn. Der Schöpferstein hat dich verändert.«

Shaan rang darum, ihren Gesichtsausdruck ruhig zu halten, als sie sich nach ihr umdrehte; sie verabscheute die Art, wie die Seherin sie ansah. Sie wünschte sich, sie hätte Alterin sagen können, wie froh sie war, dass sie noch am Leben war, dass sie sie immer noch als Freundin betrachtete und wie dankbar sie ihr für ihre Hilfe war, aber sie konnte es nicht. Azoth hätte es herausgefunden, und das durfte sie nicht riskieren. Sie ließ ihre Stimme kühl klingen.

»Ich kann dem Teil von ihm, der in mir liegt, nicht entkommen.« Sie hielt inne und sagte dann: »Es tut mir leid um Jared.« Sie wollte mehr sagen, fragen, ob auch Alterin spürte, dass er nicht wie die anderen war, aber der Kummer, der das Gesicht der jungen Frau verzerrte, brach ihr schier das Herz.

»Und was ist mit deinem Bruder?« Alterins Stimme war leise, aber der Vorwurf darin laut.

»Ich liebe meinen Bruder«, sagte Shaan. »Ich tue dies, damit er überlebt.«

»Niemand wird überleben, wenn Azoth siegt. So viele sind schon verloren.«

Shaan verschränkte die Arme vor der Brust und ging auf den Balkon hinaus. Sie stand im Nieselregen, ließ das Wasser über ihr Gesicht rinnen und ihr Kleid durchtränken.

Sie spürte ihn schon, bevor er etwas sagte; sein Blick glitt wie eine Liebkosung über ihre Haut.

»Willst du etwa die schönen Kleider ruinieren, die ich dir schenke?« Azoths Tonfall war sanft, aber auch spöttisch. Shaan schien ihn zu erheitern. Nachdem sie Alterins Leid gesehen hatte, hatte sie nicht den Wunsch, ihm entgegenzukommen.

Shaan wandte sich nicht um. »Warum hast du Jared zu einem Alhanti gemacht?«, fragte sie. »Ist dir keine andere Bestrafung eingefallen?«

Azoth antwortete nicht, und nach einem Augenblick drehte sie sich ungeduldig zu ihm um. Sein Gesichtsausdruck war verschlossen und bedächtig, während sein Blick über das Kleid huschte, das an ihr haftete.

»Weißt du, wie oft ich mir seine Seherin ins Bett geholt habe?«, fragte er. »Und jedes Mal, wenn ich sie genommen habe, habe ich mich gefragt, ob du wohl keuchen würdest wie sie.«

Shaan stockte bei seinen ungeschminkten Worten beinahe der Atem. Alterin? Er hatte … Ihr wurde übel, und Azoth bewegte sich plötzlich, so dass er vor ihr stand, sie an sich zog.

»Du bemitleidest sie?«, fragte er. »Und doch bist du zu mir gekommen, hast mich aufgesucht« – er flüsterte ihr ins Ohr – »und hast meine Hände in deinen Träumen auf dir gespürt.«

»Lass mich los!« Sie versuchte, sich ihm zu entziehen, aber er war zu stark.

»Du hast mich gefragt, warum ich ihn bestraft habe«, sagte er, »aber er war nicht der Einzige, den ich bestraft habe. Auch sie, dafür, dass sie mir trotzt, und deinen Bruder, dafür, dass er mich herausfordert. Soll ich dich als Nächste bestrafen?« Er fuhr mit dem Mund über ihren Kiefer. Shaan erschauerte und spürte, wie sich die dunkle, tödliche Energie in ihrer Brust regte.

»Du erinnerst mich so sehr an sie«, sagte er. Sein Blick schien sie zu verschlingen. »Es ist so lange her, aber ich habe sie nie vergessen.«

Er konnte nicht Alterin meinen.

Der Ausdruck seiner Augen war seltsam, von Trauer und Sehnsucht erfüllt.

»Was meinst du damit – ›sie‹?«, fragte Shaan und reckte sich weg von ihm.

Er lächelte. »Das hier.« Er berührte ihr Gesicht mit der Hand. Shaan schnappte nach Luft, als eine Vision in ihrem Geist aufloderte: eine seltsam helle Dschungelstadt, so neu, so sauber. Azoth stand mit ihr auf einem Balkon, der Fluss strudelte lichtglänzend unter ihnen, und sie lachten zusammen. Seine Lippen auf ihrem Hals, seine Hand auf ihrer Haut … Aber diese Frau war nicht Shaan. Diese Frau war kleiner, weicher. Es war … *Niobe*. Azoth flüsterte den Namen, und der helle, sonnige Ort wurde fortgerissen. Sie stand nun außerhalb ihrer selbst, als Beobachterin in einem Raum aus Stein. Er beugte sich über eine Gestalt, die reglos am Boden lag. Auf ihren Lippen stand Blut, und ihr Gesicht war bleich. Entsetzt sah Shaan, dass er weinte, und vier schattenhafte Gestalten standen hinter ihnen. *Niobe. Shaan*, flüsterte Azoth ihr ins Ohr, und sie war plötzlich wieder auf dem Balkon, und der Regen strömte ihr ins Gesicht. Sie starrte ihn an. Die Seltsamkeit ihrer Träume wurde ihr klar. Er hatte sie in ihren Träumen glauben gemacht, sie wäre jene Frau, Niobe. Das war der Grund dafür, dass sie seine Berührung in ihren Träumen genossen hatte. Er hatte sie geliebt. Sie spürte es, so wie sie seinen Verlust spürte, der nach Tausenden von Jahren noch immer schmerzte.

Seine Augen waren schwarz wie die Nacht. »Es war nicht erlaubt. Eine Sterbliche und ein Gott … Sie nahmen sie mir«, sagte er. »Also nahm ich ihnen den Stein.« Sein Lächeln war trostlos, als er sich zu ihr beugte und ihr Gesicht liebkoste. »Weißt du, wie sehr du ihr gleichst?«

Shaan erschauerte. »Rühr mich nicht an«, sagte sie, und er lächelte.

»Führe mich nicht in Versuchung«, antwortete er und küsste sie stürmisch mit offenem Mund. Einen Moment lang war sie verloren, überwältigt von ihm, aber dann wallte die Dunkelheit in ihrer Brust auf. So instinktiv wie eine Schlange, die sich ihrer Haut wehrt, stieß das Dunkel nach ihm; die Kraft ihres Zorns zog sich um sein Herz zusammen, so dass er aufkeuchte, sie losließ und zurücktrat. Ärger rang auf seinem Gesicht mit Erstaunen.

»Wie ich sehe, beißt dein Kniff«, sagte er. »Wäre ich ein Sterblicher, hätte mich das vielleicht getötet.«

Shaan versuchte, ihren Atem und ihr Herzrasen zu beruhigen. »Denk besser daran«, sagte sie.

»Ja, das tue ich wohl besser«, sagte er langsam.

Shaan spürte, wie die seltsame Kraft in ihr sich wieder in ihrem Nest zusammenrollte. Es hatte zu regnen aufgehört, und jetzt stieg Dampf von den Steinen auf, da die Sonne hinter einer Wolke hervorlugte.

»Du weißt, dass dein Kniff dich nicht schützen wird«, sagte er.

Shaan zweifelte nicht daran. Wenn er sie mit Gewalt hätte nehmen wollen, hätte er das schon getan, als er sie das erste Mal in der Hand gehabt hatte. Er wollte mehr von ihr als das.

»Wenn« – sie betonte das Wort – »wenn du alle besiegst – und die, die ich liebe, am Leben lässt –, dann werde ich freiwillig zu dir kommen.«

Er zog eine Augenbraue hoch, aber es lag keine Heiterkeit in seinem Ton. »Wenn?« Sie sah das sehnsüchtige Begehren, die Belastung von Jahrhunderten der Einsamkeit. Er gierte nach Liebe, wie sie überrascht begriff. Hungerte danach. War es das, was ihn antrieb, diese unstillbare Einsamkeit?

»Wenn du gewinnst«, sagte sie.

Er war sehr still; sein Blick war durchdringend, als ob er versuchte, zu sehen, ob sie die Wahrheit sagte. Endlich verzog er die Lippen zu einem halben Lächeln.

»Du bietest dich mir an?«

Mit trockenem Mund nickte Shaan. »Aber du musst die, die ich liebe, unversehrt am Leben lassen.«

»Sie werden am Leben bleiben«, sagte er, und sie wusste, dass er die Wahrheit sagte, war sich aber nicht sicher, welche Art von Wahrheit. War es Leben, ein Alhanti zu sein? Verzweiflung lastete schwer auf ihr, aber sie stieß sie von sich.

»Hast du Alterin keine Fragen zu stellen?«, fragte sie.

»Doch.« Er lächelte und streckte die Hand aus, um sie wieder hineinzuführen. »Komm, diesmal werde ich den Stein benutzen.«

Shaans Inneres zitterte bei dem Gedanken, aber sie nickte nur und ging mit ihm.

Alterins Gesicht war resigniert und bleich. Sie hatte nicht gehört, was gesagt worden war, aber ohne Zweifel hatte sie Azoths Kuss gesehen. Ihr Blick richtete sich auf Shaans Gesicht, als sie näher kam, und der Ausdruck ihrer Augen sprach von Enttäuschung. Shaan konnte sie nicht ansehen und stellte sich hinter die Seherin, als Azoth den kleinen Kasten anhob, der den Schöpferstein enthielt. Alterin wirkte so klein, als er über sie gebeugt stand, und Shaan wünschte sich, sie hätte eingreifen und ihn aufhalten können, aber das zu versuchen wäre zwecklos gewesen. Es musste so geschehen. Zähneknirschend sah sie zu, wie Azoth den Stein hochhob – Obsidian, ein Stück der Nacht, das das Licht ringsum zu verschlingen schien. Er summte in ihrem Geist, und sie zuckte zusammen, als dumpfer Schmerz durch ihre linke Seite pochte. Azoth sah sie ein einziges Mal an, als er sich neben Alterin kniete, spürte ihre Verbindung, wusste, dass sie ihr Schmerzen bereitete, und lächelte, bevor er seine Aufmerksamkeit auf die Seherin richtete. Er hielt den Stein in einer Hand, legte ihr die andere an die Stirn, leitete die Energie durch seinen Körper. Alterin wurde von der Wucht der Macht nach hinten geschleudert und begann mit geschlossenen Augen, einmal mehr nach den Vieren zu suchen.

43

Fortuse öffnete die Augen und lächelte. Sie hatte die Sklavin wieder Ausschau halten gefühlt.

»Er beobachtet uns«, sagte sie in einem Singsang zu Paretim. »Die Kleine sucht für ihn nach uns.« Sie kicherte, und ihre Augenfarbe verwirbelte sich von Blau zu Dunkelgrün. Sie hörte auf zu lachen. »Sie wird bezahlen, wenn wir einander begegnen.«

»Nur ruhig, Schwester.« Paretim legte ihr eine Hand auf die Schulter. »Unsere Zeit naht.«

»Ja«, spottete Epherin über sie, »halt die Krallen vorerst eingezogen, meine Hübsche.«

Fortuse starrte ihn böse an, stand auf und verließ den Schatten des Baums, unter dem sie alle gelegen hatten. »Stell meine Geduld nicht auf die Probe, sonst reiße ich dich in Stücke, kleiner Bruder.«

»Das hast du schon einmal versucht, weißt du noch?« Epherin grinste mit hinter dem Kopf verschränkten Händen zu ihr hinauf. »Du hast davon immer noch eine Narbe am Rücken; willst du noch eine?«

»Hört auf, alle beide.« Paretim setzte sich auf, aber Epherin ignorierte ihn, warf die Beine hoch und sprang auf die Füße.

»Nun, Schwester?« Er umkreiste sie mit ausgestreckten Armen. »Sollen wir uns umarmen und uns wieder vertragen?«

Zur Antwort zischte Fortuse ihn an und ging zu dem kleinen Bach, der durch die Ebenen floss.

»Lass sie.« In Paretims tiefer Stimme schwang eine Drohung mit, als Epherin ihr folgte. Er blieb stehen.

»Verdirbst du mir schon wieder den Spaß, Bruder?«

»Du hattest deinen Spaß in dem Bergdorf«, erinnerte Paretim

ihn. »Du kannst auf mehr warten, bis wir die Schlacht unseres Bruders erreichen.«

Epherins Lächeln wurde breiter. »Ja, das hat Spaß gemacht.« Er strahlte, als er sich an das Gefühl erinnerte, wie die Seelen in ihn geglitten waren und ihre Essenz seine Haut unterfüttert hatte. Das ganze Dorf war jetzt sein, an ihn gebunden, bis der Tod die Menschen ganz zu den Seinen machen würde. Er war traurig, dass Paretim ihm nicht erlaubt hatte, länger dazubleiben, um die Dankbarkeit der Dörfler zu genießen.

»Dorthin werde ich danach für eine Weile zurückkehren«, sagte er. »So viele müssen mir noch ihren Dank abstatten.«

Paretim seufzte. »Ich bin sicher, dass es viele geben wird, die du zu den Deinen machen kannst, aber jetzt müssen wir erst einmal an unseren jüngsten Bruder denken. Wir dürfen ihn nicht unterschätzen – er hat den Stein.«

Bei dem Wort wandte Fortuse sich dort um, wo sie in den Bach gewatet war, und starrte ihn mit hungrigem, trostlosem Blick an. »Glaubst du, dass er ihn mitbringen wird?«

»Es ist an dir, das herauszufinden, Schwester«, sagte er. »Was sieht jene Sklavin, die durchs Zwielicht streift? Was weiß sie?«

Fortuse wurde sehr still und schloss einen Moment lang die Augen; die anderen warteten, während sie leicht im Wasser schwankte. Plötzlich schrie sie auf.

»Die, die den Stein gefunden hat, ist bei ihm!«

Paretim erhob sich. »Die, die aus dem Stein geschaffen und vom Stein gezeichnet wurde?«

»Ja!« Fortuse rannte vor Wasser triefend an seine Seite und klammerte sich an ihn. »Ist sie Retterin oder Fluch?«

Paretim zog sie an sich und wiegte sie, starrte über ihren Kopf hinweg Epherin an, der sein Lächeln jetzt verloren hatte und in kampfbereiter Haltung dastand.

»Sie ist beides«, sagte er. »Sie könnte beides sein. Ich weiß es nicht.«

»Sie wurde in den Landen der Alten geboren«, flüsterte Fortuse.

Paretim antwortete nicht. Epherin, der sich am besten auf den

Krieg verstand, vibrierte vor Anspannung. Die Alten waren eine Gefahr. Die Alten hatten sie geschaffen. Aber sie hatten ihnen dieses Land versprochen; sie sollten eigentlich nicht eingreifen. Hatten sie dieses Versprechen gebrochen?

»Müssen wir sie töten?«, fragte Epherin.

Paretim schüttelte den Kopf. »Ich weiß es nicht. Ich weiß nicht, ob wir das können.«

Epherin runzelte die Stirn, und dann versteifte Fortuse sich in Paretims Umarmung und stieß ihn von sich. »Vail?« Sie machte einen Schritt auf den Wald hinter ihnen zu und dann einen Freudensprung vorwärts, als eine dunkle, mächtige Gestalt daraus hervortrat. Paretim beobachtete, wie sie auf ihn zurannte und sich die kräftigen Arme seines zweiten Bruders um den hochgewachseneren, aber zierlicheren Körper seiner Schwester schlangen und sie vom Boden hochhoben, um sie in die Luft zu werfen und aufzufangen, bevor er sie wieder absetzte. Dann sah Vail ihn an, und Paretim spürte die plötzliche Aufwallung, als die Fesseln ihrer Trennung abfielen; endlich waren sie wieder zu viert. Er spürte, wie die Macht, die Vail beitrug, seine Kraft erschloss. Endlich waren sie zusammen; kein Sterblicher konnte sie mehr aufhalten. Es war an der Zeit, den Schöpferstein zurückzuholen.

Alterin kam mit einem Schrei wieder zu sich; sie zitterte entweder vor Hochgefühl oder vor Angst.

»Sie sind vereint!«, schrie sie. »Die Vier sind eins!«

Azoth ließ sie los, und sie sackte mit geschlossenen Augen gegen die Kissen zurück und atmete kaum. Besorgt trat Shaan einen Schritt vor.

Azoths Stimme hielt sie auf. »Also werden sie jetzt zu mir kommen.« Aber es lag keine Furcht in seiner Stimme. Er sah triumphierend drein; das Selbstbewusstsein, das darin begründet lag, dass er den Stein hatte, strahlte von ihm aus.

»Sie werden den hier wollen.« Er sah das Stück Nacht auf seiner Handfläche an.

»Also kannst du ihn nicht hierlassen«, sagte Shaan.

»Sie werden zuerst mich aufsuchen«, sagte er. »Sie haben es darauf abgesehen, mich zu bestrafen.«

»Sie suchen den Stein!«, beharrte Shaan, und er runzelte die Stirn und schloss die Finger darum.

»Siehst du es nicht?«, bedrängte sie ihn. »Wenn du ohne den Stein in den Krieg ziehst, kommen sie vielleicht und stehlen ihn dir, aber wenn du ihn mitnimmst, wird er dich beschützen.«

»Sie würden ihn nicht von hier stehlen«, sagte er, aber sein Tonfall war nicht ganz überzeugt.

»Was macht dich so sicher?« Sie ging zu ihm, wagte es aber nicht, ihn zu berühren, solange er den Stein hielt. »Du musst ihn mitnehmen. Mit dem Stein in der Hand bist du stärker, als wenn du davon getrennt bist, das weißt du. Ich *spüre* es. Sie dürfen nicht siegen, Azoth!« Seine Augen standen so voller Macht, dass sie sich fragte, wie es ihm gelang, sie zu zügeln. »Fühle es«, flüsterte sie. »Fühle, wie stark du mit ihm bist.«

Er starrte sie an. »Warum bist du so erpicht darauf?«, fragte er.

»Weil es für mich notwendig ist, dass du überlebst. Wenn du scheiterst, stirbt jeder, den ich liebe.« Es war die Wahrheit. Nicht die ganze Wahrheit, wie er dachte, aber es traf teilweise zu. Sabut hatte gesagt, dass Azoth die Vier überleben musste.

Er streckte einen Finger seiner freien Hand aus, und Shaan zwang sich, nicht zurückzuzucken, als er ihr damit über die Wange streichelte. Seine Berührung ließ eine Hitzespur zurück.

»Meinst du das ernst?«, fragte er. »Du willst so sehr, dass ich überlebe?«

Shaan nickte, unfähig, zu sprechen. In seinen Augen flackerte Verzweiflung auf, eine uralte Einsamkeit, die sich nach Heilung sehnte. Er wollte ihr glauben.

»Ich werde es in Erwägung ziehen.« Er wandte sich ab, um den Stein in den Kasten zu legen. »Jetzt heile die Seherin«, sagte er und hielt ihr den Rücken zugewandt, »ich weiß doch, dass du das willst. Ich habe noch einiges zu erledigen. Morgen fliegen wir ab.«

Das hörte sich in Shaans Ohren nicht gut an, aber sie fragte ihn nicht, was er meinte, da er sie mit Alterin allein ließ.

Shaan beugte sich kniend über die ausgestreckte Seherin, holte tief Atem und spürte, wie der Druck hinter ihrem Brustbein jetzt leicht aufwallte. Jedes Mal kam er schneller. Sie sah Alterins bleiches Gesicht an, strich ihr das Haar zärtlich aus den Augen, legte ihr die linke Hand vorsichtig auf die Stirn und begann, die Erschöpfung aus ihr herauszuziehen.

Es war früh am Morgen, unmittelbar vor der Dämmerung, als die Dienerin wiederkam, um sie zu holen; sie riss sie aus dem Schlaf, um sie über den Hof zu Azoth zu bringen. Der Anhänger, den sie im Bett zu tragen begonnen hatte, hing noch um ihren Hals, und sie zog das seidene Umschlagtuch um sich, als sie die Stufen zum hohen Pavillon emporstieg. Azoth stand an der Mauer und sah auf seinen Haupthof hinaus.

»Guten Morgen, meine Liebe«, sagte er leise, als sie zu ihm hinüberging. »Du kommst gerade rechtzeitig.«

Es war ein klarer Tag; der Morgen dämmerte am Horizont herauf und übergoss den Dschungel und die Dächer der Stadt mit einem rosigen Bronzeschimmer. Auf dem Hof lagen gewaltige Körbe auf dem Steinpflaster; bewaffnete Scanorianer kletterten hinein. An den Körben waren große Geschirre befestigt; ringsum hockten Drachen auf den Mauern.

»Meine Kinder werden sie tragen«, sagte Azoth und strich ihr sanft mit der Hand übers Haar. »Und heute Nachmittag werden du und ich und der Stein wieder auf Nuathins Rücken sitzen. Es ist an der Zeit, aufzubrechen und deinen Bruder zu besuchen.«

Shaan konnte nicht sprechen. Damit hatte sie nicht gerechnet; sie würden Balkis und die Armee binnen weniger Tage erreichen. Furcht wand sich durch ihre Wirbelsäule. Würden Rorc und Tallis rechtzeitig mit den Clans dorthin gelangen? Und die Vier? Sie war von Ungewissheit erfüllt. Tuon und Veila sagten, dass sie den Stein zerbrechen musste, um ihre Erlösung zu bewirken, aber sie wusste nicht, wie oder wann sie das tun sollte. Oder ob sie es überhaupt konnte. Sabut hatte ihr gesagt, sie müsse sicherstellen, dass Azoth den Stein in die Schlacht mitnahm, so dass die Vier ihn ihm stehlen und sein wahnsinniges Machtstreben aufhalten konnten – aber was dann? Der Gedanke, dass noch mehr Götter den Schöpferstein halten könnten, erfüllte sie mit Furcht. Sabut war so lange nicht mehr auf dieser Welt gewesen; kannte er sie wirklich noch? Würden die Vier ihnen wirklich helfen? Es kam ihr nicht richtig vor. Sollte sie versuchen, den Stein zu zerstören, bevor sie ihn benutzen konnten? Es gab so vieles, was sie nicht wusste.

Azoth beobachtete sie mit etwas, das Zärtlichkeit ähnelte, aber nicht ganz gleichkam. »Freust du dich nicht?«, fragte er. »Ich nehme den Stein mit.«

Shaan nickte, immer noch unfähig zu sprechen, und er beugte sich nahe an sie heran und schlang ihr den Arm um die Taille, als er sagte: »Ich werde gewinnen, meine Liebe. Ich werde für dich siegen.«

Shaan spürte, wie sich sein warmer Körper an ihre Seite schmiegte, spürte seinen Atem auf ihrem Hals, aber ihr wurde dadurch nur kälter, während sie zusah, wie Drache um Drache an die Körbe geschirrt wurde. Dann stieg jeder mit einem Alhanti auf dem Hals und Kriegern unter sich auf, bis der Himmel von ihren großen, weit ausgebreiteten Flügeln erfüllt war; sie trugen ihre Last nach Süden, in den Krieg.

Der Wüstenmorgen war heiß und trocken; ein schneidender Wind blies Sand um Tallis' Beine, während er zusah, wie die Zelte der anderen Clans abgebrochen wurden. Die Jalwalah-Krieger würden binnen der nächsten paar Stunden zum Aufbruch bereit sein, und der Brunnen hatte sich mit der Stille zu füllen begonnen, die nur der Krieg bringen konnte: den unbewegten Gesichtern der Zurückgelassenen, Augen, in denen Verlustangst stand, Kindern, die sich fürchteten, obwohl sie nicht wussten, warum.

»Das erinnert mich an den letzten Krieg mit den Raknah.« Mailun war am Ausgang der großen Höhle zu ihm getreten. »All die jungen Männer und Frauen – fort.« Ihre Stimme war sanft, ihre Augen von Erinnerungen erfüllt.

Tallis verschränkte die Arme und spürte Beklemmung in der Brust. Er war damals noch ein Junge gewesen, aber er erinnerte sich ebenfalls an den Tag. Cale und Malshed, Haldanes Söhne, waren unter denjenigen gewesen, die nicht zurückgekehrt waren, und er erinnerte sich an die Vorahnung ihres Todes, die er empfunden hatte. Seine Lippen bildeten eine Linie. »Du solltest mit den anderen bei den Baal Zuflucht suchen«, sagte er. »Du bist keine Kriegerin, Mutter; du musst nicht mitkommen.«

»Ich kämpfe auf meine eigene Art.« Ihr Tonfall war scharf. »Ich kann den Verwundeten helfen.«

»Mir wäre es lieber, du würdest hierbleiben.«

»Da bin ich mir sicher, aber ich werde mir die Gelegenheit nicht entgehen lassen, Shaan wiederzusehen. Und ich werde nicht von dir getrennt sein.«

Tallis schnaufte verärgert und schüttelte den Kopf, aber sie beharrte: »Du bist alles, was ich noch habe. Ich werde dich nicht noch einmal verlieren. Und ich muss sie sehen. Du sagtest, dass sie zu der Schlacht kommen wird.«

»Sie wird kommen«, antwortete er trostlos. Er hatte Shaans Präsenz nicht mehr so recht gespürt, seit sie fort war, aber er wusste, dass Shaan da sein würde, wenn es zur Schlacht kam. Hätte er nur gewusst, warum! Er rieb sich mit der Hand die Augen. Der schmerzende, leere Teil von ihm, der litt, wenn sie sich zurückzog, fühlte sich hohl und gebeutelt an.

»Ist es wahr, dass sie zu Azoth gegangen ist?«, fragte Mailun leise. Tallis seufzte. Er wusste, warum Rorc es ihr erzählt hatte, doch er wünschte, er hätte es nicht getan. »Ja«, sagte er.

»Ich kann es kaum glauben.«

»Ich bin sicher, dass Sabut ihr befohlen hat, zu gehen«, sagte er.

»Bist du das?« Unsicherheit lastete auf Mailuns Stimme. »Ich kann mir nicht sicher sein. Es ist doch nicht möglich, dass er sie wieder fortgerufen hat, nicht wahr? Sie gezwungen hat, zu ihm zu gehen? Rorc glaubt, dass es möglich ist.«

»Nein, Mutter.« Ihm wurde übel, wenn er sie so von Shaan reden hörte. »Ich habe sie gesehen, bevor sie gegangen ist; sie ist freiwillig gegangen, nicht auf Azoths Befehl hin. Sie würde uns nicht verraten.«

»Ich glaube auch nicht, dass sie das tun würde« – Mailuns Ton wurde so hart wie seiner –, »aber wir müssen alles in Erwägung ziehen. Wir müssen es wissen, damit wir sie zurückholen und ihr helfen können! Ich kann nicht glauben, dass …« Sie unterbrach sich und schüttelte den Kopf.

Tallis biss die Zähne zusammen. »Dass ich sie habe gehen lassen?«, fragte er. »Ich weiß. Ich wünschte, ich hätte sie aufgehalten, Mutter. Ich verstehe selbst nicht, warum ich es nicht getan habe.«

»Wahrscheinlich waren es die Führer, Sohn. Diese Wüstengötter bringen immer Schmerz. Ich mache dir keine Vorwürfe.«

Doch das tat sie. Er wusste es, spürte es und stimmte ihr sogar zu. Er hatte Shaan gehen sehen, hatte in ihr Herz geblickt und geglaubt, dass sie ihm die Wahrheit sagte. Aber sie hatte schon früher Dinge vor ihm verborgen. Sogar er war sich nicht völlig sicher, dass sie auf Sabuts Befehl zu Azoth gegangen war. Und dann waren da noch die Träume, von denen er ihr erzählt hatte. Aber ihn verraten, sie alle verraten – wie konnte er glauben, dass sie das tun würde?

»Tallis«, sagte Rorc, der aus dem Brunnen hervorkam, »du musst die Drachen rufen. Wir brechen bald auf.« Er trug das Schwert an der Hüfte und eine Kampfweste aus gehärtetem Leder. Sein Haar war offen, ohne Clanzöpfe. Sein Blick ging zu Mailun. »Ich habe gehört, du kommst auch mit.«

»Du weißt, dass ich ihn nicht alleinlassen werde«, sagte sie.

»Nein, das habe ich auch nicht angenommen.« Er sah Tallis an. »Irissa hat auch eine Kampfweste aufgetrieben, allen Bitten ihrer Mutter zum Trotz.«

»Das wusste ich.« Tallis konnte seine Verärgerung nicht verbergen.

»Sie will ihren Bruder rächen«, sagte Mailun.

»Das will ich auch«, antwortete Tallis. »Aber …«

»Sie ist eine fähige Kämpferin, Tallis«, unterbrach seine Mutter ihn. »Sie verdient es, kämpfen zu dürfen.«

»Und wir brauchen jeden, den wir bekommen können«, sagte Rorc. »Außerdem haben Clansfrauen immer an der Seite ihrer Männer gekämpft, wenn sie wollten.«

Tallis schüttelte den Kopf. »Natürlich, aber ...« Plötzlich hielt er inne, als ein Energieblitz ihn durchzuckte, nicht schmerzhaft; dazu war er zu vertraut.

»Tallis!« Mailuns Stimme ging in einem Aufbrüllen von Klängen unter, und er spürte kaum, wie Rorc seinen Arm ergriff, als die hohle Leere in ihm sich füllte und vor Leben überquoll und schmerzte.

»Shaan?«, keuchte er laut, und dann im Geiste: *Shaan!*

Tallis, los! Ihre Stimme war schwach, aber voller Furcht. *Ihr müsst jetzt aufbrechen!* Er fiel auf die Knie, als ein plötzliches, scharfes Bild seinen Geist durchdrang. Ein dunkler Himmel, voller Wolken. Nein, keine Wolken, Flügel, Drachen, so viele, die alle etwas trugen. Dann war das Bild fort, und ihre brennende Präsenz verschwand mit ihm ...

Atemlos öffnete er die Augen und sah Sand, in den sich seine Hände gegraben hatten; er lag auf den Knien.

»Tallis?« Mailuns Stimme überschlug sich förmlich.

»Es geht mir gut.« Er holte tief Atem und hockte sich auf die Fersen.

»Du hast ›Shaan‹ gesagt.« Mailun kniete sich neben ihn; ihr Blick war hoffnungsvoll. »Du hast ihren Namen gesagt, Tallis. Was ist geschehen?«

»Sie war es, in meinem Verstand«, sagte er.

»Geht es ihr gut?«

»Wo ist sie? Was hat sie gesagt?« Rorc hockte sich, ruhig wie immer, vor ihn hin.

»Azoth ist im Anmarsch.« Tallis sah ihn an. »Sie hat es mir gezeigt. Er bewegt seine Armee mithilfe der Drachen. Wenn wir nicht sofort aufbrechen und schnell vorankommen, wird er Balkis und die anderen vor uns erreichen.«

Rorc stand mit zusammengebissenen Zähnen auf. »Ein Massaker. Wir werden laufen müssen. Ich werde mit Hashmael und

Miram sprechen; wir dürfen keine Zeit verlieren. Wir müssen Botenvögel an die anderen Clans schicken. Hol die Drachen zurück.« Er zog Tallis auf die Füße, und seine Hand schloss sich einen Moment lang um Tallis'; dann war er fort, wirbelte herum, um zu den Zelten der Baal zu rennen.

»Geht es ihr denn gut?«, fragte Mailun.

»Ich weiß es nicht. Ich habe sie nur einen Moment lang gespürt, aber sie ist am Leben.«

»Am Leben und bei ihm«, sagte Mailun. Tallis nickte, aber sonst hatte er nichts zu sagen.

»Ich muss Shila aufsuchen, bevor wir gehen«, sagte Mailun. »Vielleicht kann sie mir mehr sagen, irgendetwas.« Sie schaute zu ihm auf. »Kannst du versuchen, sie wiederzufinden, ihren … Geist zu berühren?«

Er schüttelte den Kopf. »Sie versteht sich darauf, sich vor mir zu verschließen. Ich weiß nicht, wie sie es macht; vielleicht liegt es daran, dass wir so lange getrennt waren.« Er zuckte die Schultern, spürte wieder jene schreckliche, verzweifelte Vorahnung, aber davon konnte er seiner Mutter nicht erzählen. Er wusste noch nicht einmal, was sie zu bedeuten hatte.

Mailun seufzte. »Dann tu, was dein Vater sagt: Ruf die Drachen. Wir haben kaum noch Zeit.« Sie ließ ihn stehen, um nach der Träumerin zu suchen, und Tallis stand einen Moment lang da und sah ihr nach, bis ihm schlagartig bewusst wurde, dass Irissa aus einem der Tunnel gekommen war und ihn wütend anstarrte, als ob sie diejenige sei, nach der seine Augen gesucht hatten. Sie war in die weiten Hosen und die gehärtete Lederweste einer Kriegerin gekleidet, trug Speer und Schild und hatte ein langes Messer umgegürtet. Sie sah gefährlich und schön aus, und Angst um sie stieg ihm in die Kehle. Er wandte sich ab und ging hinaus in die Wüste, um Marathin und Fen von der Jagd zurückzurufen.

Binnen weniger Stunden waren Botenvögel an die anderen Clans gesandt worden, um ihnen mitzuteilen, dass sie schnell kommen sollten, und alle zweitausend Jalwalah-Krieger hatten sich vor dem Brunnen versammelt. Mailun und Pilar standen mit den Heilern neben der Herde Muthus, die als Packtiere mitkommen würden. Eine Menschenmenge aus Frauen, Kindern und alten Leuten wartete mit der Gruppe Jugendlicher, die sie auf der Reise zum Baal-Brunnen beschützen würden, in der Nähe des Eingangs zur großen Höhle. Die missmutigen Gesichter der jungen Leute verrieten, wie sehr es ihnen widerstrebte, die Schlacht zu versäumen.

Tallis hielt sich allein ein wenig abseits, beförderte mit einem Schulterzucken das Bündel, das er trug, in eine bequemere Position und versuchte, die Blicke zu ignorieren, die die anderen Krieger in seine Richtung warfen. Es war offensichtlich, dass nur wenige von ihnen sich über seine Anwesenheit freuten. Trotz Mirams Verlautbarung, dass er nicht länger als Ausgestoßener gelten sollte, gab es weiterhin viele, die ihn mit Misstrauen betrachteten. Er verstand es. Er konnte mit Drachen sprechen und hatte eine Wunde überlebt, die hätte tödlich sein sollen; das war das Werk der Führer und flößte den Menschen Unbehagen ein. Generationenalte Überzeugungen würden nicht einfach deshalb sterben, weil er sagte, dass er hier war, um zu helfen.

Die Drachen warteten geduldig an der Spitze der Armee; sie hatten die Augen halb geschlossen, als ob sie dösten. Vielleicht hätte er auf ihnen reiten und sich von den anderen fernhalten sollen. *Arak-ferish,* zischte Marathins Stimme in seinem Verstand, und er sah sie stirnrunzelnd an, aber sie schnaubte nur und wirbelte eine Sandwolke auf, die dafür sorgte, dass die nächststehenden Krieger argwöhnisch vor ihr zurückwichen.

Bakriss! Still, schickte er an sie. Wie schmollend wandte Marathin den Kopf ab und schlug mit dem stachelbewehrten Schwanz einmal auf den Sand.

Rorc, der mit Hashmael und den anderen Clanführern an der Spitze der Armee gesprochen hatte, winkte Tallis heran.

»Hast du eine Vorstellung, wie lange es dauern wird, bis Azoths Armee versammelt ist?«, fragte er, als Tallis sie erreichte.

Er schüttelte den Kopf. »Ich kann nur darüber spekulieren, aber ich würde sagen, fünf bis sieben Tage, vielleicht weniger.«

Er sah Hashmaels Stirnrunzeln. »Ich habe die Drachen gefragt, und Marathin sagte, dass ihre Geschwindigkeit von der Last, die sie tragen, herabgesetzt würde, aber sie ist nicht sicher, wie sehr.«

»Und?«, fragte Marathin.

»Sie weiß es nicht genau«, sagte Tallis, »doch wenn Azoth den Schöpferstein benutzt, kann er die Reise vielleicht beschleunigen. Aber das ist ein ›Vielleicht‹«, betonte er, als die Anführer grimmige Blicke tauschten. »Sie weiß nicht so recht, was er damit bewirken kann.«

»Also müssen wir aufbrechen«, sagte Hashmael. »Meine Krieger beginnen die Musterung in zwei Tagen; bis dahin müssen wir in den Landen der Baal sein, um zu ihnen zu stoßen.«

»Und zu den Raknah«, sagte der Anführer des kriegerischen Clans rau mit herausforderndem Blick. »Wir werden auch bereit sein.«

»Gut, brechen wir also auf. Miram, sind deine Leute bereit?«, fragte Hashmael.

»Ja.« Sie warf Tallis einen Blick zu. »Pass auf dich auf, Mailuns Sohn; kämpfe gut für unseren Clan. Für alle Clans.« Ihr Blick war hart, traurig. Sie würde nicht mit ihnen kommen, und Thadin war als ihr Stellvertreter ausgewählt worden. Zumindest eine Anführerin musste überleben.

Tallis nickte ihr zu; dann wandten sich die Anführer ab und Miram erhob die Stimme, schrie das Lied des Schlachtrufs hinaus. *Kämpft gut, findet Schatten!* Und hinter ihr begannen die Frauen, die nicht in die Schlacht zogen, den Ruf zu wiederholen; ihre Stimmen erhoben sich zu einem Chor heulender Schreie, während die Krieger sich umwandten und in einer Staubwolke nach Süden zu laufen begannen.

44

Die Sonne brannte durch den dicken Stoff des Haldar, der Tallis' Schädel bedeckte, und das weite, langärmelige Hemd beschirmte seine Arme, während seine Beine den ewig gleichen Takt des Laufs trommelten. Es fühlte sich gut an, dieses Laufen, das stetige, gemessene Tempo, das er von Kind auf an eingeübt hatte. In der Lage zu sein, sich schnell über die weiten Sandflächen zu bewegen, war eine überlebensnotwendige Fähigkeit, die niemand je vergaß. Er war dankbar, dass er in Salmut mit den Verführern geübt hatte, sonst wäre er nie in der Lage gewesen, mitzuhalten.

Er lief an der Spitze neben Rorc, etwas abgesetzt von den anderen; der ständige Klang der Schritte tausender Füße, das Knarren von Leder und das Klirren von Metall folgten ihnen über den Sand. Sie trugen Wasserschläuche bei sich und tranken im Laufen sparsam daraus. Sie wurden langsamer und gingen drei Stunden lang, während die Sonne am heißesten war, und erhöhten dann das Tempo wieder, um durch die Nacht zu eilen; das silbrige Mondlicht tauchte alles in Grau, als ob sie durch ein vergessenes Land laufen würden. Sie machten erst am späten Vormittag des nächsten Tages Halt, um zu rasten. Hashmael befahl, anzuhalten, als die Sonne höher stieg, und Thadin gab den Befehl die Reihen entlang weiter.

Tallis setzte sich in den spärlichen Schatten eines Gebüschs aus Dornsträuchern, um sich auszuruhen, und Rorc schloss sich ihm an.

»Bei dieser Geschwindigkeit sollten wir morgen auf die Baal stoßen.« Rorc reichte ihm einen frischen Wasserschlauch. »Hier – der ist beinahe kühl.«

Tallis nahm den Schlauch, setzte ihn an die Lippen und nahm

einen Schluck des lauwarmen Wassers, während Rorc den Blick über die Krieger wandern ließ. »Dieser Thadin beobachtet dich«, sagte er leise.

»Ich weiß.« Tallis reichte ihm den Schlauch zurück. »Er stand Karnit nahe – nicht, dass sie Freunde oder gar Erdbrüder gewesen wären, aber nahe genug. Er mochte mich noch nie.«

»Eindeutig.«

Tallis holte tief Luft. Er hätte sich erschöpft fühlen sollen, tat es aber seltsamerweise nicht. Seit seine Fähigkeit, den Drachen zu gebieten, stärker geworden war, hatte er bemerkt, dass er weniger Schlaf zu brauchen schien, weniger Ruhe. Es behagte ihm keineswegs, kam es doch dem zu nahe, was andere vielleicht über ihn vermuteten.

»Ruh dich etwas aus«, sagte Rorc. »Es wird noch eine lange Nacht werden.«

»Ich bin nicht müde.«

»Ruh dich trotzdem aus«, sagte er, zog sein Hemd aus, rollte es zu einer Kugel zusammen und benutzte es als Kopfkissen, als er sich ausstreckte.

Tallis brach einen trockenen Zweig von dem Dornbusch ab und begann, ihn langsam zwischen seinen Händen zu zerreiben.

»Rorc«, sagte er leise, »weshalb wollten Männer der Baal dich töten, obwohl du doch schon zum Ausgestoßenen erklärt worden warst?«

Rorc setzte sich langsam auf. Sein Gesicht war ganz reglos, aber Tallis spürte den Widerwillen in seinem Ton, als er sagte: »Warum fragst du jetzt danach?«

»Bald werden wir auf den Rest der Baal treffen. Sind darunter denn nicht noch mehr, die sich an dich erinnern?«

»Und du glaubst, dass ich mir darum Sorgen mache?«

»Nein.«

Rorcs Lippen verzogen sich zu einem harten Lächeln. »Was du wirklich wissen willst, ist, warum ich deine Mutter verlassen habe; warum ich nicht zurückgekehrt bin, nachdem ich sie getötet hatte.«

»Warum nennst du sie nie beim Namen?«, fragte er. »Warum sagst du immer ›deine Mutter‹?«

Rorcs Lächeln verschwand. »Weil ich nicht mehr das Recht dazu habe. Das habe ich vor langer Zeit aufgegeben.«

»Es ist nur ein Name«, sagte Tallis.

»Ein Name ist niemals ›nur‹ etwas, Tallis. Er gehört der Person, es ist an ihr, ihn preiszugeben.« Er seufzte. »Ich war jung. Ich tat, was ich für das Beste hielt.«

Tallis sah zu, wie er nach einer Ameise schnippte, die ihm über den Stiefel krabbelte. »Erzählst du mir davon?«, fragte er leise, und Rorc sah ihn von der Seite an, mit einem langen, nachdenklichen Blick.

»Ich erzähle es dir.« Er war einen Moment lang still, bevor er sagte: »In meinem Clan gab es eine junge Frau; sie war schön« – er lächelte bitter – »und schwierig. Sie war mir wie eine Erdschwester. Wir verbrachten so viel Zeit miteinander, dass die Leute dachten… Nun ja…« Er schüttelte den Kopf. »Es spielt keine Rolle, was sie dachten. So standen wir nicht zueinander. Aber es gab einige, denen es nicht gefiel: ihrem Bruder etwa. Seine Freunde, die sie hinter seinem Rücken begehrten. Ich war der Sohn des Anführers. Sie mochten mich nicht.«

»Was ist geschehen?«

Rorcs Augen wurden ausdruckslos. »Wir unternahmen einen Jagdausflug. Sie, ich. Ihr Bruder kam nicht mit; sein Vater wollte ihn wegen irgendeiner Familienangelegenheit im Brunnen behalten, aber seine Freunde begleiteten uns. Und sie wollten sie. Eines Nachts nahmen sie sie – ohne ihre Zustimmung –, und das brachte sie um, da es so viele waren. Sie wehrte sich, aber es waren vier von ihnen… Ich konnte sie nicht aufhalten. Ich war damals nicht, wie ich heute bin. Ich verstand die Hässlichkeit noch nicht, die in den Herzen der Menschen wohnen kann. Als wir ihren Leichnam zurück ins Lager brachten, erzählte ich meinem Vater, was sie getan hatten, und er glaubte mir, aber viele taten es nicht. Sie hatten uns zusammen gesehen, und ich war damals anders. Ich konnte mein Temperament nicht immer zügeln, obwohl ich es nie gegen eine Frau gerichtet hätte – das habe ich auch nie getan! Sie wollten die Geschichte der anderen glauben. Ihr Bruder wollte sie glauben.«

»Sie machten dich zum Ausgestoßenen«, sagte Tallis.

Rorc nickte. »Sie waren die Söhne einflussreicher Clanmitglieder – mächtiger Männer. Einer von ihnen war der Heiler, und er sah an ihrem Leichnam die Anzeichen des Schicksals, das sie erlitten hatte, aber er sprach nicht davon. Scham und Furcht ließen ihn schweigen. Das, und sein Ehrgeiz, mich aus dem Weg zu haben und seinen eigenen Sohn höher steigen zu sehen. Also ging ich, mit ihrem Makel auf mir und Zorn im Herzen.«

»Und ihr Bruder? War er derjenige, der dich verfolgte?«

»Ja.« Rorcs Ton war erschöpft. »Er und seine Freunde. Sie hatten Angst, dass ich ihn von ihrer Schuld überzeugen würde.« Er hielt inne und sagte dann: »Ich fand heraus, dass sie kamen – wie, spielt keine Rolle«, unterbrach er, als Tallis nachfragen wollte. »Ich fand es heraus. Ich hielt sie auf.«

»Aber du bist nicht zurückgekehrt«, sagte Tallis.

Rorc betrachtete seine Hände, die Schwielen, die Narben aus Jahren des Schwertkampfs. »So zu töten, das verändert einen Mann. Was ich ihnen antat, war kein sauberer Tod. Ich war voller Zorn. Verdammung. Ich ließ mir Zeit. Und als ich fertig war …« Er schüttelte den Kopf. »Ich konnte nicht der Mann sein, den deine Mutter brauchte. Und ich wollte nicht ihren Gesichtsausdruck sehen, wenn ich ihr hätte erklären müssen, warum ich gegangen war. Was ich getan hatte.« Er sah Tallis an. »Sie hätte es nicht verstanden. Das würde sie vielleicht immer noch nicht.«

»Wenn du gewusst hättest, dass sie schwanger war, hätte das etwas geändert?«, fragte Tallis.

Rorc war nachdenklich. »Die Frage habe ich mir auch schon gestellt, aber ich weiß es nicht. Vielleicht, vielleicht auch nicht. Aber es ist vorbei. Jahre her. Und ich bin froh, dass sie einen Mann gefunden hat, der ihrer würdig war.«

»Haldane war würdig«, sagte Tallis. »Und sie war glücklich.«

»Gut. Ich habe nicht vor, seinen Platz einzunehmen.«

»Das könntest du auch nicht.«

»Nein«, pflichtete Rorc ihm bei, »aber wir können Freunde sein, du und ich.«

»Oder irgendsoetwas«, antwortete Tallis.

Rorcs Augen zogen sich ein wenig zusammen, aber er sagte nur: »Uns stehen jetzt schon genug Schwierigkeiten bevor. Suche nicht in der Vergangenheit nach weiteren.«

Tallis wusste, dass er nicht mehr erfahren würde. Er zerriss die letzte Faser des dornigen Zweigs, ließ ihn fallen und stand auf. »Ich hole mir etwas zu essen – willst du auch etwas?«

»Noch nicht«, sagte Rorc. »Geh nur; ich habe einiges mit Hashmael zu besprechen.«

Tallis wandte sich ab und ging durch die Menge der lagernden Krieger hindurch zu dem Kochfeuer, um das seine Mutter sich kümmerte. Er war noch ganz mit der Geschichte beschäftigt, die ihm sein Vater erzählt hatte, und als er seine Schüssel ausstreckte, um sich eine Portion Fleisch auffüllen zu lassen, sah er Irissa in einiger Entfernung mit einem Trupp Krieger sitzen; die meisten waren Männer. Sie hatte ihn noch nicht gesehen, und als er sie sah, hörte er Rorcs Worte wieder. So zu töten hatte ihn verändert. Er hatte getötet, und es würde wieder geschehen. Sie war fern von ihm sicherer.

Als ob sie seine Gedanken gehört hätte, sah sie ihm über die Köpfe der anderen Krieger hinweg in die Augen. Aber ihr Blick war kühl, und sie wandte sich rasch ab, um mit einem jungen Mann neben ihr zu sprechen. Er war einer der Fährtensucher der Nomaden, die mit den Jalwalah verbündet waren und außerhalb des Brunnens lebten. Eifersucht versetzte Tallis innerlich einen heftigen Tritt. Verärgert über sich selbst ging er davon, um sein Essen bei den Drachen am äußersten Rand des Lagers zu verzehren.

Marathin döste im Sand, während Tallis seine Mahlzeit aß und kaum etwas schmeckte. *Schlag dir Irissa aus dem Kopf*, befahl er sich selbst, *bald wirst du im Krieg sein; bald wird der Gott, von dem die Ahnenreihe ausgeht, die dir das Leben geschenkt hat, kommen, um dich zu töten.*

Arak-si fliegt hoch oben, flüsterte Fen in seinem Verstand. *Fliegt schnell. Der Vater naht.*

Marathin hob den Kopf und sah zum südlichen Himmel auf. *Arak*, wiederholte sie, und Tallis hatte plötzlich keinen Appetit mehr. *Er kommt, um zu töten*, sagte er, und Fen sah ihn aus ihrem goldgrünen Auge an, sagte aber nichts mehr, während sie alle drei den Horizont anstarrten und spürten, wie sich in ihrem Blut etwas regte.

Erst kurz vor Einbruch der Nacht rief Hashmael sie wieder auf die Beine. Nachdem sie sich einen Großteil des Nachmittags über ausgeruht hatten, brachen sie in schnellem Tempo wieder auf. Mailun ritt mit den anderen Heilern auf den Muthus, die ihnen nachliefen. Tallis schritt an der Spitze weit aus und behielt die Drachen im Auge, die träge vorneweg flogen; ihre Gestalten verblassten zu Schatten, als die Sonne den Himmel rot verbrannte und dann in der Schwärze der Nacht verschwand. Die Luft war kühl auf seiner Haut, und er war sich bewusst, dass Rorc neben ihm herlief und mit ihm Schritt hielt, dass seine eigenen Atemzüge ruhig und gleichmäßig gingen und dass hinter ihnen die Masse der Krieger stampfend und klirrend folgte. Er fühlte sich, als ob er ewig hätte weiterlaufen können. Während der Nacht ließ Hashmael sie alle eine Zeitlang langsamer gehen, um sie bei Kräften zu halten, und bei Sonnenaufgang passierten sie den ersten Stein, der die Grenze der Baal-Lande markierte. Tallis warf einen Blick auf seinen Vater, sah ihm aber nicht einmal ansatzweise an, was er dabei empfand, in die Lande seiner Geburt zurückzukehren.

Als sie das nächste Mal Halt machten, zog er Rorc von den anderen Kriegern fort.

»Die Drachen werden immer ruheloser, je näher wir dem Rand der Wüste kommen«, sagte er. »Ich glaube, ich sollte jetzt als Kundschafter vorauseilen, zu Balkis fliegen und nachsehen, ob Azoths Armee schon näher heran ist.«

Rorcs Gesichtsausdruck war im Dunkeln schwer zu erkennen. »Was meinst du mit ›ruhelos‹?«

»Azoths Präsenz ist außerhalb der Clanlande stark; sie können die Macht spüren, die er über sie hat, da wir uns der Grenze nähern.«

»Werden sie sich gegen uns wenden?«

»Ich glaube nicht«, sagte Tallis. »Marathin hat ihm schon einmal widerstanden, und Fen stammt von den Inseln. Die Drachen, die dort geblieben sind, scheinen …« Er hielt inne und fragte sich, wie er es ausdrücken sollte. »… eine gewisse Widerstandskraft gegen ihn zu haben. Ich weiß nicht, wie ich es erklären soll, aber ich bin mir nicht sicher, wie stark sie sein werden, wenn er ihnen gegenübertritt.«

»Wärst du in der Lage, sie zu beherrschen, wenn sie sich auf die andere Seite schlagen würden?« Rorcs Stimme war so leise, dass Tallis ihn kaum hören konnte.

»Ich glaube schon«, sagte er. »Aber über wie viele ich auf einmal gebieten könnte, ist eine andere Frage.«

Rorc nickte. »Ich nehme an, das werden wir herausfinden, wenn es geschieht.« Er erhob sich. »Wir sollten gehen, bevor die Krieger wieder aufbrechen. Ich muss wissen, wie es Balkis ergangen ist und wie viele zu ihm gestoßen sind, seit er die Stadt verlassen hat. Komm.« Er begann, dorthin zu gehen, wo Hashmael sich mit dem Anführer der Raknah besprach. »Wir dürfen keine Zeit verlieren.«

Doch ihr Aufbruch wurde aufgeschoben, denn Mailun holte sie ein, als sie sich den Drachen näherten.

»Wartet, halt.« Sie stellte sich ihnen in den Weg. »Ich habe dir gesagt, dass ich nicht wieder von dir getrennt sein will, Sohn, und das habe ich ernst gemeint. Wir werden euch keine Schwierigkeiten machen.«

»Wir?« Tallis runzelte die Stirn.

Sie nickte. »Irissa muss ebenfalls mitkommen«, sagte sie.

Rorcs Gesichtsausdruck verdüsterte sich, und er wollte gerade etwas sagen, als sie zu ihm herumwirbelte.

»Nein.« Ihr Tonfall war hart. »Wir sind zusammen schon zu weit gegangen, Rorc, und keiner von uns weiß, ob wir diesen Krieg überleben werden.«

»Du wirst ihn besser überleben, wenn du hier bei Hashmael bleibst«, sagte er.

»Wir gehen gemeinsam«, wiederholte sie. »Wir sind viele Meilen gewandert, um dich zu finden, Sohn«, sagte sie. »Willst du unser Opfer verschmähen?«

Irissa kam jetzt mit entschlossener Miene auf sie zu, ein Bündel auf dem Rücken und einen Speer in beinahe bedrohlichem Griff.

Tallis sah Rorc hilflos an. Es würde sie nur noch länger aufhalten, zu widersprechen. Das Gesicht seines Vaters war von Verärgerung und Missmut erfüllt.

»Du bist sogar noch starrsinniger als früher, Frau«, sagte er, und Mailun hob das Kinn.

»Ist das ein ›Ja‹?« Irgendetwas blitzte in Rorcs Blick auf, und überrascht sah Tallis, dass es ein Hauch von Zuneigung sein mochte.

»Gut«, sagte er, als Irissa sie erreichte; ihr Gesicht war wild entschlossen. »Aber tut, was ich sage, sobald ich es sage.«

»Natürlich. Wann hätte ich das nicht getan?«, fragte Mailun.

Rorc atmete aus. »Du reitest mit mir«, sagte er. »Irissa mit Tallis. Kommt.«

Tallis sah den Triumph in Mailuns Blick, aber sie lächelte nicht, als sie an ihm vorbeiging und Rorc zu den wartenden Drachen folgte. Irissa wartete auf ihn, und er spürte plötzlich, wie sich Erregung in seiner Magengrube zusammenballte.

»Komm schon«, sagte er.

Als sie hinter ihn auf Marathins Rücken kletterte, musste er sich sehr konzentrieren, um nicht zu bemerken, wie sich ihre Hände auf seiner Taille anfühlten, oder dass ihr Bein seines streifte. Sie sagte nichts, aber er war sich ihrer deutlich bewusst.

Flieg!, befahl er Marathin und Rorcs Drachin Fen, heftiger, als es notwendig gewesen wäre, und er spürte, wie die Drachin von einem Zittern durchlaufen wurde, das ein Lachen sein mochte, als sie in die Luft aufstieg.

45

Balkis blieb vor der Tür der roh gezimmerten Hütte stehen und schob das Hineingehen noch einen Augenblick auf. Ihm gefiel nicht, was er tun musste, aber er hatte keine Wahl. Der Kundschafter war nicht zurückgekehrt, und sie konnten nicht noch einen schicken; das hier war ihre einzige Möglichkeit.

»Der Gefangene ist bereit, Marschall«, sagte Lilith. Sie stand ruhig hinter ihm.

»Ihr müsst Euch hieran nicht beteiligen«, sagte er.

»Sie sind keine Menschen, Marschall; ich habe keine Schwierigkeiten damit.« Ihr Gesichtsausdruck war abgehärtet, standhaft.

Sie hatte recht. Der Scanorianer war kein Mensch, und seinesgleichen hatte ihre Leute niedergemetzelt; er konnte keine Gnade erwarten. Nicht wahr? Balkis holte Luft und trat ein.

Es war ein Männchen, das Balkis im Stehen bis zur Brust gereicht hätte. Hochgewachsen für einen Scanorianer. Aber jetzt kniete er mit gesenktem Kopf auf dem Lehmboden der Hütte, die Arme auf den Rücken gefesselt; ein Verführer hielt Wache. Aus einer langen Wunde, die quer über die Schulter des Scanorianers verlief, tropfte Blut auf den Boden, und er wies weitere Schnitte in den Schenkeln auf, die seine kurzen Hosen freiließen. Abgesehen von einer Weste aus gehärtetem Leder, die ihm schon abgenommen worden war, hatte er sonst keine Kleider getragen. Seine dunkle Haut war zäh, schwarz wie Mutterboden, und er hatte sehr wenige Haare auf dem Kopf. Seine Hände und Füße hatten Schwimmhäute; er hatte große Ohren und einen kräftigen Brustkorb. Die Gliedmaßen wirkten im Vergleich dazu mager, aber Balkis wusste, dass das täuschen konnte.

Balkis stellte sich vor ihn. »Steh auf«, sagte er.

Der Scanorianer starrte ihn mit einem Maß an Verachtung an, das sich schlecht mit seiner Zwangslage vertrug. »Warum? Euch ist es doch lieber, wenn wir knien, oder?«

Balkis hielt seinen Gesichtsausdruck unverändert. »Wenn du meine Fragen beantwortest, bleibst du vielleicht am Leben. Weigere dich, und du wirst Schmerzen erleiden.«

»Schmerzen hat man immer.« Er kniff die Augen zusammen. »Körperliche Schmerzen, den Schmerz des Verlusts …«

Des Verlusts? Balkis runzelte die Stirn und zog langsam sein Schwert.

»Steh auf«, wiederholte er, aber der Scanorianer sah ihn nur an. Balkis nickte dem Verführer zu, und der Mann legte eine Hand in den schmalen Nacken des Scanorianers, zerrte ihn auf die Beine und hielt ihn aufrecht.

»Deine Geistbestie kann mir nichts tun«, würgte der Scanorianer hervor.

»Nein«, stimmte Balkis ihm zu, »aber ich. Sag mir, wo Azoth ist. Sag mir, wie bald er hier sein wird und wie groß seine Armee ist, dann bleibst du am Leben.«

Der Scanorianer lachte. »Du kannst nicht wegnehmen, was nie da war.«

»Was meinst du damit?« Balkis legte ihm die Schwertspitze an die Kehle, aber der Scanorianer zuckte nicht mit der Wimper.

»Azoth ist derjenige, der uns das Leben bringen wird – ihr Menschen bringt uns immer nur den Tod.«

Hass loderte aus seinen Augen, wütender Abscheu gepaart mit einem wilden Trotz, den Balkis noch nie bei einem Scanorianer gesehen hatte. Das machte ihn neugierig.

»Hast du einen Namen?«, fragte Balkis.

Der Scanorianer grinste. »Keinen, der dich etwas angeht«, sagte er und spuckte Balkis auf die Füße, »ehrloser Abschaum!«

Balkis sah den Speichel auf seinem Stiefel an; dann bewegte er das Schwert langsam und absichtsvoll zu dem Schnitt in der Schulter des Scanorianers und stieß den Stahl hinein. Der Scanorianer schrie auf, einen leisen, heiseren Schrei voll Zorn und Schmerz. »Ehrlos!«, kreischte er.

»Sag mir, wie nahe die Armee ist«, sagte Balkis über sein Aufheulen hinweg und drehte das Schwert.

Tränen der Qual strömten dem Scanorianer übers Gesicht, er warf den Kopf zurück, brüllte und wand sich im Griff des Verführers, aber er antwortete nicht.

Balkis zog das Schwert aus der Wunde; sein eigenes Tun ekelte ihn an. Blut besudelte dunkel und dick die Klinge. Er senkte die Spitze, so dass sie auf Höhe der Brust des Scanorianers lag.

»Warum nennst du uns ehrlos?«, fragte er.

Das Gesicht des Scanorianers war schmerzverzerrt, aber er grinste und sagte: »Wegen des Verlusts. Ihr seid nichts als Diebe, und er wird über euch urteilen und euch bezahlen lassen.«

Er hielt inne; seine dunklen Augen waren jetzt ruhiger. »Jetzt wirst du selbst einen Verlust erleiden.« Ohne Vorwarnung warf er sich abrupt nach vorn, aus dem Griff des Verführers und auf Balkis' Schwert. Die Klinge erzitterte in seiner Hand, und er spürte, wie sie durch Knochen und Muskeln drang. Der Mund des Scanorianers verzog sich zu einem gequälten Grinsen; dann wurden seine Augen leer und er stürzte zu Boden, so dass Balkis das Schwert aus der Hand gerissen wurde.

Einen Moment lang rührte sich niemand.

»Na ja, einer weniger, den wir töten müssen«, sagte Lilith.

Balkis trat vor und holte sich sein Schwert zurück. Er kam sich seltsam dabei vor, bedauerte den Tod des Geschöpfs und war verstört über seine Worte. Als er aufschaute, musterte der Verführer ihn.

»Unerwartet«, sagte er. Er war älter als Balkis; sein kurzes, dunkles Haar war mit Grau durchsetzt, sein Gesichtsausdruck ruhig.

»Der Verlust«, sagte Balkis. »Habt Ihr davon schon einmal gehört?«

Der Verführer schüttelte den Kopf, und Balkis sah, dass auch er verstört war. Was hatte das zu bedeuten? Sie wussten so wenig über die Scanorianer; vielleicht hätten sie besser aufpassen sollen.

»Wen kümmert es schon, was das zu bedeuten hat?«, fragte Lilith. »Zumindest hat er uns die Mühe abgenommen, ihn zu töten.«

Ihr Gesichtsausdruck war hart und missmutig, als sie den Leichnam mit der Stiefelspitze anstieß. Balkis hatte plötzlich ein Bedürfnis nach frischer Luft.

»Räumt ihn weg«, sagte er und wandte sich zur Tür. »Und bemüht Euch nicht erst mit einem der anderen Gefangenen. Wir werden nichts aus ihnen herausbekommen.«

»Was sollen wir dann mit ihnen tun?«, fragte Lilith. »Sie töten?«

Balkis legte die Hand auf die Tür. »Nein. Noch nicht.« Er stieß sie auf und verließ die Hütte.

Den Rest des Tages über verfolgten ihn die Worte des Scanorianers. Er reinigte sein Schwert und machte sich auf die Suche nach Fardo, um zu erfahren, ob er etwas von dem Kundschafter gehört hatte, den sie ausgeschickt hatten. Darauf bestand jetzt nur noch schwache Hoffnung, aber immerhin Hoffnung, doch bisher gab es keine Spur von ihm – und die letzten Worte der Kreatur wollten ihm einfach nicht aus dem Kopf gehen. Der Verlust. Was bedeutete das? War es wichtig? Unfähig, sich zu entscheiden, kletterte er am späten Nachmittag die Klippe hinauf, um Attar zu treffen.

Der Tag war klar und heiß, wolkenlos. Balkis schwitzte stark, als er das obere Ende des steilen Pfads erreichte und über den staubigen Boden zum kümmerlichen Schutz des Ausgucks hinüberging. Attar saß auf einem über zwei Steine gelegten Brett und trank eine Tasse Kaf. Unten im Lager exerzierte ein Trupp Kämpfer auf der Freifläche; dank der dreißig Jugendlichen und jungen Männer, die am Vortag aufgetaucht waren, war die Gruppe nun größer. Viele stammten aus Salmut, manche aber auch aus den kleineren Ortschaften. Es war die zweite Gruppe in ebenso vielen Tagen, und sie hatten Nachrichten über den Krieg mit den Freilanden mitgebracht und General Amandines Haupt mit Flüchen überzogen, als sie Balkis von der Armee, die am Händlerpass kampierte, und dem Einfall in die Freilande, der Gerüchten zufolge bevorstand, berichtet hatten.

»Kaf?« Attar bot Balkis eine Tasse an, als er sich unter das niedrige Dach duckte und sich neben ihn auf das Brett setzte.

Balkis schüttelte den Kopf und starrte aufs Lager hinab.

»Ein paar sind vielversprechend«, sagte Attar. »Manche sind zu begierig auf den Tod, bevor sie so recht wissen, was er ist.«

»Irgendeine Spur von dem Kundschafter?«, fragte Balkis.

»Ihr würdet es als Erster erfahren, wenn es eine gäbe.« Attar sah ihn neugierig an. »Warum seid Ihr wirklich hier oben? Weicht Ihr dem Pöbel aus?« Er grinste.

Balkis stützte die Unterarme auf die Oberschenkel. »So ungefähr.« Er hielt kurz inne. »Attar, wie lange seid Ihr schon Reiter?«

»*Zu* lange.« Der alte Mann stieß ein Lachen aus. »So um die zwanzig Jahre oder mehr. Ich zähle sie nicht gern, denn das macht mir immer bewusst, warum mir die Knie wehtun.«

Balkis lächelte beinahe. »Habt Ihr je von dem ›Verlust‹ gehört?«

»Reden die Scanorianer also?«

»Vor allem einer.«

Attar goss den Rest seines Kaf auf den Boden. »Der Verlust ist etwas, das ich schon mehr als einen von ihnen habe erwähnen hören, beinahe so, als ob es ein Mantra für sie sei, ein Glaubenssatz.«

»Wisst Ihr, was es bedeutet?«

»Eigentlich nicht. Manchmal sind sie wie die Clans – bleiben unter sich, mögen uns nicht besonders.«

»Überhaupt nicht, glaube ich«, sagte Balkis.

»Das könnte man so sagen.« Attar lachte kurz und stellte dann seine Tasse ab. »Ich glaube, der Verlust ist ein Teil ihrer Geschichte, etwas, das ihnen zugestoßen ist und wovon sie annehmen, dass wir es ihnen angetan hätten.«

»Was? Sie haben uns schon mehr Ärger beschert als wir ihnen«, sagte Balkis. »Sie plündern die Obstgärten im Plethnor-Tal, stehlen Muthus, greifen einsam gelegene Bauernhöfe an …«

Attar nickte. »Das tun sie.« Aber seine Stimme hatte einen Unterton, der Balkis nachdenklich machte.

»Was ist?«, fragte er.

»Vielleicht nichts; wer weiß? Aber ich habe schon manches Mal gehört, dass die Scanorianer einst an anderen Orten als in den Höhlen und Bergen lebten, näher an den Flüssen und Ozeanen. Vielleicht ist die Besiedlung der Stadt, als Amora alle aus den Wildlanden hergebracht hat, nicht so friedlich vonstatten gegangen, wie wir immer glauben gemacht wurden.«

Balkis runzelte die Stirn. »In unseren Geschichtsbüchern ist nicht von einem damaligen Konflikt mit den Scanorianern die Rede – da ist nichts, was auch nur darauf hindeuten würde, dass sie irgendwo anders als dort gelebt hätten, wo sie jetzt leben. Der ganze Ärger hat begonnen, als wir angefangen haben, das Plethnor-Tal zu erschließen.«

»Nun«, Attar lächelte halb, »Menschen geben es nicht immer zu, wenn sie Dinge getan haben, die sie nicht hätten tun sollen. Das befleckt ja sozusagen den guten Ruf. Habt Ihr Euch nie Gedanken gemacht, warum sie Schwimmhäute an den Füßen haben?«

Balkis starrte wieder aufs Lager hinunter. Das war etwas, worüber er noch nie nachgedacht hatte; Scanorianer waren einfach so.

»Sind auch gute Schwimmer«, sagte Attar. »Ich habe einmal einen in der Nähe von Voss im Fluss tauchen sehen. Bis auf einen Fisch habe ich noch nie etwas so schnell schwimmen oder so lange unter Wasser bleiben sehen. Ich habe ihn nicht erwischt.«

Balkis sah zu, wie die Glaubenstreuen unter ihm ihre komplizierten Übungsabläufe vollzogen, ohne sie so recht wahrzunehmen. Hatten die Scanorianer einst dort gelebt, wo jetzt die Städte lagen?

Attar hatte den Unterstand verlassen und beobachtete die Umgebung; plötzlich rief er: »Seht da!«

Balkis sprang rasch auf und folgte dem Reiter ins Freie. »Was ist?«

»Da kommen Drachen.« Attar deutete in die Richtung, und Balkis sah die dunklen Umrisse von zwei geflügelten Bestien auf sie zukommen.

»Aus Richtung der Clans«, sagte Balkis. »Das kann nicht Azoth sein.«

»Ich wette, es ist Tallis«, sagte Attar.

»Es sind vier Reiter«, antwortete Balkis und beschattete sich die Augen. »Ist Shaan etwa bei ihm?«

»Das werden wir bald genug herausfinden.« Attar klopfte ihm auf den Arm, während zwei ihrer eigenen Drachen aus einer Schlucht zur Rechten in die Luft aufstiegen und mit trägen Flügelschlägen auf die ankommenden Reiter zuhielten.

Bei der Landung wirbelten sie eine rote Staubwolke auf und versprengten Steine quer über die ebene Oberfläche der Klippe. Die Drachen, die ihnen entgegengeflogen waren, wendeten in der Luft, kreischten und stürzten sich dann hinab, um auf der windabgewandten Seite der Klippe zu landen. Tallis spürte ihre Erregung, als er sich zu Boden gleiten ließ, um Balkis und Attar zu begrüßen.

»Clansmann!« Attar umfasste seinen Unterarm und schlug ihm grinsend auf die Schulter.

»Attar«, erwiderte Tallis seinen Gruß. Es munterte ihn auf, den älteren Mann zu sehen.

»Kommandant.« Attar nickte Rorc zu, als dieser von Fen abstieg und gefolgt von Mailun auf sie zukam. Irissa stand hinter Tallis; sie lächelte nicht.

»Gut, Euch zu sehen, Attar«, sagte Rorc; dann ging sein Blick zu Balkis hinüber. »Marschall.«

»Kommandant«, sagte Balkis. »Tallis.« Sein Blick huschte zu ihm, und Tallis sah, dass er sich fragte, wo Shaan war. Seine Mutter und Irissa begrüßten die Männer, während Balkis wieder Rorc ansah.

»Heißt das, dass die Clans nicht weit sind?«, fragte er.

»Einige von ihnen. Sie kommen in zwei oder wahrscheinlich eher in drei Tagen«, sagte Rorc. »Solange sie einander nicht gegenseitig an die Kehle springen.«

»Ärger?«, fragte Attar.

»Alte Gewohnheiten legt man nur schwer ab.«

»Und die Übrigen?«

»In spätestens vier Tagen.«

Balkis nickte, aber er wirkte nicht erfreut über die Neuigkeiten. »Ich will nur hoffen, dass wir noch so lange Zeit haben«, sagte er. »Der Kundschafter, den ich ausgeschickt hatte, ist nicht zurückgekehrt?«

»Auf einem Drachen?«, fragte Tallis.

»Nein. Ich habe den Mann auf einem Muthu losgeschickt; wir können keine Drachen entbehren – oder aufs Spiel setzen. Wenn einer einem von Azoths Drachen begegnen würde, würden wir ihn vielleicht nicht wiedersehen. Kurz nach unserer Ankunft waren wir zu einem Angriff auf die Stadt Split gezwungen. Zwei Alhanti und eine Menge Scanorianer. Ich habe Euch einen Botenvogel gesandt.«

»Er ist nicht angekommen.« Rorc runzelte die Stirn. »Was ist mit den Stadtbewohnern?«

Balkis schüttelte den Kopf. »Keine Überlebenden.« Er sah Tallis an. »Wo ist Shaan? Ist sie noch bei den Clans?«

Tallis zögerte. Balkis hatte sich verändert, seit er ihn zuletzt gesehen hatte; er wirkte härter und älter, und Tallis war sich nicht sicher, wie er die Nachricht aufnehmen würde, wohin Shaan gegangen war. Oder die, dass Tallis sie hatte gehen lassen.

»Sie ist nicht bei den Clans«, sagte er.

»Warum nicht? Ist ihr etwas zugestoßen?«

»Nein …«

»Wo ist sie dann?«

»Sie ist bei Azoth«, sagte Rorc leise, und als Balkis seinen wilden, starren Blick aus blauen Augen auf ihn richtete, sagte Tallis rasch: »Aber es gibt Gründe dafür, Balkis.«

»Hat er sie wieder geraubt?« Sein Ton war vorwurfsvoll, feindselig. »Du solltest doch auf sie achtgeben!«

Tallis spürte, wie sich die Hitze seiner Macht in Reaktion darauf regte. »Das habe ich getan, aber auf manche Dinge habe ich keinen Einfluss.«

»Wie das? Du solltest doch der Stärkere sein. Ich habe gesehen, was du jenem Mann in Salmut angetan hast!«

»Ich hatte keine Wahl«, sagte Tallis. »Die Führer haben in der Wüste zu ihr gesprochen. Sie haben sie dorthin geschickt, damit sie uns hilft.«

»Uns hilft?« Balkis' Gesicht war dunkel vor Zorn. »Wie sollte uns das helfen?«

»Genug!«, erhob Rorc die Stimme. »Balkis, keinem von uns gefällt es, dass sie fort ist, aber wir müssen uns Gedanken über eine größere Bedrohung machen.«

»Es gefällt Euch nicht?« Sein Blick war ungläubig. »Sie ist Eure Tochter. Sie könnte …«

»Sie ist nicht tot.« Tallis trat schnell vor; er wusste, was Balkis dachte. »Sie ist am Leben, Balkis. Ich wüsste es, wenn sie es nicht wäre.«

Der blonde Reiter wandte sich zu ihm um; Zorn kämpfte in seinen Augen mit Furcht, und Tallis erkannte erst in diesem Augenblick so recht, wie wichtig seine Schwester Balkis war. »Ich wüsste es, Balkis«, sagte er noch einmal. »Azoth wird ihr keinen Schaden zufügen.«

»Du weißt es nicht, du hoffst es nur«, sagte Balkis. »Sag mir eines: Ist sie freiwillig gegangen?«

Tallis zögerte. Er wollte darauf nicht antworten. »Sie hat getan, was sie glaubte, tun zu müssen«, sagte er.

Balkis lachte bitter auf. »Ich verstehe«, sagte er mit zusammengebissenen Zähnen.

»Attar«, wandte Rorc sich an den älteren Reiter, der während der Auseinandersetzung stumm dabeigestanden hatte. »Zeigt mir, wo wir etwas zu trinken bekommen und uns diesen Staub abwaschen können.«

»Zu Befehl.« Attar deutete auf den steilen Pfad, der ins Lager hinunterführte.

»Kommt mit, alle beide«, rief Rorc ihnen über die Schulter zu, als er dem Reiter folgte. »Wir haben viel zu besprechen.«

Mailun und Irissa gingen auf die Suche nach einem Platz, an

dem sie ihr Zelt aufstellen konnten, und Tallis verbrachte den Rest des Tages damit, im Schatten von Balkis' Kommandozelt zu sitzen, die Anzahl von Kriegern durchzusprechen, die ihnen an der Klippe zur Verfügung standen, und den Bericht über den Kampf anzuhören, den Balkis in der nahen Stadt gegen die Alhanti und Scanorianer bestanden hatte. Sie sprachen nicht mehr von Shaan oder davon, wo sie war, aber Tallis spürte Balkis' Zorn schwer in der Luft ringsum lasten, als er erläuterte, was geschehen war, seit sie an der Klippe eingetroffen waren.

Der Angriff auf Split klang wie der, den Tallis in Hügelstadt erlebt hatte. Es wirkte zu sehr, als ob Azoth ihn auf die Probe stellte. Als er das erwähnte, pflichtete Balkis ihm sogleich bei.

»Das dachte ich auch«, meinte er mit kühlem Blick. »Aber in Hügelstadt haben sie Gefangene gemacht; hier war das schwer zu sagen. Es waren sehr viele Leichen dort, aber es wirkte doch, als ob es nicht so viele Männer wären, wie man sie in einer Stadt dieser Größe erwarten würde – zumindest nicht genügend Männer unter fünfzig Jahren.«

»Sie haben die Kampftauglichsten mitgenommen«, sagte Rorc. »Wahrscheinlich, bevor Ihr eingetroffen seid.«

Balkis stimmte zu. »Wir hatten keine Gelegenheit, festzustellen, ob irgendjemand weggetrieben wurde.«

»Also hat Azoth die Alhanti und Scanorianer in die Stadt geschickt, um mehr Männer für seine Armee zu bekommen und festzustellen, was wir tun würden, wenn wir gegen sie kämpfen.«

»Demnach muss er wissen, dass Ihr hier seid«, sagte Rorc.

Balkis nickte. »Unser Kundschafter muss zurückkommen; wir brauchen ihn.«

»Wir werden jemanden auf die Suche nach ihm schicken«, versprach Tallis. »Wir müssen herausfinden, was dort draußen ist.«

Sie beendeten ihre Besprechung bei Sonnenuntergang, und Attar führte Tallis zu einem Platz in der Nähe der brüchigen Umfassungsmauer der Umfriedung, wo er sich für die Nacht hinlegen konnte.

»Machst du dir Sorgen um deine Schwester?« Attar lehnte sich gegen den Stamm eines Baums und sah zu, wie Tallis eine dünne Ledermatte ausbreitete, um darauf zu schlafen.

»Tätest du das nicht?«, fragte Tallis.

»Ich glaube, ich habe es dir schon einmal gesagt: Ich habe keine Brüder oder Schwestern. Ich bin ein einsamer Reiter, Clansmann, das weißt du doch.« Attar grinste.

»Aber du behandelst die, mit denen du reitest, wie Brüder und Schwestern«, sagte Tallis und warf sein Bündel auf die Unterlage. »Also tu nicht so, als würdest du es nicht verstehen.«

Attars Grinsen wurde nur noch breiter. »Ich habe dich vermisst, Clansmann. Wenige sind so geradeheraus mit mir, wie du es bist.«

»Vielleicht liegt das daran, dass du sie so gerne zum Armdrücken herausforderst und dabei verletzt«, sagte Tallis.

»Vielleicht«, gluckste Attar. »Wirst du nach dem Kundschafter suchen?«

»Ich glaube, ich bin die beste Wahl, meinst du nicht?«

»Nun, dann achte aber darauf, dass du meine Drachin dabei nicht umbringst. Sie gehört immer noch mir, wie du weißt.« Er beugte sich zu ihm und versetzte ihm einen Rippenstoß. »Mit dir tändelt sie nur – sie wird bald genug über dich hinweg sein.«

Tallis lächelte. Marathin war einst Attars Reittier gewesen, und er wusste, dass die Drachin den alten Reiter immer noch schätzte, aber sie gehörte letztlich keinem Menschen, am wenigsten von allen ihm.

»Ich bin sicher, dass sie dich eines Tages wieder auf sich reiten lässt, Attar, wenn du höflich bist.« *Und wenn wir alle diesen Krieg überleben*, dachte er bei sich.

Attar nickte. »Das hoffe ich doch«, sagte er. »Die Inseldrachen sind einfach nicht dasselbe. Du verstehst doch, was ich meine?«

Tallis nickte. Er verstand es wirklich; die Inseldrachen waren entschlossen, Azoth zu widerstehen, aber keiner von ihnen war so gewöhnt daran, sich mit Menschen zu verständigen, wie diejenigen, die in Salmut gelebt hatten. Die Inseldrachen waren wildere Geschöpfe und neigten eher dazu, den Drachenreiter zu lenken, als sich lenken zu lassen, obwohl Tallis wusste, dass sie jedem

Wort gehorchen würden, das er aussprach; sie konnten der Befehlsgewalt ihrer eigenen uralten Sprache nichts entgegensetzen.

»Komm mit«, sagte Attar. »Ich habe ein Fass cermezischen Wein, das ich mir aufgespart habe, und jetzt scheint ein so guter Zeitpunkt wie nur irgendeiner zu sein, es anzubrechen.«

Tallis musterte ihn. »Ich bin mir nicht sicher, ob mir das helfen oder schaden würde«, sagte er.

Attar zuckte die Schultern. »Zur Hölle, wir könnten alle morgen sterben. Lass uns heute Abend leben!« Er klopfte ihm auf den Arm. »Komm schon, Clansmann, wenn ich noch einen Abend nur mit Balkis zur Gesellschaft durchstehen muss, werde ich verrückt.« Er beugte sich zu dem jüngeren Mann und sagte mit gesenkter Stimme: »Kaufmannssöhne, Tallis! Sie sind doch alle gleich – wissen meine besseren Witze gar nicht zu schätzen!«

»In Ordnung«, sagte Tallis lächelnd, »aber erwarte bitte auch von mir nicht, dass ich lache.«

»Einverstanden!« Attar legte ihm den Arm um die Schultern und schleifte ihn zu den Feuerstellen auf der gegenüberliegenden Seite des Lagers.

46

Früh am nächsten Morgen ließ Tallis die anderen bei ihren strategischen Planungen allein und kletterte den Steilhang hinauf zur Klippenspitze. In der Nacht waren Wolken am Himmel aufgezogen, und die Luft war schwer, windstill und drückend vor Hitze. Tallis war froh, das Lager verlassen zu können, um auf die Suche nach dem Kundschafter zu gehen. Es würde gut sein, sich schnell genug zu bewegen, um etwas von dem Schweiß aus seinem Gesicht fortkühlen zu lassen. Und es war gut, Balkis zu entkommen: Die Sorge und der Schmerz, die er in den Augen des blonden Mannes las, erinnerten Tallis zu sehr an seine eigene Angst um Shaan.

Marathin.

Arak-ferish, ertönte das Zischen der Drachin, und er sah sie aus dem Schatten einer flachen Schlucht jenseits der Klippe aufsteigen. Die Geräuschkulisse einer Armee, die sich auf den Krieg vorbereitete, driftete aus dem Lager empor.

So wenige, zischte Marathin und landete neben ihm. *Der Schwarm des Vaters ist groß.*

Ja. Er musterte sie. *Was wird geschehen, wenn du ihnen in der Schlacht begegnest, Marathin? Wirst du in der Lage sein, ihnen zu widerstehen? Werden die Inseldrachen umhinkönnen, sich ihm anzuschließen?*

Sie blinzelte. *Du wirst uns beschützen, Arak-ferish.*

Aber würde er dazu in der Lage sein? Er wünschte, er wäre davon so überzeugt gewesen wie sie. Tallis kletterte Marathins Vorderbein hinauf, um sich hinter ihren Kamm zu setzen.

Dann flieg, Semorphim, suche den Kundschafter, befahl er und spürte einen Schauer des Wiedererkennens, als er das alte Wort benutzte.

Arak-ferish, flüsterte Marathin und stürzte sich in die Höhenwinde, die über die Ebenen fegten; ihre Flügel spannten sich breit auf wie Leinwände, wie ein Segel, bis sie über die Erde hinweg auf die Berge zuglitten; das Lager war nichts mehr als ein Punkt hinter ihnen.

Tallis ließ sie schnell und kraftvoll fliegen und streckte unterwegs die Sinne aus, so weit er konnte, versuchte, zu spüren, ob Drachen oder vielleicht Alhanti irgendwo unter ihm waren. Sie erreichten Split – oder was davon übrig war – und glitten über die leeren Straßen hinweg; der Boden ringsum war versengt und mit Aschehaufen übersät. Nichts regte sich, abgesehen von einem bunten Stofffetzen in einem hohen, offenen Fenster. Die ungepflasterte Straße, die von der Stadt aus durch die niedrigen Hügel nach Osten führte, gabelte sich; eine Hälfte führte nordwärts auf die Clanlande und die Stadt Hed zu, die andere nach Südosten gen Falmor. Der Kundschafter war ausgeschickt worden, jeder Spur zu folgen, die nach Falmor führte, aber so scharf Marathins Augen auch waren, sie konnten nicht erkennen, welchen Weg der Mann genommen hatte. Tallis nahm an, dass man das von einem Jäger der Glaubenstreuen auch erwarten konnte.

Er ließ die Drachin weiter in Bodennähe fliegen und nach Hinweisen suchen. Knorrige Bäume wuchsen in Grüppchen am Fuße der Hügel, und vereinzelt war der Boden mit kleinen Büschen bewachsen, größtenteils aber war die Landschaft felsübersät und von den Spuren kleiner Tiere und Muthus durchzogen. Tallis kam über mehrere schmale Bäche hinweg, die aufgrund der erst kurz zurückliegenden Regenzeit noch schlammig waren, sah aber nach wie vor keine Spur von dem Kundschafter.

Am späten Nachmittag trug die Brise gelegentlich den Duft des Meeres mit sich, da sie auf die Küste zuflogen. Die Landschaft war immer rauer geworden; die niedrigen Hügel mit ihren flachen Kuppen waren höheren, felsigen Gipfeln gewichen. Kleine Bauernhöfe kamen in Sicht, die in die Täler geduckt lagen; allesamt verlassen und großteils zerstört. Einer war von den toten, aufgequollenen Leibern einer Muthuherde umgeben.

Azim gefangen, zischte Marathin; sie benutzte das Wort der Drachen für die Menschen. Tallis antwortete nicht. Sie glitten tief über einen der Bauernhöfe hinweg. Das Dach des Hauptgebäudes war halb eingestürzt; das verbrannte Haus darunter wirkte wie ein schwarzes Skelett, und die Türen des großen Nebengebäudes dahinter waren aus den Angeln gerissen worden und lagen auf der verkohlten Erde des Hofs. Wenn Azoths Krieger hier gewesen waren, wo waren sie nun? Und was war denen zugestoßen, die hier gelebt hatten? Die Haut in Tallis' Nacken kribbelte, als er Marathin drängte, sich weiter nach Osten zu wenden. Nur die Götter wussten, wie es den Leuten von Falmor ergangen sein mochte.

Der Bauernhof lag gerade erst hinter ihnen, als er plötzlich ein seltsames Gefühl im Bauch verspürte, ein krampfendes Reißen wie einen Warnruf – oder einen Hilfeschrei. Es war sehr schwach, stammte gewiss nicht von Shaan oder einem Drachen, aber es war da, und es ging von hinter ihnen aus.

Zurück!, befahl er und riss Marathin herum. Sein Haar wirbelte ihm an den Augen vorbei, als die Drachin scharf wendete und zum Bauernhof zurückeilte. Sie landeten auf dem zerstörten Hof zwischen den Gebäuden; Erde stob um Marathins Klauen auf, als sie sich in die Erde gruben. Ihre Flügel flatterten wild, bevor sie zur Ruhe kam. Der Ruf war jetzt stärker. Tallis griff mit dem Verstand aus, sprang vom Rücken der Drachin und zog das Schwert, das er umgegürtet trug, während er vorsichtig auf die dunkle Türöffnung des Nebengebäudes zulief. Das Gefühl, das irgendetwas oder irgendjemand dort war, zog ihn an. Er blieb im Eingang stehen, damit seine Augen sich an die Dunkelheit gewöhnen konnten, und ließ zu, dass seine Macht sich entfaltete; er hielt sie nur für alle Fälle bereit.

Das Gebäude hatte als Scheune und Stallung gedient, allem Anschein nach für Muthus. Boxen waren an der rechten Seite entlang eines großen Futtertrogs aufgereiht; die andere Wand zierten verschiedenste Gerätschaften und Regale mit Werkzeug. In der hinteren linken Ecke befand sich ein kleinerer Raum, der an die höheren Steinwände gebaut war. Er war dunkel und schwer zu erkennen, aber Tallis konnte den Sog einer Präsenz dort spüren.

»Wer da? Gebt Euch zu erkennen!«, rief er. »Ich bin bewaffnet!«

Einen Moment lang herrschte Stille, dann erschien ein Schatten in der offenen Tür des Raums, und Tallis sah das helle Schimmern einer Klinge.

»Warst du das auf dem Drachen?«, fragte ein Mann.

»Wer bist du?« Tallis rührte sich nicht. »Komm heraus.« Sein Herz hämmerte, während er wartete.

Der Mann trat aus den Schatten hervor. Er war hochgewachsen, fast mager und in ein langärmeliges Hemd, Hosen und eine Lederweste gekleidet. Blut färbte seine linke Seite dunkel, und sein Gesicht und Körper waren schmutz- und schweißbedeckt. »Ich bin Calem, ein Jäger aus Salmut. Bist du Azoths Nachkomme?«

Tallis atmete erleichtert aus. »Bist du der Kundschafter, den Balkis ausgeschickt hat?«

Calem nickte. Er senkte langsam sein Schwert und zuckte vor Schmerz zusammen. »Ich habe dich auf dem Drachen gesehen.« Die Stimme versagte ihm, und er brach plötzlich schwer atmend in die Knie.

Tallis steckte seine Klinge in die Scheide und hockte sich neben ihn.

»Ich bin verletzt«, sagte Calem, und seine Lippen verzogen sich zu einem schiefen, schmerzerfüllten Lächeln. »Aber ich nehme an, das hast du schon erraten.«

»Wie schlimm ist es?« Tallis half ihm auf.

»Schlimm.« Calem schloss kurz die Augen und öffnete sie dann wieder.

»Wie lange bist du schon hier?«, fragte Tallis.

»Ich bin mir nicht sicher; vielleicht seit zwei Tagen.« Er schüttelte den Kopf.

»Ich hole etwas Wasser.« Tallis rannte zu Marathin zurück und hakte sein Bündel von dem Lederriemen los, der an ihrem Kamm befestigt war; dann eilte er wieder hinein.

Die Wunde des Mannes war schwer: ein tiefer, langer Schnitt in seiner Seite, der sich entzündet hatte. Tallis säuberte die Wunde, so gut er konnte, und zerriss sein Hemd zum Wechseln, um es als Verband zu gebrauchen, aber er fragte sich, ob es nicht schon zu spät war.

»Wie hast du mich gerufen?«, fragte er, während er den Stoffstreifen sanft verknotete.

Der Jäger runzelte die Stirn, hustete dann und hielt sich dabei die Wunde. »Aah!«, rief er und schlug mit einem Bein auf den Boden. »Mistding!« Er holte tief Luft. »Wasser, bitte.«

Tallis half ihm, etwas Wasser zu trinken; der Mann sah ihn aus matten Augen an.

»Mir war nicht bewusst, dass ich dich gerufen habe«, sagte er, »aber vielleicht habe ich das getan. Als ich den Glaubenstreuen beigetreten bin, dachte ich kurze Zeit lang, dass ich vielleicht zu den Verführern gehen könnte, aber« – er schüttelte den Kopf – »mein Geist war zu schwach, keine Kontrolle, ich konnte nichts tun, wenn ich nicht wütend war oder verletzt.«

Tallis nickte. »Verletzt, wie jetzt?«

Calem lächelte noch einmal verzweifelt. »Ich schätze, ja.«

»Was ist geschehen?«, fragte Tallis. »Hast du irgendetwas über Azoths Armee herausgefunden?«

»Ein Teil seiner Armee lagert unmittelbar östlich von Falmor«, sagte Calem. »Dort gibt es ein großes Tal, in der Nähe des Randes der Berge; es ist voll von ihnen. Scanorianer, ein paar Alhanti und die Leute, denen sie hier die Dörfer und Höfe niedergebrannt haben – zumindest diejenigen, die sie am Leben gelassen haben, damit sie für sie kämpfen.« Er sah trostlos drein. »Und ein paar der Frauen und Mädchen haben sie auch am Leben gelassen.«

Tallis wusste, was er damit meinte. »Drachen?«, fragte er.

Calem nickte. »Ein paar, aber ich nehme an, die meisten kommen erst noch.«

»Wie viele Krieger?«

»Mindestens dreitausend im Lager, und das ist nur der erste Schwung.« Calem sah grimmig drein. »Ich habe belauscht, wie ihr Alhanti-General mit einem anderen sprach, den er zurückschickte. Durch die Berge kommen weitere fünftausend Scanorianer, die jetzt bald eintreffen sollen – vielleicht sind sie mittlerweile schon da –, und Azoth bringt weitere mit, und die Drachen.«

Tallis war übel. »Wie viele noch?«

»Zweitausend, was weiß ich.« Calem schüttelte den Kopf und schloss die Augen. »Und über einhundert Drachen. Zu viele«, sagte er. »Und sie können jeden Tag anrücken.«

Tallis sagte einen Moment lang nichts; wilder Zorn auf seinen alten Vorfahren begann ihn zu erfüllen. »Wie bist du verwundet worden?«, fragte er.

»Scanorianer. Sie haben mich in den Ausläufern des Lagers ertappt. Sechs von ihnen, gerissene Dreckskerle, aber keine Sorge, keiner hat überlebt. Sie können nicht zurückkehren, um mich zu verraten.«

Zumindest nicht, bis jemand ihre Leichen fand. »Kannst du aufstehen?«, fragte er.

»Wenn es sein muss.«

»Dann komm.« Tallis half dem Kundschafter auf die Beine; halb trug, halb schleifte er ihn nach draußen und half ihm auf Marathins Rücken. Als er hinter dem Verwundeten aufstieg, hörte er ein fernes Grollen und starrte zu der schwarzen Barriere der Berggipfel am Horizont. Wolken waren aufgezogen und verdunkelten den Himmel; die Nacht nahte. Irgendwo dort drinnen war Azoths Horde auf dem Marsch, kam immer näher, und einen Moment lang glaubte Tallis, die flatternden Flügel von hundert Drachen zu sehen, die zusammengeschart gemeinsam über die ausgedörrten, öden Gipfel glitten.

Eine Vorahnung, die ihm übel werden ließ, regte sich abermals in seiner Magengrube und trieb ihm den Geschmack von Galle und Blut in den Mund. Er wandte sich ab und befahl Marathin, loszufliegen; sie warf sich in den Himmel empor, um zur Klippe zurückzukehren.

Shaan saß hinter Azoth auf Nuathin. Das seidene Umschlagtuch war mit einer schwarzen Steinnadel eng um ihre Schultern befestigt; die langen Röcke ihres Kleids waren um ihre Beine festgesteckt, aber dennoch zitterte sie vor Kälte. Sie hatte nach ihren alten Hosen gesucht, bevor sie aufgebrochen waren, hatte aber nichts als noch mehr Kleider gefunden. Das war nur ein Grund mehr, Azoth zu zürnen: dass er sie so in edle Gewänder hüllte, als sei sie nichts als eine Trophäe, auf die er es lange abgesehen gehabt hatte. Sie vergewisserte sich, dass ihr Anhänger gut unter der Seide verborgen war, und spie eine Haarsträhne aus, die ihr in den Mund geraten war, während Nuathin die Flügel ausrichtete und sich neigte, um an einem kahlen Berggipfel vorbeizugleiten.

Unter dem Bauch des Drachen knarrten die Riemen des Korbs, den er trug, und schwankten bei jeder Bewegung, während immer wieder der Lärm der Scanorianerspeere und -schilde, die aufeinanderprallten, ertönte. Auch Alterin und Jared waren in dem Korb und wurden in den Krieg gekarrt, um verheizt zu werden. Shaan konnte nur hoffen, dass Tallis den kurzen Blitz von einer Nachricht hatte wahrnehmen können, den sie ihm hatte schicken können. Er musste begreifen, wie wichtig ihre Warnung war, und welches Ausmaß die Streitmacht hatte, die Azoth heranführte. Auf allen Seiten flogen Drachen im Gleichtakt, berührten sich beinahe mit den Flügelspitzen und entfernten sich dann weiter voneinander, als sie über die kalten, schwarzen Berge glitten. Unter ihnen schwangen Körbe voller Krieger. Shaan spürte, wie sie ihren Verstand streiften, wenn sie sich selbst nicht streng in der Gewalt hatte, fast so, wie sie Azoth jetzt stets spürte; seine Präsenz war ein unsichtbarer Stachel in ihrem Fleisch. Die Luft über den Bergen war so tot und kalt wie eh und je und hallte vor den Überresten von Verzweiflung wider, die in die Felsen eingebettet zu sein schienen. Sie würden in den Bergen nicht Halt machen. Sie konnte Azoths bitteren Zorn darüber spüren, dass er auch nur diese Ausläufer des Gebirges überqueren musste; es verursachte ihm körperlichen Schmerz, und er saß angespannt und starr vor ihr; der Schöpferstein, den er in der Hand hielt, summte ein lautloses Lied.

Er hatte den Stein aus seinem Kasten geholt, als sie in der Nacht die ersten Gipfel überflogen hatten, und hielt ihn nun schon den ganzen Tag umklammert. Seine Abneigung gegen die Führer, die diesen Sperrriegel geschmiedet hatten, war stark, und sie nahm an, dass der Stein ihm darüber hinweghalf. Die Macht der Barriere war hier am schwächsten, wo die Ausläufer der Bergkette sich dem Meer näherten, aber dennoch drang die Verzweiflung durch, und Shaan spürte Azoths Widerwillen dagegen so mühelos, wie sie ihren eigenen Herzschlag wahrnahm.

Azoth musterte sie, seine Augen schwarz wie die Nacht. Er sagte nichts, aber Shaan wusste, dass er sich fragte, was sie dachte. Sie spürte, wie er in ihrem Verstand herumstocherte. Stirnrunzelnd sorgte sie dafür, dass sich die Kraft in ihr entfaltete und ihn zurückstieß; es ärgerte sie, dass er es immer wieder versuchte. Er lächelte und wandte sich ab; dabei versetzte er ihrem Geist eine brennende Ohrfeige. Schmerz schoss ihr durch den Schädel. Shaan zwang sich, nicht zurückzuschlagen; wenn sie eine Konfrontation erzwang, würde das nur zu ihrer Niederlage führen. Sie konnte ihm vielleicht Schaden zufügen, ihn aber nicht besiegen – und außerdem durfte sie nicht vergessen, warum sie hergeschickt worden war. Sie war hier, um ihn zu retten, obwohl nur die Götter wussten, ob die, die sie liebten, in der Lage sein würden, ihr zu vergeben, wenn sie es tat.

47

Zu dem Zeitpunkt, als Tallis zurück zur Jägerklippe gelangte, war Calem kaum noch bei klarem Bewusstsein. Marathin landete vor den verfallenden Toren, und ein halbes Dutzend Männer mit Fackeln rannte, angeführt von Balkis, auf sie zu. Es war eine Stunde vor Mitternacht; sie waren so schnell geflogen, wie sie konnten, aber Tallis glaubte nicht, dass der Mann überleben würde.

»Der Kundschafter«, sagte Balkis, als er Tallis erreichte. »Du hast ihn gefunden.«

Tallis sprang von der Drachin. »Er war auf einem verlassenen Bauernhof in der Nähe der Berge.«

»Bringt ihn zum Heiler«, befahl Balkis seinen Männern, als sie Calem von Marathins Rücken zogen. »Hat er dir irgendetwas gesagt?« Er sah Tallis an.

»Er hat einen Teil von Azoths Armee gesehen.«

»In der Nähe?«

»Viel zu nah.«

»Dann komm, du musst Rorc Bericht erstatten.« Balkis wandte sich ab, um zurück durch die Tore zu gehen.

Die meisten im Lager schliefen, und alles war ruhig, während sie rasch auf das Kommandozelt zugingen.

»Hat er gesagt, wie viele es waren?«, fragte Balkis unterwegs.

»Mindestens dreitausend im Lager und weitere siebentausend im Anmarsch.«

Balkis fluchte. »Mehr, als ich dachte«, sagte er.

»Tallis?« Mailun kam aus der Dunkelheit der Zelte zu seiner Linken. »Sohn, du bist zurück!«

»Mutter.« Er küsste sie kurz auf die Wange, als sie sich ihnen anschloss.

»Schlechte Nachrichten?«, fragte sie, als sie seine verhärteten Gesichtszüge sah. »Shaan? Hast du sie gespürt?«

Er schüttelte den Kopf; er wollte die Hoffnung in ihren Augen nicht sehen. »Nein.«

Sie seufzte, sagte aber nichts mehr, da sie das Zelt erreichten. Fackeln waren beiderseits des Eingangs aufgestellt, und drinnen brannten weitere Lampen, die gewaltige Schatten auf die Leinwandbahnen warfen, wenn Rorc und Attar sich im Zeltinnern bewegten. Motten und winzige Insekten umschwirrten die Flammen als flatternde Masse, und ein paar flogen Tallis ins Gesicht, als er eintrat.

»Hast du den Kundschafter gefunden?« Rorc schaute von dem Tisch auf, auf dem er Schlachtpläne auf Pergament gezeichnet hatte.

»Er war kaum noch am Leben«, sagte Tallis.

»Aber du hast herausgefunden, was er weiß?«

»Ja.«

Attar hob einen Krug von der Ecke des Tisches hoch und schenkte ihm einen Becher Wasser ein. »Hier.«

Tallis stürzte das Wasser in einem Zug herunter und berichtete ihnen dann, was er von dem Jäger erfahren hatte.

»Sie könnten die Berge binnen eines Tages überqueren«, sagte er. »Ich habe sie noch nicht gespürt, aber das hat nichts zu bedeuten. Azoth könnte sie abschirmen, oder sie könnten erst in den Ausläufern der Berge sein.«

»Attar«, sagte Rorc, »weckt die Hauptleute und sagt ihnen, dass sie ins Kommandozelt kommen sollen.«

»Zu Befehl.« Attar verließ das Zelt und klopfte Tallis im Vorbeigehen auf die Schulter. »Gut gemacht, Clansmann«, lobte er und grinste.

Tallis konnte das Lächeln nicht erwidern. Attar schien nur zu bereit zu sein, in den Krieg zu ziehen. Die dunkle Vorahnung stieg wieder in Tallis auf, und er spürte, wie seine schlafende Macht sich regte, als ob sie von dem Gedanken an Blutvergießen wachgerufen wurde. Sie strich ihm die Wirbelsäule entlang wie eine Geliebte, erfüllte ihn mit Energie, mit einer Wahrnehmung. Irgendetwas bewegte sich dort draußen, griff nach ihm aus.

»Du brauchst etwas Ruhe«, sagte Rorc. »Geh und schlaf ein paar Stunden. Ich rufe dich vor der Morgendämmerung.«

Tallis schüttelte den Kopf. »Es geht mir gut.«

»Nein.«

»Tallis?«, fragte Mailun stirnrunzelnd.

Er bemerkte, dass er die Hand um den Schwertgriff an seiner Hüfte gekrampft hatte. Rorcs Augen zogen sich zusammen. »Spürst du irgendetwas?«

Tallis nickte. »Irgendetwas«, wiederholte er.

»Shaan?«, fragte Mailun.

Er runzelte die Stirn und versuchte, sie zu ertasten, Witterung aufzunehmen. Nichts – nur die dunkle Energie, die ihn erfüllte. Er schüttelte den Kopf. »Nein, aber es ist …« Es fiel ihm schwer, es zu erklären. »Es ist, als ob ich einen Sturm aufziehen fühlte«, sagte er, »eine große, dunkle Wolke auf dem Weg hierher.«

»Schlaf ein bisschen«, sagte Rorc leise. »Das wirst du brauchen.«

»Ich kann nicht schlafen, ich …« Er hielt inne; plötzlich spürte er Marathins Furcht und die der anderen Drachen.

»Was ist?«, fragte Rorc.

»Die Drachen. Sie spüren es ebenfalls. Ich muss zu ihnen gehen und sie beruhigen.«

»Brauchst du Hilfe?«, fragte Balkis.

»Du kannst ihnen nicht helfen«, erwiderte Tallis und merkte, wie der blonde Mann sich versteifte. »Du kannst nicht mit ihnen sprechen, wie ich es kann«, versuchte er zu erklären, aber Balkis' Gesichtsausdruck wurde verschlossen.

»Geh zu den Drachen und ruh dich dann ein bisschen aus«, sagte Rorc.

»In Ordnung. Ich gehe zum Ausguck«, sagte Tallis und verließ das Zelt.

Alle elf Drachen waren in der Schlucht jenseits der Klippe zusammengeschart und starrten in Richtung der Berge. Ihr Geist war von Furcht, Zorn und verzehrendem Kampfesdurst erfüllt. Tallis stand am Rand der Klippe über ihnen. Es war dunkel, aber der Himmel war hell von Sternen und einer Mondsichel erleuchtet, und er konnte ihr fahles Licht über die Masse aus Drachenhaut gleiten sehen, als sie wankten und aneinanderstießen, Flügel an Flügel, Hals über Hals, als wären sie ein Nest klauenbewehrter Schlangen. Der Geruch nach verbranntem Öl und Staub lag in der Luft.

Tallis verbrachte mehrere Stunden damit, seine Ruhe über den Geist der Drachen zu legen und ihnen zu versprechen, dass er sie vor dem, was auf sie zukam, beschützen würde. Als er dann wieder von der Klippe hinabstieg, nahte der Sonnenaufgang, und ringsum deutete alles darauf hin, dass sich die Krieger des Lagers auf den Kampf vorbereiteten.

Irissa saß auf einem Baumstamm an einem gerade angefachten Feuer und stützte sich auf ihren Speer. Sie war mit ihrer Weste aus gehärtetem Leder nach wie vor für den Krieg gerüstet, aber ihre Miene, als sie Tallis erblickte, war nicht so grimmig wie sonst. Jetzt lag Furcht darin, und das machte ihm doppelt Angst um sie. Er ging vorsichtig zu ihrem Feuer hinüber.

»Also willst du immer noch kämpfen?«, fragte er leise.

»Deshalb bin ich hier.« Ihr Gesichtsausdruck war reserviert, aber es ermutigte ihn, dass sie ihn nicht wegschickte.

»Darf ich mich hinsetzen?«, fragte er.

Sie zuckte die Schultern. Er stieg über den Baumstamm und achtete darauf, dass eine Handspanne zwischen ihnen frei blieb. So saßen sie eine Weile schweigend da, bis er den Mut aufbrachte, zu sprechen.

»Ich wünschte, du würdest nicht kämpfen«, sagte er.

Ihr Mund verzog sich zu einem Lächeln. »Ich wusste, dass du deshalb hier bist! Und warum sollte ich nicht kämpfen? Du tust es doch auch. Du ziehst auf diesen Drachen in den Kampf.«

»Ja, aber …«

»Aber du hältst dich für unbesiegbar.«

»Nein. Ich glaube, dass ich sterben könnte«, sagte er.

Überraschung huschte über ihr Gesicht. »Und doch gehst du. Warum sollte ich es also nicht tun?«

Tallis' Herz klopfte heftig, und er legte eine Hand langsam über ihre, die auf ihrem Bein ruhte. »Weil es mir lieber wäre, wenn du überlebst«, sagte er. Sie rührte sich nicht. Ihre Haut war warm; seine Fingerspitzen streiften ihren Oberschenkel. Plötzlich überkam ihn das Bedürfnis, sie in die Arme zu nehmen.

»Ich habe keine Angst davor, zu sterben«, sagte sie. Sie war ruhig, entschlossen. »Du darfst mich nicht aufhalten, Tallis.«

Sein Herz zog sich zusammen. Er konnte sie zwingen, hierzubleiben – mit seiner Macht konnte er ihren Willen darauf ausrichten, ihm zu gehorchen –, aber das wollte er ihr auf keinen Fall antun.

Er flehte sie an. »Warum bist du so stur?«, fragte er. »Immer, unser ganzes Leben lang, warst du schon so starrköpfig!«

Sie lächelte traurig. »Ist das nicht der Grund dafür, dass du mich liebst, Tallis?« Sie musterte sein Gesicht; ein Hauch von Verletzlichkeit stand in ihren Augen. Er konnte nicht antworten. Natürlich liebte er sie, aber ihr das jetzt zu sagen … Sie blinzelte; die Hoffnung schwand aus ihrem Blick und machte Reserviertheit Platz. Sie sah auf ihre Hände hinab, und er nahm an, dass sie ihre fortziehen würde, aber stattdessen wandte sie ihre Handfläche um, so dass sie an seiner lag, und verschränkte mit einem tiefen, langgezogenen Seufzen die Finger mit seinen.

»Ris …«, flüsterte er.

»Nein. Sag mir nicht, dass es der falsche Zeitpunkt ist«, sagte sie, »oder dass du es nicht kannst, dass du jetzt, als Azoths Nachkomme, zu anders bist.« Ihre Lippen wurden schmal. »Du hast nur Angst, aber ich nicht.« Sie wandte sich ihm zu. »Du wirst eines Tages mein Herzensgefährte sein. Jared hat das immer gesagt, und ich habe es immer gewusst.« Sie ließ seine Hand los, hob ihren Speer hoch und stand auf. »Gute Jagd, Clansmann«, sagte sie und sah ihn erwartungsvoll an.

Irgendetwas schnürte ihm die Kehle zu, aber es gelang Tallis, ihr die Antwort zu geben, die sie hören wollte. »Finde Schatten«, sagte er, und sie nickte und ließ ihn am Feuer allein.

Rorc und Balkis standen noch immer über den Tisch gebeugt, als Tallis das Zelt betrat.

»Tallis, komm her, sieh dir das an«, sagte Rorc.

Noch ganz benommen von seiner Begegnung mit Irissa, ging Tallis zum Tisch und nickte Balkis misstrauisch zu.

»Sind die Drachen ruhig?«, fragte Balkis.

»So gut sie können.«

»Gut. Es ist eine Schande, dass wir Asrith nicht auch hier haben. Wissen die anderen, wo sie ist?«

»Nein.« Tallis schüttelte den Kopf. »Sie muss sehr weit entfernt sein; ich kann sie nicht spüren. Ich glaube, Shaan muss sie irgendwohin geschickt haben.«

»Vielleicht hat sie sie zu Ivar zurückgeschickt«, meinte Rorc.

»Das könnte sein.«

»Oder sie hat sich Azoth angeschlossen«, sagte Balkis leise.

»Wir werden mit dem vorlieb nehmen, was wir haben.« Rorc warf ihm einen warnenden Blick zu.

»Brechen wir auf, sobald es hell ist?«, fragte Tallis. »Azoth weiß ganz genau, wo wir sind; es wird nur zu leicht für ihn sein, so, als würde er Ratten in einer Felsspalte abstechen.«

Rorcs Lippen wurden schmal. »Ich bezweifle, dass wir uns vor ihm verstecken können, ganz gleich, wohin wir gehen, aber nein, ich werde nicht mit fünfhundert Kämpfern gegen eine Streitmacht von zehntausend ziehen. Das wäre Selbstmord. Wir brauchen die Clans. Ich schicke Attar auf Haraka zu Hashmael; nun, da du die Drachen beruhigt hast, sollte er in der Lage sein, auf einem zu reiten.«

»Und was, wenn sie nicht rechtzeitig eintreffen?«

»Hashmael wird kommen.« Rorcs Stimme ließ keinen Zweifel zu.

»Dann sollte ich aufbrechen und ihn suchen«, sagte Tallis. »Ich bin schneller; ich kenne die Gegend.«

»Nein. Ich brauche dich hier. Du musst unsere Drachen bei der Stange halten – du hast selbst gesagt, dass es für sie immer schwieriger werden wird, je näher Azoth kommt. Und ganz gleich, was du sagst, du musst dich ausruhen. Wann hast du das letzte Mal geschlafen?«

Tallis schüttelte den Kopf. Er konnte sich nicht daran erinnern.

»Geh und kämpf mit der Clansfrau, mit Irissa«, schlug Balkis vor. »Sie wird dich schon müde bekommen.«

Tallis seufzte und schüttelte den Kopf. »Das hat sie schon getan.« Er wandte sich ab und ging zum Zelteingang hinüber.

»Du erfährst es als Erster, wenn Attar zurückkehrt«, sagte Rorc.

»Ich werde es schon wissen, bevor er hier ist«, antwortete Tallis und ging dann zum Zelt seiner Mutter am Rande des alten Obstgartens. Mailun hatte ein Feuer entzündet und buk etwas Fladenbrot auf einem flachen Stein, den sie in die Kohle gelegt hatte.

»Hunger?« Sie reichte ihm ein Stück Brot.

Er nahm es, ohne etwas zu sagen, und setzte sich auf den Boden. Mailun buk weiter, sah zu, wie die dünnen Brotfladen aufgingen und braun wurden; dann stapelte sie sie auf einem Holzbrett. Tallis spürte, wie Haraka von der Klippe abhob, und sah sich um, um ihn davonfliegen zu sehen, mit raschen Flügelschlägen auf die Clans zu.

»Warten wir auf Hashmael?«, fragte Mailun.

»Attar ist aufgebrochen, um nachzusehen, wie weit sie noch entfernt sind.« Tallis drehte das Brot in den Händen hin und her und warf es dann zurück auf den Stapel. »Wir sind ein leichtes Ziel – sitzen hier und warten darauf, uns abschlachten zu lassen«, sagte er.

Mailun klatschte eine weitere Ladung Brotteig auf den heißen Stein und kniff die Augen zusammen, als ein plötzlicher Windstoß ihr den Rauch ins Gesicht trieb. »Wäre es dir lieber, auf offenem Sand darauf zu warten, abgeschlachtet zu werden?«

»Nein, aber …« Ein plötzliches, heftiges Reißen in seinem Geist unterbrach ihn, und er kämpfte sich auf die Beine.

»Was ist?«, fragte Mailun, aber er konnte nicht antworten. Sein Inneres fühlte sich plötzlich angespannt an, da er die Ankunft einer Heerschar von Drachen spürte. Schmerz pochte in seinem

Schädel, und der salzige, metallische Geschmack von Blut überzog seine Zunge. Es trat ein Moment der Stille und des Schweigens ein – und dann kam der Schwarm. Wie eine Wasserwelle, die über den Sand brandete, griff ihre gemeinsame Präsenz aus und traf ihn in einer Explosion von Energie und Macht, so dass er schwankte. Er versuchte, wieder zu Atem zu kommen, wankte und keuchte, während er verzweifelt an der Dunkelheit in seinem Innern zerrte, sie hochzog und damit gegen den überwältigenden Eindruck von Azoths Schwarm anging; er hielt ihn in Zaum wie Schlangen mit einem Netz. Er konnte im Geiste Marathin und die anderen Drachen schreien hören.

Beherrschung!, rief er ihnen zu. *Ich komme.*

»Tallis!« Mailun war auf den Beinen; sie hatte ihm eine Hand auf den Rücken gelegt, und aus ihrer Stimme sprach Furcht. Er wandte sich ihr zu, und sie zuckte zurück. »Deine Augen!«, sagte sie. Er wusste, dass sie sich verdunkelt haben mussten, nachtschwarz geworden waren, als die Macht ihn erfüllt hatte.

»Geh und sag Rorc, dass Azoth die Berge überschritten hat«, sagte er und rannte dann, ohne auf ihre Antwort zu warten, zu dem Pfad, der auf die Klippe hinaufführte. Blut strömte ihm durch die Adern wie Feuer, als er den Weg hinaufeilte; Steine und Erde rutschten ihm unter den Füßen weg. Im Lager sprangen Krieger auf, und er hörte Irissa etwas rufen, aber er blieb nicht stehen.

Er erreichte das Plateau und rannte an die Kante, vorbei an dem verblüfften Reiter, der im Ausguck Dienst tat. Die Drachen unterhalb der Klippe bildeten ein wimmelndes Nest aus Furcht und Zorn, und er reckte sich schon im Rennen nach ihnen, stieß die dunkle Energie von Azoths Schwarm zurück.

Marathin!

Ihre grünen Augen funkelten vor Wut. *Er kommt*, zischte sie und schlug dann mit der Vorderklaue nach einem jungen Inseldrachen neben ihr. Tallis konnte den Schwarm nicht sehen, aber er konnte ihn spüren. Im Osten, wo die Ebenen auf den Himmel trafen, kam vor dem Hintergrund des Schattens der Berge ein großer, dunkler Fleck auf sie zu, eine sich bewegende, erschauernde Masse wie ein Sturm, der auf die Erde niederging.

Der Reiter, der im Ausguck auf Posten gewesen war, trat hinter ihn.

»Was ist?«, fragte er, aber Tallis schüttelte den Kopf. Der Mann würde nicht in der Lage sein, sie zu sehen, wie er es tat. Nicht, bis sie näher heran waren; aber wie lange würde das dauern, einen Tag? Er schloss die Augen, griff aus und rief: *Haraka!*

Der Brunnen seiner Macht sprudelte seinem Willen gemäß, hielt Azoths Schwarm in Schach, während er nach dem Drachen suchte.

Arak-ferish, erreichte Harakas geisterhaftes Flüstern ihn, und Tallis sah den goldäugigen Drachen niedrig über dem Sand auf eine Armee aus Clansmännern zufliegen. *Die Clanleute sind nah*, sagte der Drache.

Aber waren sie nah genug?

Beeilt euch, schickte Tallis. *Sag Attar, dass Azoth anrückt.*

Ich spüre ihn. Harakas geistiges Zittern war so stark, dass Tallis es mitempfand. Attar konnte es wahrscheinlich ebenfalls wahrnehmen.

Ich beschütze euch, teilte er ihm mit. *Bringt die Clans her*.

Das Fußgetrappel hinter ihm verriet ihm, dass seine Mutter Rorc aufgesucht hatte. Er schaute sich um und sah seinen Vater und Balkis auf sich zurennen.

»Sie sind über die Berge?« Rorc atmete nach dem Lauf den Pfad hinauf schwer.

»Ich kann sie nicht sehen«, sagte Balkis.

»Noch nicht, aber ich kann sie spüren«, sagte Tallis.

»Wie weit sind die Clans entfernt?«, fragte Rorc.

»Haraka kann sie jetzt sehen. Sie könnten bis zum morgigen Sonnenaufgang hier sein.«

Rorc wandte sich an Balkis. »Geh hinunter und ruf die Kämpfer zur Ordnung. Wir wollen doch nicht, dass irgendjemand in Panik gerät – vor allem nicht die neuen Rekruten! Eine Armee von dieser Größe wird viele Stunden brauchen, herzukommen. Und ruf die Hauptleute im Zelt zusammen. Wir müssen unseren Plan ändern.«

Balkis rannte auf demselben Weg zurück, auf dem er gekommen war.

»Und wie lautet der Plan?«, fragte Tallis.

Rorcs Miene war eindringlich. »Kannst du Haraka immer noch erreichen?«

»Ja.«

»Gut. Du musst Attar durch ihn eine Botschaft von mir an Hashmael ausrichten lassen. Ich will, dass er heute und in der Nacht so weit vorrückt, wie er nur irgend kann, aber Halt macht, bevor er uns erreicht.«

»Du willst, dass sie anhalten, bevor sie hier sind?«

»Ja, aber nicht zu weit entfernt; nah genug, um uns binnen weniger Stunden zu erreichen, aber weit genug weg, um verborgen zu sein. Azoths Armee ist gewaltig; sie wird eine lange, schwerfällige Kampfreihe bilden, viel länger als unsere, wenn wir zunächst nur mit den Kriegern angreifen, die wir hier haben.«

»Aber wir sind kaum fünfhundert«, sagte Tallis.

»Ja, und es wird für Azoth nach einem leichten Sieg aussehen. Er wird selbstzufrieden sein, und die geringe Größe unserer Armee wird es mir gestatten, ihn auf einer Seite seiner Reihen zum Angriff zu verleiten und seine Streitmacht auf uns auszurichten.«

»Hashmael wird ihm in die Flanke fallen«, sagte Tallis.

»Ja.« Rorc nickte. »Er wird ihn mit einer weitaus größeren Streitmacht überrumpeln, hoffentlich Azoths Reihen durchbrechen und Chaos verursachen.« Er lächelte grimmig. »Scanorianer sind schon unter den besten Umständen widerspenstig. Es wird ihm einiges abverlangen, sie wieder unter Kontrolle zu bringen.«

Tallis schwieg. Die Strategie war riskant, aber sie konnte aufgehen – oder zumindest ihre Überlebenschancen erhöhen. »Dann sag mir, was genau ich übermitteln soll.«

Rorc nickte. »Wir werden uns um Harakas willen kurz fassen.« Er beschränkte seine Anweisungen auf wenige Worte und eine kurze Beschreibung seines Schlachtplans. Tallis griff nach Haraka aus und befahl ihm, die Nachricht an Attar weiterzugeben.

Wie Arak-ferish befiehlt. Das Flüstern des Drachen verriet ihm, dass er die Nachricht verstanden hatte.

»Erledigt?«, fragte Rorc.

»Ja.«

Der ältere Mann atmete erleichtert aus. »Und was ist mit Shaan?«, fragte er. »Spürst du sie bei Azoth?«

Tallis zögerte. »Sie ist bei ihm, da bin ich mir sicher, aber …« Er schüttelte den Kopf. »Ich kann sie nicht spüren.«

»Das macht mir Sorgen«, sagte Rorc.

»Sie wird uns nicht verraten«, sagte Tallis. Aber obwohl er sich danach sehnte, an seine eigenen Worte zu glauben, blieben letzte Zweifel.

»Ich hoffe, du hast recht«, sagte Rorc. »Wenn es irgendetwas gibt, was sie tun kann, irgendeine Möglichkeit für sie, Azoth zu schwächen, dann soll es uns willkommen sein. Selbst wenn wir einen Teil seiner Armee töten – wie sollen wir mit dem Gott selbst verfahren?«

»Vielleicht werden uns die Vier Verlorenen Götter zu Hilfe kommen.«

»Oder ihrem Bruder.« Rorc legte Tallis eine Hand auf den Arm. »Ganz gleich, was geschieht, wir werden tun, was wir können. Komm, wir müssen den Hauptleuten und Balkis unseren Plan mitteilen.« Er zog ihn von der Kante des Plateaus weg, und Tallis folgte ihm zurück ins Lager.

48

Tuon rutschte auf dem Baumstamm hin und her, der ihr als Sitz diente, und warf wieder einen Blick zum Zelt des Generals hinüber, das einige Schritte entfernt stand. Nilah, Morfessa und Veila waren mit Amandine dort drinnen, seit sie am Vorabend im Armeelager eingetroffen waren; jetzt ging schon fast die Sonne unter, und sie hatte noch immer nichts von ihnen gehört. Sie erinnerte sich an den General. Rorc hatte sie in der Hoffnung auf Informationen ein paar Mal zu ihm geschickt. Er war ein sturer Mann mit Adlernase, der die lederharten Muskeln eines beim Militär verbrachten Lebens und das entsprechende Temperament hatte. Sie bezweifelte, dass er sich sehr von irgendetwas beeindrucken lassen würde, was Nilah zu sagen hatte.

»Kaf?« Ivar hob die Kanne Kaf an, die er auf einem der Feuer der Soldaten gebraut hatte.

»Nein.« Sie seufzte und sah auf die Schriftrolle, die geöffnet auf ihrem Schoß lag. »Es sei denn, er hilft mir dabei, herauszubekommen, was das hier heißt.«

»Ich dachte, das hätten wir schon«, sagte er. »Das ist doch die Rolle, an der Ihr schon seit zwei Tagen herumrätselt.«

»Ich weiß.« Tuon runzelte unmutig die Stirn. »Aber es kommt mir einfach nicht richtig vor. Ich habe das Gefühl, dass wir etwas übersehen. Etwas Wichtiges.«

Amandine hatte seine Armee quer vor dem Kaufmannspass Stellung beziehen lassen und ihn für jeglichen Verkehr gesperrt. Graue Zelte, die den fünfzehntausend Mann Unterkunft boten, erstreckten sich in ordentlichen Reihen beiderseits der Straße wie erstarrte Wellen eines tristen Meeres. Der Geruch von brutzelndem Fleisch und von Metall erfüllte, vermischt mit beißendem Rauchgestank, die Luft, aber Tuon nahm kaum etwas davon wahr, weil sie im Geiste die Formulierungen des Propheten wieder und wieder durchging.

»*Der Stein öffnet, wenn er erst zerbrochen ist, den Weg zur Erlösung. Singt durch die Dunkelheit, singt sie heim*«, sprach Tuon die von einer anderen Schriftrolle stammenden Zeilen, die sie auswendig gelernt hatte. »Die *Dunkelheit*, Ivar – was bedeutet das? Irgendetwas steckt darin, so, als ob das Zerbrechen des Steins damit verbunden wäre, und mit Shaan.«

Ivar nippte an einer Tasse Kaf. »Nacht?«, fragte er.

»Nein.« Sie schüttelte den Kopf. »Es ist mehr. Ich spüre, dass es etwas mit diesem Abschnitt zu tun hat.« Sie deutete auf die Schriftrolle auf ihrem Schoß und las eine der Zeilen vor: »*An die Spaltung verloren, vom Ring zurückgeholt. Singt für ihr Verderben und formt alles um.*« Sie starrte sie an. »*An die Spaltung verloren* – glaubst du nicht, dass damit die Spaltung des Schöpfersteins gemeint sein muss?«

»Es scheint, als ob es so sein könnte«, sagte Ivar. »Aber welcher Ring? Der einzige, von dem ich weiß, dass der Prophet vielleicht davon sprechen könnte, war sein eigener, und den hatte mein Bruder.«

»Und Azoth hat ihn geraubt«, sagte Tuon. Sie ballte eine Hand zur Faust, als sie sich an die Nacht im Red Pepino erinnerte, in der Azoth mit Shaan erschienen war und Torg um des Ringes willen getötet hatte. Er hatte Shaan gezwungen, den Ring zu verwenden, um den Schöpferstein zurückzuholen. Jetzt wurde der Ring in einem Lagerraum des Amoratempels in Salmut verwahrt.

»Aber was sollte noch davon zurückgeholt werden?«, fragte sie.

Ivar runzelte die Stirn. »Vielleicht geht es nicht nur um das ›Was‹, sondern auch um das ›Woher‹«, sagte er. »Woher hat der Ring den Schöpferstein zurückgeholt?«

Tuon zögerte; ein Kältegefühl machte sich schleichend in ihrem Bauch breit. »Aus dem Zwielicht«, flüsterte sie, und plötzlich fügten sich die Worte, die unterschiedlichen Sätze, die der Prophet geschrieben hatte, in ihrem Verstand zusammen, und sie starrte entsetzt die Schriftrolle an. Konnte sie das Richtige vermuten? Würde Shaan den Stein nur um einen Preis spalten können, den sie bisher nicht erkannt hatten? Mit zitternden Händen rollte sie das Pergament auf. Sie musste Veila davon erzählen, sie mussten Shaan eine Botschaft schicken!

»Ivar«, sagte sie, aber er war aufgestanden und schaute zum Himmel empor.

»Seht« – er wies nach Osten – »ein Drache!«

Tuon starrte ins dunkle Blau des frühen Abends. Die unverwechselbare Form eines Drachens flog auf sie zu, und sie waren nicht die Einzigen, die das bemerkten. Ein paar weitere Rufe ertönten; Männer sprangen auf oder kamen aus den Zelten hervor und sahen zum Himmel.

Ivars Gesicht war vor Konzentration angespannt.

»Wisst Ihr, welcher es ist?«, fragte Tuon. »Ist es einer von unseren?«

»Es ist Asrith. Ich höre sie im Geiste. Wir müssen die anderen holen. Sie hat viel zu erzählen.«

Tuon drehte sich um, doch Alezo, der leise hinter ihnen erschienen war, war schon auf dem Weg zum Kommandozelt.

»Kommt.« Ivar berührte ihren Arm. »Sie wird am Rande des Lagers landen.«

Sie gingen zwischen den Zelten der Soldaten bergab; kurz darauf stießen Alezo, Amandine, Nilah, Veila und Morfessa zu ihnen.

»Seid Ihr sicher, dass es sich um Asrith handelt?«, fragte Veila, als sie sie einholte.

»Ja«, antwortete Ivar.

Amandine starrte zu der ankommenden Drachin empor und sah dann Ivar finster an. »Ist sie eine der Inseldrachinnen? Seid Ihr Euch sicher?«

»Natürlich.«

Amandine wandte sich an einen Hauptmann, der neben ihm herschritt. »Holt einen Trupp Männer, nur für alle Fälle.«

»Nicht nötig«, sagte Ivar. »Sie wird Euch nichts tun.«

»Genau wie die Drachen von Salmut?« Amandine wandte sich ab.

Alezo sprach mit den Verführern Sinan und Bernal, die ebenfalls zu ihnen gestoßen waren. »Holt Devin«, sagte er, »und stoßt dort zu uns, wo die Drachin landet. Ihr beiden stellt sicher, dass niemand dort auch nur einen Versuch macht, die Drachin anzugreifen.«

»Gute Idee«, sagte Morfessa, während sie alle hinter Amandine hergingen. »Diese Männer sind nur zu begierig auf einen Kampf.«

Alezos Stirnrunzeln verriet, dass er ihm zustimmte, und er ließ die anderen Männer beiderseits eng neben ihnen bleiben, während sie zwischen den Zelten hindurchgingen. Ein Trupp von zwanzig Soldaten hatte sich schon auf der staubigen Ebene versammelt und hielt Schwerter und Bogen bereit; der General stand reglos inmitten von ihnen, als Asrith landete. Mit ausgebreiteten Flügeln glitt sie hernieder und wirbelte Staub und kleine Steinchen auf, als ihre Klauen den Boden berührten. Nilah klammerte sich an Tuons Arm und hob die Hand, um ihr Gesicht zu beschirmen. Ivar trat auf die Drachin zu; Veila folgte in einigen Schritten Abstand.

»Was würde ich nicht darum geben, in der Lage zu sein, mit ihnen zu sprechen«, murmelte Morfessa. Amandine trat unmittelbar hinter Ivar und starrte die Drachin böse an. Ein Ächzen gedehnter Sehnen ertönte, als die Soldaten ihre Bogen spannten und zielten. Asrith schnaubte Staub aus und richtete ein fragendes Auge auf sie; es kam Tuon vor, als läge ein spöttisches Lächeln in ihrem Blick.

Ivar stand ganz still mit der ruhigen Konzentration da, die sie auch an dem Tag erlebt hatte, als sie ihn das erste Mal getroffen hatte.

»Nun, was sagt sie?«, fragte Amandine.

Ivar ignorierte ihn eine ganze Weile. Tuon spürte, wie die Anspannung der Soldaten stieg, und tauschte einen Blick mit Morfessa.

»Schon gut«, flüsterte er. »Die Verführer haben sie unter Kontrolle.« Er neigte den Kopf, und Tuon sah, dass Bernal und Sinan nicht länger bei ihnen waren, sondern näher bei den Soldaten standen. *Sie mögen die zwanzig Mann im Blick haben, aber was ist mit den Tausenden hinter ihnen?*, fragte Tuon sich.

»Nun?«, blaffte Amandine. Asrith neigte den Kopf leicht in Richtung des Generals; die Farbe ihres Rückenkamms spielte ins Dunkelblau. Er zuckte nicht zurück. »Erzählt mir, was sie gesagt hat.« Er sah Ivar an.

»Sie sagt, dass Azoths Krieg beginnt. Seine Armee hat schon beinahe das Flachland jenseits der toten Berge erreicht. Er bringt den Tod.«

»Seht Ihr?« Veila war sehr aufgebracht. »Wir haben Euch ja gesagt, dass Lorgons Behauptungen unzutreffend waren, Amandine. Und Ihr habt Tausende zusätzliche Soldaten hier, die Rorc helfen könnten.«

»Es ist das Wort einer Drachin!«, antwortete der General. »Woher sollen wir wissen, ob es der Wahrheit entspricht?«

»Sie würde nicht lügen«, sagte Ivar.

»Ihr dürft es nicht länger ignorieren«, sagte Nilah. »Ihr müsst mit den Freilanden einen Frieden aushandeln und Rorc zu Hilfe kommen. Als Führerin befehle ich Euch das, Amandine.«

Der Blick, den er ihr zuwarf, war herablassend. »Ihr habt den Befehl unterzeichnet, in diesen Krieg zu ziehen, Führerin. Und nur ein einstimmiger Befehl des Rats kann ihn jetzt noch aufhalten.«

»Der Rat von Salmut ist aufgelöst! Lorgon hat Verrat begangen, das habe ich Euch gesagt. Er hat den Mord an meiner Mutter in die Wege geleitet und hatte vor, mich ebenfalls ermorden zu lassen. Der Rat hat keine Geltung mehr – es gibt keinen Rat mehr! –, und Ihr werdet meine Befehle befolgen!« Nilahs Wangen waren vor Zorn gerötet, aber sie hielt Amandines Blick stand; ihr Tonfall war eisig.

Die Soldaten sahen zwischen ihr und dem General hin und her; einige senkten die Waffen.

Amandine dagegen lächelte nur gehässig. »Und was werdet Ihr

tun, wenn ich es nicht tue? Diese Armee wird Euch nicht folgen – einer Kindfrau, die nichts vom Krieg versteht!«

Nilah wurde bleich, und Tuon glaubte, dass sie kurz davor war, ihn zu ohrfeigen.

»Wie viel von den Bergbaueinkünften aus den Freilanden hat Lorgon Euch dafür versprochen, dass Ihr diesen Krieg für ihn gewinnt?«, ertönte da Morfessas Stimme. »Und doch auch ein Landgut, nicht wahr? Hat er Euch einen hübschen, kleinen Landsitz nur für Euch allein im fruchtbaren Weideland jenseits der Berge angeboten? Ist das Euer wahrer Grund dafür, diesen nutzlosen Krieg fortzuführen, Amandine?«

Amandine erstarrte und blickte ihn aus zusammengekniffenen Augen an. »Das sind ja schöne Anklagen aus dem Mund eines trunksüchtigen … Ratgebers!«

»Aber sie sind dennoch wahr«, sagte Morfessa.

»Und wer würde Euch glauben? Die Führerin selbst hat einen Freiländer des Mordes an ihrer Mutter beschuldigt und hinrichten lassen. Nur ihre Torheit hat zu diesem Krieg geführt, ihre Torheit allein. Ich folge nur ihren früheren Befehlen!«

»Man hat mich überlistet!«, rief Nilah aus.

»Das kümmert mich nicht.« Amandine musterte sie mit Abscheu.

»Was Ihr tut, ist nicht sinnvoll, General«, sagte Veila. »Selbst wenn Ihr diesen Krieg gewinnt – was habt Ihr dann? Wenn Eure Armee sich dem Kampf gegen Azoth nicht anschließt, haben wir kaum eine Hoffnung, zu siegen. Er wird die Armee, die Rorc gegen ihn gesammelt hat, schlagen und seine Krieger gegen Salmut führen. Sogar Lorgon kann keinen Gott besiegen. Ihr werdet nichts haben – Azoth wird alles nehmen.«

»Wenn Rorc so sicher war, dass er sterben würde, warum ist er dann überhaupt fortgegangen?«, fragte der General.

»Weil er keine Wahl hatte.«

Asrith schnaubte plötzlich und pustete Staub über alle, so dass sie nicht mehr sprechen konnten. Hustend erhaschte Tuon einen Blick auf Ivar, der sich wieder der Drachin zugewandt hatte und stumm mit ihr sprach.

»Verfluchte Bestie!« Amandine spuckte auf den Boden, als der Staub sich legte. »Warum …«

»Halt!« Ivars Stimme war erstaunlich laut. »Asrith sagt, dass dies hier keinen Zweck hat.« Er wandte sich ihnen zu; sein dunkles Haar war rot vom Staub. »Nichts von alledem spielt mehr eine Rolle – wer kämpft, wer nicht –, es läuft alles auf dasselbe hinaus.« Er sah Tuon an. »Sie war mit Shaan zusammen, *Arak-si*, die vom Vater geliebt wird. Es war Shaan, die sie hergeschickt hat, um Euch, Tuon, aufzusuchen.«

»Mich?«, fragte Tuon.

»Ja, und auch Nilah, Veila und Morfessa. Asrith sagt auch, dass Shaan sie hat wissen lassen, es gebe nichts mehr, was Ihr tun könnt. Die Führer haben zu ihr gesprochen.«

»Aber wo?«, rief Tuon. »Wo ist sie? Geht es ihr gut?«

Ivar lächelte. »Es geht ihr gut … So gut, wie man nur irgend hoffen kann. Asrith sagt, dass sie nicht mehr bei ihrem Bruder ist.«

»Warum nicht?« Tuon tauschte einen besorgten Blick mit Veila.

»Wovon sprecht Ihr?«, polterte Amandine, aber Ivar ignorierte ihn.

»Sie sagt, Shaan lässt Euch ausrichten, dass die Worte des Propheten der Wahrheit entsprechen und Ihr zulassen müsst, dass sie sie erfüllt. Außerdem müsst Ihr fliehen, Euch verstecken, bis es vorüber ist. Deshalb hat sie Asrith hergeschickt.« Er sah Veila an. »Die Vier sind wieder vereint und werden dem Stein folgen. Sie sagt, sie werde dafür sorgen, dass sie ihn bekommen.«

»Azoth«, murmelte Veila und sah Tuon traurig an. »Also ist sie bei ihm.«

»Sprecht Ihr von der Nachkommin?«, fragte Amandine. »Geht es etwa nur darum – diese beiden Wüstenbewohner?«

»Nur Tallis ist bei den Clans aufgewachsen«, erklärte Veila mit einer gewissen Abneigung, »und, ja, sie meinen wir. Shaan wird in den Schriftrollen des Propheten oft erwähnt.«

»Von denen habe ich noch nie etwas gehört«, sagte er.

»Nein, ich bezweifle, dass Ihr das habt, aber sie sind dennoch wichtig.«

»Also ist die Drachin hier, um Euch das zu sagen?«, fragte Amandine. »Dass dieses Mädchen mit seinem Gott mitgegangen ist?«

»Ja, dem Gott, der uns allen den Krieg erklärt hat, einen Krieg, wie Ihr noch nie einen erlebt habt«, knurrte Morfessa. »Seid Ihr wirklich so dumm? Begreift Ihr denn nicht, was vorgeht?«

»Ich begreife genug«, sagte Amandine, »und wenn es einen größeren Krieg zu führen gilt, werde ich in ihm kämpfen … auf Befehl des Rats. Ich werde nicht Tausende von Männern verlegen und einen soliden Plan, der uns den Sieg verheißt, auf das Wort einer Drachin hin aufgeben – oder auf das eines Kindes, das sich nicht entscheiden kann. Sobald ich vom Rat höre, dass Azoth zurück ist und eine Bedrohung darstellt, werde ich aufbrechen.«

»Und was ist mit Rorc?«, fragte Morfessa. »Glaubt Ihr, dass er all die Glaubenstreuen und Reiter ohne Grund aus der Stadt geführt hat? Glaubt Ihr, dass er aus einer Einbildung heraus in den Kampf zieht?«

»Nein.« Amandine sah ihn kalt an. »Soweit ich weiß, ist er fortgegangen, um gegen den Rat zu arbeiten – oder vielleicht, um sich dem Gefallenen anzuschließen, wenn der tatsächlich zurück ist, wie Ihr behauptet. Ich mochte den Mann noch nie – zu viele Geheimnisse.«

»Ich kann Euch versichern, dass dieses Gefühl auf Gegenseitigkeit beruht!«, knurrte Morfessa.

»Morfessa«, mischte Veila sich ein, »Ihr verschwendet Euren Atem.«

»Und meine Zeit.« Amandine wandte sich an seine Hauptleute. »Zurück ins Kommandozelt! Wir haben einen Krieg zu führen.« Er kehrte Asrith und den Übrigen den Rücken zu und schritt ins Lager zurück, gefolgt von seinen Hauptleuten und Soldaten.

»Ich kann nicht behaupten, dass das unerwartet kam«, sagte Morfessa.

»Zeitverschwendung.« Nilah verschränkte die Arme.

»Ja«, sagte Veila, »aber du hast gut gesprochen, Nilah. Es gibt nichts mehr, was du hier tun könntest.«

Tuon war von Furcht erfüllt. Sie konnte nicht aufhören, daran zu denken, was Shaan Ivars Worten nach getan hatte. Ihre Freundin hätte doch in Sicherheit sein sollen, bei Tallis und Rorc. Ihr Inneres verkrampfte sich. Wie sollte sie ihr jetzt mitteilen, was sie wusste?

»Veila«, flehte sie die Seherin an, »wir können nicht einfach abreisen. Ich glaube … ich habe dank der Schriftrollen etwas herausgefunden, über Shaan und das, was sie tun muss. Wir müssen sie benachrichtigen!«

Die ältere Frau runzelte die Stirn, und Tuon erläuterte ihr rasch, was sie entdeckt hatte. Veilas Gesichtsausdruck wurde noch betrübter, während sie zuhörte, aber als Tuon wiederholte, dass sie eine Botschaft an Shaan schicken oder sie selbst finden müssten, schüttelte sie den Kopf.«

»Es tut mir leid, Tuon – aber die Nachricht würde sie nicht erreichen, selbst wenn wir es versuchen würden.«

Tuon sah, dass kein Erstaunen in den Augen der Seherin stand. »Du wusstest es«, sagte sie, und Veila nickte.

»Du wirst Shaan ans Zwielicht verloren gehen lassen?«

Veilas Augen waren voller Mitgefühl, aber ihr Tonfall war fest. »Das müssen wir, Tuon. Denk an das, was geschehen würde, wenn wir es nicht zuließen.«

»Aber sie könnte sterben!«

»Vielleicht sterben alle.« Der Blick der Seherin verhärtete sich. »Aber vergiss nicht, dass du vielleicht einen Weg entdeckt hast, sie zurückzuholen.«

»Tuon«, sagte Ivar leise. »Shaan hat auch noch eine Botschaft nur für Euch geschickt. Sie sagt, dass Ihr Euch in Sicherheit bringen müsst, und dass sie sich darauf verlässt, dass Ihr diejenige sein werdet, die all jene, die sie liebt, davon überzeugen kann, dass das, was sie tut, getan werden muss. Dass es keinen anderen Weg gibt. Sie sagt, dass Ihr für sie daran denken müsst, wenn alle anderen an ihr zweifeln.«

Tuon konnte nicht fassen, dass sie dies zulassen würden, dass die Seherin um die Gefahr gewusst hatte, die mit der Spaltung des Schöpfersteins verbunden war, und ihr dennoch nichts davon erzählt hatte.

»Das ist, wozu sie geschaffen wurde«, sagte Morfessa. »Enttäusche das Vertrauen, das deine Freundin in dich setzt, nicht. Komm mit uns. Tu, was sie verlangt.«

Tuon fühlte sich wie betäubt. Nur Nilah sprang ihr bei.

»Wenn du aufbrechen willst, um sie zu suchen, komme ich mit«, sagte sie und legte Tuon die Hand auf die Schulter. »Wir werden in die Schlacht ziehen. Wenn sie bei Azoth ist, muss sie dorthin kommen. Vielleicht können wir einen Weg finden, sie aufzuhalten.«

»Nein!«, sagten Veila und Morfessa gleichzeitig, und Morfessas Stimme war zornig. »Ihr könnt doch wohl nicht daran denken, das zu tun!«, fügte er hinzu.

»Shaan ist meine Freundin«, rief Nilah.

»Dann verhalte dich wie ihre Freundin und tu, worum sie bittet«, forderte Morfessa.

Ivar meldete sich zu Wort. »Es tut mir leid, Führerin, aber ganz gleich, was Ihr wollt, Asrith wird Euch nicht dorthin bringen, und ich kann sie nicht dazu zwingen.«

»Was?« Nilah sah ihn ungläubig an.

»Shaan hat sie angewiesen, Euch an einen bestimmten, sicheren Ort zu bringen, und das ist der einzige Ort, an den sie sich begeben wird.«

»Dann gehen wir zu Fuß«, sagte Nilah.

Veila sagte: »Das ist zwar edel, Nilah, hilft aber nichts. Es ist zu weit; ihr würdet nie und nimmer rechtzeitig dort eintreffen. Shaan hat Asrith hergeschickt, um deine Sicherheit zu gewährleisten, weil sie weiß, dass es das ist, was Rorc wollen würde. Wenn Azoth gewinnt, werden die Leute ihre Führerin brauchen, Nilah. Du musst diesen Krieg überleben und dich nicht in Gefahr bringen, darin umzukommen.«

»Du musst dich verstecken«, sagte Morfessa. »Und, so leid es mir tut, Tuon, das musst auch du.«

Nilah wirkte zugleich enttäuscht und besiegt, aber Tuon verspürte nur erschöpfte Betäubung. Es gab keinen Ausweg; Veila hatte recht. Sie würden zu Fuß nicht rechtzeitig dorthin gelangen, und ein Botenvogel würde kaum eine Chance haben, Shaan jetzt, da sie sich bei Azoth befand, zu finden. Ihre Hoffnung war töricht gewesen.

»Aber wohin sollen wir gehen?«, fragte Nilah.

»An den einzigen Ort, an den Azoth nicht gelangen kann«, sagte Ivar. »In die Wüste.«

»Wir werden nicht alle auf die Drachin passen«, sagte Tuon leise.

»Nein.« Ivars dunkle Augen waren verständnisvoll. »Ihr und ich werden mit den Männern der Glaubenstreuen auf Muthus reisen, und Asrith wird zurückkehren und uns abholen, sobald sie die Führerin, Veila und Morfessa in Sicherheit gebracht hat.«

Als die Mondsichel aufging und die Feuer der Armee den Nachthimmel erhellten, stiegen Nilah, Veila und Morfessa auf die Drachin.

»Pass auf dich auf«, sagte Nilah, als sie Tuon umarmte. »Wir sehen uns in der Wüste.«

Tuon drückte die junge Frau an sich. Nilah hatte sich seit ihrem Aufbruch sehr verändert, und mittlerweile hatte sie die Führerin beinahe gern. »Wir sehen uns bald«, sagte sie und trat mit einem kleinen Lächeln zurück.

Asrith duckte sich und sprang in die Nacht, wurde zu einem Schatten im Dunkeln. Tuon sah ihnen nach, bis Ivar ihren Arm anstieß.

»Kommt, die Männer sind bereit«, sagte er, und sie sah Alezo bei den Muthus stehen, auf denen sie ins Lager geritten waren. Er half ihr, auf den Rücken eines Muthus zu steigen, und sie brachen sofort auf. Bald bildeten die Zelte der Armee hinter ihnen nur noch ein graues Meer, und die Welt war ein Ort der Dunkelheit, während sie auf die Wüste zueilten.

Paretim stand auf dem Hügelkamm und ließ den Blick über die Ebenen und flachen Täler schweifen, die sich vor ihm ausbreiteten. Früher an diesem Tag hatten sie das fruchtbare Becken des Flusses durchquert, den die Menschen nun Pleth nannten, und hatten das flachere Land jenseits davon erreicht. Hier gab es weniger Leute; die Ortschaften lagen weiter voneinander entfernt, die Luft war trockener und der Boden staubiger. Vail war in der Hitze schweigsam geworden. Er war nie gern weit vom Wasser entfernt gewesen.

»Ich spüre den Stein näher kommen.« Fortuse legte ihm eine Hand auf den Arm und strich mit den Fingern auf und ab.

Er schüttelte sie ab. »Der Stein ist näher«, sagte er. »Azoth ist auf dem Marsch.«

»Er hat ihn.« Sie spie die Worte aus; hinter ihr kicherte Epherin.

»Schwester, du weißt doch, dass du zu teilen lernen solltest«, sagte er. Sie rannte den Abhang hinab zu der Stelle, wo er auf dem Boden lag, aber Vail hielt sie auf, bevor sie auch nur anfangen konnte. Er fing sie ein und hob sie vom Boden hoch, um sie fest an seine massige Brust zu drücken.

»Danke, Bruder«, sagte Paretim. Je näher sie ihrem Ziel kamen, desto stärker wurde er das sprunghafte Verhalten seiner Schwester leid. Sie war immer diejenige gewesen, die am stärksten in Einklang mit dem Stein stand. Es würde eine Erleichterung sein, wenn sie endlich wieder in der Lage war, ihn zu berühren. Eine Erleichterung für sie alle. Er rollte die Schultern; er nahm den Schmerz des Verlusts in seinem Inneren körperlich wahr. Es machte ihn traurig, an das zu denken, was sie ihrem jüngsten Bruder würden antun müssen, weil er einfach nicht lernte, sich zu zügeln. Aber sie konnten nicht zulassen, dass er so etwas noch einmal tat.

Und auch Paretim musste wieder jenes Stück Macht in der Hand halten, wieder den Frieden seines Summens spüren.

»Steh auf«, fuhr er Epherin an. »Wir haben noch einen weiten Weg vor uns.«

Epherin erhob sich grinsend. »Wie du willst, Bruder, aber vergiss nicht, dass es meine Flinkheit ist, die uns in die Lage versetzt, so schnell so weit zu reisen.«

»Nein, es ist unser geistiges Zusammenwirken, das es dir gestattet, jene Macht durch dich zu leiten.« Paretim packte ihn am Hals, und Epherin verlor sein Grinsen; seine Augen nahmen einen dunklen Purpurton an, und er verzog die Lippen.

»Reiz mich nicht, Bruder«, knurrte er.

»Führe mich nicht in Versuchung.« Paretim presste die Lippen zusammen und streckte den freien Arm aus, als Vail, der noch immer die finster dreinblickende Fortuse trug, zu ihnen trat. Paretim spürte, dass er die Beherrschung zu verlieren drohte, und atmete tief ein, um sie zurückzugewinnen. Ja, es würde so viel einfacher sein, wenn sie erst wieder mit dem Schöpferstein vereint waren …

Er legte den Arm um Vail, der Fortuse losließ, so dass sie den Zusammenschluss vollenden konnte. Sie zischte Vail beinahe an, während sie sich an Epherins Taille klammerte, so dass sie in einer Reihe standen, jeder mit den anderen verbunden.

»Nun, Bruder.« Paretim lockerte seinen Griff um Epherins Hals. »Lauf mit uns.«

Einen Moment lang stand Epherin einfach mit geschlossenen Augen da, und Paretim spürte seine Macht aufwallen, die seine eigene und die der anderen anzog, bis sie beinahe – beinahe! – so etwas wie das perfekte Summen des Steins in seinem Blut bildete. Dann riss Epherin sie abrupt in einer plötzlichen Bewegung vorwärts, und sie liefen, rannten, flogen beinahe über die Erde.

49

Shaan stand am Eingang des Zelts und sah über die Ebene hinweg dorthin, wo sich, wie sie wusste, Balkis und ihre Familie befinden mussten. Der Schmerz in ihrem Herzen war nur schwer zu ertragen, wenn sie daran dachte, wie nahe sie waren. Ihre Familie. Der Ausdruck kam ihr noch immer fremd vor, aber so dachte sie nun über sie. Rorc, Mailun und Tallis. Ihre Verwandten, durch echte Blutsbande mit ihr verbunden, nicht durch das, was Azoth ihr aufzuzwingen versuchte. Sie hatte einst gedacht, dass eine Familie eine Einschränkung, ein belastendes Umsorgen bedeuten würde, aber nun war sie sich nicht mehr sicher. Würden die Vier rechtzeitig erscheinen, um sie zu retten? Waren sie überhaupt in der Nähe? Sie wünschte, sie hätte sie spüren können, wünschte, sie hätte es wissen können, aber alles, was sie hatte, war ihr Vertrauen darauf, dass das, was möglich war, wie Sabut ihr erzählt hatte, auch tatsächlich geschehen konnte. Sie war nahe daran, diesen Albtraum zu beenden – oder zumindest war es das, was Sabut ihr gesagt hatte. Den Schöpferstein übergeben, Azoth das Leben retten; das war alles, was sie zu tun hatte. Eigentlich ganz einfach.

Und das, was er ihr nicht zu tun befohlen hatte: den Stein spalten.

Sie ballte die linke Hand zur Faust und sah, wie sich die Haut straff über den Knöcheln dehnte, die zarte Spur der Adern. Die Hand pulsierte vor Macht, dunkler wie heller. Sie hatte damit einem Mann das Leben genommen, und sie wusste, dass sie nur einen Teil jener Macht dazu eingesetzt hatte. Aber war das genug, um den Stein herauszufordern, und war es das Richtige? Sie war sich immer noch nicht sicher, aber vielleicht würde sie es sein, wenn sie den Vieren begegnete. Irgendetwas sagte ihr, dass sie, wenn sie sie sah, wissen würde, ob es tatsächlich sicher war, ihnen den Stein zu überlassen oder nicht.

Entschlossen öffnete sie die Hand und holte tief Luft. Der Tag war klar und heiß, und Azoths Armee breitete sich über die Ebene aus wie eine Seuche über Land. Die Scanorianer scharten sich in Gruppen zusammen; manche ließen Sprechgesänge in einer Sprache, die sie nicht verstand, ertönen. Ihre rauen, rhythmischen Schreie jagten ihr einen Schauer über den Rücken. All jene Menschen, die Azoth gezwungen hatte, sich ihm anzuschließen, waren zusammengetrieben worden und wurden von Drachen bewacht; die Verzweiflung in ihren Mienen war offensichtlich. Manche von ihnen hatten sich entschlossen, lieber zu sterben, als sich Azoth anzuschließen, aber viele hatten das nicht getan. Die Hinrichtungsart, die denen drohte, die sich auflehnten, war mehr als genug gewesen, sie davon abzuhalten. Die von den Alhanti abgerissenen Gliedmaßen, die Gedärme, die sich auf den Boden ergossen, die Schreie der Sterbenden … So war Azoths Krieg …

»Herrin«, flüsterte die Sklavin.

»Ich weiß.« Sie hatte schon Azoths Blick auf sich ruhen fühlen. Sie sah ihn an. Der Pavillon blähte sich leicht in einer warmen Brise; die dünnen Zeltbahnen flatterten beiderseits von ihr gegen die Holzpfähle. Das Zelt war auf einer Anhöhe aufgebaut worden; Azoth stand mit seinen Alhanti-Generälen unterhalb davon. Shaan rührte sich nicht. Die Frau trat einen Schritt zurück, bis sie im Schatten des Zelts stand. Azoth hob eine Hand und winkte Shaan heran, sagte etwas zu den Alhanti an seiner Seite. Die drei schritten davon und knurrten unterwegs Scanorianern in der Nähe Befehle zu. Azoth ignorierte sie und sah Shaan erwartungsvoll an. Sie hasste die Art, auf die sein Blick über ihren Körper in dem Kleid, das er ihr geschenkt hatte, schweifte. Sein Gesichtsausdruck war begehrend, besitzergreifend, und erweckte in ihr den Wunsch, ihn zu ohrfeigen.

Sie sagte zu der Dienerin: »Könntest du etwas anderes auftreiben, was ich tragen kann? Etwas Ähnliches wie das, was du anhast.« Sie wies auf die lockeren, fließenden Hosen und das kurzärmelige Hemd der Frau.

»Das wird ihm nicht gefallen«, sagte sie.

»Lass das meine Sorge sein.«

Die Frau schürzte die Lippen. »Ich werde sehen, was ich tun kann.«

»Danke.« Shaan war sich nicht sicher, ob die Frau sie für eine Bedrohung hielt oder sie einfach nicht mochte, aber unabhängig davon glaubte sie nicht, dass sie Azoth irgendetwas verraten würde. Sie hasste ihn mehr als jeden anderen. Shaan raffte den Rock ihres Kleids, damit er ihre Füße nicht behinderte, und ging zu Azoth hinunter. Das Kleid war praktisch rückenfrei, und die Hitze der Sonne berührte ihre Haut, als sie seine Seite erreichte.

»Was willst du?« Sie machte keinen Versuch, ihre Gereiztheit zu verbergen.

Er lächelte. »Du bist schön darin.« Seine Haut glomm goldbraun, und seine Augen sahen sogar noch violetter als sonst aus. Er hob eine Hand, um sie zu berühren, aber sie zuckte zurück. Sein Lächeln wurde gefährlich.

»Trotze mir nicht im Angesicht meiner Armee«, sagte er leise, legte ihr dann mit Vorbedacht den Arm um die Schultern und zog sie an sich. Sie versteifte sich, als er den Kopf senkte, um mit der Wange an ihrer entlangzustreichen, und in ihren Verstand flüsterte.

Cara merak, Arak-si. Komm zu mir, meine Geliebte. Die in der alten Sprache gesprochenen Worte hatten eine tiefere Wirkung als die in der Verkehrssprache; sie sangen in ihrem Blut, zerrten an ihrem Willen. Das verärgerte sie, und der Druck unter ihrem Brustbein wallte auf.

»Nicht!«, zischte sie mit zusammengebissenen Zähnen und packte sein Handgelenk.

Er lachte leise. »Versuch doch, sie auf mich loszulassen«, sagte er. Und sie spürte das plötzliche, kalte Feuer seiner Macht, das sich wie Ranken von seiner Hand ausgehend ausbreitete. Sie erstarrte, wollte seinen Herzschlag suchen und zudrücken, wusste aber, dass er ihr Schaden zufügen würde, wenn sie es tat. Seine Lippen streiften ihre Wange; dann gab er sie frei, trat zurück.

»Es wird schließlich nicht mehr lange dauern«, sagte er. »Bald werden alle, die mir noch Widerstand leisten, entweder aufgeben oder sterben. Ich kann warten.« Er sah zu, wie sie darum rang, die Selbstbeherrschung zurückzugewinnen. Der Drang, ihn zu schlagen, war so heftig, dass sie die Hände zu Fäusten ballen musste.

»Wir werden sehen«, sagte sie.

»Ja.« Sein Lächeln verging. »Das werden wir.«

Die Alhanti waren dabei, die Scanorianer in Trupps von dreißig bis vierzig Mann zu organisieren, und die Luft war vom Klang erhobener Stimmen und der Waffen, die gewetzt wurden, erfüllt. Einige der Scanorianer waren eifrig damit befasst, sämtliche Sträucher, die sie finden konnten, zu entwurzeln und zu einem riesigen Freudenfeuer aufzuschichten. Am Himmel wirbelten Drachen im Flug herum, während andere so nahe bei Azoths Pavillon ruhten, wie sie nur konnten; ihre Leiber erstreckten sich beiderseits von ihnen bis in so weite Entfernung, dass Flügel von Rückenkämmen kaum noch zu unterscheiden waren. Nuathin war ihnen am nächsten; er schlief nur ein paar Schritte von den Zeltwänden aus Tierhäuten entfernt.

»Das Feuer wird heute Abend die Kampfeslust in ihren Herzen entzünden«, sagte Azoth leise.

»Dazu brauchen sie kein Feuer«, sagte Shaan.

Er lächelte. »Jared«, rief er, »wo ist meine Seherin?«

»In Eurem Zelt«, ertönte die Antwort des Alhanti heiser und hart hinter Shaan.

»Kümmere dich um sie.« Azoth sah Shaan an, während er sprach. »Vergewissere dich, dass ihre Fesseln sich nicht gelockert haben.«

Ohne zu antworten, wandte Jared sich um und ging zum Pavillon hinauf.

»Dir gefällt nicht, was ich ihr angetan habe?«, fragte Azoth.

»Sie ist kein Tier«, antwortete Shaan. »Du musst sie nicht anbinden.«

»Wenn ich es nicht tue, läuft sie vielleicht davon.«

»Wie sollte sie an all deinen Alhanti und Scanorianern vorbeigelangen?«

Er lächelte nur. »Du darfst auch zu ihr gehen, wenn du möchtest – wenn sie denn mit dir redet.«

Er wusste, dass Alterin sie mittlerweile als Verräterin betrachtete. Sie würde sie nicht einmal ansehen. Es schmerzte Shaan zutiefst, zu sehen, was Azoth der Seherin angetan hatte; er hatte sie missbraucht, ihr ihre Familie genommen und sie nun wie ein Stück Vieh an die Leine gelegt. Er wusste, dass sie nicht angebunden sein musste, da sie mit Jared als Bewacher gar nicht entkommen konnte – und vielleicht jetzt noch nicht einmal mehr die Kraft dazu hatte.

»Vielleicht werde ich sie besuchen gehen«, sagte sie.

»Wenn du möchtest, meine Liebe«, antwortete er milde. »Und sorg dafür, dass einige der Frauen sie waschen. Ich benötige sie vielleicht heute Nacht.«

Shaan drehte sich der Magen um, und sie warf seinem Rücken einen wütenden Blick zu, was ihn leise auflachen ließ.

»Wenn du nicht zu mir kommst, was für eine Wahl habe ich dann schon?«, fragte er. »Es steht in deiner Macht, sie vor meiner … Zuwendung zu bewahren.«

Shaan rang darum, ihren Ärger zu bezähmen, und kehrte zum Zelt zurück.

Jared wachte am Eingang, und Shaan warf einen Blick auf ihn, als sie vorüberging, aber er schenkte ihr keine Aufmerksamkeit, sondern starrte geradeaus; ob er die Armee oder die Landschaft betrachtete, vermochte sie nicht zu sagen. Er schien nichts als eine Hülle aus Muskeln und Fleisch zu sein; sein Blick war bar jeder Spur des Mannes, der er einst gewesen war. Dennoch spürte sie irgendetwas, wann immer sie in seiner Nähe war, und das ging ihr bei keinem anderen Alhanti so. Sie konnte nicht umhin, zu vermuten, dass die Führer dies bewirkt hatten, dass sie nach Jared ausgegriffen und einen Teil von ihm geschützt hatten, aber warum, verstand sie nicht. Vielleicht lag es einfach daran, dass er den Clans angehörte, dem ersten Volk der Führer. Vielleicht war er bis zu einem gewissen Grad gegen die Verwandlung immun. Vielleicht konnte er zurückverwandelt werden.

Während sie noch darüber nachgrübelte, betrat sie das große, kreisrunde Zelt. Drinnen waren dicke Teppiche ausgebreitet, um den Boden zu bedecken, und es gab zwei Haufen dicker Kissen als Schlafstätte – einen für sie und einen für Azoth – auf beiden Seiten des Zelts. Alterin war immer noch mit einem Strick um den Hals an den Mittelpfosten gebunden, aber ihre Hände waren nicht länger gefesselt. Im Schneidersitz saß sie an den Pfosten gelehnt auf den Teppichen. Sie schaute nicht auf, als Shaan hereinkam. Vor ihr stand der Kasten, der den Schöpferstein enthielt. Er summte in Shaans Hinterkopf wie ein in ihrem Schädel gefangenes Insekt. Der Gedanke, sich einfach jetzt auf den Stein zu stürzen und zu versuchen, ihn zu spalten, war verlockend. Es kam selten vor, dass Azoth ihn in seinem Kasten ließ. Aber wenn sie es jetzt tat, was war dann mit den Vieren? Was, wenn sie den Stein brauchten, um Azoth zu besiegen? Das Risiko war zu groß. Besonders, da Azoth draußen in der Nähe war und sie vielleicht einfach aufhalten würde, bevor sie auch nur anfangen konnte. Sie holte einen Becher Wasser und brachte ihn Alterin.

»Hier.« Sie kniete sich hin und bot ihn ihr an, aber die Frau aus dem Dschungel machte keine Anstalten, ihn zu nehmen.

»Alterin.« Shaan legte ihr eine Hand auf den Arm. »Du musst trinken.«

Die Seherin schüttelte den Kopf. »Ich brauche nichts.«

Shaan runzelte die Stirn, stellte den Becher ab und begann dann, den Strick loszubinden. Binnen eines Augenblicks war Jared da und legte ihr die kräftigen Hände um die Handgelenke.

»Halt!«, knurrte er.

Shaan zuckte zusammen. »Lass mich los!«

»Sie muss angebunden bleiben.« Seine dunkelbraunen Augen sahen gequält drein, und seine Hände drückten zu fest zu, drohten, ihr die Knochen zu zermalmen. Energie loderte hinter Shaans Brustbein auf; sie ergriff die Gelegenheit und schleuderte sie auf ihn.

»Jared!«, rief sie, als ihre Sinne durch seinen Körper eilten, suchend, hoffnungsvoll. Sie spürte den rasenden Fluss seines neuen Bluts, das heiß vor Kraft war, und schmeckte den bitteren Makel des Drachen darin, kupferig und uralt. Die Erinnerungen, die er in sich trug, die Furcht, der Hass, waren stark. Es war die Essenz des Schwarzen Drachen, der mit ihm verschmolzen worden war; sie kämpfte gegen eine Clanbarriere an, die immer noch bestand.

Arak-si! Das trockene Flüstern der uralten Stimme des Drachen durchdrang sie, erkannte sie. Sie sah die wirbelnde Dunkelheit und hörte das Echo einer Stimme, die vor Schmerz schrie. Jared. Ihr Wille zu heilen bäumte sich auf, brach aus ihr hervor, und sie schleuderte die helle Energie gegen die Kraft des Drachen. Er wich zurück, brüllte vor Schmerz, und sie spürte, wie sein Griff schwächer wurde. Aber dann geschah etwas Unvorhergesehenes: Sie prallte gegen eine unsichtbare Mauer. Jemand schrie, ein Schrei scheußlicher Qual, und eine Hand packte sie und schleuderte sie fort. Sie traf auf die Teppiche; die Härte des Bodens unter ihr verschlug ihr den Atem. Keuchend öffnete sie die Augen. Das Schreien hatte aufgehört; Jared kniete auf dem Boten und sog zitternd die Luft ein, während Alterin, aus deren Augen Tränen strömten, versuchte, ihn zu erreichen. Der Strick lag wieder um ihren Hals und war straff gespannt. Azoth stand über den beiden.

»Geh«, sagte er zu Jared. Jared erhob sich und verließ das Zelt; er sah Alterin nicht an, die ihm, immer noch weinend, nachsah. Azoth wandte sich Shaan zu; die Wut in seinem Blick ließ sie zusammenzucken. Er war bleich vor Zorn; seine Augen loderten indigoblau. Wortlos schritt er zu ihr und versetzte ihr einen heftigen Schlag ins Gesicht. Ihr Kopf wurde zurückgeschleudert; Schmerz brannte auf ihrem Wangenknochen. Mit einem schrillen Schrei trat sie nach ihm, aber er bekam ihren Fuß zu fassen und schlug sie noch einmal so kräftig, dass ihr alles vor den Augen verschwamm. Zornig versuchte sie, auf die Beine zu kommen, aber er hatte ihr plötzlich die Hände um den Hals gelegt, kniete über ihr, sein Gesicht nahe an ihrem eigenen. Er drückte zu, und sie kratzte an seinen Händen, starrte ihm ins Gesicht, versuchte, nach der Energie in ihrem Innern zu greifen, aber sie schien plötzlich wie ausgetrocknet.

»Azoth!«, würgte sie hervor. Er schnürte ihr die Luftröhre zu. Einen Moment lang dachte sie, er würde sie töten, aber dann schien ihm bewusst zu werden, was er tat, und die blinde Gewalttätigkeit wich aus seinem Blick, während er locker ließ. Zitternd versuchte sie, wieder zu Atem zu kommen.

»Warum?« Seine Hände lagen immer noch um ihren Hals, übten aber keinen Druck mehr aus. »Warum zwingst du mich, dir wehzutun?« Reue und etwas wie Liebe traten in seine Augen. *Meine Arak-si*, flüsterte er in ihrem Geist, während er ihr das Haar aus dem Gesicht strich. *Warum?* Entsetzt sah sie Tränen in seinen Augen, während er ihr Gesicht mit den Händen umfasst hielt. *Warum sträubst du dich gegen mich?* Seine Frage war ein schwaches Flüstern in ihrem Verstand, voller Trauer und Verlust, aber es erregte nur Abscheu in ihr. Sie entwand sich seiner Umarmung, stieß ihn zurück und kroch von ihm fort.

»Du kannst nicht rückgängig machen, was geschehen ist«, sagte er knapp und ohne jedes Gefühl. »Der Versuch fügt ihm nur Schmerzen zu. Rühr ihn nicht noch einmal an. Um euer beider willen.« Er stand auf und ließ sie zu zweit im Zelt allein.

Shaan betastete behutsam die Seite ihres Gesichts, spürte den Bluterguss, schmeckte das Blut in ihrem Mund.

»Nur die Vier können gegen ihn kämpfen, Shaan; das habe ich dir doch schon gesagt.« Alterins Stimme war leise und von dumpfer Verzweiflung erfüllt. »Du kannst nicht gewinnen«, flüsterte sie.

Shaan sah den Kasten an: Der Stein summte immer noch vor sich hin.

»Das glaubt er«, sagte sie, aber Alterin schüttelte nur traurig den Kopf.

»Ohne den Stein können die Vier ihn nicht besiegen; wir haben bereits verloren«, sagte sie.

Es schmerzte Shaan, dass Alterin aufgegeben hatte, aber sie konnte ihr keine Vorwürfe dafür machen. Alterin hatte so viel durchlitten. Shaan wusste nicht, ob sie noch anders als Alterin gewesen wäre, wenn Azoth Balkis angetan hätte, was er Jared zugefügt hatte, aber sie konnte es sich nicht leisten, die Hoffnung aufzugeben.

»Du hast gesagt, dass die Vier unterwegs sind«, sagte Shaan. »Du hast sie gesehen. Sie sind erwacht und wissen um Azoth und den Schöpferstein.«

»Ja«, antwortete Alterin lustlos. »Ich beobachte sie für ihn, so dass sie nicht in seinen Verstand eindringen und ihn sehen können. Aber er hat den Stein.«

»Hm.« Shaan starrte den Kasten an. »Der Stein ist sehr mächtig …«

»Was ist?« Alterin runzelte angesichts ihres Tonfalls die Stirn, und Shaan sehnte sich danach, sich ihr anzuvertrauen, aber es war sicherer, sie unwissend zu halten.

»Nichts«, sagte sie.

Azoth kam nicht, wie er gedroht hatte, in der Nacht ins Zelt, und trotz ihrer Furcht schlief Shaan und erwachte noch vor der Morgendämmerung durch das Gezeter der Drachen und das Getrappel vieler Füße. Sie stieß sich aus den Kissen hoch und sah Alterin an, die immer noch an den Pfosten gebunden war. Der Blick der Seherin war stumpf vor Resignation, bar jeder Hoffnung.

Shaan ging auf bloßen Füßen zum Zelteingang und schlug die Tierhaut zurück. Fackeln, Hunderte von Fackeln, erhellten das Lager und ließen beißenden Rauch in die Brise aufsteigen, hoch über die wogende Masse der Armee hinweg. Sie nahmen unter den kehligen Rufen der Alhanti Schlachtformation ein. Über ihnen war der dunkle Himmel von den geflügelten Schatten schwebender Drachen erfüllt, die sich durch Schreie untereinander verständigten. Azoth stand einige Schritte vom Zelt entfernt und überwachte alles; Jared war an seiner Seite. Der Gott drehte sich um, als Shaan ins Freie trat; der Fackelschein malte Schatten auf sein Gesicht, und er lächelte mit wildem, triumphierenden Blick. Seine Armee marschierte auf.

50

Eine Aufwallung von Furcht der Drachen weckte Tallis. Da sie heftiger als zuvor war, sorgte sie dafür, dass er schon aufsprang, bevor er ganz die Augen geöffnet hatte.

Marathin? Er machte ein paar Schritte von seinem Schlafplatz weg.

Es war noch dunkel, aber viele waren schon wach und um die Lagerfeuer geschart.

Wir sehen ihn, flüsterte Marathin. Sie meinte Azoth.

Mittlerweile hellwach, rannte Tallis durchs Lager; die Angst der Drachen schnürte ihm die Brust zusammen. Kämpfer standen auf, als er vorbeirannte; Unruhe breitete sich hinter ihm aus wie die Kielwelle eines Schiffs. Er kam an dem Mann vorbei, der im Ausguck auf Posten gewesen war und nun den Pfad halb herabrannte, halb herabrutschte, während Tallis hinauflief.

»Sie kommen!«, keuchte der Mann ihm zu, als sie einander passierten, aber Tallis blieb nicht stehen.

Marathin wartete auf ihn; sie hockte mit halb gespreizten Flügeln am Rande des Plateaus.

Arak-ferish, zischte sie, als er sie erreichte. *Er sucht dich.*

Ohne Zweifel, dachte Tallis. Er sah die Fackeln am Horizont aufgereiht, die flackernden Vorboten der anrückenden Armee. Die orangefarbenen Lichtpunkte waren auf breiter Front verteilt und durchbrachen die Dunkelheit. Azoth musste jetzt westlich von Split sein. Atem zitterte durch seine Lunge; er rief seine Macht wach und stieß sie aus. Shaan war bei Azoth; jetzt würde sie ihm bestimmt antworten.

Shaan! Er schleuderte den Ruf hervor, griff nach ihr. *Arak-si!*

Ein Herzschlag, ein Atemzug – dann kam eine Antwort.

Arak-ferish. Leise und von Macht getönt, ein Flüstern in seinem Geist. Aber es war nicht Shaan. *Nur Geduld, Sohn.* Azoths Stimme glitt den prüfenden Fühler entlang, den er ausgestreckt hatte.

Dein Tod kommt bald genug.

Tallis zuckte zurück und zog seine Macht wieder ein, aber er war nicht schnell genug, und ein heftiger Schmerz traf ihn, während er die dunkle Energie wie einen Schild um seinen Geist legte.

Du kannst dich nicht für immer verstecken. Azoths Abschiedsworte drangen zu ihm durch, als der Gott sich ihm entzog, und Tallis blieb keuchend zurück, unfähig, zu antworten.

»Tallis?« Balkis kam auf ihn zugerannt.

»Die Armee rückt an«, sagte Tallis und wies auf den Horizont.

»Ihr Götter!« Balkis starrte auf das schattige Land hinaus. »Sieh sie dir nur alle an.«

»Wir müssen zu Rorc.« Tallis drehte sich um, und sie liefen und schlitterten den steilen Pfad zurück ins Lager hinab.

»Feind am Horizont!«, sagte Tallis, sobald sie das Kommandozelt betreten hatten.

Rorc war schon in seine Kampfweste gekleidet; sein langes Schwert lag frisch poliert auf dem Tisch.

»Ich weiß, der Ausguck ist gerade erst gegangen. Kannst du Kontakt zu Haraka aufnehmen?«, fragte er Tallis. »Finde heraus, wie weit Attar und die Clans noch von hier entfernt sind.«

Tallis schloss die Augen und griff nach dem jungen Drachen. Er war näher, als er gedacht hätte. »Sie lagern nördlich einiger flacher Hügel.« Er ging an den Tisch und sah sich die Karte an. »Hier.« Er wies auf die Stelle.

»Das ist kaum eine Marschstunde weit entfernt«, sagte Balkis.

»Aber weit genug, dass sie versteckt sind.« Rorc sah sie mit klarem, festem Blick an. »Also geht es nun los. Balkis, geh und ruf die Hauptleute zusammen; sag ihnen, dass die Clans Stellung bezogen haben«, wies Rorc ihn an.

Er wandte sich an Tallis, als Balkis das Zelt verließ. »Wir haben nichts von Veila gehört, also müssen wir davon ausgehen, dass es der Führerin nicht gelungen ist, die Armee zu überzeugen, zu uns zu stoßen. Wir sind auf uns allein gestellt.«

»Ich habe nichts anderes erwartet«, sagte Tallis.

»Nein.« Rorc schob ein Messer, das er am Bein trug, zurecht. »Du musst für mich die Drachen auf die Reiter vorbereiten.«

»Gut.« Tallis wandte sich zum Gehen.

»Warte.« Rorcs Stimme war jetzt leiser. »Bist du hierauf vorbereitet, Tallis? Bist du zu diesem Kampf bereit?«

Er antwortete nicht sofort. »Ich kann nichts versprechen«, sagte er. »Aber ich bin stark, stark genug, jeden Alhanti zu besiegen und über die Drachen zu gebieten. Ich weiß bloß nicht, wie lange ich meine Macht beherrschen kann. Sie ist noch neu für mich.«

Rorc nickte. »Das ist ein Risiko, das wir eingehen müssen – aber das ist nicht alles, was ich gemeint habe. Dies ist ein Krieg, und der Krieg ist Chaos und Blut und Tod. Wenn sie sich dem gegenübersehen, stemmen sich Männer entweder gegen den Wahnsinn oder werden von ihm verschlungen.« Sein Blick war forschend. »Bist du darauf vorbereitet?«

Tallis sah ihm in die Augen. »Ich werde nicht schwach werden; das darf ich nicht.«

»Ich hoffe um unseretwillen, dass du es nicht tust. Denk nur immer daran, dass du nicht in der Lage sein wirst, jeden zu retten. Menschen werden sterben.«

»Es sind schon Menschen gestorben – und manchen ist Schlimmeres zugestoßen.«

»Und es wird noch schlimmer kommen«, sagte Rorc leise.

Tallis wusste, dass er an das dachte, was geschehen würde, wenn sie unterlagen. »Glaubst du, dass wir eine Chance haben?«, fragte er.

Rorc hob sein Schwert auf, sah zu, wie der Lampenschein über die Klinge glitt, und lächelte leicht. »Wir hatten nie viel Hoffnung, einen Gott zu besiegen, Tallis.« In seinen Augen lag das ruhige Hinnehmen des Schicksals, das Wissen um das, was ihnen bevorstand. »Wir kämpfen, weil es sein muss. Wir dürfen ihn nicht einfach wieder nehmen lassen, worum wir so hart gekämpft haben. Wir kämpfen, um anderen die Hoffnung zu schenken, zu überleben. Und an der Stelle kommt ihr dann ins Spiel, du, deine Schwester – und die Vier, wenn sie denn erscheinen. Ihr seid unsere Hoffnung, Tallis, du und Shaan. Wir anderen« – sein Mund verzog sich zu einem selbstironischen Lächeln – »sind bloße Sterbliche, wir sind die Ablenkung, und ich glaube, das ist alles, was wir je waren. Diese Schlacht spielt sich zwischen dir und deinem Schöpfer ab. Du und Shaan, ihr beiden werdet über unser Schicksal entscheiden. Die Führer planen ihre Spielzüge langfristig, Tallis. Das weißt du.« Er schob das Schwert in die Scheide, überprüfte noch einmal das Messer, das er ans Bein geschnallt trug, und die kurze Klinge an seinem linken Arm. Tallis fehlten die Worte. Er wusste, dass sein Vater recht hatte, und es gefiel ihm ganz und gar nicht.

»Komm«, sagte Rorc, »wir müssen eine Armee aufstellen.« Er legte Tallis kurz die Hand auf die Schulter, als er an ihm vorbeiging. »Überlebe dies alles hier, um deiner Mutter willen, Sohn«, sagte er sanft. »Gute Jagd.« Dann war er fort.

Tallis zögerte; ein seltsames Gefühl machte sich in seinen Eingeweiden breit. Es war das erste Mal, dass Rorc ihn »Sohn« genannt hatte. Etwas wie Akzeptanz, oder vielleicht Erleichterung, überkam ihn, aber er hatte keine Zeit, darüber nachzudenken, und folgte Rorc stattdessen zu der Armee, die sich sammelte.

Balkis hatte die Hauptleute schon geweckt. Alle zehn waren wach und ordneten die Kämpfer zu Trupps. Balkis und Rorc würden sie anführen, und sie würden Azoths Front schräg angreifen und ihn so zwingen, seine Attacke auf eine Seite zu konzentrieren. Es war ein kühner Plan, und Tallis hoffte, dass Hashmael und seine Clankrieger rechtzeitig eintreffen würden, um das langsame Wenden von Azoths Armee auszunutzen und ihr in die rechte Flanke zu fallen, bevor sie dezimiert wurden. Er und Attar würden die Drachen und ihre Reiter in der Luft anführen und versuchen, Azoths Drachen – alle hundertfünfzig, oder wie viele es auch waren – davon abzuhalten, ihre Krieger aus der Luft niederzumetzeln.

Tallis sah zu, wie sich die Männer und eine kleine Anzahl von Kämpferinnen versammelten. Alles sprach gegen sie – sie waren kaum fünfhundert Menschen und nur elf Drachen –, aber die Verzweiflung, von der er glaubte, dass er sie hätte verspüren sollen, stellte sich einfach nicht ein. Er empfand nur das Gefühl seiner Macht, die in ihm so lebendig war, als sei sie selbst kampfesdurstig. Er ging auf Balkis zu und erreichte ihn zur gleichen Zeit wie ein weiblicher Hauptmann.

»Marschall«, sagte die Frau, »ich habe ein paar Läufer zur Schmiede geschickt, um alle verbliebenen Waffen zu holen.«

»Gut.« Balkis sah Tallis über ihre Schulter hinweg an. Die jüngeren Burschen, die mit den Rekruten gekommen waren – insgesamt neun, und alle noch keine fünfzehn Jahre alt –, waren gegen ihren Willen gezwungen worden, als Meldeläufer zu dienen.

»Sorgt dafür, dass sie alle mit einer kurzen Klinge bewaffnet sind, aber lasst sie nicht glauben, dass sie sich den Abteilungen anschließen können«, sagte er.

»Zu Befehl.« Sie lief davon, um die Jugendlichen, die widerspenstig dreinsahen, lauthals zusammenzustauchen.

»Es ist fast so weit«, sagte Balkis, und Tallis sah in seinen Augen dieselbe ruhige Bereitschaft, die schon von einem Anflug von Kampfeslust gefärbt war.

Tallis streckte ihm die Hand hin. »Pass auf dich auf.«

Balkis zögerte, ergriff dann kurz seine Hand und drückte sie fest. »Du auch.« Seine blauen Augen hatten einen dunklen Glanz, und Tallis rechnete damit, dass er noch etwas anderes sagen würde, aber er nickte nur und ging davon. Tallis fragte sich, ob er ihn lebendig wiedersehen würde.

Die Armee sammelte sich auf der Freifläche, auf der die meisten Soldaten kampiert hatten. Alle Zelte waren abgebrochen worden, die Kochfeuer ausgetreten, und die weite Fläche war nun von Kriegern erfüllt, die bewaffnet und kampfbereit in Abteilungen Aufstellung genommen hatten. Die Sonne begann vor ihnen aufzugehen; graues Licht kroch über die Erde und trieb Schatten vor sich her. Es lag noch ein leichter Hauch von Kühle und fortgesetzter Nacht in der Luft, aber Tallis ahnte jetzt schon, dass der Tag heiß werden würde. Es war kein Wind aufgekommen, und der Klang von Stahl, der geschärft wurde, und die Rufe der Hauptleute trugen in der Stille weit.

Abseits, unter den alten Obstbäumen, redeten seine Mutter und Irissa miteinander. Ein paar andere scharten sich um sie, Frauen und ältere Männer, die mit den Rekruten gekommen waren, um so gut zu helfen, wie sie nur konnten. Sie würden auf die Verwundeten warten – wenn es denn welche gab. Vor seinen Augen umarmte Irissa Mailun und ging dann auf die Armee zu. Sie sah Tallis nicht, und er dachte, dass er sie, falls sie heute starb, so in Erinnerung behalten würde: schön, stark, bereit, ihrer Furcht ins Auge zu sehen. Er fing den Blick seiner Mutter auf, und sie reckte die zur Faust geballte Hand hoch. Dann ging er zu Attar und den wartenden Reitern hinüber, und sie stiegen auf dem steilen Pfad die Klippe hinauf.

Attar mit eingerechnet waren es sieben Männer und drei Frauen, und alle waren sehr erfahrene Reiter, aber Tallis machte sich Sorgen, wie sie sich gegen Azoths Armee schlagen würden.

Arak-ferish, zischte Marathin. Die elf Drachen drängten sich oben auf der Klippe; ihr Eifer und ihre Furcht hallten laut in seinem Geist wider, und er spürte das Echo ihrer Begrüßung.

Die Sonne war über die Berge aufgestiegen, und jetzt konnte er die dunkle Masse von Azoths Armee auf sich zukommen sehen. Er legte Marathin eine Hand auf die Haut, spürte das tröstliche Pulsieren ihres Bluts im Gleichklang mit seinem eigenen.

Kämpfen oder sterben, zischte sie.

Kämpfen. Er sah ihr in die Augen.

Die Reiter standen schon neben ihren jeweiligen Drachen bereit, als Rorc aufs Plateau hinaufkam, um Azoths Armee im Sonnenlicht zu erblicken. Die fahlroten Ebenen, die sich vor ihnen erstreckten, waren dunkel vor zahllosen marschierenden Scanorianern und Alhanti, die noch weit genug entfernt waren, um wie eine Reihe Ameisen oder eine schwarze Flut zu wirken, die sich ihnen langsam näherte. Über der Armee flogen Drachen mit lang ausgestrecktem Körper; dann und wann drangen ihre Rufe schwach mit dem Wind bis zu ihnen hinüber.

Rorc ging an Tallis vorbei, um zur Armee zurückzukehren; im Vorüberkommen nickte er ihm zu, ob voll Entschlossenheit oder zum Abschied, wusste Tallis nicht.

Die Sonne fühlte sich heiß an, als er sich den Haldar auf den Kopf band und den Lederhelm, den Attar ihm anbot, mit einer Handbewegung ablehnte. Heute würde er wie ein Clansmann in die Schlacht ziehen, obwohl er auf einer Drachin ritt und über eine Macht gebot, die seinesgleichen fremd war.

»Aufsitzen!«, rief er, und der kleine Trupp kletterte auf die Rücken der Drachen. *Fliegt hoch, kämpft gut*, rief er den Tieren ringsum zu; den Reitern befahl er: »Hört auf eure Drachen! Ich werde ihnen Anweisungen erteilen, und sie werden sie an euch weitergeben. Denkt an den Plan.«

Die Männer und Frauen erwiderten seinen Blick mit entschlossener Miene; die Furcht war ihnen kaum anzumerken. Schwungvoll hoben die Drachen einer nach dem anderen ab, geführt von Marathin.

Sie flogen hoch empor und kreisten über der Armee. Fünfundvierzig Mann ritten auf Muthus, während die anderen vierhundertfünfzig zu Fuß gingen, Rorc und Balkis in ihrer Mitte. Tallis glaubte, Irissa in der Abteilung auf dem linken Flügel inmitten eines Trupps von Speerwerfern sehen zu können. Er war froh, dass Rorc sie dort aufgestellt hatte; der rechte Flügel würde beim Angriff an vorderster Front sein, also würde das ihr vielleicht mehr Zeit verschaffen, zu überleben. Hinter ihnen kamen Mailun und ihre kleine Schar notdürftig ausgebildeter Heiler mit zwei Muthus, die jeweils einen Karren zogen; diese waren mit Wasser, zusätzlichen Waffen und anderem Material beladen.

Es war eine sehr kleine Streitmacht, wenn er sich ansah, was für einer Armee sie entgegenzogen. Er richtete die Armbrust, die er hielt, neu aus und überprüfte die Bolzen, die an Marathins

Geschirr geschnallt waren. Schon jetzt spürte er die anrückende Drachenhorde, und irgendwo zwischen ihnen Azoth. Shaan war kaum ein Funken von Bewusstsein tief drinnen.

Tallis drängte Marathin, tiefer zu fliegen, über die Armee hinwegzugleiten. Hinter ihr hörte er die anderen Drachen folgen; ihre Flügel schlugen in der Luft. Danach kreisten sie gleitend über der Armee und zogen sich wieder zurück. Ihre Furcht war mit Kampfesdurst durchmischt, und er spürte, wie ihr Blut durch Muskeln und Flügel strömte. Es regte seine eigene Kampfeslust an und schärfte ihm die Sinne. Eine kleine Bewegung, dann war Haraka an seiner Seite. Attar grinste; seine Augen funkelten wild.

Arak-ferish, wir fliegen zum Blut, wir töten für die Freiheit. Harakas Geiststimme war von seinem Bedürfnis, zuzuschlagen, erfüllt, und er kreischte, was die Inseldrachen veranlasste, in seinen Ruf mit einzustimmen. Machterfüllter Zorn raste durch Tallis' Adern, und er erwiderte Attars Grinsen. Die Wut der Drachen war ansteckend – oder wurden sie von seiner Macht geritten? Tallis konnte sie spüren: Männer, Frauen und Drachen, die ihn durchströmten, alle verbunden. In ihm war großer Raum, ein Brunnen der Macht, die sich immer weiter entfaltete und ausgriff, um sie alle zu umfassen, so dass er ihre Herzen beinahe im Gleichtakt schlagen hörte.

Ein neuer Schwarm.

Dein Schwarm!, kreischte Marathin, flatterte mit den Flügeln und trug ihn höher empor.

Als er zurückblickte, sah er die Gesichter der anderen Reiter, die ihm folgten, wildes Grinsen und furchtlose Blicke; sie waren bereit, zuzuschlagen. Das Blut der Drachen hämmerte in seinem Geist. Es war schwindelerregend – es fühlte sich richtig an.

Ein guter Tag zum Kämpfen, Feuchtländer!, griff er nach Attars Verstand.

Ein guter Tag zum Sterben, antwortete der Reiter. Von der Verbindung des Schwarms erfüllt, wunderte Tallis sich nicht darüber, dass sie in der Lage waren, sich wie Drachen zu verständigen. Sie waren jetzt alle eins, teilten einen Geist. Tallis sah zu der anrückenden dunklen Masse hin. Der Geruch nach Staub und geöltem Leder stieg von der Armee unter ihnen auf, und jenseits der Ebenen hörte er die Schritte tausender Füße, die über die Erde donnerten. *Ich komme zu dir, Schwester*, schickte er aus. *Um unseretwillen.*

51

Shaan saß vor Azoth auf Nuathin; der Drache flog langsam über die Armee, und Shaan verlor fast das Gleichgewicht, als Tallis' Stimme in ihrem Geist flüsterte und scharf wie ein Dorn in ihr widerhallte. Azoth lachte, als er es spürte, und lehnte sich an sie; seine Brust drückte an ihren Rücken.

»Dein Bruder ist ehrgeizig, wenn er glaubt, mir das Wasser reichen zu können«, sagte er. »Ich könnte sie alle jetzt töten, wenn ich wollte.«

Sie wusste, dass er den Schöpferstein berührte, den er in einer Tasche am Gürtel trug. »Wozu brauchst du dann diese Armee?«, fragte sie.

»Loyalität muss bewiesen werden – und Macht durch Stärke gezeigt.« Er legte ihr einen Arm um die Taille und flüsterte ihr ins Ohr: »Sie müssen sehen, dass sie keinen Widerstand gegen mich leisten können.«

Shaan starrte auf die gewaltige Armee hinab, die sich unter ihnen ausbreitete. Tausende von marschierenden Füßen wirbelten Staubwolken auf, und rings um sie schlugen die Drachenflügel in der Luft einen Takt wie seltsame Trommeln.

Alterin war mit den Sklavinnen und einer Handvoll Scanorianer als Wachen in den Zelten zurückgelassen worden, aber Jared war dort unten, bereit, gegen seine eigenen Leute zu kämpfen. Shaan kämpfte ihre Verzweiflung nieder. Der Wunsch der Drachen, ihrem Herrn zu dienen, war so stark, um dafür zu sorgen, dass sich Energie in ihrer Brust aufbaute, als sie sich der kleinen Streitmacht näherten.

Die Front war im Vergleich zu Azoths gewaltiger Armee so klein, dass Shaan fürchtete, Azoths Truppen würden einfach vorrücken und die anderen niedertrampeln. Darüber flog die kleine Drachengruppe, die Tallis befehligte. Sie konnte ihn jetzt spüren; er war so nah, dass sie schon beinahe die Gestalt, bei der es sich um ihn handeln musste, auf dem Rücken einer Drachin erkennen konnte. Furcht ließ alle anderen Gefühle aussetzen, und sie hatte plötzlich das Bedürfnis, Azoth den Stein wegzunehmen und ihn fortzuschleudern, als ob das den Wahnsinn hätte aufhalten können. Azoths Arm lag fest um ihre Taille, und unter ihnen begann ein Donnergrollen, als seine Armee zu laufen begann; Füße hämmerten auf den Boden, die Luft war von Rufen erfüllt.

»Jetzt sieh zu«, flüsterte er ihr ins Ohr, »sieh deine Zeit enden.«

Nuathin wurde langsamer und fiel zurück, während die übrigen Drachen an ihnen vorbeiflogen; sie kreischten, und Shaan hörte die Antwortschreie von Tallis' Drachen, während sie ihnen entgegeneilten.

Die Welle, die von den eintreffenden Drachen ausging, war wie ein physischer Schlag. Tallis keuchte und sackte vornüber gegen Marathins Hals; er erschauerte, als der Schwarmgeist von Azoths Drachen gegen den Schutzwall anbrandete, den er um seinen eigenen kleinen Trupp gebildet hatte.

Der Schwarm überwältigte ihn beinahe, doch er zwang sich, sich aufzurichten, und stieß ihn laut brüllend zurück; dann schoss er mit der Armbrust auf die näher kommende Masse. Pfeile zischten durch die Luft, als die anderen seinem Beispiel folgten.

Es waren so viele; der Himmel war voller Flügel und Klauen. Aber als sie näher kamen, stürzten sich zwei Drittel von Azoths Drachen auf ihre Fußtruppen hinab. Von unten ertönte ein gewaltiges Grollen des Aufeinanderprallens von Muskeln und Stahl, als die Armeen aufeinanderstießen; das schrille Geschrei der Scanorianer erhob sich über das Chaos.

»Deckt den Boden!«, rief Tallis laut und zugleich im Geist. Sofort teilte sich sein Trupp, sauste im Sturzflug auf die Armee zu und überließ es ihm allein, sich den etwa fünfzig Drachen entgegenzustellen. Tallis schob eine Hand durch die Lederriemen von

Marathins Geschirr und zog kräftig an seiner Macht, tastete nach den angreifenden Drachen, bevor sie ihn erreichen konnten.

Ergebt euch mir! Er warf die uralten Worte aus wie ein Netz.

Schmerz presste ein Band um seinen Schädel zusammen, als sein Befehl auf den Geist von Azoths Bestien traf. Die Drachen heulten. Manche taumelten verwirrt zurück, und andere wandten sich kreischend ab, um in die Richtung zurückzufliegen, aus der sie gekommen waren.

Arak-ferish? Ein Chor fragender Stimmen kam von einer Gruppe von ihnen. Tallis spürte, wie sie nachzugeben begannen, und machte seinen Befehl noch eindringlicher. Ein Dutzend von ihnen schwebte wie verwirrt in der Luft, und er dachte, er hätte Erfolg gehabt, zumindest bei einigen, aber dann spürte er, wie sie ihm entrissen wurden. Die Drachen verteilten sich, stürzten sich hinab, um den Rest seines Schwarms anzugreifen, und ein größerer Drache erschien, flog auf ihn zu. Verzweifelt erkannte er ihn. Nuathin.

Du wirst sie mir nicht nehmen. Azoths Stimme durchdrang seinen Geist, und Tallis schrie auf, als Qual sich wie ein Finger in seinen Schädel bohrte. Er verlor die Verbindung zu seinem Schwarm und fiel vornüber auf Marathins Hals. Aus vor Schmerz zusammengekniffenen Augen sah er, dass Azoth auf dem alten Drachen ritt und Shaan vor ihm saß. Das Entsetzen stand ihr ins Gesicht geschrieben, und sie rief Azoth etwas zu, das Tallis nicht hören konnte. Dann hob der Gott die Hand, und Tallis wurde von einer unsichtbaren Kraft von Marathins Rücken gerissen.

Shaans Schrei folgte ihm, als er auf die kämpfenden Armeen zustürzte. *Marathin!*, stieß Tallis einen verzweifelten Befehl hervor. Wind zischte ihm am Gesicht vorbei; die Masse kämpfender Menschen und Kreaturen raste mit erschreckender Geschwindigkeit auf ihn zu. Ein Flügel versetzte ihm einen heftigen Schlag in die Seite, dann packten scharfe Klauen ihn am Schenkel, und sein Fall wurde ruckartig aufgehalten, als die Drachin ihn auffing; ihre klingengleichen Krallen rissen oberflächliche Schnitte in sein Fleisch.

Der Vater!, kreischte Marathin, aber Tallis, dessen Geist von Schmerz gespalten war, konnte kaum einen Befehl hervorbringen. Er hing kopfüber, Pfeile sirrten an ihm vorbei und die Luft war vom Kreischen und Taumeln der Drachen, die einander gegenseitig angriffen, erfüllt. Unter ihm lag ein wogendes Schlachtfeld voller Schwerter und Speere. Blut spritzte ihm auf die Schulter, während Marathin zur Seite wirbelte, und er sah drei Reiter an sich vorbei in den Tod stürzen; dann stieß ein riesiger, dunkler Umriss mit Marathin zusammen. Ein anderer Drache, der ihr die Flanke mit den Klauen aufriss. Sie kreischte erneut, und Tallis spürte, dass er abglitt. Die Masse der kämpfenden Armeen sauste kaum ein paar Fuß unter ihnen vorbei, als Marathin versuchte, ihren Griff zu festigen, aber der Drache griff erneut an, seine Hosen rissen in Marathins Krallen, und er fiel mitten in Azoths Armee hinein.

Die Rücken von Scanorianern federten seinen Sturz ab; ein Ellenbogen traf ihn ins Gesicht, und ein Fuß versetzte ihm einen Tritt in die Rippen, als er sich auf die Beine rollte und nach Luft rang. Er zog das Schwert und sah sich um. Er war von Scanorianern umgeben, die alle auf Rorcs Frontlinie zudrängten. Vier lagen tot mit gebrochenem Genick zu seinen Füßen. Ein weiterer kämpfte sich auf die Beine und riss die Augen in einem Ausdruck des Wiedererkennens auf. »Der Sohn!«, kreischte er und rannte mit erhobenem Schwert auf ihn zu.

Die Macht, die er für einen Augenblick verloren hatte, kam zurückgeströmt, und Tallis reagierte instinktiv und schlug zu. Die Welt schrumpfte auf das Klirren der aufeinanderprallenden Klingen, Blut und Schreie zusammen. Seine Hiebe flossen wie Wasser, während noch mehr Scanorianer auf ihn eindrangen. Die Schläge der Feinde schnitten ihm Wunden in Arme und Beine, aber er spürte keinen Schmerz, während er beidhändig mit Messer und Schwert kämpfte, vor Kampfeslust wie von Sinnen.

Er verlor jegliches Zeitgefühl; seine Unterarme waren glitschig vor Blut. Kurz erhaschte er immer wieder Blicke auf andere Krieger seiner umzingelten Armee und versuchte, sich zu ihnen durchzukämpfen. Ihre Gesichter waren grimmig oder von Mordlust entstellt; der Feind schwärmte aus, drängte sie immer wieder zurück. Alhanti überragten alle; ihre kräftigen Schwert- und Axthiebe schlugen breite Schneisen durch die Reihen der Kämpfenden. Jäger und Verführer fielen unter ihren Schlägen. Verzweiflung begann Tallis' Herz zu erfüllen, und die Feinde, die ihren Sieg witterten, verdoppelten ihre Anstrengungen. Männer und Frauen schrien; Todesgestank lag in der Luft.

Aber dann ertönte über das Getöse hinweg der Schlachtruf der Clans. Es war ein wildes, grimmiges Gebrüll – *Für die Ehre, für die Clans* –, und fünftausend Krieger schwärmten in einer Welle des Zorns über die niedrigen Hügel. Ihr Schrei glich der Morgendämmerung nach einer endlosen Nacht, brach über die Reihen der Feinde herein und schürte Furcht. Die Scanorianer konnten sich nicht rechtzeitig umdrehen, um ihnen zu begegnen, und die Clans stürmten auf ihre Rücken ein; Sonnenlicht fing sich im sauberen Stahl ihrer Klingen, ihre Füße wirbelten Staub auf. Tallis sah Hashmael an der Spitze; ein wildes Grinsen lag auf seinem Gesicht, und dann war er verschwunden, pflügte in die Masse von Scanorianern und Menschen hinein, die versuchten, den Clansmännern Widerstand zu leisten – und scheiterten. Dann versank alles im Chaos.

Tallis wurde rückwärts in die Menge panischer Leiber gestoßen, als manche versuchten, zu fliehen, während andere sich umwenden und kämpfen wollten. Kurz sah er Rorc und Balkis, der sein blutbespritztes Schwert hoch erhoben hielt, dann kämpfte er sich herum und begann, sich einen Weg auf die Clankrieger zu freizuhacken; Scanorianer fielen unter seinen Klingen wie gemähtes Gras. Die Macht durchströmte ihn nun ungezügelt; die Ankunft der Clans beflügelte ihn.

Die beiden Armeen waren zu einer brodelnden Masse geworden, die über einen mit Toten und Sterbenden bedeckten Boden stolperte, während über ihnen die Drachen schrien und kreischten und in ihre eigene fürchterliche Schlacht verstrickt waren. Einige stürzten zerfetzt und blutend zu Boden, während andere in Zweikämpfe verstrickt aneinandergeklammert durch die Luft trudelten. Ein Drache war auf das Schlachtfeld gestürzt und hatte zwanzig Menschen unter sich zermalmt.

Tallis streckte suchend einen Fühler aus. *Marathin!* Er versuchte, nach ihr Ausschau zu halten, aber weitere Klingen drangen auf ihn ein, und sein Geist war von einem misstönenden Drachengewirr erfüllt. Er verlor jegliches Gefühl dafür, wo Shaan und Azoth sich befanden. Schreie und Gebrüll vermischten sich mit dem Klirren von Stahl. Eine Klinge und ein kreischendes Gesicht kamen auf ihn zu, und er mähte den Mann nieder; dann sah er Irissa einige Schritte entfernt gegen zwei Scanorianer kämpfen. Er duckte sich an einem weiteren Scanorianer vorbei und rannte auf sie zu. Sie erledigte beide, bevor sie Tallis sah, und grinste ihm wild zu, aber dann ging ihr Blick an ihm vorbei und verriet plötzlich schiere Qual.

»Nein!«, schrie sie. Tallis wirbelte mit erhobenem Schwert herum. Ein Clansmann kämpfte gegen einen Alhanti – aber es war nicht irgendein Alhanti.

»Jared!« Tallis konnte sich nicht davon abhalten, seinen Namen zu rufen. Aber dies war nicht mehr sein Erdbruder. Es war die fleischgewordene Gestalt aus seinem Albtraum. Tallis war von Entsetzen erfüllt.

Der Alhanti schaute auf, über den Kopf des Mannes, gegen den er kämpfte, hinweg, und sah Tallis. In seinen Augen standen Raserei, Schmerz und etwas anderes: Grimm, Verzweiflung. Mit einem Brüllen riss er den Mann hoch, gegen den er kämpfte, schleuderte ihn in einen Trupp Scanorianer und rannte mit erhobenem Schwert auf Tallis und Irissa zu.

Tallis blieb keine Zeit zum Nachdenken, als Jared angriff und mit wild geschwungener Waffe auf ihn zustürmte. Sein vertrautes Gesicht war verzerrt; ein animalischer Schrei entrang sich seinen Lippen. Tallis parierte den Hieb, und die Wucht des Aufpralls ließ seine Arme erzittern. Jared schlug wieder und wieder nach ihm. Entsetzt konnte Tallis nichts tun, als sich zu verteidigen und die Klinge abzuwehren.

»Jared, hör auf!«, schrie Tallis, aber das nützte nichts.

Größer und stärker als früher, das veränderte Gesicht eine Maske der Pein und des Zorns, griff sein Erdbruder ihn immer wieder an.

»Verwunde mich! Kämpf gegen mich!«, brüllte Jared, während er auf ihn eindrang. Aber das konnte Tallis nicht.

Er schlug Jareds Klinge immer wieder beiseite und ignorierte jede Gelegenheit, selbst einen Vorstoß zu führen, die ihm das verschaffte. Das hier war sein Erdbruder, sein Retter und Freund, und er konnte ihm nichts antun.

»Kämpfe, Azoths Verderben! Heuchler!« Jareds Stimme war plötzlich tiefer, und entsetzt spürte Tallis den Drachen in ihm, sah seinen Hass in Jareds Augen. Er zögerte, und Jareds Faust schoss vor und traf ihn am Kiefer, streckte ihn zu Boden.

»Kämpfe!«, brüllte Jared, und seine Schwertspitze sauste auf Tallis' Hals zu. Irissa stürzte sich auf Jared und ergriff den Arm ihres Bruders.

»Jared, nein!«, schrie sie, und er packte sie an der Kehle, hob sie mit der freien Hand von den Füßen. »Bruder!« Sie drohte zu ersticken. Tränen liefen ihr übers Gesicht, und sie versuchte, seine Finger zu lösen.

Verzweifelt griff Tallis nach seiner Macht und stieß sich hoch, warf sich mit seinem ganzen Gewicht gegen Jared und führte einen Fausthieb auf den Arm, der Irissa festhielt. Jared stolperte und ließ seine Schwester fallen; Tallis zog sich mit einem Sprung zurück. Sie umkreisten einander.

Ringsum tobte die Schlacht noch immer, aber es hatte sich eine Freifläche um sie gebildet, als ob die Scanorianer sich davor fürchteten, ihnen zu nahe zu kommen. *Heuchler!* Ein Drachenzischen drang in Tallis' Verstand, und er sah den Drachen hinter Jareds Augen, spürte den Abscheu und erkannte ihn. Es war einer der Schwarzen Drachen, die ihn damals als Erste angegriffen und Haldane getötet hatten. Zorn erfüllte ihn.

»Ich will nicht gegen dich kämpfen«, sagte er.

Jareds Lippen verzogen sich. »Du darfst nicht am Leben bleiben, Heuchler! Nur der Vater überlebt.« Er hob das Schwert, aber als er das tat, sah Tallis den Widerschein des Clansmanns in den Augen des Alhanti, immer noch dort und in dem Versuch begriffen, den Drachen daran zu hindern, die Oberhand zu gewinnen.

»Jared!«, rief Tallis, während er selbst das Schwert hob. »Kämpfe dagegen an – halte es auf!«

»Kein Jared mehr da«, knurrte der Alhanti, aber Tallis konnte ihn immer noch wie einen Geist in seinen Augen sehen.

Der Alhanti holte aus, und ihre Schwerter prallten wieder klirrend aufeinander; Klinge glitt an Klinge entlang, bis sie Auge in Auge standen, nahe genug, um den Atem des jeweils anderen zu spüren.

»Ich weiß, dass du noch da bist, Jared«, sagte Tallis und versuchte, in den Geist seines Freundes vorzudringen. »Kämpfe dagegen an!«

»Nein!«, brüllte der Alhanti und erschauerte dann, während sein Gesicht sich plötzlich veränderte. »Töte mich, Tallis!« Die Stimme war die Jareds, bittend, flehend. »Töte mich.«

Entsetzt wich Tallis zurück, stieß ihn mit aller Kraft von sich, aber das reichte kaum aus. Der Alhanti griff ihn erneut an und führte das Schwert diesmal gezielter, schlug nach seinem Hals. Tallis duckte sich gerade noch rechtzeitig. Noch ein Hieb, und das Schwert verfehlte nur knapp seinen Unterleib.

»Töte mich!«, sagte Jared noch einmal, während er auf ihn eindrang und ihn mit jedem Schlag zurücktrieb. Er war stärker. Tallis wusste, dass er ihn nicht mit dem Schwert allein besiegen konnte, sondern seine Macht gegen seinen Erdbruder einsetzen musste … Seine Seele heulte bei der Vorstellung auf.

»Heuchler!«, brüllte der Drache in Jared, dann wurde die Stimme wieder menschlicher. »Töte mich, Tallis! Nimm es weg – kein anderer kann das!«

»Nein!« Tallis parierte Jareds Schläge wieder und wieder und wurde mit jedem Mal schwächer. Die tödliche Macht in ihm erfüllte seine Adern, sehnte sich danach, eingesetzt zu werden. Jared führte einen gewaltigen, kraftvollen Hieb; Tallis stolperte und fiel auf die Knie. Er versuchte, seine Klinge hochzuhalten, aber Jared holte aus, schlug sie ihm aus der Hand und hob das Schwert über Tallis' Kopf; der Drache funkelte triumphierend aus seinen Augen.

»Der Tod naht!«, zischte er und drehte die Klinge, um Tallis den Kopf abzuschlagen.

Verzweifelt griff Tallis nach seiner Macht, zog sie hoch, füllte sich selbst damit, so dass sie sich explosionsartig in seinen Gliedmaßen ausbreitete. Bitterkeit überzog seine Zunge, Blut rauschte ihm durch den Schädel, und sein Gesichtsfeld schrumpfte auf einen Tunnel zusammen, als er auf die Beine sprang, Jared rammte und ihn zu Boden stieß. Er spürte Blut pulsieren, Atem die Lunge des Alhanti blähen und den kreischenden Hass des Drachen in ihm, schwarz und uralt. Er brüllte Tallis an, als er Jareds Schwertarm mit einer Hand niederhielt; die Macht verlieh ihm gewaltige Kräfte. Mit der freien Hand zog er das kurze Messer aus der Scheide an seinem Bein.

»Tu es.« Es war ein gebrochenes, dankbares Flüstern. Tallis sah Jared in die Augen und sah die Raserei des Drachen, aber auch das Flehen des Clansmanns.

»Das kann ich nicht.« Er zögerte; Tränen strömten ihm übers Gesicht.

»Bitte.« Jareds Hand schlang sich um seine eigene, die das Messer hielt; seine Muskeln zitterten vor Anstrengung. »Jetzt!«

Tallis erinnerte sich an Jareds fröhliches Lachen, an das Jagen mit ihm, den Anblick, wie er aus der Dunkelheit der Wüste hervorgetreten war, um ihm das Leben zu retten. Er erinnerte sich an ihn, wie er gewesen war – an den Clansmann, den Krieger. Er wusste, dass er ihm das selbst mit seiner Macht nicht zurückgeben konnte; aber er konnte ihm Frieden schenken. Mit einem gequälten Schrei begrub Tallis die Klinge in der Brust seines Erdbruders.

»Nein!«, schrie Irissa, und sie zerrte an seinen Schultern, versuchte, ihn von Jared fortzuziehen. Er sah Jared in die Augen und sah das Leben des Drachen verlöschen. Sein Körper krampfte sich zusammen, und Jared starrte voll Kummer und Erleichterung zu ihm auf.

»Erdbruder«, flüsterte er. »Ich wusste, dass du mich retten würdest.«

Tallis war vor Tränen fast blind. »Finde Schatten, Bruder«, sagte er, und Jared lächelte, kurz und schwach.

»Gute Ja…« Seine Worte verklangen, und das Leben floh aus seinen Augen. Tallis konnte sich nicht rühren. Hinter ihm kreischte Irissa, heulte auf, als sie sich neben ihren Bruder kniete und an seinem Hemd und seinem Haar zupfte.

Langsam erhob Tallis sich und nahm sein Schwert wieder an sich. Ein Scanorianer rannte auf ihn zu, und Tallis tötete ihn, ohne etwas dabei zu empfinden, mähte ihn nieder und riss ihm den Leib auf, ohne das Blut zu bemerken, das ihn bespritzte. Azoth hatte dies getan. Azoth hatte ihn gezwungen, seinen eigenen Erdbruder zu töten. Leere umfing ihn, als er zum Himmel aufschaute und die kreischenden Drachen sah, nach dem suchte, der den Gott trug. Er war dort oben. Die Macht erfüllte ihn, floss wie Feuer durch seine Adern, und er griff darauf zurück und ließ sie in den Himmel emporschießen, wie ein Feuerzeichen, einen suchenden Fühler. Scanorianer drangen auf ihn ein, als er so dastand, aber er tötete sie alle mühelos. Die Macht war in ihm wie in einem Gott, wie im Tod. Dann spürte er Azoth und wusste, dass dieser ihn ebenfalls wahrnahm.

Du suchst mich? Tallis konnte das kalte Lächeln und die violetten Augen beinahe im Geiste vor sich sehen. *Komm und finde den Tod*, sandte Azoth ihm, und Tallis spürte, wie Nuathin tiefer sank und sich dem Rand des Schlachtfelds näherte. Tallis wandte sich Irissa zu.

»Pass auf dich auf«, sagte er und zwang ihr ihr eigenes Messer in die Hand. Sie nahm die Klinge und starrte ihn voll Abscheu an, aber er konnte ihr jetzt nicht helfen. Er wandte sich ab und begann, durch das Chaos der Kämpfe zu rennen. Mehrfach versuchten Scanorianer und Alhanti, ihn zum Kampf zu fordern oder ihm den Weg zu versperren, aber sie waren kaum ein Hindernis. Die Macht durchströmte ihn wie Wasser die Quellen, sprudelte schnell und heiß, und mähte sie alle nieder; seine Klinge wirbelte wie eine rasiermesserscharfe Feder durch die Luft und durchschnitt Fleisch und Knochen, ohne dass Tallis je langsamer geworden wäre.

52

So plötzlich, wie er losgelaufen war, hielt Epherin an, so dass sie alle auf einer niedrigen Anhöhe in der Nähe einiger knorriger, verkrüppelter Bäume zum Stehen kamen. Der Tag war heiß, und Schlachtenlärm erfüllte die Luft: fernes Fußgetrappel, Drachenkreischen und die Schreie der Verwundeten.

Unter ihnen wogte die Ebene vor Tausenden, die töteten und getötet wurden; der Boden war rot vor Blut, und die Kadaver eines Dutzends Drachen lagen wie weggeworfene Lumpen an den Ausläufern der brodelnden Masse, während die anderen noch immer oben am Himmel kämpften.

»Krieg«, hauchte Epherin und machte mit funkelnden Augen einen Schritt vorwärts. »Lasst uns hinuntergehen.«

»Warte«, sagte Paretim.

»Ich spüre den Stein.« Fortuse packte ihn am Arm; ihre kalten Finger gruben sich in seine Haut.

»Wir spüren ihn alle.« Paretim sah Vail an. Dort unten waren seine Geschöpfe, kämpften, wurden niedergemetzelt; das dunkle Gesicht seines Bruders war wutverzerrt.

»Aber er wird wissen, dass wir hier sind. Wir müssen vorsichtig sein; diesmal gibt es keine Sklavin, die uns helfen kann. Wir beschwören uns selbst herauf.«

»Spüre ihn«, winselte Fortuse und schmiegte sich an ihn.

»Ich habe eine Zwielichtgängerin, eine Sklavin, gesehen, bevor ich euch gefunden habe«, sagte Vail. »Sie bat uns um Hilfe beim Besiegen unseres Bruders. Vielleicht ist sie hier.«

»Was hast du ihr erzählt?«, fragte Paretim.

»Dass wir den Stein holen«, sagte Vail. »Wir holen ihn uns immer, Bruder, nicht wahr? Das ist unser Fluch.«

Paretim beobachtete die Schlacht. »Ein Mensch kann uns nicht helfen«, sagte er.

»Es kann uns aber auch kein Mensch aufhalten«, sagte Epherin eifrig. »Lasst uns hinunter in die Schlacht ziehen; wir können Azoth dort finden. Er wird zu uns kommen. Gemeinsam werden wir ihn besiegen.«

»Und was ist mit der Gezeichneten, dem Nachwuchs, den er mit dem Stein erschaffen hat?«

»Sterblich.« Epherin winkte ab. »Leicht zu besiegen.«

»Vielleicht.«

Es war deutlich, dass Azoths Armee, obwohl sie nicht so geordnet wie die der Gegner war, dank ihrer schieren Größe gewinnen würde – und dank der Drachen. Paretim konnte nicht verstehen, was die Menschen zu erreichen gehofft hatten, indem sie kämpften, aber er war schon oft daran gescheitert, ihre seltsamen Absichten verstehen zu wollen.

»Kommt«, seufzte er und löste Fortuses Hand von seinem Arm, »wir müssen diesen Krieg beenden, um den Stein wieder an uns nehmen zu können.«

»Schlacht!« Epherin rannte ihnen voraus den Hügel hinab.

Tallis! Shaan versuchte, ihn zu erreichen, aber die Raserei seiner Macht war überwältigend.

»Das darfst du nicht tun!« Sie wirbelte zu Azoth herum, als Nuathin ein Stück vom Schlachtfeld entfernt landete und roten Staub in die Luft aufwirbelte.

Azoth stieß sie von Nuathins Rücken. »Es ist sein Wille, meine Liebe.« Er sprang zu Boden und zog ein langes, schmales Schwert aus einer Scheide, die auf den Rücken des Drachen geschnallt war.

»Er kann nicht gegen dich kämpfen!«, rief Shaan, aber er sah sie nur an.

»Er hat seinen Weg gewählt.«

Dann spürte Shaan Tallis näher kommen und sah ihn aus der schreienden Masse der Scanorianer und Menschen hervorpreschen.

Nein!, schrie sie seinem Geist zu, spürte aber nur Zorn als Antwort. Sein Gesicht zeigte keinerlei Regung bis auf Hass. Als er auf sie zustürmte, begriff sie, dass dies die Gelegenheit war, die sie brauchte. Sie drehte sich zu Azoth um und stürzte sich mit einem Aufschrei auf ihn. Der Angriff überrumpelte ihn, und für einen kurzen Moment brach er ein und stolperte rückwärts, aber dann erholte er sich und schleuderte sie von sich. Sie landete auf dem Bauch im Dreck, keuchend, aber mit der kleinen Tasche, die das Kästchen mit dem Stein enthielt, in der Hand. Sie war schon immer eine gute Diebin gewesen.

Azoth begriff nicht, was sie getan hatte, weil Tallis ihn erreichte und, ohne langsamer zu werden, ausholte, um mit dem Schwert nach dem Kopf des Gottes zu schlagen. Shaan wusste, dass der Angriff ihres Bruders zwecklos war. Nachdem Azoth die Macht des Steins schon so viele Male durch sich geleitet hatte, war seine eigene Macht jenseits all dessen, was Tallis zu umfassen vermochte.

Sie sah entsetzt zu, wie ihr Bruder zurückgeworfen wurde, bevor sein Schwert auch nur in Azoths Nähe kam. Sie spürte, wie Tallis seine Macht einsetzte, wusste, dass er in der Lage war, näher an Azoth heranzukommen, als irgendjemand sonst es konnte, aber das war nicht genug. Wieder und wieder parierte Azoth seine Schwerthiebe mit Leichtigkeit und streckte ihn in den Staub hin; wieder und wieder erhob Tallis sich, um weiterzukämpfen. Er griff an, als läge ihm nichts an dem Leben, das er vielleicht verlieren würde. Shaan rollte sich am Boden zusammen, als hätte sie Schmerzen, als könne sie es nicht ertragen, zuzusehen, und nahm, indem sie ihren Körper als Sichtschutz einsetzte, Balkis' Anhänger ab. Sie öffnete Tasche und Kästchen, ließ den Stein hinaus in den Sand rollen und ersetzte ihn durch den Anhänger. Der Schöpferstein lag im Schmutz wie etwas Kleines, Unbedeutendes, schwarz wie die dunkelste Nacht; er schien das Licht ringsum zu verschlingen, aber dennoch so auszusehen, als ob er ein gewöhnlicher Stein wäre, und Shaan fragte sich, ob er verloren gehen würde, wenn sie ihn einfach mit Erde bedeckte und dort liegen ließ. Das Summen in ihrem Verstand ließ sie daran zweifeln.

»Ist das alles, was du zu bieten hast, Sohn?«, fragte Azoth und ließ Tallis mit einer bloßen Handbewegung wieder zurückstolpern. »Du wirst…« Er hielt mit erhobenem Schwert inne. Shaan verspürte ein seltsames Gefühl, als ob sich alles zusammenzog und ihr Herzschlag sich verlangsamte, während Azoth plötzlich fort von der Schlacht, nach Westen, starrte. Als sie seinem Blick folgte, sah sie vier Gestalten auf sie zukommen; eine rannte den anderen voraus.

Tallis stöhnte leise und kämpfte sich auf die Beine, doch Azoth ignorierte ihn.

»Sie sind hier«, sagte er und tastete an seinem Gürtel nach dem Stein. Der Ausdruck von Verwirrung und dann Zorn, der in seinen Augen aufdämmerte, veranlasste Shaan schlagartig zum Handeln.

»Tallis, bleib unten!«, rief sie, als Azoth sich zu ihr umdrehte.

»Gib ihn mir!«, sagte er, und die Macht in seiner Stimme war furchterregend.

Er schritt auf sie zu. Heftig atmend, ihr Innerstes angespannt vor Furcht, hob sie die Tasche zu ihm hoch, als er drohend über ihr aufragte.

»Hier.« Sie zuckte zurück, als er die Tasche packte und fest in der Hand hielt. Seine Faust traf sie an der Wange, warf sie zurück und auf den Stein. Tallis brüllte vor Wut, aber sie hörte ihn kaum, da der Schmerz, den Azoths Hieb verursacht hatte, im Vergleich damit, wie sich der Stein anfühlte, zu etwas Unbedeutendem verblasste. Die Essenz des Steins schrie in ihrem Geist, als ihre Seite ihn berührte. Sie keuchte; ihre Brust erstarrte, und ihre linke Seite war plötzlich nur noch Schmerz; alles verschwamm ihr vor den Augen. Sie hörte Kämpfer ächzen, und alles, woran sie denken konnte, war das, was sie bei der Berührung des Steins wahrgenommen hatte: *Die Vier sind hier, die Vier kommen.* Sie richtete sich auf die Knie auf und sah, dass Tallis einen Schlag gegen Azoth geführt hatte und sich die beiden mit gekreuzten Schwertern von Angesicht zu Angesicht gegenüberstanden. Die Macht, die von Tallis ausging, war gewaltig. Seine Augen waren jetzt so dunkel, dass sie fast schwarz wirkten, als er den Gott böse anstarrte. Sie rangen miteinander, und Azoth sagte mit zusammengebissenen Zähnen: »Zwing mich nicht, ihn einzusetzen, Sohn.«

Tallis antwortete nicht; Shaan blickte an ihm vorbei und sah, dass der erste der Vier die beiden fast erreicht hatte. Schlank und weißhaarig, schön wie ein Greifvogel, rannte er, als ob keine Erde unter seinen Füßen läge. Hinter ihm kam ein größerer, dunkelhaariger Mann, der eine rothaarige Frau an der Hand hielt, die einen Schimmer ausstrahlte; neben ihnen ging, ein wenig abgesetzt, ein dunkelhäutiger Mann von kräftigem Körperbau. Seine massigen Beine schoben sich durch den Sand, als ob es sich dabei um ein Meer handele, das ihn umtoste. Ihre Macht war ungeheuerlich, entsetzlich, und Shaan hätte froh sein sollen, dass sie hier waren, aber irgendetwas stimmte nicht. Das Licht in ihren Augen war nicht wohlwollend; Shaan begriff binnen eines Augenblicks, dass dies nicht ihre Retter waren.

Sie wusste, dass sie ihnen den Stein nicht geben durfte. In ihnen lagen Macht und Wissen, aber kein Erbarmen, kein Mitgefühl. Sie sahen eine Schlacht vor sich toben, in der so viele starben und so viel Angst herrschte, und doch hätten sie genauso gut nichts betrachten können. Das Elend, das sich hier abspielte, und die Leben, die verloren gingen, waren unwirklich für sie.

Ein seltsames Geräusch ertönte, ein Brüllen, das leise wie ein Seufzen war und doch über den Sand trug wie ein Dröhnen in der Erde. Es hallte in Shaans Brustkorb wider und donnerte durch ihre Knochen.

»Vail!«, rief Azoth.

Der Laut ging von dem dunkelhäutigen Gott aus, und irgendetwas geschah in der Schlacht. Die Kämpfe kamen zum Erliegen. Tausende von Scanorianern kreischten in einem gemeinsamen, schrillen Schrei auf und brachen plötzlich den Kampf ab. Sie begannen, sich bis zum Boden zu verneigen. In der Luft über ihnen schrien die Drachen, und Nuathin duckte sich tief auf die Erde.

»Tallis!«, rief Shaan, aber er wollte nicht gegen Azoth nachgeben. Ihr mit Macht und Willenskraft ausgefochtener Kampf war wie ein Dröhnen in ihrem Geist. Doch Azoth hatte den Schöpferstein nicht; er war verwundbarer, als er dachte. Und sie spürte, wie Tallis' Kraft wuchs. Sabuts Worte kehrten ihr ins Gedächtnis zurück. *Wenn er stirbt, wirst auch du sterben, und auch alle, die du liebst. Der Stein ist der Schlüssel.*

»Bruder!« Eine tiefe Stimme, die von einer neuen, unvertrauten Macht erfüllt war, wogte durch die Luft, und Azoth zuckte zusammen. Das war die Gelegenheit, die Tallis benötigte. Mit einem Zornesschrei stieß er den Gott von sich, und Azoth stürzte hintenüber zu Boden. Tallis zog ein kurzes Messer aus dem Stiefel, und Shaan tat das Einzige, was ihr einfiel.

»Nein!« Sie griff mit der linken Hand in den Sand und hob den Schöpferstein hoch.

Alles verblasste. Ihre Welt schrumpfte für kurze Zeit auf ein nachtschwarzes Etwas zusammen, als die Macht sie durchfuhr, ein reißender Fluss des Schmerzes. Er murmelte in ihrem Geist, summte zusammenhanglos: ein Hervorbrechen von Erinnerung, von Gesang, von Furcht. Sie spürte, dass er lebte, ein Bewusstsein hatte, das mit den Göttern verbunden war, aber auch mit ihr, als ob der Stein das Mal wiedererkannte, das er auf ihrem Fleisch hinterlassen hatte. Er gestattete ihr, am Leben zu bleiben – ihn zu berühren und am Leben zu bleiben.

Sie streckte die Hand, in der sie ihn hielt, zu Azoth und ihrem Bruder aus, und ein Energiekeil flog aus ihm hervor und durch ihre Hand. Der Rückstoß ließ sie hintenüberfallen, und als sie die Augen öffnete, sah sie Tallis im Sand liegen und sie entsetzt anstarren; sein Messer war nur noch ein rauchender, verformter Metallstreifen. Hatte sie das mit dem Stein bewirkt? Azoth, der auf die Knie geschleudert worden war, starrte sie ungläubig an.

Shaan? Tallis' Stimme in ihrem Geist war schmerzvoll, als fühle er sich verraten.

Er muss am Leben bleiben, antwortete sie, aber er verstand es nicht. Er sah sie an, als würde er sie nicht wiedererkennen.

»Lass ihn fallen!« Azoth sprang zornig auf. Hinter ihm kamen die Vier näher. Das Gesicht des Weißhaarigen an der Spitze strahlte vor Faszination. Sie spürte plötzlich die Seelen, die die Vier schon gesammelt hatten. Ihre Absicht, mehr zu bekommen. Diesen Todesbringern sollte sie den Machtsplitter übergeben? So konnte es nicht sein – keiner von ihnen durfte den Stein bekommen. Sabut musste sich täuschen. Der Prophet musste recht haben.

»Nein«, flüsterte sie und wusste, dass Tallis sah, was sie plante.

Sie legte den Stein in den Sand vor sich und zog das Messer, das sie am Gürtel trug.

Nicht! Tallis' Stimme war ein entsetzter Schrei in ihrem Geist.

Ich muss, antwortete sie, krampfte die linke Hand um den Griff, rief den dunklen Druck in ihrem Inneren wach und rammte das Messer in den Stein.

Azoth machte mit ausgestreckter Hand einen Satz vorwärts, als ihre Macht in den Stein hämmerte. Der Funken, der von ihm aufstob, war der hellste, den sie je sehen sollte. Als ihr Messer sich tief in den Stein grub, schoss eine schwarze Lichtsäule daraus hervor, und sie sah in ihrem seltsamen Schimmer das schreiende Gesicht der Göttin und den Zorn der Götter über das, was sie getan hatte, aber das war nichts im Vergleich zur Wut des Steins. Es ertönte ein brüllender Laut, ein seltsames, klagendes Heulen, und die Luft riss um sie her auf; ein abgrundtiefes Nichts öffnete sich in ihrem Rücken. Sie spürte Azoths Hand auf ihrer Schulter, sah das entsetzte, gequälte Gesicht ihres Bruders, konnte seinen Schrei aber nicht hören. Irgendetwas zog sie nach hinten. Azoths Finger gruben sich in ihre Schulter, und dann wurde alles weiß.

53

Tallis starrte die Stelle des Erdbodens an, wo Shaan und Azoth sich eben noch befunden hatten. Sie waren fort. Aber der Stein war noch da, lag klein und mit ihrem tief eingedrungenen Messer in sich da; eine feine, rote Staubschicht überzog seine glänzende Oberfläche.

Der größere Gott trat vor und bückte sich, um seine riesige Hand um den Stein zu schließen; er achtete darauf, das Messer nicht zu berühren. Er sah Tallis an, als er den Stein hochhob; seine Augen waren blauer als der Himmel, und Tallis wusste, dass er, wenn er nach seiner Waffe griff, tot sein würde, bevor er sie erreichte.

»Ich bin Paretim.« Der blauäugige Gott straffte sich. »Du bist der verbotene Nachkomme unseres Bruders, die andere Hälfte der zwei.«

Tallis antwortete nicht. Er hatte keine Worte mehr. Alles war verschwunden. Azoth hatte verloren, aber er hatte zugleich gewonnen. Jenseits des Gottes sah er die Verwirrung, als die Überlebenden bemerkten, dass Azoths Armee den Kampf aufgab. Der seltsame, grollende Odem des dunklen Gottes hing in der Luft, und die Scanorianer verneigten sich alle bis zum Boden. Die Furcht der Drachen bildete einen dumpfen Schrei in seinem Geist, und er sah einen Alhanti davonlaufen; hinter seinen Füßen stoben Staubwolken auf. Die verbliebenen Kämpfer aus den Clans und aus Rorcs Armee standen erschöpft und verwirrt zwischen den knienden Scanorianern.

»Er hätte dich nicht erschaffen sollen«, sagte Paretim. »Hier gibt es jetzt keinen Platz mehr für dich.«

»Der Stein, der Stein!«, flüsterte die rothaarige Göttin, während sie das schwarze Bruchstück in seiner Hand anstarrte. »Unser.« Ihre Finger streckten sich danach aus und hielten inne, bevor ihre Hände sich berührten. Ihre Augen leuchteten vor Besessenheit, vor Wahnsinn. Keine Frage, warum Shaan nicht gewollt hatte, dass sie den Stein bekamen.

Tallis stand langsam auf. Die Vorahnung, die ihn seit Wochen immer wieder heimgesucht hatte, stieg ihm in die Kehle, als Paretim ihn anlächelte und sich dann dem Weißhaarigen zuwandte. »Epherin.« Er streckte die Hand mit dem Stein aus, und der schlanke Gott trat mit eifriger Miene vor und hielt die Hand schon ausgestreckt, als der Dunklere ebenfalls zu ihnen trat. Tallis wusste, dass er gehen musste – er musste seine Mutter und seinen Vater erreichen, wenn sie noch am Leben waren, und fliehen. Er machte sich nicht die Mühe, sein Schwert aufzuheben, sondern begann zu laufen, rannte an den Vieren vorbei, als sie die Hände über dem Stein zusammenführten. Die Haut seines Rückens spannte sich an und kribbelte, als er durch den Sand zurück zum Schlachtfeld stürmte. »Lauft!«, schrie er den noch aufrecht stehenden Clansmännern zu. »Kehrt in die Wüste zurück, los!« Sie starrten ihn an; dann spürte er seltsame Hitze auf seinem Rücken, und ein helles Licht loderte ringsum und quer über den Himmel auf.

»Lauft!«, schrie er und sah, wie Furcht auf den Gesichtern der Nächststehenden heraufdämmerte. Alle bis auf die Scanorianer gerieten in Bewegung. Er wagte es nicht, sich umzuschauen, um zu sehen, was die Götter taten, aber er konnte die Veränderung in der Luft spüren, die Zusammenballung von Macht. Er sprang über Tote, rannte durch sehr lebendige, da panische Clansmänner, und suchte nach seinem Vater.

»Rorc!«, rief er, aber jetzt herrschte Chaos, da die Überlebenden zu flüchten versuchten und über die Scanorianer stolperten, die wie erstarrt daknieten. Er sah einen blonden Kopf: Balkis, der auf dem Boden inmitten einer Anzahl von Leichen lag.

»Balkis!« Er lief auf ihn zu, stolperte unterwegs. Der Reiter lag mit dem Gesicht nach unten; seine Lederweste war aufgerissen, und Blut quoll ihm aus der Seite, aber er bewegte sich, als Tallis sich neben ihn hockte. »Kannst du aufstehen?« Er packte seinen Arm, als Balkis sich stöhnend mit schmerzverzerrtem Gesicht herumwälzte.

»Shaan?« Er zuckte zusammen, als Tallis einen Arm um ihn legte und ihn auf die Beine hievte. »Wo ist sie?« Balkis' Augen waren in dem Versuch, klar zu sehen, halb geschlossen, und Tallis spürte einen warmen Schwall Blut über seine Hand tropfen.

»Komm.« Er schleifte den blonden Krieger mit sich, während er weiter Ausschau nach seinem Vater hielt.

»Tallis!«, erscholl die Stimme seiner Mutter, und er sah sie auf sich zurennen; sie kämpfte sich mit bleichem Gesicht über die Leichen.

»Wo ist Rorc?«, rief er, aber bevor sie antworten konnte, spürte er einen seltsamen Sog in der Luft, eine Anspannung in allem, als ob Gezeiten die Welt zurückrissen, dorthin, wo die Vier Götter standen.

»Runter!«, rief er und zog Balkis mit sich zu Boden. »Duck den Kopf!«, schrie er und hoffte, dass seine Mutter ihn auch hörte, als ein klagender Ton die Luft durchschnitt, gefolgt von einem gewaltigen Aufwallen von Macht. Gerade noch rechtzeitig raffte er zusammen, was von seiner eigenen Macht übrig war, und stieß sie wie einen Schild über sich und die anderen, als Wind und Hitze über seinen Rücken rauschten. Er presste den Kopf auf den Boden. Männer schrien, und Helligkeit explodierte am Himmel, zwang Tallis, die Augen zu schließen. Es dauerte kaum einen Herzschlag lang, aber er spürte, wie sein Haldar verkohlte und sein Rücken von Hitze versengt wurde. Dann war es vorbei, aber die Schreie hielten an, und ringsum roch es nach verbranntem Fleisch.

Arak-ferish! Marathin suchte nach ihm.

Flieh, befahl er ihr, *los!*

Wir holen dich!, zischte sie.

Balkis stöhnte, und Tallis sah sich um, konnte aber durch die Rauchschwaden, die über die Ebene trieben, wenig erkennen. Er zog Balkis auf die Beine. Ringsum lagen qualmende Leichen. Die Götter hatten sie im Vorüberlaufen verbrannt. Nur die, die sich wie die Scanorianer zu Boden geworfen hatten, hatten überlebt.

»Mutter!«, rief Tallis und schleifte den halb ohnmächtigen Balkis mit.

»Hier!« Sie kam hustend aus dem Rauch hervor.

»Wir müssen weg. Wo sind Rorc und Irissa?«

»Ich weiß es nicht.« Sie legte einen Arm um Balkis und half ihm. »Wo ist Shaan?«

Er wusste nicht, was er darauf antworten sollte.

»Tallis?« Sie sah ihn verzweifelt an. »Wo ist sie?«

Er schüttelte den Kopf. »Ich weiß es nicht … Sie ist einfach … fort.«

Sie starrte ihn betroffen an. »Was?«

»Wir können ihr nicht helfen, Mutter; wir müssen weg.«

»Tallis?«

»Such Rorc.« Er sah zum Himmel hoch. Es waren nur noch wenige Drachen übrig. Er konnte spüren, wie viele von ihnen nach Süden flohen, so weit von den Göttern fort, wie sie nur konnten.

Arak-ferish, ertönte Marathins Ruf, und er sah sie auf sich zugleiten; sie nutzte den Rauch, um sich zu verbergen, und dann tauchte wie durch ein Wunder Haraka dicht hinter ihr auf. Attar saß noch immer auf seinem Rücken.

»Clansmann, du bist am Leben!« Attar, in dessen Schulter eine blutende Wunde klaffte, grinste ihn an, während Haraka auf der Stelle schwebte.

»Hast du Rorc oder Irissa gesehen?«, rief Tallis, während er Balkis auf Marathin zu schleppte.

»Nein.«

Der Rauchgestank ließ Tallis übel werden, und er schob Balkis auf den Rücken der Drachin, so schnell er konnte. Der blonde Mann keuchte, als noch mehr Blut aus seiner Wunde hervorsickerte. Tallis wusste nicht, ob Balkis überleben würde, aber sie hatten keine Zeit, sich um die Wunde zu kümmern.

»Attar, kannst du sie suchen?«, rief er.

»Wenn sie am Leben sind, hole ich sie«, antwortete Attar. »Komm schon«, sagte er zu Haraka und trieb den Drachen wieder in den Himmel hinauf.

Tallis sprang hinter Balkis auf, so dass er ihn im Sattel halten konnte, und Mailun setzte sich hinter ihn; dann stieg Marathin durch den Rauch in reinere Luft auf.

»Such den Boden ab«, rief er seiner Mutter zu, während er Marathin und Haraka anwies, dasselbe zu tun. Das Soggefühl trat erneut ein, und er rief eine Warnung, als der Rauch sich plötzlich lichtete und ein weiterer Energieausbruch erfolgte.

Marathin und Haraka erhoben sich hoch über die Explosion und kreischten, als die starke Hitze ihnen die Schwanzspitzen versengte. Das Schlachtfeld unter ihnen wurde wieder und wieder von hellen Machtausbrüchen gegeißelt. Die Gestalten laufender Menschen fielen zu Boden. Einige waren entkommen. In der Ferne war eine kleine Schar Clansmänner zu erkennen, die auf die Wüste zuhielt.

»Tallis!« Mailun schluchzte.

Aber jedes Mal, wenn sie versuchten, tiefer hinabzufliegen, um zu suchen, trieb die Hitze sie zurück. Es hatte keinen Sinn. Tallis konnte unter sich die vier Götter sehen, die zornig durch den Rauch schritten, den sie selbst verursacht hatten.

Wenn sie dort hinuntergingen, würden sie alle sterben, und wer sollte Shaan dann zurückholen?

»Wir müssen weg!«, rief er und griff mit seiner Geiststimme nach Haraka. Jetzt, da die Schlacht vorüber war, konnte er Attars Geist nicht mehr spüren, wie er es vorhin getan hatte.

In die Clanlande, wies er beide Drachen an. *Fliegt hoch.*

Marathin wendete und richtete den Kopf nach Norden. Vor Tallis hatte Balkis das Bewusstsein verloren, und hinter ihm weinte seine Mutter, aber es gab nichts, was sie noch hätten tun können. Er hatte seine Schwester verloren, vielleicht auch seinen Vater und die Frau, die er liebte, und konnte nichts tun, um sie zu retten. Trotz all seiner Macht hatte er versagt. Die Führer verdammten ihn noch immer. Sein Herz war trostlos vor Verzweiflung, und er spürte das gleichmäßige Pulsieren des Lebens der Drachin unter sich, als sie sich in Richtung der Wüste wandte.

Paretim stand mit Fortuse und Epherin in der Mitte des rauchenden Leichenfelds und wiegte den Stein. Nicht weit entfernt sah Vail zu, wie die Überreste seines Volks sich vor ihm versammelten; die seltsamen, dunklen Fischerwesen verneigten sich ekstatisch zu seinen Füßen. Paretim fragte sich, wie lange sein Bruder brauchen würde, um sie zurück in ihre angestammte Heimat zu führen. Er konnte Vails Zorn über das spüren, was sie von Seiten der Menschen erlitten hatten.

Er seufzte, starrte an den Horizont und verspürte die tiefe Zufriedenheit, die nur der Schöpferstein ihm schenken konnte.

»Wohin nun, Bruder?«, fragte Epherin. »Träumst du von glänzenderen Dingen?« Sein Tonfall war neckisch, aber ruhiger.

Paretim wandte sich ihm mit einem Lächeln zu, und Fortuse kicherte, legte die Hand um seinen Arm und schnupperte an ihm. »Er will …«, sagte sie. »Er will mehr.«

Paretim streichelte ihr liebevoll mit der freien Hand das Gesicht.

»Ja«, sagte er. »Ich will wirklich mehr. Diese Geschöpfe, die einst unsere Lieblinge waren, verstehen sich nicht darauf, über sich selbst zu herrschen.« Er wies auf die Toten ringsum. »Seht doch, was sie angerichtet haben. Sie passen äußerst schlecht auf sich auf. Ich glaube, wir müssen ihnen nun, da wir dies hier haben, helfen.« Er hielt den Stein hoch.

»Wie wir es in den Bergen getan haben?« Epherin gluckste.

»Sind sie jetzt nicht glücklicher?« Paretim zog eine Augenbraue hoch. »Sind sie etwa nicht zufriedener?«

Fortuse seufzte und rieb sich an ihm; ihre Füße wirbelten die Asche der Toten auf. »Wieder unsere Stadt, Bruder«, sagte sie, »unsere Zeit.«

»Ja.« Paretim lächelte und streichelte um den Messergriff herum den Stein. »Unsere Zeit ist wieder angebrochen.«

Personen

Alezo Jäger bei den Glaubenstreuen.

Alterin Seherin und Heilerin aus dem Volk der Wildlande.

Amandine General, Befehlshaber der Armee von Salmut.

Amora Sklavenmädchen, das beim Untergang von Azoths Reich eine entscheidende Rolle spielte. Amora hörte den Schöpferstein in einem Traum zu sich sprechen und weckte die vier älteren Götter, die Azoth dann für seine Verbrechen verbannten. Amora führte das Volk aus dem untergegangenen Reich in ein neues Land an der Meeresküste und gründete die Stadt Salmut.

Aran Jäger bei den Glaubenstreuen.

Arlindah frühere Führerin von Salmut, Nilahs Mutter, die dem Giftanschlag eines unbekannten Meuchelmörders zum Opfer fiel.

Ashuk Schifferin von den Dracheninseln.

Attar Hauptmann der Drachenreiter.

Azoth der Gefallene, Schöpfer der Drachen und jüngster der fünf Götter; stahl einst den Schöpferstein und versklavte einen Großteil der Menschheit, indem er den Stein nutzte, um die *Alhanti* (siehe Glossar) zu erschaffen; wurde vor zweitausend Jahren von seinen vier älteren Geschwistern in den Abgrund verbannt.

Balkis Septenführer der Drachenreiter; zum Armeemarschall von Salmut befördert.

Bernal Verführer bei den Glaubenstreuen.

Calem Jäger bei den Glaubenstreuen; Kundschafter in Rorcs Armee.

Cyri Konsul der Glaubenstreuen, ihr geistliches Oberhaupt.

Devin Jäger bei den Glaubenstreuen.

Epherin zweitältester der Vier Verlorenen Götter.
Farris Verführer bei den Glaubenstreuen.
Fortuse einzige Frau unter den Vier Verlorenen Göttern.
Gergen Drachenreiter.
Grif Verführer bei den Glaubenstreuen.
Haldane Mailuns Herzensgefährte, Mitglied des Führerkreises des Jalwalah-Clans.
Hashmael Anführer des Baal-Clans; Rorcs Onkel.
Irissa Jareds Schwester, Jägerin aus dem Jalwalah-Clan.
Ivar Mann von den Dracheninseln; Pasiphaes Sohn und Torgs jüngerer Bruder.
Jared Jäger aus dem Jalwalah-Clan; Tallis' Erdbruder.
Karnit Anführer des Jalwalah-Clans.
Lilith Drachenreiterin.
Lorgon Führendes Mitglied von Salmuts Rat der Neun.
Lyria Schwester im Tempel der Amora.
Mailun Tallis' Mutter, die ursprünglich dem Eisvolk, den Ichindar, angehörte.
Miram Mitglied des Führerkreises des Jalwalah-Clans.
Morfessa Ratgeber der Führerin von Salmut und kundiger Heiler.
Nilah Führerin von Salmut, Herrscherin von Sarantium.
Paretim ältester der Vier Verlorenen Götter.
Pasiphae Hüterin der Schriftrollen auf den Dracheninseln; Torgs und Ivars Mutter.
Pilar Jareds und Irissas Mutter.
Prin Morfessas früherer Gehilfe; Azoth in Verkleidung.
Rafe Verführer bei den Glaubenstreuen.
Rorc Kommandant der Glaubenstreuen und Oberbefehlshaber der Armee von Salmut.
Shaan Waise aus Salmut, Tallis' Zwillingsschwester und Nachkommin Azoths; den Drachen als *Arak-si* – von Azoth geliebt – bekannt.
Shila Träumerin des Jalwalah-Clans.
Tallis Jäger des Jalwalah-Clans, Shaans Zwillingsbruder und

Nachkomme Azoths. Ist den Drachen als *Arak-ferish* – Azoths Verderben – bekannt.

Thadin führender Krieger des Jalwalah-Clans und Mitglied des Führerkreises.

Torg ältester Sohn der Hüterin der Schriftrollen von den Dracheninseln, früherer Besitzer des Red Pepino, eines Wirtshauses und Bordells in Salmut; von Azoth ermordet.

Tuon Prostituierte im Red Pepino; Shaans beste Freundin.

Vail einer der Vier Verlorenen Götter.

Veila Seherin von Salmut, die durch ihre Nachforschungen im Zwielicht Azoths Rückkehr entdeckte.

Drachen

Asrith Krone des letzten Schwarms der Dracheninseln.
Fen Drachin aus Asriths Schwarm.
Haraka Drache aus Salmut, der sich Azoths Rückkehr widersetzt.
Marathin Attars Drachin, ebenfalls gegen Azoths Rückkehr.
Nuathin ältester Drache in der Kuppel.
Shafe Drachin aus Asriths Schwarm.

Glossar

Al Hanatoha uralte Stadt in den Wildlanden, in der Azoth einst herrschte.

Alhanti Mischwesen, die von Azoth mithilfe des Schöpfersteins erschaffen wurden; halb Drache, halb Mensch; sehr groß und stark, bildeten sie die Streitmacht von Azoths Reich, das vor zweitausend Jahren unterging.

Brunnen Wohnstätte eines Wüstenclans.

Crist Droge, die Halluzinationen hervorruft und schnell süchtig macht.

Drachenanlage großer Komplex aus Freiflächen und Gebäuden, der die Drachen und Drachenreiter beherbergt.

Dracheninseln Inselgruppe südwestlich von Salmut im Sergessen-Meer; Brutstätte der Drachen und Heimat eines stolzen Seefahrervolks.

Drachenkuppel gewaltiges, säulenförmiges Gebäude, das die Drachen von Salmut beherbergt.

Eisbiss Winter in den Eislanden.

Feuchtländer Bezeichnung der Clanangehörigen für die Küstenbewohner.

Freilande Land, das sich am Fuß der Gorankette erstreckt und von den Wüstenlanden der Clans, den kalten Gebieten der Ichindar-Völker und dem Sergessen-Meer begrenzt wird; spaltete sich vor 223 Jahren während des Kriegs der Freilande von Sarantium ab; noch immer Handelspartner.

Führer Schöpfer und Beschützer der Wüstenclans. Sabut, Wahtu, Antil, Enocia (der Ausgestoßene), Kaa (der Tod).

Führerin Vorsteherin der Schwestern der Amora; Gebieterin des Rats der Neun in Salmut; Herrscherin von Sarantium.

Führerkreis sieben Männer und Frauen, die über den Jalwalah-Clan herrschen.

Geiststimme die Methode, die Reiter nutzen, um mit ihren Drachen zu sprechen.

Glaubenstreue die stärkste Streitmacht in Salmut, gebildet, um Azoths Rückkehr vorzubeugen; besteht aus zwei Abteilungen: *Jäger*, die übernatürlich gut darin sind, ihre Beute zu fangen, und *Verführer*, die in den Geist anderer eindringen und sie beeinflussen können.

Gründungsrolle Urkunde, die bei der Gründung Salmuts nach Azoths Verbannung und der Formung einer neuen Welt verfasst wurde; enthält die Einzelheiten des Friedenspakts zwischen Menschen und Drachen und mahnt zu ständiger Wachsamkeit vor der Rückkehr des verbannten Gottes Azoth.

Haldar Kopfbedeckung aus dickem Stoff, die von den Wüstenclans als Sonnenschutz getragen wird.

Hasan Daag Hauptstadt der Freilande.

Jungreiter frisch rekrutierte Drachenreiter, die noch in der Ausbildung sind.

Kaf dickflüssiges, heißes Getränk, das Kaffee ähnelt und mit Honig gesüßt wird.

Muthu vierbeiniges Tier mit rauem Fell und einem einzelnen kleinen Höcker über dem Widerrist. Riecht unangenehm und kommt sowohl in Küstengebieten als auch in der Wüste vor.

Nonyu Gewürztee.

Rat der Neun Gremium aus Ratsherren, denen die alltäglichen Verwaltungsgeschäfte der Stadt Salmut und der umliegenden Orte obliegen.

Ravek Kokosnussschnaps von den Dracheninseln.

Regenlande alter Name der Wildlande.

Ring des Propheten Goldring, den der Prophet Azoth stahl.

Sabut-Brunnen Oase und Versammlungsort aller Clans.

Salmut Hauptstadt von Sarantium, Sitz der Führerin.

Sarantium der Kontinent, der vom Schöpferstein und den fünf alten Göttern geschaffen wurde.

Scanorianer in Höhlen hausendes Volk, das vorwiegend in den Plethbergen lebt, manchmal aber auch in den Ebenen in der Nähe des Flusses Pleth beobachtet wird.

Schöpferstein der legendäre Samen, Ursprung allen Lebens und Quell der Macht der alten Götter; bestand einst aus fünf Stücken, und die alten Götter hatten gleichen Anteil an seiner Macht; sie nutzen ihn, um Völker, Pflanzen und Tiere der Welt zu schaffen; wurde von Azoth gestohlen und zusammengefügt; er benutzte ihn, um die Menschheit zu versklaven und Mischwesen aus Mensch und Drache zu erschaffen. Der Schöpferstein verschwand, als die vier älteren Götter Azoth in den Abgrund verbannten. Er ist der Schlüssel zu Azoths Macht.

Schriftrollen des Propheten Geschichte von Azoths Herrschaft, die von einem Sklaven verfasst wurde, der bei Azoths Verbannung entkam; werden auf den Dracheninseln aufbewahrt.

Schwarm kollektives Bewusstsein einer Drachengruppe, die es als im Nichts schwebenden Lichtstrom wahrnimmt; zugleich Bezeichnung für eine Drachenfamilie oder einen Drachenstamm, der von einem älteren Drachen geführt wird.

Schwarze Berge Bergkette aus vollkommen unfruchtbaren, schwarzen Felsen; Nordostgrenze der Clanlande.

Schwestern der Amora Frauenorden, der sich dem Studium von Amoras Leben und der Heilkunde verschrieben hat.

Septe aus zehn Drachen und ihren Reitern bestehende Abteilung einer Drachenreiterarmee.

Septenführer Kommandant einer Septe von Drachenreitern; es gibt acht Septenführer.

Sonnenlande Name des Orts im Jenseits, an den verstorbene Ichindar gehen.

Sonnentanz Sommer in den Eislanden.

Gestohlener Brunnen kleine Wasserstelle am Rande des Jalwalah-Gebiets.

Tempel der Amora Heiligtum der Amora und der Vier Verlorenen Götter; beherbergt die Schwestern der Amora, dient als Versammlungsort der Glaubenstreuen und ihrer Mitarbeiter und ist auch der Sitz des Konsuls der Glaubenstreuen; auch Kommandant Rorc verfügt über Räumlichkeiten dort.

Tempel des Kaa ein Kreis aufrecht stehender Steine in den Clanlanden, der Kaa und den Führern geweiht ist; schwangere Frauen reisen dorthin, um Kaa zu bitten, ihr Kind unbeschadet zur Welt kommen zu lassen; ein Auge ist in einen der Steine eingemeißelt.

Wilde Drachen schwarzhäutig und größer als die Drachen, die in Salmut leben; haben Angehörige der Clans und Dörfer am Wüstenrand scheinbar grundlos angegriffen.

Wildlande tropisches, bergiges Gebiet, das dicht mit Dschungel bewachsen ist. Hier liegen nicht nur die kleinen Dörfer der Dschungelbewohner, sondern auch die uralte Stadt, in der Azoth einst herrschte.

Wüstenclans Baal, Halmahda, Jalwalah, Raknah, Shalneef.

Zwielicht der Ort zwischen Wachen und Traum, an dem Seher auf der Suche nach Antworten und Weisheit wandeln; nur wenige haben die Gabe, seine Tiefen wirklich auszuloten; wird vom Volk der Wildlande auch als Zwischenwelt bezeichnet.

Danksagung

Ich danke meiner Familie für ihre uneingeschränkte Unterstützung und Begeisterung: Fay, Serena, Simon (besonders für die Website), Adrian, Julia, Ruth, Rob, Rhiannon, Antony, meiner Mutter und meinem Vater. Eure Namen sind nun im Druck für die Nachwelt festgehalten. Vielen Dank an Mike für die Bücher über Schlachten und die taktischen Ratschläge, und an Amanda dafür, dass sie einen der letzten Entwürfe gelesen und mir geholfen hat, meine Lieblinge herauszuschneiden – und für all die Bestätigung und die Gespräche über *Stargate*. Vielen Dank an Kath für Tee, wenn ich welchen brauchte, und Champagner, wenn ich ihn noch dringender brauchte – und für einen unwandelbaren Glauben an mein Werk.

Ganz entschieden gebührt Dank auch meiner Agentin, Clare, die den ersten Entwurf las und das Gold, nicht den Abraum, sah, meiner Herausgeberin Claire bei Pan Macmillan, die in ihrer Unterstützung nie nachgelassen hat, Catherine für ihren scharfen Lektorenblick und Brianne dafür, dass sie die Dinge entdeckt hat, die ich übersehen habe.

Und nicht zuletzt Grant, der all die Unsicherheiten, eigenbrötlerischen Neigungen und Seltsamkeiten hingenommen hat, die mit dem Verfassen eines Romans einhergehen, und nicht ein einziges Mal gesagt hat, ich solle etwas anderes tun. Danke.